오페라의 유령

이 도서의 국립중앙도서관 출판예정도서목록(CIP)은
서지정보유통지원시스템 홈페이지(http://seoji.nl.go.kr)와
국가자료종합목록 구축시스템(http://kolis-net.nl.go.kr)에서 이용하실 수 있습니다.
(CIP제어번호: CIP2004002034)

오페라의 유령

가스통 르루 장편소설 | **최인자** 옮김

문학동네

유령 같은 면은 조금도 없지만,

에릭처럼 음악 천사인 나의 형제 조에게

내 모든 사랑을 전하며

―가스통 르루

The
PHANTOM
of the
OPERA.

프롤로그

이 진기한 이야기의 저자는 오페라의 유령이 실제로 존재했다는
확신을 갖게 된 경위를 다음과 같이 밝힌다

오페라의 유령은 정말로 존재했다. 사람들이 오랫동안 믿어왔
던 것처럼 예술가들의 상상 속에서 만들어지거나 감독들의 미신
때문에 생겨난 것이 결코 아니었다. 혼란스럽고 예민한 어린 무
용수들의 머릿속에서 만들어진 것도, 그녀들의 어머니 혹은 좌
석 관리인들, 휴대품 보관소 직원들, 오페라하우스의 문지기들
이 꾸며낸 이야기도 아니었다. 그렇다, 오페라의 유령은 살이 있
고 피가 흐르는, 살아 있는 존재였다. 비록 그가 진짜 유령 혹은
죽은 자의 그림자를 완벽하게 흉내내기는 했지만 말이다.

당시 나는 국립음악아카데미, 그러니까 오페라하우스의 문서
보관소를 조사하느라 정신이 없었다. 그러다 충격적이게도, 한

때 파리의 상류사회를 들끓게 했던 환상적이고도 독특한 내용의 한 비극이 그 유령 사건에 대한 소문과 놀랄 만큼 유사하다는 사실을 알게 되었다. 그리고 얼마 지나지 않아, 베일에 가려져 있는 그 유령 사건만이 이 비극의 내용을 보다 확실하게 밝혀줄 수 있을 것이라는 결론을 내렸다. 그 사건이 일어난 지 채 삼십 년도 지나지 않은 때였다. 그러므로 당장이라도 오페라하우스의 무용수 대기실을 수소문해보면, 그 당시 일을 마치 어제 일처럼 기억하고 있는 신뢰할 만한 노인을 찾아낼 수 있을 것이었다. 크리스틴 다에의 납치와 라울 샤니 자작의 실종, 그의 형이었던 필립 샤니 백작의 죽음 등 일련의 신비스럽고 극적인 상황에 대해서 말이다. 당시 필립 백작의 시체는 스크리브 거리와 연결돼 있는 오페라하우스의 지하 호숫가에서 발견되었다. 하지만 그때까지만 해도 이 끔찍한 사건이 오페라의 유령이라고 불리던 정체불명의 존재와 관련이 있다고 생각하는 사람은 아무도 없었다.

수수께끼처럼 뒤얽혀 있던 진실이 차차 내 뇌리 속에서 자리를 잡아가기 시작했다. 처음 조사를 시작했을 때는 마치 초자연적인 것처럼 보이는 사건들과 연달아 마주쳤다. 그래서 포기하려고 마음먹었던 것도 한두 번이 아니었다. 헛된 환상을 좇아 아무런 희망도 없는 일에 나 자신을 소진시키고 있는 듯한 느낌이 들었던 것이다. 그러나 마침내 내가 처음에 가졌던 생각들이 조금도 틀리지 않았다는 증거를 발견하게 되었다. 오페라의 유령이 단지 그림자 같은 존재가 아니라는 확신을 얻게 된 것이다. 그동안의 나의 노고가 완전한 보답을 받은 셈이었다.

　나는『어느 극장 감독의 추억』이라는 책을 읽으면서 시간을 보내고 있었다. 세상을 삐딱하게 바라보던 오페라하우스 총감독 몽샤르맹이 쓴 경박하고 시시한 내용의 책이었다. 그는 오페라하우스에서 일하는 동안 유령의 수수께끼 같은 행동을 조금도 이해하지 못한 사람이었다. 그는 늘 오페라의 유령에 대한 소문들을 하찮게 여겼다. 이러한 태도는 그가 '마법의 봉투' 안에서 벌어진 흥미로운 재무 조작의 첫번째 희생자가 될 때까지도 계속되었다.

　나는 맥이 빠져 도서관을 막 나서다가 층계참에서 국립음악아카데미의 매력적인 행정관을 만났다. 그는 층계 위에 서서, 생기 넘치고 멋지게 차려입은 작은 노인과 열심히 이야기를 나누고 있었다. 언제나 명랑한 성격의 행정관은 유쾌한 태도로 나를 노인에게 소개시켰다. 행정관은 내가 무엇을 조사하고 있는지 잘 알고 있었다. 그리고 내가 그 유명한 샤니 사건을 담당했던 예심 판사 포르의 소재를 파악하기 위해 무척 노력했지만 아무런 성과도 얻지 못했다는 사실도 알고 있었다. 포르가 어떻게 됐는지는 물론이고 그의 생사 여부조차 아는 사람이 없었던 것이다. 그런데 포르는 십오 년 동안의 캐나다 생활을 끝내고 이곳으로 돌아와 있었다. 파리로 돌아온 포르가 가장 먼저 한 일은 오페라하우스의 사무실을 방문해서 초대권을 얻는 것이었다. 내 앞에 서 있는 노인이 바로 포르였다.

우리는 그날 저녁 오랜 시간을 함께 보냈다. 포르는 나에게 샤니 사건에 대해 그가 알고 있는 모든 것을 일러주었다. 당시 그는 자작이 제정신을 잃었고 백작의 죽음은 우연한 사고라고 결론지을 수밖에 없었다고 했다. 그러면서 그런 결론에 반박할 만한 다른 증거가 전혀 없었다고 덧붙였다. 하지만 성과가 아예 없는 것은 아니었다. 그는 라울 자작과 필립 백작의 비극이 크리스틴 다에와의 관계에서 빚어졌을 것이라는 점에 대해서는 동의했다. 크리스틴이나 자작이 그 사건 이후 어떻게 되었는지에 대해서는 아무것도 얘기해주지 못했지만 말이다. 내가 오페라의 유령 이야기를 꺼내자 포르는 단지 웃기만 했다. 포르도 오페라하우스의 가장 비밀스러운 구석자리에 어떤 비정상적인 존재가 살고 있었을 가능성을 보여주는 몇 가지 흥미로운 증거들에 대해서는 알고 있었다. 또한 '편지'에 대한 이야기도 알고 있었다. 하지만 샤니 사건을 담당하는 예심판사가 주의를 기울여 들을 만한 이야기는 전혀 아니라고 판단했던 것이다. 다만 유령을 만났다며 자발적으로 찾아온 한 증인의 말을 들어준 적은 있었다. 판사를 찾아와서 유령 이야기를 했던 증인은, 당시 파리의 모든 사람들이 '페르시아인'이라고 부르는 사람이었다. 그는 오페라하우스 회원들에게 잘 알려진 인물이었다. 예심판사 포르는 페르시아인의 증언을, 단지 환영을 본 것일 뿐이라고 치부했다.

나는 페르시아인이라는 사람에 대해 굉장한 흥미를 느꼈다. 아직 살아 있다면 이 귀중한 증인을 꼭 만나고 싶었다. 페르시아인의 증언을 들어보고 싶었던 것이다. 그러던 어느 날, 드디어 나에게 행운이 찾아왔다. 리볼리 거리에 있던 작은 아파트에서 페르시아인을 찾아낸 것이다. 그는 죽 그 아파트에 살고 있었다. 그리고 내가 그를 방문하고 다섯 달이 지난 후 세상을 떠났다.

처음에는 나도 페르시아인의 증언에 커다란 의심을 품었던 것이 사실이다. 하지만 어린아이와 같은 열정으로 자신이 유령에 대해 알고 있는 모든 것을 이야기해나가는 페르시아인의 말에 나는 귀를 기울이기 시작했다. 나는 더이상 그를 의심할 수 없었다. 그가 유령이 존재했다는 사실을 입증할 수 있는 증거들을 모두 나에게 넘겨주었던 것이다. 그중에는 유령과 크리스틴 다에가 주고받았던 이상한 편지들도 들어 있었다. 그렇다! 유령은 전설 속의 인물이 아니었다!

나는 이 편지들이 환상적인 이야기에 탐닉하는 어떤 사람의 상상에 의해 처음부터 끝까지 조작된 것이라는 말을 들은 적이 있었다. 그래서 처음 이 편지들을 봤을 때는 그 내용의 진위 여부를 확신할 수 없었다. 하지만 다행스럽게도 한 유명 인사의 편지 묶음 속에서 크리스틴 다에의 또다른 편지를 발견하게 되었고, 두 편지의 필체를 비교해본 후 나의 모든 의심은 깨끗이 사라졌다.

나는 페르시아인의 과거 행적에 대해서도 모조리 조사했다. 그 결과, 페르시아인이 대단히 강직한 사람이라는 사실을 알게 되었다. 그리고 그런 성격의 사람이라면 진실을 은폐하는 이야기를 꾸며내지는 않았을 것이라는 결론을 내렸다.

나는 이 사건과 관련해서 많은 사람들의 의견을 청취했다. 보다 신중한 사람들의 견해도 들었다. 그들은 직접적으로든 간접적으로든 샤니 사건과 관련이 있는 사람들이었으며, 샤니 가문의 친구들이기도 했다. 나는 그들에게 그동안 모아두었던 모든 기록들을 보여주고, 나의 의견을 털어놓았다. 이와 관련해서 나는 D장군으로부터 편지 한 통을 받았다. 그 가운데 몇 줄을 여기 적어두고자 한다.

선생님,
저는 당신이 조사하신 결과를 책으로 출간하실 것을 강력하게 권하고 싶습니다. 저도 위대한 가수 크리스틴 다에가 실종되기 몇 주일 전에 벌어졌던 일들을 선명하게 기억하고 있습니다. 포부르 생제르맹 전체를 슬픔으로 몰아넣었던 비극적인 사건이었죠. 전부터 오페라하우스 무용단의 휴게실에는 그 유령에 대한 이야기가 무성했었습니다. 우리 모두를 경악하게 했던 그 엄청난 사건 때문에 잠잠해져버렸지만요. 만약 유령의 존재를 통해 그 비극을 설명하는 것이 가능하다면(당신의 이야기를 듣고, 저는 확신하게 되었습니다), 제발 우리에게 유령이 실재했었다는 사실을 확인시켜주시기 바랍니다. 그 유령의 존재가 아무리 불가해한 것이라 해도, 악의에 찬 사람들이 추측하는 것처럼 두 형제가 서로를 죽였다는 끔찍한 이야기보다는 받아들이기가 나을 것입니다. 라울 자작과 필립 백작은 서로를 자신의 생명보다 더욱 소중하게 여겼던 형제였으니까요.

제 말을 믿어주시기 바랍니다……

마지막으로 손에 넣은 기록 덕분에, 나는 분명히 존재했으나 사람들에게서 존재를 인정받지 못하고 사라져버린 유령의 광대한 영역 안으로 확신에 찬 발걸음을 옮길 수 있었다. 유령은 그 커다란 건물을 자신의 왕국으로 삼고 있었다. 내 눈으로 보았던 모든 것들과 머릿속에 떠오른 모든 생각들이 페르시아인이 남긴 기록과 정확하게 맞아떨어졌다. 그리고 나중에 추가된 깜짝 놀랄 만한 발견이 내 노력의 대미를 멋지게 장식해주었다.

가수들의 육성 녹음을 묻기 위해 오페라하우스의 지하층을 파는데, 그 속에서 웬 유해가 발견된 것이다. 나는 그 유해가 바로 '오페라의 유령'이었다는 사실을 지금이라도 당장 증명할 수 있다. 지배인에게는 직접 그 증거를 보여주기도 했다. 지금이야 그 유해가 마치 파리코뮌 희생자의 것인 양 신문들이 떠들어대고 있지만, 나는 그런 말들에 전혀 신경쓰지 않는다.

파리코뮌 당시 오페라하우스 지하실 곳곳에서 죽임을 당했던 희생자들은 그곳에 묻히지 않았다. 나는 그들의 유골이 그곳에서 멀리 떨어진 거대한 지하실, 왕정 시대에는 생필품 저장고 역할을 했던 곳에 묻혀 있다는 것을 알고 있다. 나는 오페라의 유령이 남긴 흔적을 좇다가 이런 사실을 알게 되었다. 하지만 위에서 적은 것처럼, 이러한 사실을 알게 된 것은 전적으로 행운이었다.

이 장을 끝내기에 앞서 감사 인사를 드려야 할 사람들이 있다. 미프루아(그는 크리스틴 다에가 실종된 후 가장 먼저 조사에 착수한 수사관이었다)와 작고한 비서 레미와 작고한 지배인 메르시에, 합창단장이었던 가브리엘이다. 그리고 카스텔로 바르브작 남작부인에게도 특별히 감사드린다. 그녀는 앞으로 전개될 이야기 속에 등장하는 '어린 메그'이며(그녀는 이 사실을 조금도 부끄러워하지 않는다) 사랑스러운 우리 무용단원 중에서 가장 매력적인 스타이자, 존경받는 지리 부인의 장녀였다. 지금은 고인이 되어버린 지리 부인이 바로 유령의 박스석을 담당하고 있었다. 많은 분들이 나에게 커다란 도움을 준 셈이다. 이분들의 도움이 없었다면 나는 독자들의 눈앞에 사랑과 공포로 가득 찼던 그 순간들을 아주 사소한 부분까지 낱낱이 재현해낼 수 없었을 것이다.*

---

* 오페라하우스의 현 경영진들에게도 감사 인사를 드리지 않을 수 없다. 이토록 엄청난 사실을 이야기하려는 마당에, 그들의 협조에 감사의 마음을 갖지 않는다면 그것은 배은망덕한 일이 될 것이다. 그분들, 특히 지배인 가비옹과 메사제는 내가 조사를 진행하는 동안 정말 친절하게도 많은 도움을 주었다. 건물 보전 담당자인 건축가 선생도 마찬가지였는데, 그는 절대로 돌려받지 못할 것을 알면서도 샤를 가르니에의 작품을 주저 없이 빌려주었다.
마지막으로 나는 친구이자 옛 동료였던 M. J. 르 크로즈의 관대한 마음에 이 글에 대한 공을 돌리고 싶다. 그는 오페라하우스 도서관 밑의 그 신비스러운 장소를 파보도록 허락해주었을 뿐만 아니라, 소장하고 있던 희귀한 판본을 나에게 빌려주었다.(원주)

제1장

유령의 등장

오페라하우스 총감독인 드비엔과 폴리니의 퇴임을 기념하는 마지막 축하 공연이 한창이던 저녁이었다. 수석 무용수 가운데 한 명인 라 소렐리의 분장실로 갑자기 대여섯 명의 어린 무용수들이 우르르 밀려들어왔다. 무대에서 〈폴리왹트〉*를 추고 막 내려온 무용수들이었다. 어떤 사람은 억지웃음을 쥐어짜냈으며, 어떤 사람은 두려움에 가득 차 비명을 지르기도 했다. 예상치 못한 소동이었다.

라 소렐리는 조용히 혼자 있고 싶던 참이었다. 잠시 후면, 퇴

---

* 프랑스의 극작가 코르네유의 5막 운문비극으로 샤를 구노가 작곡한 오페라.

임하는 총감독들을 위해 사람들 앞에서 송사를 낭독해야 했기 때문에, 그 내용을 다시 한번 살펴보려 했던 것이다. 갑작스럽게 방해를 받아 화가 치밀어오른 라 소렐리는 미친 사람들처럼 난리법석을 떨고 있는 무용수들을 짜증스레 돌아보았다.

떨리는 목소리로 상황을 설명해준 사람은 몸집이 작아서 꼬마 잠이라고 불리는 어린 무용수였다. 잠은 코끝이 살짝 들리고, '나를 잊지 마세요'라고 말하는 듯한 눈빛을 하고 있는 사랑스러운 소녀로, 장밋빛 얼굴 아래 백합처럼 하얀 목과 어깨가 살짝 드러나 있었다. 그녀는 "유령이 나타났어요!"라고 말하고는 얼른 문을 잠갔다.

라 소렐리의 분장실은 우아하면서도 의례적이고 지극히 평범하게 꾸며져 있었다. 거울, 소파, 화장대, 선반, 그리고 가구 몇 점이 분장실에 있는 전부였다. 벽에는 어머니의 유품인 작은 조각품 하나가 걸려 있었다. 어머니는 펠티에 거리에 있던 옛 오페라하우스의 영광스러운 시절을 기억하던 분이었다. 그 외에는 베스트리스, 가르델, 뒤퐁, 비고티니 등의 사진이 걸려 있는 정도였다. 하지만 신참내기 무용수들의 눈에는 그 방이 화려한 궁전처럼 보였다. 신참 무용수들은 공동 분장실을 이용하고 있었다. 무용수들은 그 방에서 노래를 흥얼거리거나 사소한 말다툼을 벌였다. 때로는 의상 담당자나 미용사 들과 다투는 경우도 있었다. 어쨌거나 그들이 무대의 시작을 알리는 종이 울릴 때까지, 때로는 서로의 손거울을 교환하기도 하고 맥주나 심지어 럼주까지 홀짝이면서 대부분의 시간을 보내는 곳은 이 공동 분장실이었다.

라 소렐리는 미신을 잘 믿었기 때문에 꼬마 잠이 유령에 대해 말하는 것을 듣는 순간 몸서리를 쳤다. "이 한심한 바보 같으니." 그녀가 소리쳤다. 하지만 그녀는 누구보다 유령의 존재를, 특히 오페라의 유령을 믿었기 때문에 더 많은 걸 알고 싶었다. "유령을 네 눈으로 보았니?" 그녀가 물었다.

"물론이죠. 아주 가까운 거리에서요!" 잠은 다리를 후들후들 떨더니 신음 소리를 내면서 소파 위로 쓰러졌다.

"근데 정말 못생긴 유령이었어요!" 지리가 앞으로 나서면서 잠의 말을 받았다. 지리는 검은 눈에 칠흑 같은 머리, 낯빛까지 거무스레한 소녀였다. 비쩍 마른 지리의 빈약한 몸매에 생기라곤 없었다.

"맞아요!" 무용수들이 합창이라도 하듯 한목소리로 외치더니 일제히 떠들어대기 시작했다. 유령은 신사복 차림을 하고 무용수들 앞에 모습을 드러냈다. 어디에서 나타났는지도 모르게 갑자기 무용수들의 앞을 가로막으면서 복도에 서 있었다는 것이다. 무용수들은 마치 유령이 벽을 뚫고 다니는 것 같았다고 떠들었다.

"정말이에요! 사방에서 유령을 보았어요." 침착함을 유지하고 있던 무용수가 말했다. 그 말은 사실이었다. 몇 달 동안 오페라하우스의 화제는 온통 신사복 차림을 하고 돌아다니는 그 유령에 대한 것뿐이었다. 유령은 흘러다니는 그림자처럼 건물의 꼭대기에서부터 지하실까지 어디에나 나타났다. 유령은 어느 누구에게도 말을 걸지 않았다. 물론 유령에게 먼저 말을 걸어본 사람도 없었다. 유령은 사람들의 눈에 띄면, 홀연 안개처럼 사라져버렸다. 그렇기 때문에 유령이 어디로 어떻게 이동하는지 아는 사람은 아무도 없었다. 진짜 유령에 걸맞게, 어떤 소리도 내지 않고 슬며시 걸어다녔던 것이다. 처음에 사람들은 멋쟁이 신사나 사업가처럼 차려입은 유령에 대해 농담을 하면서 웃어대곤 했다. 하지만 무용수들 사이에서 유령에 대한 소문은 눈덩이처럼 부풀어만 갔다. 무용단의 소녀라면 누구나 이 신비스러운 존재를 자주 만나본 것처럼 굴었다. 가장 큰 소리로 유령 이야기를 비웃는 사람일수록, 사실은 가장 마음이 편하지 않았다. 자신의 모습을 드러내지 않을 때 유령은 심각하거나 장난스러운 사건을 일으켜서 자신의 존재와 다녀갔다는 흔적을 남기곤 했다. 사람들 사이에 널리 퍼진 소문 때문에, 원인 모를 사건들은 모두 유령 탓으로 여겨지곤 했다. 만약 누군가 사고를 당하거나, 무용수들 중 한 사람이 꾸민 못된 장난에 걸려들거나, 분첩이라도 잃어버리면, 그 즉시 모든 잘못이 오페라의 유령에게 돌아갔다.

정말로 오페라의 유령을 본 사람은 누구일까? 오페라하우스에서는 신사복을 차려입은 남자들을 수없이 만날 수 있었지만 그들이 유령인 것은 아니었다. 그 신사복은 한 가지 점에서 다른 신사복과 달랐다. 해골이 입고 있었던 것이다. 적어도 무용수 아가씨들은 그렇다고 말했다. 물론 그 해골은 죽은 사람의 머리였다.

이런 이야기들이 모두 믿을 만한 것일까? 사실 해골에 대한 생각은 애초에 조제프 뷔케가 묘사한 유령의 모습에서 나오기 시작한 것이었다. 조제프 뷔케는 무대장치 책임자였다. 그는 진짜 유령을 봤다고 했다. 조제프는 무대 아래쪽 지하실로 가는 좁은 계단에서 유령과 정면으로 마주쳤다. 계단에는 바닥 조명이 비치고 있었다. 조제프가 유령을 본 것은 단 한순간뿐이었다. 유령이 재빨리 달아났기 때문이다. 하지만 유령의 모습은 그에게 지울 수 없는 인상을 남겼다.

그 뒤 조제프는 그의 이야기를 듣고 싶어하는 사람이면 누구에게나 자신이 본 것을 이야기해주었다. "그는 너무 말라서 마치 뼈다귀 위에 신사복을 걸치고 있는 것 같았어. 그리고 두 눈은 너무나 움푹 패어 있어서 눈동자를 볼 수 없을 정도였지. 보이는 거라곤 단지 커다랗고 시커먼 구멍 두 개뿐이었다니까. 마치 해골처럼 말이야. 피부는 북에 씌운 가죽처럼 뼈에 착 달라붙어 있었는데, 하얀색이 아니고 역겨운 누런색이었어. 코는 너무 작아서 코라고 할 수도 없고. 옆에서 보면 보이지 않을 정도였어. 코가 있을 자리가 텅 비어 있는 것을 보고 등골이 얼마나 오싹하던지. 그리고 검은 머리카락 두세 가닥이 앞이마와 귀 뒤쪽을 덮고 있었지."

무대장치 책임자는 대단히 신중하고 진지하며 성실한 사람이었다. 무엇을 꾸며내는 일 따위에는 소질이 없는 사람이었다. 그러므로 그의 말은 믿을 만한 것으로 간주되어 사람들에게 흥미와 놀라움을 불러일으켰다. 곧 신사복 차림에 해골 같은 얼굴을 한 인물을 만났다고 말하고 다니는 또다른 사람들이 속속 나타나기 시작했다. 그 이야기를 풍문으로 들은 지각 있는 사람들은 순진한 조제프가 동료들이 지껄이는 농담에 혹해 유령을 본 것으로 착각하는 거라고 했다. 그러나 뒤이어 일어나기 시작한 일련의 사건들이 워낙 이상하고 설명할 수 없는 것이었기에 가장 담대하다고 하는 사람들까지도 불안감을 느끼기 시작했다.

소방관이 용감한 사람이라는 데는 모두 동의할 것이다! 소방관은 불은 말할 것도 없고, 아무것도 두려워하지 않는다. 그러던 어느 날 그 일이 터지고 말았다.[*] 그 소방관은 오페라하우스의 지하실을 점검하고 있었다. 그날따라 평상시보다 조금 더 깊숙이 들어가는 모험을 감행했던 모양이다. 그랬던 그가 어디선지 모르게 갑자기 무대 위에 모습을 드러냈다. 여기저기 긁힌 자국이 있는 얼굴은 두려움으로 새파랗게 질려 있고, 온몸을 마구 떨고 있었다. 허공을 바라보는 그의 눈알은 마치 앞으로 튀어나올 듯했다. 그는 순간 정신을 잃고 꼬마 잠의 자존심 강한 어머니의 품 안으로 고꾸라지고 말았다. 왜 그랬을까? 소방관은 몸이 달려 있지 않은 불타는 머리가 자신의 얼굴을 뚫어져라 쳐다보며 허공에서 다가오는 것을 보았다고 했다. 앞서도 말했지만 소방관은 불을 무서워하지 않는다.

문제의 소방관의 이름은 파팽이었다.

이 이야기를 들은 무용수들은 모두 경악을 금치 못했다. 그가 봤다던 그 불타는 머리는 조제프 뷔케가 묘사한 유령의 모습과는 전혀 일치하지 않았다. 하지만 어린 무용수 아가씨들은 곧 유령이 여러 개의 머리를 가지고 있어서 원하는 대로 그 모양을 바꿀 수 있다는 결론을 내렸다. 물론 무용수들은 자신들이 엄청난 위험에 처해 있다고 상상하기 시작했다. 용감하기로 소문난 소방관이 유령을 봤다며 순식간에 기절해버린 그 사건 이후, 단장,

---

* 이 이야기는 오페라하우스의 전 총감독인 페드로 가야르에게 들은 실화이다. (원주)

수석 무용수, 신참 무용수 가릴 것 없이 오페라하우스 사람들은 조금이라도 어둡거나 불빛이 흐린 곳에 갈라치면 정신없이 뛰어다니기 시작했다. 그리고 무엇 때문에 그토록 빨리 뛰어다니는지에 대해 다양한 변명을 늘어놓았다.

라 소렐리 역시 소방관 사건이 일어난 다음날, 꼭 끼는 타이츠를 입은 새내기 무용단을 포함한 오페라하우스의 모든 무용수들이 그녀 뒤를 따르는 가운데 무대로 통하는 문의 문지기실 앞에 있는 테이블 위에 말편자를 놓아두었다. 오페라하우스에 들어가려는 사람은 계단을 오르기 전에 누구나 거기에 손을 한 번 대야 했다. 그렇게 하지 않은 사람은 지하실에서 지붕 꼭대기까지 그 건물을 감싸고 있는 어둠의 힘의 희생자가 될 각오를 해야 했다. 이 편자 이야기는 내가 꾸며낸 것이 아니다. 다른 어떤 이야기보다 사실 그대로이다. 당신이 지배인 사무실이 있는 건물 안뜰을 지나 오페라하우스로 들어간다면, 아직도 그 테이블 위에서 이 편자를 볼 수 있을지 모른다.

문제의 그날 저녁으로 다시 돌아가보자. 어린 무용수들이 모두 라 소렐리의 분장실로 뛰어들어가고 꼬마 잠이 소리쳤다. "유령이 나타났어요!"

고통스러운 침묵이 분장실을 짓누르고 있었다. 아가씨들의 거친 숨소리 외에는 아무 소리도 들리지 않았다. 갑자기 잠이 방 한구석으로 뛰어갔다. 그녀의 얼굴에는 공포가 가득했다. 그녀가 속삭이듯 말했다. "들어보세요!" 순간 모든 사람의 귀에 문밖에서 무언가가 스쳐지나가는 소리가 들리는 것 같았다. 발소리는 들리지 않았다. 마치 가벼운 비단 자락이 마룻바닥 위를 미끄러져가는 듯했다. 순간, 소리가 멈추었다.

라 소렐리는 다른 사람들보다 용감해지려고 노력했다. 그녀는 문가로 걸어가서 떨리는 목소리로 물었다. "누구세요?" 아무 대답이 없었다. 라 소렐리는 모든 사람의 눈길이 자신에게로 쏠려 있는 것을 느꼈다. 모두 그녀의 사소한 움직임까지 지켜보고 있었다. 그녀는 태연한 척하기 위해 안간힘을 썼다. 그리고 굉장히 큰 소리로 물었다. "누구냐구요! 문 뒤에 누구 있어요?"

"세상에! 누가 있어요. 확실해요! 누가 있다니까요!" 가무잡잡한 메그 지리가 소리쳤다. 그녀는 라 소렐리의 화려한 치맛자락을 힘껏 붙잡았다. "제발, 문은 열지 마세요! 오, 하느님. 문은 절대 안 돼요!"

하지만 라 소렐리는 늘 몸에 지니고 다니던 작은 칼을 손에 꽉 쥐고 손잡이를 돌렸다. 스르르 문이 열렸다. 순간 무용수들은 비명을 지르면서 분장실 안쪽으로 우왕좌왕 도망쳤다.

메그 지리는 "엄마야! 엄마야!" 소리를 질러댔다.

문을 열어젖힌 라 소렐리는 밖으로 나갔다. 그리고 복도를 두

리번거렸다. 복도는 텅 비어 있었다. 감옥 같은 유리 안에 갇혀 붉고 으스스한 빛을 발하는 가스 불꽃만이 짙은 어둠을 밀어내고 있었다. 라 소렐리는 문을 쾅 닫으며 크게 숨을 내쉬었다. "아니야, 아무도 없어."

"하지만 우리는 유령을 보았어요!" 잠은 단호하게 말했다. 그러고는 라 소렐리 옆으로 주춤주춤 다가갔다. "유령은 분명히 지금쯤 어딘가 다른 곳을 배회하고 있을 거예요. 난 절대 분장실로 돌아가지 않겠어요. 맞아! 지금 당장 연회장으로 가요. 어차피 송사를 하려면 그곳에 가야잖아요? 그리고 나서 함께 다시 올라오도록 해요." 잠은 불안한 듯 작은 산호 반지를 만지작거리며 말했다. 불운에 대비하여 부적으로 항상 끼고 다니는 반지였다. 라 소렐리도 남들이 보지 않는 틈을 타서, 핑크빛 엄지손가락 끝으로 왼손 네번째 손가락에 낀 나무 반지 위에 성 안드레아의 성호를 그었다.

한 유명한 평론가는 라 소렐리에 대해 이렇게 썼다. "소렐리는 키가 크고 아름다우며 버드나무 가지 같은 허리를 가진 발레리나이다. 기품 있으면서도 관능적인 얼굴을 한 그녀는 종종 '고전적인 미인'이라고 불린다. 에메랄드빛 눈동자는 창백한 얼굴에서 반짝이고, 풍성한 황금빛 머리는 왕관처럼 이마를 덮었다. 길고 우아하며 자부심 강한 목 위에서 그녀의 머리는 깃털처럼 가볍게 움직인다. 춤을 출 때면 말로 형용할 수 없는 특별한 엉덩이의 움직임으로 인해 그녀의 온몸이 관능적으로 떨리곤 한다. 그녀가 몸에 꼭 끼는 옷을 입고 엉덩이를 불쑥 내민 채, 팔을 들어올리고 허리를 숙여 피루엣* 동작을 하면, 보는 사람이 정신을 잃을 정도이다." 사실 그녀는 개성이라고는 전혀 없었지만, 그렇다고 해서 그녀를 비난하는 사람은 아무도 없었다.

"자, 꼬마 아가씨들, 정신들 차려! 이 세상에 유령을 본 사람은 없어!"

"아니에요, 우리가 봤어요! 방금 전에 유령을 봤다니까요!" 어린 무용수들이 일제히 소리를 질렀다.

"프록코트를 입고 있었어요! 머리에는 해골이 달려 있었어요! 조제프 뷔케 씨가 말한 바로 그 모습이었다구요."

"가브리엘 단장님도 봤다고 했어요!" 잠이 말했다. "바로 어제요! 어제 오후에요. 벌건 대낮이었대요!"

"가브리엘? 합창단장 말이니?"

"그래요! 모르고 계셨어요?"

"그래, 벌건 대낮에 프록코트를 입고 돌아다녔단 말이니?"

"누구요? 단장님이요?"

---

* 발레에서 한 발을 축으로 빙그르 도는 동작.

"무슨 소리야! 유령 얘기를 하는데!"

"물론이지요! 가브리엘 단장님이 그렇게 말했는걸요. 그 옷 때문에 유령을 알아보았대요. 그때 단장님은 무대감독 사무실에 있었대요. 그런데 갑자기 문이 열리고 페르시아인이 들어왔대요. 너희들도 알지? 재난을 불러오는 눈을 가진 그 재수없는 페르시아인 말이야."

"그래, 그래!" 어린 무용수들이 입을 모아 대답했다. 소녀들은 중지와 약지를 엄지와 붙인 채, 검지와 새끼손가락으로 그곳에 있지도 않은 페르시아인을 가리키면서 재앙을 쫓아내는 시늉을 했다.

"가브리엘 단장님이 얼마나 미신을 잘 믿는지는 알고 계시잖아요." 잠은 말을 계속해나갔다. "그런데다 절대 무례하게 구는 법이 없으시죠. 그래서 페르시아인을 만나도 조심스럽게 주머니에 손을 넣어 열쇠를 만지작거리기만 하세요.* 그런데 그날은 페르시아인이 갑자기 문간에 나타나는 바람에, 단장님은 재빨리 의자에서 일어나 옷장 자물쇠를 향해 달려간 거예요. 금속으로 된 걸 만지려구요. 그 와중에 코트는 못에 걸려 뒤가 모두 찢어져버렸대요. 하지만 단장님 머릿속에는 어서 빨리 그 방을 빠져

---

* 금속을 만지면 재앙을 쫓을 수 있다는 미신이 있다.

나가야겠다는 생각밖에 없었대요. 그래서 무척 허둥댔대요. 그러다가 그만 모자걸이에 앞이마를 세게 부딪혔대요. 어질어질 정신없이 뒷걸음질치는데 팔꿈치에 무대 막이 닿는 느낌이 들더래요. 그래서 근처에 놓인 피아노에 몸을 기대려는데 느닷없이 피아노 뚜껑이 닫히더니 손가락이 그만 꽉…… 단장님은 미친 사람처럼 사무실을 뛰쳐나오고 말았어요. 하지만 이번에는 계단 위에서 미끄러지는 바람에 굴러떨어졌지요. 마침 제가 엄마와 함께 그 옆을 지나가고 있었기에 망정이지…… 우리는 단장님을 일으켜세웠어요. 온몸이 상처투성이에, 얼굴에는 피가 흐르고 있었죠. 그 모습을 보고 우리는 깜짝 놀랐어요. 혼이 나갈 정도로요. 그런데도 단장님은 그 정도로나마 도망쳐나올 수 있었던 걸 하느님께 감사드리지 않겠어요? 그러고는 무엇 때문에 그렇게 놀랐는지 이야기해주었어요. 단장님은 페르시아인 뒤에서 유령을 보았던 거예요. 바로 그 해골 머리 유령 말이에요. 조제프 뷔케 씨가 말한 것과 똑같았다고 했어요."

잠은 유령이 바로 뒤에서 쫓아오기라도 하듯 숨도 한번 제대로 쉬지 않고 이야기를 몰아치더니 얘기를 다 끝낸 다음에야 비로소 가쁘게 숨을 몰아쉬었다. 이야기를 듣고 있던 사람들 모두 침묵에 빠져들었다. 라 소렐리는 굉장히 흥분해서 손톱을 물어뜯고 있었다.

"조제프 뷔케 씨는 입을 다물고 있는 편이 좋을 거야." 침묵을 깨뜨린 것은 메그 지리였다.

"왜 입을 다물고 있어야 하는데?" 누군가가 물었다.

"우리 엄마가 그랬어. 엄마는 그렇게 생각하신대." 조용히 목소리를 낮추며 메그가 대답했다. 그러고는 마치 이 방 안에 있는 사람들 외에 다른 누군가가 엿들을까 두려운 듯 불안한 눈빛으로 주위를 둘러보았다.

"네 엄마는 왜 그렇게 생각하시는데?"

"쉿! 조용히 해. 유령은 사람들 입에 오르내리는 것을 좋아하지 않는대."

"도대체 네 엄마가 왜 그렇게 말씀하신 건데?"

"그러니까…… 음, 그러니까…… 아무것도 아니야……"

이렇게 주저하며 우물쭈물하는 태도는 무용수들의 호기심을 더욱 부채질할 뿐이었다. 무용수들은 메그를 빙 둘러쌌다. 그리고 어서 설명해보라고 재촉했다. 그들은 어깨를 맞대고 서서 애원과 두려움이 뒤섞인 태도로 메그를 향해 동시에 몸을 쭉 뺐다. 그러고는 혈관을 얼어붙게 하는 공포감에 아슬아슬한 쾌감을 느끼면서 기대와 흥분 속에 서로 소곤거렸다.

"절대로 이야기하지 않겠다고 맹세했단 말이야!" 메그는 어쩔 줄 몰라했다. 하지만 꼬마 아가씨들은 순순히 물러서지 않았다.

비밀을 지키겠노라고 약속하며 메그를 부추겼다. 마침내 자신이 알고 있는 것을 사람들에게 자랑하고 싶은 마음에 입이 간질간질해진 메그는 문에서 시선을 떼지 않은 채 입을 열었다. "그러니까, 그건 개인 박스석 때문이야."

"개인 박스석?"

"유령의 박스석이지!"

"유령이 박스석을 가지고 있단 말이야?" 유령이 개인 박스석을 가지고 있다는 말에 꼬마 아가씨들은 호기심에 찬 두려운 마음을 숨길 수 없었다. "세상에! 어서 이야기해봐, 어서!"

"그렇게 큰 소리로 떠들지 마!" 메그가 말했다. "바로 5번 박스석이야. 2층 왼편 특별 박스석 옆에 있는 거 말야."

"맙소사! 말도 안 돼!"

"틀림없다니까. 우리 엄마가 그 박스석을 담당하고 있어. 하지만 너희들, 한마디도 입 밖에 내지 않겠다고 맹세하는 거지?"

"그래, 물론이지."

"그 박스석이 유령의 박스석이야. 한 달이 넘도록 그 자리에 앉은 사람이 아무도 없었대. 그 유령 외에는 말이야. 그리고 매표소에도 그 자리 표는 절대로 팔지 말라는 지시가 내려졌대."

"그렇다면 유령이 진짜로 그 자리에 온단 말이야?"

"그래."

"그래서 누가 왔는데?"

"누가 오긴! 유령이 왔지. 하지만 그 자리에는 아무도 없었어."

어린 무용수들은 의아한 시선을 주고받았다. 만약 유령이 박스석에 나타났다면 사람들 눈에 띄었을 것이다. 유령은 신사복을 입고 해골 머리를 한 채 다닌다니 말이다. 어린 무용수들은 메그에게 그 점을 지적하려고 했다. 그러나 메그가 선수를 쳤다.

"바로 그거야! 유령은 눈에 보이지 않아. 신사복도 입지 않고 해골도 아니라구! 해골이니 불타는 머리니 하는 말들은 모두 엉터리야! 박스석에는 아무도 없었어. 오직 숨소리만 들을 수 있었지. 엄마도 유령을 본 적은 한 번도 없대. 하지만 숨소리를 듣고 그곳에 유령이 있다는 걸 아셨대. 유령에게 프로그램까지 건네주셨는걸."

라 소렐리가 말참견을 했다. "메그 지리, 이 꼬마야. 우리를 놀리는 거지?"

이 말을 들은 메그는 울음을 터뜨렸다. "어떡하지? 입을 다물었어야 하는데. 만약 엄마가 이 사실을 아시면…… 하지만 내가 지금 한 말은 모두 진실이야. 조제프 뷔케 씨가 자기와 상관없는 일을 떠들고 다닐 이유는 하나도 없어. 계속 그러다가는 그 사람에게 나쁜 일이 생길 거야. 지난밤에 엄마가 그러셨어."

그때 복도에서 서둘러 달려오는 묵직한 발소리와 함께 숨가쁜 목소리가 들렸다. "세실! 세실! 거기 있니?"

"엄마 목소리야!" 잠이 말했다. "무슨 일이에요, 엄마?"

잠이 얼른 문을 열었다. 풍채 좋은 부인이 분장실 문을 박차고 쏜살같이 들어왔다. 그녀는 헉헉 숨을 내쉬며 안락의자에 털썩 주저앉았다. 안색은 흙빛으로 변해 있었고, 미친 사람처럼 눈동자를 이리저리 두리번거렸다. "세상에, 얼마나 놀랐는지! 이게 무슨 변괴람?" 잠의 엄마가 말했다.

"무슨 일이에요? 무슨 일인데요?"

"조제프 뷔케 씨가……"

"조제프 뷔케 씨가 뭐요?"

"조제프 뷔케 씨가 죽었단다!"

방 안은 순식간에 무용수 아가씨들이 내지르는 비명 소리로 아수라장이 되었다. 가까스로 정신을 차린 그들은 어서 자초지종을 설명해달라고 난리를 피웠다.

"무대 아래쪽 지하 3층에서 목을 맨 채로 발견됐어. 그런데 그보다 더 끔찍한 건," 가엾은 부인은 숨을 헐떡이며 말을 이었다. "그보다 더 끔찍한 건, 시체를 처음 발견한 무대장치 담당자들이 그러는데, 글쎄, 근처에서 꼭 장송곡 같은 음악이 들렸다는 거야."

"그 유령 때문이야!" 메그의 입에서 무심결에 탄성이 터져나왔다. 하지만 그 말을 내뱉고는 얼른 자신의 입을 손으로 틀어막

왔다. "아니야! 아니야! 난 말 안 했어! 아무 말도 하지 않았어!"

메그를 둘러싸고 있는 아가씨들은 기겁한 표정을 지은 채 신음 소리를 내며 중얼거렸다. "그래. 그 유령이 틀림없어!"

라 소렐리의 얼굴이 창백해졌다. "오늘밤 도저히 송사를 낭독할 수 없을 것 같아."

잠의 엄마는 유령이 이 일과 어떤 관계가 있는 게 틀림없다고 말하면서 테이블 위에 있던 물을 벌컥벌컥 들이켰다.

문제는 어느 누구도 조제프 뷔케가 어떻게 죽었는지 모른다는 사실이었다. 경찰 조사의 결론은 '평범한 자살'이었다. 드비엔과 폴리니의 자리를 이어받은 몽샤르맹은 『어느 극장 감독의 추억』에서 이때의 상황을 이렇게 묘사하고 있다.

드비엔과 폴리니가 자신들의 퇴임을 기념하며 준비했던 작은 파티는 예상치 못한 사건으로 엉망이 되어버렸다. 그때 나는 총감독 사무실에 있었는데, 지배인인 메르시에가 갑자기 뛰어들어왔다. 그는 반쯤 미친 사람 같았다. 무대장치 책임자가 무대 아래 지하실에서 밧줄에 목을 매단 채 발견됐다는 것이다. 〈라호르의 왕〉 공연시 사용되는 무대 배경과 세트 사이에서…… 나는 소리를 질렀다. "빨리 가서 끌어내리세!" 내가 계단과 야곱의 사다리*를 타고 내려갔을 때, 그 사람은 더이상 밧줄에 매달려 있지 않았고 밧줄은 사라지고 없었다.

몽샤르맹은 이 이상한 사건을 대수롭지 않게 생각했던 모양이다. 한 남자가 밧줄에 목을 맨 채 죽어 있었다. 사람들이 그를 끌어내리려고 달려갔다. 그런데 밧줄이 사라지고 없었다. 아, 몽샤르맹의 설명은 정말 간단했다. 그의 글을 계속 살펴보자. '그때는 발레 공연이 한창 진행되던 때였다. 발레리나들과 어린 무용수들은 액운을 막기 위해 서둘러 시신을 수습했다.' 상상해보라. 어린 무용수 아가씨들이 그렇게 빨리 야곱의 사다리를 타고 내려가 목을 매단 조제프의 시신에서 밧줄을 풀어내는 장면. 그게 그리 쉬운 일이었을까? 그 시체가 발견된 장소가 무대 아래 지하 3층이라는 점을 감안할 때, 나는 누군가가 애초의 목적을 이룬 밧줄을 가지고 유유자적 사라진 것이 아닐까 생각해본다. 내 상상이 틀린 것인지 맞는 것인지 언젠가는 밝혀질 것이다.

어쨌든 그 무시무시한 소식은 오페라하우스 전체에 퍼져나갔다. 조제프 뷔케는 매우 인기 있는 사람이었다. 이제 분장실에는 아무도 남아 있지 않았다. 무용수 아가씨들은 양치기 주위에 모여든 겁먹은 새끼양들처럼 라 소렐리 주위를 에워싼 채 어두운

---

*밧줄이나 체인에 나무 발판을 달아 만든 사다리를 일컫는 항해 용어.

복도와 계단을 지나 연회장으로 향했다. 분홍빛 작은 발로 최대한 종종걸음을 치면서.

제 2 장

새로운 마르그리트의 탄생

2층 계단에서 라 소렐리는 샤니 백작과 마주쳤다. 그는 막 계단을 올라오던 중이었다. 평소에는 침착하던 젊은 백작은 몹시 흥분한 듯했다. "지금 당신에게 가는 길이었소." 백작은 모자를 벗어 들면서 말을 이었다. "오! 소렐리, 얼마나 멋진 밤이오! 크리스틴 다에 양은 또 얼마나 훌륭했는지! 놀라운 성공이야!"

"다에 언니가 훌륭했다구요? 그럴 리가요!" 메그 지리가 외쳤다. "여섯 달 전만 해도 꼭 병든 수탉처럼 노래했는데! 어쨌거나 저희가 지나갈 수 있도록 길이나 좀 비켜주실래요, 백작님? 목을 맨 채 발견된 불쌍한 사람의 소식을 전하러 가는 길이니까요." 신참내기 무용수 아가씨는 과장되게 예의를 갖추며 빈정거리는 어조로 말했다.

바로 그 순간, 헐레벌떡 지나가던 지배인이 그 자리에 멈춰 서며 퉁명스럽게 말했다. "이런! 무용단원들까지 알고 있단 말이야! 좋아요. 어쨌든 여러분, 제발 오늘밤만은 모두들 조용히 있어주세요. 무엇보다 드비엔 씨와 폴리니 씨의 귀에는 들어가지 않도록 조심해야 합니다. 그렇잖아도 마지막 공연 때문에 얼마나 초조해하며 긴장하고 있는데."

그들은 모두 함께 오페라하우스 연회장으로 갔다. 연회장은 벌써 사람들로 가득 차 있었다.

샤니 백작의 말이 옳았다. 이제까지 오늘밤에 비견할 만한 축하 공연은 없었던 것이다. 그 자리에 있던 운 좋은 사람들은 지금까지도 자식과 손자 들에게 그날의 이야기를 감격스럽게 들려줄 정도였다. 상상해보라. 구노, 라이어, 생상스, 마스네, 기로, 들리브가 교대로 자신의 곡을 지휘했다. 포르와 크라우스가 노래를 했다. 그리고 이날 밤, 크리스틴 다에는 놀라움과 열광으로 가득 차 있는 청중들에게 자신의 진정한 모습을 처음으로 드러냈다.

구노는 〈꼭두각시의 장송 행진곡〉을 지휘했고, 라이어는 그의 아름다운 〈지구르트〉의 서곡을 연주했다. 또한 생상스는 〈죽음의 무도〉와 〈동방의 꿈〉을 연주했고, 마스네는 아직 발표되지 않은 〈헝가리 행진곡〉을 연주했다. 기로는 〈사육제〉를, 들리브는 〈실비아〉에 나오는 느린 왈츠곡과 〈코펠리아〉에 나오는 피치카토를 연주했다. 한편 크라우스는 〈시칠리아의 저녁 기도〉에 나오는 볼레로를 노래했고, 드니즈 블로크는 〈루크레치아 보르자〉에 나오는 축배의 노래를 불렀다.

하지만 이날의 진정한 승자는 누가 뭐래도 크리스틴 다에였다. 그녀는 구노의 〈로미오와 줄리엣〉에 나오는 아리아로 이날의 노래를 시작했다. 그녀가 구노의 작품을 노래한 것은 이번이 처음으로, 아직 오페라로 편곡되지도 않은 작품이었다. 옛날 리리크 극장에서 카르발로에 의해 초연된 후 오페라 코미크에서 재연된 적이 있었을 뿐이다. 아! 크리스틴 다에가 부르는 줄리엣의 노래를 듣는 행운을 누리지 못한 자들은 얼마나 딱한가. 그녀의 우아함에 감탄하고, 천사 같은 목소리에 뼛속까지 감동받고, "오, 주여! 주여! 주여! 우리를 용서하소서!"라는 마지막 소절을 들으며 자신들의 영혼이 그녀의 영혼과 함께 베로나의 연인들 무덤 위로 비상하는 기분을 느껴보지 못한 자들은 얼마나 딱한가.

하지만 〈파우스트〉에 나오는 감옥 장면과 마지막 삼중창을 부를 때의 다에의 목소리에 비하면 그것은 아무것도 아니었다. 도저히 인간의 목소리라고 할 수 없었다. 이날 다에가 노래를 부르게 된 것은 그날 마르그리트 역을 맡기로 되어 있던 라 카를로타가 몸이 아팠기 때문이다. 이와 같은 공연은 어느 누구 하나 본 적도, 들은 적도 없었다. 다에는 그날 밤 새로운 마르그리트로 등극했다. 지금까지 그 누구도 예상하지 못했던 눈부신 광휘와 영광에 싸인 마르그리트가 탄생한 것이다. 그녀의 탄생을 바라보던 오페라하우스는 온통 열광에 휩싸였다. 사람들은 자리에서 일어나 환성을 지르고 박수를 치고 휘파람을 부는 등 광적인 찬사를 보냈다. 관객들의 열렬한 지지에 감격한 크리스틴 다에는 눈물을 글썽이며 흐느끼다가 동료 가수의 품에서 기절하고 말았다. 동료들은 크리스틴을 급히 분장실로 데려가야만 했다. 그녀는 마치 마지막 숨을 쉬고 있는 것처럼 보였다.

유명한 평론가 P. 드 St-V.는 이 대단한 순간에 대한 기억을 '새로운 마르그리트의 탄생'이라는 제목의 기사를 통해 남긴 바 있다. 뛰어난 예술가다운 세심함을 갖춘 그는, 이 아름답고 사랑스러운 가수가 이날 공연에서 단순히 예술을 펼친 것이 아니라 그녀의 영혼을 펼쳐 보였다는 것을 이해했다. 파리의 오페라 애호가라면 누구나 크리스틴 다에의 영혼이 어린아이의 그것처럼 순수하다는 사실을 알 것이다. 그렇기에 평론가 P. 드 St-V.는 이날 크리스틴에게 일어난 일을 이해하기 위해서는 "그녀가 생애 처음으로 사랑에 빠졌다고 생각할 수밖에 없다"고 쓴 것이다.

경솔하게 말하고 싶지는 않지만, 오직 사랑만이 그런 기적을 행할 수 있고, 경탄할 만한 변화를 불러올 수 있다. 이 년 전 파리 콩세르바투아르 콩쿠르에서 크리스틴 다에의 노래를 처음 들었을 때, 매혹적인 장래성은 이미 엿볼 수 있었다. 하지만 오늘 공연은 숭고 그 자체였다. 대체 어디에서 이런 숭고함이 온 것인가? 만약 그 목소리가 천사의 날개를 타고 하늘에서 내려온 것이 아니라면, 분명 지옥에서부터 올라온 것이리라. 오프터딩겐의 음유시인*처럼 악마와 계약을 맺은 것이리라. 크리스틴 다에가 부른 〈파우스트〉의 마지막 삼중창을 들어본 사람만이 진정으로 〈파우스트〉에 대해 안다고 말할 자격이 있다. 크리스틴 다에의 환상적인 목소리와, 순수한 영혼의 신비롭고 쾌활한 기운은 그 누구도 능가할 수 없다.

몇몇 오페라하우스 회원들은 항의하기까지 했다. 어째서 지금까지 이런 엄청난 보물을 숨겨두고 있었는가? 그 전까지 크리스틴 다에는 명가수 카를로타가 연기하는 다소 눈부시고 육감적인 마르그리트의 그늘 밑에서 선량한 시에벨의 역을 맡아왔다. 그러므로 오페라하우스 총감독들을 위한 고별 공연에서 원래 스페

---

* 독일 작가 E.T.A 호프만이 쓴 단편소설 「가수들의 경연대회」의 남자 주인공.

인 출신의 디바를 위해 마련된 프로그램을 건네받아 어린 다에가 자신의 모든 역량을 유감없이 발휘하게 된 것은, 카를로타의 도저히 이해할 수도 없고 변명의 여지도 없는 돌연한 불참 때문이었다! 어째서 드비엔과 폴리니는 다에에게 대역을 맡긴 것일까? 그들은 다에의 숨겨진 재능을 알고 있었단 말인가? 그렇다면 왜 그 재능을 숨겨왔는가? 무엇 때문에 다에 스스로도 자신의 재능을 숨겨왔을까? 정말로 이상한 점은 다에가 그 순간까지도 특별히 노래 교습을 받지 않았다는 것이다. 앞날을 대비해서 혼자 연습하고 있었다고 말하긴 했지만 말이다. 모든 일이 수수께끼였다.

샤니 백작 역시 자리에서 일어나지 않을 수 없었다. 그는 관객들이 열광적인 함성을 내지르는 것을 지켜보며 그들과 함께 우레와 같은 환호성을 질렀다.

샤니 백작(필립 조르주 마리)은 당시 마흔한 살이었다. 대단한 귀족 가문 출신이었으며, 다소 큰 키에 상당한 미남이었다. 단단해 보이는 이마와 조금 차가워 보이는 눈빛에도 불구하고 그는 아주 매력적인 사람이었다. 여자들에게는 특별히 예의가 발랐지만 남자들에게는 거만하게 구는 편이었다. 남자들은 샤니 백작이 이룬 사회적인 성공 때문에 그를 좋게 보지 않았다. 하지만 샤니 백작은 훌륭한 마음씨와 흠잡을 데 없는 양심의 소유자였다. 필리베르 노백작의 죽음으로, 샤니 백작은 프랑스에서 가장 오래되고 명망 있는 가문의 계승자가 되었다. 가문의 기원이 무려 14세기까지 거슬러올라가는 샤니 가문은 엄청난 재산을 보유하고 있었다. 홀아비였던 늙은 백작이 죽었을 때, 그토록 엄청난 재산의 경영을 맡는다는 것은 필립으로서도 쉬운 일이 아니었다. 두 여동생과 남동생 라울은 자신들의 몫을 챙겨야 한다는 사람들의 말에 아랑곳하지 않았다. 오히려 장자상속의 권리가 한번도 끊긴 적이 없는 것처럼 모든 권리를 포기하고 결정을 전적으로 필립의 손에 맡겼다. 두 여동생은 같은 날 동시에 결혼식을 올리면서 오빠로부터 상당한 재산을 넘겨받았다. 그러나 그것은 그녀들이 당연히 받아야 할 유산이 아니라 지참금 명목이었으며, 동생들은 그것에 대해 오빠에게 진심으로 고마워했다.

샤니 가문의 백작부인이었던 모에로지스 드 라 마르티니에르는 라울을 낳자마자 죽고 말았다. 형 필립이 스무 살 되던 해의 일이었다. 노백작이 죽었을 때 라울은 겨우 열두 살이었다. 필립은 어린 동생의 교육에 지대한 관심을 기울였다. 처음에는 두 여동생의 도움이 큰 힘이 되었으며 나중에는 나이 든 친척 아주머니인 해군 장교의 미망인에게 도움을 받았다. 브레스트에 살고 있던 그 미망인은 어린 라울에게 바다에 대한 꿈을 심어주었다. 라울은 일찍이 보르다호(號)에 들어가서 모든 훈련 과정을 훌륭하게 이수하고, 한가롭게 전 세계를 항해했다. 가문의 강력한 영향력 덕분에 라울은 막 상어호의 공식 탐험대원으로 임명된 상태였다. 그 배는 삼 년 동안 아무 소식도 없는 다르투아 탐험대의 생존자들을 찾아서 북극으로 향할 예정이었다. 원정을 기다리며 라울은 앞으로 육 개월 동안은 이어질 휴가를 즐기고 있었다. 포부르 생제르맹의 귀부인들 사이에서는 잘생기고 섬세한 그 젊은이가 너무 고된 일에 매이게 돼서 안됐다는 동정의 소리가 높았다.

그 젊은 선원의 수줍음은—나는 차라리 순진함이라고 말하고 싶다—유별났다. 그는 방금 엄마의 치마폭에서 벗어난 어린아이 같았다. 아마 두 누이와 미망인의 귀여움을 듬뿍 받고 자란데다, 전적으로 여성적인 교육을 받았기 때문일 터였다. 하지만 라울은 솔직하고 매력 넘치는 젊은이였다. 스물한 살을 갓 넘긴 나이였지만 라울은 열여덟 살처럼 보였다. 옅은 황금빛 콧수염과 보석처럼 반짝이는 푸른 눈동자에, 혈색은 마치 소녀 같았다.

필립은 라울을 지나칠 정도로 애지중지했다. 라울을 무척 자랑스럽게 여겼고, 동생이 해군에서 이루게 될 영광스러운 업적을 생각하며 기뻐했다. 샤니 가문의 조상 중에는 저 유명한 샤니 드 라 로슈처럼 해군 제독의 지위에 오른 사람도 있었다. 필립은 휴가 기간을 이용하여 동생에게 파리의 화려함과 예술적인 즐거움을 보여주고 싶었다. 백작은 라울 정도의 나이에 너무 착하기만 한 것도 좋은 일이 못 된다고 생각했던 것이다. 필립 자신으로 말하자면, 그는 일과 오락을 모두 적절하게 조화시킬 수 있는 인물이었다. 백작의 행동은 언제나 흠잡을 데가 없었다. 그러므로 동생에게 나쁜 본보기가 될 리는 없었다. 필립은 자신이 가는 곳이면 어디나 동생을 데리고 다녔다. 심지어 무용수 아가씨들에게까지 그를 소개시켜주었다. 나는 백작이 라 소렐리와 '교제' 하고 있었다는 소문에 대해 알고 있다. 하지만 필립 정도의 품성을 갖춘 사람이라면 그 정도 소문에 흠이 갈 리 없을 터였다. 그는 독신이었고, 특히 누이들이 모두 결혼한 뒤로는 무척 여유로 웠다. 그래서 이따금씩 수석 무용수인 라 소렐리와 저녁을 먹고 한두 시간쯤 함께 보내곤 했던 것이다. 그 아가씨는 그다지 재치 있다고는 할 수 없었지만, 지금까지 한 번도 보지 못했을 만큼 아름다운 눈동자를 가지고 있었다. 더구나 백작이라는 지위를 가진 그로서는, 진정한 파리지엔이라면 반드시 모습을 나타내야 하는 장소가 몇 군데 있었는데, 당시에는 오페라하우스의 연회 장이 바로 그런 곳이었다. 그래도 라울이 먼저 형에게 요청하지 않았다면, 필립은 오페라 무대 뒤까지 동생을 데려가지는 않았을 것이다. 훗날 백작은 라울이 끈질기게 자신의 요청을 들어달라고 부탁했다는 사실을 고백했다.

그날 저녁, 다에의 노래에 찬사를 보내던 필립은 동생 쪽으로 몸을 돌렸다. 라울의 얼굴이 몹시 창백했다.

"저 아가씨가 기절하는 거 보셨어요?" 라울이 말했다.

그 순간 크리스틴 다에는 정말로 부축을 받고 있었다.

"내가 보기엔 너 역시 금방이라도 기절할 것 같구나. 무슨 일이냐?" 백작이 동생 쪽으로 몸을 기울이며 말했다.

하지만 라울은 이미 정신을 추스르고 자리에서 일어났다. "어서 가봐요." 라울은 떨리는 목소리로 말했다.

"어딜 가자는 거냐?" 흥분한 듯한 동생의 반응에 놀란 백작이 물었다.

"우리 어서 가봐요. 크리스틴이 저렇게 훌륭하게 노래를 부른 적은 한 번도 없었어요."

백작은 흥미로운 듯 동생을 바라보며 입가에 미소를 지었다. "하!" 그러고는 즐거운 얼굴로 재빨리 덧붙였다. "그래, 그럼 어서 가보자꾸나."

두 사람은 곧 정기회원들이 드나드는 문 앞에 섰다. 수많은 관객들이 몰려들어 있었다. 라울은 자신도 모르는 사이에 장갑을 물어뜯고 있었다. 마음 좋은 필립은 자신과 아무런 상관도 없는 오페라하우스의 일에 그토록 초조해하는 동생의 모습을 보며 차마 비웃을 수가 없었다. 그리고 순간 깨달았다. 동생이 넋나간 사람처럼 행동하는 이유를, 계속해서 화제를 오페라 공연으로 돌리려 하는 이유를.

두 사람은 무대 쪽으로 나아갔다. 검은 신사복을 입은 사람들한 무리가 대기실과 분장실 쪽으로 가고 있었다. 무대장치 담당자들의 목소리와 관리자들의 날카로운 외침이 한데 뒤엉켜 들려왔다. 마지막 장면에 출연했던 단역배우들이 빠져나가고, 무용수들이 앞다퉈 지나가고, 세트를 교체하고, 무대 배경을 철거하고, 무대장치를 망치로 설치하고, 사람들이 여기저기서 '지나갈게요' 소리를 지르며 점잖은 중산모를 엉망으로 만들거나 등을 쿡 찌르며 돌아다녔다. 중간 휴식시간의 번잡함은 부드러운 콧수염에 푸른 눈동자, 소녀 같은 안색을 지닌 젊은이의 혼을 쏙 빼놓았다. 그는 최대한 빠른 걸음으로 크리스틴 다에가 성공을 거둔 곳이자, 한편으로는 그 아래에서 조제프 뷔케가 죽음을 맞은 무대를 가로질렀다.

오페라하우스가 이렇게까지 소란스러웠던 적은 없었고, 또 라울이 그렇게 대담하게 행동한 것도 처음이었다. 그는 일부러 어깨를 밀치며 앞으로 나아갔고, 주위에서 무슨 소리를 하든 신경쓰지 않았다. 깜짝 놀란 무대장치 담당자들이 떠드는 소리도 무시하고 지나갔다. 라울은 마법의 목소리로 자신의 심장을 뿌리째 뽑아가버린 여인의 모습을 보겠다는 욕망에 완전히 사로잡혀 있었다. 그랬다. 그는 자신의 가련한 심장이 더이상 자신의 것이 아님을 느끼고 있었다. 어릴 적 보았던 크리스틴이 다시 그의 삶 안으로 들어온 그날 이후로 라울은 자신의 감정을 통제하려 부단히 노력했다. 하지만 소용없었다. 크리스틴을 바라보고 있으면 밀려오는 감미로운 감정을 도저히 막을 수 없었다. 라울은 자신과 자신의 신념을 굳게 지키는 사람이었다. 그는 아내가 될 한 여자만을 사랑하겠다고 결심한 터였다. 하지만 오페라 가수와의 결혼은 생각도 할 수 없는 일이었다. 그럼에도 밀려드는 이 감정은 어떻게 할 것인가. 이 감정은 열정일까? 아니면 단순한 욕망일까? 그는 가슴이 아팠다. 누군가가 그의 가슴을 열어 심장을 도려내기라도 한 것처럼 지독한 공허를 절감했다. 이 가슴 저린 공허는 다에의 심장이 아니고서는 결코 채워지지 않을 것 같았다. '한눈에 반한' 적이 있는 사람, 사랑의 감정에 강하게 사로잡혀본 적이 있는 사람만이 이해할 수 있는 특이한 심리적 파국의 징후였다.

필립 백작은 라울의 뒤를 따라가느라 애를 먹으면서도 미소를 잃지 않았다.

무대 뒤편에서 이중문을 통과해 연회장을 지나자 1층 뒤쪽 발코니의 왼편 좌석으로 이어지는 계단이 나타났다. 그곳에서 라울은 떼지어 몰려나오는 무용수 아가씨들 때문에 멈춰 서지 않을 수 없었다. 아가씨들은 라울이 들어가려는 길목을 가득 메우고 있었다. 화장을 한 무용수 아가씨들의 오물거리는 조그만 입술에서 라울을 향한 불평이 화살처럼 쏟아져나왔다. 하지만 라울은 한마디도 대꾸하지 않았다. 라울은 가까스로 인파를 헤치고 나가 어둠침침한 복도로 뛰어들었다. "다에! 다에!" 복도에는 이미 수많은 관객들이 몰려들어 다에의 이름을 연호하고 있었다. 백작은 라울이 무대 뒤의 지리를 잘 알고 있다는 사실에 깜짝 놀랐다. 자신은 한 번도 동생을 크리스틴에게 데려온 적이 없었던 것이다. 그리고 마침내, 자신이 휴게실에서 라 소렐리와 있는 동안 라울이 혼자 이곳에 왔던 것이 틀림없다고 결론지었다. 라 소렐리는 종종 무대로 나갈 시간이 될 때까지 함께 있어달라고 졸라대곤 했다. 심지어는 반짝이는 비단 토슈즈나 아름다운 색깔의 타이츠를 보호하기 위해 계단을 내려갈 때 신는 각반을 그에게 맡긴 적도 있었다. 라 소렐리에게 나름의 변명거리가 없는 것은 아니었다. 사랑하는 어머니를 잃었던 것이다.

백작은 예정되어 있던 라 소렐리 방문도 뒤로 미룬 채 동생의 뒤를 따라갔다. 다에의 분장실로 이어지는 복도는 몰려온 사람들로 문전성시를 이루고 있었다. 처음 있는 일이었다. 오페라하우스 전체가 다에의 성공적인 공연과 그 이후의 기절 사건으로 흥분에 싸여 있었다. 이 아름다운 아가씨는 아직도 정신이 돌아오지 않은 상태였지만, 도움의 손길을 줄 의사가 가까이 있었다.

주치의가 군중을 헤치며 들어왔다. 라울도 주치의 뒤를 바짝 쫓아 다에의 분장실로 들어섰다. 의사에게 응급처치를 받은 크리스틴은 라울의 품에 안겨 가까스로 눈을 떴다. 백작을 비롯한 다른 많은 사람들은 여전히 웅성거리며 문가에 서 있었다.

"의사 선생님. 여기 계신 신사분들은 모두 나가시는 편이 환자의 안정을 위해 더 낫지 않을까요? 도대체 이 방은 숨 쉴 틈도 없군요." 라울이 믿기지 않을 정도로 대담하게 물었다.

"당신 말이 맞아요." 의사가 동의했다.

의사는 라울과 하녀만 남기고 사람들을 모두 밖으로 내보냈다. 하녀는 놀라움에 가득 찬 시선으로 라울을 쳐다보았다. 한 번도 본 적이 없는 사람이었다. 하지만 감히 누구냐고 물어볼 수 없었다. 의사마저도 이 젊은이가 이렇게 당당하게 행동하는 데는 그럴 만한 권리가 있기 때문일 거라고 생각했다. 그렇게 해서 라울은 크리스틴이 의식을 되찾을 때까지 그녀를 돌보면서 그곳에 머무를 수 있었다. 크리스틴에게 축하 인사를 전하러 찾아온 드비엔과 폴리니마저도 다른 신사들과 함께 분장실 밖으로 쫓겨났다.

샤니 백작은 사람들 틈에 서서 중얼대며 묘한 웃음을 흘리고 있었다. "세상에! 그런 거였군, 허허 참. 계집애 같기만 하던 애송이 녀석이! 결국 녀석도 샤니 혈통을 이어받은 거야!" 백작은 발길을 돌려 라 소렐리의 분장실로 향했고, 가던 길에 그녀를 만났다. 라 소렐리는 두려움에 떠는 무용수 아가씨들을 이끌고 계단을 내려오던 중이었다.

한편 분장실 안에서는 크리스틴 다에가 깊은숨을 내쉬고 있었다. 옆에서 걱정스레 그녀를 지켜보고 있던 라울 역시 안도의 한숨을 내쉬었다. 한숨 소리가 나는 쪽으로 고개를 돌린 다에는 라울을 발견하고는 깜짝 놀라는 듯했다. 그러나 곧바로 의사를 쳐다보고는 미소를 지어 보였다. 다에는 하녀의 얼굴을 쳐다보더니 다시 라울 쪽으로 고개를 돌렸다. "누구……?" 다에의 목소리는 속삭이는 것처럼 작았다. "당신은 누구시죠?"

"마드무아젤." 라울은 한쪽 무릎을 꿇고 음악의 여신인 디바의 손에 열렬한 키스를 바쳤다. "당신의 스카프를 건지기 위해 바다로 뛰어들었던 그 어린 소년입니다."

크리스틴은 어리둥절한 표정을 지으며 의사와 하녀를 번갈아 쳐다보았다. 시선을 주고받던 세 사람은 마침내 웃음을 터뜨리고 말았다.

"마드무아젤, 당신이 저를 알아보지 못하니 당신과 조용히 이야기를 나누고 싶습니다. 아주 중요한 이야기입니다."

"제 몸이 괜찮아지면 그렇게 하지요. 그래도 되겠지요? 염려해주셔서 감사해요." 다에의 목소리는 흔들리고 있었다.

"그래요, 젊은 신사. 이제 그만 가보시오. 아가씨는 제가 잘 돌봐드리겠소." 의사는 상냥한 미소를 지으며 말했다.

"아니에요." 갑자기 이상할 정도로 생기를 되찾은 크리스틴이 말했다. 그녀는 손가락으로 이마를 문지르며 몸을 일으켰다. "고맙습니다, 의사 선생님. 하지만 이제 전 괜찮으니 혼자 있게 해주세요. 자, 다들 나가세요. 오늘밤은 몹시 피곤하군요."

의사는 잠시 주저하는 듯했다. 하지만 다에가 어느 정도 기운을 차린 것을 보고, 그녀의 말을 들어주는 것이 좋겠다고 생각했는지 라울과 함께 방을 나섰다.

"오늘밤 다에는 평소의 모습이 아닌걸. 항상 온순한 아가씨였는데." 의사는 힘없는 라울을 향해 말을 건네고는 자리를 떴다.

복도는 버려진 공간처럼 썰렁했다. 라울 혼자만이 남았다. 고별 파티는 무용단 연회장에서 벌어지고 있는 것이 틀림없었다. 라울은 다에가 그곳으로 갈지도 모른다고 생각하고 조용히 기다렸다. 복도의 어두운 그늘 속에 몸을 감추고 서 있으려니, 심장근처에 격렬한 아픔이 느껴졌다. 라울의 머릿속에는 한시라도 빨리 자신의 이러한 아픔을 다에에게 모두 털어놓고 싶은 생각뿐이었다. 갑자기 분장실 문이 열리더니 하녀가 혼자서 밖으로 나왔다. 하녀는 옷 보따리를 들고 있었다. 라울은 하녀에게 아가씨가 어떠냐고 물어보았다. 하녀는 히죽 웃으며 아가씨는 몸도 마음도 아주 편안하다고 말했다. 그리고 라울에게 아가씨를 방해하지 말라고, 아가씨는 지금 혼자 있고 싶어한다고 말했다. 하녀는 그렇게 말하고서 가버렸다. 라울의 마음속에는 오직 한 가지 생각만이 활활 불타오르고 있었다. '그래! 다에는 나를 위해 혼자 있고 싶어한 거야! 그녀를 조용히 만나고 싶다고 내가 말하지 않았던가!'

흥분으로 숨도 제대로 쉬지 못하면서 라울은 분장실 쪽으로 천천히 다가갔다. 그리고 다에의 대답을 조금이라도 잘 듣기 위해 문 쪽으로 귀를 기울였다. 이제 문을 두드리는 거야. 하지만 라울은 슬며시 손을 떨어뜨리고 말았다. 분장실에서 웬 남자의 목소리가 새어나오고 있었던 것이다. 권위가 느껴지는 독특한 목소리였다. "크리스틴, 당신은 나를 사랑해야 하오!"

그러자 슬픔에 가득 찬 크리스틴의 목소리가 들렸다. 눈물을 흘리는 듯, 가냘프게 떨리고 있었다. "어떻게 그런 말을 할 수 있죠? 나는 오직 당신만을 위해 노래를 불렀는데!"

순간 라울의 심장은 영원히 멈추는 듯했다. 그는 격렬한 마음의 고통을 누그러뜨리기 위해 문에 몸을 기대지 않을 수 없었다. 멈출 것만 같았던 라울의 심장이 이번에는 박동 소리가 들릴 정도로 크게 고동치기 시작했다. '내 심장이 계속해서 이렇게 크게 울려댄다면 저 안에서도 이 소리가 들릴지 몰라. 문이 열리고,

나는 초라한 모습으로 황급히 돌아서야겠지. 샤니 가문 사람이 도대체 이게 무슨 꼴이람! 문 뒤에서 남의 말이나 엿듣다가 들키다니!' 라울은 심장의 거친 박동을 멈추기 위해 두 손으로 가슴을 꽉 움켜잡았다. 하지만 사냥개에게 재갈을 물리듯 심장을 뛰지 않게 할 수는 없는 법. 심지어 사냥개가 사납게 짖는 것을 막으려고 두 손으로 주둥이를 붙잡는다 해도 으르렁거리는 소리가 새어나오는 걸 막을 수는 없다.

남자의 목소리가 또다시 들려왔다. "많이 피곤한가?"

"아, 오늘밤 저는 당신에게 영혼을 바쳤어요. 저는 이미 죽은 거나 다름없어요!"

"오, 크리스틴, 당신의 영혼은 정말 아름답소!" 엄숙한 남자의 목소리가 계속되었다. "고맙소. 어떤 황제도 그렇게 귀중한 선물을 받아보진 못했을 거요. 오늘밤에는 천사들도 눈물을 흘렸을 거요."

그리고 아무 말도 들려오지 않았다. 하지만 라울은 그 자리를 떠날 수가 없었다. 들키지 않을까 두려운 마음에 더 어두운 복도 구석으로 몸을 감추었을 뿐이다. 그는 그곳에서 다에의 분장실에서 나오는 남자의 모습을 지켜보기로 결심했다. 그 짧은 순간 동안 라울은 사랑과 증오를 동시에 경험하고 있었다. 자신이 사랑에 빠졌다는 것은 분명했다. 이제 증오의 대상이 누구인지 반드시 알아야 했다. 하지만 놀랍게도 문이 열리고 모습을 드러낸 사람은 털코트를 입고 베일로 얼굴을 가린 다에뿐이었다. 다에는 조심스레 문을 닫았지만 잠그지는 않았다. 라울은 그것을 놓치지 않았다.

다에가 그의 곁을 지나갔다. 하지만 라울의 시선은 그녀의 뒤를 좇고 있지 않았다. 오직 문 쪽에만 고정되어 있었다. 하지만 문은 다시 열리지 않았다. 복도에는 다시 적막감이 감돌았다. 라울은 문 앞으로 조심스레 다가갔다. 그리고 성호를 그은 후, 분장실 문을 열었다. 아무도 없었다. 가스등마저 꺼진 방 안에는 칠흑 같은 어둠뿐이었다.

"누구 있어요?" 라울은 문에 등을 대고서 떨리는 목소리로 외쳤다. "숨지 말고 나와봐요!" 그러나 어둠과 침묵뿐이었다. 자신의 숨소리 외에는 아무 소리도 들리지 않았다. 마침내 라울은 자신도 모르는 사이에 자제력을 잃고 말았다. "내가 보내주기 전까지 너는 이 방에서 절대로 못 나가! 대답을 못하는 걸 보니 겁쟁이인 모양인데, 좋아! 내가 너를 찾고야 말 테다." 라울은 성냥불을 켰다. 희미한 불꽃이 타올랐다. 그러나 분장실 안에는 아무도 없었다!

라울은 얼른 문을 잠그고 가스등을 켰다. 그리고 옷장으로 다가가 문을 열어젖히고 그 안을 더듬었다. 옷장 안을 더듬는 그의 손이 땀으로 축축해졌다. 아무도 없다니!

"어떻게 이럴 수 있지?" 라울은 큰 소리로 말했다. "내가 미친 건가?" 라울은 몇 분 동안이나 정적만 맴돌고 있는 텅 빈 분장실 안에 서서 가스등 불빛이 타는 소리를 듣고 있었다. 내가 미친 걸까? 라울은 방 안을 빠져나와 무작정 걷기 시작했다. 그는 자신이 무엇을 하고 있는지 혹은 어디로 가고 있는지 전혀 의식하지 못했다. 사랑에 눈먼 남자였지만, 분장실을 나오면서 다에의 머리끈 하나 훔칠 생각도 하지 못했다. 그런 물건이라면 사랑하는 여인의 체취를 듬뿍 느끼게 해줄 텐데.

문득 차가운 물방울이 그의 얼굴에 떨어졌다. 라울은 자신이 층계참에 서 있다는 것을 깨달았다. 그의 뒤쪽에서 일꾼들이 하얀 천으로 덮여 있는 무언가를 들것에 실어 나르고 있었다. "실례지만, 나가는 길이 어딥니까?" 라울은 일꾼 중 한 사람에게 물었다.

"저기 안 보여요? 앞으로 곧장 가시오. 문이 열려 있을 테니. 자, 길 좀 비켜주시구려."

라울은 아무 생각 없이 들것을 가리키며 물었다. "그게 뭐죠?"

"조제프 뷔케 씨의 시신이오. 무대 밑 지하 3층에서 발견됐다오. 〈라호르의 왕〉 무대 배경과 세트 사이에서 목을 매달았지."

라울은 모자를 벗어 들었다. 그리고 행렬이 빠져나갈 수 있도록 옆으로 물러섰다.

제 3 장

유령의 계약서

드비엔과 폴리니는 자신들이 퇴임하는 진짜 이유를 오페라하우스의 새로운 총감독인
아르망 몽샤르맹과 피르맹 리샤르에게 처음으로 은밀하게 밝힌다

다른 한쪽에서는 고별식이 한창 열리고 있었다.

이 장엄한 행사는 파리 오페라하우스의 총감독 드비엔과 폴리
니의 퇴임을 기념하기 위한 것이라고 앞서 이야기한 바 있다.

다소 감상적이기는 하지만 더할 나위 없이 완벽한 이날의 프
로그램을 실현하는 데에는 파리의 사교계와 예술계에서 손꼽히
는 많은 명사들의 도움이 절대적이었다. 공연이 끝난 후, 사람
들은 무용단의 연회장에 모였다. 라 소렐리는 한 손에 샴페인잔
을 들고, 입으로는 준비해온 송사를 초조하게 연신 중얼거리면
서, 퇴임하는 두 감독이 도착하기만을 기다리고 있었다. 다른 무
용수들은 나이가 많건 적건 이날 일어난 사건에 대해 이야기하

느라 정신이 없었다. 그들은 친구들과 속삭이며 의미심장한 손
짓을 교환하기도 했다. 불랑제가 그린 〈군무〉와 〈전원의 무도〉가
걸린 비스듬한 복도를 따라 마련해놓은 저녁 식탁 주위는 사람
들로 북적거렸다.

벌써 평상복으로 갈아입은 무용수들도 몇몇 있었지만, 대부분
은 하늘하늘한 천으로 된 화려한 무대 의상을 입고 있었다. 모두
들 이날 행사를 위해 특별히 표정 관리를 해야 한다고 생각했다.
다만 열다섯 살, 정말로 행복한 나이의 꼬마 잠만이 벌써 유령이
나 조제프 뷔케의 죽음 따위는 까맣게 잊어버린 듯, 잠시도 쉬지
않고 수다를 떨며 호들갑스럽게 웃음을 터뜨렸고, 주위를 뛰어
다니면서 지나가는 사람들의 발을 걸며 장난을 쳤다. 마침내 드
비엔과 폴리니가 연회장 계단에 모습을 나타냈다. 마음이 초조
한 라 소렐리는 장난치는 잠을 호되게 나무랐다.

퇴임하는 두 감독의 표정은 무척이나 유쾌해 보였다. 지방에
서는 이런 모습이 놀라워 보이겠지만 이런 것이 바로 파리의 방
식이다. 너무나 슬프고 우울할 때 쾌활한 표정을 짓거나, 마음속
으론 몹시 기쁘지만 짐짓 지루하고 무관심한 척하는 것, 이런 태
도를 취할 수 없는 사람은 진정한 파리지엔이라 할 수 없는 법이
다. 파리지엔들은 친구가 곤란에 처했다는 것을 알아도 친구를
위로하지 못할 것이다. 그 친구는 벌써 마음의 평온을 되찾았다

고 말할 테니까. 친구가 굉장한 행운을 만났어도 파리지엔들은 아주 조심스럽게 축하의 말을 전한다. 그들은 그 친구의 행운이 기쁘더라도 짐짓 무관심한 척한다. 파리지엔들에게 인생이란 가면무도회와도 같다. 더구나 무용단의 연회장 같은 곳은 드비엔이나 폴리니처럼 널리 알려진 사람들이 마음속의 슬픔을 드러내는 실수를 저질러서는 절대로 안 되는 장소인 것이다. 아무리 깊은 슬픔이라 해도 말이다. 실제로, 라 소렐리가 송사를 낭독하기 시작했을 때 두 퇴임 감독은 얼굴 가득 미소를 띠었다. 그런데 그 순간, 꼬마 잠이 미친 듯이 비명을 질러댔다. 퇴임 감독들의 얼굴에서 미소가 사라지고 지금까지 감추고 있던 절망과 괴로움의 표정이 떠올랐다. "오페라의 유령이다!"

잠은 형용할 수 없는 공포를 담은 목소리로 외쳤다. 잠의 손가락은 신사들 중 한 사람을 가리키고 있었다. 그 신사의 얼굴은 너무나 파리하고 음울하고 추악했으며, 불쑥 튀어나온 눈썹 밑에는 깊고 어두운 두 개의 구멍이 자리하고 있었다. 해골 같은 얼굴이었다. 사람들은 웅성거리기 시작했다.

"오페라의 유령이래! 오페라의 유령이라구!" 연회장에 있던 사람들은 모두 웃음을 터뜨리며 오페라의 유령에게 잔을 권하기 위해서 옆사람을 밀고당기면서 법석을 떨었다. 하지만 그 신사는 이미 사라지고 없었다. 사람들의 틈을 헤치고 소리 없이 빠져나간 것이다. 사람들이 그를 찾아보았지만 아무 소용 없었다. 그러는 동안 두 노신사는 꼬마 잠을 진정시키려고 애를 쓰고 있었고 그 옆에서 메그 지리가 공작새처럼 비명을 질러댔다.

라 소렐리는 무척 화가 났다. 송사 낭독을 제대로 끝낼 수 없었기 때문이다. 감독들은 라 소렐리에게 키스를 하며 송사에 대한 고마움을 전했다. 그러고는 유령만큼이나 재빨리 그 자리에서 사라져버렸다. 아무도 그 사실에 대해 놀라지 않았다. 두 감독은 위층에서 열리고 있는 가수들의 연회에 참석해야 했기 때문이다. 연회가 끝난 뒤에는 마지막으로 개인적인 친구들을 접대하는 일이 기다리고 있었다. 감독 사무실 밖에 있는 로비에는 저녁 만찬이 준비되어 있었다.

퇴임한 두 감독은 만찬 석상에서 새로 온 총감독들을 만났다. 아르망 몽샤르맹과 피르맹 리샤르였다. 퇴임 감독들은 그들에 대해 아는 바가 하나도 없었음에도 두 사람에게 아낌없이 친근감을 표시했다. 그리고 그 보답으로 수천 가지의 미사여구로 찬사를 받았다. 그러자 다소 지겨운 저녁이 되지 않을까 우려하던 손님들의 얼굴이 밝게 빛나기 시작했다. 저녁 만찬은 무척 유쾌했다. 특히 정부를 대표해 참석한 인사가 과거의 영광에 대한 회고와 미래의 성공에 대한 바람을 적당히 섞어 인사말을 하며 더욱 분위기를 띄웠다.

총감독직 승계는 전날 비공식적으로 이미 이루어졌다. 중요한 문제들 역시 정부 대리인이 지켜보는 가운데 원만하게 처리되었으니, 네 명의 총감독이 지금 만면에 미소를 짓고 있는 것은 아주 자연스러운 일이었다.

오페라하우스에 있는 수천 개의 문을 모두 열 수 있는 작은 열쇠 두 개 역시 이미 후임자들에게 전달된 상태였다. 이 작은 열쇠는 사람들의 호기심의 대상이 되어 이 손에서 저 손으로 옮겨 다녔다. 이때 식탁의 제일 끝에 낯선 사람 하나가 앉아 있는 것이 눈에 띄었다. 텅 빈 눈동자가 도드라져 보이는 그는 여위고 창백하며 묘한 얼굴을 하고 있었다. 이미 무용수들의 연회장에 나타나, 잠에게서 "오페라의 유령이다!"라는 비명에 찬 인사를 받았던 바로 그 사람이었다.

바로 그 유령이 그 자리에 앉아 있었던 것이다. 유령은 다른 사람들과 조금도 다르지 않았다. 먹지도 마시지도 않는다는 점을 빼고는 말이다. 처음에는 흥미롭다는 듯 그를 바라보던 사람들도 이내 다들 고개를 돌렸다. 그의 모습이 어둡고 우울한 분위기를 풍기고 있었던 것이다. 어느 누구도 감히 무용단 연회장에 있던 사람들이 하던 행동을 되풀이하지 못했다. 그들은 차마 '오페라의 유령이다!'라고 비명을 지르지 못했다.

낯선 손님은 전혀 입을 열지 않았다. 그의 바로 양옆에 앉은 사람들조차 정확히 언제 그가 자리에 와서 앉았는지 알지 못했다. 하지만 그 자리에 있던 사람들 모두, 만약 죽은 사람이 돌아와 살아 있는 사람들의 식탁에 앉는다 해도 이보다 더 소름끼치지는 않을 거라고 느끼고 있었다. 피르맹 리샤르와 아르망 몽샤르맹의 친구들은 이 야위고 기분 나쁜 손님이 드비엔과 폴리니의 친구일 거라고 생각했고, 드비엔과 폴리니의 친구들은 이 송장 같은 손님이 리샤르와 몽샤르맹의 가까운 친지일 거라고 믿었다. 그 결과 아무도 그 낯선 손님에게 누구냐고 묻지 않았다. 그 누구도 무덤에서 방금 나온 듯한 이 손님의 기분을 상하게 할 만한 불쾌한 말도, 기분 나쁜 농담도 던지지 않았다. 그 자리에 참석한 사람들 중 몇몇은 유령에 대한 이야기와 무대장치 책임자가 묘사한 유령의 모습을 알고 있었다(아직 조제프 뷔케의 죽음에 대해서는 모르고 있었다). 그들은 마음속으로 식탁 끝에 앉은 저 남자야말로 그 오페라 제작진의 못 말리는 미신벽에 의해 창조된 유령의 현현으로 여겨질 수 있겠다고 생각했다. 하지만 한 가지 다른 점이 있었다. 소문에 등장하는 유령에게는 코가 없다고 했는데, 문제의 그 남자에게는 코가 있었던 것이다. 몽샤르맹은 자신의 회고록에서 그 의문의 손님의 코가 투명했다고 밝히고 있다. 정확하게 인용하자면 '길고 가늘고 투명했다'는 것이다. 나는 그 코가 아마 가짜였을 거라고 주장하고 싶다. 몽샤르맹이 투명하다고 생각한 것은 아마 그 코가 빛에 반사되었기 때문일 것이다. 누구나 알고 있듯 요즘에는 의학이 발달해서, 선천적으로 혹은 어떤 수술 때문에 코를 잃어버린 사람들에게 아름다운 가짜 코를 제공해줄 수 있을 정도에 이르렀으니 말이다. 그렇다면 그날 밤, 정말로 오페라의 유령이 초대도 받지 않은 저녁 만찬에 참석했던 것일까? 어떻게 그 인물이 바로 오페라의 유령이라고 확신할 수 있을까? 누가 감히 그런 사건을 이야기하며 분명한 사실이라고 주장할 수 있을까? 나는 유령이 그토록 대담하다는 사실을 독자들이 믿을 것이라고 생각해 이 사건을 언급하는 것이 아니다. 다만 그것이 충분히 가능한 일이라는 것을 말하는 것이다.

나는 그가 오페라의 유령이었다는 증거를 아르망 몽샤르맹의 『어느 극장 감독의 추억』11장에서 찾아냈다. '취임식 날을 돌이켜볼 때, 나는 드비엔과 폴리니가 사무실에서 우리에게 털어놓은 비밀스러운 고백을 잊을 수가 없다. 그날 밤 만찬에는 유령 같은 인물이 참석했다. 우리 중 누구도 그가 누구인지 알지 못했다.'

그날 일어났던 일의 전말은 이렇다.

식탁의 가운데 자리에 앉은 드비엔과 폴리니가 해골 같은 얼굴을 한 그 사람을 미처 발견하지 못하고 있었을 때였다. 갑자기 그 사람이 입을 열었다.

"무용수 아가씨들 말이 맞소. 불쌍한 뷔케의 죽음은 사람들이 생각하는 것처럼 그렇게 단순한 것이 아니오."

드비엔과 폴리니는 깜짝 놀랐다. "뷔케가 죽었단 말이오?" 두 사람이 외쳤다.

"그렇소." 정체를 알 수 없는 그 사람이 나직이 대답했다. "뷔케는 오늘밤, 지하 3층에서 목을 매단 채로 발견되었소. 〈라호르의 왕〉에 쓰이는 무대 배경과 세트 사이에서 숨겨 있었지."

두 감독, 아니 은퇴한 감독들은 거의 동시에 자리에서 벌떡 일어나 그 사람을 이상한 눈으로 노려보았다. 사실 그들은 필요 이상으로 놀라고 있었다. 다시 말해, 무대장치 책임자가 자살했다는 소식을 듣고 다른 사람들보다 훨씬 더 흥분했던 것이다. 은퇴한 두 감독은 서로를 마주 보았다. 그들의 얼굴은 식탁보보다도 더 하얗게 변해 있었다. 마침내 드비엔은 리샤르와 몽샤르맹을 손짓해 불렀다. 폴리니가 다른 손님들에게 몇 마디 사과의 말을 얼버무린 후 네 사람은 사무실로 들어갔다. 이제부터 나는 몽샤르맹의 회고를 통해 이 사건의 전모를 밝히고자 한다. 몽샤르맹은 회고록에 이렇게 기록했다.

드비엔과 폴리니는 점점 더 흥분하는 것처럼 보였다. 우리에게 털어놓기 어려운 사연이 있는 듯했다. 먼저 두 사람은 우리에게 식탁 끝자리에 앉은 그 사람을 아느냐고 물었다. 조제프 뷔케의 죽음에 대해 이야기해준 그 사람을 두고 한 말이었다. 전혀 모르는 사람이라고 대답하자, 두 사람은 더욱 근심스러운 표정을 지었다. 그들은 우리에게 건네주었던 열쇠를 도로 달라고 했다. 그리고 한참 동안 열쇠를 바라보더니 고개를 끄덕이고는, 우리에게 방과 옷장 그리고 반드시 잠가놓아야 할 금고 등의 열쇠를 아무도 모르게 다시 만들라고 말했다. 두 사람이 하는 충고가 너무나 우스꽝스럽게 들려서 우리는 웃음을 터뜨리며 오페라하우스에 도둑이라도 있느냐고 물었다. 그러자 그들은 그보다 더 나쁜 것이 있다고 했다. 바로 유령이 있다는 것이었다. 우리는 또다시 웃기 시작했다. 두 사람이 오늘의 여흥을 장식할 마지막 농담을 하고 있다고 생각했던 것이다. 두 사람의 요청에 따라 우리는 짐짓 '진지한' 자세를 보이며 그들이 꾸미는 장난에 동참하는 듯한 태도를 취했다. 두 사람은 유령으로부터 직접 명령을 받지 않았다면, 절대로 우리에게 유령에 대해 털어놓지 않았을 거라고 했다. 유령은 우리가 자신에게 협조하고 자신의 모든 요구사항을 들어주기를 원한다는 것이었다. 이제 그 독재적인 그림자가 지배하는 영역을 떠난다는 안도감 속에서 두 사람은 마지막 순간까지도 이 기이한 이야기를 해주어야 할지 망설이고 있었다. 우리가 아무런 의심 없이 그런 얘기를 받아들일 리 만무했기 때문이다. 하지만 조제프 뷔케가 죽었다는 소식을 듣자, 두 사람의 마음속에 느닷없이 불길한 생각이 떠올랐다. 두 사람이 유령의 명령을 무시할 때마다 그들 주위에서는 불가사의하고 끔찍한 사건들이 일어나곤 했던 것이다.

은퇴하는 두 감독이 은밀하고도 확신에 찬 목소리로 꿈에서조차 본 적 없던 이상한 이야기를 들려주는 동안 나는 리샤르를 바라보았다. 리샤르는 학창 시절에 장난이 심하기로 유명한 사람이었다. 모든 사람을 놀려먹을 장난을 수천 가지는 알고 있어서 카르티에라탱의 수위들도 그에게 톡톡히 당했을 정도였다. 지금 그는 자신의 몫으로 주어진 이 흥미로운 요리를 마음껏 즐기는 눈치였다. 비록 뷔케의 죽음이라는 다소 께름칙한 양념이 뿌려져 있기는 하지만, 단 한 조각의 농담도 놓치지 않으려는 태도였다. 리샤르는 상대방이 말하는 내내 슬픈 듯이 고개를 끄덕였다. 유령이 관련되어 있다는 사실을 알고 나니 오페라하우스를 책임지게 된 것이 무척이나 후회된다는 듯한 태도까지 내비쳤다. 나 역시 그의 절망적인 태도를 흉내낼 수밖에 없었다. 하지만 엄청난 노력에도 불구하고 이야기의 끝에 이르러 우리는 더이상 참지 못하고 드비엔과 폴리니의 면전에서 웃음을 터뜨리고 말았다. 우리가 그토록 우울해하다가 순식간에 무례한 웃음을 터뜨리자 두 사람은 우리를 미친 사람 대하듯 했다.

지나치다는 느낌이 들 정도로 농담이 계속되자 마침내 리샤르가 반쯤은 심각하게, 반쯤은 농담 삼아 물었다. "그러니까, 당신들의 유령이 원하는 것이 뭐랍니까?" 폴리니는 책상으로 다가가서 오페라하우스 총감독을 위한 계약서 규정집을 들고 왔다. 계약서의 시작은 '국립음악아카데미의 총감독은 프랑스 최고의 무대를 만드는 데 심혈을 기울여야 한다'였다. 모두 98개의 조항이었다. 그리고 마지막 98번째 조항은 만약 감독이 계약서에 명시된 조건을 어겼을 때에는 모든 특권을 박탈당할 수 있다고 밝히고 있었다. 그리고 그 밑에는 네 가지 조건이 적혀 있었다.

폴리니가 보여준 계약서에 검은 잉크로 적힌 내용은 우리가 가지고 있는 계약서의 내용과 별반 다를 것이 없는 듯했다. 하지만 다른 것이 있었다. 제일 마지막에 붉은 잉크로 한 가지 조건이 덧붙여져 있었던 것이다. 무척 애써서 적은 듯한 어설픈 글씨였다. 성냥 끝을 잉크에 적셔가며 쓴 것 같았다. 더구나 줄긋기를 이제 막 배운 듯, 글자 조합도 할 줄 모르는 어린아이의 솜씨 같았다. 이 구절은 다음과 같은 내용으로 한 글자한 글자 띄엄띄엄 적혀 있었다.

5. 만약 감독이 오페라의 유령에게 매달 지불해야 하는 2만 프랑(즉 일 년에 24만 프랑)의 수당을 지불하지 않은 채 이 주일 이상 경과할 경우.

폴리니는 망설이는 손길로 우리로서는 전혀 예상하지 못한 마지막 조건을 가리켰다.

"이게 전붑니까? 다른 건 원하지 않았나요?" 리샤르는 냉정한 목소리로 물었다.

"물론 더 있죠." 폴리니가 대답했다. 그러고는 규정집을 몇 장 넘기더니, 63번째 조항을 큰 소리로 읽었다.

매 공연시 무대 옆 오른쪽 특별 관람석 1열 1번은 국가원수를 위해 남겨두어야 한다.

1층 뒤쪽 발코니의 20번과 30번 박스석은 매주 수요일과 금요일에 총리를 위해 남겨두어야 한다.

3층 27번 박스석은 매일 센 도지사와 파리 경찰국장을 위해 남겨두어야 한다.

이 항목의 마지막에도 붉은 글씨로 다음과 같은 내용이 덧

붙여져 있었다. '매 공연시 2층 5번 박스석은 오페라의 유령을 위해 남겨두어야 한다.'

이 구절까지 읽었을 때, 우리는 자리에서 벌떡 일어나 선임자들의 손을 잡고 열렬히 악수할 수밖에 없었다. 그리고 그들의 매력적인 유머에 대해 칭찬을 늘어놓았다. 이들의 장난이야말로 프랑스인의 오랜 유머감각이 결코 사라지지 않았음을 보여주는 증거라고 생각했다. 장난기 많은 리샤르는 두 분이 퇴임하려는 이유를 이제야 알겠다며, 이렇게 비이성적인 유령과 계속 일을 한다는 것은 불가능한 일이라고 너스레를 떨었다.

그러자 폴리니가 딱딱하게 굳은 얼굴로 대답했다. "맞아요. 24만 프랑이 어디 적은 돈이오? 게다가 5번 박스석을 잃었다는 것 역시 엄청난 재정 손실을 가져왔소. 매번 그 좌석을 비워둬야 했어요. 미리 받은 예약도 취소해야 했지요. 정말 지긋지긋해! 이제 더는 유령을 위해 일하고 싶지 않아! 차라리 떠나는 게 훨씬 속 편하지!"

"그래, 맞아." 드비엔이 맞장구를 쳤다. "떠나는 편이 더 나아. 우리는 이제 그만 가보겠소." 그는 자리에서 일어섰다.

리샤르가 말했다. "하지만 제가 보기에 두 분은 유령을 너무 친절하게 대하신 것 같군요. 만약 제가 그렇게 골치 아픈 유령을 만났다면, 조금도 주저하지 않고 그 유령을 체포했을 겁니다."

"그렇지만 어떻게? 어디서?" 두 사람은 한목소리로 외쳤다.
"한 번도 그 유령을 본 적이 없는데!"

"유령이 자기 박스석에 왔을 때 붙잡으면 되잖아요."

"이제까지 유령의 박스석에는 아무도 앉은 적이 없었소."

"그럼 박스석을 팔아버리지 그러셨어요."

"유령의 박스석을 팔란 말이오? 어이구, 신사 양반들, 어디
한번 그렇게 해보시구려."

이 말을 끝으로 우리 네 사람은 사무실을 나섰다. 리샤르와
나는 평생에 그때처럼 많이 웃어본 적이 없었다.

제 4 장

5번 박스석 I

아르망 몽샤르맹은 공동 총감독과 함께 오페라하우스를 경영했던 기나긴 시절에 대해 엄청난 분량의 회고록을 남겼다. 그곳에서 일어났던 일들에 대해 어찌나 세세하게 기록해놓았던지, 과연 오페라하우스의 다른 업무를 볼 시간이 있었는지 묻고 싶을 정도였다. 몽샤르맹은 음악의 '음'자도 모르는 사람이었다. 하지만 그는 교육예술부 장관과 친분이 있었으며, 여러 신문에 엉터리 잡문을 기고하기도 했다. 더구나 개인적으로는 엄청난 부를 누리고 있었다. 그는 상당히 매력적인 인물이었으며, 수완도 좋았다. 오페라하우스의 관계자가 될 것을 결심하자마자, 가장 능력 있는 사람을 동업자로 선택한 것이다. 바로 피르맹 리샤르였다.

피르맹 리샤르는 상당히 뛰어난 작곡가이자 품격 있는 신사였다. 그가 임명되던 당시 〈르뷔 데 테아트르〉는 그에 대해 이렇게 묘사했다.

피르맹 리샤르는 키가 크고 건장하면서도 호리호리한 몸매에 기품 있는 태도를 갖춘 오십대의 신사다. 얼굴은 붉고, 숱 많은 머리칼은 수염과 마찬가지로 짧게 다듬었다. 솔직하고 담담한 눈빛과 매력적인 미소가 뒤섞여 어딘지 모르게 슬퍼 보이는 인상을 풍기기도 한다.

피르맹 리샤르는 뛰어난 작곡가이기도 하다. 능력 있는 화성학자이자 대위법에 능한 작곡가인 그는 주로 장엄한 분위기의 작품을 작곡해왔다. 전문가들로부터 찬사를 받은 실내악 작품 외에도 피아노 소나타와 매우 독창적인 소품들을 수없이 작곡했다. 콩세르바투아르에서 연주된 웅장한 서사시 〈헤라클레스의 죽음〉은 그의 스승인 글루크를 생각나게 한다. 하지만 그는 글루크 못지않게 피친니도 존경하며, 동시에 마이어베어를 숭배하고, 치마로사를 즐긴다. 특히 리샤르보다 더 충심을 다해 베버를 존경하는 사람은 아마 없을 것이다. 또한 리샤르는 자신이 프랑스에서 바그너를 이해한 처음이자 유일한 사람이라고 주장하기도 했다.

더이상 기사를 인용하지 않아도, 피르맹 리샤르가 거의 모든 형식의 음악을 즐기고 여러 부류의 음악가를 좋아하며, 따라서 모든 음악가들에게 그를 좋아할 의무가 있다는 사실은 분명하게 드러났을 것이다. 이 간략한 초상을 완성하기 위해 한마디 덧붙이자면, 그는 완곡하게 표현해 다소 '권위적'이었고, 달리 말하면 '성질이 더러운' 사람이었다.

두 사람이 오페라하우스를 맡은 후, 처음 며칠 동안은 순조로운 나날이 계속되었다. 그들은 그렇게 엄청난 사업의 총지휘자가 되었다는 즐거움을 만끽하고 있었다. 황당무계한 유령 이야기는 까맣게 잊어버렸다. 하지만 바로 그때 아직도 유령과 관련된 장난—그것이 장난이라면—이 끝나지 않았음을 알려주는 사건이 발생했다.

피르맹 리샤르는 그날 아침 열한시에 사무실에 도착했다. 비서 레미가 그에게 대여섯 통의 편지를 건네주었다. 아직 봉투를 뜯지 않은 '개인적인' 편지들이었다. 그 편지들 중 한 통이 즉시 리샤르의 관심을 끌었다. 붉은색으로 적힌 주소며 필체가 어쩐지 낯익었던 것이다. 리샤르는 곧 편지의 필체가 오페라하우스 계약서의 마지막을 장식하고 있던 바로 그 필체임을 알아차렸다. 어린아이가 쓴 것같이 삐뚤삐뚤한 붉은 글씨였다. 그는 봉투를 열고 편지를 읽어나갔다.

친애하는 오페라하우스 감독께

바쁘실 텐데 귀찮게 해서 대단히 미안하오. 중요한 계약을 연장하고 새로운 계약을 체결하며 오페라하우스의 뛰어난 예술가들 대부분의 운명을 결정하느라 귀중한 시간을 보내고 있을 텐데 말이오. 당신은 확실한 판단력과 극장에 대한 지식, 대중과 대중의 취향에 대한 이해를 갖추고 있는 것 같더군요. 내 경험에 비추어봐도 상당히 놀랄 만한 일이오. 나는 당신이 카를로타나 라 소렐리, 잠 그리고 훌륭한 자질을 갖춘 다른 몇몇 사람들을 위해 어떤 식으로 일을 처리했는지 잘 알고 있소. 당신은 카를로타 양의 재능을 높이 평가하는 것 같더군요. (물론 내가 이렇게 말한다고 해서, 그러한 배려가 카를로타 양에게 적절하다는 의미는 아니오. 카를로타 양은 신참내기처럼 노래를 하니 말이오. 그냥 앰버서더 호텔이나 자캥 카페에 남아 있었으면 좋았을 것을. 라 소렐리 양도 마찬가지요. 그녀는 마차 안에서나 성공할 타입이오. 꼬마 잠은 말할 것도 없소. 그녀는 들판을 뛰어다니는 망아지처럼 춤을 추지 않소? 아니 뭐, 그렇다고 해서 크리스틴 다에 양에 대해서 특별히 이야기하려는 것은 아니오. 비록 그녀가 가지고 있는 놀라운 재능은 인정하지만 말이오. 사실 다에 양이 중요한 역할을 맡지 못하도록 당신이 부당하게 훼방을 놓고 있다는 것은 스스로도 인정하는 사실일 것이오.) 내가 이렇게 말한다고 해도, 결국 당신은 스스로 가장 최선이라고 생각하는 대로 당신의 그 하찮은 일을 처리할 것이오. 그렇지 않소? 당신에게는 그럴 자유가 있으니까. 오늘 저녁 나는 크리스틴 다에가 또다시 시에벨 역할을 맡았다는 소식을 들었소. 당신이 다에 양을 아예 쫓아내지 않는 것을 다행이라고 생각해야겠지요? 지난번 그렇게 성공적인 공연을 하고서도, 다에 양은 더이상 마르그리트 역을 맡지 못하고 있으니 말이오. 정중하게 부탁드리겠소. 오늘밤이후부터는 내 박스석을 파는 일이 다시는 없었으면 좋겠소. 오페라하우스에 도착해서 내 박스석이 팔렸다는 말을 듣고 내가 얼마나 놀라고 불쾌했는지 이루 말할 수가 없었소. 매표소 사람들이 당신의 명령에 따랐다고 하더군요.

나는 아무런 항의도 하지 않았소. 쓸데없는 말썽을 일으키고 싶지 않은 이유도 있었지만, 내게 참 친절했던 선임자들이 퇴임을 하면서 내 작은 요구사항들에 대해 일러주는 것을 소홀히 한 모양이라고 생각했기 때문이오. 그런데 방금 편지 한통을 받았소. 자신들의 마지막 임무를 충실히 이행했는지 묻는 내 편지에 대한 답장이었소. 편지에는 당신이 계약서와 관련된 모든 사항을 잘 알고 있다고 쓰여 있더군요. 이것은 당신이 나를 경멸한다는 의미인 것 같은데, 당신 생각은 어떻소? 나의 개인 박스석을 팔아치우는 일을 그만두시오. 나는 당신을 조용히 평화롭게 놔두고 싶소.

　내 조그만 바람을 거절하지 말아주시오. 그럼 나는 당신의 가장 보잘것없는 충복으로 남겠소.

오페라의 유령

편지 안에는 〈르뷔 데 테아트르〉의 개인 광고란에서 오려낸 기사가 동봉돼 있었다. '오페라의 유령에게. R과 M에 대해서는 변명의 여지가 없습니다. 우리는 모든 것을 일러주었고 계약서를 그들 손에 넘겼습니다. 선처를 바랍니다.'

　피르맹 리샤르가 편지를 읽고 있으려니, 아르망 몽샤르맹이 황급히 사무실로 뛰어들어왔다. 그의 손에는 리샤르의 것과 똑같은 편지가 들려 있었다. 두 사람은 서로의 얼굴을 쳐다보며 큰소리로 웃기 시작했다.

　"그 사람들, 아직도 장난을 계속하고 있군." 리샤르가 말했다. "하지만 이젠 웃어넘길 일이 아닌데."

　"도대체 왜 이런 짓을 하는 걸까?" 몽샤르맹이 물었다. "자신들이 오페라하우스의 총감독이었으니, 적어도 일정 기간 동안은 무료로 좌석을 받아야 한다고 생각하는 걸까?"

두 사람은 이 편지가 전임자들이 벌인 장난의 결과일 거라는 데 조금도 의심을 품지 않았다.

"하지만 이런 식으로 장난을 계속하는 건 곤란해." 피르맹 리샤르가 말했다.

"별로 해될 것도 없는데 뭐." 아르망 몽샤르맹은 달래는 말투로 말했다.

"하지만 정말 궁금하군. 그 사람들이 정말로 원하는 게 뭘까? 오늘밤 좌석표일까?"

피르맹 리샤르는 5번 박스석이 아직 팔리지 않았다면, 드비엔과 폴리니에게 표를 보내라고 비서에게 지시했다. 그 좌석은 아직 팔리지 않은 상태였으므로 표는 은퇴한 두 감독에게 보내졌다. 드비엔은 스크리브 거리와 카퓌신 가(街)가 만나는 모퉁이에, 폴리니는 오베르 거리에 살고 있었다. 오페라의 유령이 보낸 두 통의 편지에는 카퓌신 가에 있는 우체국 소인이 찍혀 있었다. 편지봉투를 살피던 리샤르가 흥분하여 외쳤다.

"이것 봐, 내 이럴 줄 알았다니까!"

두 사람은 어깨를 으쓱하면서, 나이도 먹을 만큼 먹은 사람들이 이런 유치한 장난을 꾸미면서 즐거워하다니 정말 유감스러운 일이라고 개탄했다.

"도대체 돼먹지 못한 사람들이군!" 몽샤르맹이 말했다. "카를 로타나 라 소렐리 그리고 잠에 관한 일을 언급하는 대목을 보라고. 우리를 도대체 뭘로 생각하는 거야?"

"그러게나 말이야! 질투심 때문에 정신에 약간 문제가 생긴 걸 거야. 자신들의 돈을 들여가며 〈르뷔 데 테아트르〉에 광고까지 낸 걸 보라고! 그렇게 할 일이 없는 걸까?"

"어쨌든 그 사람들은 크리스틴 다에에게 지대한 관심을 갖고 있는 모양이군." 몽샤르맹이 말했다.

"하지만 자네도 알다시피 다에는 얌전한 아가씨여서 워낙 평판이 좋지 않은가." 리샤르가 말했다.

"평판은 평판일 뿐이야. 실체는 모르는 거라구." 몽샤르맹이 말을 이었다. "나만 해도 그렇지 않나? 장조와 단조도 구별 못하는 나를 보고 사람들은 음악에 대해서 모르는 것이 없다고 말하잖아!"

"너무 그러지 말게나. 자네는 훌륭한 경영자 아닌가." 리샤르가 단호하게 말했다.

그러고는 예술가 지망생들을 들어오게 했다. 이들은 두 시간 동안이나 문밖에서 서성이며 사무실 안으로 불러주기를 기다리고 있었다. 문을 열고 들어가면 놀라운 행운과 명성이—그렇지 않으면 절망이—자신들을 맞이하리라 기대하면서 말이다.

그날 하루는 온통 회의에 협상, 그리고 온갖 계약서에 서명을 하거나 계약을 취소하는 일로 정신이 없었다. 그리고 그날(1월 25일) 저녁, 지친 두 감독은 일찍 잠자리에 들었다. 짜증, 계략, 권고, 협박 그리고 애증으로 가득한 소모적인 하루를 보낸 뒤라 자신들이 표를 보내준 드비엔과 폴리니가 문제의 5번 박스석에서 그날의 공연을 즐기고 있는지 살필 여유가 없었다. 두 사람이 퇴근한 후에도 오페라하우스는 쉬지 않았다. 모든 중요한 사안이 리샤르의 명령에 따라 처리되기는 했지만, 예정된 공연은 변동 없이 진행되었기 때문이다.

다음날 아침, 유령에게서 또다른 전갈이 왔다. 감사의 카드였다.

친애하는 오페라하우스 감독께

고맙소. 정말 멋진 저녁이었소. 다에는 훌륭했고 합창단은 분발할 필요가 있겠소. 카를로타는 화려하지만 진부하다고나 할까. 당신들도 곧 24만 프랑, 정확히 말하자면 23만 3,424프랑 70상팀의 돈을 보내주기 바라오. 드비엔과 폴리니는 내게 올해 첫 열흘간의 수당으로 6,575프랑 30상팀의 돈을 보냈소. 그들의 의무는 열흘째 되는 저녁으로 끝난 것이오.

오페라의 유령

드비엔과 폴리니에게서도 편지가 한 통 왔다.

친절한 배려에 감사드리는 바이오. 오페라하우스의 전임 총
감독으로서 〈파우스트〉를 다시 관람하는 것이 즐거운 일이기
는 하나, 우리는 당신들의 호의를 받아들일 수 없다는 점을 알
아주셨으면 하오. 우리에게는 5번 박스석을 차지할 권리가 전
혀 없소. 그곳은 지난번에 계약서를 건네주며 우리가 이미 말
씀드린 바 있는 바로 그 사람의 박스석이오. 63번째 조항 마지
막 단락을 참조하시오.

"어휴, 진짜! 이 양반들 정말 짜증나게 하려고 작정을 했군."
피르맹 리샤르가 편지를 움켜쥐고 소리쳤다.

그리고 그날 저녁 5번 박스석은 팔렸다.

다음날 아침, 리샤르와 몽샤르맹은 여느 날과 똑같이 사무실
에 도착했다. 책상 위에는 보고서 하나가 올라와 있었다. 지난밤
5번 박스석에서 일어난 사건을 알리는 내용이었다. 다음은 그 보
고서의 중요 부분이다.

어제 저녁 저는 두 번이나 경찰을 불러야 했습니다. 5번 박

스석의 사람들을 내쫓아야 했기 때문입니다. 두번째 막이 올랐을 때 한 번 그리고 막의 중간쯤에 또 한 번이었습니다. 그들은 막이 올라갈 때쯤 자리에 들어와서는 웃음을 터뜨리고 농담을 던지며 소란을 일으켰습니다. 주위에 있던 모든 사람들이 조용히 하라고 소리를 쳤고, 급기야 극장 전체가 불평하는 소리로 가득 차기에 이르렀습니다. 좌석 관리인이 제게 와서 그 사람들을 처리해달라고 하더군요. 저는 5번 박스석으로 갔습니다. 그리고 꼭 필요하다고 생각되는 말을 했습니다. 제가 보기에 그 사람들은 제정신이 아닌 것 같았습니다. 제게 계속 바보 같은 답변만 되풀이했거든요. 저는 만약 또다시 소란을 피우면 그 자리에서 내쫓아버릴 수밖에 없다고 경고했습니다. 그런데 제가 자리를 뜨려는 순간, 또다시 킬킬거리는 웃음소리가 들려왔습니다. 관객들 사이에서 더이상은 참을 수 없다는 볼멘소리가 터져나왔습니다. 저는 경찰을 동원해 그들을 밖으로 끌고 나왔습니다. 그들은 항의를 하면서도 계속 킬킬거렸습니다. 돈을 돌려주지 않으면 나갈 수 없다고 하더군요. 조금 있으니 진정이 되는 듯했습니다. 그래서 다시 자리로 돌려보냈죠. 그런데 그 즉시 웃음소리가 다시 시작됐습니다. 더이상 봐넘길 수 없었습니다.

"보고서를 작성한 총관리인을 불러오시오." 리샤르는 비서에게 지시했다. 비서는 이미 보고서를 읽고 푸른 펜으로 표시까지 해놓았던 터였다.

비서 레미는 스물네 살의 총명하고 세련되며 뛰어난 젊은이로, 부드러운 콧수염을 기르고 언제나 정장을 갖춰 입는 예의 바른 청년이었다. 낮에는 의무적으로 프록코트를 입고 다녔으며, 리샤르에게 늘 경의를 표했다. 일 년에 2천 4백 프랑을 받으며, 일간지를 확인하고, 답신을 쓰고, 초대권을 발송하고, 총감독의 약속을 조정하고, 대기실 손님들과 이야기를 나누고, 아픈 가수들을 찾아가고, 대역을 구하고, 관리자들과 서신을 주고받을 뿐 아니라, 감독 사무실의 문지기 역할까지 했다. 그럼에도 불구하고 레미는 하루아침에 해고될 수도 있었다. 공식 임명된 게 아니었기 때문이다.

이미 총관리인을 불러놓은 비서는 그를 사무실 안으로 들여보냈다. 총관리인은 조금 긴장한 모습이었다.

"무슨 일이 있었는지 다시 한번 말해보겠소?" 리샤르가 날카롭게 말했다.

총관리인은 침을 튀겨가며 열심히 당시 상황을 설명했다.

"그런데 그 사람들이 그렇게 시끄럽게 웃은 이유가 뭐라고 하던가?" 몽샤르맹이 물었다.

"아마도 좋은 음악을 듣기보다는 떠들썩하게 장난을 치고 싶었던 거겠지요. 그 사람들은 박스석 안으로 들어가자마자 다시 밖으로 나와서는 좌석 관리인을 불렀답니다. 관리인이 왜 그러느냐고 묻자, '이 안을 봐요! 아무도 없지 않소? 그렇죠?'라고 하더랍니다. 그렇다고 대답했더니 그들이 '박스석 안으로 들어갈 때, 누군가 이 좌석은 이미 주인이 있다고 말하는 소리를 분명히 들었소'라고 하더랍니다."

몽샤르맹은 리샤르의 얼굴을 보며 미소를 지어 보였다. 하지만 리샤르는 웃고 있지 않았다. 학창 시절 이런 식의 장난을 많이 해보았던 리샤르는 총관리인의 이야기를 들으면서, 이 사건은 유쾌하게 시작해서 결국에는 상대방의 화를 돋우는 것으로 끝나버리는 그런 장난이라고 생각하게 된 것이다.

총관리인은 몽샤르맹의 비위를 맞추기 위해 미소를 지었다. 그 순간 자신도 같이 웃는 것이 가장 좋은 처세라고 생각했던 것이다. 그러나 그것은 얼마나 불운한 미소였던가! 리샤르는 미소 짓는 부하를 험상궂게 노려보았다. 불쌍한 총관리인은 당황해 어쩔 줄 몰라했다.

"사실은 어땠지? 그 박스석 안에 정말 아무도 없었나?" 리샤르는 성난 목소리로 물었다.

"아무도 없었습니다. 개미 새끼 한 마리도요! 오른쪽 구석에도 왼쪽 구석에도 아무도 없었습니다. 사람 그림자 하나 볼 수 없었어요. 맹세합니다! 좌석 관리인이 말하기를 그런 일이 종종 있답니다. 누군가 장난친 게 틀림없어요."

"좌석 관리인이라고? 좌석 관리인이 뭐라고 하던가?"

"글쎄, 그게…… 오페라의 유령이 한 짓이랍니다. 네, 그렇게 말했어요."

이렇게 말하고 총관리인은 빙그레 웃었다. 하지만 곧 자신이 또다시 실수를 저질렀다는 것을 깨달았다. 그의 입에서 오페라의 유령이라는 말이 떨어지자마자 리샤르의 음울했던 얼굴이 분노로 일그러졌던 것이다.

"좌석 관리인을 불러와!" 리샤르는 비서를 향해 고함을 질렀다. "당장 불러와! 여기로 그 여자를 데리고 오란 말이야! 그리고 다른 사람들은 모두 나가!"

총관리인은 변명을 하려고 머뭇거렸다. 그러나 리샤르가 입 다물고 있으라는 단호한 명령을 내리자 아무 말도 하지 못했다. 이 불쌍한 사람의 입술은 영원히 굳게 닫혀버린 것 같았다. 하지만 리샤르는 다시 한번 그의 입을 열도록 명령을 내렸다.

"도대체 '오페라의 유령'이 뭐지?" 그가 질문을 내뱉었다.

그러나 총관리인은 한마디도 입 밖으로 낼 수 없었다. 괴로운 몸짓으로 자신은 아무것도 아는 것이 없으며 또한 알고 싶지도 않다고 간신히 의사를 표시하기만 했다.

"그를 본 적이 있나? 오페라의 유령을 본 적이 있냐고!"

총관리인은 머리를 설레설레 저으며, 문제의 유령을 한 번도 본 적이 없다고 밝혔다.

"안됐군!" 리샤르가 냉정하게 말했다.

깜짝 놀란 총관리인의 눈이 휘둥그레졌다. 그는 감독이 왜 그렇게 말했는지 알 수 없었다.

"이제 난 유령을 본 적 없는 사람은 누구든 해고할 생각이거든!" 감독이 설명했다. "그놈은 사방에서 나타나는데, 그런 유령을 한 번도 보지 못했다고 보고하는 사람을 내 밑에 둘 수는 없지 않겠나? 내가 어떤 사람을 고용할 때는, 밥값을 해주길 바라는 거니까!"

제 5 장

5번 박스석 II

리샤르는 총관리인에게 그렇게 말하고는 더이상 그에게 관심을 두지 않았다. 그리고 마침 사무실에 들어온 지배인과 여러 문제를 논의하기 시작했다. 총관리인은 이제 가도 되려니 생각하고는 조심스럽게—너무나도 조심스럽게!—문 쪽으로 슬며시 다가갔다. 그 순간 리샤르의 벼락 같은 고함 소리가 들려왔고, 너무 놀란 총관리인은 그만 마룻바닥에 못 박힌 듯 멈춰 섰다.

"자네는 거기 꼼짝 말고 있어!"

비서 레미는 오페라하우스 근처 프로방스 거리에서 아파트 관리인으로 일하고 있는 좌석 관리인을 부르기 위해 사람을 보냈다. 얼마 지나지 않아 그녀가 나타났다.

"이름이 뭐요?"

"지리입니다. 전에 감독님을 뵌 적이 있어요. 꼬마 지리의 어미 되는 사람이지요. 메그 지리 말입니다."

지리 부인의 너무나 퉁명스럽고 엄숙한 어조에 리샤르는 한순간 당황했다. 그는 지리 부인을 다시 한번 바라보았다. 어깨에 두른 낡아빠진 숄, 누덕누덕 기운 신발, 오래된 드레스, 유행이 지난 모자…… 감독의 태도로 보아 그는 지리 부인이나 혹은 꼬마 지리에 대해서, 심지어 '메그'에 대해서도 전혀 아는 바나 기억하는 바가 없는 게 분명했다. 그러나 좌석 관리인으로서 자부심과 평판이 대단한 지리 부인은 모두가 그녀의 이름을 들어본 적이 있으리라고 생각했다. (내 생각에 무대 뒤편에서 쓰는 은어로 '소문, 잡담'이라는 뜻의 프랑스어 단어 '지리(girie)'는 그녀의 이름에서 유래한 것이 틀림없다. 어떤 가수가 다른 가수를 험담할 때 "이건 정말 소문(girie)일 뿐인데……"라고 말하는 것을 예로 들 수 있다.)

"누구라고요? 한 번도 들어본 적 없는 이름인데." 감독은 단호하게 말했다. "어쨌거나 나는 지난밤 무슨 일이 일어났는지 알아야겠소. 당신과 총관리인이 경찰을 부른 것은……"

"저도 감독님을 뵈려던 참이었어요. 그 일에 관해서 말씀드리려구요. 그래야 지난번 감독님들처럼 불쾌한 일을 겪지 않으실

테니까요. 은퇴하신 두 분도 처음에는 제 말을 귀담아듣지 않으
셨지요."

"부인 이야기를 전부 다 듣고 싶지는 않소. 난 지금 지난밤에
일어난 그 일에 대해 묻고 있는 거요."

지리 부인은 화가 나서 얼굴이 붉어졌다. 한 번도 이런 말투
를 들어본 적이 없었던 것이다. 그녀는 자리에서 일어섰다. 더이
상 얘기할 가치가 없다는 표정을 지으며 한 손으로 치맛자락을
움켜쥐었다. 모자에 달린 깃털이 위엄 있게 흔들렸다. 그러나 곧
마음을 바꾸고서 다시 자리에 앉았다. 그리고 오만한 목소리로
말했다. "무슨 일이 일어났는지 말씀드리지요. 유령이 또다시 화
가 난 거예요!"

이 말을 들은 리샤르는 치미는 감정을 간신히 억눌러 참았다.
그러자 몽샤르맹이 끼어들어 이것저것 질문을 던지기 시작했다.
지리 부인은 아무도 보이지 않는 박스석에서, 이 자리는 임자가
있다고 말하는 목소리가 들린 것에 대해 조금도 이상하게 생각
하고 있지 않았다. 이런 일은 전에도 일어났었고, 지리 부인으로
서는 유령이 저지른 일이라고밖에 설명할 수 없었다. 아무도 박
스석에 앉아 있는 유령을 볼 수는 없다. 하지만 유령의 소리는
누구나 들을 수 있다는 것이다. 지리 부인 자신도 종종 유령의
목소리를 들었다고 했다. 그리고 자신은 언제나 진실만을 이야

기하므로 자신의 말은 믿을 수 있다고 했다. 그녀는 드비엔이나 폴리니 혹은 자신을 아는 모든 사람들이 그 점을 보증해줄 수 있을 거라고 말했다. 그리고 유령 때문에 다리가 부러졌던 이시도레 사아크에 대해서도 말했다.

"뭐라구요?" 몽샤르맹이 이야기 도중에 끼어들었다. "유령이 정말로 불쌍한 이시도레 사아크의 다리를 부러뜨렸단 말이오?"

지리 부인은 오히려 어떻게 그런 사실도 모르느냐는 듯 눈을 크게 떴다. 하지만 곧 불쌍하고 순진한 두 사람에게 너그럽게 진실을 일깨워주기로 마음먹었다. 그 일은 드비엔과 폴리니가 오페라하우스 총감독으로 있을 때 일어났다. 〈파우스트〉 공연 도중 역시 5번 박스석에서 발생한 일이었다. 이 대목에서 지리는 잔기침을 하며 목청을 가다듬었다. 마치 구노의 오페라 전곡이라도 노래할 태세였다. 마침내 지리 부인이 입을 열었다. "바로 이렇게 된 일이었어요. 그날 밤, 모가도르 거리의 보석상인 마니에라 씨와 그의 부인은 5번 박스석 앞쪽에 앉아 있었어요. 두 부부의 오랜 친구인 이시도레 사아크 씨는 마니에라 부인 뒤에 앉아 있었지요. 무대에서는 메피스토펠레스가 노래를 하고 있었어요. (지리 부인은 이 대목에서 직접 노래를 부르기 시작한다.) '당신이 꿈속에서 노니는 동안,' 바로 그때 마니에라 씨의 오른편에서—부인은 그의 왼쪽에 있었죠—이렇게 말하는 소리가

들려왔지요. '하하! 쥘리가 노는 곳은 꿈속이 아니야!' 그런데 공
교롭게도 마니에라 부인은 이따금 쥘리라고 불리기도 했답니다.
그래서 마니에라 씨는 도대체 누가 떠들고 있지? 하며 오른쪽으
로 고개를 돌렸습니다. 놀랍게도 그곳에는 아무도 없었지요! 그
는 귀를 후비며 혹시 꿈을 꾸고 있는 건 아닌가 의아해했습니다.
그때 무대 위에서는 메피스토펠레스가 세레나데를 부르기 시작
했지요. 제 이야기가 지루한 건 아닌가요?"

"아니, 아니에요. 어서 계속하시오."

"무척 친절하시군요. (억지웃음을 지으며) 그러니까 메피스토
펠레스가 세레나데를 부르기 시작했을 때였어요. (또다시 목청
껏 노래를 부른다.) '성녀여, 당신의 거룩하신 모습을 나타내시
고 축복을 내려주소서. 보잘것없는 인간이 고개 숙여 당신께 존
경의 입맞춤을 보내나이다.' 그런데 순간 마니에라 씨는 또다시
오른편에서 그 목소리를 들었답니다. '하하! 쥘리는 조금도 망설
임 없이 이시도레에게 입맞춤을 허락하는군!' 마니에라 씨는 또
다시 주위를 둘러보았지요. 이번에는 왼쪽도 살펴보았어요. 그
런데 그가 무엇을 보았는지 아세요? 글쎄, 이시도레 씨가 뒤에서
마니에라 부인의 손을 잡고 부인의 장갑에 나 있는 구멍 사이로
입을 맞추고 있었던 거예요! 이렇게 말이죠. (실로 짠 장갑을 낀
자신의 왼손에 열렬한 입맞춤을 해보인다.) 그때부터 두 사람은

정말 굉장했지요. 퍽! 퍽! 마니에라 씨는 체구가 크고 주먹이 단단한 사람이었어요. 리샤르 씨처럼요. 그런 사람이 이시도레 사아크 씨에게 주먹을 두 번이나 날린 거죠. 그 사람은 몸집도 작고 굉장히 허약했어요. 몽샤르맹 씨 같았지요. 굉장한 소동이 일어났어요. 극장 안에 있던 사람들이 고함을 쳤지요. '어떻게 좀 해봐! 좀 말려보라구! 저러다가 사람 죽겠어!' 이시도레 사아크 씨는 가까스로 그곳에서 도망칠 수 있었답니다."

"그렇다고 해도 유령이 그의 다리를 부러뜨린 건 아니잖소?" 자신이 그렇게 작고 초라해 보였다는 사실에 약간 화가 난 몽샤르맹이 끼어들었다.

"하지만 결국 원인은 유령 때문이었지요." 지리 부인은 오만한 태도로 말했다(몽샤르맹의 거만한 말투를 알아챘기 때문이었다). "이시도레 씨는 유령 때문에 빚어진 소동에서 빠져나오려다가 계단에서 굴러떨어진 겁니다. 그 불쌍한 양반이 다시 걸으려면 앞으로도 한참은 더 있어야 할 거예요."

"유령이 마니에라 씨의 오른쪽 귀에다 무슨 말을 했는지 당신에게 들려주기라도 했소?" 몽샤르맹은 자신의 질문이 굉장히 유머가 넘친다고 생각하면서 일부러 엄숙한 어조로 물었다.

"아닙니다. 마니에라 씨 본인에게 들은 말이지요."

"하지만 친애하는 우리의 부인께서는 유령과 직접 말씀을 나누었다고 하지 않았소?"

"물론이고말고요! 지금 제가 감독님들과 이야기를 나누듯이 말이지요."

"그래, 유령이 당신한테는 뭐라고 말하던가요?"

"발판을 가져다달라고 말했지요." 지리 부인이 진지하게 대답했다.

순간 그녀의 얼굴은 오페라하우스의 거대한 계단을 떠받치고 서 있는 붉은 결이 난 노란 대리석처럼 차갑게 굳었다. 그녀는 웃음을 터뜨리는 리샤르를 빤히 바라보았다. 몽샤르맹과 레미도 배를 잡고 웃고 있었다. 오직 총관리인만이 경험을 통해 깨달은 바가 있어 웃지 않고 눈치를 살폈다. 그는 벽에 기대서서 초조하게 주머니 속의 열쇠를 만지작거리며 이 대화가 어떻게 전개될지 생각했다. 지리 부인이 거만하게 나올수록 감독들의 화만 더 돋울 거라는 생각에 걱정이 들었다. 감독들이 웃어대기만 하자 지리 부인은 좀더 위협적인 말투로 말했다. "그렇게 웃기보다는 폴리니 씨처럼 하는 편이 더 나을 거예요! 그분은 결국 혼자서 깨달아야 했지요."

"뭘 깨달았다는 거요?" 몽샤르맹이 물었다. 평생에 이토록 많이 웃어보기는 처음이었다.

"물론 유령에 대해서지요! 제 말을 믿으셔야 해요! 들어보세요!" (갑자기 침착한 어조로) "제 이야기를 들어보세요. 저는 그때를 바로 어제 일처럼 기억하고 있어요. 그때 무대에서는 〈유대인 여자〉를 공연하고 있었어요. 폴리니 씨는 유령의 박스석에서 공연을 보고 있었구요. 크라우스 부인은 그 공연으로 큰 갈채를 받았지요. 그녀가 막 2막에 나오는 아리아를 부르기 시작했을 때였어요." (감미롭게 노래한다.)

　　사랑하는 사람 옆에서,
　　한평생 살다가 죽고 싶네,
　　그럼 죽음조차도
　　우리를 갈라놓을 수 없겠지.

"그래요, 나도 그 노래는 알고 있소." 몽샤르맹이 깔보는 듯한 미소를 지으며 끼어들었다.
　　하지만 지리 부인은 곡조에 맞춰 모자 깃털을 이리저리 흔들며 부드럽게 계속 노래를 불렀다.

　　자, 우리 날아가자! 이 땅을 떠나 천국으로,
　　이제 우리 앞에는 같은 운명이 펼쳐지겠지.

"알아요! 알아요! 우리도 안다고요!" 리샤르가 참지 못하고 말했다. "그래서요? 그래서 어쨌다는 거요?"

"무대에서 레오폴드가 '자, 우리 날아가자'고 외쳤어요. 엘레아자르가 그들을 멈춰 세우고 물었죠. '어디로 가시나요?' 그때였어요. 폴리니 씨가 갑자기 자리에서 일어나더니 걸어나가지 않겠어요? 저는 그분 좌석의 바로 뒷줄 옆좌석에 앉아 있었어요. 그 좌석이 비어 있었거든요. 그분 모습이 마치 석고상처럼 뻣뻣했어요. 제가 겨우 엘레아자르처럼 '어디로 가시나요?'라고 물어보았지만 그분은 대답이 없었어요. 그분은 시체보다 더 창백했어요. 악몽이라도 꾸는 사람처럼 계단을 걸어내려갔지요. 다행히 다리가 부러지시진 않았지만 꼭 길을 잃은 사람 같았어요. 오페라하우스의 구석구석을 다 아시는 분이 참 이상도 했지요."

지리 부인은 잠시 말을 멈추고 폴리니 이야기를 들은 청중들이 어떤 반응을 보이는지 살펴보았다.

몽샤르맹이 고개를 끄덕였다. "그렇다고 해도 그 이야기는 오페라의 유령이 어떻게 당신에게 발판을 달라고 했는지 설명해주지 못해요." 그가 대담한 여장부에게 시선을 떼지 않은 채 고집스럽게 물었다.

"그날 저녁 이후 감히 유령의 박스석을 차지하려고 하는 사람은 아무도 없었어요. 감독님도 공연 때마다 그 박스석을 남겨두라고 지시하셨지요. 유령은 그 자리에 올 때면 언제나 제게 발판을 요구하곤 한답니다."

"세상에! 유령이 발판을 요구하다니! 그럼 당신의 그 유령은 숙녀분이신가?"

"아뇨. 남자분입니다."

"그걸 어떻게 아시오?"

"목소리를 들으면 알 수 있어요. 너무나 다정하고 부드러운 목소리였죠! 한번은 이런 일도 있었어요. 유령은 항상 1막 중간쯤에 들어오거든요. 5번 박스석의 문을 세 번 가볍게 두드리지요. 처음에 그 문 두드리는 소리를 듣고는 얼마나 당황하고 어리둥절했는지 몰라요. 박스석 안에 아무도 없었으니까요. 문을 열고 귀를 곤두세우며 살펴봤지만 안에는 사람 그림자도 보이지 않았어요! 그런데 순간 목소리가 들려온 거예요. '쥘 부인―가엾은 제 남편 이름이 바로 쥘이랍니다―발판 좀 가져다주시겠소?' 저는 정말이지 온몸에 힘이 쭉 빠지고 곧 쓰러질 것만 같았어요. 하지만 목소리는 계속해서 들려왔지요. '놀라지 마시오, 부인. 나는 오페라의 유령이오.' 정말 부드럽고 상냥한 목소리였어요. 전혀 두렵지 않았어요. 목소리는 박스석 맨 앞줄 오른쪽 구석 자리에서 들려왔어요. 물론 아무도 보이지 않았지만요. 맹세하는데, 감독님, 그 자리에서 분명 누군가가 매우 예의 바르게 말을 했답니다."

"오른쪽에 있는 다른 박스석에 사람이 있었던 건 아니오?" 몽 샤르맹이 물었다. "거기엔 아무도 없었소?"

"아무도 없었어요. 오른쪽 7번 박스석과 왼쪽 3번 박스석 모 두 텅 비어 있었어요. 무대의 막이 막 올라갔을 때였지요."

"그래서 어떻게 했소?"

"발판을 가져다주었지요. 물론 유령이 발판을 원한 건 자신을 위해서가 아니었어요. 유령의 부인을 위해서였답니다! 아, 물론 그 부인의 목소리를 듣거나 얼굴을 본 적은 한 번도 없어요."

아니, 이제는 유령에게 부인까지 있단 말인가! 두 감독의 시 선은 지리 부인에게서 총관리인에게로 옮겨갔다. 지리 부인 뒤 에 서 있던 총관리인이 시선을 끌기 위해 팔을 휘젓고 있었던 것 이다. 감독들과 시선이 마주친 총관리인은 둘째손가락을 머리에 갖다 대고는 지리 부인이 제정신이 아닌 것 같다는 몸짓을 해보 였다. 총관리인의 몸짓을 이해한 몽샤르맹은 저 미친 여자를 지 금까지 고용해온 총관리인을 반드시 쫓아내고 말리라 결심했다.

한편 계속해서 유령에 대해 이야기하고 있던 이 선량한 부인 은 이제 유령의 관대함에 대해 칭찬을 늘어놓기 시작했다. "공연 이 끝나면 그는 언제나 2프랑이나 5프랑을 제게 주었지요. 오랜 만에 찾아왔을 때에는 10프랑을 준 적도 있어요. 하지만 사람들이 다시 그를 괴롭히기 시작하자 유령은 한푼도 남겨두지 않았어요."

"실례지만, 부인……" 감독들이 계속해서 오만한 반응을 보이자 지리는 익숙한 태도로 모자에 달린 깃털 장식을 기품 있게 탁 쳐올렸다. "도대체 유령이 어떻게 당신에게 팁 같은 걸 건네줄 수 있었단 말이오?" 몽샤르맹이 궁금하다는 듯 물었다.

"유령은 박스석 안에 있는 작은 선반 위에 돈을 두었어요. 제가 건네준 프로그램과 함께 놓여 있곤 했죠. 어느 날 저녁인가는 박스석 안에서 꽃을 발견했어요. 장미 한 송이였지요. 아마 유령의 부인이 달고 있었던 것이겠죠. 유령은 이따금 부인을 데려오곤 했으니까요. 부채를 두고 간 적도 있는걸요."

"아하, 유령이 부채를 두고 갔단 말이지. 그래요? 그래서 부채는 어떻게 했소?"

"다음날 다시 박스석에 가져다놓았지요."

이 말을 듣자 갑자기 총관리인이 목청을 높였다. "당신은 규율을 어겼어. 당신에게 벌금을 물리겠소, 부인."

"입 좀 닥치고 있어, 이 얼간아!" 피르맹 리샤르가 버럭 화를 냈다.

"부채를 다시 가져다놓았다? 그러고는 어떻게 됐지?"

"물론 유령 부부가 부채를 가져갔겠지요. 공연이 끝나고 다시

가보니 부채가 없어졌더라구요. 그 자리엔 영국산 초콜릿 한 상자가 놓여 있었지요. 제가 그걸 무척 좋아하거든요. 유령은 그런 식으로 호의를 베푼 거죠."

"그렇군요. 부인, 이제 가도 좋소."

지리 부인은 자리에서 일어나 어떤 상황에서도 변하지 않는 예의 바르고 위엄 있는 태도로 인사를 하고 나갔다. 두 감독은 총관리인에게 저 늙은 미친 여자를 해고하겠다고 말했다. 그리고 자신이 얼마나 오페라하우스에 헌신했는지에 대해 늘어놓던 총관리인이 나간 뒤에는 지배인에게 총관리인의 월급 계산서를 올리라고 지시했다. 모두 다 나가고 둘만 남자 감독들은 서로의 마음속에 있는 생각을 털어놓았다. 그들은 자신들이 직접 문제의 5번 박스석을 둘러봐야겠다고 마음먹었다.

곧 그 이야기를 들려주겠다.

제 6 장

마법의 바이올린

크리스틴 다에는 어떤 음모에 휘말려 오페라하우스에서 그날의 승리를 계속 이어나가지 못하고 있었다. 그 음모에 대해서는 뒤에 이야기할 것이다. 그날 공연 이후 다에는 취리히의 공작부인 집에서 노래할 수 있는 기회를 얻었다. 그녀는 자신의 레퍼토리 중 최고의 곡들을 불렀다. 그날 저녁 그 자리에 있었던 한 비평가는 다음과 같은 평을 남겼다.

크리스틴 다에가 부르는 오펠리아의 노래를 들었을 때, 마치 셰익스피어가 영원한 낙원의 안식처에서 나와 크리스틴 다에가 〈햄릿〉을 완벽하게 재현하도록 도와주는 듯한 느낌을 받았다. 그녀가 반짝이는 왕관을 쓰고 〈마술 피리〉의 밤의 여왕의 아리아를 노래할 때는 모차르트가 그녀의 노래를 들으러 천국에서 내려올 것만 같았다. 아니, 사실 청중의 마음을 사로잡는 그녀의 떨리는 목소리가 하늘까지 올라갔을 테니 모차르트가 굳이 지상으로 내려올 필요는 없었을 것이다. 마치 그녀가 그녀의 부모님이 사는 스웨덴의 시골 마을 스코텔로프의 오두막에서부터, 가르니에가 파리 오페라하우스로 설계한 황금과 대리석의 궁전으로 순조롭게 옮겨온 것처럼 말이다.

하지만 사교계에서 다에의 목소리를 들을 수 있었던 것은 그것이 마지막이었다. 그날 이후 그녀는 모든 초대와 공연 요청을 거절했다. 뚜렷한 이유도 없이, 예정되어 있던 자선 공연에도 나타나지 않았다. 다에는 이제 더이상 운명의 주인공이 아닌 것처럼 행동했다. 마치 새로운 성공을 두려워하는 듯했다.

샤니 백작은 그녀의 출연과 관련해서 리샤르에게 모든 수단을 다 쓰고 있었다. 다에는 그것이 동생을 기쁘게 하기 위한 백작의 배려라는 걸 잘 알고 있었다. 다에는 샤니 백작에게 감사의 편지를 썼다. 하지만 더이상 자신을 위해 애쓰지 말아달라는 부탁의 말도 남겼다. 다에가 왜 그토록 이상하게 구는지 아무도 그 이유를 알지 못했다. 어떤 사람들은 다에가 지나친 자만심에 빠져 있기 때문이라고 했다. 천사처럼 겸손한 마음 때문이라고 말하는 사람도 있었다. 하지만 무대에 서는 사람이 그렇게까지 겸손할 수는 없는 법이다. 나는 다에의 이해할 수 없는 행동이 두려움 때문이었다고 생각한다. 그렇게 말한다 해도 그다지 진실에서 먼 것은 아닐 것이다. 그렇다! 나는 크리스틴 다에가 자신에게 일어난 일에 두려움을 느끼고 있었다고 믿는다. 주변의 모든 사람들과 마찬가지로 어리둥절하기도 했을 것이다. 당시의 심정을 토로한 다에의 편지가 내게 있다(페르시아인이 가지고 있던 편지들 중 하나다). 크리스틴이 자신의 성공에 깜짝 놀라고, 심지어는 두려워하기까지 했다는 것은 사실 아주 절제된 표현이다. 그녀의 편지를 다시 읽어보면, 그녀가 겁에 질려 있었다는 사실을 알 수 있다. 그렇다, 그녀는 겁에 질려 있었다. '노래를 부를 때면 나는 나 자신을 잊어버려요.' 그 불쌍한 아가씨는 이렇게 썼던 것이다.

당시 다에는 어느 곳에도 모습을 나타내지 않았다. 라울은 그녀를 만나기 위해 갖은 애를 다 썼지만 아무 소용이 없었다. 라울은 그녀에게 안부 편지를 보냈다. 하지만 답장을 기대하는 일은 완전히 체념하고 있었다. 그러던 어느 날 아침, 뜻밖에도 편지가 왔다.

라울에게

그 옛날, 제 스카프를 건지기 위해 바다로 뛰어들었던 용감한 소년을 저도 잊지 않고 있습니다. 오늘 저는 당신에게 꼭 편지를 써야 할 것 같은 기분이 들었어요. 지금 저는 신성한 의무를 다하기 위해 페로로 가는 중입니다. 내일이 바로 불쌍한 제 아버지의 기일이거든요. 당신도 그분을 기억하시겠지요. 아버지는 당신을 무척 좋아하셨습니다. 아버지는 생전에 아끼시던 바이올린과 함께 작은 성당 마당에 묻혀 계시답니다. 어린 시절, 우리가 함께 뛰어놀던 그 언덕 밑에 있는 작은 성당 말입니다. 좀더 나이가 들어, 우리는 성당 옆으로 나 있는 길 위에서 영원한 작별을 고해야만 했지요.

편지를 읽은 샤니 자작은 서둘러 기차 시간을 알아보고는, 최대한 빨리 옷을 갖춰입고 형 앞으로 짧은 메모를 남겼다. 간단히 여행 준비를 마친 라울은 아침 열차를 놓치지 않기 위해 마차를 잡아타고 급히 몽파르나스 역으로 달려갔다. 그러나 라울은 아침 열차를 놓쳤고, 온종일을 참담한 기분으로 보내야 했다. 그가 기운을 차린 것은 저녁이 되어 급행열차에 몸을 실은 후였다. 라울은 크리스틴의 편지를 읽고 또 읽었다. 그리고 편지에서 풍기는 체취를 맡으며 행복했던 어린 시절을 회상했다. 길고도 먼 밤

기차 여행, 사랑의 열병에 들뜬 라울의 꿈속에는 크리스틴의 모습이 가득했다. 라울이 라니옹 역에 내렸을 때는 새벽이 밝아오고 있었다. 라울은 서둘러서 페로-귀렉으로 가는 장거리 마차에 몸을 실었다. 마차 안에는 다른 승객이라곤 아무도 없었다. 라울은 마부를 통해 몇 가지 사실을 알아냈다. 전날 저녁 무렵, 파리지엔으로 보이는 젊은 아가씨가 페로에 왔고 '저무는 태양'이라는 여관에 묵었다는 것이다. 라울은 안도의 한숨을 내쉬었다. 비로소 누구의 방해도 없이 크리스틴과 단둘이 이야기를 나눌 기회가 생긴 것이다. 라울은 크리스틴을 향한 사랑으로 숨이 막힐 것 같았다. 전 세계를 항해한 이 젊은이는 한 번도 집을 떠나보지 않은 처녀처럼 너무나도 순수했다.

크리스틴과의 거리가 가까워질수록 라울은 그 어린 스웨덴 출신 가수에 대한 기억에 더욱더 사로잡혔다. 그녀의 어린 시절을 아는 사람은 거의 없었다.

오래전 한 농부가 있었다. 그는 웁살라에서 그다지 멀리 떨어지지 않은, 장이 서는 작은 마을에 살았다. 농부는 가족과 더불어 열심히 땅을 일구고 일요일에는 성당의 성가대에서 노래를 불렀다. 농부에게는 어린 딸이 하나 있었는데, 그는 딸이 알파벳도 익히기 전부터 도레미를 가르쳤다. 다에의 아버지는 훌륭한 음악가였다. 비록 자신은 그 사실을 몰랐겠지만. 온 스칸디나비아 땅을 찾아보아도 그처럼 바이올린을 연주할 수 있는 사람은 없었다. 농부의 명성은 널리 퍼져서 결혼식이나 이런저런 축제가 벌어질 때면 언제나 초대를 받아 신나는 춤곡을 연주했다. 농부의 아내, 그러니까 크리스틴의 어머니는 크리스틴이 여섯 살 되던 해에 죽었다. 아내가 죽자 농부는 얼마 되지도 않는 땅을 팔아버리고 오직 어린 딸과 음악만을 사랑하기로 결심했다. 그리고 행운과 명예를 찾아 웁살라로 떠났다. 하지만 그곳에서 농부를 기다리고 있던 것은 궁핍뿐이었다.

농부는 스칸디나비아의 구슬픈 가락을 연주하면서 이 장터 저 장터로 떠돌아다녔다. 어린 딸은 아버지의 곁을 떠나는 법이 없었다. 아이는 아버지가 바이올린을 연주할 때면 넋을 잃고 그 소리에 귀를 기울였으며, 연주에 맞추어 노래를 하곤 했다. 그러던 어느 날 림비 시장에서 연주를 하고 있을 때였다. 발레리우스라는 교수가 이 부녀가 연주하는 모습을 보았다. 그 황홀한 소리에 감탄한 교수는 이들을 고센버그로 데려갔다. 그는 다에의 아버지가 이 세상에서 가장 뛰어난 바이올린 연주자이며, 그 딸은 위대한 예술가가 될 자질을 가지고 있다고 생각했다. 마침내 다에의 교육을 돕겠다는 후원자가 생긴 것이다. 다에는 빠르게 성장했으며, 깜찍한 모습으로 모든 사람을 매혹시켰다. 그녀의 타고난 우아함은 보는 사람의 마음을 기쁘게 해주었다. 발레리우스 교수와 그 부인은 프랑스로 건너가면서 크리스틴과 그녀의 아버지를 함께 데리고 갔다. 발레리우스 부인은 크리스틴을 친딸처럼 사랑했다. 하지만 크리스틴의 아버지는 고향에 대한 그리움으로 점점 여위어갔다. 파리에 사는 동안 그는 단 한 걸음도 문밖으로 나가려고 하지 않았다. 오직 몽상에 잠긴 채 바이올린에만 매달릴 뿐이었다. 어떤 때는 침실 문을 잠가버리고 딸과 단둘이 앉아 몇 시간이고 바이올린 연주만 하기도 했다. 부녀가 연주하는 바이올린 곡조는 부드럽고 애달팠다. 발레리우스 부인은 문밖에서 그 노랫소리를 듣고, 눈물을 닦으며 살그머니 아래층으로 내려가곤 했다. 그럴 때면 부인조차도 스칸디나비아의 푸른 하늘이 눈앞에 떠올라 가슴이 먹먹해지고 한숨이 나왔다.

여름이 되자 크리스틴의 아버지는 기력을 회복했고, 교수 가족은 페로-귀렉에서 함께 휴가를 보내기로 했다. 파리지엔에게는 잘 알려지지 않은, 브르타뉴 지방의 후미진 바닷가 마을이었다. 그곳의 바다는 크리스틴 부녀가 떠나온 곳의 하늘과 똑같이 눈부신 푸른빛이었다. 크리스틴의 아버지는 해안에 서서 가슴에 담긴 슬픔을 선율에 실었다. 그럴 때면 바다조차 파도치기를 멈추고 그의 음악에 귀를 기울이는 듯했다. 그는 발레리우스 부인에게 자신의 변덕스러운 행동을 너그럽게 봐달라고 간청했다.

이후 순례 기간이 돌아오거나 마을의 축제나 무도회가 열릴 때면, 그는 옛날처럼 딸을 데리고 다니며 바이올린을 연주했다. 부녀는 시골의 초라한 오두막에도 멋진 하모니의 음악을 선사했다. 그리고 밤에는 따스한 여관의 편안한 침대를 거절하고 헛간에서 잠을 잤다. 두 사람은 헛간에 짚을 깔고 서로에게 바싹 몸을 기댄 채 잠이 들곤 했다. 마치 그 옛날 가난했던 스웨덴 시절처럼. 두 사람은 매우 초라한 옷을 입고 다니며 아무것도 몸에 지니지 않았다. 이따금씩 사람들이 던져주는 몇 푼의 동전도 받지 않았다. 이들 주위에 몰려들었던 사람들도 이 허름한 바이올린 연주가의 음악을 이해한 건 아니었다. 사람들에게 알려진 것이라곤 그저 이 떠돌이 연주가가 하늘에서 내려온 천사처럼 노래하는 예쁜 딸아이와 함께 정처없이 떠돌아다닌다는 사실뿐이었다. 마을에서 마을로, 두 사람을 따라다니는 사람들도 생겨났다.

어느 날, 가정교사와 함께 산책을 나온 어린 소년은 애초 생각했던 것보다 더 멀리까지 나오게 되었다. 한 소녀의 모습을 보고 도저히 눈을 뗄 수가 없었기 때문이다. 소녀의 맑고 부드러운 목소리는 마치 마법처럼 소년의 마음을 사로잡았다. 부녀는 바다 어귀 해안가에 다다랐다. 아마도 항구 마을이 아니었던가 싶은데 오늘날까지도 트레스트라우라고 불리는 곳이다. 그날 해안에는 바다와 하늘과 황금빛으로 펼쳐진 모래사장 외에는 아무것도 없었다. 그런데 때마침 거센 바람이 불어와 크리스틴의 스카프가 바다로 날아가버렸다. 크리스틴은 소리를 지르며 팔을 뻗었다. 그러나 스카프는 파도를 타고 이미 멀리 떠내려가고 있었다. 그 순간 크리스틴의 귓가에 외침 소리가 들려왔다. "걱정하지 마. 내가 스카프를 건져올 테니까."

소년은 바다를 향해 뛰어들려는 듯 달려갔고, 검은 옷을 입은 한 정숙한 부인이 화난 목소리로 고함을 지르며 소년을 말렸다. 그러나 소년은 조금도 주저하지 않고 곧장 바다로 뛰어들었다. 옷도 벗지 않은 채였다. 결국 소년은 크리스틴의 스카프를 건져왔다. 소년도 스카프도 모두 바닷물에 흠뻑 젖어 있었다. 검은 옷을 입은 부인은 야단을 치며 법석을 떨었다. 그러나 크리스틴은 깔깔거리며 소년에게 감사의 입맞춤을 해주었다. 그 소년이 바로 라울 드 샤니 자작이었다. 당시 그는 친척 아주머니와 함께 라니옹에 머물고 있었다. 한 계절 동안 라울과 크리스틴은 거의 매일같이 만나서 함께 놀았다. 아주머니의 요청에 따라, 크리스틴의 아버지는 발레리우스 교수의 동의를 얻어 어린 자작에게 바이올린을 가르치기도 했다. 크리스틴의 어린 시절을 지배했던 곡조를 라울도 함께 사랑할 수 있게 된 것이다.

두 사람은 똑같이 고요하고 상상력이 풍부한 영혼을 가지고 있었다. 라울과 크리스틴은 옛날이야기나 브르타뉴 지방의 전설을 무척 좋아했다. 두 아이가 가장 좋아하는 놀이는 농가를 찾아가 옛날이야기를 구걸하는 것이었다. "부인(혹은 친절하신 할아 버지)…… 옛날이야기 하나만 해주세요. 네?" 이 사랑스러운 소 년과 소녀에게 '적선'하지 않은 사람은 거의 없었다. 브르타뉴 지방 사람이라면 누구나 적어도 한 번쯤은 벌판 위에서 쏟아지 는 달빛을 받으며 춤추는 요정들을 본 적이 있기 때문이다.

하지만 두 아이가 받은 가장 큰 선물은 태양이 바닷속으로 가 라앉아버리고 모든 것이 일몰의 침묵 속에 싸이는 황혼 무렵에 베풀어졌다. 이때가 되면 크리스틴의 아버지는 길가로 나와 두 아이를 나란히 곁에 앉혔다. 그리고 사랑스러운 요정들을 놀라 게 할까 두렵다는 듯 아주 나지막한 목소리로 북구의 전설을 들 려주었다. 어떤 이야기는 안데르센의 동화처럼 아름다웠고, 어 떤 이야기는 위대한 루네버리*의 시처럼 애절했다. 짐짓 그가 말 을 멈추기라도 하면, 두 아이는 좀더 들려달라고 애원했다.

어떤 이야기는 이렇게 시작된다. "옛날에 어떤 왕이 깊고 고요 한 호수에서 작은 배를 타고 있었단다. 노르웨이의 눈 덮인 산속 에서 푸른 눈동자처럼 빛나던 호수였지……" 이렇게 시작하는 이야기도 있었다. "어린 로테는 세상 모든 것에 대해 생각했지만 아무것도 모르는 소녀였어. 여름날의 새와 같이, 햇살처럼 빛나

---

* 핀란드의 시인. 주로 스웨덴어로 시를 썼다.

는 황금빛 머리에 꽃으로 만든 왕관을 쓰고 다녔지. 그녀의 영혼
은 그녀의 눈동자만큼이나 맑고 고왔어. 엄마에게 어리광을 부리
고 작은 인형을 아껴주는 어린 로테는 양떼와 빨간 구두와 바이
올린을 사랑했지. 그러나 이 세상의 그 무엇보다도 로테가 사랑
한 것은 잠들 때마다 귓가에 들려오는 음악 천사의 목소리였어."

크리스틴 아버지의 이야기를 들으며 라울은 크리스틴의 푸른
눈동자와 황금빛 머리카락을 바라보았다. 크리스틴은 생각에 잠
겨 있었다. 잠들 때마다 음악 천사의 소리를 들을 수 있다니 로
테는 얼마나 행복한 아이인가 하고. 음악 천사는 아버지의 이야
기 속에 언제나 등장했고, 아이들은 늘 음악 천사 이야기를 더
해달라고 조르곤 했다. 그의 말에 따르면 위대한 음악가나 예술
가에게는 평생에 적어도 한 번은 음악 천사가 찾아온다고 했다.
천사는 아기들의 요람에 몸을 기대곤 하는데 로테의 경우가 그
러했다. 그렇기 때문에 여섯 살짜리 꼬마가 쉰 살 된 어른보다
더 뛰어나게 바이올린을 연주하는 일은 조금도 놀랄 일이 아니
라는 것이었다. 천사가 뒤늦게 찾아오는 일도 있다고 했다. 아이
가 너무 거만하여 공부를 제대로 하지 않거나 연습을 게을리하
는 경우다. 심지어 천사가 한 번도 찾아오지 않을 수도 있었다.
아이가 나쁜 마음을 가졌거나 남을 속이는 경우였다. 실제로 음
악 천사의 모습을 본 사람은 한 명도 없었다. 하지만 천사의 목

소리를 들었다고 하는 사람들은 많았다. 천사는 종종 전혀 생각지도 못했던 순간, 깊은 슬픔에 사로잡혀 마음이 상했을 때 찾아왔다. 사람들은 천사가 찾아오면, 그 순간 귓가에 천상의 하모니가 들려온다고 말했다. 신성한 목소리를 듣는 그 순간은 평생 잊을 수 없는 아름다운 순간이 되었다. 천사의 방문을 받은 사람들은 세상의 다른 사람들은 절대로 이해할 수 없는 전율을 느낀다고 했다. 그래서 그들이 악기를 만지거나 노래를 부르기 위해 입을 열면, 다른 사람들이 내는 어떠한 소리도 무색하게 만든다는 것이었다. 천사의 방문 때문이라는 것을 모르는 이들은 그런 사람을 두고 천재라고 부른다.

어린 크리스틴은 아버지에게 음악 천사의 목소리를 들어본 적이 있느냐고 물어보았다. 아버지는 슬프게 고개를 가로저었다. 그러나 다음 순간 고개를 들어 하늘을 바라보며 말했다. "하지만 얘야, 너라면 언젠가 그 목소리를 들을 수 있을 거다. 크리스틴, 내가 하늘로 올라가면 너에게 음악 천사를 보내주마!"

그로부터 얼마 지나지 않아 다에의 아버지는 기침을 하기 시작했다.

가을이 찾아오자 라울과 크리스틴은 작별해야 했다. 삼 년 후 그들은 페로에서 다시 만났는데, 두 사람 다 더이상 어린아이가 아니었다. 라울은 이때의 만남으로 크나큰 인상을 받아, 이후 살면서 늘 이때를 생각했다. 당시 발레리우스 교수는 이미 이 세상 사람이 아니었고, 크리스틴 부녀는 발레리우스 부인과 함께 프랑스에 머무르고 있었다. 부녀는 여전히 바이올린을 연주하고 노래를 불렀고, 친절한 후견인과 평화롭게 살면서 음악의 꿈에 사로잡혀 있었다. 후견인은 지금까지 부녀의 음악 덕분에 살아 온 듯했다. 청년이 된 라울은 혹시 이들을 다시 만날 수 있을까 하여 페로에 돌아왔다. 라울은 지체없이 이들이 살던 집을 찾아 갔다. 라울이 먼저 본 것은 크리스틴의 아버지였다. 그는 자리에서 일어나 눈물을 흘리며 라울을 안았다. 그러고는 자신들은 한 시도 라울을 잊은 적이 없다고 했다. 사실 크리스틴이 라울의 이야기를 하지 않은 날은 하루도 없었다. 그때 문이 열리고 차 쟁반을 든 크리스틴이 방 안으로 들어왔다. 라울을 본 크리스틴은 얼굴을 붉히며 쟁반을 내려놓았다. 그녀는 머뭇거리며 그 자리에 가만히 서 있었고 아버지는 두 사람을 바라보았다. 라울은 크리스틴에게 다가가 입을 맞추었지만 크리스틴은 거부하지 않았다. 서로의 안부를 물은 후, 크리스틴은 우아한 태도로 안주인의 역할을 다했다. 그리고 빈 쟁반을 들고 방을 나갔다. 크리스틴은 문을 닫기가 바쁘게 정원으로 달려갔다. 그리고 정원 의자에 주저앉아 생전 처음으로 자신이 심장을 휘저어놓는 벅찬 감정에 사로잡혔음을 느꼈다. 라울도 크리스틴의 뒤를 쫓아왔다. 두 사람은 해가 저물도록 이야기를 나누었다. 그들은 무척 수줍어했다. 두 사람 모두 성장한 터라 외교관처럼 말을 삼갔고, 갓 피어난 봉오리 같은 섬세한 감정을 건드리지 않도록 애쓰면서 일상적인 이야기만 나눌 뿐이었다. 마침내 길 위에서 작별을 나누어야 할 순간이 다가왔을 때, 라울은 크리스틴의 떨리는 손에 입을 맞추고는 말했다. "마드무아젤, 나는 당신을 영원히 잊지 않을 겁니다."

그러나 라울은 이내 자신이 한 말을 후회해야 했다. 크리스틴의 신분으로는 절대로 샤니 자작의 부인이 될 수 없다는 사실을 잘 알고 있었기 때문이다.

크리스틴은 아버지에게 돌아가 말했다. "아빠, 라울이 예전만큼 다정하지 않아요. 저도 이젠 그를 좋아하지 않아요." 크리스틴은 라울을 생각하지 않으려고 애를 쓰며 오직 음악에만 마음을 쏟았다. 크리스틴의 재능은 놀랄 만큼 커져갔다. 크리스틴의 노래를 들은 사람은 누구나 그녀가 세상에서 가장 위대한 가수가 될 것이라고 예견했다. 그러나 그녀의 아버지가 세상을 떠나자, 크리스틴은 돌연 아름다운 목소리를 잃어버렸다. 아버지와 함께 그녀의 영혼과 천재적인 재능도 사라져버린 것 같았다. 크리스틴에게 남아 있는 것은 콩세르바투아르 음악학교에 겨우 입학할 수 있을 정도의 미미한 실력뿐이었다. 그녀는 음악학교 내에서도 돋보이는 존재는 되지 못했다. 수업에 빠짐없이 참석하기는 했지만 조금도 열성을 보이지 않았다. 단지 나이 든 발레리우스 부인을 기쁘게 하기 위해 이따금 상을 받아오는 정도였다. 그때까지도 두 사람은 함께 살고 있었다.

오페라하우스에서 다시 크리스틴의 모습을 보았을 때, 라울은 그녀의 아름다움에 매혹된데다 과거의 행복했던 기억들이 함께 떠올라 뭐라 말할 수 없는 벅찬 감정에 휩싸였다. 하지만 크리스틴의 노래 속에 드리워진 어두운 그늘이 그를 놀라고 걱정하게 했다. 크리스틴은 세상 모든 것에 관심이 없는 것처럼 보였다. 라울은 크리스틴의 노래를 듣기 위해 자주 찾아왔다. 무대 뒤쪽까지 가서 크리스틴을 기다리기도 했다. 라울은 크리스틴의 주의를 끌기 위해 애를 썼다. 크리스틴의 뒤를 쫓아 분장실 문 앞까지 따라간 적도 여러 번이었다. 그러나 크리스틴은 라울의 존재를 알아채지 못했다. 아니, 크리스틴의 눈에는 어느 누구의 모습도 보이지 않는 것 같았다. 모든 것에 완전히 무관심했던 것이다. 라울의 가슴은 괴로움으로 터져버릴 것 같았다. 눈부시게 아름다운 크리스틴을 바로 가까이에 두고도 수줍은 나머지 자신의 마음을 표현할 엄두조차 내지 못했다. 그러던 중 퇴임 기념 공연에서 크리스틴이 번개가 내리치듯 충격적인 무대를 보여준 것이다. 하늘이 갈라지며 천사의 목소리가 땅 위에 들려왔다. 세상

사람 모두에게 기쁨을 가져다줄 수 있을 것 같은 그녀의 목소리
는 라울의 마음을 온통 뒤흔들어놓았다.

그리고 그날…… 바로 그때, 그는 크리스틴의 분장실 문밖에
서서 정체를 알 수 없는 남자의 목소리를 들었던 것이다. "당신
은 나를 사랑해야 하오!" 그러나 방 안에는 아무도 없었다.

스카프 사건을 이야기해주었을 때 왜 크리스틴은 웃음을 터뜨
렸을까? 왜 크리스틴은 나를 알아보지 못했을까? 그리고 편지는
왜 보냈을까?

아! 페로까지 가는 길은 끊임없이 이어졌다. 마치 십자가를 짊
어지고 가는 것 같았다. 황량한 벌판과 얼어붙은 잡초, 창백한
하늘 아래 똑같은 풍경이 계속되었다. 마차 유리창이 덜컹거리
는 소리가 쉴 새 없이 귀를 울렸다. 마차는 너무나 시끄럽고 너
무나 느렸다! 창문 밖으로 오두막, 울타리, 비탈길, 길을 따라 늘
어선 나무 들이 보였다. 그리고 마침내 마지막 모퉁이를 돌자 바
다와 페로의 만이 나타났다.

크리스틴은 '저무는 태양' 여관에 내린 것이다. 그렇다! 그곳
은 이 마을에 있는 유일한 여관이었다. 라울은 어린 시절 이곳에
서 아름다운 이야기를 들었던 때를 떠올렸다. 그의 가슴이 쿵쾅
거렸다. 자신을 보면 크리스틴이 뭐라고 할까?

라울이 연기가 자욱한 여관 식당으로 들어가 처음 만난 사람

은 여주인 트리카 부인이었다. 부인은 라울을 알아보고 따뜻하게 맞아주며 무슨 일로 여기까지 왔는지 물었다. 라울은 얼굴을 붉히며 라니옹에 볼일이 있어서 왔다가 인사차 잠시 들렀다고 대답했다. 부인은 라울에게 아침을 대접하고 싶어했지만, 라울은 "다음에요"라며 거절했다. 그는 누군가를 기다리고 있는 것 같아 보였다. 그때 문이 열리자 라울은 벌떡 일어났다. 제대로 찾아왔다. 크리스틴이 거기 있었던 것이다! 라울은 그녀에게 말을 건네려 했지만 얼어붙은 듯 아무 말도 나오지 않았다. 크리스틴이 웃으면서, 전혀 놀라지도 않은 채 그의 앞에 서 있었다. 그녀의 얼굴은 그늘에서 자라는 신선한 딸기 같은 빛을 띠고 있었다. 아마 빨리 걸어오느라 조금 흥분한 듯했다. 따뜻한 마음을 가진 그녀의 가슴이 오르락내리락하고 있었다. 투명하고 파란 눈동자는 먼 북쪽 나라 호수의 고요하고 꿈결 같은 색을 띠었고, 그녀의 영혼을 그대로 보여주고 있었다. 털코트 사이로 가느다란 허리와 우아한 몸매가 살짝 드러났다. 라울과 크리스틴은 한참 동안 서로의 얼굴을 바라보았다. 트리카 부인은 미소를 지으며 자리를 비켜주었다. 마침내 크리스틴이 입을 열었다. "오셨군요. 미사를 마치고 돌아오면서 당신이 와 있을 거라고 생각했어요. 어떤 사람이 말해주었거든요, 누가 찾아올 거라고. 성당에서 말예요."

"누가 말해줬는데요?" 라울은 크리스틴의 작고 가냘픈 손을 잡으며 물었다.

"제 불쌍한 아버지요. 돌아가신 아버지께서 말씀해주셨어요."

잠시 침묵이 흘렀다. 라울이 먼저 입을 열었다. "아버님께서 내가 당신을 얼마나 사랑하고 있는지도 말씀해주시던가요, 크리스틴? 내가 당신 없이는 살 수 없다는 사실도요?"

크리스틴은 눈가까지 빨갛게 달아올랐다. 그러고는 얼굴을 돌린 채 떨리는 목소리로 말했다. "저를 사랑한다구요? 당신은 꿈을 꾸고 계시는군요!" 크리스틴은 말끝에 장난스러운 웃음을 터뜨리며 애써 태연을 가장했다.

"웃지 말아요, 크리스틴. 나는 정말 진지하게 말하는 겁니다." 라울은 심각한 얼굴로 말했다.

그러자 크리스틴이 엄숙한 어조로 대답했다. "그런 말을 듣자고 당신을 여기까지 오게 한 건 아니에요."

"하지만 당신은 내가 여기 오길 바랐잖아요. 내가 당신의 편지를 받고 가만있지 못하리라는 걸 미리 알고 있었잖아요. 페로로 서둘러 오게 될 것을요. 내가 당신을 사랑한다고 믿지 않았다면 어떻게 그런 생각을 했겠어요?"

"저는 단지 이곳에 어려 있는 우리의 추억을 당신도 기억하고 있을 거라 생각했을 뿐이에요. 아버지도 종종 우리 놀이에 끼곤

하셨죠. 사실 제가 무슨 생각에 편지를 보냈는지 저도 잘 모르겠어요…… 어쩌면 당신에게 편지를 보낸 것이 잘못이었는지도 몰라요…… 하지만 당신이 갑자기 오페라하우스의 제 분장실에 나타났을 때, 오래전 일들이 생각났어요. 당신에게 편지를 쓰던 순간 저는 어린 소녀로 되돌아가 있었어요. 외롭고 쓸쓸해서 친구가 옆에 있었으면 하던 소녀로요."

잠시 침묵이 흘렀다. 크리스틴의 태도에는 뭔가 이상한 게 있었다. 경계심은 아니었다. 전혀 그런 게 아니었다. 크리스틴은 애정이 깃든 눈으로 라울을 바라보고 있었다. 그런데 왜 그 눈빛에서 슬픔이 느껴지는 것일까? 라울은 그 이유를 알고 싶었다. 그리고 그것 때문에 마음 아팠다.

"분장실에서 첫눈에 나를 알아보았나요?"

크리스틴은 아직도 거짓말을 하지 못하는 소녀 그대로였다. "아니요. 그전부터 난 이미 당신을 알아봤어요. 형님의 박스석에 앉아 있는 당신을 여러 번 봤어요. 무대 뒤까지 쫓아왔을 때도요."

"그럴 거라고 생각했어요!" 라울은 입술을 깨물며 외쳤다. "그런데 왜 분장실에서는 바로 옆에 있는 나를 보고도 모르는 척했던 거죠? 당신의 스카프를 바다에서 건져낸 이야기를 했을 땐 왜 웃었죠?"

라울이 갑자기 거칠게 화를 내며 질문을 퍼부어대자, 크리스틴은 아무런 대답도 하지 못하고 라울의 얼굴만 쳐다보았다. 덩달아, 이런 사태를 빚고 만 불쌍한 젊은이도 스스로에게 놀라 입만 딱 벌리고 있을 뿐이었다. 상냥하고 애정이 가득 찬 고백을 해야겠다고 마음먹고 있던 그 순간 그러한 말이 튀어나오리라고는 자신도 생각하지 못했던 것이다. 남편이나 정당한 권리를 가진 애인이라면 잘못을 저지른 부인이나 애인에게 아무런 생각 없이 그런 식으로 이야기할 수 있을지 모르지만, 라울은 아직 아니었다. 라울은 어색하게 행동하는 것 외에는 지금 처한 이 우스꽝스러운 처지를 벗어날 방도를 달리 찾지 못했다.

　"역시 대답을 못 하는군요!" 라울은 침울한 표정으로 무뚝뚝하게 말을 이었다. "그렇다면 좋아요. 내가 대신 대답하죠. 사실은 당신을 괴롭히는 누군가가 방 안에 있었기 때문이에요. 크리스틴, 당신은 당신이 다른 누군가에게 관심이 있다는 사실을 그 사람에게 알리고 싶지 않았던 거예요!"

　크리스틴이 차가운 목소리로 말을 가로챘다. "제 마음을 괴롭히는 사람이 있었다면, 그건 라울, 당신이었을 거예요. 제가 제 방에서 나가달라고 한 것도 당신이었으니까요."

　"그렇겠지. 그래야 그 사람과 단둘이 있을 수 있었겠지!"

　"도대체 무슨 말씀을 하시는 거죠?" 크리스틴은 소스라치게 놀라며 되물었다. "지금 누굴 말하는 거예요?"

"'저는 오직 당신만을 위해서 노래했어요. 오늘밤 저는 당신에게 영혼을 바쳤어요. 저는 이미 죽은 거나 다름없어요'라고 당신이 말했던 그 사람이오!"

크리스틴은 돌연 라울에게 몸을 던지듯이 다가와, 그토록 연약한 여자의 몸에서 어떻게 그런 힘이 나올까 의아스러울 만큼 강하게 라울의 팔을 움켜잡았다. "그렇다면 당신은 문 뒤에서 듣고 있었군요?"

"그래요. 당신을 사랑하기 때문이에요…… 그래요. 나는 다 들었어요."

"또 무슨 말을 들었죠?" 크리스틴은 이상하리만큼 냉정을 되찾았다. 그녀는 슬그머니 라울의 팔을 놓았다.

"그 남자가 당신에게 말하는 걸 들었어요. '크리스틴, 당신은 나를 사랑해야 하오.'"

순간, 크리스틴의 얼굴에 죽음의 그림자 같은 그늘이, 눈가에 검은 그림자가 드리워졌다. 비틀거리는 모습이 마치 혼절하기 직전의 사람 같았다. 라울은 재빨리 다가가 그녀에게 팔을 내뻗었다. 하지만 크리스틴은 곧 정신을 차리고 낮은 목소리로 말했다. "계속해보세요! 어서요! 당신이 들은 이야기를 모두 해봐요!"

너무나 당황한 라울은 어찌할 바를 몰랐다.

"계속하라구요! 난 알고 싶어요! 어서요!"

"당신이 그 남자에게 당신의 영혼을 주었다고 말하자, 그 남자가 대답하는 소리도 들었어요. '오, 크리스틴, 고맙소. 어떤 황제도 그렇게 귀중한 선물을 받아보진 못했을 거요. 오늘밤에는 천사들도 눈물을 흘렸을 거요.'"

크리스틴은 손을 가슴으로 가져갔다. 그녀는 마치 미쳐버리기라도 한 듯 도저히 형언할 수 없는 감정에 사로잡힌 눈빛으로 멍하니 앞을 바라보았다. 라울은 온몸이 죄어드는 것 같았다. 그때 갑자기 크리스틴의 눈동자가 촉촉이 젖어들더니 커다란 눈물 방울이 뚝뚝 흘러내렸다. 상앗빛 뺨을 타고 흐르는 그녀의 눈물은 마치 조개가 품은 진주 같았다.

"크리스틴!"

"라울!"

라울은 크리스틴을 껴안으려고 팔을 내뻗었다. 하지만 크리스틴은 재빨리 몸을 피해 정신없이 달아나버렸다.

크리스틴은 문을 잠그고 방 안에서 꼼짝도 하지 않았다. 라울은 자신의 무례함을 후회했다. 하지만 동시에 질투심으로 뜨겁게 불타올랐다. 자신이 비밀을 알았다는 사실에 저렇게 흥분하다니, 분명 중요한 일이 틀림없었다. 라울은 자신이 엿들은 말에도 불구하고 크리스틴의 마음이 순수하다는 사실에 조금도 의심을 품지 않았다. 크리스틴은 정숙하기로 유명했고, 라울 또한 크리스틴 같은 예술가들은 때때로 사랑 고백을 듣기도 한다는 것을 모를 만큼 순진하지 않았다. 물론 그녀는 자신의 영혼을 주었다고 대답했지만, 분명 노래와 음악에 대한 이야기였을 것이다. 그러나 정말 그럴까? 정말 그렇다면 왜 크리스틴은 그런 고통스러운 반응을 보인 걸까? 아, 라울은 너무나 비참했다. 그 남자─ 그 목소리─를 분명 마주했으니, 자신은 설명을 들어야 했다.

왜 크리스틴은 라울을 피해 달아난 걸까? 왜 방에서 꼼짝도 하지 않는 것일까?

라울은 점심식사조차 하지 않았다. 아름다운 스웨덴 소녀와 함께 보낼 수 있으리라 기대했던 달콤한 시간이 사라져버린 것이 너무나 가슴 아팠다. 크리스틴은 왜 나와 함께 시골길을 산책하러 나가지 않는 것일까? 그토록 많은 추억을 함께 간직하고 있는 이 시골길을? 크리스틴은 아침에 미사를 드렸다고 했다. 아버지의 영혼이 평안히 쉬도록 작은 성당과 아버지의 무덤 앞에서 오랫동안 기도했다고. 그렇다면 크리스틴은 이제 페로에서 더이상 할 일이 없을 것이다. 그런데 왜 곧장 파리로 돌아가지 않는 것일까?

슬픔에 잠긴 라울은 의기소침해져 멀리 성당 묘지까지 산책을 나갔다. 묘비에 새겨진 글자들을 읽으며 라울은 홀로 무덤들 사이를 배회했다. 성당 건물 뒤편에 이르렀을 때, 라울은 화강암

묘비 위로 현란한 자태를 뽐내며 무성하게 피어 있는 꽃들을 발견했다. 놀랍게도 붉은 장미가 하얗게 눈이 쌓인 대지 위에 아침 햇살과 함께 피어나 있었다. 정말 기적과도 같았다. 장미는 죽은 자들 사이에서 한줄기 생명의 빛을 던지고 있었다. 그렇게 땅 위로 솟아오른 것이 또 있었다. 그러나 그것은 아름다운 꽃이 아니었다. 수천 개의 해골과 뼈들이 성당의 담벼락에 쌓여 있었던 것이다. 끔찍한 시체 더미는 철사로 얽혀 있었고 죽은 사람들의 뼈는 벽돌처럼 차곡차곡 쌓아올려져 있었다. 제의실은 그렇게 쌓인 시체 더미 위에 세워진 것 같았다. 해골 더미 한가운데에 제의실 문이 활짝 열려 있었다. 이것은 브르타뉴 지방의 오래된 성당들에서 흔히 볼 수 있는 광경이었다.

라울은 크리스틴의 아버지를 위해 기도를 올렸다. 해골들이 짓는 영원의 미소에 마음이 저려온 라울은 언덕 위로 올라갔다. 그리고 바다가 내려다보이는 언덕 위에 주저앉았다. 저녁이 되면서 바람이 불기 시작했다. 얼음장처럼 차가운 어둠의 기운이 점점 주위를 감싸왔다. 하지만 라울은 전혀 추위를 느끼지 못했다. 바로 그곳이었다. 달이 떠오를 무렵이면 어린 크리스틴과 함께 난쟁이 요정들의 춤을 보기 위해 남몰래 찾아오곤 했던 바로 그 언덕이었다. 라울은 그때의 모든 것들을 선명하게 기억하고 있었다. 라울은 시력이 좋은 편이었다. 하지만 요정의 춤은 고사하고 아무것도 보이지 않았다. 크리스틴은 약간 근시였음에도 불구하고 많은 요정을 본 것처럼 말하곤 했다. 그때를 생각하며 라울은 미소를 지었다. 그리고 다음 순간 깜짝 놀라 자리에서 벌떡 일어섰다. 등뒤에서 어떤 목소리가 들렸던 것이다.

"오늘밤 난쟁이 요정이 찾아올 거라고 생각해요?" 크리스틴이었다. 라울은 뭔가 말하려고 했다. 그러나 크리스틴이 장갑 낀 손을 내밀어 그의 입을 막았다. "제 말을 들어봐요, 라울. 당신에게 말할 게 있어요. 정말 중요한 이야기예요!" 그녀가 떨리는 목소리로 말했다.

라울은 조용히 그녀의 다음 말을 기다렸다.

"음악 천사에 대한 이야기를 기억하고 있나요?"

"물론이죠." 라울은 분명한 목소리로 대답했다. "처음 당신 아버지가 그 이야기를 들려준 곳이 바로 여기잖아요."

"그럼 아버지가 '크리스틴, 내가 하늘로 올라가면 너에게 음악 천사를 보내주마'라고 말씀하신 곳이 여기라는 것도 기억하겠군요. 라울, 그분은 지금 하늘에 계세요. 그리고 저는 음악 천사의 방문을 받았어요."

"나는 당신의 말을 조금도 의심하지 않아요." 라울은 진지한 어조로 말했다. 그의 사랑스러운 친구가 경건한 생각에 사로잡혀 지난번에 거둔 성공적인 공연과 돌아가신 아버지에 대한 추억을 연결시키고 있다고 생각했던 것이다.

크리스틴은 라울의 당연하다는 반응에 다소 놀라는 듯했다.
"내가 하는 말을 이해한다고요?" 크리스틴의 창백한 얼굴이 라
울의 얼굴 가까이로 서서히 다가왔다. 라울은 크리스틴이 입맞
춤이라도 하려나보다 생각했다. 하지만 크리스틴은 단지 어둠
속에서 라울의 눈빛을 읽어보려 했던 것뿐이었다.

"이해할 수밖에요. 이 세상의 어느 누구도 그때의 당신처럼 노
래할 수는 없으니까요. 그것은 기적이 아니고서는 불가능한 일
이에요. 지구상의 어떤 선생도 그렇게 신성하게 노래하는 걸 가
르칠 수는 없어요. 당신은 음악 천사의 목소리를 들은 겁니다,
크리스틴."

"맞아요." 크리스틴은 진심 어린 목소리로 말했다. "제 분장실
에서 음악 천사를 만났어요. 그 천사는 매일 저를 가르치기 위해
그곳을 찾아와요."

그녀의 말투가 워낙 확신에 차 있고 기이해서 라울은 깜짝 놀
라 그녀를 바라보았다. 터무니없는 말을 하거나 헛된 망상에 사
로잡힌 사람을 보는 것 같았다. 크리스틴은 그에게서 뒷걸음질
친 후 어둠 속에 가만히 서 있었다.

"당신의 분장실로요?" 라울은 바보같이 말을 되풀이했다.

"예, 제가 천사의 목소리를 듣는 곳이 바로 그곳이에요. 하지

만 천사의 목소리를 들은 사람은 저뿐만이 아니에요."

"또 누가 있습니까?"

"바로 당신이에요."

"내가요? 내가 천사의 목소리를 들었다구요?"

"그래요. 그날 저녁 당신이 문 뒤에서 들은 목소리의 주인공이 바로 음악 천사였어요. '당신은 나를 사랑해야 하오'라고 말한 그 사람이 바로 천사였단 말예요. 전 이제껏 천사의 소리를 들을 수 있는 건 저뿐이라고 생각했었죠. 아버지께서 오직 저를 위해 보내주신 음악 천사니까요. 그러니 당신이 오늘 아침 그 이야기를 했을 때, 제가 얼마나 놀랐을지 상상해보세요. 당신도 천사의 목소리를 들을 수 있다니……"

라울은 그만 웃음을 터뜨리고 말았다. 이제 막 떠오른 달이 젊은 두 남녀를 부드러운 빛으로 감싸고 있었다.

라울의 웃음에 크리스틴은 거칠게 등을 돌렸다. 평상시에는 그토록 부드럽던 그녀의 눈동자도 분노로 맹렬하게 타오르고 있었다. "왜 웃는 거죠? 그저 평범한 어떤 남자의 목소리라고 생각했나요? 제가 어떤 남자와 같이 있었다고 생각하는 거예요?"

"그러니까……" 젊은이는 우물쭈물 대답을 하지 못했다. 크리스틴의 결연한 낯빛에 점점 더 당황해 마음이 혼란스러웠다.

"라울, 당신이 그렇게 생각하다니요! 어린 시절을 함께 보낸 친구인 당신이! 아버지의 친구이기도 했던 당신이! 그동안 많이 변하셨군요. 도대체 무슨 생각을 하는 거죠? 저는 정숙한 여자예요, 샤니 자작님! 적어도 저는 분장실 문을 걸어잠그고 남자와 단둘이 있는 그런 여자가 아니라구요! 문을 열어보았어야 했어요. 그랬으면 방 안에 아무도 없었다는 사실을 알 수 있었을 거예요!"

"맞아요! 당신이 간 뒤에 방문을 열어보았지만 아무도 없더군요."

"그럼 당신도 알았겠군요! 그런데 왜 내 말을 믿지 않는 거죠?"

라울은 모든 용기를 그러모아 말했다. "크리스틴, 사실 나는 누군가가 당신에게 장난을 치고 있다고 생각해요."

이 말에 크리스틴은 울음을 터뜨리며 뛰어가버렸다. 라울이 곧 뒤쫓아갔지만, 크리스틴은 성난 목소리로 날카롭게 외쳐대며 가까이 오지 못하게 했다. "저리 가요! 날 내버려두세요!" 그러고는 사라져버렸다.

라울은 쓸쓸한 마음을 안고 여관으로 돌아왔다. 온몸의 기운이 다 빠지고 오직 슬픔만이 마음에 가득했다. 라울은 크리스틴이 저녁을 먹지 않겠다며 곧장 침실로 들어갔다는 전갈을 받았다. 트리카 부인에게 혹시 크리스틴이 아픈 것은 아니냐고 물어보았다. 트리카 부인은 조금 피곤해 보이긴 했지만 심각해 보이진 않았다고 답해주었다. 두 사람이 가벼운 말다툼을 했다는 것을 알아챈 부인은 어깨를 으쓱하며 젊은이들이 신께서 주신 시간을 헛되이 보내는 것이 안타깝다고 중얼거렸다. 라울은 우울한 기분에 잠겨 벽난로 옆에서 혼자 저녁식사를 했다. 식사를 마친 라울은 침실로 가서 책이라도 읽어보려 애를 썼다. 뜻대로 되지 않자 침대로 들어가 잠을 청해보았다. 잠이 오지 않았다. 옆방에서는 아무 소리도 들리지 않았다. 크리스틴은 뭘 하고 있을까? 자고 있을까? 깨어 있다면 무슨 생각을 할까? 그리고 나는 무슨 생각을 하고 있는가? 무슨 생각을 하는지 말을 할 수는 있을까? 라울은 크리스틴과 나눈 기이한 대화로 인해 마음이 심란했다. 크리스틴에 대한 생각보다는 크리스틴을 둘러싼 상황에 대해 더 많은 생각을 했다. 그 상황이 그에게는 너무나 모호하고 혼란스럽고 뭐라 설명할 수 없는 것이어서 불안하고 또 괴로웠다.

시간은 느리게 지나갔다. 라울이 옆방에서 무언가가 움직이는 소리를 분명하게 들은 것은 열한시 삼십분경이었다. 바로 옆방에서 살금살금 가볍게 걷는 발소리가 들려왔다. 크리스틴이 아직 잠자리에 들지 않았나? 이것저것 생각해볼 겨를도 없이 라울은 소리나지 않도록 조심하면서 서둘러 옷을 챙겨입었다. 그리고 기다렸다. 그런데 무엇을 기다린 것일까? 라울 자신도 대답할 수 없었다. 크리스틴 방의 문고리가 천천히 돌아가는 소리가 들려오자 라울의 심장은 마구 쿵쾅대기 시작했다. 이런 시간에 크리스틴은 어디에 가는 것일까? 페로에 사는 사람들은 모두 깊이 잠이 들었을 터였다. 그가 살며시 문을 열자 하얀 옷을 입은 크리스틴의 모습이 보였다. 은빛으로 부서져내리는 달빛을 받으며 크리스틴은 복도를 미끄러지듯 걸어갔다. 크리스틴은 계단을 내려갔다. 라울은 계단 난간에 몸을 기댄 채 크리스틴의 모습을 내려다보고 있었다. 갑자기 두 사람이 뭔가를 빠르게 속삭이는 소리가 들려왔다. 라울이 가까스로 알아들은 소리는 단 한마디였다. "열쇠를 잊지 말아요." 여관 주인의 목소리였다. 잠시 후 바다를 향해 나 있는 문이 열리는 소리가 들리더니 이내 탁 하고 닫혔다. 여관 안이 침묵 속으로 가라앉았다. 라울은 자신의 방으로 되돌아와 창문을 열었다. 크리스틴의 모습이 희뿌옇게 보였다. 그녀는 황량한 해안가에 홀로 서 있었다.

여관 2층은 별로 높지 않았다. 담벼락 쪽에 커다란 나무가 한 그루 서 있었다. 라울은 끈질기게 팔을 뻗은 끝에 긴 가지 하나를 잡을 수 있었다. 마침내 그는 여주인도 모르게 나무를 타고 여관을 빠져나왔다. 다음날 아침, 라울이 반쯤 얼어서 죽었는지 살았는지 알 수 없는 상태로 실려온 것을 본 여관 여주인은 이만저만 놀란 게 아니었다. 더구나 라울이 작은 성당 제단의 계단 위에 쓰러져 있었다는 이야기를 듣고 여주인은 기가 막혀 아무 말도 하지 못했다. 여주인은 즉시 크리스틴에게 달려가서 이 이야기를 전해주었다. 크리스틴은 여주인을 따라 쏜살같이 내려왔다. 그리고 라울이 깨어나도록 온 정성을 다해 돌보았다. 얼마 지나지 않아 라울은 눈을 떴다. 자신을 걱정스레 내려다보고 있는 크리스틴의 사랑스러운 얼굴을 보자, 그는 금방 기력을 되찾았다.

라울에겐 무슨 일이 있었던 것일까? 몇 주일 후, 오페라하우스의 비극적인 사건에 대한 조사를 맡은 경찰수사관 미프루아는 샤니 자작에게 그날 밤의 일을 물어볼 수 있었다. 여기에 공식 보고서(no.150 참조)에 기록된 질문과 답변을 인용한다.

질문: 다에 양은 당신이 그렇게 특이한 방법으로 방을 빠져나와 자신을 뒤따르는 것을 알지 못했습니까?

답변: 네. 그녀 뒤를 바짝 따라가고 있었고, 발소리를 죽이려고 애를 쓰지도 않았습니다만, 다에 양은 전혀 몰랐습니다. 사실 저는 그녀가 뒤를 돌아보고 저를 보아주기를 바랐습니다. 그렇게 그녀의 뒤를 밟으면서 그녀의 행동을 엿보는 게 신사답지 못하다고 생각했으니까요. 하지만 다에 양은 전혀 낌새를 채지 못하는 것 같았습니다. 주위에 아무도 없는 것처럼 행동했어요. 다에 양은 해안가를 벗어나더니 느닷없이 길을

따라 빠르게 걸어올라가기 시작했습니다. 그때 성당의 시계가 열한시 사십오분을 알렸습니다. 다에 양은 그 시계 소리를 듣고 더욱 서두르는 것 같았습니다. 거의 달리다시피 해서 성당까지 갔지요.

질문: 성당 문이 열려 있었습니까?

답변: 예. 그래서 저도 놀랐습니다. 하지만 다에 양에게는 전혀 놀라운 일이 아닌 듯했습니다.

질문: 성당 마당에는 아무도 없었습니까?

답변: 아무도 보지 못했습니다. 만약 누가 그곳에 있었다면 틀림없이 보았겠지요. 달빛이 눈 위를 환히 비추고 있어서 상당히 밝았거든요.

질문: 묘비들 뒤에 누가 숨어 있었을 가능성은 없습니까?

답변: 아니요. 묘비는 아주 작았습니다. 그저 초라한 돌무덤들이었을 뿐이죠. 반쯤은 눈 아래 묻혀버리고 십자가만 땅 위로 겨우 나와 있는 정도였습니다. 그림자라곤 십자가와 우리 두 사람의 것밖에 없었습니다. 성당은 환하게 달빛을 받으며 서 있었습니다. 한밤중에 그렇게 환하게 빛나는 것은 한 번도 본 적이 없었습니다. 매우 아름다웠고 맑고 차가워 보였습니다. 전에는 밤에 묘지에 가본 적이 없어서, 거기서 그렇게 환한 빛을 보리라고는 전혀 예상하지 못했습니다. '비현실적'으

로 보였어요.

　질문: 당신은 미신을 믿습니까?

　답변: 아니요. 저는 가톨릭 신자입니다.

　질문: 그 당시 당신의 정신 상태는 어떠했습니까?

　답변: 분명히 말씀드리지만 아주 건강하고 평화로웠습니다. 사실 다에 양이 그런 시각에 밖으로 나가는 것을 보고, 처음에는 무척 걱정스러웠습니다. 하지만 그녀가 성당을 향하고 있다는 걸 알고는, 곧 아버지의 무덤에 참배하러 가는 거라고 생각했습니다. 그러자 다에 양의 행동이 당연하게 여겨져 마음이 평안해지더군요. 단지 그녀의 뒤를 바싹 쫓아가는 제 발소리를 다에 양이 듣지 못한다는 점에 놀랐을 뿐입니다. 눈이 단단하게 굳어 있어서 발소리가 상당히 크게 들렸거든요. 하지만 저는 다에 양이 아마 어떤 생각에 골몰해 있는 모양이라고 판단하고 그 점에 신경쓰지 않기로 마음먹었습니다. 그녀는 아버지의 무덤 앞에 무릎을 꿇었습니다. 그리고 성호를 긋더니 기도를 올리기 시작했지요. 그 순간 자정을 알리는 종소리가 울려퍼졌습니다. 마지막 종소리가 울리자, 그녀는 마치 황홀경에 빠진 듯이 하늘을 우러러보며 두 팔을 번쩍 쳐들었습니다. 저는 이유를 몰라 어리둥절했습니다. 주위를 둘러보려고 머리를 들었지요. 그 순간, 제 안에 있는 모든 것이 어떤 보

이지 않는 존재를 향해 빨려들어가는 것을 느낄 수 있었습니다. 그 존재는 완벽한 천상의 음악을 연주하고 있었던 겁니다! 크리스틴과 저는 그 곡조를 알고 있었습니다. 어릴 적에 들어본 적이 있었죠. 하지만 그토록 신성하게 들린 적은 한 번도 없었습니다. 크리스틴의 아버지도 그렇게까지는 연주하지 못하셨지요. 저는 크리스틴이 말했던 음악 천사 이야기가 생각났습니다. 아직도 잊을 수 없는 그 음악은—하늘에서 들려오지 않았다고 해도—지상에서 들려오는 것이 아니었습니다. 그 어디에도 악기는 없었고, 우리 두 사람에게는 그런 연주 실력이 없었으니까요. 아! 나는 그 숭고한 멜로디를 절대로 잊을 수 없을 겁니다. 그 곡조는 〈라자로의 부활〉이었습니다. 그 옛날 크리스틴의 아버지 다에 씨가 마음이 울적하거나 경건한 생각에 사로잡힐 때 우리에게 연주해주시곤 했던 곡이지요. 크리스틴의 천사가 진짜로 존재한다 해도, 돌아가신 그분의 바이올린으로는 그날 밤의 연주보다 더 훌륭하게 연주할 수 없었을 겁니다. 예수가 기도하는 대목은 특히 더 황홀해서, 저는 크리스틴 아버지의 무덤이 열리기를 기대하기까지 했습니다. 그는 바이올린과 함께 무덤에 묻혔거든요. 애절하면서도 경건한 순간이었습니다. 작은 묘지에는 움직이지도 않는 턱으로 미소를 짓고 있는 해골들이 우리 옆에 쌓여 있었지요. 아,

사실 내 망상이 어디까지 가야 끝날지 저도 잘 모르겠습니다.

그런데 갑자기 음악 소리가 뚝 그쳤습니다. 그러더니 뼈다귀 더미 속에 있는 해골 근처에서 어떤 소리가 들려오는 듯했습니다.

질문: 해골 근처에서 소리가 들려왔다고요?

답변: 네, 마치 해골들이 킬킬거리는 소리 같았지요. 저는 몸을 부르르 떨지 않을 수 없었습니다.

질문: 그 음악을 연주한 사람이 해골 더미 속에 숨어 있을 거란 생각은 해보지 않았습니까?

답변: 저도 그런 생각을 했습니다. 그래서 끝까지 다에 양을 쫓아가지 않은 겁니다. 그녀는 자리에서 일어나 천천히 문 쪽으로 걸어갔습니다. 무언가에 완전히 사로잡혀 있어 저를 보지 못하는 듯했습니다. 저는 그 자리에 멈춰 서서 해골 더미를 쳐다보고 있었습니다. 이 믿을 수 없는 모험의 끝까지 가서 그 뒤에 뭐가 있는지 알아봐야겠다는 생각이 들었지요.

질문: 다음날 아침, 당신이 제단의 계단 위에서 반쯤 죽은 채로 발견되었는데 무슨 일이 있었던 겁니까?

답변: 아! 정말 순식간에 일어난 일이었습니다. 처음에는 해골 하나가 제 발밑으로 굴러왔습니다. 그러더니 또하나가 굴러오고 또다른 것이 계속 굴러왔습니다. 마치 제가 유령의 공

놀이에 표적이라도 된 것 같았습니다. 그 순간, 한 발이라도 잘못 움직이면 정체를 알 수 없는 음악가가 숨어 있는 저 해골 더미의 균형이 순식간에 무너지겠구나 하는 생각이 들었습니다. 때마침 성소의 벽을 따라 그림자 하나가 움직이는 것을 보고 저는 더욱더 확신을 가졌습니다.

저는 그 뒤를 쫓아 달려갔습니다. 그 그림자는 벌써 성당 문을 열고 들어서고 있었습니다. 하지만 제가 더 빨리 움직였기에 그 망토의 끝자락을 잡을 수 있었습니다. 그 순간 우리는 제단 바로 앞에 있었습니다. 성당의 스테인드글라스를 통해 들어온 달빛이 우리를 비추고 있었지요. 저는 망토를 움켜쥐고 놓지 않았습니다. 그러자 그 그림자가 뒤를 돌아보았습니다. 바로 그때 저는 무시무시한 죽음의 얼굴을 보았습니다. 그 얼굴은 지옥불처럼 타오르는 눈으로 저를 똑바로 노려보았습니다. 저는 마치 사탄과 얼굴을 맞대고 있는 것 같았습니다. 무덤에서 튀어나온 것 같은 그 모습에 저는 무기력하게 의식을 잃었습니다…… 그러고 나서 여관에 도착하기까지 다른 일은 전혀 기억나지 않습니다.

제7장

목소리를 찾아서

문제의 5번 박스석을 직접 둘러보기로 한 피르맹 리샤르와 아르망 몽샤르맹의 이야기로 돌아가보자.

두 사람은 감독 사무실이 있는 건물 로비에서 무대 쪽으로 이어진 넓은 층계를 지나 무대를 가로질렀다. 그리고 정기회원들이 드나드는 문을 통과해 일단 밖으로 나간 다음, 왼쪽에 있는 첫번째 작은 통로를 통해 1층 앞쪽에 있는 로열석 쪽으로 들어갔다. 그리고는 앞쪽 관람석들을 지나치며 5번 박스석을 올려다보았다. 박스석은 반쯤 어둠에 가려진데다 커다란 커튼이 붉은 벨벳으로 감싼 난간까지 덮고 있어서 잘 보이지 않았다.

이 거대하고 음울한 공연장 안에는 두 사람뿐이었다. 오직 침묵만이 두 사람을 무겁게 짓누르고 있었다. 무대장치 담당자들도 대부분 한잔하기 위해 밖으로 나간 시간이었고 제작진들도 무대에 없었다. 무대 막은 반쯤 정리되다 만 상태였다. 희미한 불빛 몇 줄기만이 마치 지하 세계에서 훔쳐온 불처럼 불길한 모습으로 어른대고 있었다. 그 빛은 무대 위에 세워진 두꺼운 종이로 만든 낡은 탑을 비추고 있었다. 기묘한 느낌을 발산하며 떨어지는 불빛 때문인지 무대 주위에는 환상적인 분위기가 더해졌다. 오케스트라의 좌석을 덮고 있는 모포는 성난 바다의 모습을 하고 있었다. 넘실대던 청록색 파도가 폭풍의 요정 아다마스토르가 내린 신비한 주술에 걸려 정지되어 있는 듯이. 몽샤르맹과 리샤르는 채색된 천으로 만들어진 바다의 한가운데에서 난파된 배의 선원과도 같았다. 바다는 고요히 움직이고 있었다. 두 사람은 왼쪽에 있는 박스석들 쪽으로 다가갔다. 난파한 배를 버리고 해안에 도달하기 위해 안간힘을 쓰는 선원처럼 천천히 목표를 향해갔다. 앞쪽에는 윤이 나는 여덟 개의 커다란 기둥이 희미한 어둠 속에 서 있었다. 위협적이고 울퉁불퉁한 기둥들은 앞으로 불쑥 튀어나온 절벽을 지탱하고 있었다. 그 절벽은 2층과 3층 박스석의 둥글거나 직선이거나 혹은 물결 무늬인 발코니 선으로 층을 이루고 있었다. 절벽의 꼭대기에는 르넵뵈가 만든 청동 장식 천장이 있었다. 천장에 새겨진 인물들은 곤경에 빠진 리샤르와 몽샤르맹을 내려다보며 낄낄거리기도 하고 심술궂은 미소를 짓기도 했다. 하지만 대부분 아주 심각한 표정들이었다. 그들의 이름은 이시스, 암피트리테, 헤바, 플로라, 판도라, 푸시케, 테티스, 포모나, 다프네, 클리티아, 갈라테이아 그리고 아레투사였다. 그렇다, 아레투사와 '판도라의 상자'로 유명해진 판도라가 새로 온 두 감독을 내려다보고 있었다. 두 사람은 부서진 파편을 움켜쥐고 이제 모험을 끝내는 중이었다. 그리고 말없이 5번 박스석을 노려보았다.

나는 두 사람을 난파된 배의 선원으로 묘사하며 곤경에 처해 있었다고 암시했다. 적어도 나는 그렇게 생각한다. 어쨌든 몽샤르맹은 자신이 긴장하고 있었다는 사실을 인정했다. 『어느 극장 감독의 추억』에 나온 그의 말을 직접 인용해보자.

우리는 폴리니와 드비엔에게 총감독직을 넘겨받은 이후 오페라의 유령과 관련된 '속임수'에 걸려들 수밖에 없었다. 그리고 그 속임수는 우리의 상상력을 휘저어놓았을 뿐만 아니라 환각까지도 보게 만들었다. 사실 그때 우리는 다소 이례적인 상황에 처해 있었다. 도저히 현실감을 주지 않는 침묵이 우리를 무겁게 짓누르고 있었고, 공연장은 어둠에 싸여 앞이 잘 보이지 않았으며 5번 박스석도 반쯤은 그늘에 가려져 있었기 때문이다. 그런 상황에서라면 누구나 어떤 환각에 사로잡혔을 것이다. 하지만 우리는 분명히 보았다. 5번 박스석 안에 어떤 형체가 있는 것을! 리샤르는 아무 말도 하지 않았다. 나 역시 아무런 소리도 낼 수 없었다. 하지만 무의식중에 우리는 서로의 손을 꽉 잡았다. 아마 그런 자세로 몇 분간 꼼짝 않고 서 있었던 것 같다. 우리의 시선은 오직 한곳을 향하고 있었다. 그러나 그 형체는 곧 사라졌다. 간신히 정신을 차리고 로비로 나온 우리는 그 형체에 대한 서로의 인상을 털어놓았다. 그러나 불행히도 내가 본 것은 리샤르가 본 것과 전혀 일치하지 않았다. 나는 박스석 가장자리에 몸을 기대고 선 해골 같은 얼굴을 보았다. 그러나 리샤르가 본 것은 지리 부인처럼 생긴 늙은 여자였다. 우리는 곧 스스로의 환상에 사로잡혀 있었다는 사실을 깨닫고 정신 나간 여자처럼 낄낄거렸다. 그리고 곧장 5번 박스석으로 달려갔다. 박스석 안에는 아무도 없었다.

5번 박스석은 다른 박스석과 별반 다를 것이 없었다. 조금도 특별한 점이 없었다.

몽샤르맹과 리샤르는 괜히 들떠서 서로의 얼굴을 마주 보고 웃음을 터뜨렸다. 그러고는 박스석 안에 있는 것들을 이것저것 들춰보았다. 우선 옷걸이와 의자 밑을 살폈고, 특히 그 목소리의 주인공이 앉는다는 좌석을 자세히 조사했다. 하지만 그것은 평범하기 그지없는 좌석이었다. 신비한 구석이라고는 전혀 없었다. 한마디로 5번 박스석은 옷걸이와 의자와 카펫, 그리고 붉은 벨벳으로 감싼 난간을 갖춘 아주 평범한 박스석 중 하나에 불과했다. 사뭇 심각한 자세로 카펫까지 들춰보았지만, 어느 구석에서도 이상한 흔적을 찾지 못한 두 사람은 바로 아래층에 있는 박스석으로 내려왔다. 그리고 1층 로열석 왼쪽 좌석까지 모두 살펴보았다. 두 사람은 이곳에서도 별다른 점을 발견하지 못했다.

"이 사람들이 우리를 놀리고 있군그래!" 피르맹 리샤르가 소리쳤다. "〈파우스트〉 공연이 토요일에 있네. 이번에는 우리가 직접 5번 박스석에 앉아보세."

제 8 장

저주받은 공연

피르맹 리샤르와 아르망 몽샤르맹이 '저주받은' 자리에서
〈파우스트〉를 관람하는 뻔뻔함을 보이자 끔찍한 사건이 발생한다

토요일 아침, 사무실에 도착한 두 감독은 오페라의 유령에게
서 새로운 편지 한 통을 받았다. 편지의 내용은 다음과 같았다.

친애하는 감독께

당신들은 전쟁을 벌이려는 거요? 그게 아니라면, 여기 나의
최후통첩이 있소. 조건은 네 가지요.

1. 5번 박스석을 돌려주시오. 당장 오늘부터 내 편의대로 사
용하겠소.

2. 오늘밤 마르그리트 역은 크리스틴 다에에게 맡기시오.
카를로타는 아무 걱정 마시오. 아플 테니까.

3. 앞으로도 계속 선량하고 충실한 지리 부인이 내 좌석을 관리해줬으면 하오. 그러니 즉시 그녀를 다시 채용하시오.

　4. 선임자들이 그러했듯 당신들도 내 제안을 받아들이겠다면 지리 부인을 통해 편지로 알리시오. 매달 지불해야 할 수당은 계약서에 나와 있는 조건 그대로이고 전달 방법에 대해서는 나중에 알려주겠소.

　만약 이 제안을 거절한다면, 오늘밤 〈파우스트〉 공연 때 재앙이 내릴 것이오.

　이것이 내 최후통첩이오! 받아들이는 게 좋을 거요!

오페라의 유령

　"이것 좀 봐, 정말 지긋지긋해! 오페라의 유령인지 뭔지 때문에 넌더리가 난다구!" 리샤르는 주먹으로 책상을 내려치며 고함을 질렀다.

　바로 그때 지배인인 메르시에가 방으로 들어왔다. "라슈날이 감독님들 중 한 분을 뵙고 싶어하는데요. 아주 급한 일이라고 합니다. 굉장히 당황하고 있는 것 같았습니다."

　"라슈날이 누구야?" 리샤르가 물었다.

　"감독님의 마부장입니다."

"도대체 무슨 소리야? 내 마부장이라니?"

"말씀드린 대로입니다. 오페라하우스 마부들의 책임자지요."

"그들이 하는 일은 뭔가?"

"마사(馬舍)를 돌보지요."

"무슨 마사를 말하는 거지?"

"물론 오페라하우스 전용 마사를 말씀드리는 겁니다."

"오페라하우스에 마사가 있다구? 이거 전혀 몰랐던 사실이군. 그래, 어디에 있나?"

"지하실에 있습니다. 로통드 쪽이지요. 말을 관리하는 일은 대단히 중요한 업무 중 하나입니다. 말이 열두 필이나 되거든요."

"뭐라고? 열두 필씩이나! 도대체 그 말을 다 뭐에 쓴단 말인가?"

"〈유대인 여자〉나 〈예언자〉 같은 공연의 행렬 장면에 쓸 훈련된 말이 필요하니까요. 무대 위에 오르는 데 익숙한 말들 말입니다. 말에게 그런 훈련을 시키는 것이 마부들의 임무입니다. 라슈날은 그런 일에 매우 능숙하지요. 옛날에는 프랑코니의 마사를 돌보기도 했답니다."

"잘 알겠네. 그런데 그 사람이 왜 나를 보자는 거지?"

"저도 잘 모르겠습니다. 그 사람이 그렇게 당황하는 것도 처음 봅니다."

"일단 들여보내게."

곧이어 한 손에 채찍을 든 라슈날이 들어왔다. 그는 초조한 듯, 가끔씩 채찍으로 오른쪽 장화를 내리치곤 했다.

"안녕하신가, 라슈날?" 걱정스러운 목소리로 리샤르가 말을 건넸다. "무슨 일로 이렇게 몸소 방문하는 영광을 베푸시는 겐 가?"

"마사 직원 전체를 해고시켜달라고 요청드리러 왔습니다."

"뭐라고? 말들을 전부 해고해달라는 말인가?"

"말이 아니라 마부들을 말씀드리는 겁니다."

"전부 몇 명인데?"

"여섯 명입니다."

"여섯 명이라고? 두 명은 없어도 되겠군."

"문화부 차관님이 일부러 만드신 자리입니다. 다들 정부의 비호를 받는 사람들이지요. 제가 감히 말씀드린다면……" 메르시에가 나서서 말했다.

"정부의 비호 따위는 신경쓸 거 없어!" 리샤르는 버럭 고함을 질렀다. "열두 필의 말을 관리하는 데 네 사람이면 충분해!"

"열한 필입니다." 마부장이 리샤르의 말을 정정해주었다.

"그래? 여기 지배인은 열두 필이라고 하던데!"

"그랬었지요. 하지만 카이사르를 도둑맞았기 때문에 열한 필밖에 남지 않았습니다."

이렇게 말하면서 라슈날은 채찍으로 자신의 장화를 세게 내리쳤다.

"카이사르를 도둑맞았다고?" 지배인이 고함을 질렀다. "〈예언자〉에 나오는 백마 카이사르 말인가?"

"우리 마사에 카이사르라고는 그 한 마리밖에 없지요." 라슈날은 지극히 냉담한 어조로 대답했다. "저는 프랑코니의 마사에서도 십 년간 있었고, 평생 수많은 말들을 보았습니다. 하지만 카이사르라고 불릴 만한 말은 오직 한 마리뿐입니다. 그런데 그 말을 도둑맞은 겁니다."

"어떻게 된 일인가?"

"저도 모르겠습니다. 아무도 모릅니다. 바로 그 일 때문에 마부들을 전부 해고하라고 말씀드리는 겁니다."

"다른 사람들은 뭐라고 하던가?"

"말도 안 되는 소리만 지껄이고 있습니다. 어떤 녀석은 단역배우들을 의심하기도 하고 어떤 녀석들은 지배인님의 문지기가 범인이라고 주장하기도 합니다."

"문지기가? 그 사람은 내가 보증할 수 있어!" 메르시에가 항의했다.

"하지만 라슈날, 당신도 나름대로 생각이 있을 것 아닌가?" 리샤르가 물었다.

"그렇습니다." 라슈날은 단호하게 대답했다. "저도 짐작되는 바가 있습니다. 말씀드리죠. 저는 확신하고 있습니다." 그는 두 감독을 향해 다가가서는 나지막하게 속삭였다. "이런 장난을 친 것은 바로 그 유령입니다!"

깜짝 놀란 리샤르가 펄쩍 뛰며 뒤로 물러섰다. "뭐라구! 자네도? 자네도 그런 말을 한단 말인가?"

"그게 무슨 말씀이십니까? 전 아주 당연한 말을 했을 뿐입니다……"

"당연하다고? 라슈날, 왜 그런 말을 하는 거요?"

"사실이니까요. 제가 직접 목격한 일입니다."

"뭘 봤다는 얘기지?"

"지금 제 눈앞에 있는 감독님을 보는 것처럼, 저는 분명히 봤습니다. 검은 그림자가 카이사르와 똑같이 생긴 백마를 타고 달려가는 것을요."

"그 뒤를 쫓아갔나?"

"물론이지요. 저는 고함을 지르며 쫓아갔습니다. 하지만 말이 워낙 빨라 따라갈 수 없었습니다. 그들은 지하 미술관의 어둠 속으로 사라져버렸습니다."

리샤르는 자리에서 일어났다. "알았네, 라슈날. 이제 그만 가보게. 그 유령에 대해 탄원서라도 제출해야겠구먼."

"마부들은 해고……"

"그럼, 물론이지! 잘 가게."

라슈날은 인사를 하고 물러갔다.

리샤르는 화가 머리끝까지 솟았다. "당장 저 멍청이를 해고해!"

"저 사람은 정부 고위관리의 친구입니다." 메르시에는 간신히 용기를 내어 말했다.

"게다가 토르토니 술집에서 라그레네, 스콜 그리고 사자 사냥꾼인 페르튀제 같은 사람들과 어울려 술을 마시는 사이이기도 하지." 몽샤르맹이 덧붙여 말했다. "저 사람을 해고하면 온갖 압력이 들어올 거야. 게다가 저 사람은 유령에 대한 이야기를 지껄이고 다닐 테고, 그러면 모든 사람들이 우리를 비웃겠지! 우리 꼴이 정말 우스워질 거라고."

"좋아요, 좋아. 이 문제에 대해서는 더이상 거론하지 말자구." 리샤르가 다른 생각에 빠진 듯한 표정으로 수긍했다.

그 순간 문이 열렸다. 무서운 케르베로스*가 잠시 자리를 비운 것이 틀림없었다. 지리 부인이 아무런 예고도 없이 불쑥 들어온 것이다. 그녀의 손에는 편지가 들려 있었다. "실례합니다, 감독님. 오늘 아침 오페라의 유령으로부터 편지를 받았는데 두 분을

---

* 지옥을 지키는 개. 머리가 셋이며 꼬리는 뱀의 모양을 하고 있다.

찾아가라고 적혀 있더군요. 제게 하실 말씀이라도……"

지리 부인은 말을 채 끝내지 못했다. 피르맹 리샤르의 얼굴을 본 것이다. 그의 얼굴은 당장이라도 폭발할 것만 같았다. 붉그락 푸르락한 얼굴빛과 광기 어린 두 눈에서 그의 분노를 엿볼 수 있었다. 리샤르는 아무 말도 하지 않았다. 너무나 화가 나서 한마디도 할 수 없었다. 대신 느닷없이 몸을 움직이기 시작했다. 그는 왼손을 들어 지리 부인을 꽉 움켜잡고는 얼떨떨해하고 있는 그녀의 몸을 획 돌려세웠다. 지리 부인은 예상치 못한 리샤르의 거친 행동에 비명을 질렀다. 리샤르는 주저없이 오른발을 쳐들어 지리 부인의 검은 스커트 위에 자신의 발자국을 선명하게 남겼다. 분명히 그녀는 지금까지 한 번도 그런 푸대접을 받아본 적이 없을 터였다.

이 모든 일은 너무도 순식간에 일어났다. 복도로 쫓겨난 지리 부인은 한참 동안 넋 나간 얼굴로 서 있었다. 그녀는 도대체 자신이 무슨 일을 당한 것인지 전혀 이해할 수 없었다. 하지만 곧바로 모든 상황이 명확해졌다. 오페라의 시작을 알리는 종소리가 복도 가득 울려퍼지는 가운데 지리 부인은 분노에 가득 찬 고함을 내지르며 사무실을 향해 거친 욕설과 협박을 퍼부었다. 사내 세 명과 문지기 두 명이 달려들어 간신히 그녀를 밖으로 끌어낼 수 있었다.

한편, 포부르 생토노레 거리에 있는 카를로타의 집. 그녀는 종을 쳐서 하녀를 불렀다. 하녀는 침실로 그날 배달된 편지들을 가져왔다. 그 편지들 사이에 정체를 알 수 없는 익명의 편지가 한 통 끼어 있었다.

만약 오늘밤 무대에 모습을 나타낸다면, 당신은 엄청난 재앙을 맞이할 각오를 해야 할 것이오. 죽음보다 더 끔찍한 재앙이……

붉은 잉크로 마구 휘갈겨쓴 편지였다. 편지를 읽은 카를로타는 입맛이 떨어져 아침식사조차 할 수 없었다. 카를로타는 따뜻한 코코아가 든 쟁반을 옆으로 밀어냈다. 그녀는 침대에서 일어나 앉아 곰곰이 생각에 잠겼다. 이런 편지를 받은 것이 처음은 아니었다. 하지만 이렇게까지 극단적인 위협을 담은 편지는 처음이었다.

이런 식의 편지를 받을 때마다 카를로타는 누군가 자신의 명성을 질투하고 있다고 생각했다. 그래서 자신을 파멸시키기로 작정하고 음모를 꾸미는 자가 있다고 떠들고 다녔다. 당대 최고의 프리마돈나를 넘보려는 자의 계략이라고. 그리고 자신은 그런 일로 겁먹을 여자가 아니라는 말도 반드시 덧붙였다.

그러나 실상은 그 반대였다. 어떤 음모가 있다면, 그것은 오히려 카를로타가 불쌍한 크리스틴을 상대로 꾸미고 있다고 말할 수 있었다. 카를로타는 엄청난 성공을 거둔 크리스틴을 절대로 용서할 수 없었다. 크리스틴의 숨은 노력에 대해 놀라움에 가득 찬 찬사가 쏟아지자, 카를로타는 그 즉시 기관지염에서 회복했다. 감독들에 대해 끊임없이 불평을 늘어놓던 신경질도 사라졌다. 그리고 자신이 맡은 역할을 소홀히 하는 일도 없어졌다. 카를로타는 그때부터 라이벌을 깎아내리는 일에 온 힘을 기울였다. 영향력 있는 친구들을 전부 동원하여, 크리스틴에게 새로운 성공을 거둘 수 있는 기회를 주지 못하도록 감독들을 설득했던 것이다. 크리스틴의 재능에 찬사를 늘어놓던 신문들이 다시 카를로타의 명성에만 관심을 두게 된 것도 우연이 아니었다. 그녀는 오페라하우스 내에까지 크리스틴에 대한 온갖 비방과 추문을 퍼뜨렸다. 그녀는 그런 식으로, 자신과 비교해 한없이 약하기만 한 크리스틴을 궁지로 몰아넣었다.

카를로타는 심장도 영혼도 없는 사람이었다. 그녀는 단지 노래하는 악기에 불과했다. 물론 훌륭한 악기이기는 했지만, 어쨌든 악기는 악기인 것이다. 그녀의 레퍼토리는 야심만만한 디바에 걸맞을 만큼 폭넓었다. 독일, 이탈리아, 프랑스 거장들의 곡을 모두 넘나들었다. 지금까지 한 번도 노래를 부르며 실수를 하거나 목소리에 힘을 잃은 적이 없었다. 한마디로 그녀는 폭넓고 힘 있고 완벽한 악기였다. 하지만 카를로타가 로시니를 위해 독일어로 〈어두운 숲〉을 부른다 해도, 로시니는 크라우스에게 들려줬던 말을 카를로타에게 하지 않을 것이다. "당신은 영혼으로 노래를 부르는군요. 당신의 영혼은 정말 아름답습니다"라는 찬사를.

오, 카를로타, 당신이 바르셀로나의 사창가에서 춤을 출 때, 당신의 영혼은 어디 있었는가? 파리로 와 지저분한 무대에서 음탕하고 떠들썩한 노래를 부를 때 당신의 영혼은 어디 있었는가? 그리고 당신의 애인들 중 한 명의 응접실에서 숭고한 사랑과 난잡한 욕망을 똑같이 완벽하게 표현할 수 있는 당신의 유연하고도 특별한 악기로 노래할 때, 당신의 영혼은 어디 있었는가? 오, 카를로타, 만약 당신에게 영혼이 존재했던 적이 있으나 지금은 잃어버린 것이라면, 줄리엣이 되고, 엘비라와 오펠리아, 마르그리트가 되어 노래를 부를 때 분명 되찾을 수 있었을 것이다. 당신보다 더 깊은 바닥에서 솟아올라온 사람들도 사랑과 예술을 통해 정화되기 때문이다.

솔직히 말해, 당시 카를로타가 크리스틴 다에에게 저지른 그 사악한 소행들을 생각하면, 나는 분노를 억누를 수가 없다. 카를로타에게 감탄하는 사람들이 부당하게도 떠들어대는 예술 전

반—특히 성악—에 대한 말에 내가 분노를 느끼는 것은 당연한 일이다.

카를로타는 이 이상한 편지의 협박 내용에 대해 곰곰이 생각했다. 그리고 마침내 자리에서 일어났다. "어디, 두고 보자." 그러고는 모국어인 스페인어로 복수를 맹세했다. 그야말로 결의에 찬 태도였다.

그때 창밖을 내다보던 카를로타의 눈에 제일 먼저 들어온 것은 영구차였다. 미신을 잘 믿는 카를로타는 영구차를 본 것과 그 편지를 연결시켜 그날 저녁 자신이 매우 심각한 위험에 처하게 되리라는 강렬한 예감에 빠져들었다. 카를로타는 모든 후원자들을 불러모았다. 그리고 자신이 엄청난 위협을 받고 있다면서 그런 음모를 꾸민 건 크리스틴 다에라고 말했다. 그녀는 자신의 후원자들로 오페라하우스를 가득 메움으로써, 모든 술수를 무위로 끝나게 해야 한다고 선언했다. 사실 카를로타의 후원자들은 오페라하우스를 채우고도 남을 만큼 많지 않은가? 또한 그녀는 만약의 사태에도 대비하라고 부탁했다. 자신이 염려하는 것처럼, 만약 적들이 소동을 일으킨다면, 그들을 침묵시킬 것도 당부했다.

곧이어 리샤르 감독의 개인 비서가 카를로타의 안부를 묻기 위해 찾아왔다. 비서는 그녀의 상태가 완벽하다는 확답을 받았다. 카를로타는 그날 저녁 마르그리트 역을 맡아 노래 부르고 싶은 마음에 '죽을 지경'이라는 말까지 전했다. 비서는 감독의 부탁이라며, 하루종일 집 밖으로 나가지 말고, 혹시 있을지도 모르는 사고에 주의하라고 충고했다. 신중하지 못한 행동은 자제해줄 것도 함께 부탁했다. 비서가 돌아간 뒤 카를로타는 보통때와 달리 감독이 특별한 주의를 당부한 것을 편지의 협박 내용과 연결짓지 않을 수 없었다.

두번째 익명의 편지가 배달된 것은 다섯시였다. 첫번째 편지와 같은 필체였고, 내용은 짧고 간단했다.

당신은 지독한 감기에 걸려야 할 것이오, 당신이 현명하다면 말이오. 오늘밤 노래를 부르려고 하는 것이 얼마나 위험한 짓인지 깨닫게 되기를 바라오.

카를로타는 코웃음을 쳤다. 그녀는 날씬한 어깨를 한번 으쓱하고는 노래 두세 곡을 시험 삼아 불러보면서 마음을 가라앉혔다.

카를로타의 친구들은 약속을 충실하게 이행했다. 그날 밤 오페라하우스는 카를로타의 지지자들로 만원이었다. 사전에 제압해버려야 할 적수로 보이는 사람들은 눈을 씻고 찾아봐도 없었다. 몇몇 음악 문외한들과, 오래전 감명 깊게 들었던 음악을 다시 듣고자 공연장을 찾은 품위 있는 시민들을 제외하면, 대부분

평상시 오페라하우스를 찾는 우아하고 조용하고 훌륭한 태도를 보이며 폭동과는 아주 거리가 먼 단골 관객들뿐이었다. 단 한 가지 예외적인 일이라면 리샤르와 몽샤르맹이 5번 박스석에서 구경을 한다는 것이었다. 카를로타의 친구들은 두 사람이 오늘밤 있을 소동에 대해 듣고서 직접 소동을 가라앉히기 위해 공연장에 와 있다고 생각했다. 하지만 그들의 추측은 빗나갔다. 리샤르와 몽샤르맹의 머릿속에는 오직 유령에 대한 생각밖에 없었다.

헛되도다! 헛되이 나는 불렀네, 쓸쓸한 밤이 다 새도록 기도를 드리며
창조주와 주님의 이름을!
신의 응답은 결코 이 지긋지긋한 침묵을 깨뜨리지 않으리!
어떤 계시도, 단 한마디 말씀도 없구나!

유명한 바리톤 카롤루스 폰타가 어둠의 힘에 호소하는 파우스트 박사의 독백을 막 끝낼 즈음, 피르맹 리샤르는 유령의 좌석으로 불리는 바로 그 자리―오른쪽 맨 앞좌석―에 앉아 있었다. 그는 동료에게 몸을 숙이며 장난스럽게 질문을 던졌다. "그래, 유령이 자네 귀에 뭐라고 속삭이던가?"

"기다려봐. 서두르지 말자구." 몽샤르맹도 농담조로 대답했다.

"공연은 이제 막 시작됐을 뿐이야. 자네도 알다시피 그 유령께서는 보통 1막의 중간쯤 찾아온다고 하지 않았나."

첫번째 막은 아무 일 없이 지나갔다. 카를로타의 친구들은 조금도 놀라지 않았다. 마르그리트가 1막에서는 노래를 부르지 않았기 때문이다. 1막의 커튼이 무사히 내려가자 감독들은 서로의 얼굴을 마주 보았다.

"1막이 끝났군." 몽샤르맹이 먼저 말을 꺼냈다.

"그렇군. 유령이 좀 늦는 모양일세." 피르맹 리샤르도 맞장구를 쳤다.

"관중들도 딱히 특별한 건 없군그래. 저주받은 공연장치고는 말이야." 몽샤르맹이 재미있다는 듯 말했다.

리샤르는 미소를 지으며 뚱뚱하고 천박해 보이는 한 여인을 손가락으로 가리켰다. 검은 옷을 입은 그 여인은 객석 한가운데의 로열석에 앉아 있었다. 그녀의 양쪽에는 모직 코트를 입은 다소 상스러워 보이는 남자들이 앉아 있었다.

"저 작자들은 도대체 누구지?" 몽샤르맹이 물었다.

"저 작자들로 말하자면, 여자는 내 아파트 관리인이고 남자들은 그녀의 오빠와 남편이지."

"자네가 저 사람들에게 표를 주었나?"

"그랬지. 저 여인은 지금까지 한 번도 오페라 구경을 해본 적이 없었어. 이번이 처음이라네. 하지만 앞으로는 매일 밤 이곳에 와야 할 테니, 좋은 좌석에 한번 앉아보는 것도 좋겠다고 생각했지. 앞으로는 좌석을 안내해주는 일을 해야 할 테니까."

몽샤르맹은 그게 무슨 말인지 물었다. 리샤르는 그 여자를 설득해서 지리 부인을 대신해 좌석 관리인 자리를 맡겼다고 말했다. 그러면서 그녀는 믿을 수 있는 사람이라고 확인해주었다.

"어쨌든, 지리 부인이 이 사실을 알면 가만있진 않을 걸세." 몽샤르맹이 말했다.

"뭘 어떻게 할 수 있겠나? 유령이라도 데리고 오려나?"

오페라의 유령! 몽샤르맹은 그 문제에 대해 거의 잊고 있었다. 그 신비스러운 인물은 아직은 이들의 기억에 남을 만한 일을 아무것도 벌이지 않고 있었다.

그 순간 갑자기 박스석의 문이 열리더니 겁에 질린 무대감독이 뛰어들어왔다.

"무슨 일인가?" 몽샤르맹과 리샤르는 거의 동시에 물었다. 생각지 않은 순간 뜻밖의 장소에서 무대감독을 보게 되어 무척 놀랐던 것이다.

"크리스틴 다에의 후원자들이 카를로타를 해치려는 음모를 꾸미고 있는 것 같습니다. 카를로타가 굉장히 화가 났습니다."

"그게 무슨 소리야?" 리샤르는 이마를 찌푸리며 중얼거렸다.

벌써 두번째 막이 올라가고 있었다. 리샤르는 무대감독에게 조용히 물러가라는 신호를 보냈다. 다시 두 사람만 남게 되자 몽샤르맹은 리샤르 쪽으로 몸을 기울였다.

"다에에게도 후원자들이 있는 모양이지?"

"그렇다네. 있고말고."

"누군데?"

리샤르는 눈짓으로 건너편 박스석을 가리켰다. 그 박스석 안에는 두 사람밖에 없었다. "샤니 백작?"

"그렇다네. 샤니 백작이 나를 찾아와 얼마나 열렬히 크리스틴을 칭찬했는지 모른다네. 백작이 라 소렐리와 사귀고 있다는 것을 몰랐다면 아마⋯⋯"

"정말인가? 그런데 옆에 있는 저 젊은 친구는 누구지?" 몽샤르맹이 물었다.

"백작의 동생이야. 자작이지."

"저 친구는 요양을 하는 것이 좋겠군. 안색이 무척 안 좋은데."

무대 위에서는 즐거운 노래가 울려퍼지고 있었다. 흥겨운 취흥의 노래였다.

적포도주든 백포도주든

값싼 술이든 값비싼 술이든

무슨 상관이 있으리오,
술만 마실 수 있다면.

학생과 시민, 병사, 아가씨 그리고 아낙네 들이 함께 바쿠스 신의 형상이 세워진 여관 앞에서 즐겁게 춤을 추었다. 그리고 크리스틴이 등장했다. 시에벨 의상을 입은 크리스틴은 대단히 매력적으로 보였다. 그녀의 생기 있는 젊음과 우수에 찬 기품에는 관중의 눈을 사로잡는 무언가가 있었다. 카를로타의 지지자들은 크리스틴의 등장과 함께 열렬한 환호성이 터질 거라고 예상했다. 그로써 크리스틴의 지지자들이 품고 있는 의도가 무엇인지 깨달을 수 있으리라고. 하지만 아무 일도 일어나지 않았다.

뒤이어 마르그리트가 천천히 무대를 가로지르며 등장했다. 그리고 2막에 나오는 단 두 소절의 노래를 불렀다.

아닙니다. 나의 주인님. 저는 귀부인도 아니며 미인도 아닙니다.
저를 돕기 위해 무기를 잡으실 필요도 없답니다.

카를로타는 열광적인 박수를 받았다. 예상하지도 못했던 불필요한 열광적인 박수가 터져나오자 사정을 모르는 관객들은 어리둥절해서 서로의 얼굴만 쳐다보며 도대체 무슨 일이냐고 소곤거렸다. 결국 두번째 막도 아무 사고 없이 끝을 맺었다. 그러자 모두들 말했다. "다음 막에서 일이 일어나려는 모양이지." 남들보다 더 정보가 빠른 듯한 사람들은 〈튈레 왕의 발라드〉가 시작되면 그 '소동'이 일어날 것이라고 단언하기도 했다. 카를로타에게 그 사실을 알려주기 위해 입구로 달려가는 후원자들도 있었다.

감독들도 막간을 이용하여 잠시 박스석을 비웠다. 무대감독이 이야기하고 간 음모에 대해 더 자세히 알아보기 위해서였다. 하지만 그들은 이내 이 모든 소동이 정말 어리석은 짓이라고 결론을 내리고서 어깨를 으쓱이며 박스석으로 돌아왔다. 두 사람이 박스석으로 돌아왔을 때, 제일 먼저 눈에 띈 것은 작은 선반 위에 놓여 있는 영국산 초콜릿 상자였다. 누가 가져다놓았을까? 두 사람은 복도로 나가 경비들에게 물어보았다. 하지만 아는 사람이 없었다. 두 사람은 다시 박스석 안으로 돌아왔다. 그런데 이번에는 초콜릿 상자 옆에 오페라 안경이 놓여 있었다. 두 감독은 서로의 얼굴을 바라보았다. 웃음이 나오지 않았다. 지리 부인이 말했던 모든 이야기들이 두 사람의 머릿속에 떠올랐다. 갑자기 이상한 기운이 주위를 감싸는 듯했다. 감독들은 아무 말 없이 자리에 앉았다.

이제 무대는 마르그리트의 정원 장면이었다.

이슬에 젖은 아름다운 꽃이여,

내 마음을 전해다오.

크리스틴은 라일락과 장미 다발을 품에 안고 첫 두 소절을 노래했다. 그리고 고개를 들어 박스석에 앉아 있는 샤니 자작을 쳐다보았다. 그 순간 크리스틴의 목소리가 조금 흔들리는 듯했다. 보통때의 그 수정처럼 맑은 목소리가 아니었다. 마치 무언가가 그녀의 노래에서 생명력을 빼앗고 생기를 잃게 하는 것처럼 보였다. 그리고 노래에는 불안과 두려움이 담겨 있었다.

"정말 이상한 아가씨야!" 객석에 앉아 있던 카를로타의 응원단은 큰 소리로 떠들었다. "지난번에는 천사처럼 노래하더니 오늘밤에는 그저 평범한 신참내기에 불과하군. 경험도 없고 연습도 제대로 안 했나봐."

아름다운 꽃이여, 여기에 누워라,

그리고 내 소식을 전해주렴.

크리스틴의 노래를 듣고 있던 자작은 마침내 두 손에 얼굴을 묻고 울음을 터뜨렸다. 그의 뒤에 앉아 있던 백작은 콧수염을 만지작거리더니 곤란한 듯이 어깨를 으쓱하고서 인상을 찌푸렸다. 항상 침착하고 단정하기만 한 백작으로서는 자신의 숨은 감정을 그런 식으로 드러내 보이는 동생에게 화를 낼 만도 했다. 사실 백작은 대단히 화가 나 있었다. 백작은 동생이 이유를 알 수 없는 여행을 서둘러 떠났다가 빈사 상태가 되어 돌아오는 모습을 지켜보았다. 그후에 동생이 한 해명은 전혀 만족스럽지 못했다. 백작은 크리스틴 다에에게 만나달라고 청했다. 하지만 다에는 뻔뻔스럽게도 백작이나 백작의 동생, 모두 만날 수 없노라는 답변을 보내왔다. 백작은 거기에 고약한 계산이 숨어 있다고 생각했다. 그리고 라울에게 상처를 준 크리스틴에 대한 분노가 끓어올랐다. 하지만 무엇보다, 크리스틴 때문에 저렇게 괴로워하는 라울에게 더욱 화가 났다. 아, 아무도 이해하지 못하는 단 하룻밤의 성공을 거둔 여자에게 짧은 순간이나마 관심을 갖다니, 라울은 얼마나 어리석은가.

그녀가 내 말에 귀기울여준다면
단 한 번의 미소로 나를 격려해준다면—

"건방진 계집 같으니라고!" 백작은 투덜거리면서도 크리스틴이 원하는 것이 무엇일까 궁금해했다. 그녀는 정숙한 아가씨였다. 애인도 없으며 어떤 식으로든 후원자도 두고 있지 않다는 소문이었다. 어쨌든 북쪽 나라에서 온 저 천사는 굉장히 교활한 계집임에 틀림없어!

라울은 두 손으로 어린애 같은 눈물을 감추며, 파리로 돌아왔을 때 받은 편지에 대해서만 생각했다. 죄 지은 도둑처럼 한밤중에 몰래 페로를 떠났던 크리스틴이 그에게 보내온 편지였다.

어린 시절 친구에게

이제 당신은 용기를 내어, 다시는 나를 보지 않고 나에 대해 이야기하지도 않겠다는 결심을 해야 합니다. 만약 조금이라도 나를 사랑하신다면 나를 위해 그렇게 해주세요. 결코 당신을 잊지 않을게요. 사랑하는 라울, 다시는 분장실로 날 찾아오지 마세요. 내 목숨이 달려 있는 일이에요. 당신의 목숨도 마찬가지구요.

크리스틴

천둥 같은 박수 소리와 함께 카를로타가 등장했다. 정원 장면은 여느 때처럼 전개되었다. 마르그리트가 〈튈레 왕의 발라드〉를 끝내자 박수 소리가 요란하게 울렸다. 〈보석의 노래〉를 끝까지 불렀을 때도 마찬가지였다.

아, 지나간 시절의 즐거움은
빛나는 보석에 비유할 수 있으리!

카를로타 자신이나 오페라하우스에 있는 카를로타의 친구들
모두 그녀의 목소리와 이날의 성공에 대해 한 점의 의혹도 품지
않았다. 그리고 더이상 아무것도 걱정하지 않았다. 카를로타는
조금도 주저하지 않고 자신의 역할에 빠져들어갔다. 그녀의 노래
에는 절제도, 겸손함도 없었다. 그녀는 더이상 마르그리트가 아
니었다. 열정적인 카르멘의 모습이었다. 카를로타는 다른 어느
때보다도 더욱 열렬한 환호를 받았다. 이번 〈파우스트〉 공연은 그
녀에게 새로운 성공을 가져다줄 것처럼 보였다. 그런데…… 갑자
기 끔찍한 일이 일어났다.
파우스트가 한쪽 무릎을 꿇고 노래했다.

나를 내려다보는 그 모습을 바라볼 수 있게 해주시오.
저기 푸른 하늘이 아직 남아 있는 동안.
밝고 부드럽게 빛나는 저녁 별을 바라보시오, 내 머리 위에
서 반짝이는 저 별도
당신의 아름다움을 사랑하는구려!

마르그리트가 그의 노래에 답하였다.

　오, 얼마나 이상한 일인가!
　마법의 주문처럼 이 저녁은 나의 눈을 멀게 하는구나!
　놀라지도 않으며
　나는 갈망에 찬 매혹을 느끼네.
　그 노래는 나를 사로잡고
　내 모든 마음은 그에게 복종하는구나.

　바로 그 순간…… 정확히 그 순간, 끔찍한 일이 일어났다.

　오페라하우스의 온 관중이 일제히 자리에서 일어났다. 5번 박
스석에 앉아 있던 두 감독은 공포에 찬 비명을 질렀다. 모든 사
람들이 당황하여 깜짝 놀란 눈빛을 주고받았다. 카를로타의 얼
굴이 고통으로 일그러졌다. 그녀의 불안한 두 눈에 광기가 비쳤
다. 불쌍한 카를로타는 입을 반쯤 벌린 채 그 자리에서 움직이
도 못했다. '내 모든 마음은 그에게 복종하는구나'까지 부르고는
더는 노래를 부르지 못한 것이다. 그녀는 단 한마디도, 단 하나의
음도 입 밖으로 내지 못했다.

　조화로운 목소리를 내고 한 번도 실패한 적 없는 명민한 악

기, 가장 화려한 소리를 내고 가장 어려운 멜로디를 연주하며 가장 열정적인 리듬을 타던 그 악기, 진정한 감동을 전달하고 영혼을 고양시킬 천상의 불이 결여된 것 외에는 완벽하기만 하던 숭고한 그 악기에서 나온 것은…… 그녀의 입에서 나온 것은…… 두꺼비였다! 끔찍하고 흉물스럽고 쓸모없고 끈적끈적하고 독이 있고 목이 쉰 두꺼비가 나온 것이다.

어떻게 그 입에서 그런 게 나올 수 있었을까? 더 높이 더 멀리 도약하기 위해 다리를 접어 숨긴 채 그녀의 혀 위에 웅크리고 앉아 있던 것일까? 그것은 그녀의 후두에 남몰래 숨어 있다가 갑자기 튀어나왔다. 꽤액! 꽤액! 꽤액! 아, 정말 끔찍한 소리였다.

물론, 의문의 두꺼비는 비유를 든 것이다. 정말 두꺼비가 나타나지는 않았다. 다만 두꺼비 소리가 들렸을 뿐이다. 오페라하우스에 있는 모든 관중들은 그 소리로 인해 더럽혀진 느낌이 들었다. 한밤중의 적막을 가르는 그 요란하고 거친 두꺼비 소리는 시끄러운 연못가에서조차 들어본 적이 없었다.

이런 일이 일어나리라고는 아무도 예상하지 못했다. 카를로타는 자신의 목에서 그런 소리가 나온다는 것을, 자신의 귀에 그런 소리가 들린다는 것을 아직도 믿을 수가 없었다. 벼락이 내리친다 해도 자신의 입에서 나오는 꽥 소리보다 놀랍지는 않을 것이다. 게다가 벼락은 자신을 몰락시킬 수도 없을 터였다. 하지만 오페라 가수의 혀에 웅크리고 앉은 두꺼비는 그녀를 파멸시킬 것이다. 그것은 가수를 죽이는 일이나 마찬가지였다.

오, 신이시여! 누가 이걸 믿을 수 있겠는가. 카를로타는 '내 모든 마음은 그에게 복종하는구나'라고 더할 나위 없이 능숙하게 노래하고 있었다. 마치 '안녕하세요'라고 인사하듯, 평소와 똑같이 자신감에 차서 편안하게 노래하고 있었던 것이다.

능력이 과대평가된 주제넘은 가수나, 순전히 자만심에 차서 타고나지도 않은 미약한 목소리로 악을 쓰는 가수도 있기 마련이다. 그런 가수들이라면 하늘에서 벌을 내려 그들의 입에 두꺼비를 숨겨놓을 수도 있을 것이다. 그런 것은 누구나 이해할 수 있다. 하지만 두 옥타브를 넘나드는 카를로타의 목소리에 두꺼비가 숨겨져 있었다니!

많은 사람들이 여전히 카를로타가 〈마술 피리〉를 공연할 때 냈던 높은 F와 대단했던 스타카토를 기억했다. 또한 〈돈조반니〉 공연에서 거둔 굉장한 성공과, 엘비라 역을 맡아 그녀의 동료 가수인 안나는 도달하지 못한 높은 B플랫까지 노래했던 일도 기억하고 있었다. 그런데 이 고요하고 침착한 노래의 끝에 터져나온 두꺼비 소리는 대체 무엇인가? 분명 심상치 않은 일이었다. 그 배후에 어떤 어두운 마법이 도사리고 있는 것 같았다. 두꺼비처럼 노래하는 카를로타에게서 지옥의 유황불 냄새가 풍겨났다.

불쌍하고 가엾은 카를로타! 그녀는 완전히 절망에 빠졌다.

공연장의 술렁임은 이루 말할 수 없었다. 이런 일이 카를로타가 아닌 다른 가수에게 일어났다면 그녀는 당장 야유를 받으며 쫓겨났을 것이다. 하지만 카를로타의 목소리가 얼마나 완벽한지는 누구나 알고 있는 사실이었다. 그러므로 관객들은 전혀 화내지 않았다. 단지 공포심과 절망감을 내보일 뿐이었다. 그것은 마치 밀로의 비너스에서 두 팔이 떨어져나가는 끔찍한 광경을 직접 목격한 사람이나 느꼈음직한 절망감이었다. 아니, 그 경우에는 적어도 재앙이 일어나는 걸 눈으로 보고 이해할 수라도 있었을 것이다. 하지만 이것은! 이것은 이해할 수 없는 일이었다.

너무나 믿을 수 없는 일이었기에 카를로타는 몇 초 동안 멍하니 서서 정말로 자신의 입에서 그런 소리가 나왔는지 자문했다. 지옥의 비명 소리 같은 그런 소리가 진정 자신의 목구멍에서 나온 것인가. 카를로타는 그럴 리가 없다고 생각했다. 절대 그럴 리가 없어. 내가 잘못 들은 걸 거야. 카를로타는 불안한 표정으로 주위를 둘러보았다. 마치 도피처나 보호소를 찾는 듯, 아니 자신의 목소리에는 아무 문제도 없다고 믿어줄 누군가를 찾는 듯했다. 그녀는 스스로를 방어하고 또 부정하듯 두 손으로 목을 감쌌다. 아니야, 아니야! 내 목에서 두꺼비 소리가 나왔을 리 없어! 카롤루스 폰타 또한 같은 생각인지 당황한 표정으로 그녀를 바라보았다. 그 사건을 목격하고 그녀 옆에 함께 있던 사람으로서, 카롤루스는 대체 어떻게 된 일인지 물어볼 수도 있었을 것이다. 그러나 그는 그저 마술사의 실크해트를 바라보는 어린아이처럼 입을 떡 벌리고 있을 뿐이었다. 어떻게 저렇게 작은 입에서 그런 거대한 두꺼비 소리가 나올 수 있지?

꽥 소리가 들리고, 오페라하우스 전체가 두려움 속에 동요하고, 무대가 혼란에 빠진 이 모든 일은 불과 몇 초 동안 벌어진 일이었다.

이 끔찍한 몇 초는 마치 영원처럼 계속되는 듯했다. 5번 박스석에 앉아 있던 몽샤르맹과 리샤르는 새파랗게 질렸다. 기괴하고도 설명할 수 없는 이 사건이 그들의 마음을 온통 두려움으로 가득 채웠다. 그것은 너무나도 기이한 일이었기에 두 사람은 그 즉시 유령의 직접적인 영향력 아래 놓이게 되었다. 두 사람은 유령의 숨결을 느꼈다. 오싹해진 몽샤르맹의 머리칼이 쭈뼛 섰다. 리샤르의 이마에선 식은땀이 흘러내렸다. 그렇다! 유령은 그곳에 있었다. 바로 그들 뒤와 옆에서, 그들 주위에서 맴돌고 있던 것이다. 그들은 유령의 존재를 볼 수는 없었지만 분명히 느낄 수 있었다. 그의 숨결이 가깝게, 너무나도 가깝게 다가왔다. 그 존재가 분명 느껴졌다. 박스석 안에는 그들 두 사람과 또다른 한 존재가 있었다. 몸이 떨려왔다. 도망갈 생각도 해보았지만 몸을 움직일 수가 없었다. 그들은 감히 움직일 수도, 이제는 유령의 존재를 믿는다는 말을 주고받을 수도 없었다. 이제 무슨 일이 일어날 것인가?

카를로타가 꽥 소리를 냈다. 또다시 그 일이 일어난 것이다! 그 소리를 들은 두 사람이 거의 동시에 공포의 비명을 내질렀다. 오페라하우스 안의 모든 사람들이 다 들을 수 있을 만큼 큰 소리였다. 몽샤르맹과 리샤르는 이제 유령의 무서운 공격을 받고 있다는 사실을 깨달았다. 그들은 박스석 난간에 몸을 기대고 카를로타를 뚫어져라 처다보았다. 이 저주받은 아가씨는 다가올 재앙에 대해 어떤 암시를 하고 있는 것이 틀림없었다. 아, 이제 재앙이 이들을 기다리고 있었다. 유령은 엄청난 재앙이 일어날 것이라고 분명히 경고했다. 이 공연장은 저주를 받은 것이다! 감독들은 입을 딱 벌린 채, 감당할 수 없는 재앙의 무게에 짓눌려 숨을 헐떡였다. 카를로타에게 신호를 보내는 리샤르의 날카로운 목소리가 들려왔다. "계속해!"

하지만 카를로타는 계속하지 말았어야 했다. 그야말로 영웅적인 자세로 모든 용기를 그러모은 카를로타는 두꺼비 소리로 끝이 났던 마지막 부분부터 새롭게 시작했다. 소란이 가라앉고 객석은 물을 끼얹은 듯이 조용했다. 카를로타의 목소리만이 공연장 안을 가득 메웠다.

나는 듣고 있다네―

관객들도 모두 듣고 있었다.

　그 고독한 목소리를 듣고 있다네― 꽤-액!
　내 마음속에서 들려오는― 꽤-액!
　고독한 목소리― 꽤-액!

두꺼비가 다시 울어대기 시작했다!

　객석에서는 굉장한 소동이 일어났다. 두 감독은 자리에 주저앉아 주위를 둘러볼 엄두조차 내지 못했다. 더이상 아무런 기운도 남아 있지 않았던 것이다! 유령은 그들의 등뒤에서 낄낄거리고 있었다. 그리고 마침내 두 사람의 오른쪽 귀에서 유령의 목소리가 선명하게 들려왔다. 있을 수 없는 목소리, 입이 없는 그 목소리가 말했다. "저 여자의 노랫소리 때문에 샹들리에가 무너지겠군!"

　그와 동시에 두 사람은 눈을 들어 천장을 올려다보았다. 무시무시한 비명이 그들의 입에서 터져나왔다. 샹들리에가, 엄청난 무게의 샹들리에가 악마의 부름을 받고 떨어지고 있었다. 고리가 풀린 샹들리에는 로열석 한가운데로 떨어져 산산조각이 났다. 수천 명의 관객들이 괴성을 지르며 일어섰다. 출구를 향해 뛰쳐나가는 관객들로 극장 안은 아수라장이 되었다. 이 자리에서 그날의 사고를 되풀이해 말하고 싶지는 않다. 그날 일이 궁금한 독자는 당시 신문 기사를 참고하면 쉽게 알 수 있을 것이다. 이 자리에서는, 그날 수십 명이 부상을 당하고 한 사람이 사망했다는 사실 정도만 일러두는 것으로도 충분할 것이다.

샹들리에는 생전 처음 오페라 구경을 온 불쌍한 여인의 머리 위로 떨어졌다. 리샤르가 유령의 좌석 관리인 지리 부인을 대신해서 자리를 약속한 바로 그 여인이었다. 그녀는 즉사했다. 다음 날 아침 신문에는 이러한 머릿기사가 실렸다. "이백 킬로그램의 샹들리에, 한 아파트 관리인의 머리 위에 떨어지다." 그것이 그 여인의 유일한 부고 기사였다!

제 9 장

어둠 속의 마차

그날의 비극적인 공연은 모든 사람들에게 불행을 가져다주었다. 카를로타는 병이 나서 그만 자리에 누워버렸고 크리스틴 다에는 공연이 끝난 후 자취를 감추었다. 무려 이 주일 동안이나 크리스틴의 모습은 오페라하우스에서도, 다른 어디에서도 보이지 않았다. 별로 주목을 받지 못한 이 첫번째 실종을, 좀더 시간이 흐른 후 아주 기이하고 극적인 상황에서 발생하게 될 그 유명한 납치 사건과 혼동해서는 안 될 것이다.

물론 크리스틴의 실종에 가장 먼저 놀란 사람은 라울이었다. 발레리우스 부인에게 편지를 보냈지만 답장이 없었다. 라울은 크리스틴의 마음 상태나 자신과 다시는 만나지 않겠다는 결심을 알고 있었기에, 처음에는 그리 놀라지 않았다. 비록 그녀가 그런 결심을 한 이유가 분명치는 않았지만 말이다. 이런 불확실성 때문에 라울의 슬픔은 점점 더 커져갔다. 마침내 오페라하우스의 프로그램 안내서에서 크리스틴의 이름이 완전히 사라지는 지경에 이르렀다. 라울은 심각하게 걱정하기 시작했다. 〈파우스트〉 공연마저도 크리스틴 없이 이루어졌다. 어느 날 오후 다섯시경 라울은 감독 사무실을 찾아갔다. 크리스틴이 보이지 않는 이유를 물어보기 위해서였다. 두 감독은 몹시 초췌해 보였다. 가까운 친구들조차 깜짝 놀랄 정도로 모습이 변해 있었다. 예전의 쾌활함과 생기를 완전히 잃어버린 그들은 어깨를 축 늘어뜨리고 이마에는 근심이 가득한 채, 창백한 안색으로 무대 위를 왔다갔다했다. 마치 끔찍한 생각에 사로잡혀 있거나, 운명의 끈질긴 장난에 희생되고 있는 것처럼.

그날의 비극적인 사건을 조사한 결과, 여인의 죽음은 우연한 사고에 의한 것으로 종결되었다. 천장에 매달린 샹들리에를 연결하는 고리가 낡아서 떨어졌다는 것이다. 그러니 그 일로 감독들을 비난할 수는 없었다. 하지만 두 사람에게도 적지 않은 책임이 있었다. 낡고 부서진 곳을 찾아 제때에 보수하는 일은 이전 감독들과 새로 부임한 감독들, 모두의 임무였던 것이다.

어쨌든 분명한 것은 리샤르와 몽샤르맹이 어딘가 달라졌다는 것이다. 그들은 정신이 나간 듯 멍한 상태였으며, 그러면서도 무언가 알 수 없는 비밀을 간직한 것처럼 보였다. 이해할 수 없는 행동을 하기도 했다. 그 바람에 오페라하우스의 많은 정기회원들은 샹들리에 추락 사건보다도 더 끔찍한 사건이 두 사람의 정신에 영향을 끼친 게 틀림없다고 소곤거렸다. 일상적인 일을 할 때도 둘은 곧잘 짜증을 냈다. 하지만 지리 부인에게만은 예외였다. 지리 부인은 이미 자신의 옛 자리를 되찾은 상태였다. 크리스틴 때문에 찾아온 샤니 자작을 대하는 두 감독의 태도는 시큰둥하기만 했다. 크리스틴은 휴가중이오, 라고만 했을 뿐 더이상 대꾸가 없었다. 라울은 휴가가 언제까지인지 물어보았다. 정해져 있지 않소, 그들은 짧게 대답했다. 크리스틴 자신이 건강상의 이유로 장기 휴가를 요구했다는 것이다.

"그렇다면 크리스틴이 병이 난 거로군요!" 라울은 소리쳤다. "어디가 어떻게 아프다고 하던가요?"

"우린 모르오."

"오페라하우스의 주치의를 보내주지 않았나요?"

"다에 양이 원하지 않았소. 우리는 다에 양을 믿기 때문에 그 말을 그대로 받아들였소."

무언가 석연치 않았다. 라울은 우울함에 사로잡혀 건물을 나섰다. 그리고 무슨 일이 있어도 반드시 발레리우스 부인을 찾아가서 사정을 알아봐야겠다고 결심했다. 크리스틴이 편지에서 강력하게 경고했던 말이 라울의 머릿속에 떠올랐다. 크리스틴은 절대로 자기를 만나려고 애쓰지 말아야 한다고 경고했었다. 하지만 페로에서 직접 보았던 것이나, 분장실 문 뒤에서 들었던 목소리, 들판에서 크리스틴과 함께 나누었던 대화 등으로 미루어 볼 때, 분명 크리스틴 주변에 어떤 음모가 벌어지고 있는 것이 틀림없었다. 형체를 알 수 없는 신비함 때문에 그것은 악마가 꾸민 음모처럼 생각될 수도 있었다. 하지만 역시 인간에 의한 음모가 틀림없을 터였다. 지나친 상상력과 쉽게 믿어버리는 순진함 그리고 전설로 가득한 마을에서 받은 어린 시절의 교육과 더불어 돌아가신 아버지에 대한 끝없는 집착 때문에 크리스틴의 마음이 어떤 예외적인 상황 속으로 쉽게 빠져든 것이 분명했다. 페로의 성당 무덤가에서처럼, 숭고한 황홀경으로 몰아넣는 음악 소리가 한몫했겠지. 하지만 이 모든 일은 결국 어떤 정체불명의 신비로운 인물이 자신의 사악한 음모를 이루기 위해서 꾸며낸 그럴듯한 도덕적 외형에 불과하다.

다에를 희생양으로 삼은 그자는 누구일까? 발레리우스 부인 집으로 서둘러 달려가는 라울의 머릿속에는 온통 어지러운 질문들이 맴돌았다. 라울은 대단히 건전한 판단력을 가지고 있었다. 물론 그는 시인이고, 숭고한 음악을 사랑하며, 달빛 아래에서 춤을 추는 요정들에 대한 브르타뉴 지방의 옛날이야기를 즐기기도 했다. 그리고 무엇보다도 북쪽에서 온 아름다운 여인 크리스틴 다에와 사랑에 빠진 사람이었다. 그렇지만 그는 초자연적인 일은 종교의 테두리 내에 있는 거라고 믿었다. 2 더하기 2는 5가 아니라는 것을 분명하게 알듯, 어떤 환상적인 이야기도 믿지 않았다.

발레리우스 부인은 라울에게 어떤 이야기를 해줄 수 있을까? 노트르담 드 빅투아르 거리에 있는 작은 아파트의 벨을 누르는 라울의 몸이 떨려왔다. 하녀가 문을 열었다. 일전에 크리스틴의 분장실에서 보았던 하녀였다. 라울은 발레리우스 부인과 이야기를 나누고 싶다고 했다. 하녀는 부인이 몸져누웠으며, 누구도 만나지 않는다고 대답했다.

"그럼 내 명함이라도 전해주게." 라울이 말했다.

곧 돌아온 하녀는 아담하고 깔끔하게 장식된 응접실로 라울을 안내했다. 응접실 벽에는 발레리우스 교수와 크리스틴 아버지의 사진이 마주 걸려 있었다.

"마님께서 실례인 줄 알지만 침실에서 뵙자고 하십니다. 다리가 너무 약해져서 서 계실 수가 없거든요." 하녀가 말했다.

오 분쯤 지난 후 라울은 어둠침침한 방 안으로 들어섰다. 동굴같은 어둠 속에서도 라울은 크리스틴의 후원자인 친절하고 상냥한 노부인의 얼굴을 금세 알아볼 수 있었다. 발레리우스 부인의 머리는 이제 하얗게 세어 있었다. 하지만 그녀의 눈동자에서는 전혀 나이가 느껴지지 않았다. 맑고 밝게 빛나는 모습이 천진난만한 어린아이의 눈동자 같았다.

"샤니 자작!" 부인은 반가운 목소리로 외치고는 양손을 내밀어 라울을 덥석 끌어안았다. "오, 하늘이 자네를 보내셨군! 이제야 크리스틴에 대해 이야기할 수 있겠어."

부인의 마지막 말이 젊은이의 귓가에 울려퍼졌다. 불길한 예감이 들었다. "부인⋯⋯ 크리스틴은 어디 있습니까?" 라울이 다급하게 물었다.

"수호천사와 함께 있다네." 노부인은 평화롭게 대답했다.

"수호천사라니요?" 라울이 소리쳤다.

"음악 천사 말야!"

자작은 절망에 빠져 의자에 주저앉고 말았다. 음악 천사? 크리스틴이 음악 천사와 함께 있단 말인가? 발레리우스 부인은 저기 침대에 누워서 그에게 미소를 보내고 있었다. 그녀는 자신의 입술에 손가락을 갖다 대고, 아무 말도 말라는 경고까지 보내고 있었다! "누구에게도 말을 해서는 안 되네!"

"그러겠습니다." 라울은 대답했다. 그가 달리 무슨 말을 할 수 있었겠는가. 그러잖아도 앞뒤 상황이 짐작이 가지 않던 크리스틴과 관련된 일들이 점점 더 뒤죽박죽이 되어버린 것 같았다. 그 순간 모든 것이 그의 주위를 빙글빙글 도는 것처럼 느껴졌다. 방도 그의 주위를 돌았고, 영원히 잊지 못할 눈동자를 지닌 한없이 선량한 백발의 부인도 그의 주위를 돌기 시작했다. "저는 믿으셔도 됩니다." 라울이 대답했다.

"그래야지, 암 그래야 하고말고! 자네는 믿을 만한 사람이지." 부인은 천진하게 웃었다. "그런데 왜 좀더 가까이 오지 않는 건가? 어렸을 때처럼 이리 와서 내 손을 좀 잡아주게나. 자네는 다에 씨가 로테 이야기를 해준 날이면 내게 달려와 신나게 떠들어대곤 했었지. 나는 그런 자네가 무척이나 좋았어. 크리스틴도 자네를 좋아했고."

"크리스틴이 저를 좋아했다구요?" 라울은 한숨을 쉬며 흐트러진 생각을 다시 정리하려 애썼다. 발레리우스 부인이 '수호천사'라고 한 건 도대체 무엇일까. 크리스틴이 이상한 태도를 보이며 언급했던 음악 천사…… 마치 악몽처럼 페로의 제단 앞에 나타났던 해골 같은 얼굴…… 오페라의 유령…… 라울이 오페라의 유령에 대해 처음 들은 건 어느 날 저녁 무대 뒤에 서 있을 때였다. 무대의 막을 올리는 인부들이 조제프 뷔케가 알 수 없는 죽음에 이르기 전에 떠들고 다녔던 유령의 모습에 대해 말하는 것을 들었던 것이다.

"무엇 때문에 크리스틴이 저를 좋아했다고 생각하세요, 부인?" 라울은 낮은 목소리로 물었다.

"크리스틴은 매일 자네 이야기만 했다네."

"정말인가요? 크리스틴이 뭐라고 하던가요?"

"자네가 사랑을 고백했다더군!"

선량한 노부인은 가지런한 이를 드러내고 깔깔거리며 웃기 시작했다. 라울은 의자에서 벌떡 일어났다. 쑥스러움으로 얼굴이 화끈거렸지만 가슴속 깊은 곳에서는 바늘로 찌르는 듯한 격렬한 통증이 느껴졌다.

"왜 그러나? 벌써 가려고? 자리에 앉게나, 어서. 이렇게 가버리면 안 되지. 웃은 건 사과하겠네. 자네는 그 아이 마음을 몰랐나보군. 크리스틴이 자유로운 몸이라고 생각했겠지? 하긴 자네 잘못이 아니야."

"무슨 말씀입니까? 크리스틴이 약혼이라도 했단 말입니까?" 불쌍한 라울은 목이 메어 외쳤다.

"아니야! 그건 아니야! 자네도 알다시피 크리스틴은 본인이 원한다고 해도 결혼을 할 수 없는 처지라네."

"도대체…… 무슨 말씀이시죠? 저는 아무것도 모릅니다. 왜 크리스틴이 결혼을 할 수 없는 거죠?"

"물론 수호천사인 음악 천사 때문이라네."

"저는 무슨 소린지……"

"그래, 음악 천사가 결혼을 금했다네."

"음악 천사가 크리스틴의 결혼을 금지시켰다구요? 어떻게 그런 일이⋯⋯"

라울은 발레리우스 부인 쪽으로 몸을 기울였다. 마치 부인을 물어뜯을 기세로 턱을 거칠게 내미는 모습이 더없이 사나워 보였다. 때로 순진함이 너무 지나치면 견딜 수 없어지는 순간이 오기 마련이다. 지금 라울에게 발레리우스 부인의 말이 바로 그랬다.

하지만 부인은 라울의 사나운 눈빛을 전혀 의식하지 못한 듯 태연하게 말을 이어나갔다.

"그래, 결혼하지 못하게 했지. 그러나 강요한 것은 아니었어. 음악 천사는 만약 크리스틴이 결혼을 한다면 앞으로 다시는 자신의 목소리를 듣지 못할 거라고 했다는군. 그게 전부야! 음악 천사가 영원히 크리스틴의 곁을 떠나버리는 거지! 자네도 이해하겠지만 크리스틴은 절대로 음악 천사를 떠나보낼 수 없어. 암 그렇고말고."

"그렇지요, 그래요." 라울은 고분고분한 태도로 말했다. "크리스틴이 그럴 수는 없겠죠."

"나는 크리스틴이 페로에서 자네를 만났을 때, 모든 사정을 다 털어놨을 거라 생각했지. 크리스틴은 수호천사와 함께 그곳에 갔었다네."

"페로에 수호천사와 함께 갔었다고요?"

"정확히 말하자면 그곳에서 만나기로 예정되어 있었지. 페로의 성당 마당에 있는 다에 씨의 무덤에서 말이야. 음악 천사는 아버지의 바이올린으로 〈라자로의 부활〉을 연주해주기로 약속했다더군."

라울 드 샤니는 결의에 찬 자세로 벌떡 일어섰다. "부인, 그 수호천사가 어디에 있는지 제게 말씀해주셔야겠습니다."

노부인은 라울의 무례한 요구에도 놀라지 않는 듯했다. 부인은 눈을 들어 말했다. "하늘에 있다네!"

부인의 순진한 대답에 라울은 당황했다. 이토록 단순하고 철저한 믿음 앞에서 뭐라 할 말이 없었던 것이다. 밤마다 하늘에서 내려와 오페라하우스의 분장실에 나타나는 수호천사라니! 라울은 그제야 미신을 믿는 바이올린 연주가와 환상에 사로잡힌 노부인 사이에서 자라난 소녀가 어떤 정신 상태에 이를 수 있는지를 깨달았다. 그리고 그 결과를 생각하고는 두려움에 몸을 떨었다.

"크리스틴은 아직도 정숙한 처녀입니까?" 라울은 자신도 모르게 불쑥 엉뚱한 질문을 던지고 말았다.

"그 문제라면 내가 맹세할 수 있다네!" 노부인은 큰 소리로 외쳤다. 이번에는 다소 화가 난 것처럼 보였다. "만약 자네가 그 점을 의심하고 있다면, 도대체 왜 여기까지 왔는지 모르겠군!"

라울은 초조한 태도로 장갑을 만지작거렸다. "그 수호천사를 알게 된 지는 얼마나 됐습니까?"

"그러니까…… 그래, 한 석 달쯤 됐네. 그때부터 크리스틴에게 교습을 시작했지."

자작은 답답하다는 듯 두 팔을 위로 들어올렸다가 신음 소리를 내며 팔을 축 늘어뜨렸다. "수호천사가 크리스틴에게 교습을 했다구요? 어디서요?"

"지금은 크리스틴이 천사와 함께 가버렸기 때문에 나도 모르네. 하지만 이 주 전만 해도 크리스틴의 분장실에서 교습을 받았지. 이 작은 아파트에서 교습을 받기란 사실 불가능하니까. 수호천사의 목소리가 아파트 전체에 다 들리면 곤란하지 않겠나. 하지만 오페라하우스에서는 아침 여덟시 무렵에는 누구의 방해도 받지 않고 연습할 수 있었지. 내 말 알아듣겠나?"

"물론이죠. 잘 알아들었습니다!" 자작은 큰 소리로 대답하고는 서둘러 발레리우스 부인의 방에서 나갔다. 급해 보이는 그의 태도에 발레리우스 부인은 이 젊은 신사가 머리가 약간 이상해진 게 아닐까 생각할 정도였다.

나오는 길에 라울은 응접실에서 하녀를 마주치고는 그녀에게 질문을 던지려 했다. 하지만 하녀의 입가에 살짝 미소가 번지는 것 같아 보였고, 라울은 하녀마저도 자신을 조롱한다는 생각에 서둘러 부인의 집에서 빠져나왔다. 이렇게 될 줄 정말 몰랐단 말인가? 이제 모든 궁금증이 풀렸으니, 뭘 어찌해야 한단 말인가? 라울은 비참한 마음을 어쩌지 못한 채 형의 저택까지 걸어갔다.

자신이 크리스틴의 순수함과 순결함을 철석같이 믿고 있었다는 사실을 생각하면, 라울은 벽에다 머리라도 처박고 싶은 심정이었다. 잠시나마 순진하고 단순한 마음으로 모든 것을 이해해 보고자 애썼건만! 음악 천사라니! 라울은 이제야 그의 정체를 알 것 같았다. 그는 틀림없이 이름 없는 테너 가수이거나 얼굴만 번지르르한 시건방진 애송이일 것이다! 눈웃음을 치며 입에 발린 소리나 늘어놓겠지! 라울은 자신이 세상에서 가장 불쌍하고 못난 인간처럼 느껴졌다. 오, 라울, 너는 얼마나 보잘것없고 초라하고 어리석은 인간이었던가! 화가 난 라울은 이런 생각까지 했다. 오, 크리스틴. 그녀는 얼마나 뻔뻔스럽고 교활한 계집인가!

거리를 따라 걷다보니 라울의 흥분도 조금씩 가라앉기 시작했다. 라울은 침대에 몸을 던지고 흐느끼고 싶은 마음으로 침실로 들어갔다. 그런데 그곳에서 형이 그를 기다리고 있었다. 라울은 어린아이처럼 형의 품에 안겨 흐느꼈다. 백작은 아무것도 묻지 않고 동생을 위로했다. 라울은 형에게 음악 천사에 대해 이야기하는 게 망설여졌다. 세상에는 드러내놓고 말할 수 없는 일이, 부끄러워 차마 말할 수 없는 일들이 있는 법이다.

백작은 저녁 만찬에 동생을 데려갔다. 라울은 완전히 절망감에 사로잡혀 있었기 때문에, 아마 그날 저녁에는 어떤 초대라도 거절했을 것이다. 하지만 백작은 동생을 설득하려는 마음으로, 라울이 마음에 두고 있는 그 아가씨가 지난밤에 어떤 남자와 함께 불로뉴 숲 오솔길에 있는 것을 누가 보았다는 말을 전해주었다. 라울은 처음에 그 말을 믿으려 하지 않았다. 하지만 세세한 이야기에 점차 귀를 기울이기 시작했다. 결국 이 일은 진부한 연애 사건에 불과했단 말인가? 크리스틴은 창문을 모두 내린 마차를 타고 얼음처럼 차가운 밤공기를 가르며 갔다고 했다. 달빛이 환하게 비추고 있어서 그 모습을 분명하게 볼 수 있었다고 했다. 하지만 마차에 타고 있던 다른 사람은 그늘진 뒷좌석에 기대어 있었기 때문에 희미한 그림자밖에 보지 못했다고 했다. 그 마차는 롱샹 경마장 야외 관람석 뒤편의 호젓한 길을 걸어가듯 천천히 지나갔다고 했다.

이 이야기를 들은 라울은 미친 듯이 서둘러 옷을 갈아입었다. 사람들이 말하는 '쾌락의 도가니'에 몸을 던짐으로써 자신에게 닥친 이 엄청난 불행을 잊어버리기 위해서였다. 그러나 불행하게도 라울은 너무나 우울한 손님이었다. 결국 형을 남겨둔 채 일찍 만찬 자리를 뜬 라울은 어느 틈엔가 마차를 잡아타고서 롱샹 경마장 뒤편으로 가 있었다. 밤 열시였다. 날씨는 몹시 추웠고 황량한 길에는 달빛만이 비추었다. 라울은 마부에게 모퉁이 한쪽 구석에서 조금만 기다려달라고 부탁했다. 자신도 최대한 몸을 웅크리고, 추위를 이겨내기 위해 발을 동동 구르며 서 있었다. 그렇게 한밤중의 체조를 시작한 지 삼십 분쯤 지났을까? 마차 한 대가 모퉁이를 돌아 라울 쪽으로 조용히 다가오고 있었다. 마치 걸어오는 사람처럼 천천히……

순간적으로 그는 생각했다. '크리스틴이다!' 심장이 쿵쾅거리기 시작했다. 크리스틴의 분장실 안에서 들려오는 목소리를 들었을 때처럼 심장이 격렬하게 뛰었다. 오, 신이시여! 이 젊은이는 얼마나 크리스틴을 사랑하는 것인가!

마차가 점점 라울을 향해 다가왔다. 그는 가만히 서서 기다렸다. 정말 크리스틴이 타고 있다면, 그는 마차 앞으로 뛰어들어 말을 세울 작정이었다. 어떤 대가를 치르더라도 음악 천사와 결판을 낼 생각이었다. 잠시 후 마차가 아주 가까이 다가왔다. 라울은 그 안에 있는 사람이 크리스틴이라는 것을 조금도 의심하지 않았다. 창문에 머리를 기대고 있는 한 여인이 보였다. 창백한 달빛이 여인의 얼굴 위로 비추었다.

"크리스틴!" 사랑하는 이의 신성한 이름이 라울의 가슴과 입술에서 터져나왔다. 도저히 막을 수 없는 일이었다. 아! 이 한마디 말을 다시 거둬들일 수만 있다면 내 모든 것을 다 주어도 좋으런만! 크리스틴이라는 이름은 고요한 밤의 적막을 깨뜨리며 달빛 아래 울려퍼졌다. 그리고 그것이 마치 약속된 신호라도 되는 듯 마차는 쏜살같이 달려 라울을 지나쳐버렸다. 라울은 계획을 실행할 틈조차 갖지 못한 것이다. 마차의 창문은 닫히고 여인의 얼굴은 사라져버렸다. 신비에 싸인 마차는 뒤쫓아 달려가는 라울을 남겨둔 채 하얀 길을 달려 사라져갔다.

라울은 다시 한번 소리쳐 불렀다. "크리스틴!" 아무런 대답도 들려오지 않았다. 라울은 완전한 침묵 속에서 멍하니 서 있을 뿐이었다. 그는 절망하여 별이 반짝이는 밤하늘을 올려다보았다. 그리고 두 주먹을 꼭 쥔 채 불타는 가슴을 때렸다. 그는 사랑에 빠졌으나, 그 사랑의 보답을 받지 못했다. 라울은 초점을 잃은 눈으로 춥고 황량한 길을 바라보았다. 그의 마음은 창백하고 싸늘하게 식어버린 겨울밤 속으로 한없이 추락하고 있었다. 그 순간, 이 세상에 라울의 심장보다 더 차가운 것은 없었다. 그의 심장은 고동을 멈추고 완전히 죽어버린 것이다! 한때 천사를 사랑했던 라울의 마음속에는 이제 한 여인에 대한 경멸 외에는 아무것도 남아 있지 않았다.

라울, 북구의 조그마한 요정이 어떻게 너를 이토록 희롱할 수 있는 거지! 정말 이럴 수가 있을까? 그토록 순수한 얼굴을 한 여인이, 항상 정숙한 홍조를 띠며 수줍어하던 여인이, 외로운 밤을 보내기 위해 정체를 알 수 없는 남자와 함께 마차를 타고 가다니! 인간의 위선과 거짓말에는 정녕 한계가 없단 말인가! 어린아이처럼 순진한 두 눈 뒤에 그토록 비열한 영혼을 숨겨두다니!

크리스틴은 라울의 외침에도 아랑곳없이 지나가버렸다.

왜 라울은 크리스틴이 가는 길을 막으려고 했던 것인가? 크리스틴이 잊어달라고 했는데도 왜 그녀 앞에 불쑥 나타난 것인가?

"가버려! 가버리라고! 넌 내게 아무것도 아니다."

이제 라울은 죽음을 생각하고 있었다. 그의 나이 이제 겨우 스무 살이었다. 다음날 아침 라울은 자신의 침대 위에 앉아 있었다. 옷도 갈아입지 않은 상태였다. 시종은 라울의 얼굴을 보고 그만 겁에 질렸다. 간밤에 뭔가 끔찍한 일이 일어난 것이 틀림없었다. 라울은 시종이 들고온 편지를 잡아챘다. 크리스틴의 편지였다.

라울에게

모레 저녁, 오페라하우스에서 가면무도회가 열릴 거예요. 정각 열두시에 대휴게실 벽난로 뒤의 조그만 방을 찾으세요. 그리고 로통드로 향하는 문 가까이에 서 계세요. 누구에게도 이 약속을 말씀하시면 안 됩니다. 하얀 도미노*로 얼굴을 가리세요. 저를 사랑하신다면, 다른 사람이 당신을 알아보지 못하도록 해주세요.

크리스틴

---

* 가면무도회에서 쓰는 복면 두건. 혹은 두건이 달린 겉옷을 지칭한다.

제 10 장
가면무도회

봉투는 흙투성이였고 소인도 찍혀 있지 않았다. '라울 샤니 자작에게 전해주십시오'라는 문장이 주소와 함께 적혀 있었다. 연필로 급하게 쓴 글씨였다. 아마도 지나가던 사람이 그 쪽지를 발견하고 전해주기만을 희망하면서 밖으로 내던진 것 같았다. 사실 그 편지는 누군가가 오페라 광장의 보도에서 발견해 주워온 거라고 했다.

라울의 희망을 되살리는 데 그보다 더 훌륭한 처방은 없었다. 라울이 잠시 동안 상상했던 정숙하지 못한 크리스틴은 이제 다시 본래의 불행하고 순수한 소녀의 모습으로 바뀌어 있었다. 크리스틴은 지나친 상상력과 신중하지 못한 판단에 희생당한 것뿐이다. 그러나 크리스틴은 단지 희생자일 뿐일까? 도대체 누구의 포로가 되어 있는 것일까? 어떤 음모에 휘말린 것일까? 라울은 속으로 이러한 질문들을 수없이 되풀이했다. 하지만 이런 고통은 그를 속이고 거짓말을 했던 크리스틴을 상상하며 라울이 느꼈던 미칠 듯한 감정에 비하면 견딜 수 있는 것이었다. 무슨 일이 일어난 것일까? 크리스틴은 누구의 감시를 받고 있는 것일까? 어떤 괴물이 크리스틴을 유혹했을까? 도대체 무슨 방법으로?

음악 이외에 다른 무엇이 있었겠는가? 이 문제에 대해 깊이 생각할수록, 라울은 그 아래에 숨은 진실에 대한 확신이 들었다. 페로에서 크리스틴이 음악 천사가 찾아왔다는 이야기를 들려줄 때 그 진지했던 목소리를 잊어버린 것인가? 최근 크리스틴에게 벌어진 어두운 미스터리에 대한 단서가 바로 그 목소리에 있지 않았던가? 아버지가 돌아가신 후 크리스틴이 삶의 모든 일에 의욕을 잃어버렸고, 음악에 대해서도 마찬가지였다는 사실을 라울은 너무 쉽게 간과한 것이 아닌가? 콩세르바투아르에 다니던 시절 크리스틴은 불쌍하게도 영혼이 없는 기계처럼 노래를 불렀다. 그런데 신의 계시라도 받은 것처럼 갑자기 크리스틴의 영혼이 깨어났다. 그녀를 찾아온 음악 천사와 함께! 마침내 크리스틴은 〈파우스트〉에서 마르그리트 역할을 해냈고 엄청난 성공을 거두었다! 음악 천사라니! 대체 누가 크리스틴에게 자신이 그런 전설적인 존재라는 사실을 믿게 할 수 있을까? 대체 누가 로테 이야기를 알아내 크리스틴을 손에 넣은 것인가?

'이런 일은 전에도 있었어.' 라울은 남편을 잃은 슬픔에 온몸이 마비되어버린 벨몬테 공주에 대한 이야기를 기억해냈다. 공주는 한 달 동안이나 말을 하지도, 어떤 감정을 표현하지도 못했다. 날이 갈수록 정신적 육체적 무감각은 심해지기만 했다. 이성은 점점 무뎌졌고 삶에 대한 의지마저도 약해졌다. 매일 저녁 시종들이 공주를 아름답기로 유명한 궁전 안 정원에 데려갔지만 공주는 자신이 어디에 와 있는지 알지 못했다. 어느 날 나폴리를 지나던 유명한 독일 가수 라프가 정원에 들렀다. 시종들은 그에게 공주가 정원에 있는 동안 수풀에 숨어 노래를 불러달라고 청했다. 라프는 이 청을 수락하고는 공주의 남편이 결혼 초에 공주에게 들려주곤 했던 노래를 불렀다. 감동적이고 표현력이 풍부한 노래였다. 멜로디, 가사, 가수의 훌륭한 목소리가 함께 어우러져 공주의 영혼을 뒤흔들었다. 그러자 공주가 회복되기 시작했다. 공주의 눈에 눈물이 고이더니 흐느껴 울기 시작한 것이다. 이후 건강을 회복한 공주는 그날 저녁 남편이 하늘에서 내려와 그녀에게 옛 노래를 불러준 것이라고 굳게 믿었다. 그래, 그날 저녁이었어! 라울은 생각했다. 바로 그날 저녁이었어! 그때 딱 한 번 일어났던 일인 거야. 그런 마법 같은 순간은 되풀이될 수 없는 법이니까. 만약 그 완벽하고 비탄에 빠진 공주가 이후 세 달 동안 매일 정원에 나가보았다면, 결국은 숨어 있는 라프를 찾아냈을 것이다.

음악 천사는 석 달 동안이나 크리스틴에게 음악을 가르쳤다. 그는 음악의 대가임에 틀림없다! 하지만 한밤중에 나의 크리스틴을 마차에 태우고 불로뉴 숲의 오솔길을 돌아다니다니! 라울은 자신의 가슴을 쥐어뜯었다. 마음속에서 끊임없이 타오르는 질투심을 어찌할 수 없었다. 아직 세상일을 많이 경험해보지 못한 라울은 또다시 스스로에게 끔찍한 질문을 던지기 시작했다. 이 아가씨가 내게 또 속임수를 쓰는 것은 아닐까? 일개 오페라 여가수가 선량한 젊은이를 도대체 어느 정도까지 희롱할 셈인가? 내 사랑은 이렇게 진실한데…… 허망한 사랑에 빠진 나는 얼마나 비참한가!

라울의 마음은 양극단을 수없이 오갔다. 크리스틴을 동정해야 할지, 아니면 원망하고 등을 돌려야 할지 판단이 서지 않았다. 그러나 결국 라울은 하얀 도미노를 사고야 말았다.

마침내 약속 시간이 다가왔다. 라울은 얼굴에 가면을 쓰고 피에로처럼 길고 두터운 레이스로 목에 주름 장식을 둘렀다. 자기가 보아도 정말 우스꽝스러운 차림이었다. 세상 어떤 남자도 이런 모습을 하고 오페라하우스의 무도회에 참석하지는 않을 거야. 이건 정말 어울리지 않는 복장이야. 하지만 한 가지 사실이 자작에게 커다란 위안이 되었다. 아무도 나를 알아보지 못하겠지! 이런 복장과 가면에는 또다른 이점도 있었다. 찢어질 듯 아픈 가슴을 안고 사람들 속에서 움직일 때도 마치 혼자 있는 것처럼 편안한 느낌이 드는 것이다. 얼굴에 가면을 쓰고 있으니 굳이 거짓으로 표정을 꾸밀 필요도 없었다.

오페라하우스의 무도회는 아주 특별한 행사였다. 한 유명한 화가의 탄생을 기리기 위한 축제로, 보통 사육제 기간 전에 열렸다. 다른 가면무도회보다 더욱 요란하고 화려하며, 다분히 보헤미안적인 것으로도 유명했다. 수많은 예술가들이 모델들이나 예술가 지망생들을 거느리고 무도회에 참석하기로 되어 있었다. 그리고 자정이 되면 엄청난 소동을 피우기 시작한다.

열두시 오 분 전, 라울은 얼룩덜룩한 의상을 입은 사람들은 거들떠보지도 않고 바로 높은 계단 위로 올라갔다. 오페라하우스의 무도회장은 세상에서 가장 화려한 무대였다. 그러나 아무리 익살맞은 가면도 그의 호기심을 끌지 못했고, 사람들이 던지는 유쾌한 농담도 그의 대답을 이끌어내지는 못했다. 라울은, 흥겨움에 도취되었는지 가까이 다가와 대담하게 지분거리는 아가씨들의 손길도 냉정하게 뿌리쳤다.

대휴게실을 가로질러 흥분에 들뜬 한 무리의 무용수 아가씨들을 간신히 헤치고 나온 라울은 마침내 크리스틴이 편지에서 일러준 그 방으로 들어갈 수 있었다. 작은 방 안은 발 디딜 틈도 없이 온통 사람들로 가득했다. 장소가 협소하기도 했지만, 로통드에 있는 레스토랑에서 저녁을 먹기 위해 이제 막 나가려는 사람들과 벌써 샴페인까지 한잔 마시고 돌아오는 사람들이 이곳에서 서로 엇갈리고 있었기 때문이다. 쾌활하고 활기 넘치는 와자지껄함 속에서 라울은 생각했다. 크리스틴은 분명 어두운 구석보다는 사람들로 북적이는 곳이 비밀스러운 만남에 더 적절하리라 판단했을 거라고.

라울은 문가에 몸을 기대고 서서 조용히 기다렸다. 오래지 않아, 검은 도미노를 쓴 사람이 곁을 지나가면서 라울의 손가락 끝을 슬쩍 건드렸다. 라울은 즉시 크리스틴이라는 것을 눈치채고 그녀의 뒤를 따라갔다.

"당신인가요, 크리스틴?" 라울은 입술을 움직이지 않으며 작은 소리로 물었다.

검은 도미노를 쓴 사람이 갑자기 몸을 돌리더니 입술에 손가락을 갖다 댔다. 그녀의 이름을 입 밖에 내지 말라는 경고가 분명했다. 라울은 말없이 그녀의 뒤를 따랐다.

라울은 이렇게 묘한 상황 속에서 겨우 다시 만나게 된 크리스틴을 놓칠까봐 무척 두려웠다. 크리스틴에게 품었던 불만 따위는 어느새 까맣게 잊어버렸다. 아무리 크리스틴의 행동이 유별나고 이해할 수 없는 것이라 해도, 그녀의 잘못은 전혀 없다고 굳게 믿었기 때문이다. 라울은 크리스틴에게 관대함을 베풀 태세가 되어 있었다. 아니, 용서를 구하거나 비굴하게 애원할 수도 있었다. 라울은 깊은 사랑에 빠져 있었다. 게다가 이제 곧 크리스틴으로부터 그동안 종적을 감춘 일에 대해 분명한 설명을 듣게 될 것이었다.

검은 도미노를 쓴 사람은 가끔씩 뒤를 돌아보았다. 하얀 도미노를 쓴 사람이 제대로 따라오고 있는지 걱정스러운 태도였다.

라울이 검은 도미노의 뒤를 따라 다시 한번 대휴게실을 지나가고 있을 때였다. 많은 사람들이 누군가를 둘러싸고 웅성거리고 있는 것이 눈에 띄었다. 그 사람의 기괴하고 으스스한 분장이 사람들의 시선을 끌며 소동을 일으키고 있었다.

그 사람은 온통 진홍빛 옷을 입고 있었다. 그리고 경탄을 자아낼 만한 해골을 얼굴에 쓰고 커다란 모자에 깃털까지 꽂고 있었다. 해골의 모습이 어찌나 사실적인지, 미술을 전공하는 학생들은 박수를 치고 찬사를 보내며 어떤 장인이 만들어준 것인지, 어느 공방이 저승의 신 플루톤의 후원을 받은 것처럼 그렇게 완벽한 해골을 만들어주었는지 물어보았다. 죽음의 신이 직접 모델이 되어준 것이 분명하다는 생각이 들 정도였다. 그는 붉은 벨벳

외투를 걸치고 있었는데, 그 자락이 마치 왕의 망토처럼 바닥까지 길게 늘어졌다. 외투 자락에는 금실로 글씨가 수놓여 있었다. '나를 건드리지 말 것! 나는 외부 세계를 떠도는 붉은 죽음이다!' 그런데 배짱 좋게도 그를 건드리려 하는 사람이 있었다. 그러자 진홍빛 소매 사이로 뼈다귀만 남은 손이 불쑥 튀어나와 그 사람의 손목을 와락 움켜잡았다. 손목을 잡힌 사람은 울퉁불퉁한 뼈다귀의 관절을 느끼고는 고통과 공포에 가득 차 비명을 질렀다. 마침내 붉은 죽음이 그 사람을 놓아주자, 혼이 난 그 사람은 미친 사람처럼 정신없이 도망을 쳤다. 곁에서 지켜보던 사람들은 그의 등뒤로 야유와 조소를 던졌다.

라울이 바로 그 죽음의 가장을 한 사람의 앞을 지나가던 순간이었다. 우연히도 해골 쓴 그 얼굴이 라울 쪽을 바라보았다. 라울은 하마터면 비명을 지를 뻔했다. '페로에서 본 해골이다!' 라울은 그 얼굴을 알아볼 수 있었다! 라울은 크리스틴의 뒤를 따라가는 것도 잊어버리고 당장 앞으로 뛰어들고 싶었다. 하지만 검은 도미노가 재빨리 라울의 팔을 붙잡아 라울을 휴게실 밖으로 끌어냈다. 그녀도 어떤 이상한 공포에 사로잡혀 있는 것 같았다. 붉은 죽음은 광분하고 있는 무리를 헤치며 천천히 걸어다녔다.

검은 도미노는 계속 뒤를 돌아보더니, 무언가를 보고 크게 놀라는 것 같았다. 그녀는 발걸음을 빨리하며 라울을 재촉했다. 마치 쫓기는 사람처럼 보였다.

두 사람은 2층으로 올라갔다. 2층 층계와 복도는 한적했다. 검은 도미노는 개인 박스석의 문을 열고 하얀 도미노에게 따라오라고 손짓했다. 그러고는 재빨리 문을 닫아걸더니 박스석 뒤쪽에 몸을 숨기라고 황급히 속삭였다. 크리스틴의 목소리였다! 라울은 가면을 벗었다. 하지만 크리스틴은 가면을 벗지 않았다. 라울이 크리스틴에게 가면을 벗으라고 말하려는데, 그녀는 벽에 바짝 붙어 문밖에서 나는 소리에만 열심히 귀를 기울였다. 라울은 그런 그녀를 이해할 수 없었다.

검은 도미노는 문을 살짝 열고서 문틈으로 복도를 내다보았다. 그리고 낮은 목소리로 말했다. "더 위층으로 올라간 게 틀림없어." 그러더니 갑자기 소리를 질렀다. "저기 다시 내려오고 있네!"

크리스틴이 문을 닫으려 했다. 라울은 잽싸게 문가로 가 닫히려는 문을 잡았다. 위층으로 올라가는 계단 꼭대기에서 진홍색 발을 보았던 것이다. 한 발…… 또 한 발…… 마침내 천천히 위엄 있는 자세로 걸어오는 붉은 죽음의 진홍빛 의상 전체가 라울의 눈에 들어왔다. 역시 페로-귀렉에서 보았던 그 해골이었다.

"바로 그 사람이야!" 라울이 소리쳤다. "이번에는 내 손아귀에서 벗어날 수 없을 거다!"

라울이 밖으로 뛰어나가려는 순간 크리스틴이 문을 탁 닫아버렸다. 라울은 그녀를 밀치려고 했다.

"그 사람이라니, 누구를 말하는 거죠?" 크리스틴은 목소리까지 바꾸어가며 물었다. "누가 당신 손아귀에서 벗어날 수 없다는 거예요?"

라울은 그녀의 손길을 뿌리치려고 했다. 하지만 연약한 아가씨의 몸에서 나오는 것이라고는 상상할 수 없을 정도로 크리스틴의 손길은 완강했다. 라울은 크리스틴을 이해했다. 아니, 이해한다고 생각했다. 그러나 한순간 이성을 잃고 화를 내기 시작했다.

"누구냐구?" 라울은 성난 목소리로 되물었다. "누구겠어? 그 남자, 혐오스러운 해골 속에 얼굴을 숨기고 다니는 그 남자 말야! 페로의 성당 마당에 나타났던 그 사악한 수호천사! 붉은 죽음! 한마디로 말해 당신의 애인, 당신의 음악 천사인 그 남자 말야! 하지만 반드시 내 손으로 그 가면을 벗겨버리고 말겠어! 서로의 얼굴을 똑똑히 바라보는 상황에서는 어떤 거짓말도 할 수 없을 테지! 당신이 사랑하고 당신을 사랑하는 그 사람의 진짜 정체가 무엇인지 똑똑히 보게 해주고 말 거야!"

라울은 미친 듯이 웃어댔다. 크리스틴은 가면 뒤에서 애처로운 신음 소리를 냈다. 그러고는 절망적인 몸짓으로 두 팔을 뻗어 문 앞을 막아섰다.

"우리의 사랑을 걸고, 라울 당신은 절대로 나갈 수 없어요!"

라울은 멈칫했다. 무슨 말을 하는 거지? 우리의 사랑이라고? 크리스틴은 지금까지 한 번도 라울을 사랑한다고 말한 적이 없었다. 말할 수 있는 기회가 그렇게 많았음에도. 크리스틴은 그가 괴로워하며 눈물을 흘리고, 그녀에게 희망의 말을 구걸하는 모습을 이미 보았다. 그날 밤 페로의 성당에서 극심한 추위와 공포로 쓰러져 실려왔을 때도 그가 끙끙 앓는 모습을 이미 보았다. 하지만 라울이 크리스틴을 가장 필요로 할 때, 그녀는 옆에 있어주지 않았다. 오히려 도망쳐버렸다! 그런데 이제 와서 사랑한다니! 우리의 사랑이라니! 새빨간 거짓말이다. 크리스틴은 다만 몇 초라도 시간을 벌려는 것이다. 붉은 죽음에게 도망칠 시간을 벌어주기 위해. 우리의 사랑이라고? 크리스틴은 거짓말을 하고 있어!

이렇게 생각한 라울은 어린아이같이 투정 섞인 어조로 말했다. "당신은 거짓말을 하고 있어. 크리스틴, 당신은 나를 사랑하지 않고, 사랑했던 적도 없어! 당신이 이렇게 나를 조롱하고 이용하도록 내버려두다니, 나도 참으로 한심한 인간이지. 페로에서 처음 만났을 때 당신의 태도를 보고 나는 희망을 가졌어. 당신 두 눈에 비친 즐거움, 그리고 침묵까지도 내가 희망을 얻기에 충분했다고. 왜 당신은 페로에서 내게 희망을 주었던 거지? 난 정직한 사람이기에 당신도 정직한 여인이라고 굳게 믿었어! 그래서 정직한 희망을 품었던 거야. 그런데 당신은 나를 속일 생각밖에

하지 않았어! 수치스럽게도 당신은 당신을 돌봐주는 부인의 선량한 마음씨까지도 이용했어. 당신이 이렇게 붉은 죽음의 복장을 한 사내와 무도회에나 참석하는 동안에도, 선량한 발레리우스 부인은 여전히 당신의 진실성을 믿고 계시단 말야! 당신을 경멸해!"

라울은 마침내 울음을 터뜨리고 말았다. 크리스틴은 라울의 모욕을 가만히 참고 견뎠다. 크리스틴의 머릿속에는 라울을 박스석 밖으로 나가지 못하게 하려는 한 가지 생각밖에 없었다.

"언젠가는 당신이 지금 내뱉는 모든 추악한 말들에 대해 제게 용서를 구할 날이 올 거예요, 라울. 그때가 오면 저도 용서를 해드리지요."

라울은 고개를 저었다. "아니! 아니야. 당신은 나를 정말 미치게 하고 있어! 오페라 가수 따위 천한 계집에게 내 가문의 이름을 주는 것이 내 인생의 유일한 목표라고 생각했는데……"

"라울! 어떻게 그런 말을……?"

"수치스러워 차라리 죽는 게 낫겠어."

"아니에요, 라울. 당신은 살아야만 해요." 크리스틴은 숙연한 어조로 말했다. "라울, 잘 있어요…… 안녕……"

라울은 한 발짝 앞으로 나왔다. 그의 몸은 비틀거리고 있었다. 그는 마지막까지 조소의 말을 던졌다. "오, 그래, 당신 노래에 박수나 치라고 가끔씩 나를 불러주시겠어?"

"라울, 전 앞으로 다시는 노래를 부르지 않을 거예요."

"아, 그러신가?" 라울은 더욱 빈정거리는 어조로 대꾸했다. "그분께서 결국 당신을 무대에서 데려가시는군. 축하하오! 하지만 언젠가는 불로뉴 숲길에서 다시 만날 날이 있겠지?"

"불로뉴 숲길에서도, 어디에서도 절 볼 수 없을 거예요. 라울, 앞으로 다시는 저를 보지 못할 거예요."

"최소한 당신이 가려고 하는 어둠의 주소라도 가르쳐주시지그래. 무슨 지옥으로 떠나시나, 신비에 싸인 아가씨? 아니면 천국 어디쯤인가?"

"라울, 당신에게 바로 그 이야기를 하기 위해 찾아왔던 거예요. 하지만 이젠 도저히 말할 수 없겠군요. 당신은 제 말을 믿지 않을 거예요. 저에 대한 신뢰를 완전히 잃어버렸어요. 라울, 다 끝났어요!"

크리스틴은 절망에 찬 목소리로 외쳤다. 이 말에 라울은 곧 자신의 잔인한 행동에 대해 후회가 솟아올랐다. "하지만 크리스틴!" 라울은 소리쳤다. "이 모든 일이 어떻게 된 것인지는 말해줄 수 있잖아! 당신 말을 가로막을 사람은 아무도 없어. 당신은 파리로 돌아왔고 가면무도회에 참석하려고 도미노까지 썼어. 그런데 왜 집으로 돌아가지 않는 거지? 지난 이 주 동안 무엇을 하고 지낸 거야? 발레리우스 부인에게 말한 음악 천사 얘기는 또 무슨 소리고? 누군가가 당신을 조종하고 있는 것이 틀림없어. 당신의 순진함을 이용하는 거라구. 그 인간의 얼굴을 페로에서 내 두 눈으로 직접 보았어. 크리스틴, 당신도 이제는 무엇을 믿어야 할지 알고 있잖아! 당신도 그자의 정체를 눈치채고 있지? 지금 당신이 무슨 일을 하고 있는지 잘 알고 있을 거라구. 발레리우스 부인은 병석에 누워 당신이 집으로 돌아오기만을 기도하고 있어. 당신 입으로 설명해봐, 크리스틴. 제발 부탁이야. 누구라도 나처럼 속았을 거야. 도대체 이 우스꽝스러운 광대극의 목적이 뭐야?"

크리스틴은 조용히 가면을 벗으며 말했다. "라울, 이건 광대극이 아니라 비극이에요!"

크리스틴의 얼굴을 바라본 라울의 입에서 자신도 모르게 놀라움과 공포로 가득 찬 외마디 비명이 터져나왔다. 라울이 보고 있는 얼굴은 그가 아는 생기발랄한 소녀의 얼굴이 아니었다. 그녀의 얼굴에는 어두운 죽음의 그림자가 덮여 있었다. 그토록 매혹적이고 상냥하던 얼굴 위에는 슬픔이 빚어낸 잔인한 주름살이 깊게 패어 있었다. 눈밑까지 말로 표현할 수 없는 슬픔의 그림자가 가득했다.

"내 사랑, 내 소중한 사람! 이게 도대체……" 라울은 주먹을 움켜쥐며 울먹였다. "크리스틴! 나를 용서해주오."

"언젠가요! 아마도 언젠가는 당신을 용서할 거예요!" 크리스틴은 다시 가면을 쓰고는 손짓으로 라울에게 쫓아오지 말라고 이야기한 다음 떠나가버렸다.

라울은 크리스틴을 뒤따라가려 했지만 크리스틴은 거듭 뒤돌아보며 따라오지 말라는 손짓을 보냈다. 그 태도가 워낙 단호해서 라울은 더이상 한 발짝도 따라갈 수 없었다. 라울은 크리스틴의 모습이 완전히 사라질 때까지 꼼짝 않고 지켜보았다. 그러고 나서 사람들이 모여 있는 곳으로 내려갔다. 하지만 자신이 지금 무엇을 하고 있는지 전혀 의식하지 못했다. 맥박이 요동치고 심장은 터질 듯이 아파왔다. 라울은 무도회장을 지나가면서 누가 붉은 죽음을 못 보았느냐고 소리쳤다. "누구를 말하는 거요?" 무도회장의 사람들이 물었다. "머리에는 해골이 달리고 붉은 외투를 입은 자요." 사람들이 모두 붉은 죽음을 보았다고 대답했다. 그러나 어디에서도 그의 모습을 찾을 수 없었다. 새벽 두시, 라울은 무대 뒤의 통로로 내려갔다. 크리스틴 다에의 분장실로 통하는 길이었다.

라울의 발걸음은 자신도 모르게 맨 처음 사랑의 고통을 알았던 그 방으로 향하고 있었다. 라울은 문을 두드렸다. 아무런 대답이 없었다. 목소리의 정체를 찾기 위해 구석구석을 뒤졌던 그

때처럼 그는 조심스럽게 분장실 안으로 들어갔다. 분장실은 텅비어 있었다. 가스등만이 희미하게 타오르고 있었다. 라울은 작은 책상 위에 놓여 있는 편지지를 바라보았다. 크리스틴에게 편지를 쓸까 생각했다. 그때 복도에서 발소리가 들려왔다. 라울은 가까스로 안쪽에 있는 다른 방으로 몸을 숨겼다. 그 방과 분장실 사이에는 커튼이 드리워져 있었다. 방 안으로 들어선 사람은 크리스틴이었다. 라울은 숨을 죽였다. 그는 보고 싶었다! 알고 싶었다! 이제 곧 수수께끼가 풀리고 모든 것을 이해하게 되리라는 강력한 예감이 들었다.

크리스틴은 피곤에 지친 듯 가면을 벗어 테이블 위로 던져버렸다. 그리고 한숨을 쉬며 어여쁜 얼굴을 두 손에 묻었다. 무슨 생각을 하고 있는 것일까? 내 생각을 하는 것일까? 아니었다. 크리스틴이 중얼거리는 다른 이름이 라울의 귓가에 들려온 것이다. "불쌍한 에릭!"

처음에 라울은 자신이 잘못 들었다고 생각했다. 누군가가 동정을 받아야 한다면, 그것은 마땅히 라울 자신이라고 여겼던 것이다. 만약 크리스틴이 '불쌍한 라울'이라고 말했다면, 정말 당연하게 받아들였을 것이다. 두 사람 사이에 일어난 일을 돌이켜본다면 말이다. 하지만 크리스틴은 고개를 저으며 다시 한번 말했다. "불쌍한 에릭!" 도대체 에릭은 누구란 말인가? 크리스틴의 한숨과 무슨 상관이 있는 사람이란 말인가! 더구나 라울 자신이 이토록 불행한 처지에 있는 판국에 왜 크리스틴은 에릭을 동정해야 하는가!

크리스틴은 골똘히 편지를 쓰기 시작했다. 그녀의 태도가 너무나 침착하고 천연덕스러워서 라울은 가슴이 아렸다. 자신은 두 사람을 갈라놓은 비극적 사건 때문에 아직도 온몸이 떨리는데 태연하게 편지를 쓰고 있다니! '냉정한 크리스틴!' 라울은 생각했다. 크리스틴은 오랫동안 편지를 썼다. 두 장을 채우더니 석 장 넉 장까지 써내려갔다. 돌연 크리스틴이 고개를 들더니 옷 속에 편지를 숨겼다. 무슨 소리를 들은 듯했다. 라울도 그 소리를 들었다. 이 이상한 소리는 어디서 들려오는 것일까? 마치 어떤 리듬처럼 희미한 노랫소리였다. 벽이었다! 벽에서 울려나오고 있었다. 그렇다! 마치 벽이 노래를 부르는 것 같았다. 노랫소리는 점점 더 선명해졌다. 이제 가사가 들릴 정도였다. 말할 수 없이 아름답고 부드러운, 사람의 마음을 온통 사로잡는 목소리였다. 무척 감미로웠지만, 그것은 남자의 목소리였다. 목소리는 점점 더 가까워졌다. 이제 그 목소리는 벽을 뚫고 방 안에 들어와 있었다. 바로 크리스틴의 앞에!

크리스틴은 자리에서 일어나 눈에 보이는 누군가에게 인사를 하듯 그 목소리를 향해 인사했다. "저 여기 있어요, 에릭. 늦으셨네요. 준비는 다 됐어요."

라울은 커튼 사이로 밖을 내다보았다. 자신의 눈을 믿을 수가 없었다. 밖에는 아무도 없었다. 그러나 크리스틴의 얼굴에선 빛이 나고 있었다. 핏기가 가신 그녀의 입술 위에 행복한 미소가 맴돌았다. 마치 오랫동안 병들어 있던 사람이 회복할 가망성을 발견했을 때 지어 보이는 그런 미소 같았다.

형체가 없는 목소리는 계속해서 노래했다. 라울은 지금까지 이보다 더 완벽하고 아름다운 노래를 들어본 적이 없었다. 말할 수 없이 섬세하고 깊은 감동을 주며 마음을 파고드는 황홀한 노래였다. 도저히 저항할 수 없는 마력을 지닌 노래. 그 노래에서는 신뢰할 만한 대가의 기운이 느껴졌다. 음악을 사랑하고 감상하고 만드는 사람이라면 누구나 감동을 받을 만한 노래였다. 믿음이 있는 자들이 음악의 자비가 자신들과 함께한다는 것을 알고 안도하면서, 지체 없이 경건하게 갈증을 달랠 수 있는 고요하고 순수한 조화의 샘이었다. 그 신성에 닿는 순간, 그들의 예술은 거룩해지리라.

라울은 열에 들뜬 상태로 노래에 빠져들었다. 그리고 이해할 수 있게 되었다. 크리스틴 다에가 어느 날 갑자기 관객들 앞에 등장해 그들의 혼을 빼앗을 수 있었던 이유를. 그 목소리가 부르는 멜로디에는 전혀 특별한 점이 없었다. 오히려 그 평범함이 숭고함을 낳았다. 그 목소리는 평범한 가사와 단순하고 통속적이기까지 한 멜로디를 완전히 변모시켜, 열정의 날개를 달고 천상을 향해 비상하게 만들었다. 마치 천사의 목소리가 지상의 사랑을 찬미하는 듯했다. 목소리는 〈로미오와 줄리엣〉에 나오는 결혼식 날 밤의 노래를 부르고 있었다.

크리스틴은 목소리를 향해서 두 팔을 뻗었다. 그것은 페로의 성당 마당에서 눈에 보이지 않는 바이올린이 〈라자로의 부활〉을 연주할 때 보여주었던 행동과 똑같았다. 노래하는 목소리에 담겨 있는 열정과 사랑은 이 세상 그 무엇과도 비교할 수 없는 것이었다.

운명은 그대와 나를 영원히 결합하였네!

목소리가 부르는 노랫가락이 라울의 심장 깊숙한 곳까지 파고들었다. 라울은 모든 의지와 힘과 정신을 앗아가는 마법의 주문과도 같은 그 노랫소리에 저항하려고 몸부림을 쳤다. 지금은 다른 어느 때보다도 정신을 차려야 할 순간이었던 것이다. 라울은 온몸의 힘을 모아 가까스로 숨어 있던 커튼을 걷어올렸다. 그리고 크리스틴이 서 있는 곳으로 걸어갔다. 크리스틴은 분장실 한구석을 향해 몸을 움직이고 있었다. 벽 전체를 가득 메운 커다란 거울에 크리스틴의 모습이 비쳤다. 하지만 라울의 모습은 보이지 않았다. 크리스틴의 바로 뒤에 서 있었기 때문에 그녀의 모습에 완전히 가려졌던 것이다.

운명은 그대와 나를 영원히 결합하였네!

크리스틴은 거울 속에 비친 자신의 모습을 향해 걸어갔다. 거울 속의 모습도 그녀를 향해 다가왔다. 마침내 두 명의 크리스틴—거울 속의 모습과 실제의 모습—이 만났다. 그 순간 라울은 팔을 뻗어 둘을 모두 잡으려고 했다. 하지만 순간, 현기증이 일어 비틀거렸다. 갑자기 뒤로 떠밀렸던 것이다. 라울의 얼굴 위로 얼음처럼 차가운 바람이 휙 지나갔다. 라울의 눈앞에 두 명의 크리스틴이 아니라, 네 명, 여덟 명, 스무 명의 크리스틴이 어지럽게 맴돌았다. 크리스틴의 환영들은 그를 비웃으며 잡을 수 없을 정도로 재빨리 움직였다. 마침내 모든 것이 제자리를 찾아 고요해지고, 라울의 눈에 거울에 비친 자신의 모습이 보였다. 그러나 크리스틴은 사라지고 없었다.

라울은 거울을 향해 뛰어들었다. 그리고 벽에 꽝 부딪히고 말았다. 아무도 없었다! 열정으로 가득 찬 그 노랫소리의 여운만이 분장실 안을 떠돌고 있을 뿐이었다.

운명은 그대와 나를 영원히 결합하였네!

라울은 미열이 나는 이마에 손을 올렸다. 이마가 따끔거렸다. 그는 어스름한 분장실 안에서 가스등을 찾아 불을 더 밝게 밝혔다. 지금 꿈을 꾸고 있는 게 아닌 것은 분명했다. 그는 육체적으로도 정신적으로도 만만치 않은 게임의 한가운데에 있었다. 규칙도 전혀 모르고, 그를 파멸시킬 수도 있는 게임이었다. 자신이 동화 속에 등장하는 왕자가 된 듯한 느낌도 들었다. 금지된 경계선을 넘어 마법의 힘과 맞서 싸워야 하는, 사랑을 지키기 위해서는 무모할 정도로 용감한 왕자가.

어디로, 대체 어디로 크리스틴은 사라진 것일까? 크리스틴은 어디에서 돌아오는 걸까? 돌아오기는 할까? 모든 것이 끝났다고 선언하지 않았던가? 이제 그 목소리마저 멀리 희미하게 사라져 가고 있었다. 운명은 그대와 나를 영원히 결합하였네! 나라니? 나는 누구란 말인가?

라울은 머리가 텅 비고 기력이 쇠진하여 의자에 주저앉고 말았다. 크리스틴이 방금 전에 앉아 있던 그 의자였다. 라울은 크리스틴이 그랬던 것처럼 두 손에 얼굴을 묻었다. 마침내 자리에서 일어서는 라울의 뺨 위로 하염없이 눈물이 흘러내렸다. 질투에 찬 어린아이들이 흘리는 눈물처럼 진정으로 고통에 찬 눈물이었다. 지상에 존재하는 모든 연인들의 슬픈 눈물이었다. 라울은 슬픔에 차 큰 소리로 물었다. "에릭이 대체 누구란 말인가!"

제 11 장
금지된 이름

크리스틴이 라울의 눈앞에서 사라져버린 다음날에도 라울의 머릿속에는 여전히 어제의 장면들이 어지러이 떠돌아다니며 그를 혼란스럽게 했다. 그는 발레리우스 부인에게 더 많은 이야기를 들을 수 있지 않을까 하는 마음에 그녀의 집을 찾아갔다. 그리고 뜻밖에도 넋을 잃을 만한 광경을 목도하게 되었다. 크리스틴이 노부인의 침대 옆에 앉아 수를 놓고 있었던 것이다. 노부인은 베개에 기대어 뜨개질을 하고 있었다. 크리스틴의 얼굴은 더없이 아름다웠다. 이마는 너무나도 순수했고, 정숙한 작업에 몰두한 시선은 부드러웠다. 하얀 뺨 위에는 불그스레한 기운이 다시 감돌았고 눈가에 드리워져 있던 검은 그림자도 사라지고 없었다. 바로 전날의 비극적인 얼굴은 어디에서도 찾아볼 수 없었다. 사랑스러운 모습 뒤에 숨겨진 우울한 분위기와 희미하게 비치는 범상치 않은 사건의 흔적이 없었다면, 크리스틴이 불가사의한 사건의 여주인공이라는 사실을 도저히 믿을 수 없을 정도였다.

라울이 다가가자 크리스틴은 무표정한 얼굴로 자리에서 일어났다. 그리고 라울에게 악수를 청했다. 하지만 완전히 넋이 나간 라울은 온몸이 얼어붙은 것처럼 그 자리에 서서 한마디도 하지 못했다.

"샤니 자작." 발레리우스 부인이 상냥하게 말을 건넸다. "크리스틴이잖은가? 고마우신 수호천사께서 크리스틴을 다시 우리 곁으로 보내주셨다네!"

"어머니!" 크리스틴이 거칠게 부인의 말을 가로막았다. 순간 그녀의 눈가가 붉게 물들었다. "어머니, 그 문제에 대해서는 더 이상 신경쓰지 않는 게 좋겠어요. 음악 천사 같은 것은 존재하지 않아요! 어머니도 알고 계시잖아요."

"하지만 얘야. 그분은 석 달 동안이나 네게 음악을 가르치셨잖니?"

"언젠가는 모든 일을 설명하겠다고 제가 약속드렸지요. 저도 말씀드리고 싶어요. 하지만 제게 약속하셨잖아요. 그날이 올 때까지는 아무것도 묻지 않으시겠다구요."

"그럼 다시는 내 곁을 떠나지 않겠다고 약속해줄 수 있겠니?
크리스틴, 약속할 거지?"

"이제 그만하세요. 샤니 자작님은 이런 이야기에 홍미가 없으
실 거예요."

"전혀 그렇지 않습니다. 마드무아젤." 젊은이는 되도록이면
담대하고 분명한 어조로 말하려 애를 썼지만 목소리에서는 여전
히 떨림이 느껴졌다. "당신과 관련된 일이라면 무엇이든 굉장히
홍미가 있습니다. 당신에 대한 내 관심이 어느 정도인지는 언젠
가 당신도 알게 되겠지요. 이렇게 양어머니와 함께 있는 당신을
보니 무척 기쁘면서도 놀라지 않을 수 없군요. 어제 우리 사이에
일어난 일이나 당신이 한 말과 여러 가지 상황으로 미루어볼 때,
이렇게 빨리 당신을 다시 보게 되리라고는 조금도 기대하지 못
했거든요. 당신이 치명적일지도 모르는 비밀을 간직하느라 그토
록 애를 쓰지 않았더라면, 나는 당신의 귀환을 기뻐하는 첫번째
사람이 되었을 텐데요. 나는 발레리우스 부인과 더불어, 당신의
위험천만한 모험에 대해 너무나 오랫동안 아무것도 모른 채, 친
구로 지내왔습니다. 하지만 우리가 실마리를 찾아 해결하지 않
는 한, 위험은 여전히 남아 있습니다."

라울의 말을 들은 발레리우스 부인은 침대에서 벌떡 일어났다.

"그게 무슨 소리지?" 발레리우스 부인이 물었다. "크리스틴이 위험에 빠져 있단 말인가?"

"그렇습니다, 부인." 크리스틴이 그만하라고 계속 손짓을 보냈음에도 불구하고 라울은 용감하게 대답했다.

"오, 하느님!" 선량하고 순진한 노부인은 숨을 몰아쉬며 한탄했다. "크리스틴! 이제 모든 사실을 알아야겠다. 왜 나를 안심시키려고만 하는 거냐? 도대체 이 아이가 무슨 위험에 빠져 있단 말이오, 샤니 자작?"

"사기꾼이 크리스틴의 선한 믿음을 이용하고 있습니다."

"음악 천사가 사기꾼이란 말인가?"

"크리스틴 입으로도 음악 천사 같은 것은 없다고 하지 않았습니까?"

"그렇다면 도대체 어떻게 된 일이지? 정말 애가 타는구려."

"무서운 비밀이 우리를 둘러싸고 있습니다. 바로 부인과 크리스틴과 제 주위를 말이지요. 수백 명의 요정이나 유령 들보다도 더욱 두려운 비밀일 겁니다!"

발레리우스 부인은 겁에 질린 얼굴로 크리스틴을 바라보았다. 크리스틴은 벌써 양어머니의 곁으로 다가가 두 손을 꼭 잡고 있었다.

"그의 말을 믿지 마세요. 어머니, 그의 말을 믿지 마세요." 크리스틴은 애원하듯이 거듭 말했다.

"그럼 다시는 내 곁을 떠나지 않겠다고 약속하렴." 노부인이 간청했다.

크리스틴은 아무 말도 하지 못했다. 그러자 라울이 다시 말을 꺼냈다. "그렇게 하겠다고 약속해요, 크리스틴. 어머니와 나를 안심시킬 수 있는 유일한 방법입니다. 만약 당신이 앞으로는 우리의 보호 아래에서 떠나가지 않겠다고 약속해준다면, 지나간 일에 대해서는 한마디도 묻지 않겠습니다."

"당신은 나를 보호할 권리가 없어요! 제가 요구하지도 않은 일에 그런 약속을 해야 할 이유도 없구요!" 젊은 아가씨는 도도하게 대답했다. "제 행동을 책임지는 주인은 바로 저예요! 샤니 자작님, 당신은 제게 이래라저래라 할 권리가 없어요. 그러니 앞으로는 제 일에 간섭하지 마세요. 제가 지난 이 주일 동안 어디서 무슨 일을 했는지, 제게 설명을 요구할 수 있는 권리를 가진 사람은 이 세상에 오직 한 사람밖에 없어요. 바로 제 남편이지요! 하지만 제게는 남편이 없고 앞으로도 결혼할 생각이 전혀 없습니다!"

크리스틴은 자신의 말을 강조하려는 듯 손을 앞으로 내밀었다. 그 순간 라울의 얼굴이 새파랗게 질렸다. 단지 크리스틴이 퍼부은 신랄한 말 때문이 아니었다. 크리스틴의 손가락에 소박한 금반지가 끼워져 있는 것을 알아차렸던 것이다.

"남편이 없다면서 벌써 결혼반지를 끼고 있군요." 라울은 크리스틴의 손을 잡으려고 했다. 그러나 그녀는 잽싸게 손을 뒤로 뺐다.

"선물받은 거예요!" 크리스틴은 얼굴을 붉게 물들이며, 당황한 표정을 감추려고 애를 썼다. 그러나 아무런 소용이 없었다.

"크리스틴! 당신에게 아직 남편이 없다 해도, 그 반지는 당신에게서 아내가 되리라는 약속을 받은 사람만이 줄 수 있는 거예요. 왜 우리를 속이려는 겁니까? 왜 이토록 나를 괴롭히는 거예요? 그 반지는 약속을 나타내는 정표입니다. 그리고 당신은 그 약속을 받아들인 거구요!"

"나도 그렇게 물어봤네." 노부인이 참견을 했다.

"뭐라고 하던가요, 부인?"

"제가 선택한 거예요." 크리스틴은 분개하며 대답했다. "라울, 너무나 오랫동안 저를 괴롭힌다고 생각하지 않으세요? 제 생각에는……"

라울은 크리스틴이 대화를 끝내버릴까 두려워 크리스틴의 말을 가로막았다. "이렇게 말하는 것을 용서해줘요, 마드무아젤. 당신도 이 문제에 내가 간섭하게 된 연유를 알고 있을 겁니다. 당신은 물론 나와는 아무 상관이 없는 문제라고 생각하겠지만요. 그러나 내가 본 광경에 대해, 아니 내가 보았다고 생각하는 그 광경에 대해 말할 수 있게 허락해줘요. 당신이 생각하는 것보다 나는 훨씬 많은 것들을 보았어요. 정말이지 그 광경을 보면서도 나는 내 눈을 의심할 지경이었죠."

"그래, 무엇을 보셨나요? 아니 보았다고 생각하셨나요?"

"나는 당신이 어떤 목소리가 부르는 노랫소리에 사로잡혀 황홀경에 빠져 있는 것을 보았어요. 그 목소리는 벽이나 아니면 바로 옆방에서 들려오는 것 같았죠. 그래요. 당신이 황홀경에 빠져 있는 것을 보았어요! 난 무척 놀라고 당황했어요. 당신이 매우 위험한 주문에 걸려 있는 것 같았으니까. 그런데 오늘 '음악천사 같은 것은 없어요'라고 말하는 것을 보니, 이제 그자의 속임수를 완전히 눈치챈 것 같군요. 그렇다면 크리스틴, 그날은 왜 그 사람을 따라갔던 거죠? 왜 당신은 천사의 목소리라도 들은 것처럼 황홀한 얼굴로 서 있었던 거예요? 아, 그것은 정말로 위험한 목소리였어요. 크리스틴. 그 목소리를 들었을 때 나 자신도 그만 정신을 빼앗겨서, 당신이 바로 내 눈앞에서 사라지는데도 어느 길로 어떻게 나갔는지 보지 못할 정도였으니까! 크리스틴, 말해줘요. 하느님의 이름을 걸고, 그리고 지금은 하늘나라에 계시지만 당신을 그토록 사랑하셨고 또한 나를 사랑해주셨던 당신 아버님의 이름을 걸고, 진실을 말해줘요. 제발 당신의 후견인과 내게 말해줘요. 그 목소리의 주인공은 누구죠? 만약 사실을 알려 준다면 당신을 구해낼 수 있을 거예요. 자, 크리스틴, 그 남자의 이름을 말해줘요! 뻔뻔스럽게도 당신의 손가락에 반지를 끼워준 그 사람의 이름을 말하란 말예요!"

"샤니 자작님." 크리스틴은 차가운 어조로 말했다. "절대로 말 씀드릴 수 없어요!"

크리스틴이 자작에게 적대감을 표시하는 것을 본 발레리우스 부인이 돌연 크리스틴의 역성을 들었다. "만약 이 아이가 그 사 람을 사랑한다면, 샤니 자작, 그것은 당신이 참견할 일이 아니잖 소!"

"아…… 부인." 라울은 힘없이 대답했다. 흐르는 눈물을 막을 수가 없었다. "아…… 크리스틴이 정말로 그 남자를 사랑한다고 믿을 수밖에 없군요. 크리스틴의 모든 행동이 그렇게 말하고 있 으니까요. 하지만 그 때문에 제가 절망하는 건 아닙니다, 부인. 크리스틴이 사랑한다고 하는 그 사람이 진정 크리스틴의 사랑을 받을 만한 자격이 있는지 확신할 수 없기 때문입니다."

"그건 제가 판단할 일이에요, 자작님!" 크리스틴은 화가 난 듯 라울의 얼굴을 쏘아보았다.

"남자가 젊은 아가씨의 마음을 사로잡기 위해서 그토록 낭만 적인 수법을 사용할 때는……" 온몸의 힘이 빠지는 느낌을 받으며 라울이 말했다.

"그 남자가 악당이거나 아니면 아가씨가 바보일 때라고 말하고 싶으신가요? 그런가요?" 크리스틴이 재빨리 말을 가로챘다.

"크리스틴!"

"라울, 당신은 한 번도 만나보지 못한 사람을 왜 그토록 비난하는 거죠? 당신은 그분에 대해서 아무것도 모르잖아요."

"그래요, 크리스틴, 당신 말이 맞아요. 그러나 나는 적어도 그 사람의 이름은 알고 있어요. 당신이 영원히 내게 숨기고 싶어하는 그 이름 말예요. 마드무아젤, 당신 천사의 이름은 바로 에릭이지요!"

순간 크리스틴의 얼굴이 백지장처럼 하얘졌다. 그녀는 중심을 잃고 비틀거렸다. "누가 말해줬죠?"

"바로 당신이오!"

"무슨 말씀이죠?"

"지난밤, 가면무도회가 있던 날 밤, 당신이 그의 이름을 애절하게 불렀잖소? 당신은 분장실로 들어와서 말했죠. '불쌍한 에릭!' 그래요 크리스틴, 불쌍한 라울이 그 소리를 엿들었어요!"

"문 뒤에서 남의 말을 엿들은 게 벌써 두번째군요! 샤니 자작님!"

"문 뒤가 아니오. 분장실 안이었어요, 마드무아젤."

"오, 불쌍한 사람!" 크리스틴의 입에서 신음 소리가 새어나왔다. 그녀는 말할 수 없는 공포에 사로잡힌 듯했다. "불쌍한 사람! 당신은 죽고 싶은가요?"

"그럴지도 모르죠."

그럴지도 모르죠, 라고 대답하는 라울의 목소리에는 표현할 수 없을 정도로 크나큰 사랑과 절망이 모두 담겨 있었다. 크리스틴은 더이상 울음을 참을 수가 없었다. 그녀는 라울의 손을 꼭 잡으며 그의 얼굴을 바라보았다. 그녀의 시선에는 순수한 애정이 가득 담겨 있었다. 라울은 모든 슬픔이 진정되는 듯한 기분이 들었다.

"라울." 크리스틴이 말했다. "그 목소리를 잊으세요. 그리고 그 이름도 잊어버리세요. 절대로 목소리의 수수께끼를 파헤치려고 하지 말아요."

"그게 그렇게도 끔찍한 비밀이오?"

"이 세상에 그보다 더 놀라운 비밀은 없어요."

두 사람 사이에 적막이 흘렀다. 라울은 마음이 심란했다.

"제게 맹세해주세요. 비밀을 밝히려 하지 않겠다고. 맹세해줘요." 크리스틴은 간청했다. "그리고 제가 부르지 않는 한, 다시는 제 분장실로 찾아오지 않겠다고 맹세해줘요."

"그럼 당신도 가끔씩 내게 소식을 전해주겠다고 약속할 거요?"

"약속해요."

"언제요?"

"내일."

"그럼 나도 당신이 요구하는 대로 맹세하지요."

그것이 그날 두 사람이 나눈 마지막 대화였다.

라울은 크리스틴의 손에 입을 맞추었다. 그리고 에릭이란 사내를 마음속 깊이 저주하면서 집으로 돌아갔다. 라울은 좀더 참고 기다리기로 결심했다.

제 12 장

오페라하우스의 연인

다음날 라울은 오페라하우스에서 크리스틴을 만났다. 그녀의 손에는 여전히 금반지가 끼워져 있었다. 그녀는 상냥하고 다정한 태도로 라울을 대했다. 크리스틴은 라울이 꿈꾸는 미래에 대해, 그가 생각하는 장래의 계획에 대해 물어보기도 했다. 라울은 북극 원정 날짜가 다가오고 있다고 이야기했다. 삼 주, 늦어도 한 달 뒤에는 프랑스를 떠나야 했다. 크리스틴은 이번 여행을 장차 명성을 얻기 위한 무대로 생각하고 즐거운 마음으로 받아들이라고 라울에게 말해주었다. 그렇게 말하는 그녀의 태도는 무척 밝아 보였다. 하지만 라울은 사랑이 없는 명성은 아무런 의미가 없다고 대답했다. 그러자 크리스틴은 금세 슬픔을 잊어버리는 어린아이를 대하듯 라울을 위로했다.

"이렇게 심각한 일을 어쩌면 그렇게 가볍게 이야기할 수 있는 거죠, 크리스틴?" 라울이 물었다. "우리는 영원히 만날 수 없을지도 몰라요! 원정 기간 동안에 내가 죽을 수도 있고!"

"혹은 제가 죽을지도 모르죠." 크리스틴은 담담하게 말을 받았다. 그녀는 더이상 농담을 하거나 미소를 짓지 않았다. 어떤 생각이 마음속에 떠오른 듯했고 그녀의 눈빛은 그 생각으로 반짝이기 시작했다.

"무슨 생각을 하는 거요, 크리스틴?"

"우리가 다시는 서로를 보지 못할 거라는 생각을 하고 있어요."

"그런 생각을 하면서 왜 그렇게 얼굴이 밝아지는 거지?"

"그러니까, 한 달 뒤면 우리는 영원히 이별을 하게 될지도 모르겠군요!"

"그래요, 크리스틴. 서로에 대한 믿음을 간직하고 언제까지나 상대방을 기다려주지 않는다면 그렇게 되겠죠."

크리스틴은 손으로 라울의 입을 막았다. "쉿, 라울! 우리 더이상 그런 말은 하지 않기로 해요. 전 절대로 당신과 결혼하지 않아요. 당신도 그 점은 이해하셔야 해요."

크리스틴은 갑자기 감당할 수 없는 즐거움에 사로잡힌 것처럼 보였다. 철모르는 어린아이처럼 손뼉까지 치며 좋아했다. 라울은 기뻐하는 크리스틴을 어리둥절한 눈으로 바라보았다.

"하지만 라울……" 크리스틴은 라울을 향해 가냘픈 두 손을 내밀며 말을 이었다. 마치 자신의 아름다운 두 손을 라울에게 선물하듯이. "들어봐요. 비록 우리가 결혼은 할 수 없다고 해도, 그러니까…… 약혼은, 약혼은 할 수 있잖아요! 우리 두 사람 외에는 아무도 모르게 말예요! 라울, 세상에는 비밀 결혼도 많아요. 왜 비밀 약혼이 없겠어요? 우리 약혼해요. 한 달 동안 말이죠. 한 달 후면 당신은 떠나겠죠. 그러면 전 평생 동안 그 한 달을 돌이켜보며 행복에 잠길 수 있을 거예요." 크리스틴은 한동안 스스로의 열정에 도취된 듯하더니 심각하게 말을 이었다. "우리의 행복은 어느 누구에게도 해를 입히지 않을 거예요."

라울은 크리스틴의 마음에 충분히 공감했다. 그리고 크리스틴의 갑작스러운 제안에 형언할 수 없는 행복을 느꼈다. 그는 감격해서 한동안 말을 잇지 못했다. 라울은 크리스틴에게 공손히 머리를 숙이고 말했다. "마드무아젤, 내게 당신의 손을 건네주는 영광을 베풀어주시겠습니까?"

"어머, 당신은 벌써 제 두 손을 가지셨어요. 사랑하는 약혼자님…… 아, 라울, 전 얼마나 행복한지 몰라요. 우린 이제 약혼한 거나 다름없어요."

크리스틴은 어째서 이렇게 경솔한 걸까, 라울은 생각했다. 한 달이라는 시간 동안 나는 그 남자 목소리에 대한 비밀을 풀고 크리스틴이 이 모든 일을 잊게 만들 것이다. 한 달이 다 지났을 때 크리스틴은 기꺼이 나의 아내가 되겠지. 그때까지만 이 장난을 계속하면 되는 것이다.

그것은 세상에서 가장 깜찍한 놀이였다. 두 사람은 다시 행복했던 어린 시절로 되돌아가 아이가 된 것처럼 그 놀이를 즐겼다. 오, 그들이 서로의 귓가에 속삭인 달콤한 사랑의 언어들! 그들이 주고받은 무수한 영원의 맹세들! 한 달 후에는 지금처럼 함께 여기서 맹세를 나눌 수 없다는 생각이 두 사람의 마음을 온통 휘저었다. 그들은 이 고통스러운 행복을 한껏 음미했다. 크리스틴과 라울은 공을 주고받으며 까르르 웃어대는 어린아이들처럼 서로의 마음을 주고받으며 행복한 시간을 보내고 있었다. 그러나 두 사람이 주고받는 것이 진짜 심장이라도 되는 것처럼 크리스틴과 라울은 서로의 마음에 상처를 입히지 않기 위해서 섬세하게, 너무나도 섬세하게 그 소중한 감정을 다뤄야만 했다. 약혼 놀이가 시작된 지 일주일쯤 지난 어느 날 저녁이었다. 마침내 라울은 마음에 심한 상처를 입고 말았다. 그는 갑작스레 약혼 놀이를 중단하더니 퉁명스럽게 말했다.

"북극에 가지 않겠어!"

순진한 크리스틴은 라울이 이렇게 나오리라고는 꿈도 꾸지 못했다. 그러나 곧 자신이 갑작스레 제안한 놀이가 가져온 결과의 위험성을 깨닫고 스스로를 심하게 질책했다. 크리스틴은 라울의 말에 한마디도 대꾸하지 않고 곧장 집으로 돌아가버렸다.

이 일은 어느 오후 크리스틴의 분장실에서 벌어진 일이었다. 두 사람은 그곳에서 매일매일 만났다. 세 조각의 비스킷과 두 잔의 포도주, 그리고 한 다발의 바이올렛만 있으면 그들은 그 어떤 왕도 부럽지 않을 만큼 행복한 시간을 보낼 수 있었다. 그날 밤, 크리스틴은 노래하지 않았다. 늘 보내던 편지도 보내지 않았다. 한 달 동안 하루씩 번갈아가며 편지를 쓰기로 약속했음에도. 다음날 아침이 되자마자 라울은 발레리우스 부인의 집으로 달려갔다. 부인은 크리스틴이 이틀 동안 돌아오지 않을 것이라고 말했다. 전날 다섯시에 떠났다고 했다.

라울은 마음이 몹시 혼란스러웠다. 바보처럼 태연한 표정으로 그런 소식을 전해주는 발레리우스 부인이 얄미울 정도였다. 부인에게 이것저것 물어보았지만 노부인은 아는 것이 하나도 없었다. 라울이 불안한 마음으로 질문을 던져도 부인은 "크리스틴의 비밀이라네"라고 대답할 뿐이었다. 그러면서 라울에게 안심하라는 듯 신중한 태도로 손가락을 들어 보이는 것이었다.

"그렇군요! 부인 같은 사람의 보호 아래서 소녀들이 퍽이나 안전하겠어요." 라울은 부글부글 끓는 마음으로 서둘러 계단을 내려가 부인의 집에서 나왔다.

크리스틴은 어디로 간 걸까? 이틀이라…… 짧기만 한 두 사람의 행복에서 이틀이 통째로 날아가버리다니! 라울은 스스로를 자책했다. 두 사람은 라울이 떠난다는 데 동의하지 않았던가. 만약 라울에게 떠나고 싶지 않다는 마음이 있었다 해도 이렇게 빨리 그 말을 하는 것이 아니었다. 라울은 섣부른 행동을 한 스스로를 책망하며, 세상에서 가장 불행한 남자가 되어 사십팔 시간을 보냈다. 그리고 크리스틴이 돌아왔다.

크리스틴은 무대에서 또다시 멋진 승리를 거두었다. 전임 감독들의 고별 공연에서 거두었던 엄청난 성공을 다시 거둔 것이다. '두꺼비 사건' 이후로 카를로타는 더이상 무대에 설 수가 없었다. '꽤-액' 하는 소리가 다시 나올지도 모른다는 공포가 그녀의 마음을 온통 짓누르고 있었기 때문이다. 도저히 이해할 수 없는 자신의 실수를 목격한 관중과 무대까지 혐오하게 된 카를로타는 그동안 맺은 계약을 모두 취소해버렸다. 그리고 다에가 그 공백을 대신하게 되었다. 〈유대인 여자〉 공연에서 크리스틴은 우레와 같은 박수를 받았다.

물론 샤니 자작도 그 자리에 있었다. 수많은 청중이 크리스틴의 새로운 성공을 찬미하며 환호성을 지르는 가운데 오직 그만이 고통에 몸부림치고 있었다. 크리스틴의 손가락에 금반지가 여전히 끼워져 있는 것을 발견했기 때문이다. 희미한 목소리가 라울의 귓가를 맴돌며 속삭였다. '보이는가! 그녀는 오늘도 그 반지를 끼고 있어. 네가 준 적이 없는 반지를…… 아! 그녀는 오늘밤 또다시 누군가에게 자신의 영혼을 바치고 있어. 너에게 바치는 게 아니지…… 만약 그녀가 지난 이틀 동안 어디서 무엇을 했는지 말해주지 않는다면, 그때는 네가 직접 에릭을 찾아가 물어봐야 할 거야!'

라울은 무대 뒤로 달려가서 크리스틴이 지나는 길목을 지키고 섰다. 크리스틴은 자신도 라울을 찾고 있었다는 듯 라울을 향해 급하게 소리쳤다.

"빨리…… 빨리요! 저를 따라오세요!" 크리스틴은 라울을 잡아끌다시피 분장실로 데려갔다. 크리스틴의 새로운 성공을 축하하기 위해 분장실 앞에 모여 있던 사람들에게는 눈길도 주지 않았다. 사람들 사이에서 수군거리는 소리가 들렸다. "아니, 저 두 사람 무슨 사이야?"

분장실에 들어서는 순간, 라울은 크리스틴의 발밑에 무릎을 꿇었다. 그러고는 예정대로 북극 원정을 떠나겠다고 맹세하면서, 앞으로 다시는 그녀가 약속했던 행복한 시간들을 단 한순간도 보류하지 말아달라고 애원했다. 크리스틴의 뺨에 눈물이 흘러내렸다. 두 사람은 서로를 부둥켜안았다. 그 모습이 마치 불시에 부모를 잃고 슬픔을 함께 나누는 가련한 오누이 같았다.

그런데 갑자기 크리스틴이 포옹을 풀더니 라울에게서 돌아섰다. 그녀는 무슨 소리를 듣고 있는 것 같았다. 그러더니 놀란 듯문 쪽을 가리켰다. 라울은 문가로 다가섰다. 크리스틴이 나지막하게 속삭였다. 그 목소리가 너무나 낮았기에 자작은 자신이 잘못 들은 것이 아닌가 착각할 정도였다. "내일 봐요. 나의 사랑하는 약혼자님. 행복하세요, 라울. 오늘밤 부른 노래는 당신을 위한 것이었어요!"

다음날 라울은 다시 크리스틴의 분장실을 찾았다. 그러나 이틀간의 공백은 그동안 그들 사이에 존재했던 즐거운 환상의 마법을 깨뜨려버린 것 같았다. 분장실에서 마주한 두 사람은 서로의 얼굴을 쳐다보았다. 한없이 슬픈 시선만이 오갔다. 단 한마디말도 없었고, 방 안은 무거운 침묵에 휩싸였다. 라울은 터져나오는 울음을 애써 참으며 말했다. "나는 질투가 나요! 질투가 나! 질투가 난단 말이야!" 크리스틴은 그의 말을 듣기만 했다. 그러다가 마침내 입을 열었다. "우리 산책하러 가요. 신선한 공기를 마시면 기분이 좋아질 거예요."

라울은 이 말을 멀리 야외까지 나가자고 제안하는 것으로 받아들였다. 이 건물에서 멀리 떨어진 곳으로 말이다. 라울은 오페라하우스 건물이 감옥처럼 느껴졌다. 에릭이라는 이름의 간수가 있는 감옥…… 그러나 크리스틴이 그를 데리고 간 곳은 무대였다. 그녀는 세트 우물의 가장자리에 라울을 걸터앉게 했다. 저녁 공연을 위해 준비된 1막의 세트였다. 평화롭고 서늘한 기운이 주위를 감싸고 있었다.

어느 날에는 라울의 손을 다정히 잡고 무대 정원의 오솔길을 돌아다니기도 했다. 나뭇잎 위에 무대 장식가가 정교하게 그려 놓은 풀벌레가 기어다니고 있었다. 크리스틴은 마치 바깥 공기는 마실 수 없는 처지가 되어버린 것처럼, 무대 위의 하늘, 꽃 그리고 흙을 진짜라고 생각할 수밖에 없는 것처럼 굴었다. 라울은 감히 크리스틴에게 어떤 질문도 던질 수가 없었다. 크리스틴이 아무 대답도 해주지 않을 것임을 알기에, 그녀에게 공연한 괴로움을 주고 싶지 않았다. 이따금 무대 근처를 지나가던 소방관들만이 두 사람의 우울한 산책을 멀리서 엿보곤 했다. 때때로 크리스틴은 이 가짜 세상의 가공된 아름다움으로 스스로를, 그리고 라울을 속이려고도 했다. 늘 생기 넘치는 상상력으로, 자연은 결코 만들어낼 수 없는 화려한 색깔을 가짜 세상에 덧칠했다. 크리스틴이 신나할수록 라울은 열에 들뜬 그녀의 손을 더욱 꼭 잡았다.

"보세요, 라울!" 크리스틴이 말했다. "이 담장과 수풀 들, 이 나무 그늘, 무대 막에 걸린 이 그림들을 배경으로 숭고한 전원시가 펼쳐졌어요. 평범한 사람들의 운명을 뛰어넘는 천상의 사랑이야기를 시인들이 노래했다구요. 말해보세요, 라울, 이곳이야 말로 우리 사랑에 가장 어울리는 장소가 아닌가요? 이곳은 꿈과 환상에 불과한 곳이니까요."

라울은 절망에 빠져 아무 대답도 할 수 없었다.

"우리 사랑은 이 땅에서는 너무 슬프기만 해요." 크리스틴이 말을 이었다. "이 사랑을 하늘로 가져가요, 우리! 아주 쉽게 하늘로 올라갈 수 있어요!"

크리스틴은 라울을 구름 위까지 데리고 갔다. 수많은 쇠창살들이 어지럽게 얽혀 있는 곳이었다. 크리스틴은 금방이라도 부서져내릴 것 같은 나무 다리 위를 깡총깡총 뛰어다니며 라울을 조마조마하게 만들었다. 사방에 도르래와 권양기, 롤러 등에 묶인 수천 개의 밧줄이 드리워져 있었으며 여러 가지 무대장치와 장막 들이 돛과 돛대의 숲을 이루고 있었다. 라울이 주저하는 빛을 보이자, 크리스틴은 입을 삐죽 내밀며 말했다. "당신은 선원이잖아요!" 두 사람은 다시 단단한 땅 위로 내려왔다. 더 정확히 말하자면 어린 소녀들의 무용연습실로 향하는 복도로 내려왔다. 소녀들의 웃음소리 사이로 "좀더 유연하게, 얘들아! 발끝에 집중하면서!"라는 외침이 들려왔다. 무용수들은 여섯 살에서 열 살 사이의 어린 소녀들이었지만, 다들 어깨를 드러낸 상의에 튀튀, 하얀 타이츠, 분홍색 양말까지 갖춰입고 있었다. 그리고 언젠가는 카드리유*의 일원이 되거나, 코리페**에 이어 솔리스트, 화려한 스포트라이트를 받는 발레리나가 되겠다는 꿈을 품은 채 발에 물집이 잡히도록 연습하고 또 연습하고 있었다. 크리스틴은 어린 무용수들에게 사탕을 나눠주었다.

한번은 크리스틴이 라울을 화려한 옷과 기사의 갑옷, 창, 방패와 모자의 깃털장식이 가득한 거대한 방에 데려갔다. 크리스틴은 말없이 서 있는 먼지투성이 옛 병사들의 유령 사이를 돌아다녔다. 그러면서 그들에게 친절하게 말을 걸기도 하고, 금관악기와 심벌즈, 우레와 같은 박수갈채 아래에서 스포트라이트를 받으며 행진할 반짝이는 저녁이 올 거라고 약속해주기도 했다.

크리스틴은 라울에게 자신의 모든 왕국을 두루 구경시켰다. 그녀의 왕국은 지하실에서부터 다락방에 이르기까지 무려 17층이나 되는 광대한 영역이었다. 또한 이 왕국에는 무수히 많은 사람들이 거주하고 있었다. 크리스틴은 백성으로부터 사랑받는 여왕처럼 이들 사이를 돌아다녔다. 작업장에서 일하고 있는 기술자 옆에 앉아 그들을 격려하기도 했고 오페라의 여주인공이 입을 옷을 만들면서 값비싼 옷감을 어떻게 재단할지 망설이는 직

---

* 네 사람이 한 조가 되어 서로 마주 보며 추는 프랑스 춤.
** 소규모 군무의 주역 무용수.

공이 있으면 조언을 해주기도 했다. 오페라하우스의 왕국 안에는 없는 직업이 없었다. 구두수선공이 있는가 하면 대장장이도 있었다. 그들 모두가 크리스틴을 알고 있었으며 또한 그녀를 사랑했다. 크리스틴은 언제나 모든 사람들의 어려움에 깊은 관심을 보였고, 보잘것없는 즐거움도 함께 나누었기 때문이다. 크리스틴은 오페라하우스의 외진 구석에서 살아가는 가난한 노부부와도 알고 지냈다. 그녀는 두 사람의 방문을 두드리고 노부부에게 라울을 소개했다. 라울이 크리스틴 공주에게 청혼한 '매혹적인 왕자님'으로 변하는 순간이었다. 두 사람은 노부부가 기거하는 초라하고 어두운 구석에 앉아서 오페라하우스에 전해내려오는 전설을 들었다. 마치 그 옛날 다에 씨에게서 브르타뉴 지방의 옛이야기를 들었던 어린 시절로 되돌아간 것 같았다. 노부부는 오페라하우스 밖에서 일어나는 일들에 대해서는 아무것도 아는 것이 없었다. 헤아릴 수 없을 정도로 오랜 세월 동안 이곳에서만 살아왔던 것이다. 과거의 경영자들에게서도 완전히 잊혀져버린 이들은 밖에서 일어나는 혁명의 불길에도 닿지 않은 사람들이었다. 프랑스의 역사는 도도하게 흘러가고 있었고, 어느 누구도 이들을 기억하지 못했다.

값진 나날이 그렇게 흘러갔다. 라울과 크리스틴은 겉으로 드러나는 문제에만 관심을 쏟음으로써, 가슴 깊이 간직한 생각은 애써 감추려 노력했다. 그러나 한 가지 사실이 분명해지고 있었다. 애초에 보다 강한 의지를 보여주었던 크리스틴이 갑자기 극도로 초조하고 불안해하는 기색을 보였던 것이다. 두 사람이 오페라하우스 안을 탐험할 때면, 크리스틴은 아무 이유 없이 달려가거나 혹은 느닷없이 멈춰 서곤 했다. 어떤 때에는 얼음처럼 차가워진 두 손으로 뒤에서 라울을 잡아당기기도 했다. 그녀는 때로 상상 속의 그림자를 찾아 헤매기도 했는데, 그럴 때면 크리스틴은 "이 길이야" "아니, 이 길이야" "라울, 찾았어요" 하고 외치면서 까르르 웃음을 터뜨렸고, 그 웃음은 결국 울음으로 이어지곤 했다. 라울은 그때마다, 비록 아무것도 묻지 않겠다고 크리스틴과 약속은 했지만, 그 이유가 궁금해 죽을 지경이었다. 하지만 라울이 미처 입을 열기도 전에 크리스틴은 신경질적으로 라울의 질문을 가로막았다. "아무것도 아니에요…… 맹세코 아무것도 아니란 말이에요!"

한번은 무대 위를 지나다가 바닥에 어떤 뚜껑문이 열려 있는 것을 보게 되었다. 지하로 내려가는 문이었다. 라울은 뚜껑문 쪽으로 다가가 어두운 입구를 통해 안을 내려다보았다. "지금까지는 당신의 지상 왕국을 구경했으니, 크리스틴, 이제 지하 왕국으로 내려가보는 게 어떨까요? 이 아래에 재밌는 일들이 많다고 들었는데." 크리스틴은 라울의 팔을 힘껏 움켜잡았다. 마치 라울이 그 검은 구멍 속으로 빨려들어가지나 않을까 두려워하는 것 같았다. 그녀는 떨리는 목소리로 속삭였다. "절대로 안 돼요! 그곳에 내려가지 말아요! 그곳은 나의 왕국이 아니에요. 지하 세계의 모든 것은 전부 그의 것이란 말예요!"

라울은 크리스틴의 눈을 물끄러미 쳐다보았다. 그리고 퉁명스럽게 말했다. "그럼 그 사람이 저 아래에 살고 있단 말이에요? 그래요?"

"아니…… 그게 아니고…… 누가 당신에게 그렇다고 했어요? 빨리 저리로 가요! 가끔씩 당신이 제정신인지 의심스러울 때가 있어요. 당신은 항상 모든 일을 이상한 쪽으로 생각하는 경향이 있다구요. 가요! 어서요!"

크리스틴은 말 그대로 라울을 강제로 질질 끌고 갔다. 라울이 고집을 부리며 뚜껑문 곁에 남아 있고 싶어했기 때문이다.

그런데 갑자기 뚜껑문이 쾅! 닫혔다. 너무나 순식간에 일어난 일이라 두 사람은 문을 닫는 손조차 보지 못했다. 얼이 빠진 두 사람은 그저 멍하니 서 있었다.

"그 사람이야!" 마침내 라울이 입을 열었다.

크리스틴이 어깨를 움츠리며 말했다. 편안한 기색이 아니었다. "아니에요. 그럴 리가 없어요. 지하실 문지기일 거예요. 지하에서 무슨 일을 하는가보죠 뭐. 그 사람들은 아무 이유 없이 문을 열었다 닫았다 하거든요. 보통 문지기들과 똑같죠. 그런 식으로 시간을 보내는 거예요."

"하지만 만약 그 사람이었다면, 크리스틴……"

"아니라니까 왜 그래요! 그 사람은 꼼짝 않고 틀어박혀 있어요. 일만 한단 말예요."

"오, 그래? 그 사람이 일을 하고 있다구?"

"그래요. 일을 하면서 뚜껑문을 여닫을 리가 없잖아요. 우리는 안전해요." 대답을 하는 크리스틴의 몸이 부르르 떨렸다.

"무슨 일을 하고 있는데?"

"끔찍한 일이요…… 하지만 그 편이 우리를 위해서는 더 나아요. 일을 할 때에는 아무것도 보지 않고, 먹지도 마시지도 않으니까요. 밤이나 낮이나 숨 돌릴 틈도 없이 그야말로 살아 있는 시체가 되는 거죠. 그러니까 뚜껑문을 가지고 장난칠 시간은 없을 거예요."

크리스틴은 또다시 몸을 떨며 닫힌 뚜껑문 쪽으로 몸을 숙이고 귀를 기울였다. 라울은 아무 말도 하지 않았다. 이제야 무슨 말인가를 털어놓기 시작한 크리스틴의 입을 다시 막을지도 모른다는 두려움 때문이었다.

크리스틴은 계속 라울의 팔을 힘껏 잡고 있었다. "정말 그 사람이었다면……"

"당신은 그 사람이 두려운가요?"

"아니요. 물론 그렇지 않아요."

라울은 별 생각 없이, 악몽에서 막 깨어난 예민한 친구를 대하 듯 크리스틴을 다독였다. 마치 "내가 여기 있어요, 크리스틴!" 하고 말하는 듯했다. 그러자 크리스틴은 깜짝 놀라며 라울이 경 이로운 용기와 미덕의 화신인 양 그를 쳐다보았다. 그리고 그의 담대하지만 헛된 용기의 참된 깊이를 마음으로 헤아렸다. 크리 스틴은 가여운 라울에게 입을 맞췄다. 누나가 다정함을 보여준 동생에게, 누나 앞에 놓인 위험에 맞서기 위해 작은 주먹을 불끈 쥔 동생에게 해주는 듯한 입맞춤이었다.

라울은 얼굴이 빨개졌지만 곧 상황을 이해했다. 자신 역시 크 리스틴처럼 약하게 느껴졌던 것이다. 라울은 생각했다. '크리스 틴은 두렵지 않다고 말하지만 계속 몸을 떨고 있어. 저 뚜껑문에 서 멀리 떨어지려 한다고.' 그것은 사실이었다. 다음날도 그다 음날도, 두 사람은 뚜껑문을 피해 꼭대기층으로 올라가 두 사람 만의 이상하지만 순수한 사랑을 나누었다. 크리스틴의 불안감 은 시간이 지날수록 점점 커지는 것처럼 보였다. 어느 날 오후, 크리스틴은 아주 늦게 라울 앞에 나타났다. 얼굴은 새파랗게 질 리고 눈도 빨갛게 핏발이 선 상태였다. 그 모습이 너무나 처참해 보여서 라울은 결심하지 않을 수 없었다. 크리스틴에게 '목소리

의 비밀을 말해주지 않는다면, 북극 원정을 가지 않겠다'고 말하
리라.

"쉿! 쉿! 제발 조용히 하세요. 만약 그 사람이 당신 목소리를
듣는다면, 당신은 정말 큰일나요, 라울!" 크리스틴은 주위를 두
리번거렸다.

"크리스틴, 내가 당신을 그 사람의 손아귀에서 빼내주겠어. 맹
세해요. 그러니 더이상 그 사람을 생각하지 말아요."

"오! 라울. 그럴 수만 있다면 얼마나 좋을까요?" 크리스틴은
라울의 말에 용기를 얻어 잠시 희망에 부풀었다. 하지만 계속해
서 라울을 지붕 꼭대기로 데리고 올라갔다. 지하로 통하는 문에
서 되도록 멀리, 더 멀리까지 가기 위해서.

"내가 당신을 숨겨줄게요. 그 사람은 물론이고 아무도 당신을
찾을 수 없는 곳에 말이오. 크리스틴, 내 사랑. 염려 말아요. 아무
도 당신을 해치지 못할 거요. 그러고 나서…… 나도 떠나겠소.
당신이 절대로 결혼하지 않겠다고 맹세했으니."

크리스틴은 라울의 손을 잡았다. 그러나 곧 다시 불안해하기
시작했다. "더 높이 올라가요! 좀더 높이요!" 크리스틴은 지붕
꼭대기 쪽으로 라울을 이끌었다.

그녀의 뒤를 따라가기란 무척 힘들었다. 두 사람은 곧 지붕 바
로 밑에 이르렀다. 천장을 받치고 선 기둥들이 미로처럼 얽혀 있

었다. 두 사람은 버팀벽과 서까래, 버팀기둥, 들보, 칸막이 사이를 미끄러지듯 움직였다. 그리고 환상적인 숲속에서 나무와 나무 사이를 뛰어다니는 것처럼 대들보 사이를 뛰어다녔다.

크리스틴은 자주 뒤를 돌아보며 주위를 살폈다. 하지만 검은 그림자가 그녀의 뒤를 쫓고 있다는 사실은 눈치채지 못했다. 그 그림자는 크리스틴의 진짜 그림자처럼 아무런 소리도 내지 않았다. 크리스틴이 멈춰 서면 따라서 멈추었고 움직이기 시작하면 따라서 움직였다. 라울의 눈에는 아무것도 들어오지 않았다. 자신의 눈앞에 크리스틴이 있는 한, 뒤에서 무슨 일이 일어나건 조금도 관심이 없었다.

제 13 장

크리스틴의 고백

두 사람은 마침내 지붕에 다다랐다.

크리스틴은 가볍게 지붕 위로 올라섰다. 세 개의 둥근 돔과 삼각형의 박공벽 사이로 탁 트인 공간이 펼쳐졌다. 크리스틴은 파리 시내를 내려다보며 자유로운 공기를 마음껏 들이마셨다. 파리의 모든 거리는 바쁘게 움직이고 있었다. 크리스틴은 확신에 찬 눈으로 라울을 바라보았다. 그리고 라울에게 좀더 가까이 다가오라고 손짓했다. 둘은 함석과 주철로 만든 좁은 지붕 위를 나란히 걸었다. 두 사람은 커다란 물탱크에 가득 고여 있는 물에 비친 서로의 모습을 바라보았다. 날씨가 몹시 더운 날, 어린 무용수들이 수영을 하며 장난을 치는 곳이었다. 검은 그림자는 여전히 둘의 뒤를 따라오고 있었다. 지붕 위에서 바짝 몸을 낮춘 채 철제 교차로 위로 검은 날개를 퍼덕이면서 물탱크를 살그머니 지나고 돔 주위를 빙 돌며 두 사람을 뒤쫓았다. 하지만 순진한 두 사람은 아무것도 눈치채지 못한 채, 단 한 점의 불안감도 없이 전지전능한 아폴론의 손길 아래 자리를 잡고 앉았다. 청동으로 만들어진 거대한 아폴론 신상은 진홍빛으로 물드는 하늘의 심장부를 향해 거대한 리라를 쳐들고 있었다.

향긋하고 따스한 봄날 저녁이었다. 한가로이 떠도는 구름이 저무는 햇살을 받아 황금빛과 보랏빛으로 물들고 있었다.

크리스틴이 라울에게 속삭였다. "우리는 곧 저 구름들보다도 더 멀리, 더 멀리까지 떠나가겠죠. 이 세상 끝까지 말예요. 그러고 나서 당신은 제 곁을 떠나실 거구요. 약속해주세요. 그때 제가 함께 가기를 거절한다고 해도, 반드시, 반드시 저를 데리고 가신다구요!"

라울은 크리스틴의 격렬한 말투에 깜짝 놀랐다. 그녀는 자기 자신을 향해 말하는 것 같았다. 크리스틴은 불안에 떨며 라울의 품을 파고들었다. "마음이 변할까 두려운 건가요, 크리스틴?"

"저도 모르겠어요." 크리스틴이 고개를 저었다. "그는 악마예요!" 크리스틴은 몸을 부르르 떨면서 라울의 품안으로 파고들었다. "이제 나는 그 사람이 있는 곳으로 다시 돌아갈 일이 두렵기만 해요. 지하는 정말……"

"크리스틴, 돌아가야 하는 이유가 뭐죠?"

"제가 돌아가지 않으면 끔찍한 불행이 닥칠 거예요. 하지만 돌아가기 싫어요! 돌아갈 수 없어요! 땅 밑에서 살아가는 사람을 불쌍히 여겨야 한다는 건 알아요. 하지만 그 사람은 너무 무서워요! 아…… 이제 돌아가야 할 시간이 코앞으로 닥쳐왔군요. 하루밖에 남지 않았어요. 제가 돌아가지 않는다 해도, 그 사람이 찾아와서 목소리로 저를 유혹할 거예요. 그리고 땅속으로 끌고 가겠지요. 해골 같은 얼굴로 제 앞에 무릎을 꿇고는 사랑한다고 말하면서 또다시 눈물을 흘리겠죠! 아, 그 눈물이란! 라울, 깊게 팬 해골의 검은 두 눈에서 흐르는 눈물을 생각해보세요. 다시는 그런 눈물을 보고 싶지 않아요."

크리스틴은 불안감에 휩싸여 양손을 꽉 움켜쥐며 말했다. 라울은 크리스틴을 품속 깊이 끌어안았다.

"염려 말아요, 나의 크리스틴. 다시는 그자의 사랑 고백을 듣지 않게 해주겠어! 그의 눈물도 보지 않게 해줄게요! 크리스틴, 우리 도망가요. 당장 도망가요!" 라울은 크리스틴의 손을 잡아 끌었다.

하지만 크리스틴은 라울을 말렸다. "안 돼요, 라울." 그러고는 슬픈 얼굴로 고개를 저었다. "지금은 안 돼요! 그건 너무나 잔인한 짓이에요. 내일 저녁에 부르게 될 노래만큼은 마지막으로 그에게 들려주고 싶어요. 라울, 그다음에 우리 함께 떠나요. 정확히 자정에 분장실로 찾아와 저를 데려가세요. 그 사람은 그 시각에 호숫가에 있는 은신처의 식당에서 저를 기다리고 있을 거예요. 우리는 아무런 방해도 받지 않고 떠날 수 있어요. 약속해줘요, 라울. 제가 무슨 말을 하며 거절한다 해도 꼭 저를 데려가겠다구요. 이번에 돌아가면 아마 다시는 돌아오지 못할 거예요." 그러면서 크리스틴은 덧붙였다. "당신은 이해하지 못하겠죠." 크리스틴은 한숨을 내쉬었다. 그런데 그때 누군가 뒤에서 한숨을 쉬는 것이 느껴졌다. "라울, 들었어요?" 크리스틴은 온통 두려움에 휩싸여 이를 덜덜 떨었다.

"아니, 아무 소리도 못 들었어요." 라울이 대답했다.

"평생을 이렇게 두려움에 떨며 살아야 하다니! 하지만 괜찮아요. 여기 있는 동안은 안전할 거예요. 탁 트인 하늘 아래 밝은 빛을 받고 있잖아요. 봐요, 태양이 빛나고 있어요. 밤에 나는 새는 태양빛을 견디지 못하죠. 전 한 번도 밝은 대낮에 그 사람을 본 적이 없어요. 너무 끔찍할 거예요! 처음 그 사람을 보았을 때를 생각하면…… 오! 전 그 사람이 곧 죽는 줄만 알았어요."

"죽는 줄 알았다니?" 라울은 크리스틴이 어떻게 그런 이상한 확신을 할 수 있었는지 정말로 궁금했다. "왜 그런 생각을 했어요?"

"그 사람의 얼굴을 보았거든요!"

....

이번에는 라울과 크리스틴이 동시에 고개를 돌렸다.

"신음 소리가 나지 않았어요? 다친 사람이 근처에 있는 모양
이에요. 당신도 들었죠, 그 소리?" 라울이 말했다.

"잘 모르겠어요. 그 사람 모습이 보이지 않을 때에도, 내 귓가
에는 항상 그의 신음 소리가 들리니까요. 하지만 당신도 들었다
면……"

두 사람은 자리에서 일어나 주위를 둘러보았다. 넓은 지붕 위
에는 오직 두 사람뿐이었다.

"그 사람 얼굴을 어떻게 보게 됐는지 말해줘요." 다시 자리에
앉으며 라울이 말했다.

"처음 석 달간은 저도 그 사람 모습은 보지 못하고 목소리만
들었어요. 당신이 생각했던 것처럼, 옆방에서 누가 아름다운 노
래를 부르는구나 싶었죠. 그래서 밖으로 나가 방마다 찾아다녔
어요. 하지만 당신도 아시죠, 제 분장실은 다른 방들과 좀 떨어
져 있는 거. 밖으로 나가니 그 목소리가 더이상 들리지 않았어

요. 제 방 안에서는 끊임없이 그 소리가 들려오는데도요. 그러던 어느 날, 그 목소리가 제게 말을 건네는 거예요. 제가 묻는 말에 대답까지 하면서 말이죠. 살아 있는 사람처럼요. 다른 점이 있다면, 천사의 목소리처럼 너무나 아름답다는 것이었죠. 이런 이상한 현상을 어떻게 설명해야 할까요? 그때까지 난 돌아가신 아버지가 제게 보내주겠다고 약속하신 음악 천사에 대한 생각에서 벗어나지 못하고 있었어요. 제가 이런 어린아이 같은 말을 당신에게 하는 건, 라울, 당신이 어린 시절부터 제 아버지를 잘 알았고, 또 아버지도 당신을 좋아했기 때문이에요. 나만큼이나 당신도 '음악 천사'의 존재를 믿고 있잖아요. 그러니 제 말을 듣고 웃음을 터뜨리거나 절 조롱하지는 않겠죠. 저는 어린 로테의 사랑스럽고 순진한 영혼을 여전히 간직하고 있었고, 그런 제 영혼을 변화시키려 하지 않는 발레리우스 부인과 살아왔어요. 그렇기에 그 목소리 앞에 제 순진한 영혼을 다 드러낸 것이지요. 그 목소리가 천사의 것이라는 믿음으로요. 사실 발레리우스 부인의 영향도 약간은 있었어요. 부인에게 이 일에 대해 말씀드렸더니, '네 아버지가 보내신 천사임에 틀림없는 것 같구나. 그래도 의심이 들면 직접 물어보는 게 어떻겠니?' 그러셨거든요.

그래서 전 그에게 물어보았지요. 그 목소리는 그렇다고 대답했어요. 자기야말로 아버지가 약속하셨고 제가 기다려왔던 바로 그 천사라고요. 그때부터 그 목소리와 저는 가까운 친구가 되었어요. 저는 그 목소리를 전적으로 믿었지요. 그러다 그가 매일 제게 교습을 해주고 싶다고 요청을 해왔어요. 지상으로 내려와, 제가 영원한 음악의 기쁨을 찾을 수 있게 도와주겠다고요. 전 동의했고, 그후로 분장실에서 만나기로 한 약속을 한 번도 어겨본 적이 없었어요. 그 목소리는 오페라하우스에 아무도 없는 아침 일찍 제 분장실을 찾아왔어요. 그 교습에 대해 무슨 말을 할 수 있을까요? 비록 당신이 그 목소리를 들어보기는 했지만, 제가 받은 교습이 어떤 것이었는지는 상상도 하지 못할 거예요."

"그래요, 상상이 안 돼." 라울은 대답했다. "어떤 식으로 했는지 내게 말해줘요."

"음악이었죠. 그는 제가 여태까지 알지 못했던 음악을 들려줬어요. 벽 뒤에서 들려오는 노랫소리는 놀랄 만큼 정확했어요. 그 목소리는 제 음악의 모든 면을 이해하는 것 같았어요. 아버지가 어디까지 가르치다가 그만두셨는지, 어떤 방식으로 절 가르쳤는지 정확히 알고 있었으니까요. 과거에 제가 배운 내용들이 되살아나기 시작했어요. 아니, 제 목소리가 되살아났다는 편이 더 정확하겠군요. 저는 아버지에게서 배운 내용을 되살려 그 위에 새로운 가르침을 쌓아갔어요. 그 결과 몇 년은 걸려야 이룰 수 있을 정도의 성장을 이룩하게 된 거예요. 당신도 알다시피, 라울,

저는 예민하고 목소리에도 개성이 없었어요. 낮은 음역은 많이 불안했고, 그에 반해 높은 음역은 지나치게 생기가 넘쳤지요. 중간 음역을 부를 때는 음색이 맑지 않았어요. 아버지는 이런 제 단점을 고치려고 애쓰셨고, 중간에 성공하기도 하셨어요. 그런데 그 목소리가 단번에 제 단점을 고쳐준 거예요. 조금씩 조금씩 성량도 풍부해졌어요. 예전에는 기대도 할 수 없던 수준으로요. 호흡도 좋아졌지요. 하지만 무엇보다도 높은 음을 노래할 때 가슴에서부터 소리를 이끌어내는 법을 발전시켜나갔어요. 목소리가 제 안에서 숭고한 열정을 끄집어내는 동안 신성한 영감의 광휘가 저를 감싸안았어요. 그에게는 제게 목소리를 들려주는 것만으로도 저를 그의 수준으로 끌어올릴 수 있는 능력이 있었어요. 그가 부르는 노래의 드높은 비행에 저도 함께할 수 있게 만들어주었지요. 그의 영혼이 제 안에 들어와 함께 화음을 만들어내기도 했어요. 몇 주가 지나자, 전 노래를 부를 때면 저 자신조차 잊어버릴 지경이 되었지요. 굉장히 두려웠어요. 어떤 사악한 마법이 도사리고 있는 것처럼 여겨졌으니까요. 하지만 발레리우스 부인이 저를 안심시키셨어요. 악령이 들기에는 제가 너무나 순진하다고요. 목소리의 명령 때문에 전 나날이 향상되는 실력을 숨겨야 했죠. 발레리우스 부인과 저와 그 목소리만이 알고 있는 비밀이었어요. 전 분장실 밖에서는 예전과 다름없는 목소리로 평범하게 노래를 불렀어요. 아무도 저의 변화를 눈치채지 못했지요. 저는 목소리가 하라는 대로 모든 것을 다 했어요. 목소리는 저를 격려하곤 했어요. '기다려요. 우리가 온 파리를 깜짝 놀라게 해줄 날이 올 거요.' 저는 환상적인 꿈에 빠져서 무언가를 기다리며 살았지요. 그러던 어느 날 저녁, 오페라하우스에서 당신을 처음으로 보게 된 거예요. 너무나도 기뻐서 분장실 안에서도 기쁨을 감출 수 없었어요. 그런데 불행하게도 그 목소리가 저보다 앞서 분장실에 와 있었던 거예요. 그리고 제게 어떤 변화가 일어났다는 사실을 금방 눈치챘어요. 목소리는 무슨 일인가 물어왔어요. 우리들의 이야기를 비밀로 해야 할 이유가 없었죠. 게다가 당신이 제 마음을 차지하고 있는 걸 감출 필요가 없었어요. 그러자 목소리는 침묵하기 시작했어요. 다시 한번 불러보았지만 여전히 대답이 없었어요. 아무리 애원하고 간청해도 소용이 없었어요. 전 그 목소리가 영원히 가버린 게 아닌가 무척이나 두려웠어요. 하늘에 기도를 올렸지요. 그날 밤, 전 절망감에 빠져서 집으로 돌아왔어요. 그리고 발레리우스 부인의 품에 안겨 말했어요. '목소리가 사라졌어요! 다시 돌아오지 않는다구요!' 저와 함께 두려워하던 부인은 제게 모든 일을 설명해달라고 했어요. 저는 모든 것을 털어놓았죠. 그러자 부인이 말했어요. '그렇구나! 그 목소리가 질투를 하는 게야!' 라울, 바로 그 순간 제가 당신을 사랑하고 있다는 사실을 처음으로 깨달았던 거예요."

크리스틴은 잠시 말을 멈추고 라울의 어깨에 머리를 기대었다. 두 사람은 그런 자세로 잠시 동안 말없이 앉아 있었다. 하지만 감정에 도취된 나머지 두 사람은 보지 못했다. 그들로부터 몇 발짝 떨어진 곳에서 두 개의 커다란 검은 날개가 움직이고 있음을. 검은 그림자는 지붕을 따라 아주 가까이 다가왔다. 당장이라도 두 사람을 덮칠 수 있을 정도의 거리였다.

"그다음날이었어요." 크리스틴은 한숨을 쉬며 말을 이었다. "전 생각에 잠겨 분장실로 돌아왔지요. 그런데 목소리가 그곳에 와 있었어요. 오, 라울! 그는 슬픔에 가득 찬 목소리로, 만약 제가 지상의 것에 마음을 둔다면, 자신은 하늘로 돌아가는 길 외에는 달리 방도가 없다고 말하는 거예요. 그렇게 말하는 그 목소리에 너무나 인간적인 슬픔이 배어 있어서, 그때부터 저도 약간의 의혹을 품기 시작했지요. 저 자신의 환상에 속아넘어가는 게 아닌가 하는 생각이 들기 시작한 거예요. 하지만 이미 목소리에 대한 제 믿음은 돌아가신 아버지에 대한 기억과 밀접하게 연결되어 흔들릴 수 없는 것이 되어버렸지요. 제게는 그 목소리를 듣지 못하게 되는 것보다 더 두려운 일은 없었어요. 전 당신을 향한 제 사랑에 대해 곰곰이 생각해보았어요. 그리고 얼마나 무모한 사랑인가를 깨달았지요. 당신이 저를 기억하고 있는지조차 확신할 수 없었고, 설사 기억하고 있다 해도 당신의 사회적 지위가 당신과 나 사이를 가로막아 결혼할 가능성조차 용납하지 않을 테니까요. 마침내 전 목소리에게 맹세했어요. 라울 당신은 오빠 이상은 아니라고요. 이 땅 위의 사람과는 절대 사랑에 빠지지 않을 거라고 말예요. 바로 그 때문에 무대 위에서나 복도에서나 당신과 마주칠 때면 모른 척했던 거예요. 목소리가 제게 노래를 가르치는 시간은 성스러울 정도로 열정에 가득 찬 시간이었어요. 마침내 목소리가 말했어요. '크리스틴 다에, 이제 당신은 사람들에게 천상의 음악을 들려줄 수 있소.'

전 어떻게 해서 카를로타가 극장에 올 수 없었는지, 또 왜 제가 그 자리에 대신 서게 되었는지 아무것도 몰라요. 단지 이전까지는 한 번도 느껴보지 못한 황홀경에 사로잡혀 노래를 했지요. 한순간 내 영혼이 몸을 떠나가는 것처럼 느껴질 지경이었어요!"

"아, 크리스틴!" 라울이 그날 공연을 떠올리며 흐릿해진 눈으로 말했다. "그날 밤 당신의 노래는 내 마음을 송두리째 흔들어 놓았어요. 당신의 뺨 위에 흐르는 눈물을 보며 나도 울었지요. 눈물을 쏟으면서 부르는 당신의 노래는 정말……"

"하지만 라울, 당신도 아시다시피 정신이 흐려지는 것이 느껴졌어요. 그리고 두 눈을 감았지요. 다시 눈을 떴을 때, 바로 당신이 제 곁에 있었어요. 하지만 그 목소리도 그곳에 있었지요. 라울! 전 당신이 걱정됐어요. 그래서 또다시 당신을 모르는 척했던 거예요. 당신이 바다에서 제 스카프를 건져올렸던 이야기를 했을 때에는 일부러 웃음을 터뜨렸죠. 아! 그러나 목소리는 속지 않았어요! 당신을 알아보고 질투했어요. 그후 이틀 동안 목소리는 제게 아주 끔찍하게 굴었어요. 이렇게 말하면서요. '당신은 그를 사랑하오. 만약 그렇지 않다면 그를 피할 이유가 없소! 그저 오랜 친구에 불과하다면 다른 친구들처럼 악수나 하면 될 것 아니오. 그를 사랑하지 않는다면, 내가 지켜보고 있을 때 그와 단둘이 있어도 두려워할 이유가 없겠지. 그를 사랑하지 않는다면 그를 이 분장실에서 내보내지도 않았을 거요!'

마침내 전 목소리에게 말했지요. '그만하세요! 내일 페로에 있는 아버지의 무덤에 갈 때, 샤니 자작에게 같이 가자고 청하겠어요.' 목소리는 그러라고 했어요. 하지만 덧붙였죠. '하지만 나도 페로에 갈 거요. 당신이 가는 곳이면 어디든 나도 갈 테니까. 만약 당신의 행동이 여전히 정숙하고 속임수가 없다고 느껴진다면, 당신에게 〈라자로의 부활〉을 연주해주겠소. 자정을 알리는 종소리가 울릴 때, 당신 아버지의 무덤가에서 바로 당신 아버지의 바이올린으로 말이오.'

라울, 그래서 당신에게 페로로 오라는 편지를 썼던 거예요. 아, 전 어쩌면 그렇게 감쪽같이 속아넘어갔을까요? 나를 향한 개인적인 집념을 보면서도 왜 그가 천사가 아닐 거라고 의심하지 않은 걸까요? 아, 전 더이상 제 운명을 스스로 결정할 수 없었어요. 그에게 속박되어버린 거죠. 강력한 힘을 가진 목소리에게 저 같은 바보 하나 손에 넣는 것쯤은 아무것도 아니었던 거예요."

크리스틴이 눈물을 머금은 채 비탄에 잠겨 자신의 과도한 순진함과 부족한 판단력을 자책하자 라울이 소리쳤다. "하지만 결국 당신은 진실을 깨달았잖아요! 왜 이제라도 그런 악몽에서 빠져나오지 못하는 거죠?"

"진실을 알았다구요, 라울? 악몽에서 빠져나오라구요? 오, 불쌍한 라울. 제가 진실을 깨달은 바로 그 순간부터 악몽은 시작된 거예요! 이제 그만, 그만해야겠어요! 이 천상에서 다시 지상으로 내려가야 할 때가 왔어요. 라울, 저를 불쌍히 여겨주세요. 당신도 카를로타가 무대 위에서 두꺼비 소리를 냈던 그 끔찍한 밤을 기억하고 있을 거예요. 그날 저녁 카를로타는 늪에서 한평생을 보낸 사람처럼 노래했지요. 샹들리에가 바닥에 떨어지면서 오페라하우스 전체가 깜깜한 어둠으로 뒤덮였고요. 사상자가 나오고, 우왕좌왕하는 사람들이 내지르는 비명 소리로 극장은 온통 공포에 휩싸였어요. 그때 제 머릿속에는 당신과 그 목소리가 떠올랐어요. 당시에는 제 마음이 둘 다에게 향해 있었으니까요. 그러나 당신에 대해서는 곧 안심할 수 있었어요. 당신이 형님의 박스석에 앉아 있는 것을 보았기 때문에 안전하리라 생각했던 거죠. 하지만 목소리는 정말로 걱정이 되었어요. 제게 공연을 지켜보고 있겠다고 말했었거든요. 전 목소리가 보통 사람들처럼 죽을까봐 겁을 내고 있었던 거예요. 샹들리에가 꼭 그 목소리의 머리 위에 떨어졌을 것 같은 생각이 들었어요. 무대 위에 있던 저는 하마터면 사상자들 중에 그 사람이 있는 건 아닌가 걱정이 되어 객석으로 뛰어내려갈 뻔했어요. 그러다 생각했죠. 만약 목소리가 해를 입지 않았다면, 틀림없이 날 안심시키기 위해 분장실로 찾아올 것이다. 전 방으로 뛰어갔어요. 하지만 목소리는 그곳에 없었어요. 방문을 걸어잠그고 눈물을 흘리며, 만약 살아 있다면 목소리를 들려달라고 애원했지요.

한동안 아무런 대답이 없었어요. 그런데 갑자기 길고 아름다운 탄식의 노래가 들려왔어요. 그것은 라자로의 탄식이었어요. 구세주의 부름을 들은 그가 죽음에서 깨어나 햇살을 바라보던 순간 내뱉은 탄식과도 같은 노래였지요. 마치 아버지의 바이올린이 흐느끼는 것 같았어요. 심지어 활 쓰는 법까지 아버지 같았어요. 어린 시절, 당신과 나 우리 두 사람의 발길을 멈추게 하고, 페로에서의 그날 밤 묘지에서 마법을 부렸던 바로 그 연주였어요. 눈에 보이지 않는 바이올린이 또다시 삶의 즐거움을 연주하는 가운데, 우렁찬 노랫소리가 들려오기 시작했지요. '오라! 그리고 나를 믿으라! 나를 믿는 자는 살리라! 깨어나 걸으리라! 나를 믿는 자는 결코 죽지 않으리라!' 그 노랫소리가 제 마음에 어떤 영향을 미쳤는지는 말로 다 할 수 없어요. 한편에서는 샹들리에가 떨어져 불쌍한 사람들이 죽고 다쳤는데, 그 순간 그 목소리는 영원한 삶을 노래한 거예요. 그 노래는 마치 제게 일어나 가까이 오라고 명령하는 것 같았지요. 저는 어느새 점점 멀어지는 목소리를 따라가기 시작했어요. '오라! 그리고 나를 믿으라!' 전 목소리를 믿었죠. 그리고 앞으로 걸어갔어요. 앞으로 앞으로 조금씩 나아갔죠. 그러자 이상한 일이 일어났어요. 분장실이 점점 더 길어지는 거예요. 하지만 그것은 빛이 일으킨 착각이었어요. 거울이 제 앞에 있었으니까요. 그런데 어느 순간엔가 제가 방 밖에 있는 거예요. 어떻게 밖으로 나왔는지 모르는 사이에 말이에요!"

"뭐라구요? 당신도 알지 못하는 순간이라구요? 크리스틴, 크리스틴, 제발 정신 차려요!"

"전 꿈을 꾸고 있지 않았어요. 분명히 저도 알지 못하는 사이에 방 밖으로 나와 있었어요. 당신도 보셨잖아요? 제가 그 방에서 사라지는 모습을요. 어떻게 해서 그런 일이 일어날 수 있었는지 설명할 수 없을 뿐이에요. 갑자기 제 앞에 있던 거울이 사라지고 분장실 밖으로 나와 있었다는 것밖에는 다른 할말이 없어요. 뒤돌아보았지만 거울도 분장실도 사라지고 없었어요. 저는 깜깜한 통로에 서 있었지요. 저는 겁에 질려 울부짖었어요.

주위는 온통 캄캄했고 저 멀리 모퉁이에서 붉은 불빛이 희미하게 깜박이고 있었지요. 노랫소리도 바이올린 소리도 들리지 않았어요. 오직 제 목소리만이 복도를 울리고 있었어요. 그런데 갑자기 어둠 속에서 제 어깨에 어떤 손길이 와닿았어요. 그것은 사람의 손이라기보다는 얼음처럼 차가운 뼈다귀 같았어요. 그 손은 제 허리를 움켜잡고 놓아주지 않았지요. 저는 비명을 질렀어요. 그러자 그 손이 제 허리를 더욱 꽉 움켜쥐고는 제 몸을 들어올렸어요. 저는 겁에 질려 잠시 동안 몸부림을 쳤지요. 하지만 축축한 벽에 손가락이 미끄러지기만 할 뿐 아무 소용이 없었어요. 그러다 그만 완전히 기력을 잃고 말았습니다. 아마 너무 두려워서 잠시 기절했던 것 같아요. 그러자 제 허리를 감싸고 있던 팔이 저를 붙잡아 일으키더니 저를 끌고 어디론가 가기 시작했어요. 저 앞에서 붉은빛이 반짝였어요. 그 순간 저는 그 사람이 커다란 외투를 입고 얼굴 전체를 가면으로 가렸다는 사실을 깨달았어요. 저는 마지막으로 몸부림을 쳤어요. 하지만 제 팔다리는 뻣뻣해져서 말을 듣지 않았어요. 비명을 지르려고 입을 여는 순간, 그의 차가운 손이 제 입을 틀어막았지요. 그의 손길이 제 입술을, 제 뺨을 훑고 지나갔어요. 죽음의 냄새를 풍기는 손……

전 그만 기절하고 말았어요.

얼마나 오랫동안 제가 의식이 없었는지는 잘 모르겠어요. 다시 눈을 떴을 때, 주위는 여전히 어둠에 싸여 있었지요. 바닥에 놓인 등불이 흐르는 물을 비추고 있었어요. 벽에서 새어나온 물은 졸졸 흘러내려 이내 제가 누워 있는 땅 아래로 스며들었어요. 전 검은 외투를 입고 검은 가면을 쓴 남자의 무릎을 베고 있었어요. 그 사람은 물로 제 관자놀이를 적셔주었어요. 방금 전 저를 납치한 야만적인 행동보다 그런 친절과 부드러운 태도가 더욱 참기 힘들 만큼 두려웠지요. 그의 손길은 가벼웠지만 손에서 풍기는 죽음의 냄새는 여전했어요. 전 그 손을 밀쳐내려고 했지만 힘이 전혀 남아 있지 않았지요. '당신은 누구세요? 목소리는 어디 있지요?' 그는 한숨을 쉴 뿐이었어요. 그런데 갑자기 뜨거운 입김이 제 얼굴을 휙 스치고 지나갔어요. 어둠 속에서 커다랗고 하얀 형상이 보였어요. 검은 옷을 입은 남자는 저를 그 하얀 형상 위에 앉혔어요. 카이사르! 전 〈예언자〉에 등장하는 그 하얀 말을 알아볼 수 있었어요. 종종 사탕이나 설탕 같은 것을 먹여주곤 했으니까요. 카이사르는 깜짝 놀란 제 귀에다 반가움에 가득 찬 뜨거운 콧김을 불어대며 히힝거리더니 몸을 부르르 떨었어요. 라울, 나는 안장 위에 있었던 거예요. 순간 언젠가 오페라의 유령이 그 말을 훔쳐 달아났다는 소문이 퍼졌었다는 걸 기억해냈어요. 전 사실 그때까지 목소리의 존재는 믿었지만 오페라의 유령에 대해서는 전혀 믿고 있지 않았거든요. 하지만 그 순간, 유령의 포로가 된 게 아닌가 하는 생각이 들어 온몸이 오싹했어요. 전 목소리를 부르며 도움을 청했지요. 그 목소리와 유령이 같은 존재일 거라는 생각은 꿈에도 하지 못했으니까요. 당신도 오페라의 유령에 대해 들어본 일이 있나요, 라울?"

"그래요. 하지만 당신이 〈예언자〉의 하얀 말 위에 탔을 때 무슨 일이 일어났는지 계속 들려줘요."

"전 말이 가는 대로 맡겨두었어요. 조금씩 이 끔찍한 일에 대한 괴로움과 공포가 사라지고 기이한 무감각 상태가 찾아왔지요. 검은 옷을 입은 사람이 절 붙잡고 있었기 때문에 도망갈 수도 없었어요. 그런데 이상하게도 평화로운 마음이 들었지요. 무슨 신비한 약이라도 먹은 것처럼 정신이 말짱했어요. 감각은 조금도 무뎌지지 않았지요. 차츰 어둠에 익숙해지면서 우리가 좁은 나선형의 지하도를 지나가고 있다는 걸 알게 됐어요. 곳곳에 아주 희미한 불꽃들이 깜박이고 있었지요. 아마도 그 지하도는 오페라하우스 주변을 둥글게 에워싸고 있는 것 같았어요. 오페라하우스의 지하는 정말 깊고도 광대한 곳이에요. 딱 한 번 지하실로 내려간 적이 있었지만 지하 3층 밑으로는 가보지 않았어요. 그런데 밑으로 두 개 층이나 더 있었던 거예요. 파리 전체를 수용하고도 남을 그런 공간이었어요. 그런 곳에서 어두운 형체를 목격한다면 마구 도망쳐 나올 수밖에 없을 거예요. 지하실 보일러 앞에 시커먼 악마들이 서 있다면요. 악마들은 삽과 삼지창을 들고 불길을 휘젓고 있었어요. 가까이 다가가면 느닷없이 화로의 시뻘건 문을 열어 사람을 놀라게 했지요. 카이사르가 저를 태우고 가는 동안, 멀리서 그 시커먼 악마들을 볼 수 있었어요. 화로의 붉은 불길 앞에 모여 있는 그들은 상당히 작아 보였어요. 꼭 작은 망원경을 거꾸로 들고 보는 것 같았지요. 구불구불한 통로를 따라가고 있으려니 악마들의 모습이 보였다 사라졌다 했어요. 마침내 악마들의 모습이 완전히 보이지 않게 되었어요. 가면을 쓴 자는 여전히 내 곁에 있었고, 카이사르는 보이지 않는 손에 이끌리듯 확신에 찬 걸음걸이로 계속 앞으로 나아갔어요. 기나긴 길이 계속되었죠. 마치 끝없는 나선형 계단을 돌고 돌아 지구의 중심부를 향해 내려가는 것 같았어요. 머리가 어지러울 만도 했는데 그렇지 않았어요. 제 정신은 아주 또렷했어요. 마침내 카이사르는 콧김을 몰아쉬며 걸음을 조금씩 빨리하기 시작했어요. 축축한 공기가 느껴졌지요. 카이사르가 갑자기 자리에 멈춰 섰어요. 이제는 어둠의 장막도 사라진 상태였어요. 푸른빛이 감도는 불빛이 우리를 감싸고 있었죠. 우리는 호수의 가장자리에 다다라 있었던 거예요. 잔잔한 물결이 저 멀리 어둠 속에서 출렁이고 있었어요. 푸른 불빛이 환한 강둑에는 작은 보트가 매여 있었고요.

그곳에 있는 모든 것들, 땅 밑의 호수와 보트까지도 전혀 초자연적인 것이 아니었어요. 도저히 설명할 수 없는 게 있다면 그 호숫가까지 도달하기 전의 상황들이었죠. 스틱스 강*에 도착한 망자의 영혼도 이보다 더 고통스럽지는 않았을 거예요. 아마 카론**도 검은 옷을 입은 남자보다 더 말이 없고 침울하지는 않았을 거예요. 그는 저를 안아 보트로 옮겼어요. 그런데 약의 효과가 떨어진 걸까요? 아니면 차가운 공기 덕에 정신이 번쩍 든 걸까요? 불현듯 제 마음이 온통 두려움으로 가득 차기 시작했어요. 기괴한 안내자도 그것을 눈치챘을 거예요. 그는 카이사르를 돌려보내고 보트 위로 뛰어올랐어요. 멀어지는 카이사르의 발굽 소리가 계단에 울려퍼졌지요. 그 사람은 보트를 잡아맨 끈을 풀고 노를 잡은 후 힘 있고 빠르게 저어가기 시작했어요. 깊이를 알 수 없는 시선을 제게 고정시킨 채로 말이죠. 그 시선이 계속 저를 짓눌렀어요. 호수는 무척 잔잔했어요. 우리가 탄 보트는 푸른빛이 비추는 물 위를 미끄러져갔어요. 다시 주위가 어두워

---

* 그리스신화에서 이승과 저승의 경계를 이루는 강.
** 스틱스 강에서 망자들을 배에 태워 건네주는 뱃사공.

지고 마침내 보트가 육지에 다다랐어요. 그가 다시 저를 안으려 했을 때 힘을 회복한 저는 그만 큰 소리로 울어버렸어요. 그런데 어디선가 눈부시도록 찬란한 불빛이 쏟아지는 거예요. 깜짝 놀란 저는 울음을 그치고 말았죠. 어느새 전 어지러운 불빛 한가운데에 누워 있었어요. 그러다가 벌떡 일어났지요. 그곳은 방이었는데 온통 꽃으로 장식되어 있었어요. 화려하면서도 우스꽝스러워 보이는 꽃들이었지요. 마치 길가의 상점에서 파는 꽃들처럼 커다란 바구니에 알록달록한 실크 리본까지 달려 있었거든요. 공연이 끝난 후에 분장실로 배달되곤 하는 꽃들처럼 지나치게 화려했지요. 검은 옷을 입고 가면을 쓴 그 사람은 팔짱을 낀 채 꽃 한가운데에 우뚝 서 있었어요.

'크리스틴, 두려워하지 말아요. 위험하지 않으니까.'

세상에! 바로 그 목소리였어요! 순간 전 놀라움 못지않게 엄청난 분노를 느꼈어요. 당장 가면을 쓴 얼굴에 덤벼들어 그걸 벗겨버리려고 했어요. 목소리의 얼굴을 보려고 했던 거예요.

그러자 그 남자가 말했어요. '가면을 벗기려 하지 마시오. 그래야 당신이 안전하오.'

그리고 제 허리를 부드럽게 잡아 의자에 강제로 앉혔어요. 그러더니 제 앞에 무릎을 꿇고는 더이상 아무 말도 하지 않는 거예요! 그 겸손한 태도를 보고 전 다시 용기가 났지요. 밝은 빛을 보니 안도감과 함께 현실감도 되돌아왔구요. 지금까지 겪은 모험이 아무리 이상한 것이라 할지라도, 지금은 볼 수 있고 만질 수 있는 현실 속에 있다는 생각이 들었던 거예요. 가구와 벽걸이, 촛대, 꽃병 그리고 황금 바구니에 담긴 꽃들까지도 그곳을 평범한 응접실처럼 보이게 했지요. 그 방 안에 있는 꽃을 어디에서 얼마에 구입했는지까지 말할 수 있을 정도였어요. 제 상상력은 평범한 응접실 분위기에 갇혀 더이상 나아가지 못했지요. 오페라하우스의 지하실에 있다는 점만 제외하면 그곳은 너무나 평범했으니까요.

가면을 쓴 이 남자가 무시무시하고 광적인 인물이라는 점은 의심할 여지가 없었지요. 그 사람은 알 수 없는 방법을 통해 오페라하우스 지하에 남들과 똑같은 거처를 마련한 거예요. 오페라하우스 경영자들의 묵인 속에 여기, 현대판 바벨탑의 다락에 살고 있었던 거죠. 사람들이 온갖 언어로 노래를 부르고 모든 방언으로 사랑을 속삭이는 이 음모의 땅에 말이에요. 그리고 그 목소리는…… 제 앞에 무릎을 꿇은 가면 뒤에서 울려나오는 그 목소리는…… 진정 사람의 목소리였어요.

이제 저는 눈앞에 놓인 무서운 상황이 전혀 신경쓰이지 않았어요. 내 운명이 어떻게 될지, 어떤 무자비한 목적에 의해 감옥의 죄수나 하렘의 노예처럼 내가 이곳에 오게 된 것인지 생각조차 할 수 없었어요. 제가 생각한 건 단 한 가지, 그 목소리의 주인 공이 사람이라는 것이었어요. 그러자 전 울음을 참을 수가 없었 어요.

여전히 제 앞에 무릎을 꿇고 있던 그 사람은 제가 우는 이유를 이해했는지 이렇게 말했어요. '그렇소. 크리스틴! 나는 천사가 아니라오. 천재의 영령도 아니고 유령도 아니오. 나는 단지 에릭 일 뿐이오!'"

여기서 크리스틴의 이야기는 또다시 중단되었다. 두 사람의 뒤에서 누가 그녀의 말을 되풀이한 것이다. "에릭!" 무슨 소리일 까? 두 사람은 주위를 둘러보았다. 어둠만이 그들 주위를 감싸고 있었다. 라울은 일어서려고 했다. 그러나 크리스틴이 그를 붙잡 아 다시 자리에 앉혔다.

"가지 말아요." 크리스틴이 속삭였다. "바로 이 자리에서 모든 것을 털어놓고 싶어요!"

"하지만 크리스틴, 꼭 여기여야만 하는 거요? 당신이 감기에 걸릴까 걱정이 돼요."

"무대 위의 뚜껑문 때문에 그래요. 여기는 그곳으로부터 멀리 떨어진 곳이에요. 그리고 극장 밖에서는 당신을 만날 수 없게 되 어 있어요. 지금은 그 사람을 화나게 할 때가 아니에요. 의심을 받아서는 안 된다구요."

"크리스틴! 어쩐지 내일 저녁까지 기다려서는 안 될 것 같은 생각이 자꾸 들어요. 우리 지금 당장 도망갑시다!"

"만일 내일 제가 부르는 노래를 듣지 못하면 그 사람은 말할 수 없는 고통을 겪게 될 거라고 말씀드렸잖아요."

"영원히 그 사람으로부터 도망칠 계획을 하는 사람이, 그 사람에게 고통을 주지 않는다는 건 불가능한 일이오."

"당신 말이 맞아요, 라울. 제가 도망치면 분명히 그 사람은 상심해서 죽을 거예요." 크리스틴은 목소리를 낮춰 덧붙였다. "하지만 마찬가지예요. 우리가 도망가지 않으면, 그 사람이 우리를 죽일지도 모르니까요."

"그 사람이 그렇게까지 당신을 사랑합니까?"

"그는 저를 위해 살인까지도 서슴지 않을 거라 했어요."

"하지만 그 사람이 어디에 살고 있는지 찾을 수 있다면, 그를 잡을 수도 있잖아요? 이제 에릭이 유령이 아니라는 사실을 알았으니 그를 잡아서 질문을 할 수도 있고 대답을 강요할 수도 있어!"

크리스틴은 고개를 저었다. "안 돼요, 라울! 아무 소용 없는 짓이에요. 도망치는 것 말고 다른 길은 없어요."

"그렇다면 당신은 도망갈 수 있는데도 왜 다시 그에게로 돌아가려 하는 거지?"

"다시 돌아가야만 하니까요. 제가 그 사람 곁을 어떻게 떠나왔는지 들려드리면, 당신도 이해하실 거예요."

"나는 그 사람을 증오해요!" 라울은 큰 소리로 외쳤다. "크리스틴, 당신도 그를 증오하나요? 말해봐요. 당신 대답을 들어야만 난 안심하고 계속 이야기를 들을 수 있어요."

"아니요. 전 에릭을 증오하지 않아요." 크리스틴은 담담하게 말했다.

"그럼 왜 여기서 나와 시간을 낭비하는 거요? 당신은 그를 사랑하고 있어요! 당신의 두려움, 당신의 공포, 그 모든 것은 단지 사랑의 표현일 뿐이야. 너무나 절묘하고 아름다운 사랑이라 감히 인정하기도 두려운 그런 사랑!" 라울은 신랄하게 말했다. "그렇기 때문에 당신은 그를 생각하면서 전율을 느끼는 거예요. 상상해봐요. 지하 궁전에 살고 있는 수수께끼 같은 남자를." 라울은 크리스틴을 경멸하듯 소리내어 웃었다.

"그래서 당신은, 제가 그곳으로 되돌아가기를 바라는 건가요?" 크리스틴도 지지 않고 되물었다. "그만해요, 라울. 전 그곳에는 절대로 되돌아가지 않겠다고 이미 말했어요!"

세 사람 사이에 소름끼치는 침묵이 감돌았다. 그렇다! 세 사람이었다. 검은 그림자가 두 사람 뒤에 서서 그들의 이야기를 듣고 있었던 것이다.

마침내 라울이 천천히 입을 열었다. "당신 질문에 대답하기에 앞서 묻고 싶은 게 있어요. 도대체 그에 대한 당신의 감정은 뭐요? 그를 미워하지 않는다기에 묻는 거요."

"공포예요!" 크리스틴은 말했다. 크리스틴이 거세게 내뱉은 그한마디가 한밤중의 탄식 속으로 가라앉았다. "그 점이 바로 끔찍한 거예요. 그의 존재는 제 마음을 공포로 가득 채우죠. 하지만 그 사람을 미워할 수는 없어요. 라울, 제가 어떻게 그를 미워하겠어요? 지하의 호숫가를 지나 자신의 방으로 저를 인도하고는 발밑에 꿇어앉아 사랑을 고백하는 에릭을 생각해봐요! 에릭은 스스로를 저주했어요. 자신을 비난했어요. 그리고 제게 용서를 빌었어요! 자신이 속임수를 썼다는 사실도 고백했지요. 에릭은 저를 사랑해요! 그는 저 지하 세계에 헤아릴 수 없이 넓고 비극적인 사랑의 왕국을 펼쳐놓았어요. 에릭은 사랑 때문에 저를 데려간 거예요. 사랑 때문에 땅 밑에 저를 가두었지만…… 하지만…… 에릭은 나를 존중해줬어요! 전 자리에서 일어나 저를 다시 자유롭게 해주지 않는다면 평생 그를 경멸하겠다고 말했어요. 그는 땅바닥에 엎드려 고통의 눈물을 흘렸지요. 하지만 에릭은 제게 자유를 주었어요. 비밀 통로를 알려주었지요. 단지…… 단지 자리에서 일어나서…… 라울, 아직도 그 순간이 생생해요. 에릭은 천사도 유령도 천재들의 정령도 아니지만, 아름다운 목소리의 소유자임에는 틀림없어요. 그가 일어나 노래를 부르자,

전 그만 노랫소리에 빠져 그곳에 머무르고 말았으니까요!

그날 밤, 우리는 단 한마디 말도 나누지 않았지요. 천사의 목소리를 지닌 그 사람은 하프를 들더니 데스데모나의 〈윌로우 송〉을 부르기 시작했어요. 저도 그 노래를 부른 적이 있었어요. 그런데 그의 노래를 들으며 그 기억이 부끄러워지더군요. 라울, 음악에는 당신의 마음에 와닿는 그 멜로디 외에는 모든 걸 잊어버리게 만드는 힘이 있어요. 저는 그만 제가 처한 이상한 상황을 잊고 말았답니다. 목소리가 돌아왔으니까요. 목소리에 매혹되어 저는 그와 함께 화음을 만들었어요. 오르페우스를 따르는 수많은 사람 중 한 명이 되고 만 거예요. 그는 제게 슬픔과 기쁨, 고난, 절망, 환희, 그리고 죽음부터 사랑까지 모두 다 맛보게 해주었어요. 그는 노래했고, 저는 들었지요. 그는 내가 잘 모르는 노래를 불렀고, 그 노래를 들으며 나는 다정함과 번민과 평화가 뒤섞인 기묘한 감정을 느꼈어요. 음악은 내 영혼을 온통 뒤흔들어 놓았고, 조금씩 내 마음을 치유했고, 나를 꿈의 문턱까지 데려갔어요. 저는 잠이 들고 말았답니다.

다시 깨어났을 때, 전 혼자 소파 위에 누워 있었어요. 마호가니 가구로 소박하게 장식된 작은 침실이었어요. 오래된 루이 필립식 서랍장 위에 놓인 등불이 희미하게 불을 밝히고 있었지요. 내가 어디에 있는 거지? 저는 악몽에서 깨어나려는 듯 두 눈을 비볐어요. 아, 그러고는 이게 꿈이 아니란 사실을 깨달았지요. 전 그곳에 갇힌 거예요. 제 방에서 나가는 유일한 통로는 곧바로 편안하게 꾸며진 욕실로 이어지고 있었으니까요. 찬물과 더운물을 마음껏 쓸 수 있는 욕실이었어요. 침실로 돌아왔을 때, 서랍장 위에 붉은 잉크로 쓰인 편지가 놓여 있는 걸 발견했어요. 지금 내가 어떤 곤경에 처했는지 분명하게 보여주는 편지였지요.

사랑하는 크리스틴. 당신의 운명에 대해서는 걱정할 필요가 없소. 이 세상에서 나보다 더 자상한 친구는 없을 거요. 지금은 당신 혼자이지만, 이곳은 당신의 집이오. 나는 지금 당신에게 필요한 물건들을 구하기 위해 나가는 길이오.

편지를 읽고 전 미친 사람의 손에 붙잡혔구나 확신했어요. '나는 이제 어떻게 되는 걸까? 얼마나 오래 나를 여기 가둬둘 생각일까?' 작은 방 안을 이리저리 뛰어다니며 출구를 찾았지만 소용이 없었지요. 전 그제야 이제껏 이상한 미신에 사로잡혔던 스스로를 질책하기 시작했어요. 음악 천사의 목소리라 여기며 벽을 통해 들려오는 목소리를 환영한 제 어리석음을 비웃었어요. 이런 재난과 불운에 빠져도 마땅한 바보 같았지요. 저는 스스로를 호되게 야단치며 미친 듯이 웃다가 울다가를 반복했어요. 그때 에릭이 돌아왔어요.

그는 벽을 세 번 두드리더니 소리도 없이 숨겨진 문으로 들어왔죠. 전 눈치채지 못했지만 그 문은 그때까지 열려 있었던 거예요. 에릭은 상자와 보따리 들을 한아름 안고 있었어요. 그는 여유만만하게 그것들을 침대 위에 늘어놓았지요. 제가 옆에서 온갖 욕설을 퍼부으면서 거리낄 게 없다면 그 가면을 당장 벗어보라고 소리치는데도 말예요.

에릭은 냉정하게 대답했어요. '당신은 절대로 내 얼굴을 보지 못할 거요.'

그러고는 한나절이 다 지났는데 아직 옷도 갈아입지 않았느냐며 저를 놀렸어요. 친절하게도 지금은 오후 두시라고 일러주기까지 하더군요. 에릭은 내게 삼십 분의 여유를 주겠노라고 했어요. 그러면서 제 시계를 다시 맞추고 태엽을 감아주었죠. 준비가 끝나면 멋진 점심이 기다리고 있으니 식당으로 건너오라고 했어요. 그때 저는 배가 몹시 고팠어요. 그의 면전에 대고 문을 쾅 닫아버리고는 욕실로 갔지요. 하지만 목욕을 하기 전에 손이 닿는 곳에 큼지막한 가위를 올려두었습니다. 에릭이 미쳐서 비열한 행동을 하면 스스로 목숨을 끊을 생각을 하면서요. 목욕을 하고 나니 어느 정도 기운이 돌아왔어요. 저는 에릭에게 적대감을 보이거나 그의 마음에 상처를 주지 말자고 다짐했어요. 필요하다면 그의 기분을 맞춰주며 가능한 한 빨리 자유를 되찾아야겠다고 생각한 거죠. 에릭의 곁으로 가자 그는 제가 안심할 수 있도록 앞으로의 계획을 알려주겠다고 말했어요. 그리고 어젯밤에는 제가 너무 두려워하고 화를 내서 혼자 있게 두었지만, 저와 함께 있는 것이 말할 수 없이 좋다고 했지요. 그리고 이제 자신을 두려워할 이유가 전혀 없다고도 했어요. 에릭은 저를 사랑한다고 했어요. 하지만 제가 허락할 때 이외에는 그 말을 하지 않겠노라고 약속하고 남은 시간은 오직 저의 음악 수업에만 헌신하겠다고 맹세했어요.

'남은 시간이라니 얼마 동안을 말씀하시는 거죠?' 전 물었어요.

'닷새요.' 그 사람은 단호하게 말했지요.

'그럼 그 후에 전 자유롭게 다닐 수 있는 건가요?'

'크리스틴, 당신은 자유로울 거요. 닷새가 지나면 당신은 나를 두려워하지 않게 될 테니까. 그때가 되면 당신은 이따금씩 이 불쌍한 에릭을 찾아올 것이오!'

저는 그런 말을 내뱉는 에릭의 말투에 마음이 몹시 아팠어요. 그는 진짜 절망에 빠져 있었지요. 저는 측은한 마음으로 가면 쓴 그의 얼굴을 부드럽게 바라보았어요. 가면 뒤에 숨겨진 그의 눈을 볼 수 없어서 여전히 불편했지만요. 수수께끼 같은 검은 비단 가면 아래로 그의 눈물이 한 방울, 두 방울, 세 방울, 네 방울 흘러내렸어요.

그는 말없이 작은 식탁의 맞은편 의자를 손으로 가리켰어요. 식탁은 전날 그가 하프를 연주했던 방의 한가운데에 놓여 있었어요. 전 몹시 심란한 마음으로 자리에 앉았지요. 하지만 그럼에도 새우 요리와 닭날개, 포도주 반 잔쯤은 먹을 수 있었어요. 에릭은 그 요리들을 손수 쾨니히스베르크 식당 지하실에서 가져왔다고 했어요. 팔스타프*가 자주 가던 곳이라더군요. 에릭은 먹지도 마시지도 않았지요. 전 그에게, 어느 나라 사람인지, 이름이 에릭인 것으로 보아 혹시 스칸디나비아 출신은 아닌지 물어보았어요. 그러자 자신에게는 이름도 국적도 없다고 하더군요. 에릭이란 이름도 우연히 얻게 된 거라고요. 저는 에릭에게 물었어요. 나를 사랑한다면서 왜 나를 여기 데려와 가둬두는 거냐구요. 왜 내게 그 감정을 알릴 다른 방법을 찾아보지 않았냐구요.

'이런 무덤 같은 곳에서는 사랑에 빠지기 어렵잖아요.' 제가 덧붙였어요.

'누구나 자신이 할 수 있는 방식으로 기회를 만들기 마련이오.' 그는 애매하게 대답했어요.

그런 후 자리에서 일어난 에릭은 자신의 초라한 집을 구경시

---

* 베르디가 작곡한 오페라 〈팔스타프〉의 남자 주인공.

켜주고 싶다면서 제게 손을 내밀었어요. 하지만 전 손을 뿌리치며 또다시 울음을 터뜨렸어요. 제 손에 와닿은 그의 손가락이 너무나 차고 앙상한 뼈다귀 같았거든요. 그의 손에서 풍겨오던 죽음의 냄새도 생생하게 떠올랐지요.

'오, 미안하오.' 에릭은 어쩔 줄 몰라했어요. 그리고 제 앞에 있는 문을 열어줬어요. '이곳은 내 침실이오. 관심이 있다면 들어와요. 재미있을 테니까.'

그의 태도나 말씨, 행동에서 어쩐지 신뢰감이 느껴져서 두려워할 필요가 없다는 생각이 들었어요. 그래서 망설임 없이 안으로 들어갔지요. 그곳은 마치 장례식장 같았어요. 벽에는 온통 검은 휘장이 드리워져 있었어요. 그런데 보통 장례식장에서 볼 수 있는 하얀 테두리 장식 대신에 거대한 음악 보표가 그려져 있었고, 거기에는 〈디에스 이레 *Dies irae*〉의 곡조가 반복해서 적혀 있었어요. 방 한가운데에는 붉은 비단 커튼이 길게 드리워져 있는 닫집이 있었고, 그 밑에는 뚜껑이 열린 관이 놓여 있었어요. 전 뒷걸음질쳤어요.

'내가 자는 곳이오.' 에릭이 말했어요. '사람은 인생의 모든 일에 익숙해져야 하는 법이라오. 심지어 영원한 잠까지도.'

그 광경이 너무도 기괴해서 전 그만 얼굴을 돌리고 말았어요. 그때 한쪽 벽면을 모두 차지하고 있는 오르간이 눈에 띄었어요.

보면대 위에는 붉은색으로 그려진 악보가 놓여 있었지요. 전 그의 양해를 구하고 악보를 살펴보았어요. 〈승리한 돈 후안〉이란 제목이 붙어 있었지요.

에릭이 입을 열었어요. '나는 가끔 작곡도 하고 있소. 그 작품을 시작한 지는 이십 년이 넘었다오. 이 일이 끝나면 그 악보를 품에 안고 관 속으로 들어가 다시는 잠에서 깨어나지 않을 작정이오.'

'가능한 한 일을 하지 말아야겠네요.' 제가 말했지요.

'어떤 때에는 이 주일 동안 밤낮으로 쉬지 않고 일을 하오. 오직 음악만 생각하며 사는 거지. 그리고 여러 해 동안 다시 휴식을 취하는 거요.'

'이 작품을 조금만 들려주실 수 있나요?' 죽음의 방에 있는 것이 정말 싫었지만 그 사람을 기쁘게 할 요량으로 물었어요.

하지만 에릭은 음울한 목소리로 대답했어요. '절대로 그런 요구를 해서는 안 되오, 크리스틴. 나의 〈돈 후안〉은 로렌초 다 폰테가 쓴 오페라 대본과는 전혀 관련이 없소. 포도주나 음탕한 사랑, 신의 노여움을 사는 방탕함에 영감을 받아 쓴 작품이 아니란 말이오. 원한다면 모차르트의 〈돈 후안〉은 연주해줄 수 있소. 그 음악은 단지 당신을 슬프게 할 뿐이니까. 하지만 나의 〈돈 후안〉은 안 되오. 그것은 불길과도 같소.'

그렇게 말하며 그는 다시 저를 식당으로 이끌었어요. 전 어느 방에서도 거울을 찾아볼 수 없다는 사실을 눈치챘지요. 그 점에 대해 물어보려 했지만 에릭은 벌써 피아노 의자 위에 앉아서 이렇게 말했어요.

'크리스틴, 어떤 음악은 너무나 끔찍해서 가까이 다가오는 모든 사람들의 영혼을 완전히 빼앗아버리기도 한다오. 그대는 아직까지 그런 음악을 접한 적이 없으니 참으로 다행이오. 만약 그랬다면 당신의 아름다움은 완전히 사라지고 파리에 있는 누구도 당신을 알아보지 못하게 됐을 테니까. 자, 크리스틴 다에 양, 우리 오페라나 한 곡 불러봅시다.' 에릭의 마지막 말은 마치 모욕처럼 들렸어요. 하지만 그 말의 의미를 되새겨볼 틈도 없었죠. 그는 즉시 〈오셀로〉에 나오는 이중창을 부르기 시작했으니까요. 재난이 시작되는 순간이었죠. 이번에는 내가 데스데모나의 노래를 불렀지요. 지금까지 그토록 깊은 절망감과 공포에 사로잡혀 노래를 해본 적은 없었어요. 그와 함께 노래를 부르며 저는 그에게 압도되지 않고 오히려 엄청난 영감에 사로잡혔어요. 최근의 경험 덕에 내게 시에 대한 굉장한 통찰력이 생겨서 그 곡의 작곡가까지도 감탄하게 만들 수 있을 정도였지요. 에릭의 목소리는 천둥처럼 방을 울리며 음 하나하나에서 복수의 불길을 뿜어내는 것 같았어요. 그의 목소리에서는 사랑, 질투, 증오 등의 감정이 하나의 울부짖음이 되어 터져나오고 있었어요. 에릭의 검은 가면조차도 오셀로 얼굴의 검은빛처럼 여겨지기 시작했어요. 에릭은 오셀로 그 자체였어요! 문득 그가 저를 공격해서 쓰러뜨릴지도 모른다는 생각이 들었어요. 하지만 나는 겁 많은 데스데모나가 그랬던 것처럼 그에게서 도망칠 생각도, 그의 분노를 피할 시도도 하지 않았지요. 오히려 전 그에게 매혹되고 마음을 빼앗겨 더 가까이 다가갔어요. 그런 열정의 한가운데에서는 죽음 자체가 매력적으로 느껴졌지요. 하지만 전 죽기 전에 가면 뒤에 감춰진 그의 얼굴을 꼭 봐야겠다는 생각이 들었어요. 그 얼굴은 틀림없이 불멸의 예술에 의해 변모되어 있을 테고, 나는 그 숭고한 모습을 제 무덤까지 가져가고 싶었어요. 그 목소리의 얼굴을 보고 싶어 견딜 수가 없었던 거예요. 억누를 수 없는 욕망에 이끌려 저도 모르게 재빨리 손을 들어 그 가면을 벗겨버렸지요. 그런데…… 아, 끔찍해요, 끔찍해, 너무나 끔찍했어요!"

크리스틴이 그때의 장면을 지워버리려는 듯 떨리는 손을 얼굴로 들어올리며 잠시 말을 멈췄다. 그 순간 에릭의 이름을 되풀이했던 밤의 메아리가 또다시 크리스틴의 외침을 따라했다. "아, 끔찍해요, 끔찍해, 너무나 끔찍했어요!" 라울과 크리스틴은 서로를 바싹 끌어안고 하늘을 올려다보았다. 평화로운 하늘에서 별들이 밝게 빛나고 있었다.

라울이 먼저 입을 열었다. "정말 이상하죠, 크리스틴. 이토록 고요하고 아름다운 밤이 온통 고통스러운 신음 소리로 가득 찬 것처럼 느껴지다니. 마치 우리 곁에 슬픔에 겨워 흐느끼는 사람이 있는 것 같아."

"라울, 이제 당신도 그 비밀을 알았기 때문에, 저처럼 언제나 탄식과 한숨 소리가 귓가에서 떠나지 않게 되었나봐요." 크리스틴은 라울의 믿음직한 손을 잡았다. 한동안 그런 자세로 떨리는 몸을 의지하다 그녀는 다시 말을 이었다. "그래요. 앞으로 백 살까지 산다 해도 전 슬픔과 분노로 가득 찼던 그 비탄의 소리를 잊지 못할 거예요. 그의 끔찍한 얼굴이 제 눈앞에 드러났을 때, 에릭이 지르던 그 기괴한 비명 소리…… 전 얼어붙고 말았어요. 두 눈은 공포에 질렸고 너무 놀라 입을 벌린 채 아무 말도 할 수 없었지요.

오, 라울, 그 모습이란! 어떻게 하면 그 모습을 잊을 수 있을까요? 그 모습은 영원히 내 머릿속에 남아 있을까요? 내 귀에는 끝없이 그의 울부짖음이 들리고, 내 눈앞에는 영원히 그 얼굴이 나타날 거예요! 어떻게 해야 제 기억에서 그 모습을 지워버릴 수 있을까요? 당신에게 어떻게 설명해야 할까요? 라울, 죽은 사람의 해골을 본 적이 있나요? 수백 년 동안 말라비틀어진 해골의 형체를요. 아마 당신이 페로에서 본 해골은 악몽이 아니었을 거예요. 가면무도회에서도 붉은 죽음이 어슬렁거리며 돌아다니는 것을 보았지요. 하지만 그때 당신이 본 해골의 얼굴은 표정 없이 굳어 있는 것에 불과해요. 상상해보세요. 그 붉은 해골 가면이 갑자기 살아나 얼굴을 씰룩거리고, 두 눈과 코와 입술이 있어야 할 자리에 움푹 팬 깊고 검은 구멍들을 분노로 일그러뜨리면서 악마처럼 맹렬한 저주를 퍼붓는 광경을! 눈동자가 있어야 할 자리에는 지옥과 같은 어둠만이 자리하고 있었어요. 나중에 안 사실이지만 그의 눈동자는 깜깜한 곳에서만 섬광처럼 빛을 내더군요. 저는 벽 쪽으로 뒷걸음질쳤어요. 제가 본 것은 공포의 화신이었어요. 흉측함의 전형이었어요.

에릭은 하얗게 빛나는 이를 드러내고 잔인한 웃음을 지어 보이며 제게 다가왔어요. 전 무릎을 꿇고 그에게 애원했어요. 하지만 그는 이미 정신을 잃어버린 듯했어요. 미친 듯이 씩씩거리며 온갖 저주와 욕설을 퍼붓더군요.

에릭은 제 몸 위로 얼굴을 수그리며 이렇게 외쳤댔어요. '보라고! 그렇게 보고 싶어했던 얼굴이 아닌가! 자, 마음껏 보라고! 어서! 너의 영혼이 넌더리를 낼 때까지 이 저주받은 추악한 얼굴을 보라고. 이게 바로 에릭의 얼굴이야. 내 목소리를 듣는 것만으로는 만족하지 못하겠다 이거지? 그래, 너는 내가 어떻게 생겼는지 그렇게도 보고 싶었나! 오, 호기심 많은 여자여!'

그는 큰 소리로 웃었어요. 호전적이고, 광적이고, 너무나도 무서운 웃음이었지요. 그러면서 쉰 목소리로 거듭 말했어요. '오, 호기심 많은 여자여!' 그러고는 이렇게 말했지요. '그래, 이제 만족했나? 정말 잘생긴 얼굴이 아닌가? 안 그래? 그대는 이제 축복을 받은 거야. 어떤 여자든 내 얼굴을 본 여자는 영원히 나의 것이 되고 마니까. 나를 영원히 사랑하게 되는 거야. 나는 돈 후안이나 다름없어. 알겠어?' 그러더니 그는 몸을 쭉 펴고 허리에 손을 얹고는 그 끔찍한 해골을 마구 흔들어대기 시작했어요. 에릭은 다시 절규했어요. '나를 보라고! 이 승리한 돈 후안을 말이야!' 마침내 전 더이상 견딜 수 없어 얼굴을 돌리며 그에게 용서를 빌었어요. 에릭은 제 얼굴을 거칠게 붙잡아 자신의 얼굴 가까이 가져갔어요. 그리고 뼈다귀같이 앙상한 손가락으로 제 머리카락을 움켜잡았지요."

"그만! 그만해!" 라울이 고함을 질렀다. "그놈을 죽여버리겠어. 크리스틴, 하늘에 맹세코 나는 그놈을 반드시 죽이고 말겠어. 그 호숫가의 방이 어디인지 말해줘요!"

"제발 진정하세요, 라울! 모든 사실을 다 알고 싶다면 말예요."

"그래요. 난 당신이 왜 돌아가야만 하는지 알고 싶어. 그 이유를 알아야겠단 말야. 하지만 이유야 어찌됐든 난 꼭 그놈을 죽이고 말 테요."

"라울, 제 말을 들어보세요. 들어보시라구요! 에릭은 제 머리카락을 움켜쥐고 저를 질질 끌고 갔어요. 그리고…… 그리고…… 아, 너무나 무시무시했어요!"

"무슨 일이 있었는데? 어서 말해봐요." 라울은 분노로 가득 차서 크리스틴을 재촉했다. "어서 전부 털어놔봐요!"

"에릭은 내게 중얼거렸어요. '아, 내가 당신을 놀라게 했나? 그렇지? 어디 내가 말해볼까? 당신은 내가 또다른 가면을 쓰고 있는 게 아닌가 생각하고 있지? 아하, 근데 말이야. 이 얼굴은…… 이 얼굴도 가면이었던가?' 에릭은 갑자기 큰 소리로 고함을 지르기 시작했어요. '어디 다시 한번 이 가면도 벗겨보시지! 자, 어서! 어서 해봐! 빨리 해보란 말이야! 어서 달려와 당신의 손으로 이 가면을 찢어내보라고! 손을 내놔! 당신 손을 달라고! 당신 손으로 할 수 없다면, 내 손을 빌려주지. 우리 둘이서 함께 이 가면까지 마저 벗겨보자고!' 나는 그의 발밑에서 공포로 몸을 움츠렸지만 에릭은 거칠게 내 손을 낚아채 그 끔찍한 얼굴 가까이 가져갔어요. 그리고 내 손톱으로 살점을 긁어내기 시작했지요. 썩어 흐물거리는 그 살점은 내 손톱 밑에서 하나씩 하나씩 떨어져나갔어요.

'잘 알겠지!' 에릭이 고함을 쳤어요. 그는 활활 타오르는 용광로처럼 헐떡거리며 거친 숨을 내쉬고 있었죠. '머리끝에서 발끝까지 내 몸은 죽은 자의 육신으로 이루어져 있다는 사실을. 당신을 사랑하며 당신을 숭배하는 것은 바로 시체야! 이제 이 시체는 절대로…… 절대로 당신 곁을 떠나지 않을 거야…… 이제 더 커다란 관을 만들어야겠군, 크리스틴. 우리의 행복한 나날이 마침내 끝날 그날을 위해 말이야! 자, 보라구! 나는 웃고 있지 않아. 내 얼굴에 퍼져가는 슬픔이 보이나? 나는 지금 울고 있어. 크리스틴, 바로 당신을 위해 울고 있는 거야. 나의 가면을 찢어버린 대가로 다시는 내 곁을 떠나지 못하게 되어버린 불쌍한 당신을 위해서 말야. 만약 내가 잘생긴 인간이었다면, 당신은 다시 내게로 돌아오겠지. 당신이 반드시 돌아올 거라는 걸 나는 알고 있어. 하지만 이제 나의 추악한 모습을 알아버린 이상, 당신은 영원히 내 곁에서 달아나려 할 거야. 그러니 나는 당신을 이곳에 가두어둘 수밖에! 오! 크리스틴, 도대체 왜! 왜 당신은 내 모습을 보고 싶어했소? 도대체 무엇을 보고 싶었던 거요! 내 아버지조차 외면해버린 얼굴이었는데…… 어머니는 내게 얼굴을 가리라며 울면서 첫번째 가면을 선물했지!'

에릭은 마침내 저를 붙잡고 있던 손을 놓더니 소름끼치는 신음 소리를 내며 마루 위를 뒹굴기 시작했어요. 그리고 뱀처럼 바닥을 기어 자신의 방으로 들어가 문을 닫아버렸지요. 혼자 남겨진 저는 두렵기도 했지만, 그 얼굴을 보지 않아도 된다는 사실에 안심했어요. 폭풍이 지나간 후 기괴하고 무덤 같은 침묵이 찾아왔고, 전 제 경솔한 행동이 어떤 결과를 초래했는지 깨달았어요. 괴물의 마지막 말은 너무나 분명했죠. 저는 스스로를 그곳에 감금시킨 거예요. 모든 불행은 제 호기심 때문이었어요. 그의 경고를 듣고도 조심하지 않은 것이지요. 자기 가면만 건드리지 않는다면 나는 안전하다고, 그 사람이 그렇게 말했었는데. 그런데 제가 그 가면을 벗긴 거예요. 저는 제 어리석음을 저주했어요. 그리고 몸서리치며 괴물의 말이 모두 맞다는 생각을 했지요. 맞아요, 그의 얼굴을 보지 않았다면, 전 그에게 돌아갔을 거예요. 에릭은 이미 절 감동시켰거든요. 저는 그에게 관심이 있었고, 가면 아래로 흐르는 눈물을 보고는 측은한 마음도 들었어요. 그의 애원을 거절할 수가 없었다고요. 전 배은망덕한 사람이 아니에요. 비록 그의 요구가 무리한 것이었지만, 저는 에릭이 그 목소리라는 것을, 그의 천재적인 영혼이 날 감동시켰다는 것을 잊을 수 없었어요. 전 아마 돌아갔을 거예요! 하지만 이제, 만약 이 지하묘지를 탈출할 수 있다면 전 다시는 돌아가지 않겠죠! 나를 사랑하는 시체가 있는 무덤으로 돌아가지 않을 거라구요.

그동안 내내 그가 보여준 격분과, 눈빛도 없는 눈으로 내 얼굴을 가까이 들여다보던 시커먼 눈구멍을 생각하니 그가 얼마나 거친 열정을 가진 사람인지 알 수 있었어요. 제가 전혀 저항하지 못하는 상태였을 때도 절 품에 안지 않는 걸 보면, 괴물에게 천사의 면모가 있다는 생각도 들었구요. 결국 에릭은 어떤 면에서는 음악 천사일 수도 있는 것이지요. 그리고 만약 신이 그에게 썩은 육체 대신 아름다움을 선사했다면, 완벽한 음악의 천사가 되었겠죠.

절 기다리고 있는 운명을 생각하면 심란했고, 또 관이 있던 방 문가에 가면을 벗은 괴물의 얼굴이 나타날까봐 두렵기도 했어요. 그래서 전 제가 있던 방으로 들어가 가위를 집어들었지요. 이 소름끼치는 운명으로부터 절 놓아주려구요. 그때 오르간 소리가 들려왔어요.

그 음악을 듣는 순간, 전 에릭이 왜 오페라 음악을 경멸했는지 이해할 수 있었어요. 제 귀에 들려오는 그 음악은 지금까지 들어온 것들과는 전혀 다른 것이었으니까요. 에릭은 매순간 닥쳐오는 공포를 잊어버리기 위해 자신의 작품 속으로 빠져들어갔던 것 같아요. 그가 작곡한 〈승리한 돈 후안〉은 처음에는 길고 섬뜩하고 웅장한 흐느낌처럼 들려왔어요. 그가 겪고 있는 저주받은 고통을 모두 담아낸 흐느낌처럼요.

저는 붉은 잉크로 그린 악보를 떠올리고는 곧 그가 선혈로 악보를 그린 게 아닌가 하는 상상을 했어요. 그의 음악은 나를 순교자의 고행길로, 끔찍한 괴물이 살고 있는 깊은 심연으로 이끌었어요. 그 불쌍하고 추한 머리를 지옥의 황량한 벽에 박으면서, 자신을 무서워하는 사람들에게서 도망쳐 지옥으로 향하는 에릭의 모습이 그려졌어요. 저는 숨도 쉬지 못한 채, 고통을 승화시킨 음악을 들으며 굉장한 화음에 완전히 마음을 빼앗겼어요. 그 화음은 심연에서 서서히 올라와 불현듯 하나로 합해지면서 놀라우면서도 위협적인 소리를 내다가, 태양을 향하는 독수리처럼 점점 더 높은 곳으로 원을 그리며 날아올랐어요. 온 세상을 불타오르게 만드는 듯한 그 위풍당당한 교향곡을 들으며 전 깨달았어요. 이 작품은 절정을 이루었다는 것을. 흉측함이 사랑의 날개를 달고 하늘로 올라가 아름다움과 마주했다는 것을요.

저는 그만 그 음악이 빚어내는 황홀한 소리에 이끌려 저와 에릭 사이에 놓여 있던 문을 열고 그의 방으로 들어갔어요. 제가 방 안으로 들어서자 에릭은 자리에서 일어났어요. 하지만 저를 향해 얼굴을 돌리지는 못하더군요.

'에릭……' 전 흐느끼며 말했어요. '겁내지 말고 저를 보세요. 당신은 진정 이 세상에서 가장 비참하고도 가장 숭고한 사람이에요. 만약 제가 당신 얼굴을 보고 또다시 몸을 떤다면, 그것은 경멸이나 공포 때문이 아니에요. 단지 당신의 놀라운 재능에 경의를 표하는 거예요!'

그러자 에릭이 얼굴을 돌리더군요. 제 말을 믿었던 거지요. 저

또한 스스로를 믿고 있었어요. 그는 감사의 표시로 하늘을 향해 앙상한 손을 들어올리더니 제 발밑에 주저앉았어요. 사랑을 고백하면서요. 검은 구멍만 남은 죽은 자의 입에서 사랑의 찬가가 쏟아졌어요. 음악도 이미 멈춘 후였지요. 하지만 저는 두 눈을 감고 말았어요. 그는 제 옷자락에 입을 맞추느라 그 모습을 보지 못했지만요……

제가 더 무슨 말을 하겠어요? 라울, 이제 당신도 그 비극적인 사실을 전부 알게 되었어요. 이 주가 지나갔지요. 그 이 주일 동안 저는 에릭에게 거짓말을 했던 거예요. 제 거짓말은 에릭의 흉측한 얼굴만큼이나 소름끼치는 것이었어요. 하지만 그 대가로 자유를 얻을 수 있었어요. 전 이 손으로 그의 가면을 태워버렸어요. 제가 얼마나 그럴듯하게 행동했는지 에릭은 심지어 노래를 부르지 않을 때에도 제 시선을 끌려고 애를 쓰더군요. 마치 주인 곁에 앉아 꼬리를 치는 개와 같았어요. 에릭은 충실한 노예였고 제게 무한한 관심을 쏟았지요. 점차 저에 대해 믿음을 갖게 된 에릭은 함께 아베르누스 호*의 둑을 산책하는 모험까지 감행하게 되었어요. 그리고 저를 보트에 태우고 거울 같은 호수 위를 돌아다니기도 했지요. 나중에는 스크리브 거리를 향해 뚫려

---

* 이탈리아 나폴리 근처의 호수로, 로마인들에게는 지옥의 입구로 일컬어졌다.

있는 지하 통로를 통해서 저를 밖으로 데리고 나갔어요. 마차 한 대가 그곳에서 기다리고 있다가 우리를 태우고 불로뉴 숲 오솔 길로 가더군요.

당신이 우리가 탄 마차와 마주친 그날은 정말로 위험했어요. 에릭은 질투심에 가득 차서 어쩔 줄을 모르더군요. 저는 당신이 곧 멀리 떠날 거라고 말했지요. 그리고 마침내 이 주째 되던 날, 에릭은 다시 돌아오겠다는 내 말을 믿게 되었어요. 매순간 비참 함과 절박함, 경멸, 공포에 시달린 끝에 얻어낸 결과였죠."

"당신은 돌아갔구요, 크리스틴." 라울의 입에서 신음 소리가 흘러나왔다.

"그래요, 라울. 에릭이 저를 다시 자유롭게 놓아줬을 때, 제가 약속을 지키지 않을 수 없게 만든 것은 그의 무서운 협박이 아니 었어요. 제 마음을 잡아끈 것은 무덤 입구에서 들려오던 에릭의 가슴 저미는 흐느낌이었어요. 제게 작별을 고할 때 공허하게 울 려퍼지던 그의 울음소리……" 크리스틴은 슬픈 얼굴로 고개를 저으며 말했다. "그것은 생각했던 것보다 훨씬 강하게 저를 그 사람 곁에 묶어놓았던 거예요. 가엾은 에릭, 가엾은 에릭."

"크리스틴." 라울이 벌떡 일어나며 말했다. "당신은 나를 사랑 한다고 말했어요. 하지만 자유의 몸이 된 지 불과 몇 시간 만에 또다시 에릭의 곁으로 되돌아갔어요! 가면무도회 때의 일을 생각해봐요."

"그래요. 하지만 당신과 제가 함께 보낸 시간들이 얼마나 위험했는지를 기억하셔야 해요!"

"그 순간에 당신이 지녔던 사랑조차도 의심스럽소."

"아직도 제 사랑이 의심스러운가요, 라울? 그럼 제가 에릭을 찾아갈 때마다 점점 더 공포심이 커져만 갔다는 사실을 생각해 보세요. 저를 만날수록 에릭은 제가 기대했던 것처럼 평온을 되찾는 것이 아니라, 사랑에 불타 어쩔 줄 몰라했어요. 이제 전 너무나 무서워요! 너무 무서워요!"

"당신은 겁에 질려 있어요. 나를 사랑하기는 하는 거요? 만약 에릭이 잘생긴 사람이었다 해도 나를 사랑했을까, 크리스틴?"

"왜 그런 질문을 하는 거죠? 왜 내가 마음속 깊은 곳에 숨겨둔 질문을 끄집어내려 하는 거예요?"

이번에는 크리스틴이 자리에서 일어났다. 그리고 떨리는 팔로 라울의 목을 감싸안으며 부드럽게 속삭였다.

"오, 사랑스러운 약혼자여, 당신을 사랑하지 않는다면 절대로 내 입술을 허락하지 않을 거예요! 자, 여기 제 인생의 처음이자 마지막 입맞춤을 당신에게 바칠게요."

크리스틴은 라울에게 깊고 부드러운 입맞춤을 했다. 그러나 그것도 잠시, 그들을 감싸고 있던 부드러운 어둠이 산산조각나

흩어졌다. 두 사람은 폭풍에 쫓기듯이 필사적으로 도망치기 시작했다. 두 사람이 다락방들이 들어찬 곳으로 들어가려 할 때, 에릭에 대한 두려움으로 가득한 그들의 눈앞에 검은 그림자가 나타났다. 그는 저 높은 곳 아폴론 신상의 리라에 거대한 박쥐처럼 매달려, 이글거리는 두 눈으로 그들을 내려다보고 있었다.

제 14 장

마르그리트의 실종

라울과 크리스틴은 정신없이 달렸다. 지붕에서 어서 내려가 어둠 속에서 이글거리며 빛나던 두 눈을 벗어나려는 생각뿐이었다. 마침내 8층까지 내려온 뒤에야 그들은 달리던 걸음을 멈췄다. 그날 밤 오페라하우스에서는 아무런 공연도 없었다. 복도는 텅 비어 있었다.

그런데 느닷없이 기이한 형체가 나타나 길을 가로막으며 두 사람 앞에 우뚝 버티고 섰다. "아닙니다. 이 길이 아니에요." 그러면서 그는 무대 옆으로 이어지는 통로를 가리켰다.

라울은 가던 길을 멈추고 그 사람의 정체가 무엇인지 왜 자신들을 도와주는 것인지 물어보려 했다.

하지만 기다란 프록코트에 끝이 뾰족한 모자를 쓰고 있던 그 사람은 길을 재촉할 뿐이었다. "빨리! 빨리 서둘러요!"

크리스틴도 라울을 재촉하며 그의 손을 잡아끌었다. 어쩔 수 없이 라울은 다시 달리기 시작했다.

"도대체 저 사람은 누구죠?" 라울이 물었다.

"페르시아인이에요." 크리스틴이 대답했다.

"뭘 하는 사람인데?"

"아무도 몰라요. 그 사람은 언제나 오페라하우스에서 지내요."

"당신은 나를 겁쟁이로 만드는군요, 크리스틴." 라울은 눈에 띄게 불편한 기색으로 말했다. "난 지금 태어나서 처음으로 도망이라는 걸 쳐보는 겁니다."

"어쩌면 우리는 헛것을 보고 놀라 도망치는지도 몰라요." 크리스틴이 다소 차분해진 목소리로 말했다.

"우리가 본 것이 정말 에릭이었다면 그놈을 아폴론 신상의 리라 위에 못 박아버리는 거였는데. 브르타뉴에서 농부들이 벽에다 올빼미를 걸어놓았던 것처럼 말이에요. 그랬다면 더이상 그 작자에 대해서는 걱정할 필요도 없을 텐데."

"라울, 그러려면 먼저 당신이 아폴론 신상 위에 올라가야 했을 것 아니에요? 그건 쉬운 일이 아니에요."

"그놈의 섬뜩한 눈이 바로 그 위에 있었단 말이오!"

"라울, 이제 당신도 점점 저를 닮아가는군요. 어디서나 에릭의 환상을 보시다니! 우리가 보았던 빛나는 두 눈은 아마 아폴론의 리라 사이로 도시를 내려다보며 반짝이던 별이었는지도 몰라요."

크리스틴은 라울을 이끌고 한 층 더 아래로 내려갔다.

"크리스틴, 당신이 진정 떠나기로 마음먹었다면, 지금 당장 가는 게 좋겠어요. 왜 내일까지 기다려야 하죠? 에릭 그자는 분명히 오늘밤 우리가 한 말을 엿들었을 거요."

"아니에요. 그렇지 않아요. 에릭은 지금 일하고 있어요. 내가 말했잖아요. 〈승리한 돈 후안〉을 작곡하느라 우리 일은 까맣게 잊고 있을 거예요."

"그렇게 확신하면서 당신은 왜 항상 뒤를 돌아보며 불안해하는 거요?"

"분장실로 가요."

"오페라하우스 밖으로 가는 편이 더 낫지 않겠소?"

"안 돼요. 영원히 도망치기 전까지 저는 밖으로 나갈 수 없어요. 만약 제가 약속을 지키지 않는다면, 우리에게 재앙이 닥쳐올 거예요. 전 밖에서 당신을 만나지 않겠다고 에릭에게 약속했어요."

"그나마 허락해준 데 감지덕지해야겠군." 라울이 비꼬는 어조로 말했다. "그런데 대담하게도 나와 약혼하는 연극까지 했으니 당신도 참 대단해."

"에릭은 그 모든 일을 다 알고 있어요. 그는 내게 말했어요. '나는 당신을 믿소, 크리스틴. 샤니 자작은 당신을 사랑하지만 오래잖아 멀리 떠날 사람이오. 떠나기 전에, 나는 그가 나처럼 불행에 빠지기를 바라오.'"

"그게 무슨 뜻이오?"

"당신이 대답해주셔야 해요, 라울! 그런가요? 사랑에 빠지면 누구나 불행해지는 건가요?"

"그래요. 사랑에 빠졌는데 사랑받고 있다는 확신이 없을 때 그렇소."

"에릭 말씀이신가요?"

"에릭과 나를 말하는 거요." 라울은 생각에 잠긴 표정으로 고개를 저으며 쓸쓸하게 말했다.

크리스틴의 분장실로 들어가며 라울이 물었다. "오페라하우스의 다른 곳보다 이 방이 더 안전하다고 생각하는 이유가 뭐요? 당신은 이 벽을 통해서 에릭의 목소리를 들었는데. 에릭도 분명 우리의 말소리를 들을 수 있을 것 아니오?"

"아니에요. 에릭은 다시는 분장실 벽 뒤에 서 있지 않겠다고 약속했어요. 전 에릭의 말을 믿어요. 이 분장실과 지하 호숫가에 있는 제 침실은 온전히 저만의 공간이에요. 에릭은 그걸 존중해 줘요."

"그런데 어떻게 이 방에서 그 어두운 통로로 빠져나갈 수 있었던 거요? 다시 한번 그때처럼 해보면 어떨까?"

"라울, 그건 너무 위험한 짓이에요. 만약 저 거울이 다시 저를 데려가버린다면, 저는 도망가지 못하고 비밀 통로를 따라 호숫가로 내려갈 수밖에 없어요. 그러면 에릭을 불러 도움을 청해야 한다구요."

"그 사람이 당신이 부르는 소리를 들을 수 있어요?"

"에릭은 내가 부를 때면 언제나 그 소리를 들을 수 있어요. 그가 그렇게 말했어요. 정말 놀라운 재주를 가진 사람이에요. 그 사람을 단순히 재미 삼아 지하에 사는 인간쯤으로 생각해서는 안 돼요. 에릭은 다른 사람들은 꿈도 못 꾸는 일들을 할 수 있다구요. 이 세상 누구도 알지 못하는 비밀들도 많이 알고 있어요."

"정신 차려요, 크리스틴. 에릭은 신비로운 유령이 아니란 말이요."

"물론 그는 유령이 아니에요. 하늘과 땅의 아들일 뿐이지요."

"하늘과 땅의 아들일 뿐이라…… 정말 멋진 표현이군! 그렇게 멋진 사람 곁에서 달아날 생각이란 말이오?"

"그래요, 바로 내일."

"당신이 오늘밤 당장 떠나면 좋겠어요."

"왜요, 라울?"

"내일이면 당신의 다짐은 전부 사라질 테니까."

"라울, 그래서 나를 데리고 떠나달라고 했잖아요. 당신도 그러 겠다고 하지 않았나요?"

"그래요, 내일 밤 열두시에 이곳으로 올 거요. 무슨 일이 있어 도 약속을 지키겠소." 라울이 침울하게 말했다. "그런데 에릭이 공연을 보러 왔다가 호숫가에 있는 은신처의 식당에서 당신을 기다리고 있을 거라고 했죠?"

"그래요, 거기서 만나기로 했어요."

"하지만 당신이 거울을 통과해 방에서 빠져나가는 방법을 모 른다면, 어떻게 그 호숫가에 도착할 수가 있다는 거요?"

"곧장 호숫가로 가는 거예요."

"그 복잡한 길을 간단 말이오? 무대장치 담당자들과 일꾼들이 가득할 텐데, 그 사람들 보는 데서 계단과 통로를 지나겠다고? 그럼 당신은 그 길을 절대 비밀로 할 수 없을 겁니다. 사람들이 모두 호수로 내려가는 크리스틴 다에를 쫓아갈 거라고요."

크리스틴은 상자를 하나 가져왔다. 그리고 그 안에서 커다란 열쇠를 꺼내 라울에게 보여주었다.

"이게 뭐죠?"

"스크리브 거리에 있는 지하 통로 열쇠예요."

"알았어요, 크리스틴. 이 열쇠가 호숫가로 가는 통로를 열어준다는 말이군. 열쇠를 내게 줘요. 크리스틴, 어서."

"안 돼요! 그건 배신 행위예요!"그녀가 냉정하게 말했다.

순간, 크리스틴의 안색이 변했다. 그녀는 새하얗게 질린 얼굴로 온몸을 떨며 외쳐댔다. "세상에…… 에릭! 에릭! 저를 용서해주세요!"

"조용히 해요!"라울이 말했다. "당신이 부르면 언제라도 에릭이 듣는다면서요!"

하지만 크리스틴의 태도는 점점 더 이상해졌다. 그녀는 자꾸만 손가락을 만지작거리며 넋이 나간 듯 말했다. "오! 이런 일이, 이제 전 어떻게 해야 하죠?"

"무슨 일이오? 왜 그래요?"라울이 물었다.

"반지가!"

"무슨 반지 말이오? 제발, 크리스틴, 진정해요!"

"에릭이 내게 준 금반지요."

"역시 그렇군. 에릭이 그 반지를 주었어!"

"당신도 이미 알고 있었잖아요! 하지만 당신이 모르는 게 있어요. 에릭은 반지를 주며 말했어요. '크리스틴, 다시 당신을 자유롭게 해주겠소. 그러나 이 반지를 항상 당신 손가락에 끼고 있겠다는 조건 아래서요. 이 반지를 간직하고 있는 한, 당신은 언제나 안전할 것이며 나는 당신의 다정한 친구로 남을 것이오. 허나 만약 이 반지를 빼버린다면…… 커다란 불행을 각오해야 할 것이오. 내가 반드시 당신을 찾아가 복수할 테니까.' 오, 라울! 라울! 그런데 그 반지가 사라졌어요. 이제 우리에게 감당할 수 없는 불행이 닥칠 거예요!"

두 사람은 함께 반지를 찾아보았다. 하지만 소용 없는 일이었다. 크리스틴은 불안한 마음을 진정시킬 수 없었다.

"아폴론 신상의 리라 밑에서 당신과 입맞춤하는 사이에 없어진 게 틀림없어요. 반지가 손가락에서 빠져서 길에 떨어졌을 거예요! 다시는 찾을 수 없겠죠! 이제 어떤 재앙이 우리를 기다리고 있을까요? 어서 달아나야 해요!"

"지금 당장 도망가요." 라울이 주장했다.

하지만 크리스틴은 이번에도 역시 망설이는 기색이었다. 라울은 그녀의 입에서 가겠다는 대답이 나오기를 고대했다. 크리스틴의 빛나는 눈동자에 눈물이 가득 고였다.

"안 돼요! 내일 떠나요." 크리스틴은 혼란스러워하며 서둘러 자리를 떠났다. 여전히 손가락을 만지작거리면서. 마치 그렇게라도 하면 사라진 반지가 기적적으로 되돌아올 거라고 믿는 것 같았다. 라울은 집으로 돌아왔다. 하루종일 겪은 일 때문에 마음이 몹시 심란했다.

"그 사기꾼의 손아귀에서 크리스틴을 구해내지 못하면, 크리스틴은 영원히 내 곁에서 사라지고 말 거야. 반드시 그녀를 구해내야 해." 라울은 잠자리에 들면서 굳게 다짐했다. 등불을 끄고 어둠 속에 잠기자, 라울은 소리내어 에릭을 모욕하고 싶은 욕망에 사로잡혔다. "이 사기꾼! 사기꾼! 사기꾼!" 라울은 커다랗게 외쳤다.

갑자기 라울이 누워 있던 자리에서 벌떡 일어났다. 식은땀이 흐르고 있었다. 벌겋게 달아오른 석탄 같은 두 눈이 침대 발치에 나타났던 것이다. 그 눈은 깜깜한 어둠 속에서 깜빡이지도 않으며 도전적으로 라울을 노려보고 있었다. 라울은 절대로 겁쟁이가 아니었다. 하지만 온몸이 떨려왔다. 라울은 떨리는 손을 들어 조심스럽게 침대 옆에 있는 테이블을 더듬었다. 그리고 성냥을 찾아내 간신히 촛불에 불을 붙였다. 방 안에 불빛이 드리워진 순간, 그 눈은 사라졌다.

라울의 떨리는 가슴은 쉽게 진정되지 않았다. 라울은 생각에 잠겼다. '크리스틴은 에릭의 눈이 오직 어둠 속에서만 빛난다고 했다. 지금 방 안에는 빛이 있다. 그렇다면, 지금 내 눈에는 보이지 않지만 아직도 저쪽에 그자가 서 있단 말인가!' 라울은 자리에서 일어나 조심스럽게 방을 살폈다. 어린아이처럼 침대 밑을 들여다보기도 했다. 그러다가 자신이 바보 같은 짓을 하고 있다는 것을 깨달았다. "이런 동화 같은 상황에서 무엇을 믿어야 하고 무엇을 믿지 말아야 하는 걸까? 어디까지가 현실이고 어디서 부터가 환상일까? 크리스틴이 본 건 무엇일까? 그녀가 보았다고 생각하는 건 무엇일까?" 그는 큰 소리로 말했다. "그리고 내가 본 건 무엇일까?" 그는 몸서리치며 덧붙였다. "내가 방금 그 이글거리는 눈빛을 본 걸까? 아니면 그저 상상일까? 모든 게 불확실해! 그 눈들, 내가 실제로 봤다고도 확언할 수 없어!" 라울은 다시 침대로 들어가 촛불을 껐다. 그러자 또다시 두 눈이 나타났다.

"오," 라울은 숨이 턱 막혔다. 그는 벌떡 일어나 모든 용기를 다해 그 눈을 노려보았다. 잠시 정적이 흐르고 라울은 소리쳤다. "에릭, 당신인가? 인간이든 정령이든 유령이든 어서 대답을 해!" 라울은 다시 생각에 잠겼다. '에릭이라면…… 분명 발코니에 있을 거야!' 라울은 잠옷 차림으로 서랍장으로 달려가 권총을 꺼내 들었다. 그리고 발코니의 유리문을 열었다. 아무것도 보이지 않았다. 라울은 다시 창문을 닫았다. 몹시 차가운 밤공기에 온몸이 으스스 떨렸다. 침대로 돌아온 라울은 그래도 마음이 놓이지 않아 권총을 침대 옆 테이블에 올려놓았다. 정체를 알 수 없는 두 눈은 여전히 침대 발치에서 빛나고 있었다.

저것은 침대와 유리문 사이에 있는 걸까, 아니면 유리문 너머 발코니에 있는 걸까. 라울은 알고 싶었다. 저게 과연 인간의 눈일까? 라울은 모든 진실을 알고 싶었다. 마침내 라울은 조용하고 침착하게 권총을 집어들었다. 그리고 기묘하게 자신을 노려보는 빛나는 두 별을 조준하고 그보다 약간 위쪽을 향해 방아쇠를 당겼다. 만약 저것이 진짜 눈이라면 위쪽에 이마가 있을 것이다……

탕! 요란한 총성이 모두가 잠든 고요한 집 전체를 흔들어놓았다. 복도에서 웅성거리며 달려오는 발소리가 들려왔다. 라울은 만약의 경우에 대비해 목표물을 향해 다시 총을 겨눈 채 자리에서 일어났다. 순간 빛나던 두 눈이 사라졌다.

하인들과 필립 백작이 촛불을 들고 방으로 들어왔다. 필립 백작이 걱정스러운 얼굴로 물었다. "무슨 일이냐?"

"악몽을 꿨나봐요. 별 두 개가 나타나 잠을 방해하기에 총으로 쏘아버렸어요." 라울이 대답했다.

"무슨 헛소리를 하는 거냐! 어디 아프니? 맙소사! 라울, 말 좀 해보거라. 무슨 일이냐?" 백작은 동생의 손에서 권총을 빼앗으며 말했다.

"아니에요. 헛소리가 아니라구요! 곧 모든 것을 알게 될 겁니다." 라울은 침대에서 빠져나와 윗옷을 걸치고 실내화를 신었다. 그리고 하인의 손에서 촛불을 건네받고는 유리문을 열고 발코니로 나갔다. 발코니 창을 살펴보던 백작은 사람 키 높이 정도에

총알이 뚫고 지나간 자국이 나 있는 것을 발견했다. 라울은 촛불을 들고 발코니 아래를 내려다보았다. "그렇지!" 라울이 소리쳤다. "핏자국이에요! 핏자국! 여기도, 저기도! 내 짐작이 맞았어요. 피를 흘리는 유령이라면 그리 대단한 놈도 아니네요!" 라울이 코웃음을 쳤다.

"라울! 라울! 정신 차려!" 백작은 동생을 붙잡고 마구 흔들어대며 소리쳤다. 마치 몽유병 환자를 깨우려는 듯한 몸짓이었다.

"난 꿈을 꾸는 게 아니에요, 형." 라울이 참지 못하고 소리쳤다. "형 눈에도 이 핏자국이 보이잖아요! 나도 처음에는 꿈에서 별을 쏘았다고 생각했지요. 하지만 그것은 에릭의 눈이었어요! 여기 그의 핏자국이 있어요." 갑자기 라울이 불안해하며 말을 이었다. "하지만 결국 내 총알이 빗나간 모양이에요. 크리스틴은 날 용서하지 않을지도 몰라요. 잠자리에 들기 전에 커튼을 쳤다면 이런 일은 생기지 않았을 텐데."

"라울, 갑자기 왜 이러니? 정신 좀 차리거라, 제발!"

"형! 제발 날 좀 믿어주세요. 에릭을 붙잡게 도와주세요. 에릭은 피를 흘렸어요. 그 흔적을 따라가면 그를 잡을 수 있다구요!"

"분명 발코니에 피가 있습니다!" 하인이 확인해주었다.

이때 다른 하인이 등잔불을 가지고 왔다. 두 사람은 발코니 주변을 찬찬히 살펴보았다. 난간을 따라가던 핏자국이 홈통까지 이어지고 있었다.

"라울, 네가 고양이를 쏜 모양이구나." 필립 백작이 말했다.

"그럴 수도 있겠죠. 불행한 일이겠지만." 라울이 싸늘한 미소를 보이며 대답했다. "하지만 형, 형은 에릭에 대해 아무것도 모르잖아요. 이 선명한 핏자국의 주인공이 에릭인지 고양인지, 아니면 유령인지 인간인지, 형은 아시겠어요? 아니요. 에릭에 대해서 형은 아무 말도 할 수 없어요!"

라울의 입에서는 계속해서 알 수 없는 말들이 터져나왔다. 그는 머릿속에 있는 생각들을 그대로 뱉어냈고, 그 말들은 그럴듯하든 황당무계하든 모두 크리스틴 다에의 폭로에서 비롯된 것이었다. 그의 이상한 행동은 사람들에게 이 젊은이의 정신이 온전치 못하다는 인상을 주기에 딱 좋았다. 필립 백작도 그렇게 생각했고, 나중에 미프루아 수사관의 보고서를 읽은 담당 판사도 똑같은 결론을 내렸다.

"도대체 에릭이 누구냐?" 백작이 동생의 손을 움켜잡으며 물었다.

"제 연적이에요. 만약 그놈이 죽지 않았다면 정말 유감스러운 일이죠."

백작은 손짓을 하여 하인들을 모두 방에서 나가게 했다. 하지만 샤니 형제만 남겨둔 채 방문을 닫고 복도로 나간 백작의 하인은 라울이 분명하고 열정에 찬 목소리로 이렇게 말하는 것을 들었다. "오늘밤 크리스틴 다에를 데리고 떠날 겁니다."

그날 밤 두 형제 사이에 오고 간 대화에 대해서 정확히 알고 있는 사람은 아무도 없었다. 하지만 라울의 말을 새기고 있던 백작의 하인은 후에 판사인 포르 앞에서 이 말을 증언했다. 하인들은 형제가 싸운 것이 이번이 처음은 아니었으며, 그들의 목소리는 벽을 넘어 들려올 정도였다고 했다. 그리고 크리스틴 다에라는 여배우가 항상 문제가 되었다는 것이다.

다음날 아침, 여느 때와 마찬가지로 서재에서 아침식사를 하던 백작은 동생을 불렀다. 라울은 우울한 표정으로 말없이 들어왔다. 아주 짧은 만남이었다.

필립: 읽어보거라!

(백작은 〈레포크〉지를 동생에게 건네며 사회면에 실린 기사를 가리켰다.)

라울: (경멸 섞인 말투로) 오페라 가수인 크리스틴 다에 양과 라울 드 샤니 자작이 결혼을 약속했다는 소식이 포부르에서 전해지고 있다. 믿을 만한 소식통에 따르면, 자작의 형 필립 백작은 가문의 역사에서 처음으로 서약을 어기는 한이 있더라도 이 결혼은 찬성할 수 없다고 말했다고 한다. 사랑의 힘은 모든 것을

이겨낼 수 있다는데—특히 오페라에서 그렇게 노래하곤 한다—
과연 필립 백작은 '새로운 마르그리트'를 결혼 제단으로 이끄는
동생의 손을 막을 수 있을 것인가! 두 형제는 서로를 무척 존경
하며 아끼고 있다고 전해진다. 형제애가 애틋한 남녀간의 사랑
을 이겨낼 수 있을지 귀추가 주목된다.

필립: (슬픈 목소리로) 이제 알겠지, 라울. 너는 우리 집안을
웃음거리로 만들었어! 그 여자가 유령이니 뭐니 하는 이야기를
늘어놓아 네 머릿속을 완전히 망쳐버린 게야!

(지난밤 자작은 크리스틴의 이야기를 털어놓은 것이 틀림없
었다.)

라울: 안녕히 계세요, 형.

필립: 완전히 결심을 굳힌 거냐? 정말 오늘밤 떠날 거야? (자
작에게선 아무런 대답이 없다.) 그 여자와 함께 말이냐? 꼭 그렇
게 어리석은 짓을 저질러야겠어? (여전히 답이 없다.) 나는 어떻
게든 네가 하려는 일을 막을 것이다!

라울: 가보겠습니다.

(자작이 떠난다.)

이 장면은 후에 백작이 직접 담당 판사에게 설명한 내용이었
다. 백작이 동생의 모습을 다시 본 것은 그날 저녁, 오페라하우

스에서였다. 크리스틴이 실종되기 불과 몇 분 전이었다.

라울은 그날 하루종일 도망갈 준비를 하느라고 무척 바빴다. 말과 마차 그리고 마부와 식량, 옷가지와 여행 물품들, 여행에 필요한 돈, 행선지 등(그는 유령을 따돌리려면 기차가 좋을지 어떨지조차도 아직 결정하지 못하고 있었다) 모든 것을 아홉시 전까지 결정해 준비해놓아야 했던 것이다.

그날 밤 아홉시, 창문마다 커튼을 드리운 여행용 사륜마차 한 대가 오페라하우스 로통드 쪽 거리에 서 있었다. 힘센 두 마리의 말이 마차를 끌 준비를 하고 있었고 마부석에는 긴 목도리로 얼굴을 가린 마부가 앉아 있었다. 그 마차 앞에는 브로우엄* 석 대가 나란히 서 있었다. 그중 한 대는 갑자기 파리로 돌아온 카를로타의 전용 마차였다. 또하나는 라 소렐리의 것이었으며, 제일 앞줄에 있는 것이 필립 드 샤니 백작의 마차였다. 아무도 마차에서 내리지 않았다. 마부는 다른 세 마부들처럼 자리를 지키고 있었다.

그때 기다란 검은 코트를 걸치고 부드러운 검은색 펠트 모자를 쓴 그림자가 로통드와 마차들 사이의 보도를 성큼성큼 걸어왔다. 그의 관심은 네번째 마차에 쏠려 있었다. 그는 쓰윽 다가

---

* brougham, 말 한 필이 끄는 사륜마차.

와 말과 마부를 이리저리 살펴보고는 말없이 사라져버렸다. 판사는 후에 그 그림자가 라울 드 샤니 자작이었을 거라고 믿었다. 하지만 나는 그렇게 생각하지 않는다. 그날 저녁 샤니 자작은 다른 날과 마찬가지로 중산모를 썼던 것이다. 게다가 그 모자는 나중에 다시 발견되었다. 나는 그 그림자가 아마도 유령이었을 거라고 생각한다. 독자들도 곧 눈치채겠지만, 오페라의 유령은 모든 계획을 다 알고 있었다.

그날 저녁, 쟁쟁한 청중들 앞에 올려진 공연은 우연히도 〈파우스트〉였다. 당시에 오페라하우스의 정기회원들은 은행가나 상인, 외국인처럼 자신들이 교제하지 않는 사람들에게는 자리를 빌리거나 빌려주지 않았다. 하지만 오늘날에는 더이상 그렇지 않다. 정육점 주인도 백작 X의 자리─백작이 계약상의 주인이기 때문에 여전히 백작 X의 자리라고 부른다─를 사서 가족과 함께 느긋하게 공연을 즐길 수 있게 되었다. 과거에는 상상조차 할 수 없는 일이었다. 그 당시 오페라하우스의 박스석은 음악을 사랑하는 사교계 인사를 만날 수 있는 살롱의 역할을 했다.

오페라하우스에 모인 사람들은 자주 만난다고는 할 수 없지만 서로의 얼굴과 이름을 잘 알았다. 그중에서도 샤니 백작을 모르는 사람은 없었다. 〈레포크〉지에 실렸던 그 기사가 벌써 효력을 발휘하고 있는지 모든 사람의 눈길이 필립 백작을 향하고 있었다. 그는 무심한 태도로 개인 박스석에 혼자 외롭게 앉아 있었다. 눈부시게 차려입은 부인들이 특히 호기심을 드러냈다. 자작의 모습이 보이지 않는다는 사실이 부채로 입을 가린 수많은 여인들을 자극해 끝없는 속삭임의 파문을 일으켰다.

가엾은 크리스틴 다에는 관객들의 차가운 시선을 한몸에 받았다. 상류층 관객들은 주제도 모르고 감히 샤니 자작을 넘본 다에를 절대 용서할 수 없었던 것이다. 관객들의 눈에서 적대감을 읽어낸 크리스틴은 몹시 당황했다. 오페라하우스 정기회원들은 자작과 여가수의 연애 사건을 이미 잘 알고 있다는 듯, 마르그리트가 노래 부르는 대목이 나올 때마다 의미심장한 미소를 주고받았다. 크리스틴이 그 유명한 아리아를 부르는 대목에서는 심지어 뒤를 돌아보며 필립 드 샤니 백작의 안색을 살피는 이도 있었다.

내게 인사를 했던 그 사람이
누구인지 알 수만 있다면.
귀족인지 아닌지, 아니 오직 그의 이름만이라도.

백작은 손으로 턱을 괸 채 사람들의 시선에는 아무런 관심도 없다는 듯 무대만 뚫어져라 바라보고 있었다. 하지만 생각은 전혀 다른 곳에 가 있는 듯했다.

크리스틴은 점점 더 자신감을 잃어갔다. 그녀는 온몸을 떨고 있었다. 마치 재앙이 닥쳐오고 있다는 걸 감지한 것처럼. 무대에서 그녀와 함께 연기하는 파우스트 박사 역의 카롤루스 폰타는 그 광경을 걱정스레 지켜보고 있었다. 저애가 어디 아픈 걸까? 왜 저러는 거지? 정원 장면도 못 마칠 것 같은데. 막이 거의 끝나갈 무렵이었다. 바로 그즈음이었다! 카를로타의 두꺼비 소리가 터져나왔던 장면이. 오페라하우스에 모인 관객들은 그즈음에서 카를로타에게 일어났던 엄청난 재앙을 분명히 기억하고 있었다. 파리에서 누렸던 카를로타의 명성을 영원히 끝나게 했던 그 역사적인 '꽥' 소리를 어찌 잊을 수 있었겠는가.

그때 카를로타가 무대를 정면으로 마주한 박스석으로 들어왔다. 사람들의 술렁거림이 들려왔다. 가엾은 크리스틴은 눈을 들어 사람들을 동요시키는 주인공을 바라보았다. 순간 카를로타의 입가에 경멸의 미소가 스치고 지나갔다. 그러나 누가 알았으랴. 경쟁자의 오만한 미소가 힘을 잃고 꺼져가던 크리스틴을 구원할 줄이야! 그녀는 다른 모든 일을 잊어버리고 다시 한번 승리를 거두기 위해 온 힘을 그러모았던 것이다. 프리마돈나는 온 마음과 영혼을 바쳐 노래를 부르기 시작했다. 크리스틴은 지금까지 자신이 저지른 모든 실수를 만회하고자 최선을 다했다. 그리고 마침내 성공을 거두었다. 드디어 마지막 장면에서 크리스틴이 천사들에게 탄원하는 노래를 부르기 시작했을 때, 모든 관객들은 마치 날개를 달고 하늘을 나는 것 같은 느낌을 받았다.

황홀감에 빠진 관객 중에 객석의 한가운데에서 무대를 바라보며 우뚝 서 있는 사람이 있었다. 라울이었다.

성스러운 천사여, 하늘의 축복을……
성스러운 천사여, 하늘의 축복을……

크리스틴은 두 팔을 하늘로 뻗어올렸다. 그녀의 목소리를 통해 순결한 음악이 흘러나오고 있었다. 하얀 어깨 위에 머리카락을 드리운 프리마돈나의 성스러운 탄원이 고조되었다.

나의 영혼은 그대와 함께 안식을 누리기를 갈망합니다!

갑자기 무대가 어둠에 휩싸였다. 너무나 순식간에 일어난 일이라 관객들은 불이 다시 켜질 때까지 소리를 지르지도 못했다.

하지만 크리스틴 다에가 사라지고 없었다! 그녀에게 무슨 일이 일어난 걸까? 이렇게 감쪽같이 사람이 사라지다니, 이게 무슨 조화란 말인가? 사람들은 놀란 입을 다물지 못했다. 관객들의 동요는 이제 최고조에 달했다. 무대 양편에서 사람들이 달려나와 바로 조금 전까지만 해도 크리스틴이 노래를 부르고 있던 자리를 살폈다. 공연은 중단될 수밖에 없었다.

크리스틴은 어디로 갔을까? 도대체 어떤 마법의 손길이 수천 명의 열광적인 관객들의 시선과 카롤루스 폰타의 품에서 크리스틴을 낚아챈 것일까? 크리스틴에게서 나온 천상의 목소리를 들은 천사들이 '안식을 누리기를 갈망'하는 그녀를 데려간 것일까?

객석에 못 박힌 듯 우뚝 서 있던 라울의 입에서 처절한 비명이 터져나왔다. 필립 백작은 자리에서 벌떡 일어나 박스석을 뛰쳐나갔다. 사람들의 시선이 무대와 백작과 라울을 바쁘게 오갔다. 그들은 이 이상한 사건이 조간신문에 실린 기사와 과연 어떤 연관이 있을까 궁금해하고 있었다. 라울은 서둘러서 자리를 떠났고 박스석을 나간 백작의 모습도 찾아볼 수 없었다. 무대의 막이 서서히 내려졌다. 수많은 기자들이 무대 뒤편을 향하여 몰려들었고 남은 관객들은 예상치 못한 혼란 속에서 어떤 발표라도 나올까 기다리며 술렁이고 있었다. 관객들은 저마다 이 사건에 대해 추측을 하며 목소리를 높였다. 어떤 사람들은 크리스틴이 무대 바닥에 있는 뚜껑문으로 떨어졌을 거라고 주장했고, 어떤 사람들은 신임 감독이 고안한 새로운 무대장치를 시도하다가 크리스틴이 그만 천장으로 딸려올라갔을 거라고 추측했다. 불이 나가자마자 크리스틴이 사라졌기 때문에 누군가가 나쁜 의도로 계획한 일일 거라고 주장하는 사람들도 있었다.

마침내 무대의 막이 다시 올랐다. 오케스트라 지휘자석으로 걸어나온 사람은 카롤루스 폰타였다.

"신사 숙녀 여러분," 그는 심각하고 슬픈 목소리로 말했다. "전례 없는 사고가 일어나 우리 모두 놀라움을 금치 못하고 있습니다. 우리의 예술가 동료인 크리스틴 다에 양이 바로 우리의 눈앞에서 사라져버렸습니다. 누구도 설명할 수 없는 일이 일어난 것입니다!"

제 15 장
감독실의 비밀

무대 위는 말할 수 없이 혼란했다. 예술가, 무대장치 담당자, 무용수, 단역배우, 합창단원, 기자 등 온갖 사람들이 모여서 서로 질문을 하고 고함을 질러대느라 밀치락달치락 굉장한 소동을 벌이고 있었다.

"크리스틴은 어떻게 된 거요?"

"납치됐대요."

"물론 샤니 자작이 납치했겠지!"

"아니, 백작이 납치했대요!"

"아, 저기 카를로타가 있다! 카를로타가 술책을 부린 게야!"

"아니야, 이건 유령 짓이야! 유령이 그런 거라고!"

몇 사람은 웃음을 터뜨렸다. 특별히 무대 위의 뚜껑문과 바닥을 세심하게 조사한 결과 사고일 가능성은 없었던 것이다.

이 난리법석에서 조금 떨어진 곳에서는 난처한 표정을 한 세 사람이 모여 낮은 목소리로 뭔가를 의논하고 있었다. 합창단장인 가브리엘과 지배인 메르시에 그리고 비서 레미였다. 무용수들의 휴게실로 향하는 넓은 통로와 무대 사이에 있는 로비의 모퉁이에서, 산더미처럼 쌓아놓은 소품들을 등지고 얘기를 주고받는 중이었다.

"전 문을 두드렸어요. 그런데 아무런 대답이 없더라구요. 사무실엔 아무도 없는 것 같았지만 안을 살펴볼 수가 있어야 말이죠. 하지만 두 사람이 열쇠를 가지고 있다고 확신할 수도 없어요."

레미가 말하는 '두 사람'이란 몽샤르맹과 리샤르 두 감독이었다. 그들은 마지막 막이 시작되던 무렵, 무슨 일이 있더라도 자신들을 방해하지 말라는 명령을 내렸던 것이다.

"가수가 무대 한가운데에서 사라져버리는 일이 항상 있는 것은 아니잖아!" 가브리엘이 말했다.

"감독들에게 소리를 쳐서라도 이 사실을 알려주었나?" 메르시에가 초조한 어조로 다그쳤다.

"다시 갔다올게요." 레미가 달려갔다.

그때 무대감독이 나타났다. "아, 메르시에, 당신 여기서 뭘 하고 있소? 모두들 지배인을 찾고 있는데. 어서 이리 오시오."

"수사관이 도착하기 전까지는 움직이지도 말하지도 않을 걸세." 메르시에가 대답했다. "미프루아 씨에게 사람을 보냈어. 그가 도착하면 그때 얘기하세."

"하지만 어서 조명실로 가봐야 하지 않겠소?"

"수사관이 오기 전까지는 안 돼."

"내가 이미 가봤는데……"

"아, 그래 뭐라도 발견했소?"

"아무도 없었소. 이게 뭘 의미하는지 알겠소?"

"내가 어떻게 해주길 바라는 거요?"

"하긴 그렇구먼." 무대감독이 신경질적으로 머리카락을 헝클어뜨리며 말했다. "누가 거기 있었다면 무대 위의 조명이 왜 순식간에 꺼졌는지 말해줄 수 있을 거요! 그런데 모클레르도 찾을 수 없는 상황이니……"

모클레르는 무대 조명 책임자였다.

"모클레르가 보이지 않는다구? 그럼 조수라도 있을 게 아닌가!" 메르시에가 말했다.

"모클레르도 없고 조수도 보이지 않소! 조명실에는 아무도 없다고 말했잖소!" 무대감독이 점점 더 언성을 높이며 말했다. "크리스틴은 누군가에게 납치된 게 틀림없소. 도망간 게 아니란 말이오. 그런데 도대체 이 와중에 감독들은 어디서 뭘 하고 있는 건지 원. 조명실에 아무도 접근시키지 말라고 해뒀소. 경비도 한 명 세워뒀고. 잘한 거요?"

"아주 잘했네, 잘했어. 그럼 이제 수사관이 오기만 기다리면 되겠군."

무대감독은 화난 얼굴로 어깨를 으쓱하더니 한바탕 욕을 퍼부어대고는 자리를 떴다. 극장 전체가 뒤죽박죽으로 엉망이 된 마당에 한쪽 구석에 조용히 숨어서 책임을 회피하려고만 하는 사람을 참을 수가 없었던 것이다.

하지만 가브리엘과 메르시에도 그렇게 태연하기만 한 것은 아니었다. 단지 그들이 받은 엉뚱한 명령 때문에 행동력이 마비된 것이었다. 감독들은 어떤 일이 있더라도 자신들을 방해하지 말라고 명령을 내렸다. 레미가 그 명령을 어겨가면서 감독들을 만나려고 시도해보았지만 성공하지 못했다.

레미는 다소 어리둥절하고 혼란스러운 표정으로 돌아왔다.

"그래, 감독들은 만나봤나?" 메르시에가 물었다.

"몽샤르맹 감독님이 문을 열어주기는 했어요. 하지만 머리끝까지 화가 치민 눈으로 어찌나 무섭게 쳐다보는지, 금세라도 주먹이 날아올 기세였다구요. 겁에 질려서 한마디도 못하고 있는데, 못 믿으시겠지만 감독님이 고함을 치셨어요. '자네, 옷핀 하

나 가진 거 있나? 없어? 그럼, 어서 꺼져!'라고 하시잖아요. 전
어떻게 해서든지 무대 위에서 일어난 놀라운 사건에 대해서 말
씀드리려고 애를 썼어요. 하지만 감독님은 고래고래 고함을 치
시며 '옷핀! 당장 옷핀을 가져와!' 하시는 거예요. 마침 심부름하
는 소년이 고함 소리를 듣고 달려가 옷핀을 가져다줬지요. 옷핀
을 받아든 몽샤르맹 감독님은 제 코앞에서 문을 쾅 닫아버렸어
요. 그게 다예요!"

"결국 '크리스틴 다에'란 말도 꺼내지 못했다는 거지?"

"저 같은 처지에 놓이셨다면 지배인님도 그렇게밖에 못 하셨
을걸요? 몽샤르맹 감독님은 입에 거품까지 물고 있었다구요. 옷
핀 말고는 아무 생각도 없는 것 같았어요. 만약 그 자리에서 옷
핀을 가져다주지 않았더라면 틀림없이 발작을 일으키며 쓰러져
버렸을 거예요! 모든 일이 너무 이상해요. 감독님들도 점점 미쳐
가는 것 같다고요!"

그는 못마땅한 표정을 지었다. "어쨌든 이런 식으로는 계속할
수 없어요. 더이상 참을 수가 없단 말예요!"

갑자기 가브리엘이 목소리를 낮추고 중얼거렸다. "오페라의
유령이 또다른 장난을 치는 거야."

레미는 큰 소리로 웃었다. 메르시에는 한숨을 쉬었다. 그는 무
슨 말인가 하려는 듯하다가 가브리엘과 시선이 마주치자 입을

다물어버렸다. 메르시에는 감독들이 모습을 드러내지 않은 채 시간만 자꾸 흘러가자 점점 더 지배인인 자신의 책임감이 커져 가는 것을 느꼈다. 마침내 더이상 참을 수 없는 시간이 왔다. "내가 직접 가서 감독님들을 모셔오겠어!"

그러나 가브리엘은 매우 어둡고 심각한 표정이 되어 메르시에를 극구 만류했다. "참게, 메르시에. 그분들이 사무실에서 꼼짝하지 않고 있다면 거기엔 그럴 만한 이유가 있을 거야. 오페라의 유령은 여러 가지 술수에 능하니까."

메르시에는 세차게 고개를 내저었다. "그건 그 사람들 일이지, 내 알 바 아닐세. 가겠네! 사람들이 진작 내 말을 들었더라면, 벌써 오래전에 경찰이 모든 진상을 밝혀냈을 거야!" 메르시에는 이 말을 남기고 가버렸다.

"모든 진상이라니요? 그게 무슨 말이죠?" 레미가 물었다. "경찰에 해야 할 이야기가 뭐예요? 말씀 좀 해보세요, 단장님! 뭔가 알고 계시죠! 말씀해주세요. 좀 털어놓으시라구요! 아니면 당신들 모두가 미쳤다고 외쳐보시든지요! 그래요…… 그렇군요. 당신들은 모두 미쳤어요!"

가브리엘은 멍청한 표정을 지으며, 레미가 화가 나서 외쳐대는 소리를 전혀 이해하지 못하는 척했다. "내가 뭘 알고 있다고 이러는 거야? 도대체 무슨 말을 하는지 모르겠군그래."

레미는 그 말에 더욱 흥분하기 시작했다. "오늘 저녁 리샤르 감독님과 몽샤르맹 감독님은 마치 미치광이처럼 행동했어요. 막이 끝날 때마다 바로 여기에서요."

"난 잘 모르겠는데." 가브리엘은 침울한 표정을 지으며 중얼거렸다.

"그걸 못 본 사람은 단장님뿐일 거라고요! 가브리엘 단장님, 제가 못 봤을 것 같습니까? 중앙은행장이신 파라비즈 씨가 아무것도 눈치채지 못했을 것 같아요? 라 보르드리 대사님은 눈이 없는 줄 아세요? 모든 정기회원들이 우리 감독님들을 손가락질했다구요! 단장님도 분명히 봤을 거예요!"

"감독님들이 무슨 행동을 했길래?" 가브리엘이 짐짓 순진한 표정을 지으며 되물었다.

"무슨 짓을 했냐구요? 그분들이 무슨 짓을 했는지는 단장님이 가장 잘 알고 있을 텐데요! 거기에 같이 있었잖아요! 그분들을 지켜보고 있었어요. 단장님과 지배인님, 둘이서 말예요! 그 모습을 보고도 웃지 않은 유일한 사람들이었지요."

"무슨 얘긴지 모르겠군." 가브리엘은 두 손을 번쩍 들었다가 다시 내려놓았다. 그 문제에는 조금도 관심이 없다는 태도였다.

"설명 좀 해보세요! 왜 아무도 가까이 가지 못하게 하는 거죠?"

"뭐라구? 아무도 가까이 가지 못하게 한다구?"

"그래요. 감독님들은 자신들을 건드리지도 못하게 하고 있어요!"

"정말인가? 자네가 정말 봤나? 그거 정말 이상하군!"

"오, 그럼 이건 어때요. 두 감독님이 뒷걸음질치며 걷고 있다는 건요!"

"뒤로 걸었다구? 뒤로 걸어가는 감독님들의 모습을 봤단 말이지. 그런가? 나는 게들이나 그렇게 걷는 줄 알았는데!"

"농담하지 마세요, 웃을 일이 아니란 말예요!"

"농담하는 게 아니야." 가브리엘은 판사처럼 엄숙한 표정으로 대답했다.

"알겠어요. 그분들과 가까운 사이니까 그렇게 말씀하시는 거겠지요. 하지만 저는 정원 장면의 막이 오르기 전에 휴게실 앞에서 있던 리샤르 감독님에게 다가갔었어요. 그러자 몽샤르맹 감독님이 황급히 제게 속삭이더군요. '저리 가! 저리 가라구! 우릴 좀 그냥 내버려둬!' 제가 무슨 전염병 환자라도 되나요?"

"말도 안 되는 소리!"

"그리고 잠시 후에, 대사님이 리샤르 감독님에게 다가왔지요. 그때 단장님도 보지 않으셨나요? 몽샤르맹 감독님이 불쑥 끼어들어 외쳤잖아요. '대사님, 제가 리샤르 씨에게 손대지 말아달라고 부탁드리지 않았던가요?'"

"놀라운 일이로군! 그래, 그동안 리샤르 감독님은 뭘 하고 있었고?"

"뭘 하고 있었느냐구요? 단장님도 보셨잖아요! 그분은 주위를 돌아보다가 마치 앞에 누가 있기라도 한 것처럼 고개를 숙이고 절을 했지요. 아무도 없는 곳에 대고요. 그러더니 뒤로 걸었구요."

"뒤로 걸었다구?"

"리샤르 감독님 뒤에 서 있던 몽샤르맹 감독님도 주위를 돌아봤어요. 그러고는 뒤로 돌아서더니 역시 뒤로 걷기 시작했어요! 두 사람은 그런 자세로 사무실로 향하는 계단까지 갔지요. 뒤로, 뒤로, 뒤로 말예요! 두 사람이 미친 게 아니라면, 도대체 그 일을 어떻게 설명하죠?"

"아마 무용극에 나오는 어떤 인물을 흉내내고 있었나보지." 그렇게 말하기는 했지만 가브리엘의 목소리에는 확신이 없었다.

비서는 그의 말에 화가 머리끝까지 났다. 이런 상황에서 어떻게 저런 농담을 할 수 있지? 그는 험상궂게 이마를 찌푸리며 입술을 비쭉이 내밀었다. 그리고 가브리엘의 귓가에 대고 소리를 질렀다. "연기는 그만하세요. 지금 일어나고 있는 일들에 대해 단장님과 지배인님도 책임이 있다는 걸 아셔야 한다구요!"

"그게 무슨 말이지?" 가브리엘이 반문했다.

"오늘밤 갑자기 없어진 사람은 크리스틴 다에뿐만이 아니니까요!"

"말도 안 되는 소리!"

"모르는 척하지 마세요. 아마 단장님은 이런 상황이 발생한 이유를 설명할 수 있을 거예요. 지리 부인이 아까 휴게실로 내려갔을 때, 메르시에 지배인님이 부인의 손목을 억지로 끌고 갔어요. 왜죠?"

"그런가? 나는 아무것도 못 봤는데."

"아뇨. 분명히 보셨어요. 단장님도 그들과 함께 지배인 사무실로 들어갔으니까요. 그 이후로 지리 부인의 모습이 보이지 않아요."

"우리가 그 여자를 잡아먹기라도 했다는 건가?"

"아니요. 하지만 부인을 지배인 사무실에 감금해놓았죠. 사무실 앞을 지나는 사람이라면 누구나 지리 부인이 외치는 소리를 들었을 거예요. '오, 저 악당들! 불한당들!'"

이런 대화가 오가는 도중에 메르시에가 거친 숨을 몰아쉬며 나타났다. 그는 우울한 목소리로 말했다. "사태가 더 심각해진 것 같아. 난 사무실 밖에 서서 외쳤지. '아주 중요한 문제예요! 문을 열어요! 저예요, 메르시에!' 그러자 발소리가 들려왔어. 문이 열리고 몽샤르맹 감독이 나타났지. 그의 얼굴은 새파랗게 질려 있었어. 그가 묻더군. '뭘 원하는 건가?' 나는 '크리스틴 다에가 사라졌어요'라고 말했어. 그랬더니 그가 뭐라고 대답한 줄 아

나? '그것 참 잘됐군!' 그러더라구. 그러고는 내 손에 이걸 건네
주고 문을 닫아버리지 뭔가."

메르시에는 손을 펼쳐 보였다. 레미와 가브리엘은 그가 내민
손을 들여다봤다.

"옷핀이잖아요!" 레미가 소리쳤다.

"정말 이상하군! 이상한 일이야!" 가브리엘이 온몸을 떨었다.

그때 느닷없이 누군가의 목소리가 들려왔다. 모두들 놀라 뒤
를 돌아보았다. "실례합니다. 크리스틴 다에 양을 찾는데요."

지금껏 자신들의 주위에서 일어나고 있는 어처구니없는 상황
들을 깡그리 무시하는 듯한 이 엉뚱한 질문에 세 사람은 실소를
머금지 않을 수 없었다. 하지만 고개를 돌려 질문한 사람을 보는
순간, 더이상 웃을 수가 없었다. 절망에 가득 찬 얼굴, 그 얼굴의
주인공은 바로 라울 샤니 자작이었다.

제 16 장

크리스틴! 크리스틴!

크리스틴이 마술처럼 사라지고 난 후, 라울의 머릿속에는 그 모든 것이 에릭이 꾸민 짓이라는 생각이 떠나지 않았다. 라울은 이제 더이상 그 음악 천사가 거의 초자연적인 능력을 지니고 있음을 의심하지 않았다. 에릭은 오페라하우스 안에 거대한 자신만의 왕국을 이루어놓은 것이다. 사랑과 절망에 사로잡힌 라울은 미친 듯이 무대 위로 뛰어올라갔다.

"크리스틴! 크리스틴!" 라울은 애처롭게 사랑하는 여인의 이름을 불렀다. 흰 예복을 입고 천사들을 향해 노래하다 저 깊고 어두운 구덩이 속의 괴물에게 끌려간 크리스틴의 비명 소리가 귓가에 들려오는 듯했다.

"크리스틴! 크리스틴!" 무대에 선 라울은 몸을 숙이고 바닥에 귀를 갖다 댔다. 나와 크리스틴을 갈라놓고 있는 이 바닥……저 아래에 고통으로 신음하는 그녀가 있으리라. 그는 미친 사람처럼 무대 위를 돌아다니며 귀를 기울였다. 내려가야 한다. 저 깊은 어둠의 구덩이 속으로 내려가 그녀를 구해내야 한다……그러나 지하로 내려가는 입구는 모두 봉쇄되어 있었다. 무대 아래로 내려가는 계단은 그날 밤 내내 폐쇄되어 있었다!

평소에는 쉽게 열었다 닫을 수 있던 그 뚜껑문 아래에 라울이 닿으려는 심연이 숨어 있었다. 그 아래는 텅 빈 지하여서 라울이 지나가니 삐걱거리는 소리가 울렸다. 그러나 오늘밤 그 문은 꼼짝도 하지 않을 것이다. 그 자리에 고정된 것처럼, 전에는 한 번도 열린 적이 없는 것처럼. 그리고 지하로 내려가는 계단은 이제 누구에게도 허락되지 않을 것 같았다.

"크리스틴! 크리스틴!"

사람들은 웃으면서 라울을 한쪽으로 밀쳐냈다. 비탄에 빠진 그를 바라보는 사람들의 시선에 조롱이 묻어났다. 가엾은 젊은 이가 사랑에 빠진 나머지 완전히 돌아버렸다고 생각한 것이다.

에릭은 자신만 아는 그 어둡고 비밀스러운 통로를 통해 순수한 아이 같은 그녀를 지옥의 호숫가에 있는 끔찍한 은신처로, 루이 필립식 방으로 광란하며 데려갔을 것이다.

"크리스틴! 크리스틴! 왜 대답이 없어요? 아직 살아 있긴 한 거요? 아니면 괴물이 내쉬는 뜨거운 숨결에 견딜 수 없는 공포를 느끼며 이미 숨을 거둔 거요?" 끔찍한 생각이 라울의 혼란스러운 머릿속을 섬광처럼 뚫고 지나갔다. 에릭이 두 사람의 비밀을 눈치챈 게 틀림없었다. 크리스틴이 그를 속였다는 것을 알아챈 것이다. 그렇다면 불타는 그의 복수심은 어디까지 갈 것인가? 거만한 자존심에 상처를 입은 음악 천사는 절대 복수를 멈추지 않을 것이다. 괴물의 강력한 지배를 받으며 크리스틴은 사라져버린 것인가!

라울은 지난밤, 발코니에 어른거렸던 노란 두 눈을 떠올렸다. 그때 왜 영원히 끝내버리지 못했을까? 어둠 속에서도 눈이 빛나는 사람들이 있다. 마치 고양이 눈이나 별처럼 말이다. 백색증을 앓는 사람들은 낮에는 토끼처럼 눈이 흐릿하다가도 밤만 되면 고양이처럼 눈을 빛낸다고들 하지 않는가. 그래, 어젯밤 발코니에서 총에 맞은 건 에릭이 틀림없어. 왜 그를 완전히 죽이지 못했을까? 그 괴물은 고양이처럼 홈통을 타고 올라가 달아나버렸다. 에릭은 그때 분명히 나를 해치려는 생각으로 나타났을 것이다. 하지만 오히려 내가 쏜 총에 상처를 입자 불쌍한 크리스틴에게 복수의 손길을 뻗친 것이다.

이런 무서운 생각이 들자, 라울은 크리스틴의 분장실로 달려갔다.

"크리스틴! 크리스틴!" 분장실 안을 들여다보는 그의 눈가에 쓰디쓴 눈물이 고였다. 크리스틴의 옷이었다. 그의 아름다운 신부가 달아날 때 입으려고 준비해둔 옷들이 가구 위에 아무렇게나 흩어져 있었다. 크리스틴은 좀더 일찍 떠나자는 내 제안을 왜 거절했을까? 왜 시간을 지체했을까? 왜 운명을 예감하면서도 괴물의 마음에 빠져든 걸까? 순간적인 동정심 때문이었을까? 그녀가 괴물에 대한 마지막 선물로 천상의 노래를 부른 이유는 무엇일까?

성스러운 천사여, 하늘의 축복을,
나의 영혼은 그대와 함께 안식을 누리기를 갈망합니다.

뜨거운 울음이 목젖까지 차올랐다. 억누를 수 없는 격정을 온갖 욕설과 협박으로 분출시키며 그는 커다란 거울을 이리저리 살펴보았다. 바로 눈앞에서 크리스틴이 저 너머 어두운 세계로 사라졌던 가면무도회의 그날 밤을 떠올리면서. 라울은 거울을 밀고 누르고 어루만졌다. 하지만 거울은 오직 에릭의 명령에만 복종하는 듯 아무 움직임이 없었다. 방법이 뭘까? 어떻게 해야 이 거울을 열 수 있는 걸까? 혹시 비밀 주문 같은 것이 있는 건 아닐까? 어린 시절 들었던, 마법의 주문에 의해서 작동되는 물건에 대한 이야기들이 떠올랐다.

그때 갑자기 라울의 머릿속에 스크리브 거리에 있다는 비밀문이 떠올랐다. 그래! 그 문을 통하면 지하 통로를 지나 호숫가에 닿을 수 있다고 크리스틴이 말한 적이 있었다. 크리스틴이 열쇠를 보관해두던 상자를 찾아보니 이미 열쇠는 사라지고 없었다. 하지만 라울은 스크리브 거리로 달려나갔다. 그는 떨리는 손으로 오페라하우스의 거대한 돌담을 하나하나 더듬어나갔다. 혹시나 출구를 찾지 않을까? 그러다 철창이 손에 닿았다. 여기 어디쯤, 혹시 저긴가? 그래, 저거, 저게 환기통은 아닐까? 라울은 아무것도 보이지 않는 철창 안을 노려보았다. 칠흑같은 어둠뿐이었다. 라울은 귀를 기울여보았다. 아무 소리도 들리지 않았다. 라울은 건물을 빙빙 돌다가 지배인 사무실이 있는 건물 안뜰로 이어지는 더 커다란 철창과 대문을 찾았다.

라울은 경비실로 달려갔다. "실례합니다, 부인. 쇠창살이 달린 대문을 어디에서 찾을 수 있을까요? 스크리브 거리로 열려 있는 문인데, 호수까지 연결돼 있습니다. 혹시 제가 말하는 호수가 어디에 있는 건지 아시나요? 그러니까 땅속에 있는 호수 말입니다. 오페라하우스 아래요."

"그래요, 신사 양반. 오페라하우스 아래에 호수가 있다는 건

나도 알아요. 하지만 그곳으로 들어가는 문이 어디에 있는지는 모르겠어요. 한 번도 가본 적이 없거든요!"

"그럼 스크리브 거리는요? 스크리브 거리에도 가본 적이 없습니까?"

여자는 웃음을 터뜨렸다. 날카로운 웃음소리는 라울을 비웃고 있었다. 라울은 비틀거리며 경비실을 뛰쳐나왔다. 그리고 성큼 성큼 계단을 올라갔다가 다른 쪽으로 내려와 감독 사무실이 있는 건물을 지났다. 그러자 또다시 무대 조명을 받고 있는 자신을 발견했다. 라울은 그 자리에 멈춰 섰다. 심장이 마구 뛰고 있었다. 크리스틴이 발견된 게 아닐까? 라울은 사람들이 모여 있는 것을 보고 질문을 던졌다. "실례합니다. 크리스틴 다에 양을 찾는데요."

사람들이 실소를 머금은 얼굴로 라울을 쳐다보았다. 그때였다. 갑자기 무대가 새로운 웅성거림으로 가득 차기 시작했다. 정장을 차려입고 손짓 발짓을 해가면서 떠들어대는 신사들 틈에 한 남자가 나타났다. 그 사람은 무척 침착해 보였고 사뭇 즐거운 기색이었다. 혈색이 좋은 뺨과 곱슬머리, 놀라울 만큼 고요한 푸른 눈동자가 인상적이었다.

"라울 자작, 이분이 바로 당신의 질문에 대답해주실 분입니다. 수사관 미프루아 씨입니다." 메르시에가 라울에게 남자를 소개했다.

"오, 샤니 자작! 이렇게 만나뵙게 되어 반갑습니다." 수사관이 먼저 라울에게 말을 건넸다. "잠깐 저와 함께 가실까요? 그런데 오페라하우스 총감독님들은 어디 계시지요?"

메르시에는 대답하지 않았다. 비서인 레미가 나서서 그들이 사무실 문을 잠그고 사람들을 피하고 있으며, 그래서 아직도 무슨 일이 일어났는지 전혀 모르고 있다고 말했다.

"그게 무슨 말이오! 당장 사무실로 올라갑시다!" 미프루아는 점점 늘어가는 사람들을 이끌고 감독 사무실 쪽으로 향했다. 메르시에는 혼란한 틈을 타서 가브리엘의 손에 열쇠 하나를 슬쩍 건네주며 속삭였다. "상황이 점점 안 좋아지는군. 이제 지리 부인을 풀어주는 게 좋겠어." 가브리엘은 슬며시 무리에서 빠져나갔다.

사람들은 곧 감독 사무실 앞에 당도했다. 메르시에가 요란하게 문을 두드렸다. 문은 여전히 굳게 잠겨 있었다.

"경찰입니다. 명령이오. 문을 여시오!" 미프루아 수사관이 다소 걱정스러운 목소리로 외쳤다. 마침내 문이 열렸다. 호기심에 찬 사람들은 수사관의 뒤를 따라서 사무실 안으로 우르르 몰려들어갔다.

밖에는 뒤에 서 있던 라울만이 남았다. 라울이 다른 사람들을 쫓아 막 방 안으로 들어서려는 찰나였다. 누군가가 라울의 어깨 위에 손을 얹으며 귀에 대고 속삭였다. "에릭의 비밀은 다른 사람이 상관할 바가 아니오!" 라울은 깜짝 놀라 뒤를 돌아보았다. 그의 어깨 위에 손을 올려놓았던 사람은 재빨리 손가락을 입술로 가져갔다. 검은 피부에 비취색 눈, 머리 위에 낮은 모피 모자를 쓴 사람, 그는 페르시아인이었다! 이 낯선 이방인은 계속해서 신중하게 행동하라는 뜻의 몸짓을 해보였다. 깜짝 놀란 자작이 수수께끼 같은 그 몸짓의 이유를 물어보려 했지만, 페르시아인은 고개를 숙여 인사하고는 사라져버렸다.

제 17 장

지리 부인의 폭로

지리 부인은 오페라의 유령에 대해 알고 있는 놀라운 사실들을 폭로한다

감독 사무실로 들어간 수사관의 뒤를 따르기 전에, 먼저 메르시에와 레미가 애당초 찾아갔으나 들어가지 못했던 그때에 사무실에서 무슨 일이 있었는지 설명해야겠다. 리샤르와 몽샤르맹은 독자들이 아직 모르고 있는 어떤 이유로 사무실에 들어가 문을 잠가버렸던 것이다. 하지만 사건의 전모를 기록하는 사람으로서 더이상 지체하지 말고 그 이유를 밝히는 것이 나의 임무일 것이다.

한동안 감독들이 몹시 불쾌한 기분이었다는 사실은 앞에서도 언급한 바가 있다. 그들의 변화는 단지 공연 도중에 샹들리에가 떨어진 사건 때문만은 아닐 터였다.

감독들로서는 숨기고 싶은 일이겠지만 먼저 독자들이 알아야 할 것이 있다. 크리스틴이 사라지기 얼마 전 오페라의 유령이 그들에게서 2만 프랑의 돈을 아무 문제 없이 받아냈다는 사실이다. 물론 감독들은 심한 모멸감과 분노에 치를 떨어야 했다. 하지만 유령은 너무나 간단하게 그들에게서 돈을 받아냈다.

어느 날 아침, 감독들은 책상 위에 놓인 편지 한 통을 발견했다. '오페라의 유령 앞'이라고 적힌 편지봉투 안에는 오페라의 유령이 쓴 쪽지 하나가 들어 있었다.

계약서 규정집의 의무 조항을 시행해야 할 때가 되었소. 1천 프랑짜리 지폐 스무 장을 이 봉투 안에 넣으시오. 그리고 당신의 직인으로 봉인한 다음, 지리 부인에게 건네주시오. 그다음 일은 모두 지리 부인이 알아서 할 것이오.

이제 감독들은 주저하지 않았다. 사무실 문을 잠그며 그렇게 조심을 했는데도 어떻게 이런 편지가 사무실 책상 위에 놓여 있는 것인지 알아보느라 시간을 낭비하지도 않았다. 오직 이번 기회를 이용하여 정체를 알 수 없는 이 공갈범을 반드시 잡고 말겠다는 생각뿐이었다. 그들은 비밀을 지키겠다는 약속을 받고 가브리엘과 메르시에에게 모든 사실을 털어놓았다. 그리고 봉투에

2만 프랑을 넣은 후 아무런 질문 없이 지리 부인에게 봉투를 건네주었다. 당시 지리 부인은 이미 본래의 자리를 되찾아 오페라하우스에서 일하고 있었다. 봉투를 받은 지리 부인도 전혀 놀라는 기색이 없었다. 그녀가 철저히 감시당하고 있었음은 말할 것도 없다. 지리 부인은 곧장 유령의 박스석으로 달려갔다. 그리고 난간에 붙어 있는 작은 선반 위에 돈봉투를 올려놓았다. 가브리엘과 메르시에, 그리고 두 감독은 몰래 숨어 유령의 박스석을 숨죽여 지켜보고 있었다. 공연이 진행되는 동안에도 그리고 그후에도 단 한 순간도 돈봉투에서 눈을 떼지 않았다. 봉투가 움직이지 않는 한, 지켜보고 있는 그들도 꼼짝하지 않을 태세였다. 지리 부인은 봉투를 두고 가버린 지 오래였고 모두가 오페라하우스를 떠났다. 하지만 그 네 사람은 꼼짝도 하지 않고 지켜보고 있었다. 기다림에 지친 그들은 봉투를 열어보기로 결정했다. 그들은 제일 먼저 봉투의 봉인이 그대로인 것을 확인했다.

봉투를 열어본 리샤르와 몽샤르맹은 지폐가 그대로 들어 있다고 생각했다. 하지만 아니었다. 봉투 안에 들어 있는 지폐는 진짜 돈이 아니었다. 스무 장의 진짜 지폐 대신 '성 파르스 은행'*의 가짜 지폐가 들어 있었던 것이다! 감독들은 경악과 분노를 금치

---

* 프랑스어로 파르스(farce)란 '짓궂은 장난' '농담'이란 뜻이다.

못했다.

"로베르 우댕* 뺨치는군요." 가브리엘이 소리쳤다.

"아니, 로베르 우댕 출연료도 이보단 싸겠네." 리샤르가 대답
했다.

몽샤르맹은 당장 경찰을 부르려 했다. 하지만 리샤르가 반대
했다. 또다른 계획이 있다는 것이었다. "사서 웃음거리가 되지는
말자구! 파리 시민들 모두가 우리를 조롱할 걸세. 첫번째 승부에
서는 오페라의 유령이 이겼어. 하지만 다음번에는 반드시 우리
가 승리할 거야." 다음달 지불을 염두에 두고 한 말이었다.

어쨌거나 유령에게 철저히 농락당했다는 생각에 두 사람은 몇
주 동안 모멸감을 곱씹었다. 그들의 심정이 어떠했는지는 충분
히 이해할 수 있을 것이다. 두 감독이 경찰에 신고하지 않은 이
유는 자신들의 주위에서 일어나고 있는 이 이상한 일들이 모두
전임 감독들의 불쾌한 장난일 거라는 생각을 버리지 않았기 때
문이다. 단지 아직 그 사실을 폭로할 때가 되지 않았다고 여겼을
뿐이었다. 몽샤르맹의 마음을 괴롭히는 것은 오히려 때때로 그
의 마음속에서 고개를 드는 리샤르에 대한 의심이었다. 리샤르

---

* Robert-Houdin, 19세기에 활동한 프랑스 마술사. 현대 마술의 아버지로 불
린다.

는 종종 엉뚱한 충동에 사로잡히는 성격이었다. 어쨌든 이제 두 사람은 다음 사건이 일어나기를 기다려야 했다. 리샤르는 소용 없는 일이라고 말했지만, 지리 부인에게도 감시의 눈을 떼지 않았다.

"그 여자가 한패라면 돈은 벌써 오래전에 사라져버렸을 거야. 내가 보기에 그 여자는 그저 멍청한 여편네일 뿐이라구."

"이번 일에서 멍청한 사람이 한둘인가." 몽샤르맹이 씁쓸하게 내뱉었다.

"그런데 누가 이런 생각을 해냈을까?" 리샤르가 분하다는 듯 말했다. "하지만 걱정하지 말자구. 다음번에는 반드시 범인을 잡고 말겠어."

다음번 지불은 크리스틴 다에가 실종되던 바로 그날 이루어졌다.

이른 아침, 유령으로부터 온 쪽지가 또다시 돈을 보낼 날이 왔음을 일깨워주었다. '지난번과 똑같이 하시오. 지난번에는 아주 잘 하셨소. 2만 프랑을 봉투에 넣어서 지리 부인에게 전하시오.' 그 쪽지는 지난달과 마찬가지로 평범한 봉투 안에 들어 있었다. 감독들은 단지 그 안에 돈을 넣기만 하면 되었다. 그 모든 일이 〈파우스트〉의 첫번째 막이 오르기 불과 삼십 분 전에 일어났다. 그러니까 우리는, 그 잊지 못할 공연이 시작되기 삼십 분 전에 감독들이 머무르던 사무실의 상황을 살펴보는 것이다.

리샤르는 몽샤르맹에게 봉투를 보여줬다. 그리고 그가 지켜보는 앞에서 1천 프랑짜리 지폐 스무 장을 꼼꼼히 확인하고 봉투 속에 집어넣었다. 하지만 이번에는 봉인을 하지 않은 채였다.

"이제, 지리 부인을 들어오게 하지."

지리 부인은 예의를 갖추며 사무실 안으로 들어섰다. 여전히 검은색 호박단 드레스 차림이었다. 빛이 바랜 나머지 거의 적갈색과 자홍색을 띠는 옷이었다. 깃털 장식이 달린 거무죽죽한 모자도 여전히 쓰고 있었다. 그녀는 기분이 무척 좋아 보였다.

"안녕하세요, 감독님들! 아마 봉투 때문에 부르셨겠죠?"

"그렇소, 부인." 리샤르는 친근감 넘치는 목소리로 말을 건넸다. "봉투 때문이기도 하고, 얘기할 일도 있고 해서요."

"편하게 말씀하세요, 리샤르 씨. 뭐든지 도와드리지요."

"무엇보다도 부인, 몇 가지 물어보고 싶은 것이 있는데……"

"무슨 질문이든 하세요. 성심성의껏 대답해드리죠."

"여전히 유령과 잘 지내고 있소?"

"이보다 더 좋을 수는 없지요. 그렇고말고요."

"아, 다행이군요…… 저, 부인." 리샤르가 비밀이라도 털어놓듯 말했다. "그러니까 말이오, 우리는 당신과 얘기가 아주 잘 통할 거라고 생각했소. 우리끼리 말이오…… 당신은 바보가 아니잖소!"

"무슨 말씀이신지……" 지리 부인은 당황하는 기색이 역력했다. 그녀의 모자 위에서 기분 좋게 흔들리던 검은 깃털이 딱 멈췄다. "물론 전 바보가 아니에요. 그건 분명한 사실이죠. 누구도 그런 의심을 한 적 없어요!"

"물론 그렇지요. 그래서 틀림없이 서로를 잘 이해하게 될 거라 생각했소. 그러니까, 유령에 대한 것 말인데…… 사실은 다 거짓말 아니었소? 그렇죠? 그리고 우리끼리니까 말이지만, 이제는 점점 참아주기가 힘들어지고 있소."

지리는 마치 알아들을 수 없는 외국말을 듣기라도 하는 듯 멍한 표정으로 감독들을 쳐다보았다. 그리고 자리에서 일어나 리샤르의 책상으로 다가가더니 짜증난 목소리로 반문했다. "무슨 말씀이세요? 한마디도 못 알아듣겠어요."

"아니오, 당신은 잘 알고 있소. 이제 우리에게 진실을 말해주시오. 우선, 그 사람 이름이 뭐요?"

"누구 이름을 말씀하시는 거죠?"

"당신과 공모한 작자 말이오, 부인!"

"제가 유령의 공모자라구요? 무슨 일을 공모했다고 이러시는 거예요?"

"당신은 그가 시키는 대로 하지 않소!"

"그거야 물론 그렇죠. 그리 어려운 일도 아니니까요."

"아직도 당신에게 팁을 주나요?"

"섭섭하지 않을 만큼 주지요."

"그 봉투를 유령에게 전달해주고 도대체 얼마를 받았소?"

"10프랑이요."

"불쌍한 양반! 고작 그것밖에 받지 못했나!"

"도대체 왜 이러시죠?"

"지리 부인, 똑똑히 들으시오. 우리는 지금 당장, 당신이 오페라의 유령에게 그토록 몸과 마음을 다해 충성하는 까닭을 알아야겠소. 당신의 우정과 헌신은 5프랑이나 10프랑 따위 잔돈으로 살 수 있는 정도의 것이 아니오."

"물론 그 말씀이 옳지요. 하지만 제게도 그럴 만한 이유가 분명히 있어요. 말씀드리죠. 부끄러울 게 없으니까요. 오히려 그 반대죠."

"우리도 당신을 믿고 있소, 지리 부인!"

"사실, 유령은 제가 자신의 일에 대해 떠들고 다니는 것을 별로 좋아하지 않아요."

"물론 그러시겠지." 리샤르가 빈정거렸다.

"하지만 이건 유령과는 상관없는 문제니까…… 좋아요. 말씀드리죠. 어느 날 저녁이었어요. 5번 박스석에서 편지 한 장을 발견했지요. 제 앞으로 온 편지였는데 붉은 잉크로 쓰여 있었어요. 저는 그 내용을 전부 머릿속에 외우고 있어요. 앞으로 백 년을 더 산다 해도 절대로 잊어버릴 수 없을 거예요."

지리는 몸을 꼿꼿이 세우고는 감동적인 어조로 편지의 내용을 암송했다.

지리 부인에게

1825년, 수석 무용수 메네트리에 양, 퀴시 후작부인이 되다. 1832년, 무용수 마리 타글리오니 양, 질베르 데 부아쟁 백작부인이 되다. 1846년, 무용수 소타 양, 스페인 국왕의 형제와 결혼하다. 1847년, 무용수 롤라 몬테스 양, 신분의 차이를 극복하고 바이에른의 루이 왕과 결혼하여 란스펠트 백작부인 작위를 받다. 1848년, 무용수 마리아 양, 에르메빌 남작부인이 되다. 1870년, 무용수 테레즈 에슬레 양, 포르투갈 국왕의 형제인 돈 페르난도와 결혼하다……

리샤르와 몽샤르맹은 노부인의 암송에 귀를 기울였다. 지리 부인은 이 영광스러운 결혼 목록을 읊어가면서 점점 더 목청이 커지더니 의기양양해지기 시작했다. 그리고 마침내 자랑스러움에 가득 찬 목소리로 유령이 보낸 편지의 마지막 예언을 엄숙하게 낭송했다. "1885년, 메그 지리, 여왕이 되다!" 온 힘을 다해 가슴 벅찬 예언을 낭송한 지리는 온몸에 힘이 빠진 채로 의자에 털썩 주저앉으며 말했다.

"편지 끝에는 '오페라의 유령'이라고 사인이 되어 있었어요. 그때까지 유령에 대해 많은 이야기를 들어오기는 했지만 사실 반신반의했었지요. 하지만 유령이 제 딸인 메그가 여왕이 될 거라고 예언한 그날부터 저는 전적으로 유령의 존재를 믿기로 한 겁니다. 소중한 제 혈육, 제 딸을 위해서 말이죠."

마냥 신이 난 지리의 표정을 굳이 더 묘사하지 않아도 '유령'과 '여왕'이라는 두 단어의 조합이 지리 부인의 정신세계에 크나큰 영향을 끼쳤다는 사실을 알 수 있을 것이다. 하지만 정말 꼭두각시의 줄을 조종하는 자는 누구란 말인가? 그것이 바로 의문이었다.

"그 유령의 모습을 한 번도 본 적이 없으면서 그가 하는 말을 모두 믿는단 말이오?" 몽샤르맹이 물었다.

"물론이에요. 우선은 제 딸 메그가 수석 무용수가 되도록 주선해준 것이 바로 오페라의 유령이니까요. 저는 유령에게 이렇게 말했지요. '메그가 1885년에 여왕이 되려면, 앞으로 남은 시간이 별로 없군요. 지금이라도 당장 수석 무용수가 되어야 하잖아요.'

그러자 유령도 제 말에 동의하며 폴리니 씨에게 몇 마디 말을 했어요. 그것만으로도 모든 일이 해결됐던 거예요."

"그렇다면 폴리니 씨는 유령을 보았군!"

"아니에요. 저와 별로 다를 바가 없어요. 단지 목소리를 듣기만 했지요. 어느 날 저녁에 유령은 5번 박스석에서 나오는 폴리니 씨의 귀에 대고 속삭였어요. 그러자 그분은 바라보기가 무서울 정도로 새파랗게 질려버렸지요."

몽샤르맹은 깊은 한숨을 쉬었다.

"도대체 이게 무슨 일인가!" 그가 신음 소리를 냈다.

"아!" 지리 부인이 덧붙였다. "저는 항상 폴리니 씨와 유령 사이에 어떤 비밀이 있는 게 아닌가 생각했어요. 유령이 원하는 거라면 폴리니 씨는 무엇이든 다 들어줬거든요. 폴리니 씨는 유령의 청을 절대로 거절하지 못했어요."

"자네도 들었지, 리샤르. 폴리니 씨는 유령의 청을 거절하지 못했다는군."

"그래, 그래, 나도 들었어!" 리샤르가 맞장구를 쳤다. "폴리니 씨는 유령의 친구야. 지리 부인이 폴리니 씨의 친구인 것처럼 말이야. 그래서 뭐?" 리샤르가 거칠게 말했다. "나는 그 사람에게는 관심 없어. 내가 관심이 있는 건 당신뿐이오! 부인, 당신은 봉투 속에 무엇이 들었는지 알고 있었소?"

"아니요. 물론 몰랐지요."

"자, 보시오."

당황한 표정으로 봉투 안을 들여다보던 그녀의 눈이 반짝거렸다. "천 프랑짜리 지폐군요!" 그녀가 소리쳤다.

"그렇소. 천 프랑짜리 지폐요! 당신도 이 사실을 알고 있지 않았소!"

"제가요? 아뇨, 맹세코 전 몰랐어요!"

"거짓말하지 마시오! 이제 왜 내가 당신을 불렀는지 그 용건을 말하겠소. 당신을 체포하기 위해서요!"

그 순간 보통 때는 물음표 모양이던 지리 부인의 모자에 달린 두 개의 검은 깃털 장식이 느낌표 모양으로 바뀌는 것 같았다. 깃털들은 모자 끝에서 사납게 흔들리고 있었다. 그녀의 눈빛에 놀라움과 분노, 항의와 절망감이 묻어났다. 그녀는 휙 돌아서더니, 반쯤은 뛰어오르는 듯하고 반쯤은 미끄러지는 듯한 기이한 피루엣 동작을 하며 자신의 상처받은 정직성을 리샤르의 바로 코앞까지 들이댔다. 리샤르는 움찔했다.

"체포라구요!" 지리 부인은 악다구니를 썼다. 세 개밖에 남지 않은 그녀의 이가 당장이라도 뽑혀나와 리샤르의 얼굴에 부딪힐 것만 같았다.

하지만 리샤르는 용감한 영웅처럼 꿋꿋한 자세로 조금도 물러서지 않았다. 그는 집게손가락을 위협적으로 들어 그 자리에 있지도 않은 재판관들에게 5번 박스석의 담당자를 가리키며 말했다. "당신을 도둑으로 체포하겠소!"

"다시 한번 말해봐요!" 지리 부인은 리샤르의 얼굴에 주먹을 날렸다. 몽샤르맹이 미처 끼어들 틈도 없었다. 하지만 분노한 늙은 여인의 힘없는 손길이 떨어진 곳은 감독의 뺨이 아니었다. 리샤르가 들고 있던, 모든 말썽의 근원이 된 그 봉투에 부딪힌 것이다. 마법의 봉투는 지리 부인의 주먹에 맞아 열렸고, 그 안에 들어 있던 지폐는 사방으로 흩어졌다. 마치 거대한 나비들이 환상적인 소용돌이를 이루며 도망치는 것 같았다.

두 감독은 비명에 가까운 고함을 질렀다. 무릎을 꿇고 앉아 정신없이 바닥에 떨어진 돈을 줍는 두 사람의 머릿속에 똑같은 생각이 스치고 지나갔다. 그들은 서둘러 돈을 살펴보았다.

"그쪽에 떨어진 돈은 아직 진짜가, 몽샤르맹?"

"거기 있는 돈도 아직 진짜가 틀림없나, 리샤르?"

"그래, 아직은 진짜 돈이야!"

그들의 머리 위에서는 아직도 지리 부인이 요란한 불만의 함성을 터뜨리고 있었다. 그녀가 퍼붓는 욕설과 저주 속에서 분명하게 알아들을 수 있는 말은 오직 한 가지였다. "내가, 도둑이라구! 내가, 도둑, 내가?"

지리 부인은 분노로 숨이 막혔다. 그리고 소리쳤다. "내 평생 그런 모욕적인 말은 처음 들어보겠네!" 그러더니 갑자기 리샤르에게 또다시 덤벼들었다. 지리는 추궁하듯이 말했다. "리샤르씨, 당신이야말로 그 2만 프랑의 돈이 어디로 갔는지 나보다 더 잘 알고 있을 것 같은데요?"

"내가?" 리샤르는 깜짝 놀라 반문했다. "내가 그것을 어떻게 안단 말이오?"

몽샤르맹은 불안하고 심각한 얼굴로 즉시 그 선량한 부인에게 자세한 설명을 요구했다. "무슨 뜻이오? 2만 프랑의 행적에 대해서 리샤르가 당신보다 더 잘 알고 있다니?"

리샤르는 의혹에 찬 몽샤르맹의 눈길을 받으며 얼굴이 달아올랐다. 그는 지리 부인의 손목을 움켜잡고서 거칠게 흔들어대며, 천둥처럼 커다란, 분노에 가득 찬 목소리로 물었다. "왜 내가 돈의 행적에 대해 당신보다 잘 알고 있다는 거요? 이유가 뭐요? 당장 대답해보시오!"

"그 돈이 당신 주머니 속으로 들어갔기 때문이지요!" 지리 부인은 마치 리샤르가 악마라도 되는 것처럼 그를 노려보았다.

이번에는 리샤르가 공격을 받고 있었다. 예상치 못한 지리 부인의 응수와 점점 의심스러운 눈으로 자신을 쳐다보는 공동 감독의 눈빛에 그는 몹시 당황했다. 불행히도 리샤르는 스스로를 방어하기 위해 논리를 펼치는 대신 감정을 앞세웠다.

완벽하게 결백한 사람들이 부당한 비난을 받고 평정심을 잃어 억울하게 죄를 뒤집어쓰는 경우가 얼마나 많은가. 얼굴이 창백해지거나 붉어지고, 동요하고, 화를 냈다가 진정했다, 말해야 할 때 침묵하거나 침묵해야 할 때 말하고, 식은땀을 흘려야 할 때 냉정하거나 냉정해야 할 때 식은땀을 흘리거나 하는 것이다.

때맞춰 끼어든 몽샤르맹이 결백한 리샤르를 막아서며 진정시키더니 침착한 태도로 지리 부인에게 질문을 던졌다. "어째서 내 동료인 리샤르를 의심하는 거요? 왜 그가 2만 프랑을 자신의 호주머니 속에 챙겨넣었다고 생각하는 거요?"

"리샤르 씨를 의심한다고는 말 안 했어요. 하지만 돈은 리샤르 씨의 주머니 속으로 들어갔어요. 리샤르 씨의 주머니 속에 2만 프랑을 집어넣은 사람이 바로 나니까요." 그러고는 갑자기 목소리를 낮추며 중얼거렸다. "이런! 말하고 말았네! 유령이 나를 용서해주면 좋으련만!"

리샤르는 또다시 화가 나서 소리를 지르기 시작했다. 하지만 몽샤르맹은 위엄 있는 태도로 조용히 있으라며 마치 명령하듯 말했다. "잠깐만 참게나! 참으라니까! 저 여자가 설명을 하도록 내버려두자구! 내가 저 여자에게 질문을 하겠네. 자네가 이렇게 흥분하다니 정말 놀랍군! 우리는 이제 모든 수수께끼를 풀 수 있게 되었다네. 해답이 바로 코앞에 놓여 있단 말이야. 그런데 자네는 화만 내고 있으니…… 나는 굉장히 흥미진진하단 말일세."

지리 부인은 자신이 순교자라도 되는 것처럼 머리를 꼿꼿이 쳐들고 있었다. 그녀의 얼굴은 결백함에 대한 신념으로 빛나고 있었다. "제가 리샤르 씨의 주머니 속에 넣은 봉투에 2만 프랑이 들어 있었다고 하셨지요? 하지만, 다시 말씀드리는데, 저는 그 봉투 속에 무엇이 들어 있는지 몰랐어요. 그 점은 리샤르 씨도 마찬가지였을 테죠!"

"아하!" 리샤르가 갑자기 과장된 몸짓으로 큰 소리를 쳤다. 몽샤르맹은 그러한 리샤르의 태도가 마음에 들지 않았다. "내가 아무것도 몰랐단 말이지! 당신이 내 주머니에 2만 프랑의 돈을 집어넣었는데 난 아무것도 몰랐다구! 그 말을 들으니 무척 기쁘군요, 부인!"

"그래요." 지리 부인은 그의 말에 동의했다. "우리 두 사람 모두 아무것도 몰랐어요. 하지만 당신은, 결국 당신은 주머니에서 돈을 발견했겠지요!"

몽샤르맹이 그 자리에 없었다면, 리샤르는 분명히 부인을 통째로 잡아먹으려고 했을 것이다. 하지만 몽샤르맹이 부인을 보호하며 질문을 계속했다.

"당신이 리샤르의 주머니 속에 넣은 봉투는 어떤 것이었소? 당신이 우리 눈앞에서 5번 박스석에 가져다놓은 그 봉투는 우리가 당신에게 준 봉투가 아니었소. 우리 봉투에는 2만 프랑의 지폐가 들어 있었소."

"그건 제가 잘못했어요. 감독님이 제게 주신 봉투는 제가 이쪽 감독님의 주머니 속에 슬쩍 집어넣었거든요." 지리 부인은 상황을 설명했다. "제가 유령의 박스석으로 가져간 봉투는 다른 것이었어요. 똑같이 생긴 것이었는데, 유령이 미리 제게 주었지요. 저는 그 봉투를 소매 속에 숨기고 있었어요." 지리 부인은 말을 마치고는 천연덕스럽게 소매 속에서 미리 준비한 봉투를 꺼내 보이는 것이었다. 2만 프랑이 든 봉투와 완전히 똑같은 봉투였다. 적혀 있는 수신인까지 똑같았다.

감독들은 부인의 손에서 그 봉투를 낚아채 자세히 살펴보았다. 그 봉투는 감독들 자신의 직인으로 단단히 봉인되어 있었다. 봉투를 열어보니 그 안에는 역시 한 달 전에 그들을 경악시켰던 것과 똑같은, 바로 그 성 파르스 은행의 가짜 지폐 스무 장이 들어 있었다.

"너무나 간단하군!" 리샤르가 감탄했다.

"너무 간단해!" 몽샤르맹도 따라서 감탄했다.

"간단한 속임수가 가장 효과적인 법이지." 리샤르가 설명했다. "공모자만 있다면 말이야."

"이를테면 지리 부인 같은 사람 말이지." 몽샤르맹이 단조로운 목소리로 덧붙였다. 그러고는 지리 부인에게 최면이라도 거는 것처럼 부인을 뚫어져라 쳐다보았다. "그렇다면 이 봉투를 당신에게 준 사람이 오페라의 유령이란 말이오? 그리고 우리가 준 봉투와 바꿔치기하라고 명령한 사람도, 리샤르의 주머니 속에 진짜 돈봉투를 집어넣으라고 말한 것도 유령이었단 말이오?"

"그래요, 유령이 그랬어요."

"그럼 당신의 재주를 지금 우리에게 보여줄 수 있겠소? 여기 봉투가 있소. 우리가 아무것도 모른다 치고 한번 해보시오."

"뭐 그러지요." 지리 부인은 2만 프랑이 든 봉투를 집어들고 문을 향해 걸어갔다.

부인이 막 방문을 나서려는 찰나, 두 감독이 쏜살같이 앞을 가로막았다. "아니야! 아니야! 또다시 당할 수는 없어!"

"죄송합니다만……" 지리는 영문을 알 수 없다는 듯이 말했다. "아무·일도 없었던 것처럼 행동하라고 하지 않으셨나요? 두 분께서 아무것도 모르신다면 제가 할 일은 봉투를 들고 사라지는 것뿐이지요!"

"먼저 어떻게 내 주머니 속에 봉투를 집어넣었는지 그것부터 보여줘야지!" 리샤르가 따져 물었다. 몽샤르맹은 왼쪽 눈으로 리샤르를 주시하면서 동시에 오른쪽 눈으로는 연신 지리를 감시하느라 사팔뜨기가 될 지경이었다. 어쨌든 이번만큼은 무슨 일이 있어도 모든 사실을 끝까지 밝혀낼 태세였다.

"감독님께서 완전히 방심하는 틈을 타서 봉투를 슬쩍 집어넣었지요! 아시다시피 전 항상 저녁 내내 무대 뒤를 돌아다니지요. 가끔씩 제 딸과 함께 무용수들의 휴게실도 찾아가구요. 메그의 어머니로서 제게는 그럴 만한 자격이 있으니까요. 디베르티스망*을 출 때 신을 딸의 무용 신발을 가져다주기도 한답니다. 그러니 사실 마음 내킬 때마다 수시로 출입하는 셈이지요. 정기회원들도 들락거리지 않습니까? 감독님들도 마찬가지구요. 그 근처에는 항상 많은 사람들이 왔다갔다하지요. 저는 그 와중에 감독님의 등뒤로 가서 코트의 뒷주머니 속으로 봉투를 슬쩍 넣었답니다. 뭐 그다지 어려울 것도 없었어요! 무슨 마술 같은 게 아니었다구요."

"마술이 아니었다고?" 리샤르가 성난 주피터처럼 눈알을 굴리며 으르렁거렸다. "마술이 아니었다고? 당신, 거짓말을 한 죄로 당장 감옥에 잡아넣겠어!"

품위 있는 지리 부인은 자신의 정직함을 의심받을 때는 민감하게 반응했지만 다른 모욕에는 그보다 덜 민감했다. 그녀는 세 개의 이를 드러내며 발끈했다. "뭐라구요?"

---

* divertissement, 오페라에서 줄거리와 상관없이 단순히 여흥을 위해 추는 무용.

"그건 거짓말이야. 그날 저녁 내내 난 5번 박스석에서 당신이 놓고 간 그 봉투를 지켜보고 있었단 말이야. 무용수들의 휴게실 앞에는 단 일 초도 간 적이 없어!"

"아니에요, 감독님. 그날 저녁에 바로 돈봉투를 감독님 코트 주머니에 집어넣은 게 아닙니다. 다음 공연 때 그랬던 거죠. 문화부 차관님이 찾아오신 그날 저녁 말예요."

이 말을 듣자 리샤르가 갑자기 지리의 말을 가로막았다. "그렇군. 맞아, 당신 말이 맞아! 이제야 기억이 나는군! 차관님이 무대 뒤로 오셔서 나를 찾으셨어. 나는 휴게실로 가려고 계단을 내려가는 참이었는데, 차관님과 그분의 귀빈이 직접 그곳까지 찾아오셨지. 그때 누군가가 내 몸을 가볍게 스치며 지나갔어. 그래서 몸을 돌렸는데, 거기 당신이 있었지. 오 그래, 이제야 당신의 행동이 똑똑히 생각나는군! 눈에 선하게 보여!"

"맞아요! 바로 그때였어요! 감독님의 주머니는 꽤 널찍하던걸요!" 지리 부인은 다시 한번 그때의 행동을 재현했다. 리샤르의 뒤를 지나가며 날쌘 솜씨로 코트 뒤쪽에 달린 호주머니 속에 봉투를 집어넣는 것이었다. 지켜보던 몽샤르맹이 감탄할 정도였다.

"그렇군!" 리샤르는 창백한 표정으로 감탄을 연발했다. "오페라의 유령은 정말 영리해. 이런 식으로 문제를 풀어나가다니! 2만 프랑을 건네주는 사람과 건네받는 사람 사이의 위험한 줄다리기를 어떻게 해결해야 할지 알고 있었던 거야! 유령이 생각해낸 최선의 방법은 내가 눈치채지 못하는 사이에 내 주머니에서 직접 돈을 꺼내 가는 거였어! 나는 돈이 그곳에 들어 있는지조차 모르고 있었으니까. 정말 훌륭해!"

"그래, 정말 훌륭하군!" 몽샤르맹도 맞장구를 치며 말했다. "하지만 리샤르, 자네가 잊고 있는 게 한 가지 있네! 그 2만 프랑의 돈 중에 1만 프랑은 내 돈인데, 자네와 달리 내 주머니 속에는 아무것도 들어오지 않았다는 점이지!"

제 18 장

옷핀의 수수께끼

몽샤르맹의 마지막 발언은 동료에 대한 의심을 분명하게 드러내는 것이었다. 둘 사이에는 차가운 기운이 감돌았고, 그것은 곧 이어 맹렬한 논쟁으로 이어질 수밖에 없었다. 결국 리샤르가 모든 일을 몽샤르맹의 요구에 따르기로 합의를 보았다. 그들에게 손해를 입힌 악당을 잡기 위해 시키는 대로 다 하기로 한 것이다.

상황은 다시 정원 장면이 끝난 후 휴식 시간으로 돌아간다. 사소한 것도 놓치는 법이 없는 레미는 그때 감독들이 이상하고 엉뚱한 행동을 하고 있는 장면을 목격했다. 이제 우리는 왜 오페라 하우스의 감독들이 마땅히 지녀야 할 위엄을 실추시키는 그런 이상한 행동을 했는지 어렵지 않게 이해할 수 있을 것이다.

좌석 관리인의 말에 따르면, 리샤르와 몽샤르맹 사이에는 모종의 약속이 이루어졌다. 첫째, 리샤르는 2만 프랑의 돈이 없어진 그날 밤에 했던 행동을 하나도 빠짐없이 그대로 반복할 것, 둘째, 몽샤르맹은 지리 부인이 2만 프랑의 돈을 집어넣을 리샤르의 뒷주머니에서 한순간도 시선을 떼지 말 것.

리샤르는 지난번 문화부 차관에게 인사했던 바로 그 장소에 가서 섰다. 몽샤르맹은 그 뒤에 몇 발짝 떨어져 서 있었다. 지리 부인이 리샤르의 뒤를 스쳐지나가며 2만 프랑이 든 돈봉투를 감독의 뒷주머니에 집어넣고는 사라졌다. 아니 차라리 마법에 의해 쫓겨가듯이 허둥지둥 달아났다는 것이 옳았다.

그러나 그 선량한 부인은 사전에 몽샤르맹의 지시를 받은 메르시에의 손에 잡혀 지배인 사무실에 감금되었다. 유령과 접촉하지 못하게 하기 위해서였다. 메르시에는 지시를 따랐고, 손쉽게 지리 부인을 끌고 갔다. 체포하겠다는 위협이 정말로 무서웠는지, 지리 부인은 벌써부터 복도에서 경찰수사관의 발소리가 들려온다고 상상하면서 공포에 질려 구슬 같은 눈동자를 이리저리 굴렸다. 초췌하고 털이 부스스한 불쌍한 새 같았다. 또 어찌나 숨죽여 한숨을 쉬는지, 중앙 계단을 받치고 선 대리석 기둥이 눈물을 흘릴 정도였다.

한편 리샤르는 마치 자기 앞에 높은 신분의 정부 관료나 문화부 차관이라도 서 있는 것처럼 공손히 절을 하고는 뒷걸음질치며 물러났다. 만약 리샤르 앞에 정말로 정부의 차관이 있었다면 예절을 차린 이런 깍듯한 행동은 전혀 놀라운 일이 아니었을 것이다. 하지만 리샤르 앞에는 아무도 없었기 때문에 이해할 수 없는 이 광경은 당연히 보는 사람들을 놀라게 했다. 리샤르는 허공에 대고 인사하고, 아무도 없는 곳을 향해 절을 하고, 계속 뒷걸음질쳤던 것이다. 몽샤르맹은 리샤르보다 몇 걸음 뒤에 서서 그가 하는 대로 따라했다. 또한 옆으로 다가오려는 레미를 멀리 쫓아버리고 대사와 중앙은행장에게는 '제발 리샤르 감독을 건드리지 말라'고 부탁했다.

의혹을 품고 있는 몽샤르맹으로서는 만약에 2만 프랑이 또다시 없어질 경우, 리샤르가 곧장 그에게로 달려와서 이렇게 말하는 걸 듣고 싶지 않았던 것이다. "혹시 범인은 그 대사이거나 아니면 중앙은행장, 혹은 레미가 아닐까?" 더구나 리샤르 본인이 인정하는 것처럼, 지난번에도 지리 부인과 부딪친 후 다른 누구와도 신체 접촉이 없었다.

그렇다면 그때를 그대로 재현하는 날, 감독 사무실로 돌아가는 길에 왜 누군가를 만나야 한단 말인가? 그럼에도 불구하고 리샤르는 한 달 전과 마찬가지로 조심스레 절하고 뒷걸음질치며 마침내 감독 사무실이 있는 복도에 이르렀다. 리샤르의 뒤에 서서 뒷걸음질치는 몽샤르맹은 신경을 더욱 곤두세우고 감시를 강화했다. 리샤르 역시 앞에서 다가오는 모든 사람들을 주시했다.

우리의 국립음악아카데미의 총감독들께서 선택하신 새로운 걸음걸이는 많은 사람들로부터 달가울 것 없는 주목을 받았다. 하지만 애석하게도 그때 무용수 아가씨들은 대부분 분장실에 있었다. 만약 무용수들이 그 모습을 보았다면 배꼽을 잡고 웃었을 것이다.

그러나 두 감독의 머릿속에는 오로지 2만 프랑에 대한 생각뿐이었다.

어둑어둑한 복도에 이르자, 리샤르는 몽샤르맹에게 낮은 목소리로 속삭였다. "지금까지는 아무도 나를 건드리지 않았어. 자네는 이제 내게서 조금 떨어져서 지켜보는 게 좋겠네. 내가 사무실 문으로 들어갈 때까지 말이야. 그래야 주의를 끌지 않으면서 앞으로 일어날 일들을 지켜볼 수 있지."

"아니야, 리샤르. 그건 안 돼! 나는 자네 바로 뒤에 있겠네! 단 한 걸음도 자네 곁을 떠나지 않겠어!" 몽샤르맹이 대답했다.

"이래서는 절대로 우리의 2만 프랑을 훔쳐가지 못할 거야!"

"물론 그러기를 바라네!" 몽샤르맹이 말했다.

"하지만 우리가 하고 있는 일이 엉뚱하다는 건 알고 있지!"

"지난번과 똑같이 행동하기로 약속하지 않았나. 지난번 나는 무대를 떠나오는 자네를 만난 후 이 복도를 걷는 내내 자네 뒤를 바싹 따라왔었네."

"그거야 그렇지!" 리샤르는 어쩔 수 없다는 듯이 고개를 저으며 동의했다.

이 분 후, 감독들은 사무실로 들어가 문을 잠갔다. 몽샤르맹은 주머니 속에 열쇠를 집어넣었다.

"지난번에 우리 둘 다 내내 사무실에 있지 않았나? 오페라하우스를 나가서 집으로 돌아갈 때까지 말일세."

"그랬었지. 우리를 방해하는 사람도 없었어. 그렇지?"

"그래, 아무도 없었어."

"그렇다면……" 리샤르는 기억을 되살리려고 애를 썼다. "집에 가는 도중에 도둑맞은 게 틀림없어."

"아니야." 몽샤르맹이 아까보다 더 냉담하게 말했다. "그건 불가능해. 내가 직접 자네를 마차에 태워서 집으로 돌려보냈는걸. 그렇다면 2만 프랑은 자네 집에서 없어진 거군. 맞아, 그게 분명해."

"그렇지 않아!" 리샤르가 거세게 항변했다. "나는 우리집 하인들을 신뢰하고 있네. 만약 하인들 중 하나가 그런 짓을 했다면, 그날로 당장 종적을 감추었을 게 아닌가."

몽샤르맹은 더이상 자세한 이야기는 하고 싶지 않다는 듯 어깨를 한번 으쓱하고는 입을 다물었다. 리샤르는 점점 더 자신이 도저히 참을 수 없는 대접을 받고 있다는 생각이 들기 시작했다.

"몽샤르맹! 너무 지나친 거 아닌가!"

"리샤르! 나도 참을 만큼 참았네!"

"나를 의심하는 건가?"

"그래, 자네가 엉뚱한 장난을 치고 있는 게 아니란 말인가?"

"세상에 2만 프랑을 가지고 장난을 치는 사람이 어디 있나?"

"내 생각도 그렇다네." 몽샤르맹은 이렇게 말을 맺으며 보란 듯이 신문을 펴들었다. 그리고 신문을 획획 넘기기 시작했다.

"무슨 짓인가? 신문이나 읽고 있을 참이야?" 리샤르가 물었다.

"그렇다네. 자네를 집에 데려다줄 때까지 신문을 읽겠네."

"지난번처럼?"

"물론이지. 지난번처럼."

리샤르는 몽샤르맹의 손에서 신문을 낚아챘다. 몽샤르맹은 자리에서 벌떡 일어나 씩씩거리며 리샤르의 얼굴을 정면으로 쳐다봤다. 리샤르는 팔짱을 끼고는 화난 얼굴로 말했다. "이보게. 그러고 보니 이런 생각이 드는군. 저녁 내내 자네하고만 같이 있었어. 집까지 나를 바래다준 것도 자네였는데, 헤어질 때쯤 2만 프랑이 내 주머니에서 사라져버렸다는 사실을 깨달았다? 그런 경우 자네라면 어떤 생각이 들겠나?"

"그래, 자네라면 어떤데?" 화가 나서 얼굴까지 달아오른 몽샤르맹이 물었다.

"내 곁을 단 한 발짝도 떠나지 않은 사람은 자네뿐이고, 지난번에도 내게 접근할 수 있었던 사람은 바로 자네뿐이니…… 아마도 나는 이렇게 생각했겠지. 2만 프랑이 내 주머니에서 사라져버렸다면, 그걸 훔칠 만한 기회를 가진 사람은 자네밖에 없다고!"

리샤르의 의혹에 몽샤르맹은 펄쩍 뛰었다. "이런! 당장 옷핀을 가져오게!"

"옷핀은 뭐에 쓰려고?"

"자네에게 꽂아두려는 걸세!"

"나한테 옷핀을 꽂아둔다구?"

"그래, 그래. 2만 프랑을 옷핀으로 자네 옷 주머니에 고정시켜놓아야겠네. 그렇게 해놓으면 여기서나 집으로 가는 길에서나 혹은 집에서라도, 누군가 자네의 호주머니를 건드리면 즉시 알아차릴 수 있을 게 아닌가. 범인이 내가 아닌 것도 알 수 있을 테고 말이야! 세상에, 자네가 나를 의심한단 말인가? 자네가? 이봐, 뭐 해, 옷핀 가져와!"

몽샤르맹 씨가 사무실 문을 열고 복도를 향해 소리를 질렀다. "옷핀! 누구 옷핀 없나! 옷핀 좀 가져다줘!"

그 순간에 옷핀을 가지고 있지 않았던 불쌍한 레미가 몽샤르맹으로부터 어떤 대접을 받았는지는 이미 잘 알고 있을 것이다.

한 소년이 감독이 그토록 애타게 찾던 옷핀을 가지고 왔다.

몽샤르맹은 다시 문을 닫아버리고 리샤르의 등뒤로 다가가 무릎을 꿇고 코트 뒷주머니를 살폈다. "2만 프랑은 아직도 그대로 있겠지?"

"제발 그러기를 바라네." 리샤르가 대답했다.

"가짜 돈이 아니라 진짜 돈이겠지?" 몽샤르맹이 이번에는 절대로 당하지 않으리라는 결의에 찬 목소리로 물었다.

"직접 살펴보게. 나는 만지고 싶지도 않으니까." 리샤르가 말했다.

몽샤르맹은 리샤르의 주머니에서 봉투를 꺼냈다. 그리고 떨리는 손으로 지폐를 꺼냈다. 이번에는 수시로 돈을 확인해보기 위해서 봉인도 하지 않았던 것이다. 몽샤르맹은 2만 프랑의 진짜 돈이 그대로 남아 있는 것을 보고 비로소 안심했다. 그리고 돈을 다시 리샤르의 호주머니 속에 넣은 다음, 옷핀으로 조심스레 고정시켰다. 그 이후 그는 뒤에 앉아 리샤르의 호주머니에서 줄곧 시선을 떼지 않았다. 리샤르는 책상 앞에 앉아서 꼼짝도 하지 않았다.

"조금만 더 참게나." 몽샤르맹이 말을 건넸다. "이제 몇 분만 기다리면 되네. 곧 시계가 열두시를 알릴 거야. 지난번에도 마지막 종소리가 울릴 때 사무실을 떠나지 않았나."

"그래, 어디 참아보지!"

시간은 무겁고 신비롭게 숨이 막힐 듯 느릿느릿 흘러갔다. 리샤르는 애써 농담을 던졌다.

"이러다 혹시 전지전능한 유령의 존재를 믿게 되는 건 아닐까? 이 방 공기가 좀 이상한 것 같지 않은가? 뭔가 불길한 기운이 느껴지지 않아?"

"자네 말이 맞아." 몽샤르맹은 정말 진지하게 대답했다.

"유령이야……" 리샤르는 마치 눈에 보이지 않는 귀가 엿듣기라도 하는 듯 작은 목소리로 속삭였다. "유령이라구! 한번 생각해보게나. 책상을 세 번 두드린 다음 마법의 봉투를 놓고 간 자가 바로 그 오페라의 유령이라면…… 5번 박스석에서 들려오던 목소리의 주인공도, 조제프 뷔케를 살해한 것도, 샹들리에를 떨어뜨린 것도, 그리고 우리 돈을 훔쳐간 것도 모두 유령의 짓이라면 말일세, 그렇다면 결국, 결국 말이야, 이곳에는 우리 두 사람 말고는 아무도 없지 않은가, 그런데 자네나 나나 아무 짓도 하지 않았는데도 돈이 사라져버린다면 그때는 유령의 존재를 믿지 않을 수 없을 것 아닌가. 유령을……"

바로 그 순간 벽난로 위에 놓인 시계의 바늘이 째깍, 움직이며 열두시를 알리는 첫번째 종소리가 울려퍼졌다. 두 감독은 몸을 부르르 떨었다. 알 수 없는 두려움이 밀려왔다. 두 사람은 두려움을 떨쳐보려 했지만 아무 소용없었다. 이마에서는 식은땀이 흐르고 있었다. 열두번째 종소리가 유난히 불길하게 들렸다.

마침내 종소리가 멎고 고요해지자 두 사람은 긴 한숨을 내쉬며 자리에서 일어났다.

"이제야 집에 갈 수 있게 되었군." 몽샤르맹이 말했다.

"그래, 가자구." 리샤르도 동의했다.

"떠나기 전에 자네 주머니를 좀 살펴봐도 괜찮겠나?"

"물론이지, 몽샤르맹. 살펴봐야 하고말고! 자, 어서."

몽샤르맹은 주머니 속을 더듬었다.

"어떤가?"

"됐어. 옷핀이 만져지는군."

"다행이야. 자네 말대로, 돈을 훔쳐가는데도 내가 모르진 않을 테니."

그런데 계속 주머니 속을 더듬던 몽샤르맹이 소리쳤다. "옷핀은 있는데 돈이 만져지질 않아!"

"농담하지 마! 지금 그런 농담할 때가 아니라구!"

"자, 자네가 직접 찾아보게."

리샤르는 코트를 벗었다. 그리고 두 감독은 호주머니를 완전히 뒤집어보았다. 하지만 주머니는 텅 비어 있었다. 기묘하게도 옷핀만이 그대로 있었다. 리샤르와 몽샤르맹은 새파랗게 질렸다. 유령의 마법이라고 믿을 수밖에 없는 일이었다.

"유령이야……" 몽샤르맹이 중얼거렸다.

그런데 갑자기 리샤르가 동료에게 덤벼들었다. "내 주머니를 만진 사람은 자네밖에 없었어! 2만 프랑 어서 내놔! 빨리 내놓지 못하겠나!"

"맙소사!" 몽샤르맹이 한숨을 쉬었다. 너무 기가 막혀 기절할 지경이었다. "맹세하지만 나는 돈을 가져가지 않았네!"

그때 누군가가 문을 두드렸다. 몽샤르맹은 아무 생각 없이 기계적으로 문을 열었다. 하지만 멍한 그의 눈은 메르시에를 알아보지 못하는 것 같았다. 몇 마디 말을 나누기는 했지만 자신이 무슨 말을 하고 있는지도 깨닫지 못했다. 다만 무의식적으로 지배인의 손에 무언가를 쥐여줬을 뿐이었다. 이제는 쓸모없게 되어버린 옷핀이었다.

제 19 장
의혹

감독 사무실로 들어서면서 수사관이 던진 첫번째 질문은 사라져버린 프리마돈나에 대한 것이었다. "크리스틴 다에가 여기 있습니까?"

앞서 말했듯이 몇몇 구경꾼들이 이곳까지 수사관을 따라왔다. "크리스틴 다에가 여기 있냐구요?" 리샤르가 되물었다. "아니요. 왜 그러시죠?"

몽샤르맹은 온몸에서 힘이 빠져 한마디도 할 수가 없었다. 그는 리샤르보다 더욱 고통스러웠다. 리샤르는 아직 몽샤르맹을 의심할 수 있었지만 이제 몽샤르맹은 태초부터 인류를 사로잡은 수수께끼, 바로 '위대한 그분'을 직면하고 있음을 깨달았기 때문이다.

수사관 주위에는 구경꾼들이 몰려 있었고, 감독들은 엄숙할 정도로 침묵했다.

"왜 크리스틴 다에가 여기 있느냐고 물으신 거죠?" 리샤르가 물었다.

"그녀를 찾고 있기 때문이오." 수사관이 엄숙하게 말했다.

"그녀를 찾고 있다니, 그게 무슨 말씀이십니까? 크리스틴이 사라지기라도 했다는 건가요?"

"그렇소. 공연 도중에 감쪽같이 사라졌소!"

"공연 도중에요? 정말 이상한 일이군요!"

"그런가요? 오페라하우스의 총감독인 당신들이 그 사실을 내게서 처음 듣는다는 게 더 이상하군요!"

"전혀 몰랐어요!" 리샤르는 손으로 머리를 움켜쥐며 중얼거렸다. "이건 또 무슨 일이람! 정말 사람 미치겠군!" 그러고는 자기도 모르게 콧수염을 잡아당기며 믿지 못하겠다는 듯 다시 물었다. "그러니까 크리스틴이 공연 도중에 사라져버렸다는 겁니까?"

"그렇소. 감옥 장면에서 노래를 부르다가 어디론가 사라졌다오. 천사의 도움을 요청하는 아리아를 부르다가 말이오. 천사들이 데려간 건 아닌지 의심하고 있소."

"저는 그렇다고 확신합니다!"

그 소리에 모든 사람들이 뒤를 돌아보았다. 젊은 남자가 새파랗게 질린 얼굴로 온몸을 떨며 그들을 바라보고 있었다. "분명해요!"

"도대체 뭐가 분명하다는 거요?" 미프루아가 물었다.

"수사관님, 크리스틴 다에는 천사가 납치해갔습니다. 저는 그이름도 알고 있습니다."

"아하, 샤니 자작! 그러니까 당신은 천사가 크리스틴 다에를 데려갔다고 주장하는 건가요? 물론 오페라의 천사겠지요?"

라울은 주변을 돌아보았다. 누군가를 찾는 것처럼 보였다. 연인을 찾기 위해 경찰의 도움이 절실한 이때, 방금 전에 입을 다물라고 충고했던 그 정체불명의 사내가 있다면 얼마나 좋겠는가. 하지만 그는 아무 데도 보이지 않았다. 그렇다면 라울이 경찰에게 말해야 했다. 하지만 이렇게 많은 사람들 앞에서는 아니었다. "그렇습니다, 오페라의 천사가 데려간 것입니다. 그가 어디에 사는지 제가 말씀드리겠습니다. 그러니 다른 사람들을 다물려주십시오."

"그러죠." 수사관은 라울을 의자에 앉게 했다. 그리고 두 감독외에 다른 사람들을 모두 밖으로 내보냈다. 두 감독은 이 일에전혀 관심이 없는 듯했지만 말이다.

마침내 라울이 말했다. "수사관님, 그 천사의 이름은 에릭입니다. 그는 오페라하우스 안에 살고 있지요. 그가 바로 음악 천사랍니다!"

"음악 천사라구요! 그것 참 흥미롭군요, 음악 천사라……" 미프루아는 감독들 쪽으로 몸을 돌려 질문을 던졌다. "음악 천사에 대해 들어본 적이 있습니까?"

리샤르와 몽샤르맹은 아무 말 없이 고개를 저었다.

그러자 자작이 황급히 말했다. "하지만 이분들도 오페라의 유령에 대해서는 들어본 적이 있을 겁니다. 제가 말씀드리려던 것은 바로 음악 천사와 오페라의 유령이 같은 인물이라는 사실입니다. 그리고 그자의 진짜 이름은 에릭이구요."

미프루아는 자리에서 일어나 라울을 유심히 살펴보았다. "죄송합니다만 자작님, 당신은 지금 법을 우롱하는 겁니까?"

"아닙니다." 라울이 항의했다. '이자도 내 말을 믿지 않는군.' 그가 괴로워하며 생각했다.

"오페라의 유령에 대해 좀 자세히 설명해주시겠습니까?"

"분명 저분들도 들어보셨을 겁니다."

"감독님들께서도 그 유령에 대해 알고 계십니까?"

연신 콧수염을 만지고 있던 리샤르가 자리에서 벌떡 일어섰다. "아니오, 수사관, 아니오. 우린 모르오. 하지만 정체를 꼭 알았으면 좋겠소. 오늘 저녁에 그 작자가 우리 돈 2만 프랑을 훔쳐갔

364

으니까 말이오!" 리샤르는 몸을 돌려 무서운 눈으로 몽샤르맹을 노려보았다. 그의 태도는 마치 '빨리 2만 프랑을 돌려줘. 안 그러면 모든 걸 털어놓고 말 테다'라고 말하는 것 같았다.

리샤르의 말뜻을 이해한 몽샤르맹은 자포자기한 듯 손을 내저으며 말했다. "그래, 리샤르, 모두 털어놓게! 일을 끝내버리자구!"

미프루아는 감독들과 라울을 번갈아 바라보았다. 그리고 자신이 정신 병동에 들어온 건 아닌가 어리둥절해했다. 그는 머리카락을 쓸어넘기며 말했다. "그러니까, 유령 하나가 같은 날 저녁에 여가수를 납치하고 2만 프랑을 훔쳤단 말이오? 그 유령, 정말 바빴겠군요. 괜찮다면 순서대로 질문을 하겠소. 먼저 가수에 대해 질문을 좀 하고 그다음에 2만 프랑에 대해 이야기해봅시다. 자, 샤니 자작, 당신은 크리스틴 다에 양이 에릭이라는 자에게 납치당했다고 주장하고 있습니다. 그 사람을 아십니까? 본 적이 있나요?"

"그렇소."

"어디서요?"

"성당 묘지에서요."

미프루아는 깜짝 놀라 라울을 쳐다보며 말했다. "물론 그랬겠지요. 유령은 곧잘 그런 곳에 나타나니까요. 그런데 당신은 성당 묘지에서 뭘 하고 있었죠?"

"수사관님." 라울이 말했다. "제 말이 얼마나 엉뚱하게 들릴지 저도 압니다. 하지만 제발 믿어주십시오. 저는 완벽하게 제정신입니다. 크리스틴 다에는 제게 세상에서 가장 소중한 사람입니다. 형 필립 백작보다 더요. 그런 그녀가 지금 커다란 위험에 빠져 있는 겁니다. 한시가 급하니 간략하게 말씀드리는 게 좋겠지만, 처음부터 끝까지 설명드리지 않으면 제 말을 믿지 않으시겠지요. 그래요, 다 말씀드리겠습니다. 그 유령에 대해 알고 있는 모든 것을요. 하지만 불행하게도 저도 별로 아는 것이 없으니……"

"걱정 말고 어서 계속해보시오. 계속해요!" 리샤르와 몽샤르맹이 돌연 대단한 관심을 보이며 라울의 말을 재촉했다. 하지만 라울을 통해 혹시나 그들에게 짓궂은 장난을 친 사람의 정체를 알 수 있을까 하는 기대가 무너지자, 그들은 곧 라울 드 샤니가 완전히 돌아버렸다고 결론지었다. 페로-귀렉 사건이나 해골, 마법의 바이올린 등에 관한 모든 이야기가 사랑에 빠진 나머지 이성을 잃어버린 한 젊은이의 망상이라고 생각했던 것이다.

미프루아 수사관도 그들과 같은 생각이었던 게 분명하다. 그때 그 돌발적인 사건이 일어나 독자들은 이미 다 알고 있는 그 이야기가 중단되지 않았다면, 틀림없이 그가 나서서 라울의 두서없는 설명을 가로막았을 것이다.

느닷없이 문이 열리고 한 사람이 들어왔다. 그 남자는 커다란 프록코트를 입고 낡고 손때가 묻어 반들반들 윤이 나는 중산모를 귀까지 푹 눌러쓰고 있었다. 그는 곧장 수사관에게 다가가더니 무언가를 속삭였다. 중요한 전갈을 가지고 온 탐정 같았다.

그 남자의 이야기를 들으며 미프루아는 라울에게서 눈을 떼지 않았다. 마침내 그가 입을 열었다. "샤니 자작, 이만하면 유령 이야기는 충분한 것 같군요. 그럼 이제부터 당신에 대해 좀 이야기해볼까요? 물론 반대하지 않으신다면 말이죠. 당신은 오늘밤 크리스틴 다에 양과 함께 떠나려고 했습니까?"

"예, 수사관님."

"공연이 끝난 후에요?"

"그렇습니다."

"모든 준비가 다 되어 있었나요?"

"그렇습니다."

"당신이 타고 온 마차가 두 사람을 태우고 떠나기로 되어 있더군요. 마부가 그 사실을 모두 알고 있었습니다. 아주 까다로운 방법을 택하셨던데요. 모든 역마다 새로운 마차가 대기하고 있었다고요."

"모두 사실입니다."

"그렇다면 당신의 마차는 아직 당신의 명령을 기다리며 로통드 쪽에서 기다리고 있겠군요? 그렇지 않소?"

"그렇지요."

"그곳에 당신의 마차 외에도 석 대의 다른 마차가 있었다는 사실을 알고 있었나요?"

"아뇨. 몰랐습니다."

"그곳에는 주차할 자리를 찾지 못한 라 소렐리 양의 마차와 카를로타 양의 마차가 있었습니다. 샤니 백작의 마차도 있었구요."

"그랬군요."

"분명한 건 당신의 마차와 라 소렐리 양의 마차 그리고 카를로타 양의 마차는 아직도 그곳에 있는데, 샤니 백작의 마차만 사라졌다는 겁니다."

"그게 이 일과 무슨 상관……"

"실례합니다만, 샤니 백작은 당신과 다에 양의 결혼을 반대하셨지요?"

"그것은 집안 문제일 뿐입니다."

"그랬다는 뜻으로 받아들이겠습니다. 그 때문에 당신은 형의 손길이 닿지 않는 곳으로 다에 양을 데리고 가려 했던 게 아닙니까? 샤니 자작, 형님 되시는 분이 당신보다 한발 빨랐던 것 같군요. 크리스틴 다에 양을 데리고 떠난 사람은 바로 당신 형입니다!"

"그럴 리가 없습니다!" 가슴에 손을 얹은 라울의 입에서 괴로운 신음 소리가 새어나왔다.

"믿을 수가 없어요…… 확실한 겁니까?"

"다에 양이 사라진 직후 백작이 쏜살같이 마차에 오르는 걸 본 사람이 있습니다. 그는 서둘러서 파리 시내를 가로질렀다고 합니다. 물론 여가수를 납치한 방법은 밝혀지지 않았지만요."

"파리 시내를 가로질렀다구요? 그게 무슨 말씀이시죠?" 가엾은 라울이 신음 소리를 냈다.

"파리 시내를 가로질러 파리를 떠났다는 거지요."

"파리를 떠났다고요! 어느 길로요?"

"브뤼셀로 향하는 길로 빠져나갔답니다."

"반드시 뒤쫓고 말 테야!" 라울이 소리쳤다. 그리고 바람처럼 사무실을 달려나갔다.

"꼭 다에 양을 찾길 바라오!" 달려나가는 라울의 등뒤에 대고 수사관이 쾌활하게 외쳤다. "이거야말로 음악 천사에 대한 정보만큼이나 효과가 있죠!"

미프루아는 몸을 돌려 어리둥절해하는 청중에게 경찰의 수사 방법에 대해 짧은 강연을 했다. "사실 저도 처음에는 설마 샤니 백작이 크리스틴 다에 양을 납치했을까 의심스러웠지요. 하지만 지금 이 순간부터 저는 그 사실을 믿게 되었습니다. 누구보다도 백작의 동생이 그 사실을 가장 분명하게 증명해준 셈이죠. 보셨죠? 지금 샤니 자작은 자기 형을 뒤쫓으러 뛰쳐나갔어요. 제 가장 뛰어난 보조자가 된 셈이죠! 신사분들, 이것이 바로 놀라운 경찰 수사 방법입니다. 아까처럼 미끼만 살짝 던져주면 의심스러운 사실이 놀라울 정도로 쉽게 밝혀지는 경우가 종종 있지요. 두고 보십시오. 이제 경찰과 전혀 상관없는 사람에 의해 사건의 진상이 밝혀질 테니까요."

하지만 이후의 사실을 알았다면 미프루아 수사관도 그 놀라운 수사 방법에 그다지 만족하지 못했을 것이다. 그가 급히 파견한 보조 수사관은 첫번째 복도를 채 빠져나가기도 전에 추적을 그만둔 것이다. 입을 벌린 채 구경하던 사람들도 모두 흩어져 복도에는 아무도 없었다.

그때 갑자기 키 큰 그림자가 그의 앞을 막아섰다.

"어디를 그렇게 서둘러 가십니까, 샤니 자작?"

라울은 걸음을 멈추고 초조한 듯 고개를 들어 그 사람을 보았다. 바로 한 시간 전에 낮은 모피 모자를 쓰고 라울에게 다가왔던 그 사람이었다. "당신이군요!" 라울은 열에 들뜬 목소리로 외쳤다. "에릭의 비밀을 알고 있는 사람! 내게 에릭의 비밀을 누설하지 말라고 했던 바로 그 사람이군요! 당신은 대체 누구죠?"

"알아보시는군요. 저는 페르시아인입니다."

제 20 장
분장실의 비밀 문

그제야 라울은 신비에 싸인 그 인물을 기억해냈다. 예전에 형에게서 들은 적이 있었던 것이다. 하지만 그가 페르시아 사람이라는 것과 리볼리 거리에 있는 낡고 작은 아파트에 살고 있다는 사실 이외에는 아는 것이 하나도 없었다.

검은 피부에 비취색 눈을 한 그 사람이 낮은 모피 모자를 쓰고 라울에게 가까이 다가와 고개 숙여 인사를 했다. "샤니 자작, 에릭의 비밀을 누설하지는 않으셨겠지요?"

"제가 왜 그 괴물의 비밀을 지켜줘야 한단 말입니까?" 라울은 갑자기 자신의 길을 가로막고 선 방해자로부터 벗어나기 위해 무뚝뚝하게 대답했다. "그자가 당신 친구라도 되나요?"

"부디 에릭에 대해 아무 말씀도 하시지 않았기를 바랍니다. 에릭의 비밀은 크리스틴 다에 양의 비밀이기도 하니까요. 에릭에 대해 이야기하는 것은 크리스틴 양에 대해 이야기하는 것과 같습니다!"

"이보시오. 당신은 나와 관련된 일을 꽤 많이 알고 있는 것 같군요. 하지만 난 지금 당신 말이나 듣고 있을 시간이 없습니다." 점점 더 초조해진 라울이 짜증스럽게 말했다.

"다시 한번 묻겠습니다. 어디를 그토록 서둘러 가시는 건가요?"

"그걸 몰라서 물으십니까? 크리스틴을 찾으러 가고 있습니다."

"그렇다면 자작, 이곳을 떠나지 마십시오. 그녀는 바로 이곳에 있으니까요!"

"에릭과 함께 있단 말입니까?"

"그렇습니다."

"당신이 그걸 어떻게 압니까?"

"저도 그 공연을 지켜보고 있었습니다. 이 세상에 그런 계략을 꾸밀 수 있는 사람은 에릭밖에 없습니다." 페르시아인은 깊은 한숨을 내쉬었다. "아! 저는 그 악마의 손길을 느낄 수 있었습니다!"

"그럼 당신은 에릭을 알고 있나요?"

페르시아인은 아무 대답 없이 또다시 한숨을 내쉬었다.

"이봐요, 당신이 원하는 게 뭔지는 모르겠지만 날 좀 도와줄 수 있습니까? 그러니까 크리스틴 다에를 위해서 말입니다."

"도와드릴 수 있을 겁니다. 바로 그 때문에 자작께 말을 건넨 거니까요."

"어떻게 도와줄 겁니까?"

"다에 양이 있는 곳으로 가야죠. 에릭이 있는 곳으로요."

"나도 시도해봤지만 실패했소. 당신이 그렇게만 해줄 수 있다면, 그 은혜는 무슨 수를 써서라도 꼭 갚겠소. 헌데 수사관은 내 형인 필립 백작이 다에를 납치했다고 하더군요."

"오, 샤니 자작, 저는 그런 말은 믿지 않습니다!"

"그렇죠? 도저히 있을 수 없는 일 아닙니까?"

"있을 수 없는 일인지 아닌지는 모르겠습니다. 하지만 사람을 납치하는 데도 여러 가지 방법이 있는 법입니다. 제가 아는 한, 필립 백작은 절대로 그런 마법 같은 일을 할 수 있는 분이 못 되십니다."

"맞습니다. 바보같이 그런 말을 믿다니! 자, 어서 서두릅시다. 모든 일을 당신께 맡기겠소. 나를 믿어주는 사람은 오직 당신뿐이니, 내가 어떻게 당신을 믿지 않을 수 있겠습니까! 에릭이라는 이름을 말했을 때 웃지 않은 사람은 당신뿐이었어요."

라울은 뜨거운 손으로 페르시아인의 손을 힘차게 움켜잡았다. 그의 손은 얼음처럼 싸늘했다.

"쉿, 조용히 하세요!" 페르시아인이 갑자기 걸음을 멈추며 말했다. 그는 저 멀리 극장에서부터 들려오는 소리와, 가까운 벽과 복도에서 들리는 미세한 소음에까지 귀를 기울였다. "이 안에서 그 이름을 함부로 들먹여서는 안 됩니다. 앞으로는 '그 사람'이라고 부릅시다. 그의 주의를 끌지 않는 편이 나을 테니까요."

"그가 우리 가까이 있을까요?"

"그럴 가능성이 충분하지요. 만약 지금 그가 희생자와 함께 그의 은신처에 있지 않다면 말입니다."

"아, 그럼 당신은 그 집에 대해서도 알고 있군요?"

"만약 지금 그가 그곳에 없다면 바로 이곳에 있을 겁니다. 이 벽이나 마루 밑, 천장 위에 말입니다. 그가 어디에 있을지는 전혀 알 수 없습니다. 자물쇠 구멍이나, 저 들보의 모서리에 있을지도 모릅니다." 페르시아인은 라울에게 발소리를 죽이고 따라오라고 경고했다. 그리고 라울이 한 번도 가본 적 없는 통로를 따라 길을 안내했다. 그 통로는 예전에 크리스틴과 더불어 극장 안의 미로를 헤매고 다닐 때조차 와본 적이 없는 곳이었다.

"다리우스가 빨리 와주면 좋을 텐데!" 페르시아인이 말했다.

"다리우스가 누구요?"

"다리우스는 제 하인입니다."

두 사람은 인적이 없는 넓은 방 한복판에 다다랐다. 작은 램

프만이 희미하게 불을 밝히고 있는, 광장처럼 거대한 공간이었다. 페르시아인이 라울을 멈춰 세우고는 거의 들리지도 않을 만큼 낮은 목소리로 속삭였다. "수사관에게 무슨 이야기를 했습니까?"

"크리스틴 다에를 납치한 사람이 음악 천사, 즉 오페라의 유령이라고 말했습니다. 그리고 그의 진짜 이름은……"

"쉿! 수사관이 그 말을 믿던가요?"

"아뇨."

"그 말에 어떤 관심을 보이던가요?"

"전혀요."

"당신을 미친 사람으로 여겼겠군요?"

"그렇소."

"그럼 오히려 잘됐습니다!" 페르시아인이 안도의 한숨을 내쉬었다.

두 사람은 계속해서 발걸음을 재촉했다. 몇 개의 계단을 수차례 오르내렸다. 라울은 한 번도 본 적이 없는 계단이었다. 마침내 그들은 어떤 문 앞에 섰다. 페르시아인은 조끼에서 마스터키를 꺼내 문을 열었다. 라울과 페르시아인 모두 정장을 입고 있었지만 라울은 중산모를 쓴 반면, 페르시아인은 앞서 언급한 낮은 모피 모자를 쓰고 있었다. 오페라를 보러 갈 때는 중산모를 쓰는 것이 불문율이고 모피 모자를 쓰는 것은 예의에 어긋났지만 프랑스에서는 외국인에 한해 여러 가지 예외를 허용하고 있었다. 영국인은 여행 모자를, 페르시아인은 낮은 모피 모자를 쓸 수 있었던 것이다.

"샤니 자작." 페르시아인이 말했다. "중산모는 가는 길에 방해가 될 겁니다. 분장실에 놔두고 가는 게 좋겠어요."

"누구의 분장실을 말하는 겁니까?" 라울이 놀라서 물었다.

"크리스틴 다에의 분장실 말입니다." 페르시아인은 열린 문 안으로 라울을 인도했다. 마법처럼 복도 반대편에 분장실의 문이 보였다. 두 사람은 복도 끝에 다다랐다. 라울은 자신이 늘 가던 길 외에 크리스틴의 분장실로 가는 다른 길이 있다는 사실을 전혀 모르고 있었다. 이제껏 지금 그들이 서 있는 긴 복도의 반대편 끝에 있는 길만을 이용해왔던 것이다.

"오페라하우스 지리에 훤하군요?"

"그 사람만큼은 아니지요." 페르시아인이 겸손하게 대답했다. 그는 라울을 앞세우고 크리스틴의 분장실로 들어갔다. 그곳은 지난번 라울이 왔을 때와 조금도 달라진 것이 없었다.

문을 닫은 페르시아인은 분장실과 소품실 사이의 칸막이 벽으로 다가갔다. 그리고 벽에 귀를 기울이며 커다랗게 헛기침을 했다. 벽 너머 소품실에서 인기척이 났다. 그리고 몇 초 후 누군가가 문을 두드렸다.

"들어와." 페르시아인이 말했다.

긴 코트를 입은 사람이 분장실 안으로 들어왔다. 그 사람 역시 낮은 모피 모자를 쓰고 있었다. 그는 공손히 인사한 다음, 코트 속에서 호화로운 장식이 새겨진 상자 하나를 꺼내들었다. 그리고 화장대 위에 그 상자를 얌전히 올려놓더니 다시 한번 허리 숙여 인사하고는 문가로 걸어갔다.

"여기 오는 걸 본 사람은 없겠지, 다리우스?"

"없습니다, 주인님."

"누가 보지 않게 조심해서 나가거라."

하인은 복도를 힐끔 살피더니 재빨리 사라져버렸다.

"언제 사람들이 들이닥칠지 모릅니다. 수사관이 곧 분장실을 수색하러 올 거예요." 라울이 말했다.

"우리가 두려워해야 할 사람은 수사관이 아닙니다."

페르시아인은 상자를 열었다. 상자 안에는 권총 두 자루가 들어 있었다. 화려한 장식이 있는 아주 훌륭한 총이었다.

"크리스틴 다에가 납치되는 것을 보고 하인에게 권총을 가져오라는 전갈을 보냈지요. 전 오랫동안 이 물건을 간직해왔습니다. 정말 믿을 만한 물건이지요."

"결투를 할 작정입니까?" 갑작스러운 무기의 등장에 놀란 라울이 물었다.

"그래야 한다면요!" 페르시아인은 자신의 총을 조심스럽게 점검하며 대답했다. "대단한 결투가 될 겁니다!" 그는 라울에게도 총 한 자루를 건네며 말을 이었다. "물론 두 명 대 한 명의 싸움이 될 겁니다. 하지만 만반의 준비를 갖추고 있어야 합니다. 그는 당신이 상상하는 것보다 훨씬 더 무서운 상대니까요. 샤니 자작, 당신은 다에 양을 사랑하시죠?"

"그녀가 밟고 지나간 땅의 흙까지도 사랑합니다! 하지만 당신은 그녀를 사랑하는 것도 아니면서 왜 목숨을 거는 거죠? 에릭에게 개인적인 원한이라도 있습니까?"

"아닙니다." 페르시아인은 슬픈 어조로 말했다. "저는 그를 미워하지 않습니다. 만약 그랬다면 벌써 오래전에 그를 없애버렸겠지요."

"그 사람이 당신에게 무슨 해라도 끼쳤습니까?"

"그가 제게 저지른 잘못은 이미 용서했답니다."

"이해가 안 되는군요. 당신은 그 사람을 악마라고도 하고 그가 죄를 지었다고도 합니다. 당신에게 해도 입혔구요. 그런데도 왠지 당신의 목소리를 들으니 그를 측은하게 여기는 것 같은 느낌이 들어요. 크리스틴도 그랬소. 그걸 알고 난 절망에 빠졌죠."

하지만 페르시아인은 아무런 대답도 하지 않았다. 그는 의자를 집어들더니 커다란 거울이 정면으로 보이는 벽에 기대놓았다. 그러고는 의자 위로 올라가 벽지에 코를 대다시피 하고 여기저기 더듬었다. 무언가를 찾고 있는 것 같았다.

"어서 갑시다." 라울이 다급하게 말했다. "지체하면 안 돼요. 서둘러요!"

"어디로 가잔 말입니까?" 페르시아인이 돌아보지도 않고 물었다.

"괴물과 맞서러요! 당신이 길을 안다고 했잖습니까."

"지금 길을 찾고 있어요." 페르시아인이 여전히 벽에서 무언가를 찾으며 대답했다. 그러다 갑자기 외쳤다. "아, 찾았다!" 페르시아인은 손가락을 머리 위로 들어올려 벽지 한구석을 눌렀다. 그리고 몸을 돌려 의자에서 뛰어내렸다. "일 분 안에 우리는 그의 통로를 발견하게 될 겁니다!" 그는 반대편으로 걸어가 커다란 거울을 만지며 중얼거렸다. "아직도 움직이지 않는데."

"거울을 통해 빠져나가는 겁니까? 크리스틴이 그랬던 것처럼?" 라울이 물었다.

"그렇다면 자작은 다에 양이 이 거울을 통해 나갔다는 사실을 알고 있단 말이오?"

"바로 내 눈앞에서 사라졌어요! 내실의 커튼 뒤에 숨어서 봤죠. 하지만 거울을 통과했다기보다는 마치 거울 속으로 사라진 것 같았습니다."

"그래서 어떻게 했나요?"

"처음에는 잘못 본 거라고 생각했지요. 내가 미쳤거나 악몽을
꾸는 거라고 생각했어요."

"아니면 유령의 새로운 트릭이거나 말이죠!" 페르시아인이 다
안다는 듯 웃으며 말했다. 그는 여전히 거울 위를 더듬고 있었다.
"오, 샤니 자작, 우리가 싸우는 상대가 유령이라면 얼마나 좋겠
습니까! 그럼 상자에서 이 권총을 꺼낼 필요도 없겠죠. 모자를
벗어 저기다 놓으세요. 그리고 될 수 있는 대로 외투 자락을 여
미세요. 이렇게 말입니다. 외투 깃도 나처럼 세우세요. 가능한
한 눈에 띄지 않아야 합니다."

페르시아인은 잠시 동안 침묵을 지키며 거울을 밀었다. 그리
고 입을 열었다. "방 안쪽에서는 스프링을 눌러 평형추를 작동시
켜야 합니다. 시간이 좀 걸릴 겁니다. 만약 우리가 벽 뒤에 있다
면 문제는 달라지죠. 평형추를 직접 작동시킬 수 있으니까요. 그
경우 거울은 즉시 회전하게 됩니다. 믿을 수 없을 만큼 순식간에
움직이지요."

"평형추가 뭡니까?" 라울이 물었다.

"회전축까지 벽 전체를 들어올리는 장치예요. 이 거울이 마법
에 의해서 저절로 움직일 거라고 기대하지는 않았겠죠." 페르시

아인은 한 손으로 라울을 끌어당기는 동시에, 여전히 권총을 들고 있는 손으로는 거울을 밀었다. "잘 지켜보시면, 처음에는 거울이 약간 올라가다가 왼쪽에서 오른쪽으로 살짝 회전할 겁니다. 회전축 지점에 다다르면 거울이 도는 거지요. 이건 정말 놀라운 장치입니다. 아이들도 손가락만 까딱하면 집을 회전시킬 수 있을 정도죠. 회전축과 평형추 사이의 균형만 잘 맞으면 벽이 얼마나 무겁든 팽이처럼 가볍게 돌아갈 겁니다."

"근데 왜 돌지 않는 겁니까?" 라울이 성급하게 말했다.

"기다리세요. 인내심을 가지고. 아마도 기계가 녹슬었거나 스프링이 제대로 작동하지 않는 거겠지요. 아니면……" 페르시아인이 걱정스러운 듯이 말했다.

"아니면 뭐요?"

"그가 평형추의 선을 잘라버리고 모든 작동을 중단시켜버렸는지도 모르죠."

"왜요? 우리가 이 길로 들어가려 한다는 걸 모르고 있을 텐데!"

"어쩌면 예상하고 있었을지도 모르죠. 그는 제가 이 장치의 원리를 안다는 사실을 이미 알고 있으니까요."

"그 사람이 가르쳐줬습니까?"

"아닙니다. 그가 어떻게 비밀스럽게 돌아다니는지 연구하다 직접 알아낸 겁니다. 그는 아주 단순한 원리의 비밀 문을 이용했어요. 문이 백 개 있는 테베의 궁전이나·엑바타나의 알현실, 델포이의 무녀가 신탁을 전하던 방에서 사용되던 오래된 방식이죠."

"하지만 거울이 돌아가질 않잖아요. 그러면 크리스틴은, 크리스틴은 어떻게 되는 겁니까?"

페르시아인이 침착하게 말했다. "우리 힘으로 할 수 있는 일은 모두 다 해봐야지요. 첫번째 시도는 막힌 것 같군요."

"벽이 그 사람의 명령이라도 받는다는 겁니까?"

"그는 벽과 문과 비밀 문을 자유자재로 다룰 수 있습니다. 페르시아에서는 비밀 문 애호가라는 이름으로 통한답니다."

"크리스틴도 그런 말을 한 적 있어요. 그가 굉장히 신비로운 힘을 가지고 있다고 했죠. 하지만 정말 이상합니다! 왜 벽이 그의 명령만 따르는 거죠? 그가 이 건물을 세운 것도 아닌데!"

"아니요, 자작. 그가 이 건물을 세웠어요!"

라울은 깜짝 놀라 페르시아인을 바라보았다. 하지만 페르시아인은 라울에게 조용히 하라는 손짓을 보내며 거울을 가리켰다. 거울이 미세하게 흔들리고 있었다. 거울에 비친 두 사람의 모습이 물결치는 수면에 반사된 것처럼 파르르 떨리고 있었다. 그러나 다음 순간, 모든 움직임이 정지해버렸다.

"봐요! 움직이지 않아요! 어서 다른 길을 찾아봅시다."

"오늘밤, 다른 길은 없습니다!" 페르시아인이 단호하게 말했다. 그리고 심상치 않은 목소리로 말을 이었다. "자, 지금입니다! 정신 차리세요. 권총을 준비하시구요!"

페르시아인은 권총을 들어 거울을 향해 겨누었다. 라울도 그를 따라했다. 페르시아인이 권총을 들지 않은 다른쪽 팔을 들어 라울을 끌어당겼다. 그 순간 갑자기 거울이 회전하며 방 안으로 눈부신 빛이 들어오기 시작했다. 거울은 요즘 공공건물의 출입구에서나 볼 수 있는 회전문처럼 돌아갔다. 페르시아인과 라울은 거울과 함께 회전했다. 눈 깜짝할 사이, 그들은 칠흑 같은 어둠 속으로 내던져졌다.

제 21 장
지하 세계

"손을 들어올리고 언제라도 총을 쏠 준비를 하십시오!"페르
시아인은 재빨리 라울에게 경고했다.

두 사람 뒤에 놓인 벽은 이제 완전히 한 바퀴 회전하여 다시
닫혀버렸다. 그들은 한동안 숨을 죽인 채 가만히 서 있었다. 주
변은 어둡고 고요했다.

마침내 페르시아인이 움직이기 시작했다. 어둠 속에서 그가
무릎을 꿇고 앉아 더듬더듬 무언가를 찾는 소리가 들렸다. 그때
라울의 눈앞에 희미하게 빛나는 불빛이 나타났다. 라울은 정체
를 알 수 없는 적에게서 도망치듯 본능적으로 움찔 물러섰다. 하
지만 그 빛은 페르시아인이 들고 있는 등불에서 흘러나오는 것

이었다. 라울은 페르시아인의 행동을 유심히 지켜보았다. 작고 붉은 등불빛이 사방을 비추었다. 페르시아인은 바닥과 벽과 천장까지 주변을 샅샅이 살폈다. 오른쪽은 튼튼한 벽이었고, 왼쪽은 판자로 된 칸막이였다. 천장과 바닥 역시 나무로 되어 있었다. 크리스틴 다에가 음악 천사의 목소리에 이끌려 지나간 길이 바로 이 길이겠지, 라울은 생각했다. 에릭이 벽 너머로 마법을 걸어 순진한 그녀를 꾀어내기 위해 지나온 길도 이 길일 것이다. 라울은 페르시아인과의 대화를 떠올리며 이 통로도 유령의 손에 의해 아무도 모르게 만들어졌으리라고 생각했다. 하지만 후에 알게 된 사실인데, 오랫동안 사람들에게 알려지지 않았던 그 비밀 통로는 에릭이 만든 것이 아니었다. 그것은 파리코뮌 시절, 죄수들을 곧장 지하 감옥으로 데려가기 위해 고안한 통로였다. 3·18 혁명이 일어난 직후 무장봉기한 시민들은 오페라하우스 건물을 점령했다. 그들은 오페라하우스의 꼭대기에서 열기구를 날려 혁명 전단을 뿌렸고, 지하는 감옥으로 이용했다.

앞서가던 페르시아인이 다시 무릎을 꿇더니 조심스레 기어가기 시작했다. 그리고 등불을 땅에 내려놓고는 마룻바닥에서 무언가를 찾는 듯하더니 느닷없이 등불을 꺼버렸다. 어둠 속에서 희미하게 딸깍, 하는 소리가 들렸다. 그러자 희미한 사각형 불빛이 비밀 통로의 마룻바닥에 창문처럼 나타났다. 무대 아래의 지하실로 이어지는 구멍이었다. 아래에는 아직도 불이 켜져 있었다. 갑자기 페르시아인이 보이지 않았다. 페르시아인은 어느 틈엔가 라울의 곁에 다가와 있었다. 그가 나지막이 속삭였다. "제 뒤를 따라오십시오. 제가 하는 대로 따라하세요."

라울은 빛이 들어오는 구멍 쪽으로 몸을 돌렸다. 페르시아인은 권총을 입에 문 채 구멍의 가장자리를 손으로 잡고서 지하실로 내려갔다.

참으로 이상한 일이었지만, 자작은 페르시아인을 전적으로 신뢰하고 있었다. 그에 대해 아무것도 모르고 그의 수수께끼 같은 말들이 이 모험을 더욱 혼란스럽게 만들었지만, 라울은 이 결정적인 순간에 페르시아인이 자신의 편이고 에릭과 맞서려 한다는 것을 한순간도 의심하지 않았다. 페르시아인이 유령을 '악마'라고 부른 것은 진심인 것 같았다. 라울이 처한 곤경에 대한 그의 관심 역시 진짜인 것 같았다. 하긴 페르시아인이 자작을 두고 어떤 음모를 꾸미고 있었다면, 자신의 손으로 무기를 건네주지는 않았을 것이다. 어쨌거나 지금 라울은 어떠한 위험을 감수하고라도 크리스틴을 찾고 싶었다. 라울로서는 페르시아인을 믿는 수밖에 없었다. 크리스틴을 찾으러 가는 길에 소심함 때문에 주저한다면, 그는 자신을 겁쟁이라고 자책했을 것이다. 그는 페르시아인의 뒤를 따라 구멍까지 기어간 다음, 두 손으로 가장자리를 잡고 매달렸다.

"갑시다!" 페르시아인의 목소리가 들려왔다. 아래로 뛰어내린
라울은 페르시아인의 두 팔 안으로 떨어졌다. 페르시아인은 자
작에게 바닥에 납작 엎드리라고 말한 다음 두 사람이 내려온 사
각의 뚜껑문을 닫았다. 그런 다음 라울 곁에 엎드렸다. 라울은
질문을 하려 했으나 페르시아인이 손으로 라울의 입을 막았다.
어떤 목소리가 들려오고 있었던 것이다. 수사관의 목소리였다.

라울과 페르시아인은 격자무늬 판자 뒤에 완전히 몸을 숨겼
다. 그 너머에는 조그만 방으로 들어가는 작은 계단이 있었다.
수사관은 그 방 안에서 질문을 던지며 왔다갔다하고 있었다. 수
사관의 발소리와 목소리가 들려왔다.

빛이 거의 없었지만 통로의 칠흑 같은 어둠에 익숙해진 라울
은 주변의 사물을 식별할 수 있었다. 헉! 라울의 입에서 자신도
모르게 비명 소리가 새어나왔다. 시체 세 구가 보였던 것이다.
한 구는 수사관이 있는 방으로 이어지는 좁은 층계참에 누워 있
었고, 또다른 두 구는 팔을 늘어뜨린 채 층계 아래쪽에 뒹굴고
있었다. 라울은 판자 사이로 손가락을 넣어 비참하게 쓰러져 있
는 시체들 중 하나를 만져보았다.

"조용히!" 페르시아인이 속삭였다. 그는 시체들을 보고도 별로
놀라지 않는 것 같았다. 그의 설명은 간단했다. "그가 한 짓이오!"

수사관의 목소리가 분명하게 들려왔다. 그는 오페라하우스의 조명 체계에 대해 질문하는 중이었다. 무대감독이 답변하고 있었다. 말하자면 수사관은 '오르간'이나 혹은 그 근처에 와 있는 것이다.

대부분의 사람들, 특히 오페라하우스와 관련이 있는 사람들이 생각하는 것과 달리 '오르간'은 악기가 아니다. 그 당시에 전기는 극적인 효과를 내거나 종을 울리기 위해서만 아주 드물게 사용되었고, 거대한 건물 전체와 무대는 여전히 가스등으로 조명을 밝혔다. 무대 위의 조명을 조절하기 위해선 수소 가스의 양을 조절해야 했는데 그것을 위한 특별 장치가 바로 '오르간'이라고 불리는 기계였다. 수많은 밸브와 파이프가 달려 있었기 때문에 붙여진 이름이었다. '오르간'을 작동시키는 책임자는 프롬프터 옆자리에 앉아 조수들에게 명령을 내리고 결과를 감독했다. 하지만 오늘밤 모클레르는 그 자리에 없었다. 조수들도 보이지 않았다.

"모클레르! 모클레르!" 무대감독의 목소리가 지하실 전체에 울려퍼졌다. 하지만 아무런 대답이 없었다.

나는 좁은 층계 끝에 문이 있다는 사실을 앞서 언급한 바 있다. 수사관은 그 문을 밀어 활짝 열려고 했지만 무언가에 걸려 문은 더이상 열리지 않았다. "문을 열 수가 없군요. 항상 이렇게 열기가 힘듭니까?"

무대감독이 문을 어깨로 세게 밀었다. 그 순간, 문 뒤로 밀려난 시체를 본 그는 "모클레르!" 하고 비명을 질렀다. 누구의 시체인지 금세 알아본 것이었다.

수사관을 뒤따라온 사람들이 놀라 웅성대며 조명실로 들어왔다.

"모클레르! 불쌍한 양반! 죽었구먼!" 무대감독이 침울하게 말했다.

미프루아 수사관은 조금도 놀라는 기색 없이 거구의 시체 위로 몸을 숙였다. "아니, 죽지는 않았소. 거의 죽을 지경으로 술에 취했을 뿐이오."

"이런 일은 한 번도 없었는데요." 무대감독이 말했다.

"그렇다면 누군가가 그에게 약을 먹였을 수도 있겠지." 미프루아는 몸을 일으켜 몇 걸음 아래로 내려갔다. "보시오!"

붉은 등불 아래로 계단 밑에 쓰러져 있는 또다른 사람들이 보였다. 무대감독은 모클레르의 조수들을 알아보았다.

미프루아는 아래로 내려가 그들의 얼굴에 귀를 갖다 대고는 숨소리를 들어보았다. "깊이 잠들었군. 이상한 일이오. 누군가가 조명에 문제를 일으킨 것 같소. 틀림없이 그 사람이 납치범일 거요. 무대 위에서 공연중이던 가수를 납치할 생각을 하다니, 정말 대담한 발상 아니오? 자, 그렇게 서 있지만 말고 어서 이곳 주치의를 부르시오." 미프루아의 감탄은 계속되었다. "이상하군! 정말 이상한 일이야……" 미프루아는 작은 방으로 걸음을 옮기며 누군가에게 말을 건넸다. 하지만 라울과 페르시아인이 숨어 있는 곳에서는 그 사람의 얼굴이 보이지 않았다. "이 모든 일에 대해서 어떻게 생각하십니까? 지금까지 아무런 견해도 밝히지 않은 사람은 오직 두 분뿐인데요. 어떤 의견이든 있을 게 아닙니까?"

순간, 겁에 질린 감독들의 얼굴이 라울과 페르시아인의 시야에 들어왔다. 얼굴 외에 다른 부분은 여전히 보이지 않았다. 몽샤르맹의 목소리는 떨리고 있었다. "수사관님, 이곳에서 일어난 일에 대해서는 뭐라고 드릴 말씀이 없군요." 다시 감독들의 얼굴이 시야에서 사라졌다.

"협조해주셔서 정말 고맙습니다." 미프루아의 얼굴에 빈정대는 기색이 역력했다.

하지만 무대감독은 오른손으로 한쪽 턱을 괸 채 무언가를 깊이 생각하더니 이윽고 말을 꺼냈다. "잠깐만요! 모클레르가 일을 하다 잠든 게 이번이 처음은 아닙니다. 자기 자리에서 코를 골며 자고 있는 걸 본 적이 있어요. 옆에 코담배 상자가 놓여 있었지요."

"그게 언제입니까?" 미프루아는 안경을 벗어 조심스럽게 닦으며 말했다. 그는 아름다운 눈을 가진 사람들이 보통 그렇듯 근시였다.

"그렇게 오래된 일은 아니에요. 아, 잠깐만요! 바로 그날 밤이었어요. 그렇군요, 그래요! 수사관님도 아실 거예요. 카를로타가 그 유명한 '꽥'소리를 내던 바로 그날 말입니다."

"그래요? 그날이 확실합니까?" 미프루아는 안경을 다시 코 위에 걸쳤다. 그리고 무대감독의 속내를 읽으려는 듯 예리한 눈길로 그를 쳐다보았다. "그렇다면 모클레르 씨는 코담배를 피우는군요? 그렇지요?" 미프루아가 지나가는 말처럼 물었다.

"그렇습니다. 보십시오. 이 선반 위에 코담배 상자가 있지 않습니까? 정말 지독한 골초지요!"

"저도 애연가예요." 미프루아는 이렇게 말하며 코담배 상자를 자신의 주머니 속에 넣었다.

라울과 페르시아인은 기절한 세 사람이 실려나가는 광경을 지켜보았다. 물론 두 사람은 다른 사람들의 눈에 띄지 않게 숨어 있었다. 수사관과 다른 사람들이 방 밖으로 나가는 발소리가 몇 분 동안 이어졌다. 마침내 두 사람만 남자, 페르시아인은 라울에게 일어서라는 신호를 보냈다. 라울은 자리에서 일어났다. 하지만 눈앞까지 손을 들어올린 채 언제라도 총을 발사할 태세를 갖추고 있지 않아 페르시아인의 주의를 들어야 했다. 페르시아인은 라울의 주의를 환기시키며 무슨 일이 있더라도 그 자세를 유지하라고 말했다.

"하지만 쓸데없이 기력만 낭비하는 것 아닙니까? 너무 피곤해
져서 총을 쏜다고 해도 목표를 맞히지 못할 것 같단 말예요." 라
울이 속삭였다.

"그렇다면 손을 바꾸세요."

"난 왼손으로는 총을 쏘지 못해요."

그러자 페르시아인이 이상한 말을 했다. 두 사람이 현재 처한
상황의 불확실성이나 라울의 괴로움을 없애주지는 못하는 말이
었다. "오른손으로 쏘느냐 왼손으로 쏘느냐는 중요하지 않습니다. 중
요한 건 팔을 구부리고 방아쇠를 당기려는 자세를 유지하는 겁니다.
권총은 주머니 속에 있더라도요. 내가 시키는 대로 하지 않으면 당
신 안전은 보장할 수 없습니다. 생사가 달린 일이에요. 자, 이해
했으면 이제 따라오세요!"

그들은 지하 2층에 와 있었다. 유리 덮개에 싸인 희미한 불빛
에 의지해 라울은 환상적이고 미로 같은 지하 세계의 모습을 조
금이나마 엿볼 수 있었다. 인형극처럼 유쾌하면서도 광대한 동
굴처럼 공포스러운, 놀랍고 매혹적인 공간이었다.

오페라하우스의 지하실은 규모가 엄청났다. 모두 다섯 개의
층으로 이루어져 있었고 각 층에는 무대 구조가 뚜껑문과 빗장
까지 그대로 재현되어 있었다. 무대 배경을 옮길 때 쓰는 바닥

의 홈만 레일로 대체되어 있었다. 천장을 가로지르는 들보가 뚜 껑문과 빗장을 지탱했다. 주철이나 석재로 된 토대 위에 세워진 기둥들이 천장을 떠받치며 무거운 무대장치가 지나다닐 수 있 는 통로를 만들어주었다. 그리고 상황에 따라 이것들을 주철로 연결해 더 단단하게 고정시켜두기도 했다. 곳곳에 권양기, 드럼, 평형추 들이 놓여 있었다. 부피가 큰 배경을 이동시키고 공연중 에 장면을 바꾸는 데 사용하는 것들이었다. 또 배우들을 사라지 게 만드는 특별한 효과도 낼 수 있었다. 가르니에의 건축 작품에 관해 흥미로운 연구를 했던 사람에 따르면, 약골을 멋있는 기사 로 만들어주고, 흉측한 마녀를 젊은 요정으로 만들어주는 모든 것이 지하에 있었다. 무대 밑은 사탄이 나타났다 사라지는 곳이 자, 지옥의 불이 새어나오는 곳이요, 악마들의 합창이 들려오는 곳이었다. 게다가 유령들은 그곳을 자유롭게 배회했다.

확신하건대 페르시아인은 라울의 유일한 희망이었다. 그래서 라울은 그의 뒤를 따라가며 이유도 묻지 않고 시키는 대로 행동 했다. 이런 종잡을 수 없는 미로 속에서 페르시아인을 믿지 않으 면 어쩌겠는가? 라울은 아마 복잡하게 엉켜 있는 기둥과 줄에 매 번 가로막혀, 그 거대한 거미줄에서 빠져나올 수 없었을 것이다. 그의 앞을 가로막는 수많은 줄과 평형추 들을 뚫고 앞으로 나아 갈 수 있었다 해도, 어두운 발아래 여기저기에 뚫려 있는 구멍으로 빠져버렸을지도 모른다.

그들은 아래로 아래로, 끝없이 내려갔다.

이제 두 사람은 지하 3층에 와 있었다. 저 멀리 희미한 등불이 두 사람의 길을 인도하고 있었다. 지하로 내려갈수록 페르시아인은 더욱 조심하는 것 같았다. 그는 계속해서 뒤를 돌아보며 라울이 권총을 제대로 지니고 있는지 확인했다. 그리고 권총이 주머니 안에 있더라도 항상 발사할 태세를 갖추라고 손동작을 해 보였다.

갑자기 커다란 목소리가 들려왔다. 놀란 두 사람은 걸음을 멈췄다. 머리 위에서 누군가가 소리를 지르고 있었다. "문지기들은 모두 무대 위로 올라오세요! 수사관 미프루아 씨가 찾고 있습니다!" 이어 사람들의 발소리가 들리더니 어둠 속에서 그림자들이 움직이는 것이 보였다. 페르시아인은 라울을 무대 배경 뒤로 비켜서게 했다. 두 사람의 바로 눈앞과 머리 위로 한 무리의 늙고 추레한 사람들이 지나갔다. 그들은 오랜 세월 무대 배경을 옮긴 탓에 허리가 완전히 굽어 있었다. 어떤 사람들은 몸을 제대로 가누지도 못했고, 오랜 작업 습관 때문에 몸이 휘고 팔이 뻣뻣하게 굳은 사람들도 보였다. 언제나 지하 문이 닫혀 있는지 허리를 구부려 살펴본 탓이었다. 그들은 모두 한때 무대장치를 담당했던 사람들이었다. 늙고 병들어 일할 수 없게 된 그들을 불쌍하게 여긴 감독들이 무대의 문을 관리하는 일을 맡도록 배려해주었다. 건물의 맨 밑바닥부터 꼭대기까지 오르내리며 문을 여닫는 일이 었다. 지금은 모두 죽고 없지만 당시 그들은 외풍 관리인으로 통했다. 외풍이 가수의 목에 좋지 않았기 때문이다.*

페르시아인과 라울에게는 천만다행이었다. 그들 문지기들은 달리 할 일도 없고 잠잘 곳도 없기 때문에 일이 있거나 없거나 항상 오페라하우스에서 지냈다. 밤에도 그곳을 벗어나는 일이 없었다. 그러므로 수사관의 호출이 없었다면, 두 사람은 여기저기 누워 있는 문지기들에 걸려 넘어지거나, 그들의 잠을 방해한 것에 대해 이런저런 변명을 늘어놓아야 했을 것이다. 미프루아의 수사 방식이 그런 불편을 없애준 것이다. 하지만 두 사람만의 호젓함을 오랫동안 누리지는 못했다. 또다른 그림자들이 방금 전 문지기들이 휩쓸고 지나간 통로를 걸어오고 있었기 때문이다. 그 그림자들은 작은 등불을 하나씩 손에 들고 여기저기를 비추며 살피고 있었다. 무언가를 찾고 있는 듯했다.

"제기랄!" 페르시아인이 투덜거렸다. "저들이 뭘 찾고 있는지는 몰라도 금방 우리를 찾아내고 말 겁니다. 어서 빨리 도망갑

---

* 실제로 오페라하우스의 전임 감독 M. 페드로 가야르 씨는 늙은 무대장치 기술자들을 해고하지 않으려고 그런 일자리를 고안해냈다고 내게 말했다.(원주)

시다. 손을 들고 있으시오, 자작. 총을 쏘는 자세로 말이오. 팔을 굽히란 말입니다. 좀더, 이렇게요! 눈높이까지 들어올리십시오. 결투를 할 때 신호가 떨어지기를 기다리는 자세로 말입니다. 권총은 주머니 속에 넣어둬도 상관없어요. 그 자세가 중요합니다. 자, 이쪽 계단으로 내려갑시다. 여기, 이쪽입니다. 이쪽 계단으로!"(그는 라울을 지하 4층까지 끌고 갔다.)"손을 눈높이로 들어올리세요…… 생사가 달린 문제입니다…… 이쪽, 이쪽 계단이에요!"(두 사람은 지하 5층까지 내려갔다.)"각오를 단단히 하십시오, 자작."

지하 5층에 도착하자 페르시아인은 비로소 안도의 한숨을 내쉬었다. 지하 3층에 있을 때보다는 좀더 느긋해진 것 같았다. 하지만 자세는 여전히 바꾸지 않았다. 라울은 당황스러웠지만 아무 말도 하지 않았다. 지금은, 총은 주머니에 넣어두더라도 언제라도 방아쇠를 당길 자세를 유지하라는 페르시아인의 독특한 방어 논리에 의문을 제기할 때가 아니었다.

그렇지만 믿을 거라곤 이 권총밖에 없다던 페르시아인의 말을 생각하면 어리둥절할 수밖에 없었다. 도대체 사용할 생각도 없는 권총을 왜 그렇게 신뢰하는 건지 이해할 수 없었던 것이다.

하지만 페르시아인은 라울이 생각에 잠길 시간을 주지 않았다. 그는 라울에게 꼼짝 말고 있으라고 한 다음, 두 사람이 방금 전에 내려온 계단을 몇 계단 뛰어올라갔다가 곧 돌아왔다. "우리가 어리석었어요!" 페르시아인이 속삭였다. "조금 있으면 등불을 든 사람들은 다 물러갈 겁니다. 순찰을 도는 소방관들이었어요."*

두 사람은 오 분쯤 더 기다렸다가 다시 계단 위로 올라가기 시작했다. 하지만 곧 앞서가던 페르시아인이 라울에게 멈추라는 신호를 보냈다. 어둠 속에서 무언가가 움직이고 있었던 것이다. "엎드려요!" 페르시아인이 속삭였다.

두 사람은 바닥에 엎드렸다. 그림자 하나가 등불도 밝히지 않은 채 다가오고 있었다. 거의 두 사람 곁을 스칠 만큼 가까운 거리였다. 외투 자락이 일으키는 기운이 느껴졌다. 그림자는 머리에서 발끝까지 외투를 뒤집어쓰고 있었다. 그리고 머리에는 부드러운 펠트 모자를 쓰고 있었다. 그림자는 벽 쪽으로 다가가면서 한 번씩 모퉁이를 걸어차기도 했다. 그리고 마침내 멀리 사라져갔다. "휴우!" 페르시아인이 안도의 한숨을 내쉬었다. "가까스로 빠져나왔군요. 저자는 나를 알고 있어요. 나를 두 번이나

---

* 당시에는 소방관들이 늘 오페라하우스의 안전을 책임졌다. 지금은 공연중에만 그 의무를 다하고 있다. 과거 오페라하우스 감독이었던 페드로 가야르 씨의 말에 따르면, 지하의 복잡한 구조에 익숙하지 않은 소방관들이 오히려 불을 낼지도 모른다는 염려 때문이었다.(원주)

감독 사무실로 데려갔던 사람이지요."

"그럼 오페라하우스 담당 경찰 중 한 사람이오?"

"그보다 훨씬 더 나쁜 자요!" 페르시아인은 이렇게 말하고 더이상 아무런 설명도 하지 않았다.*

"혹시…… 그자가 아닙니까?"

"그자요? 그렇다면 먼저 그의 노란 눈이 보였겠죠. 등뒤에 있는 경우가 아니라면 말입니다. 그런 의미에서는 어둠이 우리에게 유리하지요. 하지만 느닷없이 뒤에서 나타나는 수도 있어요. 항상 총을 쏠 자세를 취하고 있지 않으면 우린 죽은 목숨이에요."

페르시아인은 더이상 설명을 계속할 수 없었다. 두 사람의 눈앞에 기묘한 광경이 펼쳐졌기 때문이었다. 그건 얼굴이었다……

---

* 페르시아인과 마찬가지로 나도 그 그림자의 정체에 대해서는 더이상 설명하지 않겠다. 물론 이 글처럼 역사적으로 실재했던 일을 밝히는 데서라면, 아무리 비정상적으로 보이는 사건이라 할지라도 모든 것을 합당하게 설명해야 할 것이다. 하지만 나는 페르시아인이 던진 '그(경찰)보다 훨씬 더 나쁜 자요!'라는 말에 대해 독자들에게 충분히 설명을 해줄 수가 없다. 다만 독자 스스로가 그 의미를 추측해야 한다. 외투를 입고 돌아다니는 검은 그림자의 정체와 관련된 모든 비밀을 지키기로 오페라하우스의 감독이었던 페드로 가야르 씨와 약속했기 때문이다. 그 그림자는 오페라하우스의 지하에 머물면서 여러 사람들에게 지대한 봉사를 하고 있다. 예를 들어 공연 날 저녁, 극장에서 빠져나와 무대 아래를 은밀히 돌아다니는 사람들에게 말이다. 이것은 국가적인 기밀에 해당하므로 약속에 따라 더이상은 밝힐 수 없다.(원주)

반짝이는 두 개의 노란 눈이 아니라 온통 불길에 휩싸여 타오르는 얼굴이었다. 불꽃 같은 얼굴! 그 얼굴은 사람 키 높이 정도의 허공에 떠 있었다. 몸뚱이는 전혀 보이지 않았다. 말 그대로 허공에 둥둥 떠서 마치 걸어오는 것처럼 다가오고 있었다. 끊임없이 불길이 타올라 어둠 속에서 바라보면 마치 사람의 형상을 한 불꽃처럼 보이기도 했다.

"저게 뭐지?" 페르시아인이 중얼거렸다. "저런 건 한 번도 본 적이 없어! 파팽 소방관 말이 사실이었군. 미친 게 아니었어. 그자는 아니야. 하지만 그자가 보낸 걸 거야! 그래, 틀림없어! 자작, 조심하시오, 방심하면 안 됩니다! 제발 손을 눈높이까지 쳐들어요! 눈높이까지요!"

불타는 얼굴은 지옥에서 온 유령 같았고 이글거리는 악마 같았다. 그것은 남자 키만한 높이에서 위협적으로 두 사람에게 달려들었다.

"그 사람이 보낸 게 분명해요. 뒤나 옆에서 불시에 우리를 습격하려고요. 자작은 그 사람이 어떤지 절대 모를 겁니다. 난 그가 꾸미는 속임수는 거의 다 알고 있습니다. 하지만 이번 건 모르겠네요. 자, 도망칩시다. 그 편이 안전할 것 같군요. 눈높이까지 손을 들라니까요!"

두 사람은 긴 복도를 따라 도망치기 시작했다. 몇 초 후 페르시아인이 이제 멈춰도 좋다는 신호를 했다. 정말 아득한 순간이었다.

"그는 이 길로는 잘 다니지 않는데." 페르시아인이 말했다. "이 길은 호수로 이어지지도 않고 호숫가에 있는 그 집과도 연결되지 않거든요. 하지만 우리가 그의 뒤를 쫓고 있다는 사실을 알고 있다면…… 사실 난 다시는 그의 일에 끼어들지 않겠다고 약속을 했었죠!"

페르시아인은 뒤를 돌아보았다. 라울도 덩달아 고개를 돌렸다. 순간 불타는 해골의 모습이 시야에 들어왔다. 그들을 쫓아오고 있었던 것이다. 그들보다 더 빠른 속도로 온 것이 틀림없었다. 거의 두 사람을 따라잡을 태세였다. 동시에 두 사람의 귓가에 알 수 없는 소리가 들려오기 시작했다. 수천 개의 쇠못으로 칠판을 긁어대는 소리 같기도 하고 칠판 위를 미끄러져내리는 분필 소리 같기도 한, 도무지 짐작이 가지 않는 이상한 소리였다. 하지만 분명한 것은 그 소리가 움직이고 있다는 점이었다. 그 소리는 불꽃에 싸인 해골과 함께 점점 더 그들 가까이 다가오고 있었다.

두 사람은 계속해서 도망쳤다. 하지만 불타는 해골은 그들을 향해 자꾸만 다가왔다. 이제는 생김새를 똑똑히 볼 수 있을 만큼 가까운 거리였다. 반짝이며 노려보는 눈, 다소 휘어진 듯한 코와 커다란 입…… 그것은 마치 달의 얼굴과도 같았다. 아주 붉게 빛나는 핏빛 달…… 하지만 어떻게 저 붉은 달덩이 같은 얼굴은 몸통도 없이 허공에서 미끄러지듯 다가오는 것일까? 노려보는 눈빛을 하고는 어떻게 저렇게 빨리 우리를 향해 다가오는 것일까? 그리고 이 소름끼치는 소리, 이 소리는 또 뭐란 말인가?

페르시아인과 라울은 이제 더이상 물러날 곳이 없는 막다른 장소에 이르렀다. 그들은 벽에 등을 딱 붙인 채 정면으로 돌진해 오는 불덩이를 바라보고만 있었다. 무슨 일이 일어날지 짐작조차 할 수 없었다. 불타는 해골이나 살아 꿈틀거리며 다가오는 커다란 소리의 정체를 알 수 없었기 때문이다. 특히 그 이상한 소리는 불타는 해골 아래 캄캄한 어둠 속에서 작고 수많은 무언가가 움직이면서 내는 것이 틀림없었다. 불타는 해골이 드디어 그들의 코앞에 이르렀다!

세상에, 저 소리는! 벽에 바싹 붙어 서 있던 두 사람은 엄청난 공포로 머리끝이 쭈뼛 서는 것을 느꼈다. 마침내 그 소리의 정체를 알아차린 것이다. 그것들은 떼를 지어 어둠을 타고 몰려왔다. 셀 수 없이 많은 작은 것들이 물결을 이루어, 모래 위에 몰아치는 성난 파도보다 빠르게 몰려왔다. 불타는 해골은 하얀 거품을 일으키는 밤바다 위를 비추는 달이었다. 어둠 속에서 작은 물결들은 두 사람의 다리 사이를 떼지어 지나갔다. 그것들은 그들 두 사람의 다리 위를 기어오르기도 했다. 라울과 페르시아인은 더이상 참지 못하고 두려움에 가득 찬 비명을 질렀다. 고통과 공포와 경악의 비명이었다. 더이상 눈높이까지 손을 들고 있을 수도 없었다. 두 사람은 손을 내려 다리 위로 기어오르는 그것들을 털어내려고 애썼다. 그것들은 다리와 발톱과 날카로운 이빨을 가지고 있었다.

라울과 페르시아인은 거의 기절할 지경이었다. 불타는 해골을 본 소방관 파팽이 그러했던 것처럼 말이다. 하지만 순간, 불타는 해골이 멈춰 서서 비명을 지르는 두 사람에게 외쳤다. "움직이지 마시오! 움직이지 말아요! 무슨 일이 있어도 내 뒤를 따라오지 말아요! 나는 쥐몰이꾼이오! 내 쥐떼들을 그냥 보내주시오!"

불타는 해골은 허공을 날아 어둠 속으로 사라져버렸다. 통로 앞쪽이 밝아왔다. 쥐몰이꾼이 등불의 위치를 바꾼 결과였다. 조금 전에는 쥐들을 겁주지 않기 위해 등불을 자신의 머리 쪽으로 비췄는데, 지금은 쥐들을 빨리 몰기 위해 등불의 방향을 바꿔 어두운 곳을 비춘 것이다. 그는 귀청이 터질 듯 찍찍거리는 쥐떼를 몰고 성큼성큼 사라졌다.[*]

---

[*] 전임 감독 페드로 가야르 씨는 피에르 볼프 여사의 집에서 내게 이런 말을 한 적이 있다. 쥐떼가 건물 지하에 극심한 피해를 입히자, 그는 격주로 지하를 순찰해서 쥐떼를 없앨 수 있다고 자신하는 관리인을 높은 보수로 고용했다고 한다.

쥐떼가 휩쓸고 간 자리에 남은 라울과 페르시아인은 안도의 한숨을 내쉬었다. 그들은 진저리를 쳤다.

"에릭이 쥐몰이꾼에 대해 이야기했던 것을 잊고 있었군."페르시아인이 혼잣말처럼 중얼거렸다. "하지만 저렇게 생겼다고는 말해주지 않았어요. 지금까지 한 번도 마주친 적이 없다니, 그것 참 이상하군요."그러고는 한숨을 쉬며 덧붙였다. "잠시 이게 그의 교묘한 속임수라고 생각했어요. 역시 그 사람은 이곳에 올 리가 없지!"

"호수까지는 아직도 멀었나요?"라울이 물었다. "언제쯤이면 도착하는 겁니까? 제발, 어서 빨리 그 호수로 데려가줘요. 호수에 도착하면 난 큰 소리로 크리스틴을 부를 거예요. 그녀가 우리 목소리를 들을 수 있게 말이죠. 아, 물론 그자도 들어야겠지요. 당신이 그 사람과 아는 사이라니 그를 설득할 수 있을 것 아닙니까!"

"이보시오, 순진해빠진 양반!"페르시아인이 말했다. "호수를

그 이후로 오페라하우스에서 발을 날쌔게 움직이는 소리는 무용수 아가씨들에게서나 들려왔다. 가야르 씨는 낚시꾼들이 물고기를 유인하기 위해 다리에 미끼를 문지르는 것처럼, 그 남자가 쥐들을 유혹하는 냄새를 발견했다고 생각했다. 냄새에 중독된 쥐들은 물구덩이까지 이끌려가 그곳에 빠져 죽었다고 한다. 앞서 우리는 가야르 씨에게서 소방대장이 불타는 머리를 보고 혼비백산했다는 말을 들은 바 있다. 나는 그것이 자작과 페르시아인을 잔인하게 괴롭힌 허깨비와 동일한 것이라고 확신한다.(원주)

통해 그 집으로 들어가는 건 불가능해요."

"왜요?"

"감시가 얼마나 철저한데. 나도 호수를 건너서 그의 집이 있는 건너편 둑으로 가본 적은 한 번도 없지요. 실종된 무대장치 담당자나 문지기 들은 아마 호수를 건너다가 사고를 당했을 겁니다. 정말 무서운 일이지요. 언젠가 나도 거의 빠져 죽을 뻔했답니다. 그 사악한 괴짜가 제때에 나를 알아봤기에 망정이지 안 그랬으면 나도 이 세상 사람이 아니었을 거요. 샤니 자작, 잘 들어요. 절대로 그 호수 가까이 가지 마십시오. 특히 물 아래에서 노랫소리가 들려오면 귀를 꼭 막으세요. 세이렌*의 노래랍니다!"

"그렇다면 우린 왜 여기까지 온 겁니까?" 흥분한 라울이 짜증을 내며 소리쳤다. "도와줄 수 없다면 차라리 날 죽게 그냥 내버려둬요. 크리스틴을 위해 아무것도 할 수 없다면 차라리 죽는 편이 낫다고요!"

페르시아인은 젊은이의 마음을 진정시키려 애를 썼다. "날 믿으세요. 우리가 크리스틴 다에 양을 구할 수 있는 방법은 단 한 가지입니다. 그의 눈에 띄지 않고 그 집 안으로 들어가는 거지요."

---

* 그리스신화에 등장하는 요정. 노래를 불러 지나가는 뱃사공들을 유혹해서 죽음에 빠뜨린다고 한다.

"그럴 가능성이 있습니까?"

"가능성이 없다면 당신을 여기까지 데려오지도 않았을 겁니다!"

"하지만 호수를 건너지 않고 어떻게 호수 반대편으로 간단 말입니까?"

"지하 3층에 통로가 있습니다. 뜻밖의 일 때문에 도망쳐나온 곳이지요. 자, 이제 다시 그곳으로 돌아갑시다. 제가 정확한 위치를 알고 있습니다." 페르시아인이 갑자기 어조를 바꾸며 말했다. "통로의 입구는 〈라호르의 왕〉 공연 때 사용하던 무대 배경과 세트 사이에 있습니다. 조제프 뷔케가 죽음을 맞이한 그 장소지요."

"뷔케라면, 목을 매단 채 발견된 무대장치 책임자 말입니까?"

"그래요, 하지만 목을 매단 줄은 발견되지 않았어요." 페르시아인이 이상한 어조로 말했다. "자, 용기를 갖고 따라오십시오. 손을 눈높이까지 쳐들고요. 여기가 어디지?" 페르시아인은 자신들이 서 있는 위치를 확인하기 위해 다시 등불을 밝혔다. 높은 아치형 지붕이 있는 복도 두 개가 직각으로 만나는 곳이었다. "배수시설이 있는 곳이 틀림없군요. 더이상 화덕이 보이지 않으니까요."

페르시아인은 앞장서서 걸어갔다. 그는 조심스럽게 길을 더 들어가면서 혹시라도 배수공들과 만나게 될 경우에 대비해 발길을 멈추기도 했다. 한번은 지하 보일러에서 흘러나오는 불빛을 피해야 했다. 보일러의 불은 누군가에 의해 이미 꺼져 있었는데, 라울은 크리스틴이 처음 지하로 끌려왔을 때 봤던 '악마'들이 바로 불을 끄는 사람들이었음을 알아차렸다.

두 사람은 조금씩 조금씩 무대 밑에 있는 거대한 지하실까지 걸어갔다. 그때 그들이 찾아간 곳은 틀림없이 '지하수 저장소'의 맨 밑바닥, 어마어마한 깊이의 땅속이었을 것이다. 오페라하우스를 지을 때, 파리 시내 전체를 관통하는 지하수 층으로부터 15미터나 더 깊이 땅을 파낸 점을 감안한다면 말이다. 당시 모든 물을 다 퍼내야 했는데, 그 물의 양이 루브르 궁전의 광장을 다 채우거나 노트르담 성당의 1.5배 높이로 차오를 만큼 엄청났다. 결국 '지하수 저장소'를 꽉 채우고도 호수 하나가 만들어진 것이다.

페르시아인이 벽을 두드리며 말했다. "내가 잘못 찾은 게 아니라면, 이 벽이 호숫가에 있는 그 집과 연결된 벽입니다." 페르시아인은 계속해서 '지하수 저장소'의 벽 한쪽을 두드렸다. 그러면 여기서 어떻게 '지하수 저장소'의 바닥과 외벽이 만들어졌는지 독자들에게 설명해야 할 것이다. 건물을 둘러싸고 흐르는 지하수가 무대장치를 지탱하는 벽에 직접 닿는 것을 막기 위해, 건축가들은 사방에 이중 벽을 쌓아야만 했다. 목공품, 금속 세공품, 무대 배경이 젖지 않게 하기 위한 것이었다. 이중 벽을 만드는 데만도 꼬박 일 년이 걸렸다. 둑을 쌓고, 벽돌담을 세운 다음 엄청난 양의 시멘트를 붓고 또다른 두터운 벽을 세워 만든 것이다. 지금 페르시아인이 호숫가의 집에 대해 말하면서 두드리고 있는 벽이 바로 내벽이었다. 오페라하우스의 건축을 조금이라도 이해하는 사람이라면, 페르시아인의 행동으로 미루어보아 에릭의 비밀스러운 은신처는 이중 벽의 가장 안쪽에 마련되어 있다는 사실을 알 수 있을 것이다.

페르시아인의 설명을 들은 라울은 재빨리 벽으로 다가가 무슨 소리라도 들리지 않을까 열심히 귀를 기울였다. 하지만 아무 소리도 들려오지 않았다. 위쪽 극장의 마루에서 들려오는 희미한 발소리뿐이었다.

페르시아인은 또다시 등불을 껐다. "조심하십시오!" 그는 라울에게 주의를 주었다. "손을 높이 드세요! 그리고 아무 말도 하지 말아요! 또다른 입구를 찾아봐야 합니다." 페르시아인은 라울을 이끌고 방금 전에 지나왔던 작은 계단으로 갔다.

두 사람은 조심스럽게 계단을 올라갔다. 한 계단 한 계단 밟을 때마다 어둠을 살피고 정적에 귀를 기울였다. 마침내 지하 3층에 이르렀다. 페르시아인은 라울에게 무릎을 꿇고 기라고 손짓했다. 그리하여 라울과 페르시아인은 두 무릎과 한 손을 땅에 대고―다른 한 손은 계속해서 들고 있어야 했다―통로의 끝까지 기어갔다. 그곳에는 〈라호르의 왕〉을 공연할 때 사용하던 커다란 무대 배경이 방치되어 있었다. 그리고 가까이에는 역시 쓸모없어진 세트가 있었다. 무대 배경과 세트 사이에는 한 사람이 겨우 들어갈 만한 공간이 있었다. 바로 그곳이 조제프 뷔케의 시체가 발견된 곳이었다.

계속해서 무릎으로 기어가던 페르시아인이 갑자기 움직임을 멈추고 귀를 기울였다. 한순간 그는 주저하는 빛을 보이며 라울의 얼굴을 응시했다. 그러고는 눈을 들어 지하 2층을 올려다보았다. 두 개의 나무 판자가 벌어진 틈새에서 희미한 불빛이 새어나오고 있었다. 페르시아인은 그 불빛이 몹시 거슬리는 듯했다. 그는 고개를 끄덕이더니 마침내 계획을 실행에 옮기기로 결심했는지 〈라호르의 왕〉의 무대 배경과 세트 사이의 틈새로 기어들어갔다. 라울은 그의 뒤를 바싹 쫓았다. 페르시아인은 자유로운 한쪽 손으로 벽을 더듬었다. 그리고 크리스틴의 분장실에서 했던 것처럼 벽을 꾹 눌렀다. 그러자 돌이 움직이더니 작은 입구가 나타났다. 페르시아인은 주머니에서 권총을 꺼내들고는 라울에게도 권총을 들라고 손짓을 보냈다. 라울도 권총을 꺼내들고 장전했다.

마침내 페르시아인은 결의에 찬 태도로 벽에 난 입구로 기어

들어갔다. 라울은 먼저 들어가고 싶었지만 그의 뒤를 따르는 것으로 만족해야 했다. 입구는 매우 좁았다. 페르시아인은 얼마 가지 않아 멈춰 섰다. 그리고 주위의 벽을 더듬었다. 다시 등불을 밝힌 페르시아인은 앞으로 몸을 구부린 채, 아래쪽의 무언가를 살폈다. 그러고는 황급히 불을 껐다. 페르시아인이 속삭이는 소리가 들렸다. "이제 몇 미터 아래로 뛰어내려야 합니다. 소리를 내서는 안 돼요. 신발을 벗으십시오." 페르시아인은 신발을 벗어 라울에게 건네주었다.

"뒤로 던져두십시오. 다시 돌아오는 길에 찾을 수 있을 겁니다."*

페르시아인은 무릎으로 기어 좀더 앞으로 나갔다. 그러고는 뒤로 돌아 라울을 마주 보았다. "이제 돌 가장자리에 매달렸다가 그의 집 안으로 뛰어내릴 겁니다. 두려워하지 마세요. 제가 밑에서 잡아드릴 테니까요."

이윽고 아래쪽에서 쿵, 하고 둔탁한 소리가 들려왔다. 페르시아인이 땅에 떨어지는 소리였다. 라울은 그 소리에 자신들의 존재가 탄로날까 두려웠다. 하지만 더 두려운 것은 그 이후로 아무

---

* 이 두 켤레의 신발은 그 이후에 발견되지 않았다. 하지만 페르시아인의 기록에 따르면 〈라호르의 왕〉의 무대 배경과 세트 사이, 즉 바로 조제프 뷔케의 시체가 발견된 그 장소에 신발을 두었다고 한다. 아마도 무대장치 담당자나 지하실 문지기가 가져갔을 것이다.(원주)

소리도 들리지 않는다는 것이었다. 어떻게 그럴 수 있을까? 페르시아인은 그곳이 유령이 사는 집의 벽이라고 했다. 그런데 크리스틴의 비명도, 부름도, 비탄도 들려오지 않았다. 오, 하느님! 너무 늦은 것일까? 라울은 돌에 무릎을 대고 초조하게 몸을 낮추었다가 밑으로 떨어졌다.

페르시아인이 밑에서 그를 받아주었다. "쉿!" 페르시아인이 속삭였다. 두 사람은 그 자리에 꼼짝도 하지 않고 서서 주위의 소리에 귀를 기울였다. 주위는 한 치 앞도 볼 수 없을 만큼 깜깜했다. 소름끼치는 정적만이 무겁게 감돌았다. 라울은 소리치고 싶은 마음을 입술을 깨물고 참았다. '크리스틴! 내가 왔어요! 당신을 구하러 내가 왔어요! 크리스틴, 무사한지 말 좀 해봐요!' 페르시아인이 희미한 등불을 켜서 머리 위로 들어 두 사람이 지나온 입구를 살펴보았다. 입구는 벌써 사라지고 없었다.

"제기랄, 돌이 저절로 닫혀버렸군!" 페르시아인이 말했다. 그는 등불로 벽과 바닥을 비췄다. 순간 페르시아인이 몸을 구부리더니 무언가를 집어들었다. 일종의 끈 같은 것이었다. 잠시 동안 그것을 살펴보던 페르시아인은 소스라치게 놀라며 그것을 멀리 집어던졌다. "펀자브 올가미*!"

---

* 인도 펀자브 지방의 암살단이 살인 제의에서 사용하던 끈을 지칭한다.

"그게 뭡니까?" 라울이 물었다.

페르시아인은 몸을 부르르 떨었다. "펀자브 올가미는…… 아마 조제프 뷔케가 목을 매단 밧줄일 겁니다. 당시 어디에서도 발견되지 않았지요." 갑자기 새로운 불안감에 휩싸인 페르시아인은 벽을 향해 작고 붉은 등불을 비추기 시작했다. 흥미로운 광경이 눈앞에 펼쳐졌다. 방 안에는 살아 있는 것처럼 보이는 나무 한 그루가 있었다. 이파리까지 달려 있는 그 나무의 가지는 벽을 타고 뻗어나가 천장까지 뚫고 나갔다. 하지만 등불이 너무 작고 희미해서, 나무의 전체 모습을 한눈에 파악하기는 어려웠다. 나뭇가지, 이파리, 그리고 또다른 이파리, 그 옆에는 아무것도 없었다. 오직 등불에서 나오는 한줄기 빛만 보일 뿐이었다.

라울은 벽으로 손을 갖다 댔다. 아무것도 느껴지지 않았다. "정말 이상하군요!" 라울이 소리쳤다. "이 벽은 거울이에요!"

"맞아요. 거울입니다." 페르시아인이 음울한 어조로 대답했다. 그리고 권총을 쥐고 있던 손으로 이마에 흐르는 땀을 닦았다. "우리는 고문실 안으로 떨어진 겁니다!"

제 22 장

마젠데란의 장밋빛 시절

─페르시아인의 기록 I

페르시아인이 오페라하우스 지하에서 겪은
흥미롭고도 교훈적인 고난

페르시아인은 호숫가에 있는 에릭의 은신처에 들어가려고 여러 번 시도했지만 소용없었다는 사실을 기록으로 남겨놓았다. 또한 어떻게 무대 아래쪽 지하 3층에 있는 비밀 입구를 발견했는지, 어떻게 고문실에서 유령이 만든 사악한 장치들을 샤니 자작과 함께 헤쳐나갔는지도 직접 기록해놓았다.

그는 그때에 대한 기록을─나중에 자세히 설명하겠지만, 아주 특별한 상황에서─모두 남겨놓았고, 나는 한 글자도 빠짐없이 여기 옮겨 적을 것이다. 왜냐하면 전직 다로가*인 페르시아인

---

* '다로가'는 페르시아어로 경찰 우두머리라는 뜻이다. (원주)

이 라울과 함께 에릭의 은신처에 잠입하기까지 호숫가에서 겪은 불행에 대해 한 부분도 빠뜨릴 이유가 없기 때문이다. 비록 이 기록의 가장 흥미로운 첫 부분은 우리를 고문실로부터 다소 멀리 떨어진 곳으로 데려가는 듯 보이겠지만, 곧 다시 그곳으로 돌아올 것이다. 그리고 그때쯤에는 독자들이 이상하게 생각할 수 있는 페르시아인의 행동과 태도도 설명이 될 것이다.

페르시아인의 이야기

호숫가의 그 집에 들어간 것은 그때가 처음이었다. 물론 전에도 에릭에게 신비의 문을 열어달라고 간청하곤 했지만 비밀 문 애호가(우리나라에서는 에릭을 그렇게 불렀다)는 항상 나의 청을 거절했다. 나는 그후로 줄곧 비밀 문과 관련된 에릭의 행동을 지켜보았다. 에릭이 오페라하우스를 자신의 영원한 거처로 삼았다는 것을 알아낸 후에는 무대 뒤와 무대 아래에서 그를 감시하곤 했다. 나는 호수까지 몰래 에릭의 뒤를 따라갔고, 그가 호수 반대편으로 노를 저어 가는 것을 보았다. 하지만 불빛이 너무 희미해서 에릭이 어떻게 제방을 통과해 자기 은신처로 가는지는 알아낼 수 없었다. 어느 날, 나는 그 괴짜가 흘린 말에 대한 무시무시한 예감과 호기심에 이끌려 아무도 모르게 살며시 보트에 올라탔다. 그리고 에릭이 늘 모습을 감추곤 하던 벽 쪽을 향해 노를 젓기 시작했다. 그곳을 감시하고 있던 세이렌을 만난 건 바로 그때였다. 나는 세이렌의 노랫소리에 홀려 거의 죽을 뻔했다.

보트가 강둑을 벗어나기 시작하자 잔잔한 거울 같던 호수의 정적이 깨졌다. 부드럽게 속삭이는 노랫소리가 온통 주위를 맴돌기 시작한 것이다. 숨소리 같기도 하고 음악 소리 같기도 한 것이 호수 아래에서 부드럽게 솟아오르고 있었다. 나는 정체를 알 수 없는 소리에 완전히 매혹당하고 말았다. 소리는 감미롭게 피어오르며 내 뒤를 계속해서 쫓아왔다. 나의 모든 일거수일투족을 지켜보며 노래를 부르는 것 같았다. 하지만 그 노랫소리는 전혀 두렵지 않았다. 오히려 달콤하고 매혹적인 소리가 들려오는 그곳으로 가까이 다가가고 싶은 열망이 커져갔다. 나는 노 젓는 것을 그만두고 뱃전으로 가 수면을 향해 몸을 기울였다. 노랫소리는 틀림없이 물속에서 들려오고 있었다. 그때 나는 호수 한가운데에 홀로 있었다. 그런데 갑자기 그 소리가 바로 내 옆에서 나는 것 같은 느낌이 들었다. 그건 분명 사람의 목소리였다. 나는 물속을 들여다보기 위해 점점 더 깊숙이 물을 향해 몸을 기울였다. 호수는 수정처럼 맑고 고요했다. 스크리브 거리의 환기통으로 들어온 달빛이 수면에서 반짝이고 있었다. 호수에는 분명히 아무도 없었다. 검은 잉크처럼 짙고 잔잔한 물뿐이었다. 나는 유혹적인 노랫소리를 떨쳐버리려 머리를 흔들었다. 하지만 소용없었다. 매혹적이고 아름다운 소리의 유혹에 이끌리지 않을 수 없었다.

만약 내가 미신을 믿거나 환상적인 이야기에 쉽게 영향을 받는 사람이었다면, 그게 세이렌의 노래라고 생각했을 것이다. 그 요정이 호숫가의 집에 접근하려는 여행자들을 유혹하여 죽음으로 이끈다고들 했기 때문이다. 그러나 나는 환상적인 요술을 너무 좋아해서 그 비밀을 완전히 밝혀야 직성이 풀리는 나라에서 태어나고 자랐다. 더구나 환상적인 요술에 대해 지금껏 충분히 연구해온 덕에, 전문가의 솜씨라면 가장 간단한 속임수로도 사람의 상상력에 놀라운 영향을 끼칠 수 있다는 것을 알고 있었다.

그러므로 그 순간에도 나는 그 모든 것이 에릭의 새로운 술수라고 생각했다. 하지만 그렇다 해도 너무나 완벽해서 도저히 저항할 수 없었다. 보트 밖으로 몸을 점점 더 내밀면서, 나는 속임수의 진상을 밝혀내기보다는 차라리 그 마력을 즐기고 싶은 욕망에 빠져들었다. 그리고 점점 더 수면을 향해 몸을 기울였다. 보트가 뒤집히기 직전이었다.

갑자기 두 개의 흉측스러운 팔이 물속에서 불쑥 튀어올라와 내 목을 감싸안더니 나를 물속 깊이 끌고 들어갔다. 믿을 수 없을 만큼 강력한 힘이었다. 만약 그 순간 내 목에서 커다란 비명 소리가 터져나오지 않았다면, 그리고 에릭이 내 비명 소리를 듣고 나를 알아보지 못했다면 나는 죽었을 것이다. 물속의 괴물은 바로 에릭이었다. 그는 애초의 의도와는 달리 나를 물에 빠뜨려 죽이지 않았다. 그 대신 나를 안고 헤엄쳐서 강둑 위에 내려놓았다.

"이렇게 경솔한 짓을 하다니!" 에릭은 온몸에서 물을 뚝뚝 흘리면서 내 앞에 우뚝 서 있었다. "왜 내 집에 들어오려 했던 거지? 초대하지도 않았는데! 당신이 내 집에 오는 걸 원치 않는다고! 그 누구도 싫다고! 이렇게 괴롭히려고 내 목숨을 구해줬던 거야? 당신의 은혜가 아무리 커도 나는 그 은혜를 저버릴 수 있어. 당신도 알다시피 나를 막을 수 있는 사람은 아무도 없으니까. 나 자신조차도 말이야."

에릭은 내게 몹시 화를 냈다. 하지만 이제 내게는 세이렌의 마술이라고 부를 만한 그 속임수의 진상을 알고 싶은 마음밖에는 없었다. 에릭은 나의 호기심을 만족시켜주었다. 에릭은 정말 흉측한 괴물이었다. 나는 페르시아에서 그가 저지른 끔찍한 일들을 본 적이 있다. 그는 허영심 많고 교만한 어린아이 같았다. 에릭은 사람들을 깜짝 놀라게 하는 걸 좋아했다. 자신의 천재적인 머릿속에서 그런 놀라운 발상이 나온다는 것을 알리고 싶어했고, 그 과정 자체를 즐겼다.

에릭은 깔깔거리며 긴 갈대 피리를 보여주었다. "아주 단순한 속임수지. 하지만 물속에서 노래를 부르면서 숨을 쉬는 데 이보다 더 좋은 것은 없어. 통킹의 해적은 이것을 이용해 강바닥에 몇 시간이라도 숨어 있을 수 있었지."[*]

"그 따위 속임수로 나를 죽일 뻔하다니! 다른 사람들은 죽였겠지!" 나는 그에게 신랄하게 대꾸했다.

에릭은 아무 대답 없이, 내가 이미 너무나 잘 알고 있는 유치하고 위협적인 표정을 지으며 내 앞을 막아섰다.

나는 전혀 겁먹지 않았다. "에릭, 내게 뭐라고 약속했지? 다시는 살인을 하지 않겠다고 했잖아!"

"내가 살인을 했다고?" 에릭은 몹시 유쾌한 어조로 말했다.

"못된 녀석! 벌써 마젠데란의 장밋빛 시절[**]을 잊어버렸다는 건가?"

"그래. 차라리 잊어버리는 편이 나아. 하지만 군주의 어린 왕비는 나를 좋아했었지." 에릭이 우울한 목소리로 말했다.

"다 지나간 옛일이야. 넌 이제 현재를 생각해야 해. 현재의 네 행동에 책임을 져야 해. 내가 아니었다면 넌 이 자리에 없었을

---

[*] 1909년 7월 말 통킹에서 파리로 보낸 공식적인 기록을 살펴보면, 우리 병사들에게 바짝 추격을 받은 해적 데탐과 그의 부하들이 어떻게 갈대를 이용해 모두 탈출에 성공했는지 자세히 나와 있다.(원주)

[**] 에릭이 변형시켜 만든 마젠데란 궁전의 이름.

거야. 에릭, 내가 네 목숨을 구해줬다는 걸 잊지 마."

나는 이 기회에 오랫동안 마음속에 간직해온 생각을 털어놓았다. "에릭……" 나는 엄숙하게 말했다. "에릭, 내게 맹세해."

"뭘?" 에릭이 냉소적으로 말했다. "난 맹세 따위는 하지 않아! 맹세는 멍청이들을 묶어두기 위한 수단일 뿐이니까."

"그럼 말해줘. 최소한 대답은 해주겠지?"

"뭘 말야?"

"그 샹들리에…… 아니지?"

"샹들리에가 어쨌다는 거야?"

"내가 무슨 말을 하는지 알고 있잖아."

"아!" 에릭의 얼굴에 비웃음이 번졌다. "샹들리에에 대해서라면 뭐든 말할 수 있지! 내가 저지른 일이 아니니까! 그 샹들리에는 너무 낡고 오래된 고물이었어." 에릭은 배를 움켜쥐고 웃어댔다. 미친 듯이 웃어대는 그의 모습은 그 어느 때보다도 끔찍해 보였다. 에릭은 소름끼치는 웃음소리를 내며 보트로 뛰어올랐다. 나는 온몸을 부르르 떨었다. "나의 친애하는 다로가도 이제 너무 늙었군. 샹들리에? 그 고물은 너무 오래되고 낡았던 거야! 저절로 떨어진 거라구! 정말 요란한 소리를 내며 무너져내리더군. 다로가, 이제 그만 집에 가서 머리나 말리시지! 내 충고를 받아들이지 않으면 감기에 걸릴 거야. 다시는 내 보트에 올라타지 마.

무슨 일이 있어도 내 은신처를 기웃거리지 말라고. 내가 항상 당신을 구할 수 있는 건 아니니까. 다로가! 내 장송곡을 당신에게 바치게 하지 말라고!"

에릭은 고물에 선 채 기괴하게 몸을 앞뒤로 흔들며 노를 저으면서 계속 킬킬거렸다. 에릭이 눈을 반짝이며 위험한 암초처럼 자신의 은신처를 지키는 장면이 그려졌다. 오래지 않아 에릭이 탄 보트는 어둠 속으로 사라져버렸다.

그날부터 호수를 통해 에릭의 집으로 숨어들겠다는 생각은 포기했다. 호수만이 아니라 다른 입구도 철저하게 지키고 있을 것이 틀림없었다. 더구나 에릭은 내가 호수를 통해 들어가는 입구를 알고 있다는 사실까지 알아버렸다. 하지만 나는 틀림없이 또 다른 입구가 있을 것이라고 생각했다. 에릭이 종종 지하 3층에서 종적을 감추는 것을 보았기 때문이다. 어디로, 어떻게 사라졌는지 알 수는 없었지만, 사라지는 그의 모습을 여러 번 숨어서 지켜보기도 했다.

에릭이 오페라하우스에서 살고 있다는 사실을 알아낸 후부터 나는 끊임없이 그의 광기를 두려워하며 살아왔다. 물론 나 자신이 아니라, 순전히 다른 사람들에게 향할 광기에 대한 두려움이었다.* 어떤 사건이 일어나거나 혹은 끔찍한 사고가 발생할 때면, 언제나 이런 생각이 절로 들었다. '에릭이 저지른 일일 수도

있어.' 마치 사람들이 '이건 유령의 짓일 거야'라고 쉽게 말을 내
뱉는 것처럼 말이다. 나는 농담 삼아 그런 말을 하는 사람들을
너무나 많이 보아왔다. 불쌍한 사람들! 만약 그 유령이 정말로
피와 살을 가진 존재라는 사실을 알게 된다면, 절대로 그렇게 웃
어대지는 못할 것이다. 에릭이 파리 오페라하우스 같은 곳에서
어떤 일까지 벌일 수 있을지 알게 된다면! 나를 괴롭히는 소름끼
치는 두려움에 대해 조금이라도 알게 된다면!

　에릭은 자신이 이제 누군가의 사랑을 받고 있기 때문에―이 말
은 나를 무척 당황하게 만들었다―완전히 달라져서 세상에서
가장 착한 사람이 되었노라고 엄숙하게 말했지만, 나는 그 괴물
을 생각할 때마다 온몸이 떨려왔다. 에릭의 흉측하고 혐오스러
운 외모는 그에게서 모든 인간적인 면모를 없애버렸다. 때때로
에릭은 추악한 외모를 가진 자신은 인간에 대한 최소한의 도덕

---

* 하지만 에릭의 운명이 자신의 앞날과 깊은 관련이 있다는 점은 페르시아인도
인정해야 할 것이다. 에릭이 아직 살아 있다는 사실이 알려지는 날이면, 퇴임 다
로가로서 테헤란 정부로부터 받고 있는 얼마간의 연금마저 모두 취소될 것이었
기 때문이다. 물론 페르시아인이 고귀하고 관대한 마음씨를 가졌다는 사실을 덧
붙여 밝히는 것은 당연한 일이다. 그의 마음을 사로잡고 있던 것은 전적으로 누
구에게나 닥칠 수 있는 재앙에 대한 두려움이었다는 점을 나는 의심하지 않는
다. 모든 일을 처리하면서 보여준 그의 행동은 이 점을 증명하고도 남는다. 그것
은 칭찬받을 만한 자세였다.(원주)

적 의무도 지킬 필요가 없다고 믿는 것처럼 보였다. 에릭이 자신의 연인에 대해 말하는 목소리를 들으며 나의 놀라움과 두려움은 점점 더 커져만 갔다. 에릭이 그토록 자랑스러워하는 애정 속에서 끔찍한 비극의 씨앗이 자라고 있다는 것을 예견할 수 있었기 때문이다. 나는 에릭이 파멸을 초래할 만큼 극심하게 고통받고 있다는 사실을 잘 알았다. 그렇기에 재앙이 임박했다는 듯한 암시를 풍기는 그의 말에 끊임없이 불안해할 수밖에 없었다.

에릭과 크리스틴 다에 사이에 흥미로운 교제가 이루어지고 있다는 사실을 알게 된 나는 어느 날 그녀의 분장실 옆에 있는 소품실에 몸을 숨겼다. 그리고 크리스틴을 천상의 황홀경으로 몰아넣는 에릭의 놀라운 노랫소리를 들었다. 그에게는 때로는 천둥처럼 크고 웅장하며, 때로는 천사의 날개처럼 부드러운 천상의 목소리가 있었다. 하지만 목소리는 목소리일 뿐이었다. 에릭의 목소리 때문에 크리스틴이 그의 추악한 외모를 개의치 않으리라고는 결코 믿을 수 없었다. 크리스틴이 아직 그의 진짜 모습을 보지 못했다는 사실을 알았을 때, 나는 비로소 모든 사정을 이해할 수 있었다. 지난번 에릭의 충고를 떠올리며 나는 기회를 틈타 크리스틴의 분장실로 숨어들어갔다. 그리고 거울이 달린 벽을 회전시키는 방법을 어렵지 않게 발견해냈다. 크리스틴이 바로 자신의 뒤에서 들려온다고 느꼈던 에릭의 목소리는 바로 이 통로로 전해졌던 것이 틀림없었다. 이 입구를 통해 샘과 지하 감옥―코뮤니스트들의 감옥이었던―으로 가는 통로를 발견했다. 또한 무대 위의 뚜껑문도 발견할 수 있었다. 에릭은 이 문을 통해 무대 아래의 지하실로 곧장 내려갈 수 있었던 것이다.

며칠 후, 나는 무대 아래의 지하실에서 에릭과 크리스틴이 함께 있는 것을 발견했다. 에릭은 코뮤니스트의 통로에 있는 작은 샘물로 크리스틴 다에의 이마를 적셔주고 있었다. 크리스틴이 정신을 잃고 쓰러져 있었던 것이다. 그들 곁에는 하얀 말이 조용히 서 있었다. 그 말은 〈예언자〉에 등장하는 말로, 오페라하우스 지하실의 마사에서 실종된 말이었다. 나는 두 사람 앞에 모습을 드러냈다. 정말 무서운 순간이었다. 에릭의 노란 두 눈에서 불꽃이 튀었다. 미처 뭐라고 말도 꺼내기 전에 나는 세찬 주먹을 맞고 기절해버렸다. 정신을 차렸을 때는 에릭도 크리스틴도 그리고 하얀 말도 사라지고 난 후였다. 나는 그 불쌍한 아가씨가 호숫가 에릭의 집에 감금되었으리라는 것을 짐작할 수 있었다. 나는 조금의 망설임도 없이 당장 호숫가로 찾아가기로 결심했다. 어떤 위험이 나를 기다리고 있어도 상관없었다. 스물네 시간 동안 나는 꼼짝도 하지 않고 호숫가에 앉아서 에릭이 나타나기만을 기다렸다. 언젠가는 필요한 물품들을 구하기 위해 어쩔 수 없이 밖으로 나올 거라고 확신했다. (먼저 한 가지 말해둘 것이 있다. 에릭은 거리로 나서거나 대중 앞에 모습을 드러내야 할 때는 가짜 코를 달고 다닌다. 흉측하게 뻥 뚫려 있는 자리에 가짜 코를 붙이고 거기에 수염까지 붙이는 것이다. 물론 그렇게 한다고 해서 썩은 시체 같은 그의 모습이 감추어지는 것은 아니지만—지나가는 사람들은 그를 보고 '무덤에서 막 돌아온 사람 같다'고 하곤 했다—가짜 코 덕분에 그런 대로 참고 바라볼 수는 있었다.)

어쨌든 나는 호숫가의 둑 위에서 에릭을 기다리고 있었다. 에릭이 냉소적인 말투로 그곳을 '아베르누스 호'라고 부르는 걸 몇 번 들은 적이 있다. 하지만 시간이 지나도 에릭은 모습을 나타내지 않았다. 기다림에 지친 나는, 에릭이 지하 3층에 있는 다른 문을 통해 빠져나간 것은 아닌가 하고 생각하기에 이르렀다. 그때 어둠 속에서 노를 젓는 소리가 들려왔다. 그리고 촛불처럼 빛나는 노란 두 눈이 보였다. 곧 보트가 둑에 닿았다. 에릭은 땅 위로 뛰어내리더니 내게 다가왔다.

"벌써 스물네 시간 동안이나 버티고 앉아서 나를 괴롭히는군. 미리 말해두지만 이런 행동은 다 나쁜 결과를 가져올 뿐이야. 당신 스스로 화를 자초하는 거라구. 난 특별히 당신만은 인내심을 가지고 대해왔어. 멍청하게도 당신은 지금까지 내 뒤를 쫓았다고 생각하겠지. 하지만 아니야. 오히려 내가 당신 뒤를 밟았어. 당신이 나에 대해 무엇을 알아냈는지 전부 알고 있단 말야. 어제도 코뮤니스트의 통로에서 당신을 죽일 수 있었어. 하지만 이제 경고하겠어. 또다시 그곳에서 얼쩡거리다가 내 눈에 띄는 일이 없도록 해. 그때는 달아날 틈도 없을 테니까!"

에릭이 너무나 격렬하게 화를 냈기 때문에 나는 뭐라고 대답할 엄두도 내지 못했다. 혼자 소리를 지르던 에릭은 씩씩거리며 자신의 끔찍한 생각을 털어놓았다. "명심해. 마지막 경고야. 당신은 경솔하게 행동하다가 벌써 두 번이나 펠트 모자를 쓴 그림자 사나이에게 붙잡혀갔잖아! 그자는 당신이 건물 지하에서 무엇을 하고 다니는지 알지도 못하고 감독에게로 데리고 갔었지. 다행히도 감독들은 당신을 그저 무대와 무대장치에 관심이 있는 특이한 페르시아 사람 정도로만 여기더군. (난 이미 다 알고 있어. 나도 그때 그 사무실 안에 있었으니까. 당신도 알다시피 난 이 건물 어디에나 존재한다고.) 하지만 만약 당신의 경솔한 행동 때문에 당신이 지하에서 찾고 있는 것에 감독들까지 관심을 갖게 된다면, 당신이 나 에릭의 뒤를 쫓고 있다는 사실을 알게 된다면, 감독들이 나서서 내 뒤를 쫓아 호숫가에 있는 집을 찾아내고 말 거라구! 잘 들어둬. 만약 그런 사태가 벌어진다면 나도 가만히 있지는 않을 거야. 무슨 일이 일어날지 나도 짐작할 수 없어. 그때 일어나는 일에 대해서는 나도 어쩌지 못한다구!" 에릭은 씩씩거리다가 말을 이었다. "에릭의 비밀이 더이상 비밀일 수 없다면, 수많은 사람들에게 끔찍한 광경을 선사할 거란 말야, 알아들었어? 이래도 내 말을 못 알아듣는 바보천치는 아니겠지."

에릭은 다시 보트로 돌아가 뱃전에 앉아서 뒤꿈치로 바닥을 툭툭 차며 나의 대답을 기다렸다.

"내가 찾는 사람은 에릭 자네가 아냐." 나는 담담하게 말했다.

"뭐라구?"

"나는 크리스틴 다에 양을 찾고 있네."

"그녀는 나를 사랑해. 그러니 난 그녀를 내 집에 초대할 권리가 있어." 에릭은 격분하며 말했다.

"아니, 그렇지 않아. 넌 그녀를 납치한 거야. 지금 그녀는 감금되어 있는 거고."

"이봐, 만약 크리스틴이 나를 사랑한다는 것을 증명해 보인다면, 다시는 내 일에 참견하지 않겠다고 약속해줄 수 있겠나?"

"물론, 약속하지." 나는 조금도 주저하지 않았다. 흉측한 괴물이 그런 일을 증명해 보인다는 것은 불가능하리라고 확신했던 것이다.

"좋아, 잘 들으라구. 크리스틴 다에는 이곳을 떠났다가 자기가 원할 때면 언제든 다시 돌아올 거야. 나를 사랑하기 때문이지! 그녀가 스스로 나를 선택하는 거라구."

"글쎄, 그럴까? 난 크리스틴이 돌아오지 않을 거라고 생각하네. 그러니 일단 그녀를 풀어줘보시지!"

"풀어주라구? 이런 멍청한 양반. 나는 그녀를 가두고 있는 게 아니라니까. 나도 그녀를 보내고 싶어. 진심이야. 하지만 그녀는 다시 돌아올 거야. 나를 사랑하니까…… 우린 결혼할 거야. 마들렌 성당에서 결혼식을 올릴 거라구. 이제 내 말을 믿겠어? 결혼식 미사곡이 완성되었다고 내가 말하지 않았나? 잠깐 기다려. 나의 〈키리에〉*를 들려드리지." 에릭은 발뒤꿈치로 박자를 맞추며 노래를 부르기 시작했다. "키리에! 키리에! 키리에 엘레이종! 들어보라구, 내 미사곡을 들어보란 말이야!"

"이봐." 나는 말했다. "만약 크리스틴 다에가 호숫가의 집에서 풀려나온 후에 자발적으로 다시 자네에게 돌아간다면, 그때는 자네 말을 믿어주지."

"그러면 더이상 내 일에 참견하지 않겠다?"

"물론."

"좋아. 당신은 오늘밤 그 증거를 보게 될 거야. 가면무도회장에 오라구. 크리스틴과 나도 한번 둘러볼 생각이니까. 당신은 소품실에 숨어 있어. 그러면 크리스틴이 분장실로 내려가 코뮤니스트의 통로를 통해 내게 되돌아오는 모습을 볼 수 있을 거야."

---

* 미사곡의 첫번째 도입곡.

"그렇게 하겠네."

크리스틴이 스스로 에릭에게 가는 모습을 본다면 사실을 인정하는 수밖에 없었다. 아름다운 여인이 끔찍한 괴물을 사랑할 수도 있는 법이니까. 특히나 그 괴물이 여인을 음악으로 유혹하고, 여인이 뛰어난 오페라 가수라면 가능한 일이었다.

"자, 이제 그만 가봐. 나도 필요한 것들을 사러 나가야 하니까."

그래서 나는 그 자리를 떠났다. 하지만 여전히 크리스틴 다에가 걱정되었고, 에릭의 경고에 다시금 크나큰 두려움을 느꼈다. '이 일은 어떻게 끝날 것인가?' 나는 곰곰이 생각해보았다. 태생적으로 운명론자이기는 하지만, 설명할 수 없는 막연한 고뇌를 지울 수는 없었다. '수많은 사람들'을 위협하는 저 악한의 목숨을 내가 살려줬다는 사실에 커다란 책임감을 느꼈기 때문이다.

그날 밤 일어난 일을 나는 정말 믿을 수가 없었다. 모든 일이 에릭이 말한 대로 일어났던 것이다. 크리스틴 다에는 몇 번이나 호숫가의 집을 떠났다가 다시 돌아왔다. 분명히 누군가에게 끌려온 것이 아니었다. 크리스틴 다에가 정말로 그를 사랑하는 것은 아닐까, 잠시 그렇게 생각했던 것도 사실이다. 하지만 나로서는 에릭에 대한 의심을 도저히 떨쳐버릴 수가 없었다. 그후 나는 모든 행동에 신중을 기했다. 호숫가로 접근하거나 코뮤니스트의 통로를 지나가는 실수를 범하지 않기로 결심한 것이다. 하지만 지하 3층에 있는 비밀 문에 대한 생각은 머릿속을 떠나지 않았다. 그래서 종종 아무도 없는 낮 시간에 그곳에 내려갔다. 그러고는 〈라호르의 왕〉 세트 뒤에 숨어서 여러 시간 동안 그곳을 살피곤 했다. 공연이 자주 없어서 세트가 그냥 방치되어 있었다. 그러던 어느 날 에릭이 내가 있는 쪽을 향해 기어오는 것을 발견했다. 에릭은 숨어 있는 나를 보지 못했다. 그리고 내가 있는 무대 배경과 세트 사이를 지나 벽으로 다가갔다. 그가 스프링을 누르니 돌이 움직이고 입구가 나타났다. 그리고 잠시 후에 저절로 돌문이 닫혔다. 드디어 그의 비밀을 알게 되었다. 이제 난 언제든 에릭의 은신처에 접근할 수 있게 된 것이다.

나는 삼십 분 정도 기다렸다가 스프링을 눌러보았다. 똑같은 일이 일어났다. 하지만 안으로 들어가지는 않았다. 에릭이 안에 있었기 때문이다. 그에게 붙잡힐지도 모른다는 생각을 하자 갑자기 머릿속에 조제프 뷔케의 죽음이 떠올랐다. 많은 사람들에게 교훈을 줄 만한 끔찍한 모험을 감행하고 싶지는 않았다. 에릭의 말대로 '수많은 사람들에게' 끔찍한 구경거리를 제공할 수는 없는 일이었다. 나는 조심스럽게 돌문을 닫은 다음, 오페라하우스의 지하실을 나왔다.

또하나 내 머릿속을 떠나지 않은 것은 에릭과 크리스틴 다에의 관계였다. 병적인 호기심 때문이 아니라 내 머릿속을 온통 사로잡고 있는 끔찍한 생각 때문이었다. 만약 에릭이 자신의 상상처럼 진정한 사랑을 받고 있는 것이 아니라는 사실을 알게 된다면 그가 어떤 잔인한 짓을 저지를지 몰랐던 것이다. 나는 아주 조심스럽게 오페라하우스의 주위를 맴돌았다. 그리고 곧 에릭이 자랑해마지않는 슬픈 사랑의 무서운 진실을 알게 되었다. 크리스틴의 사랑의 비밀은 공포심이었다. 에릭은 크리스틴의 마음을 공포로 가득 채우고 있었던 것이다. 그 불쌍한 어린 아가씨의 사랑은 오로지 라울 드 샤니 자작에게로 향해 있었다. 두 사람은 에릭의 눈을 피해 오페라하우스 지붕 위에서 천진난만한 약혼 놀이를 즐기고 있는 동안 자신들을 지켜보는 눈길이 있다고는 전혀 생각하지 못했다. 나는 만약의 경우 무슨 일이라도 저지를 마음의 준비가 되어 있었다. 필요하다면 에릭을 죽일 생각까지 했다. 그리고 나중에 경찰에게 모든 일을 설명할 작정이었다. 하지만 에릭은 자신을 드러내지 않았다. 다행한 일이었다.

나의 계획은 이러했다. 먼저 에릭이 질투심에 못 이겨 집 밖으로 뛰쳐나오면, 나는 무사히 지하 3층 비밀 문을 통해 집 안으로 들어갈 수 있을 것이었다. 집의 내부를 정확히 알아두는 것은 모두를 위해 무척 중요한 일이었다. 어느 날 기회를 엿보다 지친 나는 돌문을 작동시키다가 경이로운 음악 소리를 듣게 되었다. 에릭은 모든 문을 활짝 열어놓은 채 〈승리한 돈 후안〉이라는 자신의 작품을 연주하고 있었다. 그것이야말로 그의 필생의 작품임을 알 수 있었다. 나는 그를 방해하지 않기 위해 최대한 조심하면서 어두운 구멍 속에 조용히 숨어 있었다. 순간 에릭이 연주를 멈추고는 미친 사람처럼 방을 헤매고 다니기 시작했다. 그러더니 목청껏 고함을 질렀다. "먼저 이걸 끝내야 해! 완벽하게 끝내야 해!"

그 말을 듣고 나는 다시 불안한 마음이 들었다. 음악이 다시 시작되자 나는 살며시 돌문을 닫았다. 지하 깊은 곳에서 희미하게 계속 음악 소리가 들려왔다. 마치 깊은 호수 속에서 울려오던 세이렌의 노랫소리 같았다. 문득 조제프 뷔케가 목을 매달았을 때 사람들이 하던 말이 떠올랐다. 그때는 그저 웃어넘겼는데, 분명 사람들은 "장송곡 같은 음악이 들려왔다"고 말했었다.

크리스틴 다에가 납치되던 날, 나는 저녁 늦게까지 오페라하우스에 가지 않고 있었다. 나쁜 소식이 들려오지 않을까 온종일 마음이 불안하고 뒤숭숭했다. 그날 조간신문에서 크리스틴과 샤니 자작의 결혼 기사를 보았기 때문이다. 차라리 에릭의 존재를 공공연하게 알리는 편이 낫지 않을까 하는 생각도 해보았다. 하지만 곧 정신을 차렸다. 그런 행동은 쓸데없는 재난만 불러올 뿐이었다.

나는 마차를 타고 오페라하우스로 향했다. 마차에서 내리자 오페라하우스가 눈에 들어왔다. 그 건물이 아직 서 있다는 게 놀라웠다. 하지만 대개의 선량한 동양인이 다 그렇듯 나 역시 다분히 운명론자였다. 어떤 최악의 사태라도 받아들일 각오를 하고 나는 건물 안으로 들어섰다.

크리스틴 다에가 감옥 장면을 공연하던 도중에 납치된 사건은 당연히 모든 사람들을 경악시켰다. 하지만 나로서는 어느 정도 각오하고 있던 일이었다. 크리스틴을 끌고 간 것은 대단한 마술사인 에릭이 틀림없었다. 나는 크리스틴의 운명은 이미 결정되었다고, 여기 있는 많은 사람들도 파멸을 맞을 거라고 생각했다. 여전히 오페라하우스에 남아 있는 사람들에게 살고 싶으면 당장 도망치라고 소리칠까도 생각해보았다. 하지만 섣불리 행동했다가는 미친 사람 취급을 당할 것이 분명했다. 게다가 만약 내가 "불이야!"라고 외치기라도 한다면, 모두가 정신없이 출구를 향해 우르르 몰려가다가 더 큰 재앙이 닥칠 수도 있는 일이었다.

그래서 나는 더이상 꾸물대지 않고 곧바로 행동을 취해야겠다고 결심했다. 마침 기회가 좋았다. 그때 에릭은 오직 자신의 포로에게만 신경쓰고 있었기 때문이다. 지하 3층을 통해 에릭의 집으로 들어가기에는 더할 나위 없이 좋은 시기였다. 나는 절망에 빠진 불쌍한 자작을 함께 데리고 가기로 결정했다. 자작은 내 제안을 당장 받아들였다. 그는 처음 만난 나에게 깊은 신뢰를 보였다. 그러한 그의 태도에 나는 몹시 감명받았다. 부탁한 권총을 하인이 가지고 왔다. 나는 크리스틴의 분장실에서 권총 한 자루를 자작에게 건네주며 언제라도 총을 발사할 준비를 하고 있으라고 충고했다. 에릭이 벽 뒤에서 우리를 기다리고 있을지도 몰랐기 때문이다. 우리는 코뮤니스트의 통로를 지나 뚜껑문을 통해 지하로 내려갔다.

권총을 보더니 어린 자작은 결투를 할 작정이냐고 물어왔다. 나는 대답했다. "대단한 결투가 될 겁니다!" 물론 그때는 자세히 설명할 만한 여유가 없었다. 어린 자작은 용감한 친구였지만 자신의 적수가 얼마나 무서운 존재인지 전혀 알지 못했다. 사실 모르는 편이 더 나았다.

세상에서 가장 뛰어난 마술사와 싸우는 것은 세상에서 가장 무모한 악당과 결투를 벌이는 것과도 비교할 수 없었다. 그는 자신이 원할 때만 모습을 드러냈고, 어둠 속에서도 모든 것을 볼 수 있었다. 그의 뛰어난 과학 지식과 영리함, 상상력 그리고 자연의 힘을 이용하는 기술은 상대방의 눈과 귀를 현혹시켰고 상대를 죽음에 이르게 했다. 그런 자와 싸울 생각을 하니 너무나 두려웠다. 게다가 장소는 환상으로 가득 차 있는 파리 오페라하우스 무대였다. 그러니 어떻게 두렵지 않을 수 있겠는가. 로베르 우댕처럼 재능 있는 자와 맞서 싸운다고 한번 생각해보라. 그는 지하 5층과 지상 25층*으로 이루어진 오페라하우스에서, 일 분

안에 주머니를 털고 목숨을 빼앗으며 당신을 조롱하고 증오하기를 반복한다. 게다가 내가 싸워야 할 상대는 '비밀 문 애호가'였다! 나는 그가 페르시아의 궁전에서 만들었던 그 치명적인 비밀 회전문을 떠올렸다. 그리고 이제 나는 비밀 문의 왕국에서 비밀 문 애호가와 맞서려 하고 있었다!

나는 에릭이 정신을 잃은 크리스틴 다에를 호숫가 은신처에 데려가, 그곳에 계속 머물고 있기를 바랐다. 내가 제일 두려워한 것은 에릭이 펀자브 올가미를 준비해놓고 어딘가에서 기다리고 있는 것이었다.

에릭은 펀자브 올가미 던지기의 명수였다. 그는 마술사들의 왕자인 동시에 교살자들의 왕이었다. 마젠데란의 장밋빛 시절에서 지내는 동안, 에릭은 군주의 어린 왕비에게 즐거움을 주어야 했다. 하지만 에릭이 그녀를 실컷 웃기고 나면, 그녀는 온몸에 소름이 끼치는 다른 재미있는 구경거리를 보여달라고 졸라대곤 했다. 그러면 에릭은 펀자브 올가미 놀이를 제안했다. 에릭은 인도에서 살았던 경험이 있기 때문에 사람을 교살하는 데 믿을 수 없을 만큼 놀라운 기술을 터득하고 있었다. 올가미 놀이는 보통 정원 안에서 이루어졌다. 그는 사람을 시켜 놀이 도중 빠져나갈 구

---

* 실제로는 17층으로 이루어져 있으며, 그중 다섯 층은 지하층이다.

명이 없도록 모든 조치를 취해놓았다. 그리고 목표물이 들어오기를 기다렸다. 그러면 기다란 창과 예리한 칼로 무장한 전사가 들어왔다. 그들은 대부분 사형선고를 받은 자들이었으며 에릭의 무기는 오직 펀자브 올가미뿐이었다. 전사들은 에릭을 쓰러뜨리기 위해 결사적으로 공격하곤 했다. 하지만 바로 그 순간 에릭의 올가미는 순식간에 공중을 가로지르며 목표물을 덮쳤다. 단 한 번 손을 휘두르는 것으로 모든 일은 끝이 났다. 에릭은 상대방의 목에 걸린 밧줄을 팽팽히 잡아당겼다. 그리고 그대로 어린 왕비와 시녀들 앞까지 끌고 갔다. 여인들은 창가에 앉아 박수를 치며 즐거워했다. 어린 왕비는 펀자브 올가미를 사용하는 방법을 직접 배워서 여러 명의 시녀들을 죽이기까지 했다. 심지어 그녀를 찾아온 친구들을 죽인 적도 있었다.

마젠데란의 장밋빛 시절에서 벌어졌던 끔찍한 일에 대해서는 더 이상 말하고 싶지 않다. 다만 오페라하우스의 지하실 안에서 자작을 교살의 위험으로부터 보호하지 않으면 안 되었던 이유를 설명하기 위해 잠깐 언급했을 뿐이다. 사실 권총은 별 쓸모가 없었다. 자작과 내가 지하로 내려갔을 때 에릭이 우리를 막지 않았기 때문에 난 그가 나타날 생각이 없다고 확신했다. 그렇다 해도 에릭은 언제든지 우리를 목 졸라 죽일 수 있는 자였다. 하지만 당시에는 모든 일을 자작에게 상세히 설명할 여유가 없었다.

시간이 있었다 해도 펀자브 올가미에 대해서는 설명하지 못했을 것이다. 더구나 여러 가지로 복잡한 상황을 만들어서 득이 될 것도 없었다. 나는 샤니 자작에게 팔을 구부린 채 손을 눈높이로 들고 있으라고 했다. 마치 발사 명령을 기다리는 군인처럼 말이다. 이런 자세를 하고 있으면 제아무리 능란한 교살자라 해도 쉽사리 올가미를 던질 기회를 잡을 수 없는 법이다. 밧줄이 목에만 감기는 것이 아니라 손이나 팔에도 함께 감기기 때문이다. 그렇게 되면 쉽사리 올가미를 풀고 빠져나올 수 있었다.

우리 두 사람은 수사관과 수많은 문지기들 그리고 소방관들을 피해다니다가 쥐몰이꾼을 만났다. 그리고 펠트 모자를 쓴 사내 곁을 지나쳐가기도 했다. 마침내 자작과 나는 아무에게도 들키지 않고 지하 3층에 도달할 수 있었다. 〈라호르의 왕〉 무대 배경과 세트 사이의 그 장소에서 나는 돌문을 작동시킨 후 오페라하우스의 지하 호수를 감싸고 있는 이중 벽 안에 에릭이 손수 지은 집 안으로 뛰어내렸다. 그런 집을 짓는 일쯤은 에릭에게 식은 죽 먹기였다. (에릭은 오페라하우스를 건축한 필립 가르니에의 주요 도급업자였다. 프러시아와의 전쟁과 파리 함락 그리고 코뮌 정치 등으로 인해 건설 작업이 공식적으로 중단되었을 때조차 그는 비밀리에 혼자서 계속 일을 했었다.)

나는 에릭을 너무나 잘 알고 있었기 때문에 집 안으로 뛰어내리는 그 순간에도 몹시 불안했다. 마젠데란에서 에릭이 궁전에 무슨 짓을 했는지 분명히 기억했기 때문이다. 에릭은 아주 흔하고 평범한 궁전을 악마의 집으로 바꾸어놓았다. 그 궁전 안에서는 한마디도 몰래 할 수 없었다. 끝없이 메아리가 울려퍼졌기 때문이다. 뚜껑문만 가지고도 에릭은 피가 난무하는 비극적 사건을 만들어낼 수 있었다. 궁전 안에 들어온 사람은 자신이 정확히 어디에 있는지조차 가늠할 수 없었다. 그중에서도 가장 흥미롭고 끔찍하며 위험한 발명품은 그의 고문실이었다. 그 안에 들어가는 사람들은 대개 사형선고를 받은 불쌍한 죄인들이었다. 어린 왕비는 아주 가끔 그 안에서 죄 없는 상인들을 고문하며 즐거워하기도 했다. 그곳은 마젠데란의 장밋빛 시절에서 가장 무서운 발명품이었다. 괴롭힘을 당한 죄인에게는 펀자브 올가미나 밧줄을 가지고 스스로 목숨을 끊을 수 있는 자유가 주어졌다. 그것은 쇠로 만든 나무 밑에 놓여 있었다.

그러므로 샤니 자작과 내가 떨어진 방이 마젠데란의 장밋빛 시절의 고문실과 똑같이 생긴 것을 알고 내가 얼마나 놀랐는지 이루 말할 수가 없다.

나는 발밑에서 밤마다 나를 두려움에 떨게 했던, 이미 한 차례 사용되었음이 분명한 펀자브 올가미를 발견했다. 아마 조제프 뷔케도 나와 마찬가지로 어느 날 저녁, 지하에서 돌문을 움직이는 에릭을 우연히 보았을 것이다. 그리고 직접 돌문을 시험해보다가 고문실에 떨어졌을 것이고, 결국은 밧줄에 목을 매달게 되었으리라. 에릭이 조제프의 시체를 〈라호르의 왕〉 무대 배경까지 질질 끌고 가는 광경이 머릿속에 생생하게 그려졌다. 에릭은 일종의 본보기로 혹은 사람들에게 미신적인 공포심을 심어주기 위해 그곳에 시체를 매달아놓은 것이 틀림없었다. 그렇게 함으로써 자신의 은신처 가까이에 사람들이 접근하는 것을 막을 수 있으리라 생각한 것이다! 또한 에릭은 여러 가지 생각 끝에 다시 돌아와 펀자브 올가미를 가지고 갔을 것이다. 그 올가미는 악기의 현으로 정교하게 만든 것이었기 때문에 주의 깊은 예심판사의 의혹을 살 수도 있으리라 생각한 것이다. 조제프가 목을 매단 올가미가 사라진 것은 바로 그런 이유에서였다.

그리고 이제 우리의 발밑에서 그 올가미가 발견되었다. 바로 고문실에서 말이다! 나는 결코 겁쟁이가 아니었지만 이마에 식은땀이 송골송골 맺혔다. 나는 작은 등불을 들어 벽을 비추어보았다. 샤니 자작이 심상치 않은 내 기색을 알아채고 물었다. "무슨 일입니까?" 나는 다급하게 손을 흔들어 조용히 하라는 신호를 보냈다. 에릭이 아직 우리가 고문실에 들어온 사실을 모를 수도 있었기 때문이다.

하지만 그렇다고 해도 달라질 것은 없었다. 아무래도 고문실은 침입자를 자동으로 쫓아내기 위해 고안된 것 같았다. 즉 고문이 자동으로 시작되는 것이다. 우리가 어떤 행동을 하면 고문이 시작될지 짐작도 할 수 없었다.

나는 자작을 계속 조용히 시켰다. 무거운 침묵이 우리를 짓눌렀다. 등불의 붉은 빛을 받아 고문실이 서서히 모습을 드러내기 시작했다. 너무나 익숙한 그 모습 그대로였다!

제 23 장

고문실

―페르시아인의 기록 II

우리는 육각형으로 만들어진 작은 방 한가운데에 서 있었다. 여섯 개의 벽면은 꼭대기부터 바닥까지 온통 거울로 덮여 있었다. 벽이 서로 만나는 모서리에 거울의 접합 부분이 뚜렷하게 드러났다. 거울을 작동시키기 위해 만들어놓은 것이 분명했다. 그렇다. 나는 그 장치들을 알아볼 수 있었고, 구석에 서 있는 쇠로 된 나무도 알아볼 수 있었다. 사람을 목매달기 위한 나뭇가지가 달린 쇠로 된 나무…… 나는 옆에 서 있는 자작의 팔을 움켜잡았다. 샤니 자작은 온몸을 떨고 있었다. 그는 약혼녀에게 자신이 구하러 왔다는 사실을 소리쳐 알리지 못해 안달했다. 나는 자작이 스스로를 억제하지 못하고 소리를 지르면 어쩌나 두려울 뿐이었다.

갑자기 왼편에서 무슨 소리가 들렸다. 누군가가 옆방에서 문을 열었다가 닫는 것 같았다. 곧이어 희미하게 신음 소리가 들려왔다. 나는 샤니 자작의 팔을 더욱 세게 움켜잡았다. 바로 그 순간, 사람의 목소리가 방 안에 울려퍼졌다. "선택을 하시오! 결혼 미사 아니면 장례 미사, 둘 중 하나요!"

나는 그 목소리를 알아들을 수 있었다.

또다른 신음 소리가 들려온 뒤 다시 오랜 침묵이 흘렀다. 아직까지 에릭은 우리가 자신의 집 안에 들어왔다는 사실을 모르고 있는 것이 분명했다. 그 사실을 알고 있었다면, 우리가 엿듣도록 내버려두지 않았을 것이다. 말소리가 들리지 않게 하려면, 고문실이 내려다보이는 작은 창문을 닫기만 하면 되었다. 더구나 에릭이 우리의 존재를 눈치챘다면, 당장에 고문을 시작했을 것이다. 이건 우리가 에릭보다 유리하다는 뜻이었다. 우리는 에릭에게 들키지 않고 그에게 가까이 와 있었다. 계속 이 상태를 유지해야 했다. 나는 무엇보다도 샤니 자작이 경솔한 행동을 할까봐 두려웠다. 자작은 당장이라도 벽을 뚫고 나가 크리스틴 다에에게 달려가고 싶어했다. 그녀의 신음 소리가 일정한 간격을 두고 우리의 귀에까지 들려왔던 것이다.

"장례 미사는 결코 즐겁지 않소." 에릭의 목소리가 다시 들려왔다. "그러나 결혼 미사는 정말 굉장할 것이오! 내 말을 믿어요. 빨리 결정을 내리고 당신의 마음을 알려주시오! 더이상 이런 식으로 살기는 싫소. 땅속의 두더지 같은 꼴은 싫단 말이오! 〈승리한 돈 후안〉도 마침내 완성했소. 나도 이제 다른 사람들처럼 평범하게 살고 싶소. 보통 사람처럼 아내를 얻어 일요일에는 함께 외출을 하고 싶단 말이오. 흉악한 내 얼굴을 가리고 보통 사람처럼 보일 수 있는 가면도 이미 만들어놓았으니, 거리를 활보하고 다녀도 사람들이 쳐다보지 않을 거요. 당신은 세상에서 가장 행복한 여자가 될 거요. 우리는 온 영혼을 다해 함께 노래를 부르며 기쁨에 취할 수 있을 거요. 오! 크리스틴, 울고 있구려! 나를 두려워하는 거요? 난 그렇게 나쁜 사람이 아니오. 제발 나를 사랑해주시오. 있는 그대로의 나를 사랑해준다면, 난 좋은 사람이 될 수 있소. 당신이 나를 사랑한다면 난 어린 양처럼 순해질 수 있을 거요. 당신이 원하는 것이라면, 무엇이든지 다 들어주겠소."

애틋한 사랑 고백이 끝나자, 곧 가슴을 에는 듯한 울음소리가 들려왔다. 그보다 더 절망적이고 비탄에 가득한 신음 소리는 들어본 적이 없었다. 샤니 자작과 나는 그것이 다름아닌 에릭의 울음소리라는 것을 깨달았다. 크리스틴은 공포에 질려 아무 말도 하지 못하고, 우리 앞에 놓인 벽 너머에 가만히 서 있을 뿐이었다. 에릭은 마침내 크리스틴 앞에 무릎을 꿇었다. 에릭의 울부짖음은 광활한 대양의 파도처럼 솟구쳤다 잦아들었다. 그리고 자신의 운명을 비통해하며 쉰 목소리로 세 번 외쳤다. "당신은 날 사랑하지 않는구려! 날 사랑하지 않아! 사랑하지 않아!" 에릭은 더욱 애처롭게 말했다. "왜 눈물을 흘리는 거요? 당신이 울면 내 마음이 아프다는 걸 잘 알면서!"

그리고 침묵이 이어졌다.

한동안 침묵이 이어지자, 우리는 새로운 희망을 품었다. 아마도 에릭이 크리스틴을 남겨둔 채 나간 모양이라고 생각했다. 그때부터 우리는 어떻게 하면 에릭에게 들키지 않고 우리가 왔다는 사실을 크리스틴에게 알릴 수 있을까 하는 궁리에만 몰두했다. 하지만 문은 어디에도 보이지 않았다. 크리스틴이 문을 열어주지 않는 한, 우리에겐 고문실을 빠져나갈 방법조차 없었다. 크리스틴을 도와주기 위해서는 먼저 크리스틴의 도움을 받아야 했다.

그런데 갑자기 요란한 벨소리가 울리면서 옆방의 침묵이 깨졌다. 벨소리는 다른 편 벽에서 들려오고 있었다.

"이런, 누가 왔나보군!" 에릭이 빈정대며 말했다. "이 시간에 대체 누구야? 크리스틴, 조금만 기다리시오. 세이렌에게 문을 열어주라고 말하고 올 테니." 그가 불길하게 웃으며 말했다. 문이 닫히는 소리가 들렸다. 발소리가 멀어지고 있었다. 그가 또 어떤 끔찍한 일을 저지를지 미처 생각할 여유가 없었다. 그때 우리에게는 오직 한 가지 생각밖에 없었다. 크리스틴이 벽 뒤에 혼자 남아 있다!

샤니 자작은 벌써 크리스틴을 부르고 있었다. "크리스틴! 크리스틴!"

우리가 옆방에서 말하는 소리를 모두 들을 수 있었기 때문에 당연히 크리스틴에게도 우리 목소리가 들릴 것이었다. 그럼에도 불구하고 자작은 몇 번이고 거듭해서 소리쳤다.

마침내 희미한 목소리가 들려왔다. "이런, 내가 꿈을 꾸나봐……"

"크리스틴, 크리스틴, 나요! 라울이 왔소!"

아무 대답이 없었다.

"오, 크리스틴! 제발 대답해줘요. 제발…… 혼자 있다면 내 말에 대답해봐요!"

크리스틴이 라울의 이름을 속삭였다.

"그래! 그래! 바로 나요! 꿈이 아니란 말이오! 크리스틴, 나를 믿어요. 내가 당신을 구해줄게요. 하지만 침착해요! 혹시 에릭이 오는 소리가 들리면 우리에게 알려주시오!"

"라울! 라울!"

라울은 크리스틴에게 꿈이 아니라고, 유령의 비밀 은신처를 아는 헌신적인 친구의 도움으로 그녀를 구하러 왔다고 말했다.

크리스틴은 라울에게 몇 번이고 같은 이야기를 하게 했다. 하지만 잠깐의 기쁨은 곧 더 큰 두려움으로 바뀌었다. 그녀는 라울에게 당장 도망가라고 재촉했다. 에릭이 숨어 있는 라울을 발견하면 주저 없이 죽일 것이라는 생각에 두려웠던 것이다. 그녀는 에릭이 자신에 대한 사랑 때문에 거의 미쳐 있는 상태라며, 만약 그녀가 신과 마들렌 성당의 신부 앞에서 자신의 아내가 되겠다고 하지 않으면 모든 사람을 다 죽이고 자신도 함께 죽겠다고 말했다. 크리스틴에게 주어진 시간은 다음날 밤 열한시까지였다. 크리스틴은 이제 결혼식과 장례식 중 하나를 선택해야만 했다. 또 에릭은 크리스틴이 전혀 이해할 수 없는 말을 중얼거렸다고 했다. "할 거요, 말 거요? 당신이 나와 결혼하지 않겠다면, 모두가 죽어서 땅에 묻히는 수밖에 없소!"

하지만 나는 그 말이 무엇을 의미하는지 단번에 알 수 있었다. 그것은 내가 생각하고 있는 끔찍한 상상과 꼭 들어맞는 협박이었다. "에릭은 지금 어디에 있소?"

내가 묻자, 크리스틴은 아마 집 밖으로 나간 것 같다고 말했다.

"확인해볼 수 있습니까?"

"아뇨. 손발이 묶여 있어요."

난감한 상황이었다. 우리 세 사람의 생명이 오직 크리스틴에게 달려 있는데 그녀의 손이 묶여 있다니! 우리가 어떻게 크리스틴에게 가서 밧줄을 풀어준단 말인가?

"그런데 두 분은 지금 어디 계신 거죠?" 크리스틴이 물었다. "이 방은 지난번에 말씀드린 대로 루이 필립식이에요. 문이 두 개가 있는데 에릭은 그중 하나를 통해서만 드나들어요. 다른 문은 한 번도 여는 걸 본 적이 없어요. 에릭은 절대로 그 문을 열지 말라고 했어요. 아주 끔찍하고 무서운 문이라고요. 고문실로 통한다고 하더군요!"

"크리스틴, 거기요! 우리가 바로 그 안에 있소!"

"고문실에 있단 말예요?"

"그래요. 하지만 문을 찾을 수가 없소."

"아, 내가 거기까지 기어갈 수만 있다면! 그러면 문을 두드려서 위치를 알려줄 텐데."

"그 문에 자물쇠가 달려 있습니까?"

"예, 달려 있어요."

내 생각에 크리스틴이 있는 쪽에서는 그 문 역시 다른 문들과 마찬가지로 열쇠로 열 수 있을 것 같았다. 하지만 우리 쪽에서는 스프링과 평형추로 작동하도록 고안되어 있을 것이었다. 스프링을 찾는 것은 매우 어려운 일이었다!

"다에 양, 무슨 수를 써서라도 문을 열어야 합니다!" 내가 말했다.

"하지만 어떻게요?" 불쌍한 아가씨는 울먹이며 물었다.

우리는 크리스틴이 자신을 묶고 있는 밧줄을 풀기 위해 안간힘을 쓰는 소리를 들을 수 있었다.

"우리가 이 방에서 빠져나가려면 속임수를 쓰는 수밖에 없을 것 같군요." 내가 말했다. "다에 양, 반드시 열쇠를 손에 넣어야 해요."

"열쇠가 어디에 있는지는 알아요." 크리스틴이 힘 빠진 목소리로 말했다. "하지만 너무 단단하게 묶여 있어서……"

크리스틴이 흐느끼는 소리가 들렸다.

"열쇠는 어디 있습니까?" 나는 샤니 자작에게 아무 말도 하지 말고 가만히 있으라고 손짓을 보냈다. 단 한순간도 허비할 틈이 없었다.

"옆방에요. 오르간 옆에 놓인 작은 가죽 지갑에 들어 있어요. 또다른 청동 열쇠와 함께 보관해두는데, 에릭은 그것을 만지지도 못하게 해요. 생명과 죽음의 열쇠라고 부르면서요. 오, 라울! 라울! 도망치세요! 이곳에서 일어나는 일은 모두 이상하고 끔찍할 뿐이에요. 에릭은 이제 곧 완전히 미쳐버릴 거예요. 그런데 당신이 고문실 안에 있다니요! 들어온 곳으로 어서 나가세요! 그 방을 고문실이라고 부르는 데는 틀림없이 그만한 이유가 있을 거예요!"

"크리스틴! 난 반드시 당신과 함께 나갈 거요. 아니면 차라리 함께 죽겠소!" 자작이 대답했다.

"분명 여기서 나가는 다른 길이 있을 거예요. 긴장을 늦추지 말고 그 방법을 꼭 찾아야 해요." 내가 속삭였다. "크리스틴, 그런데 왜 에릭이 당신을 묶었지요? 당신이 이 집에서 달아나지 못하리라는 것은 그도 잘 알 텐데!"

"제가 자살하려 했기 때문이에요. 어젯밤 에릭은 클로로포름에 취해 정신을 잃은 나를 이곳으로 데려왔어요. 그러고는 은행가에게 다녀온다며 밖으로 나갔죠. 난 에릭이 나가자마자 벽에다 머리를 찧기 시작했어요. 죽어버리고 싶었죠. 그런데 그만 에릭이 돌아와서 피투성이가 된 나를 본 거예요."

"오, 크리스틴!" 라울이 안타깝게 부르짖으며 흐느끼기 시작했다.

"그러자 에릭은 나를 묶었어요. 내일밤 열한시가 되기 전까지는 죽게 내버려둘 수 없다고 하더군요."

벽을 사이에 두고 나눈 우리의 대화는 내가 여기 다 옮길 수 없을 만큼 조심스럽고 단편적이었다. 우리는 말을 하다 삐걱거리는 소리나 발소리가 들린다고 생각되면 중간중간 멈추었다. 크리스틴은 이렇게 말했다. "아니에요, 그가 아니라고요! 에릭은 집 밖으로 나갔어요. 나간 게 확실해요! 에릭이 호숫가로 가는 소리를 들었어요."

"다에 양." 내가 제안했다. "에릭이 당신을 묶었다면, 풀어줄 수도 있을 거요. 당신을 풀어주도록 연기를 해봐요! 에릭을 구슬려봐요! 그는 당신을 사랑하고 있잖아요."

"아! 차라리 그 사실을 잊고 싶어요."

"에릭에게 미소를 지어 보이세요. 간청을 하라구요. 밧줄이 죄어서 너무 아프다고 말해보세요."

크리스틴이 다급하게 외쳤다. "쉿! 호수 쪽에서 무슨 소리가 났어요. 세상에, 에릭이에요! 제발 어서 달아나세요!"

"달아나고 싶어도 그럴 수가 없습니다." 나는 최대한 단호하게 말했다. "우리는 이 방에 갇혔어요. 고문실에 갇혔단 말입니다!"

"쉿!" 크리스틴이 또다시 속삭였다.

세 사람 사이에 침묵이 흘렀다.

느리고 무거운 발소리가 벽 뒤에서 들려왔다. 잠시 발소리가 멈추더니 다시 마루가 삐걱거렸다. 다음 순간, 커다란 한숨 소리와 함께 크리스틴의 비명이 들렸다.

에릭의 목소리가 들려왔다. "당신에게 이런 모습을 보여주게 되어 정말 미안하오. 난 괜찮소, 그래 보이지 않소? 이건 다 그 사람의 잘못이오! 그 사람은 왜 왔을까? 내게는 내 일이 있고, 다른 사람의 일 따위 관심 없단 말이오! 그 사람은 이제 다시는 누구에게도 참견하지 못할 거요. 세이렌의 실수였소." 또다시 더욱 크고 깊은 한숨 소리가 들렸다. 영혼의 가장 깊고 어두운 곳에서 울려오는 소리였다. "그런데 왜 비명을 질렀소, 크리스틴?"

"밧줄 때문에 아파서 그래요, 에릭."

"나는 당신이 내 모습을 보고 깜짝 놀라는 줄 알았소."

"에릭, 밧줄 좀 풀어주세요. 전 이미 당신한테 꼼짝없이 잡힌 몸 아닌가요?"

"또다시 자살을 시도하지 않겠다고 약속해주겠소?"

"당신이 내일밤 열한시까지 제게 시간을 주셨잖아요."

마루를 질질 끄는 발소리가 들렸다.

"결국 우리는 함께 죽게 될지도 모르겠군. 나도 당신만큼이나 죽고 싶소. 그래요. 나도 이 생활이 지긋지긋하오. 기다려요, 움직이지 말아요, 당신을 풀어주리다. 오! 나의 크리스틴, 만약 사랑스러운 당신의 입에서 '싫어요'라는 대답이 나온다면 모두 함께 끝나는 거요. 그렇군! 내일밤 열한시까지 기다릴 필요가 뭐 있겠소? 물론 더 장중하고 격식 있는 파멸이 되겠지. 난 항상 격식을 중요하게 생각했으니까. 하지만 유치한 것일 뿐이오. 오직 우리의 죽음에 대해서만 생각하고 준비하면 되는 것이오. 나머지 일들이 무슨 상관이 있단 말이오?

나를 빤히 쳐다보고 있군! 내가 흠뻑 젖어서 그렇소? 오, 내 사랑,

밖에 나가지 말았어야 했소. 밖에는 지금 엄청난 비가 퍼붓고 있어요. 오, 크리스틴, 나는 환각에 사로잡힌 것이 아닌가 생각했었소. 방금 여기까지 와서 세이렌과 만난 사람 말이오. 지금은 호수 바닥에서 남의 일에는 상관하지 않겠지만. 그자가 누굴 닮은 것 같은데…… 자, 뒤로 돌아보시오. 이제 됐소? 이제 풀렸어요. 오, 불쌍한 크리스틴. 이 손목 좀 봐. 내가 당신에게 상처를 입힌 거요? 그것만으로도 나는 죽어 마땅하오. 아 참, 그 사람을 위해 장송곡을 불러줘야겠구려."

마지막 말을 듣는 순간, 나는 끔찍한 고통에 사로잡혔다. 나 또한 호수를 통해 에릭의 은신처로 들어오려다가 나도 모르게 경보음을 울린 적이 있었다. 검은 잉크처럼 새카만 물 위로 불쑥 솟아올랐던 두 팔이 떠올랐다. 어떤 불쌍한 친구가 나처럼 호수에 잘못 들어선 걸까?

그의 운명을 생각하니 크리스틴을 내세운 계책을 꼭 성공시켜야 한다는 생각이 들었다. 자작이 내 귀에 대고 속삭였다. "풀렸어요." 그런데 우리가 듣고 있는 장송곡은 누굴 위한 것일까?

숭고하면서도 오싹한 음악이 흘러나왔다. 집 전체가 음악으로 가득 찼다. 땅이 몸서리쳤다. 우리는 거울 벽에 귀를 갖다 대고 우리를 구하려는 크리스틴 다에의 소리를 들으려 했지만, 죽은 자 혹은 지옥에 떨어진 자를 위한 음악 말고는 아무 소리도 들리지 않았다. 땅속에서 악마들이 신이 나 돌아다니는 게 느껴졌다. 에릭은 천둥의 신처럼 웅장한 목소리로 〈디에스 이레〉를 불렀다. 그 목소리는 폭풍처럼 우리를 감싸안았다. 마치 사방에서 천둥이 울려대는 것처럼 우리를 압도하는 게 느껴졌다. 마젠데란의 궁전에서도 그 음악을 들어본 적이 있었다. 궁전 벽에 붙어 있던, 사람 머리를 한 황소들이 그와 함께 노래하는 것 같았다. 하지만 그때도 지금과 같은 느낌은 아니었다. 에릭은 천둥의 신처럼 노래하고 있었다.

그런데 갑자기 오르간 소리와 노랫소리가 뚝 끊겼다. 목을 조르는 듯한 침묵에 샤니 자작과 나는 몸을 움찔하며 건너편 벽 쪽으로 물러났다. 강철처럼 차가운 에릭의 목소리가 들려왔다. "크리스틴, 내 열쇠 어디 있소?"

제 24 장

열대 지옥

—페르시아인의 기록 III

성난 목소리가 다시 다그쳤다. "내 열쇠 어디 있소? 당신이 가져갔군! 그것 때문에 밧줄을 풀어달라고 애원했던 거였어." 급하게 달려가는 발소리가 들려왔다. 크리스틴이 숨을 곳을 찾아 루이 필립식 방 뒤쪽으로 도망치는 것 같았다. 우리에게 더 가까운 피난처를 찾는 모양이었다.

"도대체 왜 도망치는 거요?" 분노에 찬 목소리가 크리스틴의 뒤를 따라갔다. "열쇠를 돌려주시오, 어서! 그것이 생명과 죽음의 열쇠란 사실을 알잖소!"

"제 말을 들어보세요, 에릭." 크리스틴이 한숨을 쉬며 말했다. "우리가 앞으로 함께 살 거라면, 제가 이것을 갖고 있는 게 무슨 상관이죠? 당신이 갖고 있는 건 곧 제 것이기도 하잖아요."

크리스틴의 떨리는 목소리에 나는 가슴이 아팠다. 불쌍한 소녀는 공포를 이겨내는 데 남은 힘을 모두 짜내고 있는 것이 틀림없었다. 하지만 악마는 그녀의 순진한 계책과 더듬거리는 말에 속아넘어가지 않았다.

"도대체 그 열쇠 두 개로 뭘 하겠다는 거요?"

"저 방을 들여다보고 싶어요. 지금까지 한 번도 보여준 적 없잖아요. 여자들의 어리석은 호기심 같은 거예요!" 크리스틴은 마치 장난을 쳤다는 듯이 애써 농담 섞인 말투로 변명을 했다. 하지만 에릭을 속이기에 크리스틴의 변명은 너무나 궁색했다.

"나는 호기심 많은 여자는 좋아하지 않소." 에릭이 쏘아붙였다. "당신도 '푸른 수염' 이야기를 명심하는 것이 좋을 거요. 자, 내 열쇠를 돌려줘요! 어서 돌려달라니까! 호기심 많은 아가씨!"

에릭의 웃음소리에 이어 크리스틴의 고통스러운 비명 소리가 들려왔다. 에릭이 강제로 열쇠를 빼앗은 것이 틀림없었다.

비명 소리를 들은 자작은 더는 참기 힘들다는 듯 분노의 신음을 내뱉고 말았다. 내가 미처 그의 입을 막을 새도 없었다.

"이게 무슨 소리지? 당신도 들었소, 크리스틴?"

"아뇨, 무슨 소리를 들었단 거예요?" 가엾은 크리스틴이 말했다. "아무 소리도 못 들었어요."

"분명히 고함 소리를 들은 것 같은데."

"고함 소리요? 에릭, 당신 미쳤어요? 나 말고 고함을 지를 사람이 여기 누가 있어요? 당신이 나를 아프게 하니까 내가 방금 비명을 질렀잖아요. 그러고는 아무 소리도 들리지 않았어요."

"크리스틴, 당신 말하는 게 이상하군. 왜 그래요? 아, 떨고 있군. 굉장히 불안해하는 것 같아. 당신 거짓말을 하고 있군! 나는 분명 고함 소리를 들었소. 고문실에 누가 있는 게 분명해. 아하, 이제야 알겠군!"

"그 안에는 아무도 없어요, 에릭!"

"이제 알겠어."

"아무도 없다니까요!"

"당신이 결혼하고 싶어하는 그 남자가 있겠지!"

"나는 아무하고도 결혼하고 싶지 않아요. 당신도 알잖아요."

또다시 심술궂은 웃음소리가 들렸다. "좋아, 사실을 알아보는 건 아주 간단한 일이지. 사랑하는 크리스틴, 고문실을 보고 싶다고 했소? 그렇다면 문을 열어볼 필요조차 없소. 자, 여기를 보시오! 만약 누군가가 저 안에 있다면, 정말로 고문실 안에 누군가가 있다면, 천장 가까이 있는 작은 유리창을 통해 빛이 들어올 거요. 창문을 가리고 있는 검정 커튼을 걷고 이곳의 불을 끄기만 하면 되지. 자, 이제 불을 끕시다! 당신 곁에 소중한 남편이 있으니 어둠이 무섭지는 않겠지."

그러자 두려움에 가득 찬 크리스틴의 목소리가 들려왔다. "그만둬요! 무서워요! 말했잖아요, 어둠은 싫다구요! 저 방 따윈 관심 없어요. 당신이 절 어린아이 취급하며 겁을 줬잖아요. 당신이 맞아요. 제 호기심이 지나쳤어요. 이제 됐어요. 보고 싶지 않아요!"

그때 내가 무엇보다도 두려워하던 일이 자동으로 시작되었다. 우리는 갑자기 빛의 홍수에 휩싸였다. 샤니 자작은 너무 놀란 나머지 비틀거리며 뒤로 물러섰다.

에릭의 성난 목소리가 으르렁거렸다. "보라고! 내가 저기 누가 있다고 했잖소! 저 창문이 보이오? 바로 위쪽에 있는 빛나는 창문 말이오. 물론 유리창 너머에 있는 사람은 이쪽을 볼 수 없소. 하지만 당신은 볼 수 있지. 사다리를 올라가보시오. 고문실 안이 보일 테니. 저기에 사다리가 있는 것도 바로 그 때문이었소! 당신은 종종 그 이유를 물어보았지. 마침내 이유를 알 수 있게 되었구려. 자, 이제 저 안을 들여다보시오, 호기심 많은 아가씨!"

"고문이라니, 무슨 뜻이에요? 에릭, 에릭! 나를 겁주려고 그러는 거죠? 어서 말해봐요, 에릭. 나를 사랑한다면 말예요. 그냥 꾸며낸 이야기라고 말해요."

"크리스틴, 저리로 올라가서 직접 안을 들여다보시오!"

나는 그때 자작이 어떤 상태였는지 알 수 없다. 그가 크리스틴의 고통에 찬 간청을 과연 들었는지도 잘 모르겠다. 그는 눈앞에 펼쳐진 현기증 나는 빛줄기에 정신을 빼앗기고 말았던 것이다. 나로 말하자면, 그러한 광경은 마젠데란의 장밋빛 시절에서 이미 작은 창문을 통해 여러 번 보았었다. 그래서 앞으로 어떻게 해야 할지, 어떤 결정을 내려야 할지 그 실마리를 얻기 위해 옆방에서 들려오는 말소리에 정신을 집중할 수 있었다.

"가서 보란 말이오! 자, 그 작자가 잘생겼는지 내게 말해주시오!"

벽에 사다리를 걸치는 소리가 들려왔다.

"어서 올라가요. 왜 그러고 있는 거요? 싫소? 그렇다면 내가 먼저 올라가겠소!"

"좋아요! 올라가겠어요. 가겠다구요!"

"오, 내 사랑스러운 사람, 내 사랑! 정말 다정도 하구려. 늙은 내가 힘든 일을 할까봐 걱정해주다니. 자, 그 작자가 어떻게 생겼는지 말해주시오! 코가 잘생긴 미남인가? 얼굴에 온전한 자기 코가 있다는 게 행복이라는 걸 아는 사람이라면 고문실 주변을 돌아다니진 않을 텐데!"

바로 그 순간, 머리 위에서 또렷한 말소리가 들려왔다. "아무도 없어요!"

"아무도 없다고? 확실하오?"

"네. 아무도 없다니까요!"

"좋소! 그런데 무슨 일이오, 크리스틴? 안색이 창백해 보이는구려. 안에 아무도 없다면서요? 자, 어서 내려와요, 내려오라구! 안에 아무도 없다고 하지 않았소! 그런데 방 안 풍경은 마음에 들었소?"

"네, 참 좋군요."

"그것 잘됐군. 이제 기분이 좀 좋아졌겠지? 그렇지 않소? 이제는 몸을 떨지도 않는군. 멋지지 않소? 저런 풍경을 다 볼 수 있다니."

"그래요. 그레뱅 박물관의 밀랍인형관 같아요. 그런데 에릭, 고문 도구 같은 것은 없던데요? 저를 놀라게 하려고 그런 거죠?"

"정말…… 안에 아무도 없었소?"

"당신이 직접 만들었나요? 정말 멋있어요. 당신은 굉장한 예술가예요."

"암, 그렇고말고. 정말 위대한 예술가지."

"그런데 에릭, 저 방을 왜 고문실이라고 부르는 거예요?"

"오, 그건 아주 간단하오. 설명해주지. 하지만 먼저, 방 안에서 무엇을 보았소?"

"숲을 보았어요."

"그럼 숲속에 무엇이 있던가?"

"나무들이요."

"보통 나무에는 무엇이 있지?"

"새들이요."

"그래, 새들을 보았소?"

"아니요, 새라고는 한 마리도 보지 못했어요."

"그럼 무엇을 보았소? 생각해봐요! 나뭇가지들을 보지 않았소? 그 가지 중 하나는……" 에릭이 기분 나쁘게 말했다. "그것은 교수대요! 그 나뭇가지 때문에 나의 숲은 고문실이라고 불리는 거고…… 아니, 아니오. 잊어버리시오. 내 말은 모두 농담이었소. 당신도 알다시피 난 다른 사람들과 달리 감정 표현이 좀 서툴지 않소? 이제 정말이지 이런 모든 일에 넌더리가 난다오. 집 안에 숲이나 고문실 따위를 가지고 있는 것도, 속임수가 가득한 집에서 사기꾼처럼 사는 것도 모두 지긋지긋해요. 나도 다른 사람들처럼 멋지고 조용한 집을 갖고 싶소. 평범한 문과 창문이 있는 집 말이오. 사랑스러운 아내가 나를 기다리고 있는 집, 일요일이면 함께 외출을 하고 일주일 내내 즐거워하는 아내가 있는 집, 나는 왜 그런 집을 가질 수 없는 것일까? 자, 내가 카드로 요술을 좀 부려볼까? 내일밤 열한시가 되려면 아직 멀었으니 무료한 시간을 보내는 데 도움이 좀 될 거요. 크리스틴! 내 말 듣고 있소? 당신은 내 모습에 더 익숙해진 것 같군. 어쩌면 날 사랑하게 될지도…… 아니지…… 당신은 나를 사랑하지 않아…… 하지만 상관없소! 결국은 날 사랑하게 될 테니. 처음에 당신은 내 가면 뒤에 얼마나 흉측한 몰골이 숨어 있는지 알고는 내 가면조차 제대로 쳐다보지 못했지. 하지만 지금은 가면 뒤의 얼굴을 다 잊어버려서 가면을 쳐다봐도 괜찮은 거야. 더이상 나를 밀어내지도 않고. 사람들은 금방 무언가에 익숙해지기 마련이지. 그러려는 마음만 있다면 말이야…… 결혼 전에는 서로 사랑하지 않다가도, 결혼한 뒤에 뜨거운 애정을 갖게 되는 경우가 얼마나 많소! 세상에…… 내가 지금 무슨 말을 지껄이고 있는 거지! 하지만 크리스틴, 나와 함께 살면 정말 재미있을 거요. 나 같은 사람은 이 세상에 또 없소. 맹세코! 우리 결혼을 축복해줄 신께 맹세하지. 당신만 생각을 바꾸면 돼. 난 정말 특별한 사람이오. 예를 들면, 나는 뛰어난 복화술사이기도 하오. 세상에서 가장 뛰어난 복화술을 익혔지. 웃는구려. 내 말을 믿지 않는 모양이지? 자, 들어봐요."

실제로 에릭은 세계 최고의 복화술사였다. 지금 이 불쌍한 괴물에게는 오직 여자의 주의를 고문실에서 돌려보려는 생각밖에 없었다. 하지만 그러한 노력은 아무런 소용이 없었다. 크리스틴은 고문실 안에 갇혀 있는 우리에게만 정신이 팔려 있었던 것이다.

그녀는 최대한 다정한 태도를 보이면서 몇 번이고 에릭에게 간청했다. "불을 끄세요, 에릭. 제발 저 창문으로 들어오는 불을 좀 꺼주세요."

크리스틴은 에릭이 아까 위협적으로 한 말을 통해, 갑자기 나타난 창문의 불빛이 어떤 끔찍한 일을 의미하는지 알고 있었다. 그러나 한 가지 점에서 크리스틴은 잠깐이나마 마음을 놓을 수 있었다. 강렬한 빛의 한가운데에서도 우리가 무사히 살아 있다는 것을 눈으로 확인한 것이다. 게다가 불까지 꺼버린다면 좀더 안심할 수 있을 것이 틀림없었다.

한편, 에릭은 이미 복화술을 시작했다. "자, 내 가면을 조금 들어올리겠소. 아니, 아주 조금만. 내 입술이 보이시오? 이게 내 입술이오. 전혀 움직이지 않지. 나는 입을 꼭 다물고 있소. 그런데도 당신은 내 목소리를 듣고 있소. 나는 지금 위(胃)로 말하고 있는 거요. 속임수가 아니라, 아주 자연스러운 거지! 이게 바로 그 유명한 복화술이오. 내 목소리를 들어보시오. 어디서 들리는 소리일까? 당신의 왼쪽 귀에서? 아니면 오른쪽 귀에서? 책상 위? 벽난로 위에 놓인 작은 검은색 상자 속에서? 멀리서 듣고 싶소? 가까이에서? 크게 들려줄까? 고음으로? 아니면 비음으로? 내 목소리는 어디로든 갈 수 있어요. 들어봐요, 내 사랑. 자, 크리스틴, 오른쪽에 있는 작은 상자에 귀를 대봐요. 무슨 소리가 들리오? '나는 전갈이에요, 나를 돌려보세요.' 그리고 이제 짠! 왼쪽에 있는 작은 상자에서는 무슨 소리가 들리오? '나는 메뚜기예요. 나를 돌려보세요.' 그리고 짠! 여기 작은 가죽 지갑이 있소. 여기서는 무슨 소리가 들리지? '나는 생명과 죽음의 열쇠다!' 그리고 짠! 이제 이 소리는 카를로타의 목 안에 있소. 카를로타의 황금 같은 목소리, 수정같이 맑은 목소리 속에 살아 있단 말이오! 뭐라고 말하지? '나는 두꺼비. 나는 노래하지! 나른한 목소리가 들리니…… 꽤-액. 나는 두렵지 않아…… 꽤-액!' 아이고, 이런! 이제 이 소리는 유령의 박스석 의자 위에 있소. 그리고 이렇게 말한다오. '저 여자의 노랫소리 때문에 샹들리에가 무너지겠군!' 이제 에릭의 목소리는 어디에 있을까? 들어봐요! 크리스틴! 내 사랑! 내 말 좀 들어봐요! 지금은 고문실 문의 안쪽에 있소! 잘 들어요. 고문실 안에 들어간 내 목소리를! 뭐라고 말을 할까? '진짜 코를 가진 자들에게 재앙이 있을지어다. 고문실을 엿본 자들에게 고통이 있을지어다! 하, 하, 하!'"

복화술사의 소름끼치는 목소리는 어느 곳에서나 들려왔다. 작은 유리창을 통해서도 들려왔고 벽을 뚫고 들어오기도 했다. 우리의 주위를 맴돌았으며 우리 사이를 파고들었다. 에릭은 바로 우리 옆에 있었다. 우리에게 이야기하고 있었다! 우리는 마치 에릭에게 덤벼들 듯 몸을 날렸다. 하지만 바람보다도 더 빠르게 에릭의 목소리는 벽 뒤로 사라져버렸다.

곧 우리 귀에는 아무런 소리도 들리지 않았다. 하지만 나중에 알게 된 사실에 의하면 이런 일이 벌어지고 있었다.

"에릭! 에릭! 당신 목소리 때문에 정신이 없어요. 그만하세요. 에릭! 그런데 갑자기 너무 더운 것 같지 않아요?" 크리스틴이 말했다.

"오, 그렇군. 굉장히 덥구려." 에릭이 대답했다. "참을 수 없을 만큼 덥구려!"

"왜 이렇게 더운 거죠? 벽이 뜨거워요! 벽이 빨갛게 달아올랐어요!"

"크리스틴, 이유를 말해주리다. 그것은 옆방에 있는 나무들 때문이오."

"이곳이 더운 것과 그 방이 무슨 상관이 있나요? 나무들 때문이라니요?"

"오, 크리스틴. 당신은 저 방의 나무들이 콩고의 숲이라는 것을 눈치채지 못했소?" 그렇게 말한 괴물은 소름끼치게 웃어대기 시작했다. 그 소리가 너무나 크고 끔찍해서 우리는 크리스틴이 지르는 비명 소리조차 알아들을 수가 없었다.

샤니 자작은 미친 사람처럼 고함을 지르며 주먹으로 벽을 치기 시작했다. 내 힘으로는 그를 말릴 수가 없었다. 밖에서는 여전히 괴물의 웃음소리만 들려왔다. 에릭 자신도 다른 소리는 들을 수 없었을 것이다. 얼마 후 누군가가 쓰러지는 소리가 들리더니 질질 끌고 가는 소리가 났다. 곧이어 문이 쾅 닫히고 사방이 고요해졌다. 우리는 완전한 정적 속에 놓였다. 아프리카 밀림의 한가운데, 한낮의 열기와 침묵 외에는 아무것도 남아 있지 않았다.

제 25 장

지하실의 화약통

─페르시아인의 기록 IV

통 삽니다! 통이오! 오래된 통 아무거나요. 파실 통 없습니까?

앞서 말한 대로 샤니 자작과 내가 감금된 방은 육각형으로 되어 있었다. 그리고 여섯 개의 벽면은 온통 거울로 둘러싸여 있었다. 이렇게 거울로 만들어진 방은 주로 박람회장 같은 곳에서 흔히 볼 수 있는 것으로 보통 '거울 홀' '환상의 궁전'이라고 불린다. 하지만 그것은 에릭의 독창적인 발명품이었다. 마젠데란의 장밋빛 시절에서 에릭이 최초의 유리방을 만드는 광경을 두 눈으로 직접 본 적이 있었다. 그가 만든 유리방 한쪽 구석에 기둥을 세워놓으면 곧 수천 개의 기둥 숲이 만들어졌다. 사방을 둘러싼 거울들 때문에 방 하나가 마치 여섯 개의 방처럼 보이고, 여섯 개의 반사된 방은 또다시 반대편 거울에 반사되어 무한히 많은 방을 만들어내는 데서 비롯되는 현상이었다. 에릭이 그 '무한의 사원'을 만든 건 어린 왕비를 즐겁게 해주기 위해서였다. 하지만 어린 왕비는 그 유치한 환상 놀이에 금방 싫증을 냈고, 에릭은 자신의 발명품을 고문실로 개조해버렸다. 그리고 한쪽 구석에 놓여 있던 예술적인 조각품을 치우고, 쇠로 만든 나무를 세웠다. 그럴듯하게 색칠한 나뭇잎까지 달린 그 나무는 완벽할 정도로 살아 있는 나무와 비슷했다. 다만 고문실에 갇힌 불쌍한 희생자들이 어떤 공격을 가해도 끄떡없도록 쇠로 만들어졌다는 것이 특이하다면 특이한 점이었다. 거울에 비친 모습은 일순간에 두 개의 연속적인 다른 광경으로 변했다. 모서리마다 자동 회전 장치가 설치되어 있었기 때문이다. 세 부분으로 구성된 자동 회전 장치는 거울과 같은 각도를 이루고 있어서 회전축이 돌아갈 때마다 새로운 풍경을 만들어내곤 했다.

그토록 기묘하게 만들어진 방의 벽에 희생자들이 붙잡고 의지할 만한 것은 하나도 없었다. 단단하게 만들어진 쇠나무를 제외하면 온통 거울뿐이었다. 거울은 희생자들이 어떤 공격을 하더라도 견딜 수 있을 만큼 두껍고 단단했다. 더구나 희생자들은 보통 아무것도 몸에 지니지 않은 채 맨발로 방 안에 떨어지곤 했다. 방 안에는 당연히 가구 한 점 없었다. 천장은 밝게 빛났고, 경탄할 만큼 정교한 전기 난방 장치를 통해 방 안 온도를 마음대로 조절할 수 있었다. 그런 난방 장치는 요즘 들어서야 비슷한 것이 만들어지고 있다.

에릭은 간단한 물리적 현상을 이용해 색칠한 나뭇가지 몇 개로 열대의 태양 아래에서 무성하게 자라난 숲의 마술적인 환상을 만들어냈다. 혹시라도 이 글을 읽는 독자들이 내 정신 상태를 의심하거나, 내가 거짓말을 하거나 장난을 친다고 생각할지도 모르기 때문에 여기에 그 모습을 자세히 묘사하겠다.[*]

만약 내가 단순히 "우리는 지하실에 도달했고, 작열하는 한낮의 태양 아래에서 열대림을 가로질렀다"고 쓴다면 독자는 허술한 설명에 상황을 제대로 이해할 수 없을지 모른다. 나는 그런 건 원하지 않는다. 내 목적은, 한동안 프랑스 경찰이 조사했던 끔찍한 사건의 한가운데에서 자작과 내가 겪은 시련을 가능한 한 정확하게 독자에게 들려주는 것이기 때문이다.

이제 다시 우리가 처했던 상황에 대해 이야기하겠다.

천장에 불이 밝혀지고 우리를 둘러싼 숲이 나타나자, 자작은 엄청나게 놀랐다. 헤아릴 수 없을 만큼 많은 나무들과 사방으로

---

[*] 페르시아인이 이 글을 쓰던 당시를 생각하면, 독자들로부터 정신 상태를 의심받을지도 모른다는 사실에 신경을 쓰는 것도 당연했다. 하지만 에릭의 고문실과 같은 거울방을 흔하게 볼 수 있는 오늘날에는 페르시아인의 염려가 불필요하다.(원주)

뻗은 가지들이 빽빽이 들어선 밀림의 모습은 자작을 공포에 빠뜨렸다. 어서 빨리 이 악몽에서 벗어나려는 듯 자작은 손을 얼굴로 들어올리고는 자다 일어난 것처럼 눈을 깜빡였다. 한동안 자작은 아무 소리도 듣지 못했다.

이미 말했듯 밀림의 환상을 보고도 나는 전혀 놀라지 않았다. 나는 주위를 두리번거리며 옆방에서 들려오는 말소리에 열심히 귀를 기울였다. 그런데 특별히 내 주의를 끄는 것이 있었다. 그것은 눈앞에 펼쳐진 신비로운 광경이 아니라, 그 광경을 비추고 있는 거울 그 자체였다. 거울은 여기저기에 흠집이 나 있었다. 틀림없이 무언가에 긁힌 자국이었다. 굉장히 단단한 유리였음에도 불구하고 깊이 팬 자리도 있었다. 그것은 우리가 들어와 있는 이 고문실 안에서 벌써 누군가가 희생당한 적이 있음을 말해주고 있었다.

그렇다, 이미 어떤 불쌍한 희생자가 '치명적인 신기루'에 빠졌던 것이 분명했다. 그 사람은 마젠데란의 희생자들처럼 맨발이나 맨손은 아니었다. 방 안에는 그가 단단한 장화 끝으로 매끄러운 거울 위를 무수히 걷어차며 터뜨린 미칠 듯한 분노가 남아 있었다. 그리고 결국에는 예정된 순서에 따라, 나뭇가지에 스스로 목을 매고 참을 수 없는 고통의 시간을 끝내고 말았을 것이다. 그 불쌍한 희생자는 거울에 비친 수천 명의 사람이 자신과 더불어 죽어가는 광경을 보며 마지막 위안을 삼았을 것이다.

조제프 뷔케는 바로 이러한 일들을 모두 겪었던 것이다! 그 사람처럼 마침내 우리도 죽고 말 것인가? 나는 그렇게 생각하지 않았다. 우리에게는 아직 몇 시간의 여유가 있었으며, 나는 그 시간을 조제프 뷔케보다 훨씬 잘 활용할 것이기 때문이었다. 사실 나는 에릭의 속임수에 대해 모르는 게 거의 없었다. 나는 내가 알고 있는 모든 지식을 총동원하여 이 상황에서 탈출해야 했다.

우선 나는 처음에 우리가 들어왔던 통로로 되돌아나가려는 생각을 완전히 포기했다. 통로를 막고 있는 돌문을 움직여보려는 생각은 아예 접었다. 통로가 너무 높은 곳에 있었기 때문이다. 고문실 안에는 받침대로 쓸 만한 가구가 하나도 없었다. 쇠나무의 가지나 서로의 어깨를 빌린다 해도 턱없는 높이였다.

출구는 오직 하나뿐이었다. 에릭과 크리스틴이 있는 방! 하지만 크리스틴의 방 쪽에서 보면 너무나 또렷하게 보이는 문이 우리 쪽에서는 전혀 보이지 않았다. 그러므로 우리에겐 어디에 있는지도 모르는 문을 열기 위해 노력해야 한다는 과제가 남아 있었다.

에릭이 불쌍한 아가씨를 끌고 방에서 나가는 소리를 들었을 때, 나는 크리스틴 다에가 우리를 위해 문을 열어주리라는 희망이 완전히 사라졌음을 깨달았다. 에릭은 혹시라도 크리스틴이 고문을 방해할까봐 끌고 나간 것이었다. 나는 더이상 기다리지 않고 내 계획에 착수했다.

하지만 먼저 샤니 자작을 진정시켜야 했다. 자작은 벌써 정신 나간 사람처럼 뜻 모를 말을 중얼거리며 방 안을 걸어다니기 시작했다. 에릭과 크리스틴이 나눈 대화가 마침내 자작을 미치게 만들었던 것이다. 게다가 마법의 숲을 본 충격과 점점 뜨거워지는 열기 때문에 자작의 관자놀이에서 끝없이 땀방울이 흘러내렸다. 독자들은 그의 마음이 어땠을지 충분히 짐작하고도 남을 것이다. 나는 자작을 진정시키려 노력해보았지만 소용없었다.

그는 하릴없이 방 안을 서성대더니, 먼 곳으로 이어지는 오솔길을 따라 자기 상상에나 존재하는 곳으로 가려는 듯 달리다가 거울에 이마를 부딪치곤 했다.

그는 내내 크리스틴의 이름을 부르며 총을 휘둘렀고, 유령에게, 음악 천사에게 큰 소리로 결투를 신청하면서 허깨비 숲에 대고 맹세를 늘어놓았다. 이미 그의 머릿속에서 고문이 시작된 것이다. 나는 불쌍한 자작의 정신을 돌아오게 하기 위해 갖은 노력을 다했다. 거울과 쇠나무를 손으로 직접 만져보게 하고 착시 현상과 우리를 둘러싼 환상에 대해서도 알아듣게 설명해주었다. 그리고 다른 평범하고 무지한 사람들처럼 이런 속임수에 희생되어서는 안 된다고 타일렀다.

"우리가 있는 곳은 아주 평범한 방이오. 아주 작은 방에 불과해요. 계속해서 자신에게 그 사실을 일깨워요. 문을 찾는 대로 이 방을 나가게 될 거요. 난 지금 그 문을 찾아야 하오." 나는 자작과 한 가지 약속을 했다. 만약 자작이 소리를 지르거나 이리저리 돌아다니면서 나를 방해하지만 않는다면, 한 시간 안에 문의 속임수를 알아내겠다는 것이었다.

자작은 마침내 시원한 숲속에 들어온 사람처럼 바닥에 드러누워버렸다. 그리고 내가 출구를 찾을 때까지 얌전히 기다리겠노라고 말했다. 그것밖에는 달리 할 일도 없었기 때문이다. 자작은 이런 말도 했다. "이렇게 바라보니 정말 멋진 광경이군!" (내가 그토록 설명했음에도 불구하고 자작은 여전히 고문실의 환상에서 벗어나지 못하고 있었다.)

밀림의 환상 따위는 완전히 무시한 채 나는 거울 위를 더듬어가기 시작했다. 문의 회전 장치가 있는 지점을 찾기 위해 사방을 손가락으로 눌러보았다. 에릭의 장치는 보통 그런 식으로 설치되어 있었다. 거울 위의 자그마한 흠집에 불과할지도 몰랐다. 분명히 완두콩보다도 작은 점 아래에 문을 열 수 있는 스프링이 감춰져 있을 것이었다. 나는 계속해서 찾아나갔다. 그리고 내 손이 닿는 곳이라면 모든 곳을 더듬어보았다. 에릭은 나와 키가 비슷하니 그보다 더 높은 곳에 스프링을 감추지는 않았을 터였다. 어디까지나 가정에 불과했지만 그게 내 유일한 희망이었다. 나는 여섯 개의 거울을 차례로 차근차근 살펴본 다음 바닥을 면밀히 들여다보기로 결정했다.

최대한 정신을 집중하고 끝없이 이어지는 거울을 더듬어가면서, 나는 단 한순간도 쓸데없이 낭비하지 않으려고 노력했다. 방 안의 열기는 벌써 참을 수 없을 만큼 뜨거워지고 있었다. 서둘러야겠군, 이러다 산 채로 통구이가 되겠어.

삼십 분가량이 지나 거울 세 개를 살펴봤을 때였다. 자작이 안타깝게 중얼거리는 소리에 나는 뒤를 돌아보았다.

"질식해 죽을 것 같소. 사방에 있는 거울에서 지옥의 열기가 뿜어져나오고 있어요! 얼마나 더 있어야 스프링을 발견할 것 같소? 이대로 있다간 산 채로 익어버릴 거요!"

자작이 이렇게 말하는데도 나는 기분이 상하지 않았다. 오히려 자작이 밀림에 대해서는 한마디도 하지 않은 것이 다행스러웠다. 그의 이성이 아직은 고문을 견뎌내고 있다는 걸 알 수 있었다. 자작은 또다시 외쳐댔다. "그 괴물이 내일밤까지 크리스틴을 살려둔다고 해도 무슨 소용이 있단 말인가! 우리는 이곳에 갇혀서 나갈 수도 없는데. 어쩌면 크리스틴보다 먼저 죽을지도 모르겠군. 에릭은 우리를 위해 장송곡을 연주하겠지!" 자작은 뜨거운 한숨을 내쉬었다. 열기 때문에 거의 기절할 것 같았다.

자작처럼 순순히 죽음을 받아들이며 절망에 빠질 수는 없었다. 나는 자작에게 용기를 내라고 말해주고는 다시 거울로 몸을 돌렸다. 그러다 몇 발짝 걸음을 옮기는 실수를 범하고 말았다. 환상적인 밀림의 혼란 속에서 나는 그만 방금 어느 거울을 확인했는지 찾을 수 없게 되어버린 것이다! 처음부터 다시 시작하는 수밖에 없었다.

나는 실망감을 감추지 못했고, 자작은 곧 그 이유를 알아차렸다. 그러자 그는 또다시 큰 절망에 빠졌다. "우리는 결코 이 숲에서 벗어나지 못할 거야." 그가 신음했다. 그의 절망은 점점 더 커져만 갔다. 결국 우리 앞에 있는 것이 거울이라는 점을 망각했다. 우리가 진짜 숲속에 있다고 확신한 것이다.

그러는 동안에도 나는 다시 스프링을 찾고 있었다. 이제는 열기가 나를 옥죄어와 더이상 아무것도, 정말 아무것도 찾을 수가 없었다. 옆방에서는 여전히 아무 소리도 들려오지 않았다. 우리는 완전히 밀림 속에서 길을 잃어버린 셈이었다. 출구도, 나침반도, 안내자도, 다른 어떤 것도 없었다. 오, 만약 이대로 아무런 도움도 받지 못하면, 혹은 스프링을 찾아내지 못한다면, 우리에게 어떤 일이 닥치게 될지 나는 너무도 잘 알고 있었다. 하지만 방향을 잃은 내 눈에는 곧게 뻗은 아름다운 나무와 머리 위로 우아하게 늘어진 잎사귀밖에는 보이지 않았다. 물론 무성한 나무 아래에는 그늘 한 점 없었다. 우리가 있는 곳은 한낮의 태양이 바로 머리 위에서 내리쬐는 콩고의 열대 밀림이었으니 그늘이 없는 것도 당연했다.

샤니 자작과 나는 계속해서 외투를 벗었다 입었다 하면서 어쩔 줄 몰라했다. 외투 때문에 더 더운 것처럼 느껴지다가도, 막상 벗으면 타는 듯한 열기로부터 외투가 피부를 보호해주는 것처럼 생각되었기 때문이다. 나는 여전히 정신을 잃지 않으려고 애썼다. 하지만 샤니 자작은 완전히 돌아버린 것 같았다. 마치 삼 일 밤낮을 쉬지 않고 크리스틴을 찾아 숲속을 헤매고 다닌 사람처럼 행동했다. 이따금 자작은 나무 뒤쪽이나 나뭇가지 사이에서 크리스틴을 보았다고도 했다. "크리스틴! 왜 나한테서 도망가는 거요? 나를 더이상 사랑하지 않는 거요? 나와 약혼하기로 약속하지 않았소? 크리스틴, 나를 기다려요! 내가 얼마나 지쳤는지 보이지 않소? 크리스틴, 나를 불쌍히 여겨주오! 여기 이 숲에서 혼자 죽고 싶지 않소!" 자작이 크리스틴의 이름을 애타게 부르는 모습은 눈물겨웠다.

자작은 마침내 미친 듯이 외쳤다. "목말라 죽을 것 같아!"

나도 몹시 목이 말랐다. 목구멍에서 불이 나는 듯한 통증이 느껴졌다.

그러나 나는 마루 위를 기어다니며 보이지 않는 출구를 열기 위한 스프링을 계속해서 찾았다. 저녁이 될 무렵까지 밀림 속에서 방황하는 것은 너무나 위험한 일이었다. 그러나 벌써 밤의 그림자가 우리를 둘러싸고 있었다. 밤은 아주 빨리 찾아왔다. 열대지방의 저녁은 그토록 짧았다. 어둑어둑해지자마자 느닷없이 어둠이 밀어닥치는 것이다.

열대의 숲에서 밤은 언제나 위험하다. 더구나 우리처럼 맹수를 쫓아낼 만한 무기나 불조차 가지고 있지 않은 상태에서는 더욱 그러했다. 한순간 나는 눈앞의 나뭇가지를 꺾어 불을 붙이려고 했다. 하지만 단단한 거울에 머리를 박았을 뿐이었다. 문득 눈앞에 보이는 나뭇가지가 환상에 불과하다는 사실을 깨달았다.

해가 졌다고 해서 뜨거운 열기가 가시지는 않았다. 푸른 달빛 아래에서 공기는 오히려 점점 달아올랐다. 나는 자작에게 권총을 단단히 들고 언제라도 발사할 준비를 하라고 했다. 지금 서 있는 곳에서 멀리 가지 말라고는 당부도 했다. 그러면서도 스프링을 찾는 작업을 멈추지 않았다.

갑자기 얼마 떨어지지 않은 곳에서 사자의 울음소리가 들려왔다.

자작이 속삭였다. "오, 놈이 꽤 가까이 있소! 보이지 않소? 저기, 저 나무 사이요! 놈이 또다시 울부짖으면 총을 쏴버리겠소!"

그때 사자가 더욱 커다란 소리로 다시 울부짖었다. 자작은 총을 쏘았다. 그러나 사자를 맞혔을 리 없었다. 단지 거울을 쏘았을 뿐이었다. 다음날 새벽, 나는 그 탄흔을 볼 수 있었다. 그날 밤 우리는 상당한 거리를 헤매고 다녔던 것 같다. 갑자기 우리 앞에 광대한 사막이 펼쳐졌기 때문이다. 돌과 바위뿐인 막막한 사막이었다. 고작 사막으로 들어가려고 지금껏 숲을 헤맨 것인가. 결국 완전히 지쳐버린 나는 자작 옆에 쓰러지고 말았다. 찾을 만큼 찾았는데도 끝내 스프링을 발견할 수 없었다.

위험한 동물이 밤새 더는 나타나지 않았다는 것은 정말 다행스러운 일이었다(자작에게도 그렇게 말해주었다). 보통의 경우에는 사자가 나타난 다음 표범이 등장하고 체체파리*까지 달려들기도 하는데 말이다. 그런 소리들은 쉽게 흉내낼 수 있었다. 나는 자작에게 에릭이 한쪽 끝에 당나귀 가죽을 씌운 기다란 북을 이용해 사자 울음소리를 흉내내는 방법을 설명해주었다. 우선 악기의 현으로 북의 머리를 가로지른다. 그리고 그 줄과, 북의 몸통을 관통하는 줄을 연결시키는 것이다. 에릭은 단지 송진을 바른 장갑을 끼고 이 줄을 문지르기만 하면 되었다. 어떻게 줄을 문지르느냐에 따라 사자의 울음소리에서부터 표범 울음소

---

* 보츠와나 원주민의 말에서 유래된 것으로 '소를 죽이는 파리'라는 뜻이다. 수면병을 유발시키며 사하라 사막 이남의 아프리카에 분포한다.

리나 체체파리의 날갯짓 소리까지 완벽하게 모방할 수 있었다.

그런데 문득, 에릭이 옆방에서 이런 장난을 치고 있을 거라는 생각이 들었다. 나는 그와 협상을 벌이기로 결정했다. 이제 몰래 잠입해서 에릭을 붙잡겠다는 생각은 완전히 포기한 상태였다. 지금쯤이면 고문실에 갇힌 상대가 누구인지 에릭도 알고 있을 것이 분명했다. "에릭! 에릭!" 나는 사막을 향해 할 수 있는 한 큰 소리로 외쳤다. 하지만 아무런 대답도 들려오지 않았다. 우리를 둘러싸고 있는 것은 황폐한 사막과 무서운 침묵뿐이었다. 이토록 철저한 고독 속에서 결국 우리는 어떻게 될 것인가? 말 그대로 우리는 더위와 배고픔과 갈증 때문에 죽어가고 있었다. 특히 갈증이 심했다. 나는 샤니 자작이 팔을 들어 지평선의 어느 한 지점을 가리키는 것을 보았다. 드디어 오아시스를 발견한 것이다!

하지만 오아시스는 너무나 멀었다. 수정 같은 물이 고여 있는 오아시스 위에 쇠나무의 모습이 비쳤다! 그렇다! 그것은 신기루였다. 나는 그 사실을 단번에 알아차렸다. 이런 환상과 맞서 싸울 수 있는 사람은 아무도 없었다. 아무도…… 나는 정신을 잃지 않으려고 최대한 노력했다. 특히 물을 갈망하지 않으려고 애썼다. 일단 쇠나무가 비치는 그 물을 갈망하게 되면, 희생자들은 거울을 향해 몸을 던지고, 그후에는 오직 한 가지 일만 남게 된다는 것을 잘 알고 있었기 때문이다. 바로 쇠나무에 목을 매는 일이었다.

나는 샤니 자작에게 소리쳤다. "저것은 신기루일 뿐이오! 신기루! 물이 있다고 믿지 말아요! 저건 속임수일 뿐이에요!"

그러자 자작은 내게 입 닥치라고 소리쳤다. 속임수니 비밀 문이니 스프링이니 환상의 궁전이니 하는 것은 모두 진절머리가 난다는 것이었다! 자작은 성난 목소리로, 저기 빽빽하게 들어선 나무들 사이로 흘러내리고 있는 저 물이 진짜 물이 아니라니 내가 눈이 멀었거나 미쳐버린 것이 틀림없다고 말했다. 그 사막도 진짜 사막이라는 것이었다! 그에게는 숲도 진짜였다! 아무도 그를 설득할 수 없었다. 그는 이제 경험 많은 늙은 여행자가 되어 있었다. 벌써 전 세계를 돌아다닌 지친 여행자!

자작은 "물! 물!" 하고 소리치며 땅을 기어가기 시작했다. 마치 물을 받아 마시는 것처럼 입을 벌린 채였다.

나도 물을 마시는 것처럼 입을 활짝 벌렸다.

눈앞에 물이 보일 뿐만 아니라 물소리까지 들려온 것이다! 우리는 물이 경쾌하게 흘러가는 소리를 들었다! 할짝할짝 소리도 들렸다! '할짝'이라니, 무슨 소리일까? 바로 혀를 움직일 때 나는 소리였다! 당신도 혀를 움직여 그 소리를 들어보라!

그것은 고문 중에서도 가장 끔찍한 고문이었다. 마침내 우리

귀에는 빗소리까지 들려왔다. 하지만 비는 한 방울도 내리지 않았다! 참으로 악마 같은 장난이었다! 오, 나는 에릭이 이런 물소리를 어떻게 내는지도 알고 있었다! 에릭은 먼저 길고 좁은 통의 안쪽에 나뭇조각이나 금속 조각을 붙였다. 그리고 그 안에 조약돌을 넣었다. 그 통을 뒤집으면 조약돌이 바닥으로 떨어지면서 조각들에 부딪혔다 튀어올랐고, 정말로 폭우가 쏟아지는 것 같은 소리가 났다.

길게 혀를 내밀고 찰랑거리는 오아시스를 향해 열심히 기어가는 우리의 모습을 상상해보라! 우리의 눈과 우리의 귀는 물로 가득 찼지만, 우리의 혀는 바싹 말라 있었다! 거울 앞까지 이르자 샤니 자작은 거울을 열심히 핥았다. 나 역시 거울을 핥았다. 하지만 거울은 달군 쇠처럼 뜨거웠다! 우리는 절망과 고통의 비명을 내지르며 바닥을 굴러다녔다. 샤니 자작은 권총을 빼들고 자신의 관자놀이를 겨누었다. 나도 발치에 놓여 있는 펀자브 올가미를 쳐다보았다. 나는 쇠나무가 왜 또다시 나타났는지 이유를 알고 있었다. 이제 세번째이자 마지막 환상이 나타날 차례였다! 쇠나무는 나를 기다리고 있었던 것이다.

하지만 펀자브 올가미를 바라보는 순간, 눈에 들어오는 것이 있었다. 내가 어찌나 펄쩍 뛰며 놀랐는지 "안녕, 크리스틴……" 하고 중얼거리던 자작이 행동을 멈췄다. 나는 그의 팔을 붙잡았다. 그리고 권총을 빼앗았다. 그런 다음 무릎으로 기어서 펀자브 올가미가 있는 곳으로 다가갔다.

펀자브 올가미가 있는 근처 바닥에 무언가가 불쑥 올라와 있는 것을 발견한 것이다. 그것은 검은 못이었다. 나는 그 쓰임새를 잘 알고 있었다. 마침내 문을 열어줄, 우리를 이곳에서 내보내 에릭의 손아귀에 넣어줄 스프링을 발견한 것이다!

나는 못에 손가락을 올려놓았다. 그리고 희열에 넘치는 얼굴로 샤니 자작을 바라보았다. 검은 못은 내 뜻대로 움직여주었다. 그리고 다음 순간…… 벽에서 문이 열린 것이 아니라, 바닥에서 뚜껑문이 열렸다. 시원한 바람이 아래쪽 검은 구멍에서 올라왔다. 우리는 맑은 샘을 보듯 몸을 숙여 네모난 구멍을 내려다보았다. 그리고 그 서늘한 그늘 속에 얼굴을 담근 채 차가운 공기를 들이마셨다.

우리는 점점 더 깊숙이 뚜껑문 아래로 몸을 숙였다. 저 아래 지하실에는 무엇이 있을까? 물? 마실 물이 있을까? 나는 어둠 속에 손을 넣어보았다. 돌이 만져졌다. 또다른 돌이 있었다. 그리고 계단…… 지하실로 내려가는 어두운 계단이 있었다.

자작은 당장 아래로 내려가고 싶어했다. 그 아래 물이 없다고 해도, 최소한 거울로 둘러싸인 이 방의 타는 듯한 열기에서는 벗어날 수 있을 것이었다. 하지만 나는 그것이 에릭의 또다른 덫이 아닐까 두려웠다. 그래서 흥분하는 자작을 말리고 등불을 켠 다음, 내가 먼저 내려가기로 했다.

계단은 구불구불했고, 칠흑 같은 어둠이 계속되었다. 하지만 어둠 속의 공기는 얼마나 시원하고 달콤했던지! 이 시원한 공기는 에릭이 설치한 환기통이 아니라 지하수로 젖어 있는 땅 그 자체에서 올라오는 것이었다. 호수가 그다지 멀지 않은 곳에 있는 것 같았다.

우리는 곧 바닥에 도착했다. 점차 어둠에 익숙해지면서 주위의 사물들도 눈에 보이기 시작했다. 둥근 모양의 무언가가 있었다. 나는 다시 등불을 켰다.

둥근 나무통이었다! 우리는 에릭의 지하실에 들어간 것이었다. 그곳에 술과 마실 물을 저장해두는 것이 틀림없었다. 나는 에릭이 향기로운 포도주를 얼마나 좋아하는지 잘 알고 있었다. 아, 거기에는 마음껏 마실 수 있는 물이 있었다! 샤니 자작은 둥근 물체를 어루만져보더니 소리쳤다. "물통이다! 물통! 이렇게 많을 수가!" 정말로 수많은 통들이 우리 양편에 두 줄로 쌓여 있었다. 그것은 작은 나무통들이었다. 호숫가에 있는 집까지 운반할 수 있도록 일부러 작은 크기의 통을 고른 것이 분명했다.

우리는 혹시라도 뚜껑이 열려 있는 물통이 없을까 하나하나 조사해보았다. 하지만 물통은 모두 굳게 닫혀 있었다. 결국 꽉 찬 듯이 보이는 물통을 하나 골라서, 내가 항상 가지고 다니는 작은 주머니칼로 뚜껑을 열려고 했다.

바로 그 순간, 아주 멀리서 단조로운 노랫소리 같은 것이 들려왔다. 파리 거리에서 흔히 들을 수 있는 소리였다. "통 삽니다! 통이오! 오래된 통 아무거나요. 파실 통 없습니까?"

물통을 열려던 내 손이 멈칫하고 말았다. 샤니 자작도 그 소리를 들은 모양이었다. "정말 이상하군! 마치 물통이 노래를 하는 것 같네."

그 노랫소리는 좀더 먼 곳에서 들려왔다. "통 삽니다! 통이오! 오래된 통 아무거나요. 파실 통 없습니까?"

"맞아요, 저 소리는 통 속에서 나는 것이 틀림없어요!" 자작이 놀라서 외쳤다.

우리는 벌떡 일어나 통 뒤쪽을 살펴보았다.

"통 안에서 나는 소리예요. 안에서 소리가 난다니까요!"

하지만 통 속에서는 더이상 아무 소리도 들려오지 않았다. 우리는 너무나 힘든 나머지 정신이 어떻게 된 모양이라고 스스로를 나무라는 수밖에 없었다. 그리고 다시 통 마개를 따는 일에 열중했다. 자작은 두 손을 마개 밑에 받치고 있고, 나는 있는 힘을 다해서 뚜껑을 잡아당겼다.

"도대체 이게 뭐지?" 자작이 소리쳤다. "물이 아니잖아!" 자작은 무언가가 가득 담긴 두 손을 등불 아래로 가져왔다. 나는 허리를 숙여 자세히 살펴보았다. 세상에! 나는 깜짝 놀라 들고 있던 등불을 멀리 던져버렸다. 그 바람에 등은 산산이 부서지고, 우리는 깜깜한 어둠에 휩싸이고 말았다.

샤니 자작의 손안에 있는 것은 화약이었다!

제 26 장

전갈이냐 메뚜기냐
—페르시아인의 기록 V

에릭의 지하실에서 나는 내 두려움의 실체를 확인했다. '수많은 사람들'을 향한 에릭의 위협은 거짓이 아니었다. 에릭은 자신의 추한 얼굴을 감추기 위해 인간들로부터 멀리 떨어진 이곳 지하에 비밀 은신처를 만들고 살아왔다. 그리고 지상의 사람들이 이 지하 은신처를 찾아내면 자신을 포함한 모두를 파멸시킬 폭발을 일으키려 한 것이었다.

그 발견은 우리를 완전히 경악시켰다. 몇 분 전만 해도 자살을 생각했던 우리는 너무 놀란 나머지 고문실에서 겪은 고난과 현재의 신체적 고통까지도 모두 잊어버리고 말았다. 에릭이 크리스틴 다에에게 했던 최후통첩이 무슨 뜻이었는지 이제야 깨달

은 것이다. "할 거요, 말 거요? 당신이 나와 결혼하지 않겠다면, 모두
가 죽어서 땅에 묻히는 수밖에 없소!" 에릭은 오페라하우스를 폐허
로 만들고 자신도 그 속에 묻히려는 것이었다. 세상을 떠나는 데
이보다 더 악랄하고 파괴적인 방법을 상상할 수 있을까? 이 땅을
활보한 괴물 중 최악의 존재인 에릭은 자신의 일방적이고 비극
적인 사랑에 대한 복수로 이토록 악마적인 계획을 세운 것이다!
괴물이 크리스틴에게 밤 열한시까지 여유를 준 것은 치밀하게
계산된 선택이었다. 그 시간이면 '수많은 사람들'이 이 위에 있
는 가르니에의 훌륭한 음악 궁전으로 모여들어 있을 것이었다.
에릭의 장례식을 위해 그보다 더 멋진 들러리가 또 있을까? 에릭
은 귀한 보석으로 치장하고 한껏 차려입은 아름다운 여인들에게
둘러싸여 죽음을 맞이할 것이다. 내일밤 열한시! 공연 도중 모두
함께 공중으로 날아가버릴지도 모른다. 크리스틴 다에가 "싫어
요"라고 대답하는 바로 그 순간에! 내일밤 열한시! 순진한 크리
스틴은 싫다는 대답을 할 수밖에 없을 것이다. 살아 있는 송장과
결혼하느니 차라리 죽음을 택하지 않겠는가. 크리스틴은 자신의
거절과 승낙 여부에 수천 명의 목숨이 달려 있다는 사실을 전혀
모르고 있었다! 내일밤 열한시!

　우리는 계단이 있다고 생각되는 쪽을 향해 깜깜한 어둠 속을
더듬거리며 기어갔다. 위쪽 뚜껑문 사이로 희미하게 새어나오

던 거울방의 불빛마저도 지금은 완전히 사라지고 없었다. 우리의 머릿속에는 오직 한 가지 생각만이 되풀이되고 있었다. '내일 밤 열한시!' 마침내 나는 계단을 찾았다. 첫번째 계단을 올라서는 순간 나는 몸을 움츠렸다. 끔찍한 생각이 들었다. '지금 몇 시나 됐을까?'

아, 지금이 몇 시인가? 어쩌면 지금이, 아니면 몇 분 뒤가 바로 '내일밤 열한시'일지도 모른다! 도대체 지금이 몇 시인지 어떻게 알 수 있을까? 우리는 몇 날 며칠을 혹은 몇 년, 아니 세상이 시작된 그 순간부터 지옥에 갇혀 있었던 것만 같았다. 어쩌면 바로 이 순간에 모든 것이 폭발할 수도 있었다.

"이 소리가 들리오? 무슨 기계가 돌아가는 소리 같은데…… 자작, 들어봐요! 저기 저 구석에서 들려오고 있소! 맙소사, 여긴 왜 이렇게 어두운 거야? 폭파 장치 소리가 아닐까요? 이봐요! 귀가 먹은 거요?"

샤니 자작과 나는 이성을 잃고 두려움에 사로잡혀 비틀거리며 계단을 올라갔다. 뚜껑문이 닫혀 있으면 어쩌지? 그러니 이렇게 어둡지! 뜨거운 열기로 가득 찬 거울방으로 돌아가는 한이 있어도 이 어둠 속에서 달아나고 싶었다.

뚜껑문은 아직 열려 있었다. 하지만 거울방은 불이 꺼져 방금 도망쳐나온 지하실만큼이나 깜깜했다. 우리는 뚜껑문 위로 올라가 고문실 바닥을 기어다녔다. 아래에는 언제 터질지 모르는 화약고가 있었다. 지금이 몇 시일까? 우리는 목청껏 소리를 질렀다. 자작은 크리스틴을 소리 높여 불렀고, 나는 에릭을 불렀다. 한때 내가 에릭의 목숨을 살려주었다는 사실을 거듭 상기시키면서 말이다. 하지만 아무런 대답도 들려오지 않았다. 고문실 안에는 우리가 내지르는 절망스러운 외침만이 울려퍼졌다. 이곳에 얼마나 오래 있었을까? 도대체 지금이 몇 시지? 하지만 이성적으로 판단할 수가 없었다. 시계를 볼 수만 있다면! 내 시계는 바늘이 멎은 지 이미 오래였다. 하지만 자작의 시계는 아직도 째깍거리며 움직이고 있었다. 자작은 오페라하우스로 오면서 태엽을 감아주었다고 했다. 운명의 시간은 아직 오지 않았을 수도 있었다.

이제는 닫히지 않는 뚜껑문 사이로 작은 소리만 들려와도 우리는 불안감에 휩싸였다. 지금이 몇 시지? 우리에게는 단 한 개의 성냥개비도 없었다. 그러나 시간을 알아야만 했다. 샤니 자작은 시계의 유리를 깨뜨리고 손가락 끝으로 바늘의 위치를 감지하기 시작했다. 그는 둥근 원을 따라 바늘의 방향을 더듬어보았다. 두 바늘이 벌어진 각도로 미루어보아 그때가 바로 열한시임에 틀림없었다!

하지만 우리가 두려워하는 그 열한시가 아닐 수도 있었다. 어쩌면 앞으로 열두 시간이 남아 있을지도 몰랐다……

"조용히!" 옆방에서 발소리가 들려오는 것 같았다.

문을 여닫는 소리가 들리더니 다시 발소리가 들려왔다. 누군가가 벽을 두들겼다. 그리고 크리스틴 다에의 목소리가 들려왔다. "라울! 라울!"

우리는 즉시 벽에다 대고 대답했다. 크리스틴은 흐느끼기 시작했다. 샤니 자작이 아직도 살아 있으리라고는 생각지 못했던 것이다. 에릭은 크리스틴이 승낙하기만을 바라며 온갖 끔찍한 협박을 한 모양이었다. 결국 크리스틴은 고문실로 들어가게 해준다면 결혼하겠노라고 약속했다고 말했다. 하지만 괴물은 고집을 부리며 그녀의 청을 거절했고 세상 사람들을 모두 죽여버리겠다고 위협했다고 했다. 지옥과도 같은 몇 시간이 흐른 뒤, 마침내 에릭은 마지막으로 혼자 곰곰이 생각해보라고 말하면서 크리스틴을 남겨두고 방을 나갔다고 했다.

몇 시간이 흘렀다고?

"지금 몇 시지? 크리스틴, 지금이 몇 시요?"

"열한시가 거의 다 되었어요! 오 분 전이에요!"

"도대체 어느 날 열한시라는 거요?"

"죽느냐 사느냐를 결정해야 할 바로 그 시간이에요! 에릭이 방금 나가면서 그렇게 말했어요. 너무 무서워요. 에릭은 완전히 정신이 나간 사람 같아요. 가면마저 찢어버렸어요. 그의 노란 두 눈에서는 불꽃이 뚝뚝 떨어졌어요! 에릭은 그저 미친 듯이 웃기만 하더니 이렇게 말했어요. '결혼할 거요, 말 거요? 당신에게 오분의 여유를 주리다! 나는 당신이 승낙을 하며 부끄러워하는 걸원치 않아. 그래서 신사답게 당신 얼굴이 빨개지는 일이 없도록해주리다. 자.' 그러고는 지갑에서 생명과 죽음의 열쇠를 꺼내들었어요. '이 작은 황동 열쇠로는 루이 필립식 방에 있는 두 개의검은 상자를 열 수 있소. 한 상자에는 전갈이 들어 있고 다른 상자에는 메뚜기가 들어 있소. 두 개 모두 일본산 청동으로 정교하게 만든 조각품이고 회전축이 달려 있지. 그것으로 당신의 대답을 정하시오. 만약 내가 이 방에 돌아왔을 때 전갈이 돌려져 있으면 승낙의 표시로 알겠소. 그러면 이 방은 우리의 약혼식장이되는 거요. 하지만 내가 돌아왔을 때 메뚜기가 돌려져 있으면 거절의 뜻으로 알겠소. 그럼 이 방은 우리의 무덤이 되는 거지.' 이렇게 말하고 에릭은 술 취한 악마처럼 마구 웃어댔어요. 나는 계속해서 고문실의 열쇠를 달라고 애원했지요. 만약 그 청을 들어준다면 기꺼이 아내가 되겠다고 약속까지 했어요. 하지만 에릭은 앞으로는 그 열쇠가 소용없다면서 호수 속에 던져버리겠다고했어요. 그러고는 오 분 뒤에 돌아오겠다며 방을 나가버렸어요. '메뚜기! 메뚜기를 조심하시오! 메뚜기를 돌린다면 그것은 펄쩍뛰어오를 거요! 공중으로, 높이 뛰어오를 거요!' 이것이 에릭의 마지막 말이었어요."

나는 여기에 크리스틴의 말을 논리적으로 전달하려고 노력했다. 지난 스물네 시간 동안 우리보다 더한 고통의 밑바닥을 경험했을 크리스틴은 마치 헛소리를 하듯 제대로 말을 잇지 못했던 것이다. 그리고 중간중간 말을 멈추고는 라울이 다치지는 않았는지, 이제는 차가워진 벽을 만지며 아까는 왜 그렇게 벽이 뜨거웠던 건지 묻기도 했다.

크리스틴이 말하는 사이 오 분이 거의 다 흘렀다. 내 머릿속에서 전갈과 메뚜기가 요란한 소리를 질러댔다. 하지만 메뚜기를 돌리면 그것이 펄쩍 뛰어오를 것이라는 말이 무슨 뜻인지 분명히 이해할 만큼의 정신은 남아 있었다. 그것은 메뚜기와 함께 수많은 생명이 공중으로 날아갈 것이라는 소리였다! 그 메뚜기는 화약고에 설치된 폭발 장치와 연결되어 있는 것이 틀림없었다!

샤니 자작은 크리스틴의 목소리를 듣고 완전히 정신을 차린 것 같았다. 그는 크리스틴에게 우리와 오페라하우스 전체가 처한 상황을 간단히 설명해주었다. 그리고 당장 전갈을 돌리라고 말했다. 에릭은 크리스틴이 전갈을 선택하길 바랄 것이니, 전갈을 돌리면 분명 재앙을 피할 수 있을 터였다.

"서둘러요! 어서요, 크리스틴, 내 사랑." 라울이 말했다.

잠시 침묵이 흘렀다.

"크리스틴 양, 잠시만 기다려요!" 내가 외쳤다. "지금 어디에 있습니까?"

"전갈 옆에요."

"그것을 건드리지 마십시오!"

내 머릿속에 순간적으로 또다른 생각이 떠올랐다. 나는 에릭을 잘 알았다. 에릭은 이 순진한 아가씨를 다시 한번 속이고도 남을 사람이었다. 어쩌면 폭발 장치와 연결되어 있는 것은 전갈일 수도 있었다. 에릭은 왜 그 자리를 떠난 것일까? 오 분이 지난지도 한참 되었다. 그런데도 에릭은 아직 돌아오지 않았다. 안전한 피난처에 숨어서 오페라하우스의 폭발을 기다리고 있는 것은 아닐까? 그것 말고 그가 기다릴 것은 없었다. 에릭은 크리스틴이 진심으로 자신의 구혼을 받아들일 거라고 기대하지 않으리라는 생각이 들었다. 그런데 그는 왜 돌아오지 않고 있는가! "전갈을 만지면 안 돼요!" 나는 다시 한번 외쳤다.

"에릭이 와요!" 크리스틴이 겁에 질린 목소리로 말했다. "그가 오는 소리가 들려요! 벌써 왔어요!"

....

에릭이 돌아왔다. 방으로 다가오는 에릭의 발소리가 들렸다.

그러나 크리스틴에게 돌아온 그는 아무 말도 하지 않았다.

"에릭! 날세, 페르시아인! 내 목소리 알아듣겠나?" 나는 목소리를 높여 소리쳤다.

에릭은 이상하리만치 침착한 목소리로 대답했다. "아직도 안 죽었단 말인가? 좋아. 어쨌든 입 다물고 있어!"

나는 계속 말을 하려 했다. 하지만 에릭은 차갑게 말문을 막았다. "지껄이지 마! 다로가. 한마디만 더 하면 몽땅 날려버리겠어. 이제 모든 선택은 다에 양에게 달렸다구. 그런데 우리의 마드무아젤께서는 전갈에는 손도 대지 않으셨군." 그의 느긋하고 담담한 어조에서 침착하고 냉정한 태도가 느껴졌다. "메뚜기에도 손을 대지 않으셨고. 그러나 올바른 선택을 하기에는 아직 늦지 않았소. 자, 당신을 위해 상자를 열어주지. 나는 열쇠도 없이 이 상자를 열었다오. 나는 '비밀 문 애호가'니까 어떤 문이라도 원하는 대로 열고 닫을 수 있소. 작은 검은색 상자를 열었소. 이 작고 귀여운 것들을 좀 보시오. 실물과 정말 똑같지 않소? 전혀 위험해 보이지 않지? 하지만 겉모습만 봐서는 속을 알 수 없는 법이지." 에릭이 단조로운 목소리로 말했다. "마드무아젤, 만약 당신이 메뚜기 조각을 돌린다면 우리는 모두 허공으로 사라져버릴 것이오. 발밑에 파리 시 전체가 날아가고도 남을 만큼의 화약이 묻혀 있으니까. 그러나 만약 전갈 조각을 돌린다면, 그 화약들은 모두 물속에 잠겨버릴 것이오. 마드무아젤, 당신은 우리의 결혼식을 기념해 수많은 파리 사람들에게 참으로 멋진 결혼 선물을 줄 수 있소. 바로 이 순간 바보 같은 마이어베어의 공연을 보면서 박수를 치고 있을 하찮은 인간들에게 목숨이라는 귀중한 선물을 주는 거요. 당신의 아름다운 손길로 전갈 조각을 돌리기만 하면……" 그가 지친 목소리로 말을 이었다. "마들렌 성당의 종이 즐겁게 울릴 것이오. 우리의 결혼을 축하하면서!"

잠시 동안 침묵이 흐른 뒤 다시 에릭이 말했다. "이 시계―아주 굉장한 시계지―로 이 분 안에 전갈을 돌리지 않는다면, 내가 메뚜기 조각을 돌려버리겠소. 그러면 메뚜기는 높이 튀어오르겠지!"

끔찍한 침묵이 뒤따랐다. 전에는 한 번도 경험해본 적 없는 침묵이었다. 에릭이 조용하고 부드럽고 단조로운 어조로 말한다는 건 그의 인내심이 한계에 달했음을 의미했다. 그는 끔찍한 범죄를 저지를 수도, 이타적인 호의를 베풀 수도 있었다. 사소한 안달도 폭풍을 불러올 수 있는 상황이었다.

샤니 자작은 이제 기도밖에는 아무 희망이 없다고 생각했는지 바닥에 무릎을 꿇고 기도하기 시작했다. 내 심장은 격렬하게 뛰었다. 터지지 않을까 두려워 두 손으로 꼭 눌러야 할 정도였다. 우리는 크리스틴 다에가 직면한 몹시 고통스러운 딜레마에 대해 잘 알고 있었다. 왜 그녀가 전갈을 돌리기를 망설이는지 충분히 이해했다. 만약 메뚜기가 아니라 전갈을 선택해도 폭발이 일어난다면? 선택과 무관하게 에릭이 그냥 모든 걸 파괴해버릴 작정이라면 어떻게 할 것인가?

마침내 에릭의 목소리가 들려왔다. "자, 약속한 이 분이 지나갔소. 그럼 안녕…… 크리스틴. 자, 높이 뛰어라, 메뚜기!"

"에릭!" 크리스틴이 다급한 목소리로 에릭을 저지했다. "맹세할 수 있어요? 전갈이 안전한 쪽이라고 맹세할 수 있냐구요!"

"그렇소, 우리를 천국으로 보내줄 거요."

"전갈 조각이 우리를 죽게 할 수도 있다는 얘긴가요?"

"그럴 리가 있겠소, 크리스틴! 내 말은, 우리의 결혼이라는 천국 말이오. 전갈을 택해요…… 뭐 하는 거요? 아직도 망설이는 건가? 그렇다면 내가 메뚜기 조각을 돌리는 수밖에!"

"에릭!"

"그만!"

나는 크리스틴과 거의 동시에 소리쳤다. 샤니 자작은 여전히 무릎을 꿇고 기도하고 있었다.

"에릭! 전갈을 선택하겠어요!"

숨 막히는 몇 초가 지나갔다. 우리는 어둠 속에서 기다렸다. 천지가 진동하고 모든 것이 무너져내리는 가운데 우리 몸이 산산조각나기만을 기다렸다. 발밑에서 무언가 째깍하는 소리가 들렸다. 그리고 열린 뚜껑문을 통해 쉬익 소리가 들려왔다. 죽음과 파괴를 예고하는 소리 같았다. 마치 불꽃을 쏘아올리는 소리 같았다. 처음에는 희미하게 들리던 그 소리는 점점 커지더니 귀를 막아야 할 만큼 커졌다.

상상해보라. 우리가 심장을 두근대며 두 손을 모으고 '수많은 사람들'을 죽음으로 몰고 갈 소리에 귀를 기울이는 모습을.

하지만 화약 폭발음은 아니었다. 폭포처럼 흐르는 물소리 같았다.

뚜껑문에서 들려오는 소리였다! 뚜껑문에서!

들어보라, 물소리였다!

뚜껑문에서!

물이다! 물! 물소리를 듣자 공포 때문에 한동안 잊고 있던 갈증이 되살아났다.

물을 향해 가자!

물은 지하실에서 솟아오르고 있었다. 화약을 담은 통 위로 물이 흘러넘쳤다. 우리는 마른 목을 축이기 위해 정신없이 밑으로 내려갔다. 물이 턱과 입술까지 닿았다. 시원한 물이 목으로 넘어갔다. 우리는 모든 것을 잊고 물이 차오르는 지하실 바닥에 서서 마음껏 목을 축였다. 마침내 갈증이 풀리자, 다시 어둠 속을 더듬어 한 걸음씩 계단을 올라왔다. 물은 우리의 뒤를 따라 점점 높이 차오르고 있었다.

화약은 전부 잠겨버렸다! 에릭은 물을 아끼지 않았다. 이대로라면 호수에 있는 물이 전부 지하실로 차오를 것 같았다.

물은 언제 멈출 것인가? 지하실을 가득 채운 물은 이제 고문실 바닥까지 차오르기 시작했다. 이대로 계속 가다가는 고문실 전체가 물에 잠길 것 같았다. 아니, 에릭의 은신처 전체가 물바다가 될 것 같았다. 고문실 바닥에는 이미 작은 웅덩이가 생겨 걸을 때마다 물이 첨벙거렸다. 화약을 없애기 위해서라면 더이상 물이 필요없음은 분명했다! 이제 에릭은 물을 잠가야 했다.

"에릭! 에릭! 화약은 완전히 물에 잠겼네! 물을 잠가! 전갈을 제자리로 돌리라구!"

하지만 에릭은 대답이 없었다. 계속해서 물이 차오르는 소리뿐이었다. 물은 벌써 무릎 근처를 넘실거리고 있었다!

"크리스틴!" 샤니 자작이 외쳤다. "크리스틴! 물이 무릎까지 차올랐소!"

그러나 크리스틴도 대답이 없었다. 여전히 물소리만이 들려왔다. 옆방에서는 아무 소리도 들리지 않았다! 아무도 없는 것이 틀림없었다! 물을 잠가줄 사람도, 전갈을 제자리로 돌려줄 사람도 없었다! 어둠 속에 오직 우리 두 사람뿐이었다. 검푸른 물이 넘실대며 우리를 엄습했다. 온몸을 감싸고 도는 물은 뼛속까지

시릴 만큼 차가웠다!

"에릭! 에릭!"

"크리스틴! 크리스틴!"

이제 우리는 더이상 몸을 지탱할 수 없었다. 거세게 소용돌이치는 물살에 휩쓸려 물 위를 이리저리 떠다녔다. 단단한 거울에 몸을 부딪혔다가 다시 튕겨나오기도 했다. 우리는 소용돌이 속에서도 얼굴을 쳐들고 목청껏 도움을 청했다.

이렇게 고문실에서 익사하고 마는 것인가? 마젠데란의 장밋빛 시절에서도 그런 죽음은 본 적이 없었다. 아니, 사실 에릭은 고문의 마지막을 내게 절대로 보여주지 않았다.

"에릭! 에릭!" 나는 미친 듯이 소리쳤다. "기억해라! 나는 네 목숨을 구해주었다! 너는 사형선고를 받은 몸이었어! 내가 아니었다면, 넌 이미 죽은 목숨이야! 내가 문을 열어주어서 넌 도망갈 수 있었던 거야! 에릭!"

우리는 폭풍우에 난파된 배처럼 힘없이 소용돌이에 휩쓸렸다. 그런데 손에 무언가가 잡혔다. 쇠나무였다! 나는 샤니 자작을 소리쳐 불렀다. 우리 두 사람은 쇠나무 가지에 간신히 매달렸다. 그동안에도 물은 점점 더 높이 차올랐다.

"기억납니까? 나뭇가지와 천장 사이에 공간이 얼마나 되었는지? 어서 기억 좀 해봐요! 어느 정도 높이가 되면 물이 멈추겠지. 이제 물이 더이상 차오르지 않는 것 같은데. 아니야, 아니야. 오, 이럴 수가! 헤엄을 치세요! 자작, 헤엄을⋯⋯!"

물 밖으로 고개를 내밀려고 버둥거리던 우리 두 사람의 팔이 서로 뒤엉켰다. 숨이 막혀왔다. 우리는 깜깜한 어둠 속에서 살기 위해 온 힘을 다했다. 벌써 숨 쉬기가 힘들었다. 통풍구나 어느 틈새로 공기가 새는 소리가 들려왔다.

"이쪽저쪽으로 돌아다녀봅시다. 어딘가에 통풍구가 있을 겁니다. 그 구멍에 입을 대고 숨을 쉬면 돼요!"

하지만 더이상 기운이 없었다. 벽을 붙잡고 잠시라도 쉬고 싶었다. 반들거리는 거울 표면은 너무나 미끄러웠다. 손가락은 잡을 곳 하나 없는 거울 위에서 힘없이 미끄러질 뿐이었다. 우리는 또다시 소용돌이 속으로 빨려들어갔다! 점점 몸이 가라앉았다. 나는 마지막 힘을 다해 비명처럼 외쳤다. "에릭! 크리스틴!" 우리는 더 깊이 가라앉았고 콸콸거리는 사나운 물소리만 귓가에 들려왔다. 그리고 마지막 의식마저 사라지려는 순간, 누군가의 희미한 외침이 들리는 것 같았다. "통 삽니다! 통이오! 오래된 통 아무거나요. 파실 통 없습니까?"

페르시아인이 내게 건네준 기록은 이렇게 끝이 났다.

제 27 장
최후의 입맞춤

더이상 살아날 길이 없다고 여겨질 만큼 절망적인 상황이었지만 샤니 자작과 페르시아인은 목숨을 건질 수 있었다. 모두가 크리스틴 다에의 숭고한 희생 덕분이었다. 나는 다로가에게 직접 이야기의 결말을 들을 수 있었다.

내가 페르시아인을 찾아갔을 때, 그는 여전히 튈르리 궁전 정원 건너편에 있는 리볼리 거리의 작은 아파트에서 살고 있었다. 페르시아인은 몹시 아팠다. 나는 기록자로서 모든 열정과 성의를 다해 페르시아인을 설득했고, 결국 그는 그 믿을 수 없는 비극적 사건의 결말을 내게 이야기해주었다. 다로가는 튈르리 궁전 정원이 내려다보이는 창가에 앉아 나를 맞이했다. 그는 커다란 안락의자에 앉아 있었다. 그가 일어서자 한때는 건장했을 체격이 눈에 들어왔다. 다로가의 초록색 눈은 여전히 맑게 빛나고 있었지만, 얼굴은 병으로 지치고 피곤해 보였다. 항상 낮은 모피 모자로 가리고 다니던 그의 머리는 깨끗이 삭발되어 있었다. 소매가 넓은 길고 풍성한 외투를 입은 다로가는 엄지손가락을 계속해서 만지작거렸다. 하지만 정신은 아주 맑아 보였다.

그는 지난날의 공포를 떠올리며 고통스러워하고 초조해했다. 때문에 이야기의 결말을 듣기 위해 나는 그의 말을 조금씩 이끌어내야 했다. 때로는 끈기 있게 구슬려야 답을 들을 수 있었지만, 가끔은 요구하지 않았는데도 에릭의 흉측한 외모, 샤니 자작의 길고 지루한 경험, 유령의 은신처에서 자신이 겪은 일을 깜짝 놀랄 만큼 생생하게 설명해주었다. 익사할 뻔했던 위기에서 벗어나 루이 필립식 방에서 의식을 되찾은 순간을 묘사할 때는 주체할 수 없을 정도로 몸을 떨었다.

지금부터 페르시아인이 내게 말해준 그 비극적인 이야기의 결말을 여기 풀어놓고자 한다. 이 이야기는 그가 내게 건네준 기록을 보충해줄 것이다.

물속에서 정신을 잃었던 다로가가 다시 깨어난 곳은 침대 위였다. 옷장 옆쪽 소파에 누워 있는 샤니 자작의 모습이 보였다.

그리고 천사와 악마가 동시에 그를 굽어보고 있었다.

고문실의 환상과 신기루에 이어 나타난 그 아늑하고 조용한 방은 유령이 자신의 비밀 은신처로 잘못 들어선 불쌍한 인간의 정신을 어지럽히려고 꾸며놓은 또다른 발명품 같았다. 나무로 만든 침대, 반들반들 윤이 나는 마호가니 의자, 서랍장, 청동 장식, 안락의자에 조심스럽게 놓인 의자 덮개, 시계. 그리고 벽난로 위에는 검은색 상자가 두 개 놓여 있었다. 겉으로 보기에는 그저 평범한 상자에 불과했다. 그 밖에도 선반 위에 조개껍데기와 붉은색 쿠션, 진주로 만든 보트와 거대한 타조알이 놓여 있었다. 작고 둥근 테이블 위에 놓인 램프가 그것들을 비추고 있었다. 오페라하우스의 지하에 있는, 감동적일 정도로 아늑하고 평화롭고 세련된 그 가구들의 부조화는 이전에 겪은 어떤 환상보다 더 당황스러웠다.

가면을 쓴 유령의 모습은 깔끔하게 정돈된 복고풍의 방 안에서 더욱 섬뜩하게 느껴졌다. 에릭은 페르시아인의 얼굴 위로 몸을 숙이고는 귓가에 속삭였다. "이제 기분이 좀 나아졌나, 다로가? 방 안의 가구들을 보고 있나? 모두 불쌍한 내 어머니에게서 물려받은 것들이지."

유령은 계속 말을 이어갔지만 페르시아인은 무슨 말이었는지 기억나지 않는다고 했다. 하지만 이상하게도 루이 필립식 방에서 오직 에릭만이 말을 했다는 사실은 분명하게 기억해냈다. 크리스틴 다에는 한마디도 하지 않았다. 마치 침묵 서약을 한 수녀처럼 조용히 움직일 뿐이었다. 그녀가 뜨거운 차인지 음료수인지를 한 잔 가져오자, 에릭은 찻잔을 들어 페르시아인에게 건네주었다.

샤니 자작은 여전히 잠을 자고 있었다.

에릭은 다로가의 찻잔에 럼주 한 방울을 떨어뜨렸다. 그리고 자작을 가리키며 말했다. "당신이 혼수상태에 빠져 있을 때 자작은 벌써 깨어났었어. 다로가, 그는 괜찮아. 잠들어 있는 것뿐이야. 깨우지 말자구." 그리고 에릭은 방을 나갔다.

페르시아인은 팔꿈치를 짚어 몸을 일으켜 주위를 둘러보았다. 크리스틴이 벽난로 옆에 앉아 있었다. 페르시아인은 그녀의 이름을 부르며 말을 건넸지만 온몸에 힘이 빠져 다시 눕고 말았다. 크리스틴이 다가와 이마를 짚어보고는 멀어져갔다. 그때 평화롭게 잠든 자작의 옆을 지나면서도 눈길조차 주지 않던 크리스틴의 모습을 페르시아인은 선명하게 기억하고 있었다. 크리스틴은 벽난로 옆에 놓인 의자에 다시 가서 앉았다. 여전히 침묵 서약을 한 수녀처럼 아무 말도 하지 않았다.

잠시 후 에릭이 작은 병을 가지고 돌아와 벽난로 위에 올려놓았다. 그리고 페르시아인의 옆에 앉은 다음 맥을 짚어보았다.

"이제 당신들 두 사람은 안전해. 곧 지상으로 데려다줄게. 내 아내가 원하는 일이니까." 에릭은 샤니 자작을 깨우고 싶지 않은 듯 낮은 목소리로 속삭였다.

에릭은 더이상 아무 말도 하지 않고 자리에서 일어나 또다시 방을 나갔다.

페르시아인은 침착하고 평온한 크리스틴의 얼굴을 바라보았다. 그녀는 희미한 등불 아래에서 작은 책을 읽고 있었다. 경전처럼 가장자리에 금박을 두른 것이 『그리스도를 본받아』 같은 책으로 보였다. 페르시아인은 조금 전 에릭이 아주 자연스럽게 "내 아내가 원하는 일이니까"라고 말했던 것이 자꾸만 떠올랐다. 그는 조용한 목소리로 조심스럽게 크리스틴을 불렀다. 하지만 그녀는 책 속에 얼굴을 묻고 그의 말을 들으려 하지 않았다.

방으로 돌아온 에릭은 다로가에게 물약을 건네주었다. 그리고 '내 아내'에게 더이상 말을 걸지 말라고 충고했다. 그것은 모든 사람에게 해를 끼치는 일이라고 했다. 그후로 페르시아인이 기억하는 건 에릭의 어두운 그림자와 크리스틴의 하얀 실루엣이 조용히 방을 미끄러지듯 움직이며 가끔 샤니 자작을 내려다보는 모습뿐이었다. 페르시아인은 여전히 몸이 좋지 않았고, 옷장 문이 삐걱거리는 작은 소리에도 머리가 지끈거렸다. 마침내 페르시아인도 샤니 자작처럼 깊은 잠 속으로 빠져들었다.

다시 깨어났을 때 그는 자신의 방 안에 누워 있었다. 옆에서는 충성스러운 다리우스가 걱정스러운 얼굴로 간호를 하고 있었다. 다리우스의 말이, 지난밤 아파트 문 앞에 쓰러져 있는 그를 발견하고 침대로 옮겨왔다는 것이다. 누군가가 문 앞까지 데리고 와서는 초인종을 누른 후에 사라져버렸다고 했다.

다로가는 어느 정도 기력을 회복하자마자 샤니 백작의 저택으로 사람을 보내 자작의 안부를 물었다. 하지만 젊은 자작은 어디론가 사라져버렸고 백작은 죽었다는 대답뿐이었다. 백작의 시체는 오페라하우스 지하 호숫가에서 발견되었다. 페르시아인은 고문실에서 들었던 에릭의 장송곡을 떠올리며 백작이 살해되었다는 것을 깨달았다. 그리고 누가 그런 짓을 저질렀는지도 알 수 있었다. 에릭에 대해 누구보다도 잘 알고 있는 페르시아인은 모든 전말을 추측할 수 있었다. 필립 백작은 동생이 크리스틴 다에와 도망쳤다고 생각했다. 동생이 도망칠 만반의 준비를 해놓은 걸 알고는 두 사람의 뒤를 쫓아 브뤼셀 쪽으로 향했다. 하지만 끝내 두 사람을 찾지 못한 필립은 동생이 말했던 정체불명의 연적을 떠올리고 오페라하우스로 돌아온 것이다. 백작은 동생이 오페라하우스 지하실로 들어가기 위해 애쓰다가 프리마돈나의 분장실에 모자를 남겨두고 사라져버렸다는 사실을 발견했다. 모자 옆에는 빈 권총 케이스가 있었다. 백작은 동생이 완전히 미쳐버렸다고 확신하고, 동생의 뒤를 따라 지하 세계로 뛰어들었다. 백작의 시체가 호숫가에서 발견되었다는 점이 모든 상황을 설명해주었다. 호수에서는 에릭의 세이렌이 침입자를 감시하고 있었던 것이다.

이 새로운 소식에 간담이 서늘해진 페르시아인은 크리스틴 다에와 자작의 운명이 결국 어떻게 되었을지 염려스러웠다. 그래서 더이상 망설이지 않고 이 모든 사실을 경찰에 알리기로 결심했다. 사건은 벌써 포르라는 예심판사의 손으로 넘어가 있었다. 그는 대단히 의심이 많고 상상력이 부족하며 경박한 인물이었다. 신비로운 진실을 받아들일 준비가 전혀 되어 있지 않았다. 포르는 다로가의 증언을 무시하고 그를 미친 사람 취급했다.

아무도 자신의 이야기를 귀담아듣지 않자 낙심한 페르시아인은 글을 쓰기 시작했다. 경찰에서는 자신의 증언을 원하지 않았지만, 언론에서는 환영할지도 모른다고 생각했던 것이다. 그리하여 앞서 내가 인용한 그 대목까지 기록을 마쳤을 때, 누군가가 그를 찾아왔다. 다리우스가 말하길, 그 사람은 이름도 밝히지 않고 얼굴도 제대로 보여주지 않았다고 했다. 그저 막무가내로 다로가를 직접 만나기 전에는 떠나지 않겠노라고 말했다고 했다.

페르시아인은 낯선 방문객의 정체를 즉시 알아차렸다. 그를 안으로 들여보내라고 말했다. 과연 다로가의 추측이 옳았다. 찾아온 사람은 바로 오페라의 유령, 에릭이었다! 에릭은 굉장히 피곤해 보였다. 당장이라도 쓰러질 것처럼 벽에 몸을 기대고 겨우 서 있었다. 에릭은 모자를 벗고 송장처럼 하얀 이마를 그대로 드러냈다. 끔찍한 얼굴은 가면으로 가리고 있었다.

페르시아인은 자리에서 일어섰다. "필립 백작을 죽인 살인자! 샤니 자작과 크리스틴 다에 양에게 무슨 짓을 한 거냐?"

에릭은 느닷없는 비난에 몸을 비틀거리며 한동안 아무 말도 하지 못했다. 간신히 의자까지 몸을 끌고 간 에릭은 깊은 한숨을 내쉬었다. 그리고 쉬어가면서 띄엄띄엄 겨우 한마디씩 내뱉었다. "다로가…… 필립 백작에 대해 이야기하러 여기 온 게 아니네. 내가 밖으로 나갔을 때 그는 이미 죽어 있었어. 백작은 세이렌이 노래를 부르기 전에 이미 죽은 거야. 사고였어. 슬프고 너무나 유감스러운 사고였어. 백작은 그저 갑자기 호수에 빠진 거란 말이야. 내가 그런 게 아니네."

"거짓말 마!" 페르시아인은 고함을 질렀다.

에릭은 고개를 숙였다.

"필립 백작에 대해 이야기하려고 여기 온 게 아니야. 나는 다만…… 당신에게 내가 죽어가고 있다는 사실을……"

"라울과 크리스틴 다에는 어디 있나?"

"나는 죽어가고 있네."

"라울과 크리스틴 다에는 어디 있느냐고?"

"사랑 때문에, 다로가…… 나는 죽어가고 있어. 사랑 때문에…… 나는 그녀를 사랑했어. 아직도 나는 그녀를 사랑해. 아! 그러나 나의 사랑, 그 때문에 나는 죽어가고 있어…… 그녀는 정말 아름다웠어. 입맞춤을 허락했을 때…… 내게는 생전 처음 있는 일이었어. 내가 여인에게 입을 맞춘 것은…… 그래, 다로가, 정말 처음이었어. 살아 숨 쉬는 여인에게 말야…… 그녀는 정말로 아름다웠지. 마치 죽은 사람처럼……"

페르시아인은 자리에서 일어나 에릭에게 다가갔다. 그리고 혐오감을 억누르며 그의 팔을 잡고 흔들었다.

"크리스틴은 살아 있나? 아니면 죽었나? 당장 말해!"

"대체 내게 왜 이러는 건가?" 에릭은 좀더 분명하게 말하고자 애를 썼다. "지금 나는 죽어가고 있다고 말하지 않았나. 물론 나는 살아 있는 그녀에게 입을 맞추었지……"

"그럼 지금은 죽었나?"

"나는 이렇게…… 그녀의 이마에 입을 맞추었어…… 크리스틴은 내 입술을 피하지 않았지! 오, 얼마나 사랑스러웠던지! 그녀가 죽었느냐고? 아니, 죽지 않았을 거야. 하지만 죽었다고 해도 나와는 상관없겠지…… 아니, 아니야. 크리스틴은 죽지 않았어! 누구도 크리스틴의 머리카락 한 올 다치게 할 수 없어! 그녀는 선량하고 착한 아가씨야. 다로가, 당신의 목숨을 구한 건 바로 그녀야. 나는 당신을 위해 손가락 하나 까딱할 생각이 없었어. 사실 누가 당신 목숨에 관심이 있겠어. 당신은 왜 그 애송이와 함께 그곳에 들어왔던 거야? 그 녀석과 함께 죽어 마땅했어! 그 애송이 녀석을 위해 크리스틴이 얼마나 간절하게 애원을 하던지! 하지만 나는 단호하게 말했지. 일단 전갈을 선택한 이상 그녀는 자유로운 의사에 따라 나의 약혼자가 된 것이고, 더이상의 약혼자는 필요 없다고 말이야. 당신은 그때 내 머릿속에 존재하지도 않았어. 세상에 없는 목숨이었어. 분명히 말하지만 당신과 그 녀석은 죽게 돼 있었다고!

아니, 다로가, 우선 내 말을 잘 들어. 당신들이 물에 빠져 비명을 지를 때 크리스틴이 내게 다가왔어. 그리고 그 아름다운 푸른 눈으로 나를 똑바로 바라보며 영원히 내 아내로 살겠다고 맹세를 했던 거야. 다로가, 그때까지 나는 그녀의 눈동자 속에서 항상 죽음의 그림자를 보았지. 그런데 그때 처음으로 삶에 대한 약속을 보았네. 크리스틴은 진심이었어. 자살하지 않겠노라고 했어. 일종의 거래를 한 거지. 얼마 지나지 않아 천장까지 차올랐던 물은 모두 호수로 빠져나갔어. 당신을 살리기 위해 난 최선을 다했네. 사실, 당신이 죽은 줄 알았어. 하지만 살아 있더군. 나는 당신을 지상으로 데려다주고 다시 지하 세계로 내려갔지."

"그럼 샤니 자작은?" 페르시아인이 에릭의 말을 막으며 물었다.

"아, 다로가, 당신도 알겠지만, 그를 바로 놓아줄 수는 없었어. 그는 일종의 인질이었으니까. 하지만 크리스틴 때문에 호숫가 집에 그대로 남겨둘 수도 없었지. 그래서 나는 마젠데란의 향수 냄새를 맡고 정신을 잃은 녀석을 쇠사슬로 묶어서 코뮤니스트의 감옥 속에 가두어놓았지. 그곳은 오페라하우스에서도 가장 인적이 드물고 구석진 장소니까. 지하로 깊이 내려가야 하기 때문에 지나가는 사람도 없고 아무리 고함을 질러도 들리지 않지. 그런 다음 크리스틴에게 돌아갔어. 그녀는 나를 기다리고 있었어."

여기까지 말한 에릭은 엄숙한 표정으로 자리에서 일어났다. 그의 엄숙함에, 의자에 앉아 있던 페르시아인은 따라 일어나지 않을 수 없었다. 심지어 존경의 의미—페르시아인이 내게 강조한 말이다—로, 삭발한 머리에 쓰고 있던 모피 모자까지 벗었다.

에릭은 이야기를 계속했다. 하지만 어떤 격렬한 감정에 사로잡힌 듯 갑자기 온몸을 사시나무 떨듯 떨기 시작했다. "그래, 크리스틴은 나를 기다리고 있었어. 몸을 꼿꼿이 세운 채, 진짜 신부처럼 빛나고 있었어. 그녀는 살고 싶어했어. 그리고 내가 수줍은 소년처럼 부끄러운 태도로 조심스럽게 다가갔을 때 그녀는 도망치지 않았어. 아니, 아니 그 자리에 가만히 서서 내가 다가오기를 기다렸지. 어쩌면 다로가, 나를 향해 이마를 내밀었는지도 몰라. 조금 앞으로. 아주 많이는 아니었지만, 정말로 살아 있는 신부처럼…… 그리고…… 그리고 나는 마침내 입을 맞추었어! 내가…… 내가…… 내가…… 그녀에게 입을 맞췄어! 그녀는, 크리스틴은 공포에 떨지 않았어! 내가 그녀의 이마에 입 맞춘 후에도 그녀는 계속 내 곁에 있어주었어. 마치 그게 아주 자연스러운 일인 것처럼 말이야. 아! 다로가, 그것은 얼마나 멋진 일인지! 누군가의 이마에 입을 맞춘다는 것 말이야! 당신은 이해할 수 없을 거야. 하지만 나는…… 나는…… 나의 어머니는, 나의 불쌍한 어머니는 절대로…… 절대로 내가 입 맞추는 것을 허락하지 않으셨어. 내가 다가가면 어머니는 달아나버리곤 하셨지. 그리고 내게 가면을 쓰라고 했어! 다른 여자들도 그랬지. 그러니 그 순간 내가 얼마나 행복했는지 상상할 수 있을 거야. 나는 눈물을 흘렸어. 그녀의 발 앞에 엎드려 울음을 터뜨렸어. 나는 그녀의 발에 입을 맞추었지. 작고 사랑스러운 발에 눈물을 적시며…… 당신도 눈물을 흘리는군. 다로가, 크리스틴도 울었어…… 천사 같은 얼굴에 눈물이 흘렀어."

에릭은 큰 소리로 흐느끼기 시작했다. 페르시아인도 눈물을 감추지 못했다. 가면을 쓴 사내는 어깨를 들먹거리며 두 손으로 가슴을 꼭 쥐었다. 그리고 사랑과 고통에 겨운 신음 소리를 냈다.

"그래, 다로가…… 크리스틴의 눈물이 내 이마 위에 떨어지는 것이 느껴졌지. 그녀의 눈물은 따스하고 부드러웠어. 내 가면을 따라 흘러내렸지. 그리고 마침내 나의 눈물과 뒤섞였어. 뒤섞인 눈물은 내 입술 사이로 흘러들어왔지. 내 말을 들어봐, 다로가. 제발, 내가 한 짓을 들어보라구. 순간, 나는 크리스틴의 눈물을 한 방울이라도 놓치지 않으려고 나의 가면을 찢어버리고 만 거야! 그런데도 크리스틴은 도망가지 않았어. 죽지도 않았어! 그녀는 여전히 살아서 나와 함께 눈물을 흘려주었어. 우리는 함께 울었어! 오, 신이시여! 당신은 내게 한 남자가 바라는 모든 행복을 주셨습니다!"

에릭은 의자 위에 털썩 주저앉고 말았다. "아. 아직은 죽을 수 없어…… 물론 곧 죽겠지만. 지금은 나를 울게 내버려둬."

곧 그가 다시 입을 열었다. "들어봐, 다로가. 크리스틴의 발 앞에 그렇게 엎드려 있을 때, 그녀가 나지막이 말하는 소리가 들려왔어. '불쌍하고 가엾은 에릭!' 그리고 그녀가 내 손을 잡았어! 그 순간, 나는 크리스틴을 위해서라면 언제라도 죽을 각오가 되어 있는 한 마리 불쌍한 개가 되었어. 진심이야, 다로가. 그때 내 손안에는 금반지가 들어 있었지. 이전에 내가 준 것을 그녀가 잃어버렸거든. 하지만 다시 찾아냈어. 당신도 알다시피 그것은 결혼반지였지. 나는 크리스틴의 가냘픈 손가락에 반지를 끼워주었어. 그리고 말했어. '자! 이 반지를 받아요. 당신과 자작을 위한 거요. 내가 당신에게 주는 결혼 선물이오. 불쌍하고 가엾은 에릭이 주는 선물…… 당신이 그 젊은이를 얼마나 사랑하는지 잘 알고 있소. 이젠 더이상 울지 말아요!' 크리스틴은 내게 무슨 뜻이냐고 부드럽게 물었어. 나는 대답했지. 그녀 앞에 서면, 나는 단지 불쌍한 개에 불과하다는 사실을, 언제라도 그녀를 위해 죽을 준비가 되어 있다는 것을. 그리고 원한다면 그 젊은이와 결혼해도 좋다고 말했지. 그녀가 나와 함께 눈물을 흘려주었으니까! 아, 다로가, 그 말을 하면서 내 마음은 산산이 찢어지는 것 같았다네. 하지만 나는 축복을 받았지. 우리 두 사람의 눈물이 하나로 합쳐졌고, 그녀가 '불쌍하고 가엾은 에릭'이라고 말해주었으니까!"

말을 마친 에릭은 페르시아인에게 자신을 쳐다보지 말라고 부탁했다. 너무나 흥분한 나머지 숨이 막혀서 가면을 벗어야겠다는 것이었다. 다로가는 문가로 다가가 창문을 활짝 열어젖혔다. 다로가의 가슴은 에릭에 대한 연민으로 터질 것 같았다. 그는 혹시 에릭의 얼굴을 보게 될까봐 튈르리 궁전의 정원 쪽을 바라보며 서 있었다.

"나는 감옥으로 가서 젊은이를 풀어주었어." 에릭은 말을 이었다. "그리고 크리스틴에게 데려왔지. 방에서 만난 두 사람은 꼭 끌어안았어. 나는 옆에서 그들의 모습을 지켜보고 있었지. 크리스틴은 내가 죽을 때까지 내가 준 반지를 끼고 있겠다고 했어. 언젠가 내가 죽었다는 소식을 들으면, 스크리브 거리를 통해 호숫가로 돌아와 아무도 모르게 나를 그 반지와 함께 묻어주겠다고 약속했지. 나는 그녀에게 어디에서 내 시체를 찾을 수 있을지, 어떻게 매장해야 할지 알려주었어. 그러자 크리스틴이⋯⋯ 내게⋯⋯ 입을 맞추었어⋯⋯ 여기, 바로 내 이마에⋯⋯ 아니, 다로가, 돌아보지 말아줘! 그리고 두 사람은 함께 떠났어. 크리스틴은 더이상 울지 않았지. 홀로 남은 나만 끝없는 눈물을 흘렸을 뿐⋯⋯ 다로가, 크리스틴이 약속을 지키려 한다면 이제 곧 호수로 돌아와야 할 거야!"

페르시아인은 아무것도 묻지 않았다. 라울 샤니와 크리스틴 다에의 운명에 대해서는 분명히 안심할 수 있었던 것이다. 그날 밤 눈물을 흘리며 이야기하는 에릭에게 의심을 품을 수 있는 사람은 아무도 없었다. 에릭은 다시 가면을 쓰고 떠날 준비를 했다. 에릭은 자신의 최후가 얼마 남지 않은 것을 느낄 수 있다면서, 페르시아인이 그에게 베푼 은혜에 감사하는 뜻으로 자신이 세상에서 가장 소중하게 여기는 물건을 전해주겠다고 했다. 그것은 다름아닌 크리스틴 다에의 편지와 몇 가지 물건들이었다. 편지는 크리스틴이 라울을 걱정하며 에릭의 은신처에 있는 동안 썼던 것이었고, 물건들은 장갑 한 켤레와 구두 장식, 그리고 손수건 두 장이었다. 에릭은 두 연인이 자유의 몸이 되자마자 한적한 지방의 사제를 찾아가 약혼을 맹세했다고 말했다. 그곳에서 둘만의 행복을 누릴 생각으로 아마도 파리 북역에서 열차를 타고 북쪽으로 떠났을 거라고 했다. 마지막으로 에릭은 페르시아인에게 한 가지를 당부했다. 자신의 유품과 편지를 받자마자 젊은 연인들에게 자신의 죽음을 알려달라는 것이었다. 〈레포크〉지에 부음을 내주기만 하면 되는 일이었다.

에릭의 부탁은 그것이 전부였다. 페르시아인은 아파트 문을 힘없이 나서는 에릭의 뒷모습을 끝까지 지켜보았다. 다리우스가 길가까지 그를 부축해주었다. 마차 한 대가 기다리고 있었다. 에릭은 마차에 올라탔다. 창문에서 내려다보던 페르시아인의 귓가에 에릭의 목소리가 들려왔다. "오페라하우스로 갑시다."

마차는 어둠 속으로 사라졌다. 페르시아인이 가엾은 에릭을 본 것은 그것이 마지막이었다.

삼 주 후 〈레포크〉지에는 다음과 같은 짧은 부음이 실렸다. '에릭 사망.'

에필로그

이상이 오페라의 유령에 대한 이야기이다.

믿기 어려울지도 모르겠지만, 처음 단언한 것처럼 에릭이 실
존 인물이었다는 점은 부인할 수 없는 사실이다. 이미 수많은 증
거들이 발견되었다. 무엇보다 지금까지 내가 조사한 결과를 토
대로 샤니 가문의 비극적인 사건을 논리적으로 추적하다보면 에
릭이 실제로 존재했다는 사실을 인정하지 않을 수 없을 거라고
나는 확신한다.

오페라하우스 프리마돈나의 납치, 원인을 알 수 없는 샤니 백
작의 죽음 그리고 그 동생의 실종, 오페라하우스 조명 담당자들
의 기절 등, 라울과 아름다운 크리스틴의 열정적인 사랑을 둘러

싼 비극적 사건에 대한 소문은 한동안 파리를 떠들썩하게 만들었다. 놀라움과 신비로 가득했던 젊은 프리마돈나…… 천상의 목소리를 가진 그녀는 어떻게 아무 흔적도 없이 사라진 것일까? 사람들은 두 형제 사이에 벌어진 싸움에 그녀가 희생당한 거라고 생각했다. 정말로 무슨 일이 벌어졌는지 짐작할 수 있는 사람은 아무도 없었다. 더구나 실종된 크리스틴과 라울이 세상으로부터 멀리 떨어져 두 사람만의 행복을 누리고 있으리라고는…… 두 사람은 필립 백작이 불가사의한 죽음을 맞은 후로 세상 사람들 앞에 나서고 싶지 않았다. 그리하여 어느 날 파리 북역에서 열차를 타고 어디론가 떠나버린 것이다. 어쩌면 나 또한 어느 날 같은 역에서 같은 열차를 탈지도 모른다. 그리고 수정처럼 차가운 호수로, 노르웨이로, 오, 침묵의 땅 스칸디나비아로, 라울과 크리스틴 그리고 같은 시기에 종적을 감춘 발레리우스 부인의 생생한 흔적이 남아 있는 곳으로 떠날지도 모른다. 언젠가 북쪽의 어느 곳에서, 음악 천사를 알았던 그녀의 노랫소리를 들을 수 있을지도.

추리력이 부족한 예심판사 포르가 사건을 미해결 상태로 종결한 후에도 여러 신문사에서 때때로 이 사건을 둘러싼 비밀을 밝혀보고자 노력했다. 끔찍한 재앙 뒤에 어떤 괴물 같은 배후가 숨어 있는지 궁금했던 것이다. 하지만 극장에 떠도는 유령에 대한 소문에 관심을 기울인 것은 오페라하우스 가십에 정통한 한 석간신문뿐이었다. '오페라의 유령이 저지른 일이 틀림없다!' 하지만 그것도 조롱 섞인 어조로 쓰인 기사였다.

오직 페르시아인만이 모든 진실을 알고 있었다. 하지만 경찰당국은 그의 증언을 묵살했고, 에릭이 다녀간 이후로 페르시아인도 더는 이야기하려들지 않았다. 에릭은 자신의 귀중한 유품들을 건네주겠다는 약속을 지켰고 페르시아인은 중요한 증거를 확보하게 되었다. 다로가는 내게 그 유품들을 넘기며 에릭의 실존 사실을 입증할 만한 자료로 삼으라고 했다.

나는 내가 조사한 내용을 매일 다로가에게 알려주었고, 다로가는 그때마다 또다른 방향을 알려주었다. 그는 여러 해 동안 오페라하우스에 가지 않았지만, 여전히 건물 구조를 정확히 기억했고, 아무리 후미진 곳도 예외는 아니었다. 다로가는 어디에 가야 더 많은 정보를 얻을 수 있는지, 누구에게 물어야 하는지를 일러주었다. 폴리니를 찾아가라고 한 것도 바로 페르시아인이었다. 내가 찾아갔을 때 폴리니는 거의 숨이 넘어가기 직전이었다. 하지만 나는 당시 그가 그런 심각한 상태에 처해 있다는 것을 알지 못했다. 나는 그에게 유령에 대한 질문을 던졌다. 그때 폴리니가 보인 반응이란! 나는 평생 그 표정을 잊지 못할 것이다. 그는 마치 악마라도 나타난 것처럼, 겁에 질린 표정으로 나를 바라보면서 뜻 모를 말을 지껄였다. 그의 말을 들으며, 오페라하우스 감독 재직 시절에 방탕한 삶을 살았던 폴리니가 오페라의 유령으로 인해 얼마나 더 혼란스러웠을지 짐작할 수 있었다.

아파트로 돌아와서 그 얘기를 하자, 다로가는 희미한 웃음을 지으며 말했다. "폴리니 씨는 에릭이란 사악한 인물이 자신을 얼마나 속였는지 전혀 알지 못했소." 페르시아인은 에릭을 신처럼 묘사하다가도 어떤 때는 세상에서 가장 비열한 자인 양 이야기했다. "폴리니 씨는 대단히 미신을 좋아하는 사람이었고 에릭은 그 사실을 잘 알고 있었지. 에릭은 오페라하우스 안에서 일어나는 일이라면 공적인 일이든 사적인 일이든 모르는 것이 없었으니까. 맨 처음 5번 박스석에서 정체를 알 수 없는 목소리를 들었을 때 폴리니 씨는 너무 놀라 혼비백산하고 말았소. 그 목소리는 동료를 비방하고 다니는 그의 태도를 훈계했는데, 폴리니 씨는 그게 하늘에서 들려오는 목소리라고 생각하고 자신이 저주받았다고 믿어버린 거요. 하지만 그후로 목소리가 돈을 요구하자 지독한 악당에게 걸려들었다는 사실을 알게 되었소. 드비엔 씨도 마찬가지였지. 두 사람은 다른 여러 가지 이유로 벌써부터 감독직에 싫증을 내고 있던 터라 미련 없이 사직해버렸소. 그리고 이미 그들에게 특별한 계약서를 강요하기 시작한 오페라의 유령에 대해 자세히 조사해보려는 생각조차 하지 않은 채, 후임자에

게 모든 수수께끼를 떠넘겨버린 거지." 이것이 드비엔과 폴리니
에 대한 페르시아인의 견해였다.

나는 후임 감독들에 대한 이야기도 꺼냈다. 『어느 극장 감독의
추억』에서 몽샤르맹이 오페라의 유령 이야기를 책의 앞쪽에서만
간단히 언급하고 뒤쪽에서는 아예 한마디도 기록하지 않아 나는
적잖이 놀랐다. 그러자 페르시아인은 몽샤르맹의 회고록이라면
자신이 직접 쓴 것만큼이나 그 내용을 훤히 알고 있다면서, 책의
뒤쪽에 유령에 대해 기록한 몇 줄을 다시 읽어보라고 했다. 거기
에 모든 설명이 나와 있다는 것이었다. 여기에 그 대목을 인용하
겠다. 그 유명한 4만 프랑 사건에 대해 아주 단순하고 흥미로운
결론을 내놓았던 것이다.

오페라의 유령을 자처하는 누군가가 교묘한 장난을 친 것
에 관한 이야기는 이미 앞에서 소개했다. 그러나 그자는 그후
에 자발적으로 어떤 행동을 취함으로써 나와 내 동료의 걱정
을 한순간에 사라지게 했다는 사실을 밝혀두고자 한다. 장난
에도 한계가 있다는 사실을 느꼈기 때문이었을 것이다. 더구
나 그토록 엄청난 돈이 걸린 문제에서는 말이다. 경찰에게 돈
이 없어진 사실을 알린 뒤, 우리는 미프루아 수사관과 만날 약
속을 해놓았다. 그동안 일어난 모든 일들을 상세히 조사하기

위해서였다. 그런데 크리스틴 다에 양이 실종된 지 며칠이 지난 후 리샤르의 책상 위에 커다란 봉투가 놓여 있었다. 봉투에는 붉은 잉크로 '오페라의 유령으로부터'라고 쓰여 있었고 안에는 감독의 금고에서 장난 삼아 빼내간 돈이 그대로 들어 있었다. 돈을 되찾은 리샤르는 곧 그 정도에서 만족하고 더이상 문제를 확대하지 말자고 했다. 나도 같은 생각이었다. 끝이 좋으면 다 좋은 법 아닌가! 그렇잖은가, 오페라의 유령?

물론 몽샤르맹은, 특히 돈을 되찾은 뒤에는 더더욱, 모든 일이 리샤르가 꾸민 장난일 거라고 확신했다. 반면 리샤르는 몽샤르맹이 과거에 당했던 사소한 장난에 복수하기 위해 재미 삼아 오페라의 유령에 관한 모든 일을 꾸며낸 것이라고 믿었다. 나는 페르시아인에게 옷핀으로 단단히 고정되어 있었는데 어떻게 에릭이 2만 프랑의 돈을 리샤르의 주머니에서 꺼냈는지에 대해 물어보았다. 페르시아인은 자세한 내용은 잘 모른다고 대답했다. 하지만 돈이 없어졌던 장소를 직접 살펴보면 틀림없이 그 수수께끼를 풀 수 있는 답을 발견할 것이라고 했다. 에릭을 '비밀 문 애호가'라고 부르는 것은 괜한 소리가 아니라는 것이었다. 나는 시간이 나는 대로 조사를 해보겠다고 약속했다. 물론 직접 조사해본 결과 만족할 만한 해답을 얻었다는 사실을 먼저 밝힌다. 사실

나 자신도 유령의 존재에 관해 부인할 수 없는 증거를 이렇게 많이 확보할 수 있으리라고는 생각하지 못했다.

페르시아인의 기록과 크리스틴 다에의 편지, 리샤르와 몽샤르맹 밑에서 일하던 사람들의 증언, 특히 어린 메그(존경스러운 지리 부인은 유감스럽게도 벌써 이 세상 사람이 아니었다)와 라 소렐리(지금은 은퇴하여 루브시엔 거리에서 살고 있다)의 증언 등, 유령의 존재를 증명해주는 모든 기록들을 나는 오페라하우스의 문서 보관소에 기증할 것이다.

하지만 지하 호숫가에 있는 그 집은 끝내 찾아내지 못했다. 에릭이 모든 비밀 통로를 봉쇄해놓았기 때문이다. 하지만 나는 호수의 물만 빼내면 얼마든지 그곳에 갈 수 있다고 확신했고 이 점을 행정당국에 여러 번 요청했다.[*] 코뮤니스트의 비밀 통로는 발견할 수 있었다. 통로의 바닥이 낡아 당장이라도 무너질 것 같았

---

[*] 나는 이 책이 출간되기 사십팔 시간 전에 문화부 차관 뒤자르댕 보메츠 씨에게 다시 한번 같은 요청을 했다. 그리고 그는 나에게 작은 희망을 주었다. 나는 오페라의 유령에 대한 전설을 떨쳐버리고 에릭의 존재를 입증할 의무는 국가에 있다고 말했다. 하지만 그러기 위해서는 내 조사의 대미를 장식할 그의 은신처를 찾는 일에 매진해야 할 것이다. 음악적 가치가 있는 작품들이 그곳에 숨어 있을지도 모른다. 에릭이 천부적인 작곡가라는 것은 논의의 여지가 없는 사실이다. 그의 전설적인 작품인 〈승리한 돈 후안〉의 악보를 거기서 찾을 수 있을지 누가 알겠는가?(원주)

다. 라울과 페르시아인이 오페라하우스의 지하실로 숨어들었던 뚜껑문도 찾을 수 있었다. 코뮤니스트들의 감옥의 벽에는 수많은 글자가 쓰여 있었다. 그곳에 감금되었던 불쌍한 죄수들이 남긴 자취였다. 그중에는 R. C.라는 글자도 있었다. 이건 무엇을 뜻하는 것일까? 아마도 '라울 드 샤니(Raoul de Chagny)'를 뜻하는 것이리라. 그 글자들은 지금도 선명하게 남아 있다. 물론 나는 거기서 멈추지 않았다. 나는 지하 1층과 지하 3층으로 내려갔고, 오페라하우스의 무대장치 담당자들도 모르는 회전문을 두 개나 찾았다. 그들은 미닫이문이 달린 뚜껑문만 사용하고 있었다.

만약 이른 아침에 오페라하우스를 방문할 기회가 있어 마음대로 극장 안을 구경할 수 있는 자유가 주어진다면, 멍청한 안내원을 따라다니지 말고 5번 박스석을 찾아가보라. 그리고 주먹이나 지팡이로 5번 박스석과 특별 박스석을 분리하는 거대한 기둥을 두들겨보라. 기둥 속이 사람 키만한 높이까지 텅 비었다는 사실을 알게 될 것이다. 유령의 목소리는 바로 이곳에서부터 들려온 것이다. 기둥 안에는 남자 한 명이 들어갈 수 있을 정도의 넓은 공간이 있었다. 그토록 여러 가지 사건이 일어나는 동안, 단 한 사람도 기둥에 관심을 보인 적이 없다는 점이 놀랍게 여겨질 것이다. 그러나 겉으로 보기에 기둥은 단단한 대리석으로 되어 있다. 더구나 목소리가 오히려 기둥 반대편에서 들려왔다는 점도 감안해야 할 것이다. (이미 밝혀진 것처럼, 유령은 복화술의 대가였다.) 기둥에는 복잡하고 정교한 조각 장식이 되어 있다. 언젠가는 그 장식 중에서 열고 닫을 수 있는 부분을 발견하리라 나는 확신한다. 그러면 유령이 지리 부인에게 베풀었던 관대함의 비밀도 밝혀질 것이다.

내가 유령이 한 일에 대해 보고 느끼고 추측한 것은 유령이 오페라하우스 안에 만들어놓은 광대하고 신비로운 세계의 극히 일부분에 지나지 않을 것이다. 하지만 나는 그 모든 발견들과 기꺼이 바꿀 만큼 놀라운 사실을 지배인이 지켜보는 가운데 감독 사무실에서 발견했다. 책상 의자에서 조금 떨어진 지점에서 비밀문을 발견한 것이다. 비밀 문의 너비는 판자 하나 정도로, 기껏해야 남자 팔뚝 길이밖에 되지 않았다. 그리고 상자 뚜껑처럼 문을 들어올릴 수 있게 되어 있었다. 그 문을 통해 불쑥 올라온 손이 교묘한 솜씨로 뒷주머니를 뒤지는 장면이 눈에 선했다. 유령은 이런 방법으로 4만 프랑을 가져가고, 나중에 다시 돌려준 것이다.

나는 페르시아인에게 이런 내용을 말해주었다. "그 계약서는 결국 장난이었을까요? 4만 프랑을 되돌려준 걸 보면요."

"아니오!" 페르시아인은 대답했다. "에릭은 돈이 필요했던 거요. 자신에게서 보통 사람의 모습을 발견하지 못한 에릭은 양심의 가책 같은 것을 느낄 필요가 없다고 생각했소. 그래서 추한 외모 대신 받은 천부적인 손재주와 상상력을 이용하여 다른 사람들의 것을 빼앗으려든 거지요. 에릭이 자진해서 4만 프랑을 돌려준 것은 더이상 돈이 필요 없어졌기 때문이오. 그는 준비했던 크리스틴과의 결혼을 포기하면서 지상의 모든 것을 포기했을 거요."

페르시아인의 설명에 따르면, 에릭은 루앙에서 그다지 멀지 않은 작은 마을에서 태어났다고 한다. 석공의 아들이었던 그는 아주 어린 시절에 집을 뛰쳐나왔다. 자신의 추악한 외모를 두려워하는 부모에게서 아무런 사랑도 위안도 받지 못했던 것이다. 한동안 에릭은 장터를 떠돌았다. 집시 극단을 따라다니며 '살아 있는 송장'으로 구경거리가 되었다. 이 장터에서 저 장터로 전 유럽을 떠돌아다니며 에릭은 온갖 신기한 기예와 마술을 완벽히 습득했다. 모든 마술과 신기한 재주의 원천인 집시들 사이에서 교육을 받은 것이다. 이 시기 그의 행적에 대해서는 별로 밝혀진 게 없다. 그후 러시아의 니즈니노브고로트 시장에 나타난 에릭은 사악한 재주들을 선보이기 시작했다. 그때 벌써 에릭은 세상 누구보다도 훌륭하게 노래를 부를 수 있었고 복화술을 할 줄 알았으며 마술도 부릴 수 있었다. 그의 재주를 본 대상(隊商)들은 아시아로 돌아가 에릭에 대한 찬사를 늘어놓았다. 에릭의 명성이 마젠데란 궁전까지 전해지게 된 연유이다. 궁전에는 술탄 샤-

인-샤의 총애를 받던 무료한 어린 왕비가 있었다. 그런데 니즈니노브고로트에서 사마르칸트로 돌아온 모피 상인이 에릭의 텐트에서 구경한 놀라운 재주들을 떠들고 다녔다. 모피 상인은 당장 마젠데란의 궁전으로 불려와 에릭에 대한 소문에 대해 심문을 받았다. 다로가는 상인에게 에릭을 찾아오라는 명령을 내렸고, 마침내 에릭은 페르시아까지 오게 되었다. 한동안 마젠데란의 궁전에서 에릭은 곧 법이었다. 그는 아무런 양심의 가책 없이 끔찍한 죄를 수없이 저질렀다. 그는 또한 정치 암살단의 일원으로 활약하면서 당시 페르시아와 전쟁중이던 아프가니스탄의 왕을 제거하는 데에도 자신의 악마적인 재능을 사용했다.

술탄은 에릭을 특별히 총애했다. 앞서 다로가는 마젠데란의 장밋빛 시절을 언급했다. 에릭은 건축에도 탁월한 재능이 있어서 마술사들이 흔히 사용하는 요술 상자 같은 궁전을 구상했다. 술탄은 에릭의 말을 듣고 당장 개축 명령을 내렸다. 에릭이 완성한 궁전은 너무나 놀라웠다. 궁전의 주인은 아무도 모르게 궁전 안을 돌아다닐 수 있었고 자취도 없이 사라질 수 있었다. 궁전이 완성되자 술탄은 에릭에게, 러시아 황제가 붉은 광장에 있는 성당을 만든 뛰어난 건축가에게 한 짓을 똑같이 하기로 결심했다. 에릭의 노란 두 눈을 뽑아버리라고 명령한 것이다. 하지만 술탄은 여전히 안심이 되지 않았다. 눈이 없어도 다른 왕에게 똑같은 궁전을 지어줄 수 있을 것 같았고, 또한 에릭이 살아 있는 한 궁전의 비밀이 누설될지도 몰랐다. 그리하여 에릭과 함께, 궁전을 짓는 데 동원됐던 모든 인부들을 죽이라는 명령이 다시 전달되었다. 그 끔찍한 임무는 마젠데란의 다로가에게 맡겨졌다.

에릭은 다로가에게 몇 가지 도움을 준 적이 있었고, 두 사람은 서로 친하게 지내는 사이였다. 결국 다로가는 자신의 목숨을 걸고 에릭의 탈출을 도와주었다. 하지만 그 결과 다로가는 목숨을 잃을 위기에 처했다. 그때 다행히도 카스피 해 연안에서 새가 반쯤 쪼아먹어 신원을 알 수 없는 익사체 한 구가 발견되었다. 다로가의 처지를 딱하게 여긴 그의 친구들이 그 시체에 에릭의 옷을 입히고 에릭이 죽은 것으로 일을 꾸몄다. 그래서 다로가는 목숨을 건지게 되었다. 하지만 술탄 샤-인-샤의 총애를 잃은 다로가는 재산 몰수에 영구 추방이라는 벌을 받았다. 왕족 출신인 다로가에게는 페르시아의 국고에서 매달 몇백 프랑의 연금이 지급되었고, 그는 그 돈으로 파리에서 살아온 것이다.

한편 에릭은 소아시아로 건너갔다가 다시 콘스탄티노플로 가서 술탄의 신하가 되었다. 마지막 터키 혁명이 일어난 후 일디즈 키오스크에서 발견된 유명한 비밀 문과 비밀 방 그리고 신비의 상자 등이 바로 에릭의 작품들이라는 사실을 언급하는 것만으로도 항상 죽음의 공포에 시달린 술탄에게 에릭이 얼마나 충실히 봉사했는지 충분히 알 수 있을 것이다. 그는 또한 모든 면에서 술탄과 꼭 닮은 자동 인형을 만들어냈다.* 에릭의 인형 덕분에 백성은 자비로운 지도자께서 잠도 자지 않고 궁전에 나와 있다고 믿었다. 사실 그 시간에 술탄은 다른 궁전에서 잠을 자고 있었다.

하지만 에릭은 페르시아에서 도망쳐야 했던 것과 똑같은 이유로 결국 술탄의 곁을 떠나야 했다. 너무 많은 것을 알고 있었던 것이다. 마침내 모험과 끔찍하고 잔인한 삶에 싫증이 난 에릭은 '다른 사람들처럼' 살고 싶었다. 그리하여 평범한 건축 도급업자가 되어 평범한 벽돌을 가지고 평범한 건물을 지었다. 에릭은 파리 오페라하우스의 기초공사가 입찰에 부쳐졌을 때 계약의 일부를 따냈다. 그리고 광대한 오페라하우스의 지하를 눈으로 보자, 예술적이고 환상적인 천성이 되살아났다. 마침내 에릭은 아무도 모르는 자신만의 거처를 만들겠다는 꿈을 꾸게 되었다. 게다가 그의 외모는 전과 다름없이 혐오스러웠기 때문에 그곳이라면 사람들의 눈길을 피해 괴물 같은 얼굴을 숨기고 살아갈 수 있을 거라는 생각을 한 것이다.

에릭의 삶은 그러했다. 여기까지가, 도저히 믿어지지는 않지

---

* 군대가 살로니카를 출발해 콘스탄티노플에 도착하던 날, 모하마드-알리 베이가 〈르 마틴〉지의 특파원과 한 인터뷰를 참조하라. (원주)

만 사실임이 분명한 이야기의 전부다. 그 뒷이야기는 독자들도 잘 알 것이다. 불쌍한 에릭! 우리는 그를 동정해야 하는가? 아니면 저주해야 하는가? 에릭이 원한 것은 단지 여느 사람들처럼 '평범한 사람'이 되는 것이었다. 하지만 너무나 추한 외모 탓에 자신의 재능을 허비하며 살았다. 평범한 외모였다면 에릭은 역사상 가장 뛰어난 인물 중 하나가 되었을지도 모른다! 제국을 호령할 만한 능력이 있었지만, 그는 어둡고 답답한 지하 세계에 생을 묻어야 했다. 결국 오페라의 유령은 우리의 동정을 사게 된 것이다.

나는 에릭의 유해를 보며 그의 영혼을 위해 기도했다. 그가 저지른 모든 죄악에도 불구하고 신께서 자비를 베푸시기를 진심으로 간구했다. 그런 추한 외모로 태어나게 한 것도 결국 신이 한 일이기 때문이다.

그렇다. 나는 에릭의 유해를 볼 수 있었다. 일전에 가수들의 육성 녹음을 묻기 위해 인부들이 지하실을 팠을 때, 유해 한 구가 발견되었다. 나는 그것이 틀림없이 에릭의 유해라고 확신했다. 물론 추한 모습 때문에 에릭이라고 단정한 것은 아니었다. 사람이란 죽어서 오래되면 누구나 추하게 변하는 법이니까. 그 유해는…… 금반지를 끼고 있었다. 틀림없이 자신이 한 약속을 지키기 위해 죽은 에릭을 찾아왔던 크리스틴이 에릭의 손에 끼워준 것일 터였다. 유해는 작은 샘물 옆에서 발견되었다. 오페라 하우스의 지하실로 크리스틴을 데려가던 그날 밤, 음악 천사가 떨리는 두 팔을 들어 의식이 없던 크리스틴을 처음으로 품에 안았던 그곳이었다.

이제 이 유골을 어떻게 해야 할 것인가? 물론 가난한 자들의 묘지에 묻지는 않을 것이다. 나는 이 유골이 묻힐 만한 곳은 국립음악아카데미의 문서 보관소뿐이라고 생각한다. 이것은 결코 평범한 유골이 아니기 때문이다.

파리 오페라하우스에 대하여

　가스통 르루가 묘사한 파리의 오페라하우스는 그의 상상 속에만 존재하는 공간이 아니다. 오페라하우스가 완성되고 얼마 되지 않은 1879년, 〈스크리브너*Scribner*〉지에는 다음과 같은 흥미로운 기사가 실렸다.

　제정 시대에 짓기 시작해서 공화정 시대에 완성된 오페라하우스는 세상에서 가장 아름답고 고도의 완성도를 자랑하는 건축물 중 하나이다. 유럽의 어느 수도에서도 이렇게 세밀한 도면과 공사 계획 아래 세워진 오페라하우스는 없었으며, 그 어느 곳도 이만큼 크고 웅장하지는 않다.

오페라하우스의 건물 부지가 결정된 것은 1861년의 일이다. 기초공사는 특별히 깊고 튼튼하게 해야 했다. 부지 밑에서 지하수가 나올 것은 당연한 일이었지만 어느 정도 깊이에서 얼마만큼의 지하수가 나올지 알 수 없었기 때문이다. 특히 무대에서 15미터 정도 높이의 세트를 내려 극의 배경을 준비하기 때문에 기초공사를 더욱 깊게 해야 했다. 이러한 사정 때문에 기초공사는 천만 킬로그램의 무게를 감당할 수 있을 정도로 견고하게 시행되었으며, 세트나 소품 들을 보관하게 될 지하 저장소에는 완벽한 방수 처리가 실시됐다. 공사가 진행되는 동안에는 물의 방해를 받지 않고 작업할 수 있었다. 증기로 작동하는 여덟 개의 펌프를 이용해 계속 물을 퍼냈기 때문이다. 이 펌프들은 3월 2일부터 10월 13일까지 하루도 쉬지 않고 밤낮으로 계속 움직였다.

지하 저장소의 바닥에는 콘크리트 층을 덮었으며, 그 위에 시멘트를 두 겹 바르고 또다시 콘크리트를 부은 후 역청으로 마무리했다. 벽은 임시 물막이가 설치된 외벽, 벽돌 벽, 시멘트 층, 벽 본체 등을 포함해 거의 1미터 두께로 만들어졌다. 이 모든 공정이 끝난 후, 지하 저장소에는 물이 채워졌다. 물이 미세한 빈틈까지 스며들어 그 안에 침전물을 퇴적시키면, 사람의 손으로 빈틈을 메우는 것보다 더욱 확실하고 완벽하기 때문이다. 건물이 완성되기까지는 십이 년의 세월이 흘렀다. 그 세월 동안, 건물의 방수와 견고함에 완벽을 기하기 위해 여러 방책이 마련되었다.

건축 자재로 사용된 석재들은 스웨덴, 스코틀랜드, 이탈리아, 알제리, 핀란드, 스페인, 벨기에, 프랑스 등지의 채석장에서 들여온 최상품이었다. 외장 공사가 진행되는 동안에는 나무판으로 외부를 감싸 건물을 보호했지만, 안이 들여다보이는 수천 개의 유리 패널을 끼워넣어 공사 과정을 들여다볼 수 있었다. 1867년 망치와 도끼를 든 사람들이 외부를 감싸고 있던 보호물을 벗겨내자 드디어 웅장하고 장대한 건축물이 그 모습을 드러냈다. 아무리 훌륭한 그림도 이 건물의 화려한 색채나, 자재를 솜씨 있게 사용해 만들어낸 조화로운 톤을 따라올 수 없을 정도였다. 관람석을 덮고 있는 둥근 돔은 건물 외관을 더욱 완벽하게 완성시켰다. 꼭대기의 청동 주두(柱頭)에는 부분적으로 금박을 입혔다. 노트르담의 탑만큼 높은 무대 지붕의 박공 끝부분에는 르켄의 '페가수스' 조각상이 있고, 제일 위쪽에는 밀레의 '황금 리라를 들고 있는 아폴론' 조각상이 하늘을 바라보고 서 있다.

열 개의 계단을 올라 입구를 지나면, 관객들은 륄리, 라모, 글루크, 헨델 등의 동상이 서 있는 복도에 들어서게 된다. 스웨덴산 초록색 대리석으로 만들어진 계단을 열 개 정도 오르면 매표소가 있는 두번째 복도가 나타난다. 마차를 세워두고 들어오는 관객들은 매표소가 있는 복도를 통과하게 된다. 대부분의 수많은 관객들은 공연장에 들어가기 전에 바로 그 아래에 있는 둥근 홀을 지나게 된다. 열여섯 개의 기둥이 천장을 떠받치고 있고, 그 공간은 주랑을 형성해 일종의 하인 대기실 역할을 한다. 세번째 입구는 다른 두 곳과는 달리 정부 최고 관계자를 위한 것이다. 나폴레옹 황제를 위해 마련된 구역에는 경호원 대기실도 따로 마련되어 있다.

오페라하우스의 무대 공연을 위해 100여 명씩의 단역배우들과 합창단원들, 80명 정도의 연주자가 동원되며 승강기로 무대 위에 등장하는 말들을 관리하는 마부들, 조명용 배터리를 관리하는 전기기사들, 〈샘〉 같은 발레 공연을 위해 물을 관리하는 수력기사들, 〈예언자〉의 엄청난 화재 장면을 준비하는 효과 담당자들, 마르그리트의 정원을 준비하는 원예 담당자 등이 필요하다. 이들을 위해 마련된 시설은 다음과 같다. 80개의 분장실이 출연진들을 위해 배정되고 각각의 분장실은 작은 대기실, 본 분장실, 그리고 작은 옷장으로 이루어져 있다. 이외에도 오페라하우스 건물에는 60명의 남자 합창단원을 위한 분장실과 50명의 여자 합창단원을 위한 분장실도 있다. 190명의 단역배우들을 위한 분장실도 있다.

기사에서 발췌한 몇 가지 수치를 보면 오페라하우스의 거대한 규모와 완벽한 편의시설을 짐작할 수 있다. "오페라하우스에는 2,531개의 문이 있으며 7,593개의 열쇠가 사용된다. 14개의 용광로와 450개의 벽난로가 난방을 해주고 있으며, 연결할 경우 총 길이가 25킬로미터에 달하는 가스관을 사용하고 있다. 9개의 물 저장고와 두 개의 탱크에 8만 8000리터의 물을 저장하고 7킬로미터 길이의 파이프를 통해서 물을 공급한다. 538명이 동시에 옷을 갈아입을 수 있는 전용 분장실이 있으며 음악가 대기실에는 100개의 악기 보관함이 갖춰져 있다."

살아 있는 죽음, 환상 속의 현실

뮤지컬 〈오페라의 유령〉을 낳은 원작 소설

1986년 10월 영국에서 역사적인 첫 공연을 시작한 뮤지컬 〈오페라의 유령〉은 지금까지 전 세계 27개 국, 145개 도시에서 상연되고 1억 3천만 명이 관람하는 엄청난 성공을 거두었다. 장장 이십여 년이 넘는 기간 동안 공연이 이어져오고 있음에도 불구하고, 악몽을 꾸는 것 같은 섬뜩한 분위기와 애절하고 열정적인 사랑이 교차하는 절묘한 스토리, 환상적인 무대장치 그리고 마음을 사로잡는 음악은 여전히 뜨거운 감동과 찬사를 불러일으키고 있다. 이제 뮤지컬 〈오페라의 유령〉은 단순한 흥행작을 넘어서 영원한 고전의 반열에 올랐다고 해도 과언이 아닐 것이다. 그러다보니 '오페라의 유령'이라고 하면 자연스럽게 소설보다는 뮤지컬을 떠올리게 되고, 이 유명한 뮤지컬의 원작인 소설 『오페라의 유령』은 단지 뮤지컬의 명성에 힘입어 뒤늦게 유명세를 탄 게 아닌가 하는 억울한(?) 오해를 받기도 한다.

　그러나 프랑스 작가, 가스통 르루가 1910년에 출간한 소설 『오페라의 유령』은 앤드루 웨버의 뮤지컬 〈오페라의 유령〉이 등장하기 이전부터 이미 대중의 사랑을 받았으며, 수많은 예술가들의 상상력을 자극하여 수차례 영화나 뮤지컬로 제작된 고전적인 작품이다. 그중에서도 1925년, 유니버설 영화사가 제작한 흑백 무성 영화는 1920년대 할리우드 괴기 영화의 대표 배우로 손꼽히는 론 채니가 주연을 맡아서 폭발적인 인기를 얻었다. 론 채니는 특수 분장 효과를 쓰지 않고 코에 철사를 집어넣고 셀룰로이드 판을 붙이는 등 이 영화에 특별한 열정을 쏟았다고 한다. 1943년에는 유성 컬러 영화로 제작되기도 했는데, 이때 유령 역을 맡은 클로드 레인즈는 오스카상을 수상했다. 그리고 가장 최근에는 2004년에 조엘 슈마허 감독이 연출한 영화가 화제를 모으기도 했다. 영화 외에도 이 소설은 다양한 장르를 넘나들며 텔레비전 드라마, 연극, 발레, 애니메이션으로까지 만들어졌다. 이렇게 본다면, 더 오랜 세월 동안 사람들의 관심과 사랑을 받아온 작품은 뮤지컬 〈오페라의 유령〉이 아니라 소설 『오페라의 유령』

인 셈이다. 결국 뮤지컬이 기억 속에 묻혀 있던 원작소설을 되살렸다기보다는, 원작소설의 놀라운 생명력이 또 한 편의 뛰어난 뮤지컬을 탄생시켰다고 말하는 편이 더 정확하지 않을까.

『오페라의 유령』은 왜 우리를 매혹시키는가

이 소설은 순수하고 아름다운 여인과 흉측한 괴물의 사랑 이야기를 기둥 줄거리로 삼고 있다. 이런 설정은 『미녀와 야수』나 『드라큘라』 혹은 『푸른 수염』과 같은 옛날 동화에서부터 〈헐크〉 같은 현대 영화에까지 시대를 초월하여 등장하는 단골 소재이다. 강력하고 추악한 존재가 드러내는 연약하고 순수한 것에 대한 탐닉, 그리고 그것이 야기하는 공포와 충격 등은 사람들의 숨은 내면을 자극하며 감각적인 열망을 불러일으키기에 충분하기 때문이다.

『오페라의 유령』이 사람들의 마음을 사로잡는 또다른 이유는 이야기 속에 나타나는 환상적이고 악몽 같은 분위기에 있다. 독자들은 소설이 펼쳐 보이는 기묘한 환상에 사로잡혀 자신도 모르게 내면의 욕망과 무의식의 세계를 경험하게 된다. 실제로 작가 가스통 르루는 이 소설에 대한 영감을 꿈속에서 얻었다고 한다. 어느 날 잠을 자다가 갑자기 침대에서 벌떡 일어난 그는 겁에 질려 떨고 있는 아내는 아랑곳하지 않고, 촛불 아래에서 미친 듯이 이 소설을 써내려갔다. 말 그대로 소설을 꿈꾼 것이다. 화려한 오페라하우스의 지하에 만들어진 구불구불한 미로들, 스멀스멀 피어오르는 안개 속에 감추어진 검은 호수, 벽을 통해 들려오는 마력적인 목소리, 그리고 의문과 긴장을 멈출 수 없는 사건들을……

작가 가스통 르루에 대하여

미국의 비평가 맥스 버드는 『오페라의 유령』을 쓴 가스통 르루를 이렇게 묘사했다.

무시무시하고 소름 끼치며 괴기스러운 분위기를 풍기는 작품 『오페라의 유령』의 작가는 뜻밖에도 땅딸막한 체격에 너그러운 미소를 짓는 중년 남자이다. 그는 너무나 뚱뚱해서 친구들이 그를 보고 지구를 삼켜버린 것 같다고 말할 정도였다. (…) 소설 한 편을 끝낼 때마다, 그는 책상 옆에서 하늘을 향해 권총을 쏨으로써 가족들에게 그 사실을 알리곤 했다.

만약 세상에서 가장 유명한 공포소설 작가가 그런 중년의 신사라는 사실이 잘 납득되지 않는다면, 이 점을 반드시 기억해야 할 것이다. 처음부터 끝까지 그의 작품은 이중성을 지닌 인물들에게 집착하고 있다는 사실을……

　가스통 르루는 1868년에 파리의 포부르 생마르탱 거리에서 태어났다. 노르망디에 있는 교양예술학교인 외(Eu) 대학을 다니던 시절 르루는 대단히 말썽 많은 학생이었지만, 동시에 매우 우수한 학생이기도 했다. 특히 라틴어 과목에서 탁월한 재능을 보였다. 훗날 르루는 대학 시절을 회상하며 이렇게 말했다. "처음으로 문학이라는 악마에 사로잡혔던 시절이었다."

　1886년 대학을 졸업한 르루는 노르망디를 떠나 법률 공부를 위해 파리로 가지만, 신문에 짧은 글을 기고하는 일이 더 마음에 들었다. 그러던 어느 날 그에게 악명 높은 정치 테러범에 대한 기사를 써보라는 지시가 떨어졌다. 르루는 최대한 빨리 한 장 분량의 기사를 써서 신문사로 보내야 했다. 하지만 법정에 나간 그는 긴장감으로 온몸이 얼어붙은 나머지 테러범의 발언을 한마디도 받아 적을 수 없었다. 완전히 절망에 빠진 르루는 자리에서 일어나려고 했으나 그만 주저앉고 말았다.

　그러나 곧 '강력하고 혼란스러운 직관의 인도를 받아서' 르루는 여전히 멍한 상태에서 기계적으로 글을 쓰기 시작했다. 몇 시간 후에 비틀거리는 걸음으로 법정을 빠져나오는 르루의 얼굴은 붉게 상기되어 있었고 심장은 마구 뛰었다. 이때 거리에서는 벌써 신문이 팔리고 있었는데, 르루가 쓴 기사가 마술처럼 신문의 전면을 장식하고 있었다.

바로 이 '직관' 덕분에 르루는 유명한 기자가 되었고, 그후 세계 곳곳을 돌아다니며 취재하는 낭만적인 삶을 살았다. 모로코에서는 아랍인으로 변장을 하고 다니던 중 스무 번이나 죽을 고비를 넘겼고, 러시아에서는 혁명의 서막이 열리는 것을 지켜보기도 했다. 르루는 그렇게 십여 년 동안 스칸디나비아반도, 영국, 이집트 등지를 여행했다. 그리고 때로는 종군기자로, 때로는 인터뷰 기자로 이름을 떨치며 여러 신문에서 자유 기고가로 활약했다.

한편 르루는 작가로서는 별다른 성공을 거두지 못하다가, 다섯번째 작품 『노란 방의 비밀』이 출간되자마자 엄청난 반응을 일으키며 추리 소설의 새로운 경지를 이룩했다는 평가를 받았다. 『노란 방의 비밀』은 '밀실' 수수께끼를 푸는 많은 추리소설 중에서도 가장 성공적인 작품으로 손꼽힌다.

르루는 소설을 쓰기 시작하면서 아내에게 코넌 도일과 에드거 앨런 포를 능가할 만한 작품을 쓰고 싶다고 말했다고 한다. 그런 르루의 소망은 『오페라의 유령』을 통해서 이루어진 셈이다. 이 작품이야말로 백 년이 넘도록 코넌 도일이나 에드거 앨런 포의 소설을 능가할 만한 인기를 누리고 있으니 말이다.

아름다운 유령을 위하여

『오페라의 유령』 속의 유령, 에릭은 참으로 매혹적인 인물이다. 흔히 공포와 저주의 대상인 유령이 소설과 뮤지컬을 통해 대중의 사랑을 받는 존재로 재탄생한 것이다. 음습하고 어두운 지하에서 빠져나와 화려하고 찬란한 조명이 비치는 파리 오페라하우스 무대의 주인공이 된 유령, 이토록 매력적인 유령을 본 적이 있는가? 그는 살아 있는 죽음이며 환상 속의 현실이다. 그리고 그 유령의 비애 어린 사랑을 받는 여주인공, 순수하고 아름다운 가수 크리스틴 다에는 자신을 사랑하는 유령에 대한 연민과 연인 라울을 향한 사랑 사이에서 갈등하는 비운의 인물이자, 영원한 사랑의 이름이다.

뮤지컬 〈오페라의 유령〉을 이미 보았거나 혹은 앞으로 볼 생각이 있는 사람이라면 이 소설을 반드시 읽어보라고 권하고 싶다. 어느 쪽을 먼저 보든, 감동과 재미가 서너 배는 커질 것이기 때문이다. 설령 뮤지컬을 볼 생각이 전혀 없는 사람도 이 책을 한번 잡으면, 작가의 마술적인 상상력과 긴박감 넘치는 사건 전개에 빠져들지 않을 수 없을 것이다. 혹시 줄거리를 먼저 알면 뮤지컬이 시시하게 느껴지지 않을까 하는 걱정은 하지 않아도 좋을 것 같다. 뮤지컬과 소설은 서로 감동을 반감시키는 것이 아니라 오히려 상승 작용을 일으키기 때문이다.

사실 역자가 이 책을 처음 번역해서 출간했던 것은 1994년이었다. 영국과 미국에서는 뮤지컬 〈오페라의 유령〉이 열광 속에서 한창 공연되고 있었지만, 우리나라에는 아직까지 그 명성만 들려오고 있을 때였다. 하지만 그 당시에도 상당수 독자들이 이 소설을 반갑게 맞이했던 기억이 있다. 얼마 후 〈오페라의 유령〉이 우리나라에서 처음 공연되고 열광적인 호응을 얻기 시작했을 때, 그것을 계기로 이 작품을 재출간하여 더 많은 독자들에게 소개할 수 있었다. 그런데 이번에 다시 뮤지컬 제작 25주년 기념으로 오리지널 공연팀이 한국을 찾아 공연하게 되었고, 더불어 이 책의 새로운 판을 낼 수 있어서 무척 기쁘고 감사하다.

『오페라의 유령』은 물론 프랑스 작가가 쓴 작품이지만, 필자는 펭귄 북스에서 출간한 영어판을 가지고 번역했음을 밝힌다. 그런데 이 책을 처음 번역했을 때 텍스트로 삼은 1987년도 영어판은 르루의 원작 소설과 약간 차이가 있었다. 불어판에는 인물이

나 배경에 대한 상세한 묘사가 들어 있는 반면, 영어판은 장황한 묘사 부분들을 과감하게 축약하면서 사건 전개를 더욱 빠르게 만들었던 것이다. 덕분에 원작의 줄거리를 그대로 살리면서 읽는 재미를 배가시킨 측면은 있었지만 아무래도 원작과 다르다는 아쉬움은 지울 수 없었다.

그러나 다행스럽게도 이번 3판을 출간하면서, 르루의 원작을 완역한 2012년 펭귄 북스 판 『오페라의 유령』을 참고하여 부족한 부분을 보완할 수 있었다. 따라서 이전에 출간된 책과 이번 3판의 내용에 차이가 있음을 부디 양해해주시기 바란다. 또한 이 3판의 출간을 위해서 오랜 시간 공들여 작업해준 문학동네 편집부에도 깊은 감사를 드린다.

2012년 11월
최인자

지은이 **가스통 르루**
1868년 파리에서 태어났다. 1907년 『노란 방의 비밀』을 발표하며 추리소설의 새로운 경지를 이룩했다는 평가를 받았다. 1910년 출간한 『오페라의 유령』이 큰 성공을 거두면서 아서 코넌 도일이나 에드거 앨런 포와 어깨를 나란히 하는 작가로 자리매김했다.

옮긴이 **최인자**
연세대학교 영어영문학과를 졸업하고 동대학원에서 비교문학 박사과정을 수료했다. 1992년 조선일보 신춘문예에 평론 부문에 당선되었다. 옮긴 책으로는 『재즈』『빌러비드』『오 헨리 단편선』『이상한 나라의 앨리스』『프랑켄슈타인』 등이 있다.

문학동네 세계문학
오페라의 유령

1판 1쇄 2001년 10월 5일 | 1판 3쇄 2001년 11월 17일
2판 1쇄 2001년 12월 3일 | 2판 25쇄 2007년 7월 20일
3판 1쇄 2012년 11월 30일 | 3판 7쇄 2025년 7월 25일

지은이 가스통 르루 | 옮긴이 최인자
책임편집 윤정민 | **편집** 김나리 오영나 염현숙 | **독자모니터** 전혜진
디자인 윤종윤 이원경 | **저작권** 박지영 형소진 오서영 조경은
마케팅 정민호 서지화 한민아 이민경 왕지경 정유진 정경주 김수인 김혜원 김예진
        나현후 이서진
브랜딩 함유지 박민재 이송이 박다솔 조다현 김하연 이준희
제작 강신은 김동욱 이순호 | **제작처** 더블비(인쇄) 경일제책사(제본)

펴낸곳 (주)문학동네 | **펴낸이** 김소영
출판등록 1993년 10월 22일 제2003-000045호
주소 10881 경기도 파주시 회동길 210
전자우편 editor@munhak.com | **대표전화** 031) 955-8888 | **팩스** 031) 955-8855
문학동네카페 http://cafe.naver.com/mhdn
인스타그램 @munhakdongne | **트위터** @munhakdongne
북클럽문학동네 http://bookclubmunhak.com

ISBN 89-8281-432-9 03860

잘못된 책은 구입하신 서점에서 교환해드립니다.
기타 교환 문의 031) 955-2661, 3580

www.munhak.com